HEYNE<

TOM HINDLE

DER TOD REIST MIT

KRIMINALROMAN

AUS DEM ENGLISCHEN
VON JENS PLASSMANN

WILHELM HEYNE VERLAG
MÜNCHEN

Die Originalausgabe A FATAL CROSSING
erschien erstmals 2022 bei Century,
an Imprint of Penguin Random House UK.

Der Verlag behält sich die Verwertung der urheberrechtlich
geschützten Inhalte dieses Werkes für Zwecke des Text-
und Data-Minings nach § 44 b UrhG ausdrücklich vor.
Jegliche unbefugte Nutzung ist hiermit ausgeschlossen.

Penguin Random House Verlagsgruppe FSC® N001967

2. Auflage
Deutsche Erstausgabe 06/2023
Copyright © 2022 Tom Hindle
Copyright © 2023 der deutschsprachigen Ausgabe
by Wilhelm Heyne Verlag, München,
in der Penguin Random House Verlagsgruppe GmbH,
Neumarkter Str. 28, 81673 München
Redaktion: Thomas Brill
Umschlaggestaltung: Nele Schütz Design
unter Verwendung von Shutterstock.com
(Dr. Ajay Kumar Singh, lightmax84, Lil Vector)
Satz: Leingärtner, Nabburg
Druck und Bindung: GGP Media GmbH
Printed in Germany
ISBN: 978-3-453-44164-4

www.heyne.de

Für Hayley, ohne deren unermüdliche Unterstützung es dieses Buch nicht geben würde

Liste der beteiligten Passagiere und Crewmitglieder an Bord der *Endeavour*. Zusammengestellt von Schiffsoffizier Timothy Birch.

ERSTE KLASSE
Miss Hall
Mr. und Mrs. Green

ZWEITE KLASSE
Mr. Temple
Monsieur Dupont
Mr. Blake
Mr. und Mrs. Webber
Mr. und Mrs. Morris
Mr. und Mrs. Hewitt

DRITTE KLASSE
Die Frau
Der Schläger

OFFIZIERSMESSE
Captain McCrory
Mr. Birch
Mr. Wilson

UNTER DECK
Mr. Seymour
Mr. O'Shea

Es regnete die ganze Nacht. Ohne Pause strömte es herab, prasselten Tropfen aufs Deck der *Endeavour* und trommelten gegen ihre stählernen Schornsteine. Dennoch pflügte sie weiter ihren Weg durch den Atlantik. Etwas langsamer als gewöhnlich vielleicht, aber selbst solch widrige Verhältnisse würden sie niemals aufhalten können. Vom Bug bis zum Heck maß sie fast 270 Meter, und aus unzähligen Bullaugen funkelten Lichtpunkte in die Dunkelheit. Solange ihre Maschinen unter Dampf standen, würde die *Endeavour* unbeirrt ihren Weg nach New York fortsetzen.

Als die Wolken sich ausgeregnet hatten und langsam aufrissen, kam eine graue Sonne zum Vorschein, die erschöpft weit oben am Himmel schimmerte. Wassertropfen klebten am Fockmast, fielen von der Takelage und sammelten sich auf Deck in glitzernden Pfützen.

An Sommertagen hätten sich die ersten Passagiere schon bei Sonnenaufgang draußen sehen lassen – Reisende der ersten und zweiten Klasse aus Neugier, das Schiff zu erkunden, während die der dritten ins Freie hinaufstiegen, weil sie schlicht ihren beengten Kabinen entfliehen wollten. Sie wären über die Promenadendecks an den Seiten der *Endeavour* flaniert, hätten auf die Reling gestützt das Meer betrachtet oder sich rasch eine der Holzbänke auf dem Hauptdeck gesichert. Aber mitten im November war der Drang dazu spürbar geringer. Sogar in der dritten Klasse wirkte es sehr viel verlockender, in der warmen Kabine zu bleiben, als draußen in der Winterkälte herumzulaufen.

Der erste Passagier, der an diesem Morgen an Deck auftauchte, war ein kleiner Junge mit brauner Wolljacke und kurzen Hosen, gefolgt von seiner Mutter.

Das Kind hatte die ganze Nacht hindurch gejammert. Erst war es hungrig gewesen, dann hatte es sich seekrank gefühlt. Wenn sie jetzt sah, wie unbeschwert ihr Sohn an Steuerbord das Promenadendeck hinunterhüpfte, war der Mutter klar, dass er einfach nur die Kabine hatte verlassen wollen. Die Schiffe der Aurora Cruise Line waren vor allem auf Luxus ausgelegt, weniger auf Geschwindigkeit. Tatsächlich fiel selbst die dritte Klasse auf der *Endeavour* deutlich bequemer aus als die schäbigen Umstände, unter denen sie zuvor von Russland nach England gereist waren. Ungeachtet dessen blieb ein mit fünf anderen Erwachsenen vollgestopfter Raum, in dem jeder eine andere Sprache sprach, für ein Kind mit ausgeprägtem Bewegungsdrang ganz sicher ein unpassender Ort.

Die Mutter schlang ihren Mantel fest um den Körper und eilte ihrem Sohn nach. Da seine Schuhe auf den feuchten Holzplanken rutschten, ermahnte sie ihn, bitte vorsichtig zu sein. Doch der Junge nahm ihr Rufen gar nicht wahr und stürmte zwischen der Bullaugenflucht zu seiner Linken und den wie Wachposten aufgereihten Rettungsbooten zu seiner Rechten bis ans Ende des Decks, während durch die Ritzen der Planken über ihnen noch immer dicke Tropfen fielen.

Unvermittelt bremste der Junge schlitternd ab und blieb wie angewurzelt stehen. An einer Straßenecke drehte er sich gewöhnlich um, sprang ungeduldig von einem Fuß auf den anderen und winkte ihr zu, sich zu beeilen. Diesmal, am Fuß des Niedergangs von der zweiten Klasse, stand er bloß stocksteif da und starrte vor sich auf den Boden. Seine Mutter war derart verblüfft, dass auch sie kurz anhielt und überlegte, was ihn so gebannt zu fesseln vermochte.

Weit kam sie mit ihren Grübeleien nicht, da ihr Sohn wenige Sekunden später ohrenbetäubend zu schreien begann.

Mit einem Mal waren alle Sorgen, auf dem glitschigen Deck auszurutschen, vergessen. Sie rannte die letzten Meter, so schnell sie konnte, ergriff den Kragen seiner Jacke und presste ihren Sohn an sich. Dann wanderte ihr Blick auf das, was er entdeckt hatte, und sie rang entsetzt nach Luft.

Am Fuß der Treppe lag die Leiche eines älteren Herrn. In seinem pitschnassen schwarzen Anzug sah er aus, als wäre er gerade dem Meer entrissen und an Deck gespült worden. Seine Haut war totenbleich, das schüttere weiße Haar klebte auf seinem Schädel, und seine Augen schauten mit leerem Ausdruck himmelwärts. Ohne ihre Umklammerung zu lockern, zog die Frau ihren zitternden Sohn davon und rief um Hilfe.

Gleich darauf stürzten die ersten Mitreisenden aus ihren Kabinen. Da keiner von ihnen Russisch verstand, reagierten sie im ersten Moment gereizt und verwirrt. Viele trugen noch ihre Nachtwäsche, und der eine oder andere rieb sich den Schlaf aus den Augen. Beim Anblick der Leiche jedoch nahmen alle Gesichter einen schockierten Ausdruck an.

Einige wandten sich ab, weil sie nicht in die Sache hineingezogen werden wollten. Andere waren begierig, alles genau zu sehen, und traten dicht heran. Wer eine Kopfbedeckung trug, setzte sie ab, und ein Mann stieß einen kurzen Pfiff aus und murmelte vor sich hin, was für ein verdammtes Schlamassel das doch sei. Ein anderer witzelte für alle vernehmlich, dass die feinen Pinkel aus der ersten und zweiten Klasse offenbar nicht einmal mehr den Anstand besäßen, in ihrem Teil des Schiffes zu sterben. Ein paar ebenso ungehobelte Kumpane von ihm quittierten die Bemerkung mit schroffem Gelächter, allerdings war die Beobachtung sehr viel scharfsinniger, als dem Mann wohl bewusst gewesen sein dürfte. Der Gentleman, der auf dem Deck lag, war nämlich der Einzige, der einen Anzug trug.

Gleich darauf kamen bereits zwei Schiffsoffiziere angerannt. Ihre Lederstiefel quietschten auf den nassen Planken, und ihre langen schwarzen Uniformjacken blähten sich im Rücken. Sobald er die Leiche sah, nahm der Jüngere der beiden seine Schirmmütze ab und strich sich die Haare glatt. Sein Kollege packte ihn ruppig am Arm und befahl ihm, Verstärkung zu rufen, bevor er mit ausgestreckten Armen auf die anwachsende Menge von Reisenden zuging und mit lauter Stimme verkündete, dass es hier nichts zu sehen gebe und man bitte weitergehen möge.

Doch seine Versuche fruchteten nicht. Als der junge Kollege mit der Unterstützung zurückkehrte, schien sich bereits die halbe dritte Klasse an Deck versammelt zu haben, um ihre Neugier zu stillen. Entweder sie hatten die Schreie gehört oder die Aufregung draußen vor der Kabinentür bemerkt. Jetzt jedenfalls schoben sie sich mit gereckten Hälsen nach vorn, hielten beim Anblick der Leiche kurz die Luft an und tuschelten dann aufgeregt miteinander.

Während die Offiziere verzweifelt bemüht waren, die drängelnde Menge auf Distanz zu halten, legten zwei Hilfsstewards den Toten auf eine Trage, die sie sich in der Krankenstation des Schiffes besorgt hatten, und deckten ihn mit einem Laken zu. Kaum war die Trage jedoch angehoben und ein paar Schritte bewegt, da wurde die Lache aus Blut und Regenwasser sichtbar, die sich unter dem Mann gebildet hatte. Prompt schrie jemand das, was die Offiziere unbedingt hatten vermeiden wollen.

»Er ist umgebracht worden!«

Sofort brach Panik aus, und alle Hoffnung, diesen wogenden, kreischenden Haufen zu beruhigen, war dahin. Einige, die Englisch sprachen, rempelten sich nach vorn und verlangten zu erfahren, wer umgebracht worden war und was genau jetzt in dem Fall unternommen würde.

Obwohl ein eisiger Wind über das Deck fegte, dauerte es eine ganze Weile, bis sich die Menge nach dem Abtransport der Leiche endlich auflöste und wieder im Innern Schutz suchte. Und selbst dann gaben sich die Offiziere keineswegs der Illusion hin, dass sich die allgemeine Reaktion auf den Vorfall damit erschöpft hatte.

Ihnen war klar, wie schnell die Nachricht über diese düstere Entdeckung unter den zweitausend Menschen an Bord der *Endeavour* – Passagieren wie Mannschaft – die Runde machen würde. Ebenso klar war ihnen, dass Augenzeugenberichte sich rasch in wilden Tratsch verwandelten und die Einzelheiten mit jedem Weitererzählen fantastischer ausgeschmückt wurden.

Vier lange Tage lagen noch vor ihnen bis zur Ankunft in New York. Und in wenigen Stunden würden überall auf dem Schiff blutige Schauergeschichten von Mord und Totschlag kursieren.

MITTWOCH, 12. NOVEMBER 1924

1

Ich war schon eine Stunde wach, als es an meiner Tür klopfte. Ich lag in meiner Koje und starrte gebannt auf das Band aus gelbem Stoff, das ich behutsam zwischen meinen Fingerspitzen hielt.

Um ehrlich zu sein, hatte ich bereits seit über zwei Jahren nicht mehr erlebt, wie es sich anfühlte, eine Nacht komplett durchzuschlafen. Zwei Jahre, seit ich das letzte Mal meine Augen schließen und friedlich einschlummern konnte. Natürlich waren die Erinnerungen immer da. Die nagenden Schuldgefühle verschwanden nie wirklich. Aber nur nachts – allein in der Dunkelheit – kam das Ganze so richtig zum Vorschein. Dann folgte es mir nicht mehr wie ein vager Schatten, sondern schwebte über mir, als hätte es eine eigene körperliche Gestalt angenommen.

Sogar wenn der Schlaf mich irgendwann übermannte, gab es kein Entrinnen. Ich schreckte auf, nass geschwitzt und keuchend – manchmal mehrmals die Nacht. Auch an diesem Morgen war es mir nicht anders ergangen. Früh war ich aus dem Schlaf gefahren, hatte rasch nach dem Band getastet und es an mich gedrückt.

Während ich zur Beruhigung tief ein- und ausatmete, spürte ich den Stoff zwischen den Fingern. Das Stück gelber Samt war vom vielen Tragen an einem Ende schon ein wenig ausgefranst. Ich sah vor mir, wie es auf Amelias Kopf flatterte, sah die perfekt geschwungene kleine Schleife, die Kate immer so liebevoll gebunden hatte. Allmählich ebbte die Panikattacke ab und machte wie stets einer dumpfen Leere Platz.

Es war diese Art von Hoffnungslosigkeit, die sich anfühlte, als könnte sie mich – wenn ich es zuließ – ohne Schwierigkeiten vollständig verschlucken. Schließlich hatte ich selbst Schuld daran, nicht schlafen zu können. Ich selbst war schuld, dass mir von Amelia nichts als ein Stück gelber Samt geblieben war. Meine eigene Schuld, dass alles in Trümmern lag.

Das harte, dringliche Klopfen an meiner Tür kam gegen Viertel vor acht. »Birch! Besprechung beim Captain. Fünfzehn Minuten!«

Leicht verwundert legte ich das Band aus der Hand. Captain McCrory war ein Mensch, der enormen Wert auf Pünktlichkeit und feste Strukturen legte. Während meiner fast fünf Jahre auf der *Endeavour* hatten seine täglichen Einsatzbesprechungen mit den Offizieren ohne jede Ausnahme um exakt neun Uhr begonnen. Selbst als ich das eine Jahr ausgesetzt hatte, war mein Blick oft um diese Zeit zur Uhr gewandert, und ich hatte gewusst, dass jetzt irgendwo auf dem Atlantik die Männer zu ihrem allmorgendlichen Treffen zusammenkamen. Der Melder vor meiner Tür ging weiter, bevor ich noch einen Ton sagen konnte. Offenbar war er weder an meiner Antwort interessiert, noch hatte er Lust auf weitere Erklärungen.

Ich warf die Decke zurück und setzte mich in der Koje auf. Sofort schoss als Morgengruß ein stechender Schmerz durch meine Schulter. Irgendwie war mir nachts der Fehler unterlaufen, mich auf die rechte Seite zu drehen, und nun strafte mich meine alte Schussverletzung dafür.

Die Zähne zusammenbeißend strich ich mit den Fingerspitzen über die wulstige Narbe. In meinem Kopf ertönten wieder das Knattern der Gewehre und die aufgeregten Schreie der nach Deckung suchenden Männer. Ein glühend heißer Stoß war plötzlich durch meine Schulter gefahren, als eine deutsche Kugel ihr Ziel gefunden hatte. Sofort hatten sich Blutflecken auf meiner Uniform ausgebreitet. Ich erinnerte mich daran, wie ich ins Torkeln geraten und zu Boden gestürzt war, bevor ein amerikanischer Soldat mich unsanft unter den Armen gepackt und ohne viel Federlesens aus dem Schussfeld gezerrt hatte.

Diesen Tag würde ich wohl nie vergessen, obwohl ich mich nach Kräften darum bemühte. Wie die Narbe schien ich ihn für immer mit mir herumzutragen.

Ich presste die Augen zusammen und wartete, bis der Schmerz nachzulassen begann. Dann schaltete ich das Licht ein und zog mir im trüben Schein der elektrischen Glühbirne rasch meine Offiziersuniform an. Die Kabinen der ersten und zweiten Klasse auf der *Endeavour* mochten zwar den Gipfel an Luxus darstellen, aber die Unterbringung der Offiziere war erheblich weniger komfortabel, was man vor allem in den eisigen Wintermonaten zu spüren bekam. Da wir knapp über Meeresniveau etwa auf halber Höhe des Schiffes wohnten, befanden sich zwischen uns und dem Maschinenraum noch eben genug Decks, um zu verhindern, dass wir wenigstens ein wenig von der Abwärme profitierten. Und was es an Spuren von Wärme gab, konnte die Kabine nicht lange halten. Der Teppich war grob und abgenutzt, die Wände blankes Metall.

Zitternd knöpfte ich das frisch gebügelte weiße Hemd zu, legte die schwarze Krawatte um und schlüpfte in die lang geschnittene Offiziersjacke. Zuletzt setzte ich die Schirmmütze auf und schob das sorgsam zusammengefaltete gelbe Stoffband in meine Jackentasche.

Mehr als einmal hatte ich mir gesagt, dass es sicherer wäre, die kostbare Erinnerung in meiner Kabine zu lassen, womöglich tief versteckt in einer Schublade. Aber bislang hatte ich mich nie dazu überwinden können. Es war ein Stück von Amelia, das ich stets bei mir tragen konnte, stellvertretend für all das, was ich hoffte, einmal wiederzugewinnen. In Wahrheit hielt ich es einfach nicht aus, davon getrennt zu sein.

Bei meiner Ankunft in der Offiziersmesse saßen die anderen bereits zusammen, aßen Toast und tranken aus dampfenden Bechern Tee oder Kaffee. Kaum einer sah auf, als ich den Raum betrat. Nach meiner Rückkehr auf die *Endeavour* vor etwa sechs Monaten war es mir zur Gewohnheit geworden, erst zu kommen, wenn alle anderen schon versammelt waren, um möglichst wenig Aufmerksamkeit zu erregen. Im Idealfall gelang dies auch ohne Probleme. Meist spielte das Grammofon, und es wurde viel geredet und gelacht, bevor wir unsere Aufgaben für den jeweiligen Tag erhielten. An diesem Morgen jedoch war alles anders. Im Raum herrschte eine gespannte Stille. Auch wenn ich selten an den Unterhaltungen teilnahm, war der Bruch zu der sonst eher ausgelassenen Atmosphäre selbst für mich beunruhigend.

»Wilson«, grüßte ich und setzte mich neben einen stämmigen Kerl mit kurz geschorenen schwarzen Haaren.

»Birch«, erwiderte er.

»Was ist denn los?«

»Nicht die geringste Ahnung«, antwortete Wilson achselzuckend.

»Schon mal erlebt, dass der Captain den Termin vorgezogen hat?«

»Nie.«

Beim Eintritt von Captain McCrory sprangen alle sofort auf und nahmen Haltung an. Er war groß und kräftig gebaut. Ein sorgfältig getrimmter Bart sollte womöglich helfen, die Falten zu verbergen, die sein Gesicht inzwischen durchfurchten und seine Augenwinkel leicht zusammenkniffen. Die Silberknöpfe seiner schwarzen Kapitänsjacke glänzten wie frisch poliert, und jedes Teil seiner Uniform saß makellos akkurat.

Mir war nur allzu bewusst, wie viel ich McCrory zu verdanken hatte. So schroff er bisweilen sein konnte, es gab sicherlich nicht viele Schiffsführer, die mir nach einjähriger Unterbrechung erlaubt hätten, auf die *Endeavour* zurückzukommen. Am Tag meiner Rückkehr war ich als Erstes ins Büro des Captains gegangen, um ihm die Hand zu schütteln und mich persönlich für das erwiesene Verständnis zu danken, war jedoch prompt von ihm weggeschickt worden.

»Dazu besteht kein Anlass, Mr. Birch«, hatte er nur gesagt und mir wuchtig auf die Schulter geschlagen. Ich musste daran denken, wie ich zusammengezuckt war, weil er genau die Stelle der alten Verletzung traf, und mir dennoch ein Lächeln abgerungen hatte.

Auch im Rückblick war mir nie klar geworden, ob er mir bei diesem Treffen nur sehr persönliche Erklärungen ersparen wollte oder ob ihm mehr davor graute, miterleben zu müssen, wie einer seiner Offiziere die eigene Gefühlslage offenbarte. Aber eigentlich spielte das auch keine Rolle. Wichtig war allein, dass er mich zurückkehren ließ. Er hatte zu mir gestanden, als ich es am dringendsten brauchte.

In der Offiziersmesse erklärten die beiden Männer, die Frühdienst gehabt hatten, warum wir an diesem Tag zu ungewohnter Stunde einberufen worden waren. Der Jüngere – ein relativ neuer Offizier namens Travis – verfolgte mit bleichen Gesichtszügen, wie sein Partner Bericht erstattete. Offenbar war ein älterer Passagier während der Nacht an einem der Niedergänge, die außen die Decks der zweiten und dritten Klasse miteinander verbanden, gestürzt und vor etwa einer Stunde tot aufgefunden worden.

Während Captain McCrory mit eisiger Miene stumm und hoch konzentriert vor sich hinstarrte, erfuhren wir, dass man die

Leiche bereits nach unten gebracht hatte und der Coroner in New York rechtzeitig vor unserer Ankunft telegrafisch unterrichtet würde. Der berichtende Offizier legte eine Pause ein, da er an dem Punkt offenbar eine Stellungnahme des Captains zu dieser Tragödie oder weitergehende Anweisungen erwartete. Aber es kam nichts. Stattdessen bedeutete McCrory dem Offizier nur mit einem kurzen Nicken fortzufahren, woraufhin dieser rasch erklärte, welche kleineren Reparaturen an der Takelage infolge des nächtlichen Unwetters nötig waren und dass die Rettungsboote auf Schäden überprüft werden müssten.

Nach Abschluss des Berichts und Verteilung der diversen Aufgaben entließ uns der Captain und kehrte in sein Büro zurück. Einen kurzen Moment lastete die bedrückende Stille, die bereits vor der Besprechung geherrscht hatte, wieder auf dem Raum, als würde sich niemand trauen, diese ungewohnte Atmosphäre zu zerstören. Doch es dauerte nicht lange, dann erklang eine Schallplatte, die Männer stürzten sich erneut auf ihr Frühstück, und das laute Stimmengewirr, das so typisch für die Offiziersmesse war, kehrte zurück.

»Armer Teufel«, bemerkte Wilson und schmierte sich genüsslich einen Schlag Marmelade auf eine dicke Scheibe Toast.

»Die Passagiere werden bestimmt beunruhigt sein«, sagte ich.

»Ein paar.«

»Nur ein paar?«

»Du weißt doch, wie sehr sich alle mit der Zeit auf diesen Überfahrten langweilen«, antwortete Wilson und winkte ab. »Für die meisten dürfte der Fund einer Leiche die erste interessante Sache seit unserer Abfahrt sein. Einige wird das womöglich beunruhigen, aber die große Mehrheit wird bloß neugierig sein, alles darüber zu erfahren. Du wirst schon sehen. Am Ende werden uns wilde Spekulationen mehr Arbeit bereiten als eine drohende Panik, wart's ab.«

Mir fiel es schwer, seinen gelassenen Optimismus zu teilen. Die *Endeavour* bildete in mancherlei Hinsicht eine Art Schmelztiegel. Viele Hundert einander völlig fremde Menschen kamen für sechs Tage auf engstem Raum zusammen, ohne jede Möglichkeit, sich dem zu entziehen. Nichts, wohin man fliehen konnte. Es brauchte nicht viel, um eine solch heikle Balance aus dem Gleichgewicht zu bringen.

»Schon mal einen toten Passagier gehabt?«, fragte ich.

»Einmal. Kurz bevor du das erste Mal angeheuert hast, um genau zu sein. Eine alte Dame, die es im Schlaf dahinraffte. Hat ihrem Alten einen ganz schönen Schreck eingejagt, als er am nächsten Morgen neben ihr aufwachte.«

»Was hat man mit ihr gemacht?«

»Das Gleiche, was man wohl in diesem Fall auch machen wird«, erklärte Wilson, ohne sein Essen zu unterbrechen. »Ihre Leiche wurde diskret verstaut, bis wir anlegten und sich ein anderer des Problems annehmen musste.« Beim Anblick meiner gerunzelten Stirn fügte er hinzu: »Unfälle passieren, Tim. Menschen sterben. Sinnlos, sich darüber den Kopf zu zerbrechen.«

Kaum hatte er den Satz beendet, da wurde ihm sein Fehler bewusst.

»Schon gut«, sagte ich schnell.

»Um Himmels willen, Tim, ich wollte damit doch nicht sagen …«

»Schon gut, Wilson«, wiederholte ich und zwang mich zu einem Lächeln. »Im Ernst. Alles in Ordnung.«

Ein betretenes Schweigen setzte ein, und ich richtete meine Aufmerksamkeit auf den Becher Tee, der vor mir auf dem Tisch stand. So gut gemeint Wilsons Anteilnahme auch sein mochte, ausgeprägtes Taktgefühl war noch nie seine große Stärke gewesen. Es war nicht das erste Mal, dass er mit einer gedankenlosen Bemerkung einen wunden Punkt traf, und ich bezweifelte, dass es das letzte Mal sein würde.

Dennoch hatte er vermutlich recht. Dem berichtenden Offizier zufolge war die Leiche aus dem Blick der Passagiere geschafft worden, und ein Reinigungstrupp hatte bereits die Blutlache beseitigt, die zurückgeblieben war. Dieser Neue, der Travis hieß, hatte erzählt, einige Passagiere aus der dritten Klasse seien von dem Trubel angelockt worden und hätten neugierige Fragen gestellt. Aber anscheinend hatte sich die Lage zumindest bis auf Weiteres beruhigt, da es nichts mehr zu sehen gab.

Sobald Wilson fertig war mit seinem Toast, stand er abrupt auf und klopfte die Krümel von seiner Offiziersjacke.

»Hast du Dienst?«, fragte ich.

»McCrory will, dass ich auf Runde gehe. Und du?«

»Erst in einer Stunde.«

»Setzt du dich noch zu den anderen?«

Ich warf einen Blick zum gegenüberliegenden Tisch, an dem drei unserer Kollegen frühstückten. Einer hatte wohl gerade einen Witz erzählt, und sein Nebenmann brach in dröhnendes Gelächter aus. Der Dritte am Tisch war Travis, der wieder etwas Farbe im Gesicht hatte und einen Becher Kaffee trank.

»Du kannst dich nicht ewig abkapseln, Tim«, sagte Wilson. »Schließ dich ihnen doch beim Landgang an, wenn wir in New York sind. Sie werden sich bei der Ankunft bestimmt nach etwas Anständigem zu essen sehnen. In dieser Beziehung werden wir hier ja weiß Gott nicht verwöhnt.«

Ich starrte nur in meinen Tee und sagte nichts.

»Sieh mal, mir ist schon klar, dass das nicht dein Ding ist«, fuhr er mit einer gewissen Dringlichkeit in der Stimme fort. »Aber gemeinsam ein wenig Zeit abseits des Schiffes zu verbringen, könnte genau das Richtige sein. Du brauchst ja nicht gleich …«

»Ich kann nicht«, unterbrach ich ihn weit barscher, als ich gewollt hatte. »Ich bin …« Wilson musterte mich so aufmerksam, dass ich nervös auf meinem Sitz hin und her rutschte. »Ich bin mit jemandem verabredet.«

»Du? Verabredet?« Wilson verzog ungläubig das Gesicht, da er sich anscheinend nicht vorstellen konnte, mit wem um alles in der Welt ich verabredet sein könnte. Wäre mir nicht selbst nur allzu bewusst gewesen, wie sonderbar es klang, hätte ich seine Reaktion womöglich als beleidigend empfunden. Nach ein paar Sekunden schwand sein fragender Ausdruck, und seine Augen leuchteten auf. »Dein amerikanischer Freund, richtig?«, sagte er. »Der Soldat.«

»Stimmt.«

»Raymond, habe ich recht?«

Ich nickte. »Er hat mir vor Kurzem geschrieben und darauf bestanden, dass ich ihn besuchen komme. Meint wohl, ein paar Stunden in der Gesellschaft eines Freundes würden mir guttun.«

»Na, in dem Punkt gebe ich ihm sogar recht«, bemerkte Wilson und war dabei hörbar um einen unbekümmerteren Ton bemüht. »Aber du brauchst mehr als nur diesen einen Freund, der noch dazu am anderen Ende der Welt lebt, Tim. Der Trick bei den anderen liegt darin …«

»Wilson«, unterbrach ich ihn. »Bitte … selbst wenn ich Zeit hätte, du weißt genau, dass sie mich gar nicht dabeihaben wollen.« Ich rang mir ein Lächeln ab. »Ich bin derzeit eben auch keine besonders amüsante Gesellschaft.«

Er betrachtete mich mit undurchdringlicher Miene. »Na schön«, sagte er schließlich nach einem tiefen Seufzer. »Wie du willst.«

Ich wartete, bis er gegangen war, und schaute dann noch einmal zu den anderen hinüber.

Es lag gar nicht daran, dass ich sie nicht mochte. Das wusste auch Wilson. Aber über die letzten beiden Jahre hinweg war es mir immer schwerer gefallen, an überhaupt irgendetwas Freude zu haben. Selbst an einer so unkomplizierten Sache wie einem gemeinsamen Frühstück mit Offizierskollegen. Ich war eben ein Wesen der Einsamkeit geworden, das sich allein mit sich weit wohler fühlte als bei dem Versuch, zwanghaft Konversation zu machen. Trotzdem war mir vollkommen klar, dass Wilson recht hatte. So tief meine Beziehung zu Raymond auch war, ich brauchte mehr als nur diesen einen Freund in New York.

Zu Anfang hatten sich die anderen Offiziere sogar große Mühe gegeben, das musste man ihnen zugestehen. Bei meiner Rückkehr auf die *Endeavour* hatten sie mich offen und herzlich begrüßt, hatten mich ermuntert, mit ihnen eine Zigarette zu rauchen und Karten zu spielen. Aber es hatte nicht lange gedauert, bis sie merkten, dass ich nicht länger der Mensch war, den sie von früher kannten. Nach und nach ließen sie es immer widerspruchsloser zu, dass ich mich zurückzog und in meiner Trauer versank. Sechs Monate später war nur noch Wilson übrig, und selbst bei ihm fragte ich mich oft, ob er sich womöglich nur aus reinem Mitleid weiter mit mir abgab.

Gedankenverloren nahm ich das Samtband aus der Tasche. Allein den Stoff zwischen den Fingern zu spüren war schon beruhigend. Etwas von Amelia zu haben, das ich ansehen und anfassen konnte. Den Schmerz konnte es mir nicht nehmen, aber es betäubte ihn zumindest ein wenig.

Am Tisch gegenüber wandte Travis sich um, und bevor ich wegschauen konnte, trafen sich unsere Blicke. Einige Sekunden bewegte sich keiner von uns. Dann lächelte er und nickte mir zu.

Ich weiß nicht genau, wie lange wir uns so ansahen, doch das Lächeln von Travis traf mich derart überraschend, dass ich wie gelähmt in meiner Haltung verharrte. Da ich das Lächeln nicht erwiderte, begann es bald zu schwinden. Dann bemerkte Travis das Band in meiner Hand und neigte verwundert den Kopf zur Seite. Falten traten auf seine Stirn.

Unvermittelt riss mich ein lautes Klopfen aus meiner Erstarrung. Es kam aus dem Gang vor der Messe. Jemand schlug viermal hart gegen die Tür.

Ich erklärte, dass ich mich darum kümmern würde, stand auf und schob dabei das Samtband zurück in die Tasche. Rasch verließ ich die Messe und lief zu der Tür, die am anderen Ende des Gangs das Offiziersquartier mit dem Rest des Schiffes verband. Unterwegs wies ich mich im Stillen verärgert zurecht. Ich musste unbedingt vorsichtiger sein. Es würde mir ganz sicher nicht weiterhelfen, wenn die anderen Offiziere mich nicht nur für einen Einzelgänger hielten, sondern auch noch glaubten, dass ich in meiner Einsamkeit einen Hang dazu entwickelt hatte, irgendwelche Samtbänder zu befingern.

Kurz bevor ich die Tür erreichte, klopfte es erneut, diesmal noch heftiger. Wer immer es war, er hatte es eindeutig eilig. Wahrscheinlich ein Mitglied der Crew. Die Reparaturen der Takelage und die Kontrolle der Rettungsboote, von denen in der Einsatzbesprechung die Rede gewesen war, mussten von einem Offizier überwacht werden, und vermutlich wollten die Bootsleute gerne damit anfangen, solange das Wetter noch gut war.

Oder es war ein Passagier. Vielleicht bewahrheitete sich Wilsons Einschätzung, dass die Nachricht vom Tod des alten Mannes rasch die Runde machen würde. Gut möglich, dass nun ein besorgter Reisender unbedingt in Erfahrung bringen wollte, welche Schritte wir zu unternehmen gedachten.

Wer auch immer es war, er hatte mir eine Chance zur Flucht geliefert. *Im Grunde müsste ich dem beharrlichen Störenfried sogar dankbar sein*, dachte ich düster.

Als ich dann aber den Griff drehte und die Tür öffnete, glaubte ich, meinen Augen nicht zu trauen.

2

Nach kurzer Absprache mit den anderen Offizieren eilte ich zu Captain McCrory, um ihn über unseren Besucher zu informieren. Schweigend hörte er sich an, was ich zu berichten hatte: Ein Passagier hatte sich im Offiziersquartier gemeldet und ein Treffen mit dem Captain verlangt, um über die Leiche zu reden, die auf dem Promenadendeck gefunden worden war. McCrory lehnte sich mit finsterer Miene im Stuhl zurück und rührte leise klimpernd in seiner Teetasse.

Während er über die Meldung nachdachte, drehte ich mich zum Fenster, um den Ausblick zu genießen, aber auch um meinen Gesichtsausdruck zu verbergen. Die Schussverletzung in meiner Schulter, auf der ich nachts gelegen hatte, schmerzte noch immer, und ich wollte vermeiden, dass der Captain bemerkte, wie ich das Gesicht verzog. Zudem war die Aussicht wirklich traumhaft.

Das kleine Büro lag auf dem obersten Deck der *Endeavour*, wo man aus der Vogelperspektive beobachten konnte, wie das Schiff durch die Wellen schnitt. An einem klaren Tag gab es in meinen Augen bestimmt nur wenige Orte auf der Welt, die einen ähnlich faszinierenden Blick boten. Heute war allerdings keiner dieser

Tage. Zwar hatte der Regen am frühen Morgen aufgehört, doch noch immer hingen dunkle Wolken am Himmel, das Meer war grau und aufgewühlt, und von allen Seiten rüttelten Windböen am Schiff.

Ich überwand mein Unbehagen und wagte, die Stille zu durchbrechen. »Er ist wild entschlossen, mit Ihnen zu sprechen, Sir«, sagte ich. »Ich fürchte, davon wird er sich auch nicht abbringen lassen.«

Captain McCrory schnaubte leise. Nach dreißig Jahren auf See war er kein Mensch, der sich gerne von Passagieren zu persönlichen Treffen drängen ließ. Allerdings mochte er es sicherlich noch weniger, von der Nachricht geweckt zu werden, dass einer von ihnen nachts ums Leben gekommen war.

»Ein Polizist, sagen Sie?«

»Richtig, Sir«, antwortete ich. »Ein Detective, wie es scheint. Sein Name ist James Temple.«

»Und welchen Eindruck haben Sie von ihm, Mr. Birch?«

»Ich hatte noch keine Gelegenheit, mir wirklich ein Bild zu machen, Sir. Wir haben versucht, ihn ein wenig auszufragen, aber er hat alles abgeblockt. Wie schon gesagt, er beharrt darauf, mit Ihnen persönlich zu sprechen.«

McCrory hörte auf zu rühren und legte den Teelöffel behutsam auf die Untertasse. »Ganz schön dreist«, murmelte er.

»Möchten Sie, dass ich ihn fortschicke, Sir?«, fragte ich.

Er antwortete nicht, sondern starrte nur auf seine Schreibtischplatte. Neben den akkurat arrangierten Papieren und Büroutensilien standen drei Fotografien: eine von seiner Frau, eine von der *Endeavour* im Hafen von Southampton und eine dritte, die ordentlich aus einem Zeitungsartikel ausgeschnitten war und auf der er am Tag der Jungfernfahrt einem Mitglied der königlichen Familie die Hand schüttelte. Eine Schreibmaschine war ebenfalls vorhanden, aber die hatte kaum jemals etwas zu tun bekommen, wie ich wusste. Captain McCrory war ein Mensch, der unbeirrbar daran festhielt, die Dinge lieber auf traditionelle Weise zu erledigen.

Auf jeder anderen Überfahrt hätte ich gedacht, dass er bloß eine der Fotografien betrachtete, doch in diesem Moment galt seine Aufmerksamkeit zweifellos etwas anderem. Er betrachtete eine reich verzierte Holzschachtel, von der alle Offiziere wussten, dass sie eine Auswahl erlesener Zigarren enthielt. Die Schachtel war neu, speziell angeschafft für diese Reise, und sollte der Feier seines lang erwarteten und ersehnten Ruhestands dienen. Er selbst war zwar stolzer Schotte, hatte aber eine Amerikanerin geheiratet, und so würde das Kästchen mit Sicherheit geöffnet werden, sobald wir in New York angelegt hatten.

Sein Blick blieb darauf ruhen, und seine Augen nahmen einen abwesenden Ausdruck an, so als würde er in Gedanken schon vor sich sehen, wie er das letzte Mal von Bord der *Endeavour* schritt und sich diese erste Zigarre anzündete. Seufzend hob er den Kopf.

»Das wird nicht nötig sein, Mr. Birch. Bitten Sie ihn einfach herein. Bringen wir die Sache hinter uns.«

Wie befohlen öffnete ich die Tür, und Temple trat ein.

Ihn vor dem Offiziersquartier stehen zu sehen und zu hören, dass er Kriminalpolizist war und unbedingt den Captain sprechen wollte, hatte mich mehr als nur überrascht.

Der Mann war schlank und drahtig, hatte dichtes braunes Haar und ein kantiges Kinn. Er wirkte verblüffend jung für seinen Dienstrang – ich schätzte ihn auf allenfalls dreißig –, aber unter seinen Augen lagen dunkle Ringe, und die tiefen Falten auf seiner Stirn schienen dauerhaft eingegraben. Ein dunkelgrauer Dreiteiler schlotterte an seiner hageren Gestalt, dazu trug er eine schmale Krawatte und ein weißes Hemd, das allem Anschein nach schon den einen oder anderen Tag in Gebrauch war. Über seinem Arm hing ein zusammengefalteter grauer Mantel, und in der Hand baumelte ein Fedora in der gleichen Farbe. An seinem Hals war ein kleiner Schnitt, so als hätte er es beim Rasieren sehr eilig gehabt, und auf seinem Kragen bemerkte ich ein paar Spritzer getrocknetes Blut.

Nachdem ich ihn in der Messe den anderen Offizieren vorgestellt hatte, gab es einige, die dafür waren, ihn besser wieder wegzuschicken. Schließlich hob der Captain gerne hervor, dass er keine Lust habe, seine Zeit mit Querulanten und Wichtigtuern zu vergeuden, und die vorherrschende Meinung unter den Männern war, dass Temple nicht lange brauchen würde, um in beide Kategorien eingeordnet zu werden.

Ich dagegen wollte mir lieber erst ein genaueres Bild von dem jungen Detective machen. Auch wenn vieles dafürsprach, dass er dem Captain auf die Nerven fallen würde, interessierte mich doch, was genau er zu sagen hatte. Und als ich mich bereit erklärte, ihn selbst zum Captain zu bringen, willigten die anderen sofort mit größter Begeisterung ein.

Inzwischen fragte ich mich, ob meine Neugier in diesem Fall der falsche Ratgeber gewesen war. Bevor ich die Tür noch richtig geöffnet hatte, kam Temple bereits hereingestolpert, so als hätte er draußen schon mit dem Ohr am Holz gehorcht. Ohne mir die geringste Beachtung zu schenken, durchquerte er den Raum mit ein paar großen Schritten, nahm dem Captain gegenüber Platz und deponierte seinen Fedora auf dem Schreibtisch. Wahrscheinlich war es gut, dass er nicht auch noch die Hand ausstreckte, denn die hätte der Captain in diesem Moment wohl kaum geschüttelt. Stattdessen beäugten die beiden sich lieber taxierend und warteten darauf, dass einer den ersten Schritt wagte.

Es war McCrory, der dem Schweigen schließlich ein Ende bereitete. »Soll ich Ihnen eine Tasse Tee bringen lassen, Mr. Temple?«

»Nein, danke.«

Wieder trat Stille ein.

»Wie ich gehört habe, sind Sie Detective.«

»Das stimmt.«

Erneut legte der Captain eine Pause ein, da er offenbar mit näheren Erklärungen von Temple rechnete. Da McCrory wenig Geduld hatte und gerne ohne viel Umstände auf den Punkt kam, konnte solch ein langatmiges Geplänkel nicht lange gut gehen.

»Sie würden also gerne einen Blick auf den Gentleman werfen, der heute Morgen gefunden wurde.«

»Das wäre sicherlich hilfreich.«

»Und warum, wenn ich fragen darf?« Wie auf Ansage hin mischten sich in die Stimme des Captains erste Anzeichen von Verärgerung. »Ich weiß zwar nicht, was Ihnen die anderen Passagiere erzählt haben, Mr. Temple, aber hier handelt es sich ganz offensichtlich um einen älteren Herrn, der ausgerutscht und eine Treppe hinuntergestürzt ist. Natürlich ist das ein gravierender Unfall, und als solchen lassen wir ihm alle nötige Aufmerksamkeit zukommen, aber ich kann nicht erkennen, weshalb wir einen Kriminalpolizisten hinzuziehen sollten.«

»Mag sein, dass Sie recht haben«, erwiderte Temple. »Aber meiner Erfahrung nach kann man da erst sicher sein, wenn eine sachgerechte Untersuchung stattgefunden hat.«

»Ihrer *Erfahrung* nach?«

Wenn Captain McCrory damit auf das jugendliche Alter des Detectives anspielen wollte, erzielte er keine spürbare Wirkung. Temple mochte jung aussehen, doch die stoische Art, wie er dem missmutig dreinblickenden älteren Mann begegnete, wie er ein Bein lässig über das andere schlug und eine Miene vollkommener Neutralität bewahrte, sprach für ein weit über sein Alter hinausgehendes Selbstbewusstsein.

»Woher genau kommen Sie, Mr. Temple?«, bohrte der Captain nach. »Irgendeine Großstadt vermutlich. London? Birmingham?«

»London.«

»Nun, dann lassen Sie mich mal eine Sache unmissverständlich klarstellen, Sir.« Der Captain legte seine Hände auf der Schreibtischplatte zusammen und beugte sich vor. Seine Augen blitzten hart. »Dies ist nicht London. Hier lauert nicht hinter jeder Ecke Gefahr. Ich fahre jetzt schon fast meine gesamte berufliche Laufbahn auf solchen Passagierschiffen, und *meiner* Erfahrung nach neigen die Menschen hier nicht dazu, sich ständig gegenseitig umzubringen. Ich werde es nicht zulassen, dass Sie derartiges Gerede unter meinen Passagieren verbreiten, nur damit Sie daheim in London auf Ihrer Wache später etwas Eindrucksvolles zu erzählen haben.

Darüber hinaus möchte ich Sie darauf hinweisen, dass Sie zwar in England das Gesetz vertreten, an Bord dieses Schiffes aber keinerlei Befugnisse haben. Ich kenne die Rechtslage für solche Fälle. Derzeit befinden wir uns in internationalen Gewässern, und in vier Tagen werden wir in New York festmachen, also im juristischen Zuständigkeitsbereich der Amerikaner. Ich will damit sagen, Mr. Temple, dass jede Form von Ermittlungen, die Sie hier an Bord durchführen möchten, von mir ausdrücklich genehmigt werden muss, und ich habe nicht die Absicht, wegen eines simplen Unfalls für allgemeine Panik zu sorgen.«

Captain McCrory lehnte sich in seinem Stuhl zurück, und jetzt war es an Temple, mit der richtigen Taktik zu kontern. Er hatte aufmerksam zugehört und atmete nun einige Male durch, wie ein Schachspieler, der über den nächsten Zug grübelt.

»Ich verstehe Ihre Position, Captain«, begann er vorsichtig. »Und es liegt keineswegs in meiner Absicht, für allgemeine Unruhe zu sorgen. Aber überlegen Sie doch mal: Sie sagen, dass Ihre Passagiere nicht dazu neigen, sich gegenseitig umzubringen. Heute allerdings könnte genau das geschehen sein. Sie haben hier einen Toten und einen Haufen Spekulationen darüber, was ihm wohl zugestoßen sein mag. Zugleich steht Ihnen ein Vertreter von Scotland Yard zur Verfügung, der anbietet, Ihnen bei der Klärung der Situation zu helfen.«

Die Nasenflügel des Captains bebten, aber Temple fuhr unbeeindruckt fort.

»Ich bitte um eine Gelegenheit, die Leiche zu untersuchen und einige Nachforschungen anzustellen. Und Sie haben vollkommen recht …« Seine Stimme kletterte einen Halbton, als er merkte, dass der Captain Anstalten machte, ihn zu unterbrechen. »… ich habe keinerlei amtliche Befugnisse an Bord Ihres Schiffes, aber auch ich kenne mich mit der Rechtslage in solchen Fällen aus. Solange Sie mir nicht nachweisen können, dass ich mich rechtswidrig verhalte, können Sie mich nicht daran hindern, mit allen zu sprechen, die sich freiwillig mit mir unterhalten. Ich bitte Sie also um Ihre Unterstützung. Nicht um Ihre Erlaubnis.«

Eine angespannte Stille lastete auf dem Raum, während Captain McCrory über die Entgegnung Temples nachdachte. Er war nicht daran gewöhnt, so direkt angegangen zu werden. Ich hatte von Männern unter seinem Kommando gehört, die für weit harmlosere Widerreden rausgeschmissen worden waren. Ganz ehrlich gesagt ergab das, was Temple einzuwenden hatte, jedoch tatsächlich Sinn.

»Trifft es zu, dass er ohne Mantel aufgefunden wurde?«, erkundigte sich Temple unvermittelt.

Der Captain sah ihn verständnislos an. »Ich habe nicht die geringste Ahnung. Und warum sollte dieser Punkt eine Rolle spielen?«

Der Detective zuckte beiläufig mit den Schultern. »Bestimmt haben auch Sie bemerkt, dass die Wetterbedingungen in der vergangenen Nacht nicht sonderlich verlockend waren. Kommt es Ihnen denn nicht sonderbar vor, dass ein älterer Gentleman solchen Verhältnissen trotzt, bloß weil ihm abends nach einem kleinen Verdauungsspaziergang zumute ist, und er dann nicht einmal einen Mantel anzieht?«

»Ich weiß nicht, worauf Sie hinauswollen, Mr. Temple.«

»Ich will darauf hinaus, dass es unsere Pflicht ist zu untersuchen, was er da draußen tat, als er fiel, bevor wir das Ganze als einfachen Unfall zu den Akten legen. Wohin wollte er? Was hatte er vor? Gewiss sind das Fragen, die auch Ihrer Meinung nach erst geklärt werden müssten.«

Captain McCrory nahm den Teelöffel wieder in die Hand und klopfte damit sacht auf den Tassenrand. »Aus welchem Grund unternehmen Sie diese Reise auf meinem Schiff, Mr. Temple?«, fragte er.

»Darüber kann ich keine Auskunft geben.«

»Das genügt mir nicht.« Er richtete den Teelöffel wie einen Dolch auf Temple. »Erst ein Toter auf meinem Schiff, und dann ist die Leiche noch nicht ganz kalt, und schon taucht ein Detective aus London bei mir auf, faselt von Mord und besteht auf der Erlaubnis, sie untersuchen zu dürfen. Jetzt erklären Sie mir mal, wie ich da nicht misstrauisch werden sollte.«

Temples Augen verengten sich und musterten Captain McCrory lange und nachdenklich. Ich konnte ein leises, rhythmisches Pochen hören, senkte den Blick und sah, dass er mit seinem Absatz auf den Boden klopfte.

»Es tut mir leid, Captain«, erklärte Temple ruhig und bestimmt. »Ich kann Ihnen nicht sagen, warum ich nach New York reise.«

»Dann sehe ich nicht, warum ich Ihnen Vertrauen schenken und eine Untersuchung des Leichnams gestatten sollte. Selbst wenn ich mein Einverständnis geben würde, wir erreichen bereits am Sonntag unseren Zielhafen. Was für eine Ermittlung wollen Sie denn in nur vier Tagen durchführen?«

»Sofern Sie recht haben und es sich um einen bloßen Unfalltod handelt, eine entsprechend kurze.«

»Und wenn ich mich irre?« Die Stimme des Captains hatte plötzlich einen drohenden Unterton angenommen. »Sollten sich doch Anzeichen für ein Verbrechen finden, welche Art von Ermittlung schwebt Ihnen dann vor?«

Temple beugte sich vor und sah McCrory offen in die Augen. »Eine entsprechend gründliche.«

Eine gefühlte Ewigkeit lang fixierten sich die beiden Männer über den Schreibtisch hinweg wie Boxer im Ring. Ich spielte bereits mit dem Gedanken, mich einzumischen, als der Detective endlich nachgab.

»Ich kann Ihnen immerhin mitteilen, dass ich beruflich unterwegs bin«, räumte er ein. »In einer Polizeiangelegenheit. Näher ausführen darf ich das aber nicht.«

Eine Weile war nur der leise Rhythmus von Temples Absatz auf dem Boden zu hören. Captain McCrory warf einen sehnsüchtigen Blick zur Zigarrenkiste und wirkte kurz erneut so abwesend wie unmittelbar vor Temples Eintritt. Allerdings machte es nicht den Eindruck, als wollte er einlenken.

»Captain«, fuhr Temple nüchtern fort. »Falls ein Verbrechen vorliegt, werden Sie dafür verantwortlich sein, dass der Schuldige in New York das Schiff zusammen mit den anderen Passagieren als freier Mann verlässt. Sind Sie sich dessen bewusst? Er kommt nicht nur ungestraft davon für das, was er an Bord der *Endeavour* getan hat, sondern erhält sogar die Chance, noch mehr Verbrechen zu begehen. Warum erlauben Sie mir nicht lieber, diese kleine Untersuchung durchzuführen? Und wenn es nur dazu dient, Ihr Gewissen zu beruhigen.«

Der Captain strich sich mit der Hand über den Bart. Wieder hatte Temple ein erstaunlich überzeugendes Argument vorgebracht – eines, das selbst McCrory nicht so leicht von der Hand weisen konnte. Wie eine mächtige Eiche, die sich nach zähem Kampf der Axt des Holzfällers geschlagen gibt, lenkte er endlich ein.

»Also schön«, sagte er. »Wenn Sie den Leichnam untersuchen möchten, so werde ich Ihnen das gestatten. Aber nur unter einer Bedingung.«

Temple kniff argwöhnisch die Augen zusammen.

»Mr. Birch hier wird Sie begleiten.«

»Nein«, blaffte Temple sofort kategorisch.

Der Captain schaute verwundert. »Nein?«

»Vollkommen unnötig.«

»Ich entscheide hier, Mr. Temple«, erklärte McCrory und hob die Stimme, um den Widerspruch des Detectives zu übertönen. »Wenn Sie eine Untersuchung an Bord meines Schiffes durchführen möchten, wird Mr. Birch Sie begleiten und sicherstellen, dass dabei keiner meiner Passagiere beunruhigt wird.«

Temple hatte seine lässige Beherrschung nun komplett verloren und ließ es zu, dass seine Züge sich vor Wut verzerrten. Ich spürte, wie er zu seiner nächsten Attacke anhob, konnte fast *hören*, wie die Rädchen in seinem Kopf arbeiteten.

»Sind Sie mit dieser Verfahrensweise einverstanden, Mr. Birch?«, richtete Captain McCrory zum ersten Mal seit Temples Erscheinen das Wort an mich. »Sie werden nicht von Mr. Temples Seite weichen, bis er davon überzeugt ist, dass eine sachgerechte Untersuchung stattgefunden hat.«

»Sehr wohl, Sir«, sagte ich. »Allerdings, meine anderen Aufgaben ... die Takelage, die Rettungsboote ...«

Der Captain winkte ab. »Ihre Offizierskollegen werden gewiss in der Lage sein, diese Aufgaben zu übernehmen, bis Mr. Temples Neugier gestillt ist.«

Temple drehte sich zu mir um und musterte mich scharf. Seine Augen funkelten eisig, und er machte erst gar nicht den Versuch, seinen verächtlichen Widerwillen gegen die Entscheidung des Captains zu verbergen.

»Sind Sie damit einverstanden, Mr. Birch?«, wiederholte McCrory.

»Selbstverständlich, Sir.«

»Ich brauche keine Begleitung«, brummte Temple und wandte sich wieder dem Captain zu. »Das ist doch lächerlich.«

»Dann werden Sie die Leiche nicht zu sehen bekommen.«

Einmal mehr maßen sich die beiden sekundenlang mit ihren Blicken. Dann stand Temple wortlos auf, schnappte sich seinen Fedora vom Schreibtisch und stürmte aus der Kabine.

3

Der Blick aus Captain McCrorys Büro war wirklich eindrucksvoll, aber am wohlsten fühlte ich mich auf der Kommandobrücke der *Endeavour*. Die Steuerzentrale für das gesamte Schiff saß hoch über dem Bug, prunkte mit einem auf Hochglanz polierten Holzboden und bot durch ihre riesigen Fenster einen weiten Ringsumblick auf das Meer. Genau in der Mitte des Raums stand das Steuerrad, daneben der Maschinentelegraf, und an der Wand hingen ein Telefon und ein prachtvoller Kompass.

Vor allem das Ablegen im Hafen versuchte ich wann immer möglich auf der Brücke zu erleben. Kate behauptete zwar, ich müsse es mir einbilden, doch ich hätte schwören können, hier oben unter meinen Füßen zu spüren, wie die Maschinen fauchend zum Leben erwachten und die *Endeavour* in Bewegung setzten. Qualm fuhr aus ihren drei stählernen Schornsteinen, und ihre vier Schiffsschrauben – jede von über sechs Metern Durchmesser – wühlten sich durch die Wassermassen und begannen, die fast fünfzigtausend Tonnen durch die Wellen nach vorne zu treiben. Für mich existierte nicht viel, was auch nur annähernd so aufregend war.

Nach drei Tagen auf See gab es diese erregenden Momente

allerdings nicht mehr. Die *Endeavour* hatte ihre gleichmäßige Reisegeschwindigkeit erreicht. Natürlich musste aus formalen Gründen stets ein Offizier anwesend sein, aber da der Mann, den ich ablöste, bereits alle nach dem nächtlichen Schlechtwettergebiet notwendigen Kurskontrollen durchgeführt hatte, zeichnete sich kein Anlass für Korrekturen an Geschwindigkeit oder Richtung ab. Ich hätte also ohne Weiteres eine gemütliche Runde über das Hauptdeck drehen können, wenn mir der Sinn danach stand, wäre eine Stunde später zurückgekommen, und nichts hätte sich geändert. Wahrscheinlich wäre dem Steuermann meine Abwesenheit nicht einmal aufgefallen.

Tatsächlich warteten an anderer Stelle Aufgaben, um die ich mich hätte kümmern können. So hatte sich Mrs. Fitch, eine griesgrämige alte Witwe aus Cambridge, sofort nach ihrer Ankunft auf der *Endeavour* am Montagmorgen darüber beschwert, dass ihre Erste-Klasse-Kabine nicht genügend Platz bot, um Trainingsübungen mit ihrem Hund zu absolvieren. Ihr Yorkshireterrier war ein fieses kleines Biest, das an meinen Absätzen geknabbert hatte, während ich versicherte, mich nach der Verfügbarkeit einer größeren Kabine zu erkundigen. Außerdem gab es Berichte, dass Mr. Seymour, einer der Hilfsstewards an Bord, im Dienst getrunken hatte. Ihm musste gehörig der Kopf gewaschen werden.

Und dann war da natürlich noch James Temple.

Meine Beziehung zu dem Detective hatte wahrlich keinen besonders vielversprechenden Anfang genommen. Nach seinem stürmischen Abgang aus dem Büro hatte ich die Tür hinter ihm geschlossen, während Captain McCrory etwas davon brummte, was für ein arroganter junger Pinsel der Kerl doch sei.

»Für wie alt schätzen Sie den Burschen, Birch?«, hatte er gefragt und sich dabei so heftig in seinem Sessel zurückgelehnt, dass der lederne Bezug quietschte. »Etwa so wie Sie?«

»Ungefähr, Sir. Vielleicht ein paar Jahre jünger.«

»Können Sie sich vorstellen, jemals die Dreistigkeit zu besitzen, einfach in eine Polizeiwache zu platzen und lauthals ein Gespräch mit dem Dienststellenleiter zu verlangen?«

»Nein, Sir.«

»Nein, Sir … genau.« Der Captain hatte den Kopf geschüttelt und fassungslos vor sich hingestarrt.

»Sir?«, hatte ich nach einer Weile vorsichtig gefragt. »Sind Sie denn nicht der Meinung, dass der Tod dieses Gentleman genauer untersucht werden sollte? Ich stimme Ihnen zwar zu, dass es sich höchstwahrscheinlich um einen Unfall handelt, aber mir will auch nicht aus dem Kopf, wovor Mr. Temple gewarnt hat. Sollte doch jemand dafür verantwortlich sein, wird er, sobald wir erst in New York ankommen …«

»Birch«, hatte der Captain mich seufzend unterbrochen. »Es reicht. Wenn Mr. Temple nicht einmal bereit ist, bei seinen Ermittlungen jemanden an seiner Seite zu haben, dann kann er die Gefahr ganz offensichtlich für nicht allzu groß halten.«

»Soll ich ihn denn noch immer begleiten, falls er seine Meinung ändert, Sir?«

Captain McCrory hatte leise glucksend gelacht und einen Schluck Tee getrunken. »Machen Sie sich darüber mal keine Gedanken, Mr. Birch«, hatte er schließlich geantwortet. »Ich glaube nicht, dass wir von unserem verehrten Herrn Detective noch einmal belästigt werden.«

Mit dieser Einschätzung schien er – zumindest bislang – richtigzuliegen. Ich hatte bei meinem Weggang aus dem Büro schon halb erwartet, dass Temple mich draußen erwartete, um sich für seinen unbeherrschten Ausbruch zu entschuldigen und mich zu fragen, ob ich bereit wäre, ihn trotzdem noch zu der Leiche zu begleiten. Aber er war nirgends zu sehen gewesen, und so konnte ich einstweilen ungestört die beschauliche Ruhe auf der Brücke genießen.

Zweifellos war meinen Offizierskollegen inzwischen aufgefallen, wie häufig ich mich freiwillig zum Dienst hier oben meldete. Genauso wie sie sicherlich bemerkt hatten, dass ich stets als Letzter zur täglichen Einsatzbesprechung kam. Doch selbst wenn beide Annahmen zutrafen, so hatte daran bisher niemand offen herumgemäkelt.

In Wahrheit diente die Brücke mir als Zufluchtsort. Dabei übten nicht allein der endlose Himmel und das wogende Meer eine beruhigende Wirkung auf mich aus, sondern auch die glänzenden Instrumente, der weite Raum und die völlige Stille. Inmitten dieser Unkompliziertheit, dieser klaren Funktionalität fühlte ich mich zu Hause. An diesem Ort musste ich nicht so tun, als würde ich nicht merken, mit welch mitleidigen Blicken die anderen mich betrachteten oder mit welchem Unbehagen sie sich durch aufgenötigte Gespräche quälten.

Natürlich war ich keineswegs so selbstbezogen, mir einzubilden, ich wäre der Einzige, der sich mit Lasten der Vergangenheit herumschlagen musste. Viele meiner Offizierskollegen hatten im Krieg Grauenhaftes erlebt, das sie nicht losließ, und auch mich verfolgten die Bilder jener Jahre zugegebenermaßen sogar heute noch. Zudem diente mir die Schussverletzung in der Schulter als verlässliche Erinnerung an den vielen Matsch und Stacheldraht und diesen allgegenwärtigen Gestank nach Tod.

Ich berührte das Revers direkt über der Stelle und fand mich zurück auf den Feldern Frankreichs, zurück an dem Bauernhof, wo wir in den Hinterhalt einer kleinen Gruppe von deutschen Soldaten gerieten, die sich vollkommen aussichtslos bemühten, ihren letzten Zufluchtsort zu verteidigen. Zurück zu Raymond, der mich in Deckung zog und über mich wachte, nachdem ich getroffen worden war.

Ich verdankte ihm mein Leben, dessen war ich mir nur allzu bewusst. Vielleicht sogar in mehr als nur einer Beziehung. Wir waren nach dem Krieg in Verbindung geblieben, schrieben uns gegenseitig etwa ein halbes Dutzend Briefe im Jahr. Gemeinsam erinnerten wir uns an die langen Wochen, in denen wir durch Wälder und über Felder gestapft waren, und an die Ängste, ob wir wohl jemals zu einem normalen Leben zurückkehren würden.

In den letzten beiden Jahren hatten die Briefe jedoch einem anderen Zweck gedient. Wahrscheinlich fiel es mir schlicht leichter, meine Gedanken zu Papier zu bringen, als sie offen auszusprechen. Wie auch immer, während ich mich nach und nach immer stärker vom Rest der Welt abkapselte, war Raymond mein engster Vertrauter geworden.

Ohne meinen Blick vom Meer zu wenden, nahm ich Amelias gelbes Band aus der Tasche und befühlte den Stoff zwischen den Fingern. Raymond hatte mich schon mehrmals eingeladen, ihn in New York zu besuchen, aber ich hatte stets abgelehnt. Genauso wie er stets höflich abgelehnt hatte, mich in England zu besuchen oder meine Tochter zu treffen, die ich ohne seine Hilfe vermutlich nie kennengelernt hätte.

Bislang hatte ich stets abgelehnt, sollte das heißen.

Ich versuchte, mir unser Wiedersehen am kommenden Sonntag vorzustellen. Würde er anders aussehen? Gewiss, nach all den Jahren. Das letzte Mal hatte ich Raymond gesehen, als ich auf einer Bahre in einen Lastwagen geschoben worden war, um dann die lange Fahrt zum nächsten Feldlazarett zurückzulegen. Schlamm und Schweiß klebten an ihm, und er hatte sein Gewehr über die Schulter geworfen. Inzwischen war er seit sechs Jahren zurück in New York. Würde ich ihn überhaupt noch wiedererkennen?

Ich steckte das Band zurück in die Tasche, ließ mir eine Tasse Earl Grey kommen und versuchte, mich mit dem Studium einiger Seekarten abzulenken. Doch ständig kam mir Temples Gespräch mit dem Captain wieder in den Sinn. In Wahrheit hatte mich das Auftreten dieses Mannes verunsichert. Er hatte zweifellos zu

Recht darauf hingewiesen, dass jemand, der womöglich doch für den Tod des Gentlemans verantwortlich war, auf keinen Fall unbehelligt von Bord der *Endeavour* gehen durfte. Aber sein eigenes Schweigen, seine beharrliche Weigerung offenzulegen, was er beruflich in New York zu tun hatte, war mindestens ebenso beunruhigend.

Mir fiel wieder ein, mit welchem Blick er mich angestarrt hatte, als der Captain seine Bedingungen nannte. Vielleicht sollte ich mich eher glücklich schätzen, dass sich unsere Wege nur so kurz gekreuzt hatten.

Ich war eben bei meiner zweiten Tasse Earl Grey angelangt, da begann das Wandtelefon hinter mir so heftig zu klingeln, dass der Messinghörer bei jedem Schellen auf der Gabel klapperte. Nachdem ich meine Tasse abgesetzt hatte, durchquerte ich den Raum mit drei großen Schritten und hob ab.

»Brücke«, meldete ich mich.

»Ist Birch da oben?«, bellte es krächzend in mein Ohr.

»Am Apparat.«

»Gott sei Dank, das ist schon die dritte Nummer, unter der wir's versuchen. Hier ist die Messe. Es gibt hier jemanden, der unbedingt mit Ihnen sprechen möchte. Ein Passagier.«

»Ach ja?«

»Er benimmt sich verdammt ungehobelt, aber wir haben ihm einen Kaffee gegeben, und das scheint ihn ein wenig beruhigt zu haben. Wenn Sie so freundlich wären, runterzukommen und uns von seiner Gesellschaft zu befreien, wären wir Ihnen alle zu großem Dank verpflichtet.«

»Wer ist es denn?«, fragte ich misstrauisch, obwohl ich die Antwort schon zu ahnen glaubte.

»Weiß keiner«, kam es barsch zurück. »Er will uns seinen Namen nicht sagen. Er erklärt bloß unablässig, dass er Polizist ist.«

Bevor ich noch ein Wort erwidern konnte, wurde aufgelegt.

4

Mit wachsendem Unbehagen machte ich mich auf den Rückweg zur Offiziersmesse, wo ich wenig später James Temple allein vor einem Becher Kaffee sitzend antraf.

Die Stille im Raum war verstörend. Gewöhnlich spielten hier zumindest ein paar Männer Karten, lauschten dem Grammofon oder schmökerten in einem Buch, während sie darauf warteten, zu einem Einsatz abberufen zu werden. Ich fragte mich, wie es dem Detective gelungen war, sie alle zu vertreiben.

»Mr. Temple«, grüßte ich wachsam und nahm ihm gegenüber Platz. »Was kann ich für Sie tun?«

Er studierte mich aufmerksam, und ich wand mich nervös unter seinem stechenden Blick. Ich konnte nur schwer die Abscheu vergessen, mit der er mich beim Ultimatum des Captains betrachtet hatte.

»Birch war der Name, richtig?«

»Stimmt genau, Sir. Timothy Birch.«

Sein Oberschenkel hüpfte unter dem Tisch, da er mit dem Absatz unablässig denselben leisen Rhythmus klopfte, den ich schon im Büro des Captains gehört hatte.

»Ich würde mir gerne die Leiche ansehen«, erklärte er ruhig.

»Das haben wir doch bereits besprochen, Mr. Temple«, erwiderte ich. »Wir haben Ihnen angeboten, Sie zu begleiten, und Sie haben unser Angebot entrüstet zurückgewiesen.«

»Ich habe nichts entrüstet zurückgewiesen.«

»Sie sind wütend aus der Kabine gestürmt, Sir. Das hat doch wohl für sich selbst gesprochen.«

Der Detective starrte mich nur mürrisch an.

»Wenn ich Sie zur Leiche bringe, dürfte ich dann wissen, was Sie dort zu entdecken hoffen?«, fragte ich. »Wie Captain McCrory unmissverständlich klargemacht hat, wird das Ganze als Unfall eingestuft.«

»Kommt Ihnen das nicht selbst etwas einfältig vor?«

Ich dachte eine Weile nach, um herauszufinden, in welche Falle er mich locken wollte. Bei seinem ersten Auftreten in McCrorys Büro hatte ich ihn anfänglich unterschätzt, das sollte mir nicht noch einmal passieren.

»Sie haben sich beim Captain erkundigt, ob der Mann tatsächlich ohne Mantel aufgefunden wurde.«

»Das habe ich.«

»Glauben Sie wirklich, ein solches Detail könnte relevant sein?«, fragte ich. »Zugegeben, es klingt ein wenig sonderbar, dass er ohne Mantel nach draußen gegangen sein sollte. Aber genügt das Ihrer Meinung nach tatsächlich, um deshalb gleich infrage zu stellen, wie er diesen Niedergang hinuntergestürzt ist?«

Temple lehnte sich in seinem Stuhl zurück und ließ eine wohlkalkuliert wirkende Pause entstehen. »Beantworten Sie mir etwas anderes«, sagte er schließlich. »Wir wissen zwar nicht, um wie viel Uhr genau der Mann gestürzt ist, aber wir wissen, dass es fast die ganze Nacht geregnet hat. Damit steht fest, dass Ihr Captain zumindest in einem Punkt recht hat. Zum Zeitpunkt seines Sturzes lief der Mann mit großer Sicherheit draußen im Regen herum.«

»Und weiter?«, forderte ich ihn auf.

»Die Treppe, die er hinunterfiel, stellt eine Außenverbindung zwischen den Decks der zweiten und der dritten Klasse her, richtig?«

»Ja ...«

»Gibt es nicht auch eine Treppe im Innern, die er dafür hätte benutzen können?«

Ich antwortete nicht sofort. Mir war klar, worauf er hinauswollte und dass dem nichts zu entgegnen war, sofern ich nicht lügen wollte.

»Ja«, gestand ich.

»Warum also hielt er es für nötig, den Weg durch den Regen zu nehmen?«, schlussfolgerte Temple prompt und konnte sich einen leicht triumphierenden Unterton nicht verkneifen.

»Vielleicht war er ja schon draußen«, warf ich ein, obwohl das sogar in meinen Ohren wenig überzeugend klang. »Nach allem, was wir wissen, wäre es denkbar, dass er draußen war, es zu regnen begann und er gerade reingehen wollte, als er stürzte.«

»Könnte sein«, stimmte Temple zu. »Aber wir reden hier immer noch über einen älteren Herrn, der mitten im November einen kleinen Abendspaziergang unternimmt. Und das weit draußen auf dem Atlantik. Sie wollen mir doch nicht erzählen, dass er vor einer solchen Aktion nicht wenigstens daran gedacht hätte, einen Mantel anzuziehen.«

Noch immer wippte sein Schenkel, schlug sein Absatz denselben ungehaltenen Rhythmus.

»Sie scheinen ja richtig versessen darauf zu sein, diese Sache genauer zu untersuchen, Mr. Temple«, sagte ich. »Kannten Sie den Mann vielleicht?«

»Ich weiß nicht einmal, um wen es sich handelt.«

»Woher dann dieses enorme Interesse?«

Jetzt war es Temple, dem nicht sofort eine Antwort einfiel.

»Warum war es Ihnen nicht möglich, dem Captain den Grund

für Ihre Reise nach New York zu nennen?«, bohrte ich nach, da ich ihn in der Defensive sah. »Würden Sie ihn zumindest mir jetzt mitteilen?«

»Dienstliche Angelegenheiten«, erwiderte er, ohne eine Sekunde zu zögern.

Keiner war bereit nachzugeben, und so saßen wir uns schweigend gegenüber. Ich betrachtete Temple konzentriert, so als könnte ich erkennen, was er mir nicht sagen wollte, wenn ich ihn nur scharf genug fixierte.

»Keine Ahnung, wie Sie erwarten, dass ich Ihnen vertraue, wenn Sie sich mit aller Kraft dagegen sträuben, umgekehrt das Gleiche zu tun«, sagte ich endlich.

Temple grinste und stellte seinen Kaffeebecher entschlossen auf den Tisch. Der Knall hallte in der leeren Messe wie ein Pistolenschuss.

»Na schön«, brummte er und erhob sich. »Wie ich Ihrem Captain bereits erklärt habe, werde ich diese Sache notfalls auch alleine durchziehen. Offenbar läuft es darauf hinaus.«

Ich verfolgte, wie er den grauen Wollmantel überstreifte, seinen Fedora vom Tisch nahm und zur Tür marschierte. Er war schon fast draußen, als ich ihm zu meiner eigenen Überraschung nachrief.

»Mr. Temple.«

Er wandte sich um und sah mir zum ersten Mal, seit ich mich an diesen Tisch gesetzt hatte, offen in die Augen.

»Glauben Sie wirklich, dass es Passagiere gibt, die sich freiwillig mit Ihnen darüber unterhalten?«

»Die quatschen doch jetzt schon alle über nichts anderes«, antwortete Temple mit einem abfälligen Schnauben. »Was meinen Sie denn, wie ich überhaupt davon erfahren habe?«

Ich fluchte innerlich. Wilson hatte recht behalten. Das Gerede verbreitete sich rasend schnell.

»Nehmen wir mal an, Sie hätten recht«, fuhr ich fort. »Sagen wir, es ist tatsächlich ein Verbrechen begangen worden, wäre es dann nicht Aufgabe der New Yorker Polizei, die Ermittlungen durchzuführen? Bestimmt verfügt die auch über weit bessere Mittel, als wir das tun. Die hat einen ganzen Apparat, viele Spezialisten ...«

»Soviel ich weiß, befinden sich zweitausend Menschen an Bord dieses Schiffes, richtig?«

»Das stimmt.«

»Sind Sie im Besitz von sämtlichen Namen und Anschriften dieser Menschen?«

»Nein«, sagte ich und versuchte, mir meine Verärgerung nicht anmerken zu lassen.

Er nickte und steckte die Hände in die Manteltaschen. »Nach unserer Ankunft in New York wird es kaum noch Möglichkeiten geben, dieser Sache auf den Grund zu gehen. Nicht, nachdem die Passagiere alle von Bord gegangen sind. Sollte eine Straftat vorliegen, werden wir uns entweder hier und jetzt an die Aufklärung machen, oder wir akzeptieren, dass der Schuldige unbehelligt davonkommt.«

Ich senkte meinen Blick auf die Tischplatte. »Wie lange würden Sie denn bei der Leiche brauchen?«

»Nur ein paar Minuten.«

Ich stieß einen tiefen Seufzer aus und fuhr mit der Hand in meine Tasche, bis meine Finger den Stoff von Amelias Band fühlen konnten.

Mir blieb gar keine Wahl, so viel war klar. Temple hatte die Oberhand behalten. Für einen winzigen Moment wünschte ich, lieber mein Glück bei Mrs. Fitch und ihrem Yorkshireterrier versucht zu haben.

»Fünf Minuten«, sagte ich. »Mehr aber auch nicht.«

5

An einem schönen Vormittag hörte man auf den diversen Außendecks der *Endeavour* Sprachen und Dialekte aus allen möglichen Gegenden der Welt. Die Passagiere schlenderten umher, nahmen ein Sonnenbad oder saßen beim Frühstück vor vollen Tellern mit Toast, Speck und Rührei sowie dampfenden Tassen Tee oder Kaffee. Ein paar Sportliche sah man sogar beim Lauftraining. Passagieren der ersten und zweiten Klasse stand zwar ein bestens ausgestatteter Turnraum zur Verfügung, aber wer den Beinen gern ein wenig mehr Bewegung verschaffen wollte, der konnte natürlich auch das Promenadendeck rauf und runter laufen.

Doch an diesem Morgen war das Deck noch nass und rutschig vom nächtlichen Regen, und vom Meer blies ein eisiger Wind, sodass nur einige ganz Hartgesottene sich freiwillig draußen aufhielten.

Ich schlug den Kragen meiner Offiziersjacke hoch, obwohl das kaum etwas half. Temple wiederum tat, als wäre nichts, und schritt mit entschlossener Miene aus, während die Mantelschöße hinter ihm flatterten und seine Hand den Fedora fest auf den Kopf presste.

Trotz dieser demonstrativen Unerschrockenheit hatte Temple kurz zuvor noch leicht dagegen protestiert, dass wir hinaus in das schlechte Wetter mussten. Wie ich ihm erklärt hatte, glich die *Endeavour* einem Labyrinth. Flure und Treppen verschlangen sich zu einem Gewirr, das Nichteingeweihten oft unlogisch erschien. Den Raum, in dem die Leiche aufbewahrt wurde, erreichte man beispielsweise schneller, wenn man den Weg über die Außendecks nahm und erst weiter unten ins Schiffsinnere zurückkehrte.

Am Ende verrieten seine Züge doch eine gewisse Erleichterung, als wir wieder drinnen waren. Ich zog die Tür hinter uns zu und führte ihn noch drei Etagen tiefer in den Bauch des Schiffes.

Die unteren Decks der *Endeavour* unterschieden sich in ihrem Aussehen so stark von denen, die überwiegend von Passagieren bewohnt wurden, dass mir schon ein Abstieg um eine einzige Ebene mitunter vorkam, als wäre man plötzlich auf einem völlig anderen Schiff. Statt der weichen Teppiche und all dem polierten Holz, mit denen die erste und zweite Klasse eingerichtet waren, gab es hier Hartböden und kalte Metallwände. Und statt geblümter Tapete und gerahmter Kunstwerke schmückten nackte Rohre und grelles Glühbirnenlicht die Flure.

Vor einer der Metalltüren blieb ich stehen, zog einen Schlüssel aus der Tasche und ließ Temple in unsere behelfsmäßige Leichenhalle eintreten. Im Grunde handelte es sich bei dem Raum, der zur Aufbewahrung des Verstorbenen gewählt worden war, um eine normale Vorratskammer. Sämtliche Wände waren mit Regalen bedeckt, auf denen sich einige Stunden zuvor noch Bettwäsche, Reinigungsmittel und Dosenwaren für die Küche gestapelt hatten. Aus Gründen der Hygiene hatte man diese Vorräte mittlerweile auf andere Kammern verteilt oder draußen auf dem Flur zwischengelagert.

Der Tisch, den man hineingequetscht hatte, um den Toten darauf abzulegen, füllte den Raum jetzt fast gänzlich aus. Ein großes Bettlaken verhüllte den Leichnam. Aber es war gar nicht die Enge, die mir beim Öffnen der Tür zuerst auffiel. Es war der Geruch. Da ein Bullauge oder eine andere Lüftungsmöglichkeit fehlte, beherrschte der muffige Gestank von feuchter Kleidung den Raum. Ich hoffte inständig, dass wir diesen Ort nicht noch einmal besuchen müssten, denn spätestens ab dem nächsten Tag würde uns hier stattdessen vor allem Leichengeruch entgegenschlagen.

Die Ruhestätte mochte nicht besonders pietätvoll erscheinen, doch die schlichte Wahrheit war, dass wir ihn einfach sonst nirgendwo unterbringen konnten. Zu Anfang war im Gespräch gewesen, die Leiche in einer der Kältekammern zu verstauen, die den verschiedenen Küchen auf der *Endeavour* zur Verfügung standen, aber das hätte verlangt, große Mengen Lebensmittel zu entsorgen, und zudem war unser Aufenthalt in New York so kurz bemessen, dass die Zeit nicht gereicht hätte, den Raum wieder zur Genüge zu reinigen und zu desinfizieren. Die Situation war sicherlich nicht ideal, doch wie hatte es Wilson – wenn auch nicht sonderlich feinsinnig – formuliert: Bloß vier Tage bis zur Ankunft, dann waren wir das Problem los.

Temple fackelte nicht lange, drückte mir seinen Hut in die Hand und riss das Laken fort. Ich hatte den Toten noch nicht gesehen, doch im ersten Moment sorgte nicht zuletzt der durchdringende miefige Geruch dafür, dass ich mich instinktiv abwandte. Ein paar Sekunden später hatte ich mich gefangen und drehte mich langsam zu ihm um.

Er lag auf dem Rücken und starrte mit leeren Augen zur Decke. Zu Lebzeiten dürfte der Mann eine sehr respektable Erscheinung gewesen sein. Er war um die siebzig mit schütterem weißem Haar und einem sorgfältig getrimmten Schnurrbart, und er trug einen schiefergrauen Anzug. Wundersamerweise kam mir als Erstes in den Sinn, wie leicht man ihn für einen Bestatter hätte halten können. Durch das stundenlange Liegen im Regen war sein Anzug allerdings vollkommen durchtränkt und seine Haut weich und aufgedunsen. Die Haare klebten an seinem Kopf, und unter dem Tisch hatte sich bereits eine kleine Pfütze angesammelt, in die von Zeit zu Zeit weitere Tropfen fielen.

Im Krieg hatte ich zwar mehr als genug Leichen zu Gesicht bekommen, auf unzählige, unbeschreibliche Arten zerschlagene und verstümmelte Körper, aber diese hier fühlte sich irgendwie anders an. Mit Kriegsgräueln hatte das gewaltsame Ende eines Lebens in einer alltäglichen, friedlichen Umgebung einfach keine Ähnlichkeit. Und unsere Leichenschau empfand ich als Einmischung, als würde ein Vorhang zurückgezogen und damit irgendein grausames Geheimnis offenbart.

Hinzu kam das eine Detail, das mich bei diesem Mann ganz besonders in Verwirrung stürzte. Allem Anschein nach trafen die Gerüchte nämlich zu, die Temple erreicht hatten: Der Mann trug keinen Mantel.

»Er ist um kurz nach sieben heute Morgen entdeckt worden«, sagte ich, während Temple sich über die Leiche beugte. Mit einer Hand, um die er ein Taschentuch geschlungen hatte, hob er den Kopf des Toten an und studierte intensiv die Rückseite des Schädels. Immer dichter kam seine Nase, bis sie nur noch wenige Zentimeter von einer hässlich klaffenden Wunde entfernt war. Auch ich wagte einen genaueren Blick und sah die blutverkrusteten Haare um die Platzwunde herum. Der arme Kerl musste dort, wo er gefallen war, eine ganze Weile gelegen haben, bevor man ihn fand.

»Ein kleiner Junge aus der dritten Klasse ist als Erster nach dem Regen wieder an Deck gekommen«, berichtete ich weiter. »Seine Mutter hat ihn an die frische Luft bringen wollen, und die beiden haben dann die Leiche steuerbord auf dem Promenadendeck direkt am Fuß des Niedergangs, der zur zweiten Klasse hinaufführt, gefunden. Sie müssen beide einen ziemlichen Schock erlitten haben, wie mir erzählt wurde.«

Temple schnaubte amüsiert und sagte nur: »Kann ich mir vorstellen.«

»Ein Mann ist gestorben!«, bemerkte ich ernst.

Ohne mich zu beachten, setzte er seine Untersuchung des Leichnams fort. Die Enge des Raums, die feuchte Luft und der grelle, künstliche Lichtschein der nackten Glühbirne setzten mir immer stärker zu. Ich atmete tief ein und räusperte mich.

»Unser Bordarzt hat ihn bereits untersucht«, fuhr ich schließlich fort. »Sein Urteil lautet, dass der Mann ausgerutscht und rückwärts die Treppe hinuntergestürzt ist, wobei er unterwegs mit dem Kopf auf eine Stufe geknallt sein muss. Demzufolge ist er schon tot gewesen, als er unten aufschlug.«

»Oder jemand hat ihn gestoßen«, brummte Temple.

»Wie bitte?«

Der Detective, dessen Konzentration weiter allein der Leiche galt, antwortete nicht.

»Mr. Temple«, bohrte ich nach. »Entschuldigen Sie, aber ich denke nicht …«

»Ihr Bordarzt kann gar nicht mit Bestimmtheit wissen, dass er ausgerutscht ist«, unterbrach mich Temple und legte behutsam den Kopf wieder ab. »Allerdings sind wir uns in einem Punkt völlig einig. Unser Freund hier fiel definitiv rückwärts. Dieser Schlag auf den Hinterkopf ist die einzige Verletzung, die er aufweist. Wäre er vorwärts gestürzt, würde man weitere entsprechende Spuren im Gesichtsbereich erwarten.«

»Halten Sie das für bedeutsam?«, fragte ich.

Temple blitzte mich an. »Wenn er rückwärts gefallen ist, muss er mit dem Rücken zur Treppe gestanden haben.«

»Vermutlich schon.«

»Aber warum?«

»Tut mir leid«, sagte ich kopfschüttelnd. »Ich kann Ihnen nicht folgen.«

»Nehmen wir die Möglichkeit, dass er tatsächlich ausgerutscht ist, dass alles bloß ein unglücklicher Zufall war, wie Ihr Bordarzt es vermutet. Warum war er dann nicht den Stufen zugewandt? Hat er sich womöglich gerade umgedreht, weil etwas auf Deck seine Aufmerksamkeit erregte? Oder lautet Ihre Theorie etwa, dass er einfach rückwärts auf die steile Treppe zugegangen ist?«

Mein Blick wanderte zurück zum Toten, und tief in der Magengrube beschlich mich ein leichtes Grauen. »Sie wollen darauf hinaus, dass er mit jemandem gesprochen hat«, sagte ich. »Jemand, der ihn dann gestoßen hat.«

Temple antwortete nicht. In den wenigen Minuten, seit er den Toten untersuchte, wirkte er wie ausgetauscht. Aus dem bedachtsam und berechnend auftretenden Menschen, der vor wenigen Stunden noch im Büro von Captain McCrory gesessen hatte, war plötzlich ein flinker Ermittler geworden, der mit größter Konzentration bei der Sache war. Er erinnerte mich an einen Jagdhund, der eine Fährte aufgenommen hatte und nun unruhig um das Eingangsloch zu einem Kaninchenbau herumstrich.

»Kennen wir schon seinen Namen?«, fragte er.

»Persönliche Gegenstände trug er kaum bei sich«, erklärte ich und überwand den Kloß in meinem Hals. »Aber ja, ein Offizier durchsuchte seine Taschen und fand ein Portemonnaie mit einigen englischen Pfundnoten sowie einen Schlüssel für Kabine 203. Diese Kabine in der zweiten Klasse wiederum wurde von einem Mr. Fisher bewohnt.«

»Reiste er allein?«

»Wir denken schon. Zumindest deuten die Eintragungen darauf hin.«

»Eintragungen?«

»Wir führen ein Hauptbuch«, erklärte ich. »Darin stehen die Namen all jener Passagiere, die Kabinen in der ersten oder zweiten Klasse reserviert haben. Wir haben heute Morgen sofort nachgesehen, und Mr. Fisher ist als Einziger für Kabine 203 eingetragen.«

Temple nickte. »Demnach gibt es niemanden, von dem wir Näheres über ihn erfahren könnten. Also etwa, wohin er unterwegs war oder was er zum Todeszeitpunkt da draußen eigentlich gewollt hatte.«

»Macht ganz den Eindruck.«

Temple starrte die Leiche eine Weile nachdenklich an. Ein Tropfen löste sich von Fishers Hosensaum und fiel auf den Boden.

»Können wir uns mit der Frau unterhalten?«, fragte er.

»Mit wem?«

»Mit der Frau, die ihn gefunden hat«, antwortete er gereizt. »Hat sie jemand befragt? Oder den Jungen?«

Ich schüttelte den Kopf. »Ich bezweifle, dass Sie viel aus ihr herausbekommen würden. Sie ist Russin. Der diensthabende Offizier hat versucht, ihr kurz nach dem Auffinden der Leiche ein paar Fragen zu stellen, aber anscheinend spricht sie kaum Englisch.«

Temple verzog ungehalten das Gesicht.

»Also gut«, sagte er. »Ich denke, wir sind fertig.«

»Das ist alles?«

»Es sei denn, Ihnen wäre etwas aufgefallen, das mir entgangen ist.«

»Nein, nein«, stammelte ich. »Natürlich nicht. Es ist bloß … ich nahm an, Sie würden länger mit ihm brauchen.«

»Abgesehen von der Wunde am Hinterkopf gibt's hier nicht viel zu entdecken«, erklärte er gleichgültig.

»Wäre es das also? Sie glauben jetzt auch, dass es sich um einen Unfall handelt?«

»Nein«, erwiderte der Detective und schüttelte den Kopf.

»Wie bitte?«

»Ich bin nicht der Meinung, dass es sich um einen Unfall handelt. Zumindest glaube ich nicht, dass Mr. Fisher hier einfach bloß auf seinem Abendspaziergang unglücklich ausgerutscht ist. Eine Frage, Mr. Birch: Haben Sie den Mann jetzt gerade zum ersten Mal gesehen?«

»Ja.«

Er deutete mit seinem Taschentuch in Richtung der Leiche. »Und jetzt, da Sie ihn gesehen haben, halten Sie es weiterhin für stichhaltig, dass ein Mann seines Alters einen Abendspaziergang unter solch widrigen Verhältnissen unternimmt, wie sie gestern geherrscht haben, und nicht daran denkt, einen Mantel anzuziehen?«

Ich überwand mich dazu, Fisher noch einmal aufmerksam zu betrachten. Mein Blick fiel auf die blank polierten Lederschuhe, die aufgeweichte Haut und die trüben, leblosen Augen.

»Wohin ging er?«, legte Temple nach. »Was war so wichtig, dass es keinen Aufschub vertrug? Oder wovor lief er vielleicht ja auch davon?«

»Ich bitte Sie, Mr. Temple«, protestierte ich. »Es ist ...«

»Außerdem verlangt die Tatsache, dass er rückwärts gefallen ist, nach einer eingehenden Untersuchung. Nur so aus Neugier: Wann haben Sie zuletzt oben am Beginn einer steilen Treppe angehalten und den Stufen den Rücken zugekehrt?«

Ich kniff die Lippen zusammen und sparte mir eine Antwort.

»Ich würde mich gerne ein wenig in Mr. Fishers Kabine umschauen«, erklärte Temple, während er die Leiche wieder zudeckte und sein Taschentuch am Laken abputzte, bevor er es wieder im Sakko verstaute.

»Ich glaube wirklich nicht, dass es angeme…«

»Aber bevor wir das tun«, unterbrach er mich erneut, »möchte ich erst ein paar Worte mit dem Maître d'hôtel reden.«

»Mit dem Maître d'hôtel?«

»Genau.«

»Mr. Temple«, hob ich mit so viel Autorität in meiner Stimme an, wie ich zustande bringen konnte. »Meine Instruktionen von Captain McCrory besagen …«

»Ihre Instruktionen besagen, dass Sie mich davon abhalten sollen, irgendwelche Passagiere zu beunruhigen. Der Restaurantchef ist aber gar kein Passagier, weshalb ich strenggenommen auch ohne Ihr Einverständnis mit ihm sprechen kann. Doch obwohl ich auch in diesem Fall zwar liebend gerne auf Ihre Begleitung verzichten würde, biete ich an, mich von Ihnen hinbringen zu lassen, wenn das eher im Sinn Ihres Captains sein sollte.«

Ich blieb stumm.

»Also«, sagte er barsch. »Ist der Maître d'hôtel um diese Uhrzeit noch im Restaurant?«

»Ich denke schon«, antwortete ich zögerlich. »Die Frühstückszeit geht gleich zu Ende. Erklären Sie mir wenigstens, warum Sie mit ihm sprechen wollen?«

Temple bedachte mich mit einem kurzen genervten Seitenblick. Ich hatte den Eindruck, dass er – genau wie Captain McCrory – zu jener Sorte Mensch zählte, die es nicht sonderlich schätzte, darüber befragt zu werden, wie sie ihre Arbeit machte. Schon gar nicht von Außenstehenden.

»Mr. Temple, was hat das mit dem Restaurantchef zu tun?«, ließ ich nicht locker.

Die Hand bereits auf dem Türgriff, drehte der Detective sich noch einmal um und erwiderte meinen Blick. »Ich denke, er und ich haben etwas gemeinsam«, sagte er.

»Und das wäre?«

Temple nickte in Richtung der Leiche. »Wir dürften beide diesem Mann schon begegnet sein.«

6

Temple und ich saßen an einem kleinen Zweiertisch in der hintersten Ecke des Restaurants. Er hatte die Arme verschränkt und auf das blütenweiße Tischtuch gestützt wie ein bockiges Kind nach einer Strafpredigt.

In all den Jahren, die ich mittlerweile auf der *Endeavour* fuhr, hatte Captain McCrory der Anspruch, jedem Passagier, der über die finanziellen Mittel verfügte, ein Höchstmaß an Luxus zu bieten, stets ganz besonders am Herzen gelegen. Das eindrucksvollste Prunkstück des Schiffes war dabei fraglos das Gourmetrestaurant.

Große Panoramafenster, die von dicken Samtvorhängen eingerahmt wurden, zogen sich über die komplette Längswand und boten den Passagieren der ersten und zweiten Klasse, die hier ausschließlich Zutritt besaßen, beim Essen einen fantastischen Ausblick auf das Meer. An den übrigen drei Seiten des Raums hingen goldgerahmte Gemälde, jedes davon so riesig, dass man sie ebenfalls für Panoramafenster in die verschiedensten, bezaubernd festgehaltenen Landschaften halten konnte. Ein Barkeeper polierte mit einem Seidentuch die mächtige Eichentheke, hinter der eine gewaltige Auswahl an Wein-, Whisky- und Ginflaschen aufragte, während auf einem leicht erhöhten Podium ein

Streichquartett spielte. Den Boden bedeckte ein dunkelroter Teppich, und ein Dutzend kunstvoll gestalteter Kristallüster tauchten den Raum in ein warmes Licht.

Obwohl meine erste Atlantiküberquerung auf der *Endeavour* inzwischen bereits fünf Jahre zurücklag, platzte ich bei diesem Anblick auch heute noch vor Stolz. Zu den übrigen Annehmlichkeiten an Bord zählten ein Salzwasserpool, ein Café sowie diverse Lese- und Rauchsalons. Die Kabinen der ersten Klasse waren auf exquisite Weise den Zimmereinrichtungen des Londoner *Ritz* nachempfunden. Aber für mich reichte nichts davon an die Pracht dieses Restaurants heran.

An Temples schlechter Laune änderte das alles nichts. Der Maître d'hôtel, ein kleines Energiebündel in schwarzem Anzug und Krawatte namens Robert Evans, hatte schon bei unserer Begrüßung keinen Hehl daraus gemacht, wie wenig es ihm passte, bei seiner Arbeit gestört zu werden. Immerhin hatte er sich bereit erklärt, mit uns zu sprechen, nachdem ich ausgeführt hatte, dass Temple ihm im Rahmen unserer Untersuchung ein paar Fragen stellen musste. Seine einzigen beiden Bedingungen waren, dass wir warteten, bis eine Lücke im Frühstücksservice ihm Zeit gab, und dass wir uns bis dahin möglichst unsichtbar machten. Temple hatte schon protestieren wollen, doch ich war ihm zuvorgekommen und hatte das Angebot rasch mit freundlichem Dank angenommen.

Das Besteck auf unserem Tisch funkelte im Licht der Kronleuchter, und der Abstand zwischen jedem Teil war so gleichmäßig, als hätte man ihn mit dem Lineal abgemessen. Robert Evans legte größten Wert auf erstklassigen Standard und makellosen Service – und dies, obwohl das Restaurant bis zu fünfhundert Gäste gleichzeitig bewirten musste. Vor einer Stunde wäre es unmöglich gewesen, hier irgendwo einen freien Tisch zu bekommen. Um diese Uhrzeit jedoch war der Raum nur knapp halb gefüllt.

Die verbliebenen Gäste beendeten gerade ihr Frühstück und waren in angeregte Gespräche vertieft.

Um das Eis ein wenig zu brechen und die Atmosphäre aufzulockern, hatte ich Temple vorgeschlagen, uns etwas zu essen kommen zu lassen. Der berühmte italienische Küchenchef Luca Rosi zeichnete für das Menü verantwortlich, und ich war mir sicher, ein gutes Frühstück würde dazu beitragen, die düstere Stimmung des Polizisten ein wenig aufzuhellen. Vielleicht würde er ja sogar etwas gesprächiger, was seine Arbeit in London und den Anlass seiner Reise nach New York betraf. Aber er hatte nur brüsk abgelehnt und stattdessen um eine Tasse Kaffee gebeten.

»Isla meint, es sei ein älterer Herr gewesen.«

Ich warf einen Seitenblick zum Nachbartisch, an dem eine Gruppe vornehm gekleideter Passagiere gerade in üppigen Portionen Bacon und Eier stocherte.

»Er hat das Gleichgewicht verloren und ist gefallen«, fuhr eine Frau aufgeregt fort. »So hat sie es jedenfalls gehört.«

»Wie schrecklich«, rief eine ihrer Tischgenossinnen erschüttert.

»Unsinn«, warf ein junger Mann ein. »Alt ist der bestimmt nicht gewesen. Wahrscheinlich einfach ein wenig zu viel diesen hier …« Er tat, als würde er aus einer Flasche trinken, was ein Pärchen am Tisch ganz besonders amüsierte.

»Nein«, beharrte die Frau. »Isla ist sich sicher, dass es ein älterer Herr war. Um die Leiche hatte sich eine richtige Menschenmenge gebildet. Sie sagt, sie habe ihn mit eigenen Augen gesehen.«

»Wie hätte sie ihn denn sehen sollen? Er lag doch unten in der dritten Klasse. Isla würde sich nicht einmal in die zweite vorwagen!«

Ich widmete mich wieder meinem Tee und dachte ein weiteres Mal besorgt, dass Wilson recht behalten hatte. Solange Temple seine Untersuchung nicht abgeschlossen hatte, würde wirklich keine Chance bestehen, das Gerede zu beenden.

»Was für ein Ausblick!«, sagte ich mit einem Nicken Richtung Fenster, um das Schweigen zu brechen. Es war ein armseliger Versuch, Konversation zu machen. An einem schönen Tag war der Ausblick tatsächlich herrlich. Jetzt gerade hingen jedoch nur graue Wolken über einem abweisend rauen Meer.

Temple schnellte herum und sah mich verständnislos an.

»Die Aussicht«, sagte ich und nickte erneut linkisch zum Fenster. »Sehr eindrucksvoll.«

Er betrachtete einen Moment lang das aufgewühlte Wasser. »Da kenne ich Eindrucksvolleres.«

»Aus London?«

Seine stechenden Augen durchbohrten mich mit demselben Blick, der auch den Captain getroffen hatte, und ich wappnete mich schon auf die eisige Abfuhr, die gleich kommen musste. Aber sie blieb aus. Stattdessen zuckte er nur beiläufig mit den Achseln und griff nach seinem Kaffee.

Ich nutzte die Gelegenheit, um etwas ganz anderes anzusprechen. »Dürfte ich erfahren, warum wir hier sind?«, fragte ich. »Wo sind Sie und der Restaurantchef diesem Mr. Fisher denn begegnet?«

»Wenn Sie mich mit ihm hätten sprechen lassen, wüssten Sie seit fünfzehn Minuten bereits Bescheid.«

»Sie haben genauso deutlich wie ich gehört, wie meine Anweisungen lauten, Mr. Temple. Wenn der Maître d'hôtel uns bittet zu warten, bis er Zeit hat, werden wir exakt das tun.«

Der Detective schwieg.

»Schauen Sie«, sagte ich und spürte, wie in meinem Ton erste Anzeichen von Verärgerung durchklangen. »Es tut mir leid, wenn dies nicht der Art und Weise entspricht, wie Sie in London vorzugehen gewohnt sind, aber ich habe meine Anweisungen und beabsichtige, diesen nachzukommen.«

Er knurrte etwas in seine Tasse. Bevor ich meinem Standpunkt mehr Nachdruck verleihen konnte, huschte sein Blick über meine Schulter in den Raum, und als ich mich umdrehte, sah ich den Maître d'hôtel auf unseren Tisch zueilen. Er zog einen Stuhl heran, nahm neben mir Platz und tupfte sich mit einem Taschentuch den Schweiß von der hohen Stirn.

»Mr. Birch«, grüßte er.

»Mr. Evans«, erwiderte ich und bot ihm die Hand.

Da er in der Zeit meiner Abwesenheit als Restaurantchef auf der *Endeavour* eingestellt worden war, hatte ich mit Robert Evans bislang nur sporadisch und durchweg aus beruflichen Gründen zu tun gehabt. Das Zaudern, mit dem er jetzt meine ausgestreckte Hand betrachtete, ließ jedoch vermuten, dass er in den sechs Monaten seit meiner Rückkehr so mancherlei über mich gehört hatte. Eigentlich hatte ich gehofft, meine Zurückgezogenheit würde nur in der Offiziersmesse für Gesprächsstoff sorgen. Aber die Art, wie Evans meine Hand nur für Sekundenbruchteile ergriff und sofort wieder wegstieß, zeigte deutlich, dass mir mein Ruf inzwischen bereits überall vorauseilte: *Das ist der sonderbare Kauz, der am liebsten ganz für sich alleine ist.*

»Darf ich Ihnen Mr. Temple vorstellen«, fuhr ich fort. »Er ist Detective und untersucht den Tod des Mannes, der heute Morgen aufgefunden wurde. Sicherlich haben Sie schon davon gehört.«

»Und ob«, antwortete Evans mit gequälter Miene. »Neuigkeiten verbreiten sich hier in Windeseile. Die Passagiere haben den ganzen Vormittag lang über kaum etwas anderes geredet. Allerdings erzählen sie alle Geschichten, die mehr oder weniger voneinander abweichen. Wie es den Anschein hat, weiß niemand so richtig Bescheid. Trotzdem ist es natürlich eine schreckliche Sache, so oder so.« Er zögerte kurz und ergänzte, plötzlich hörbar reservierter: »Ich verstehe jedoch nicht ganz, weshalb Sie sich in diesem Zusammenhang ausgerechnet an mich wenden.«

»Der Mann ist hier gewesen«, erklärte Temple. »Vorgestern Abend.«

Evans blickte ihn fragend an.

»Ich habe an der Bar gesessen«, fuhr Temple fort. »Gegen neun Uhr. Ich habe laute Stimmen hinter mir gehört, mich umgedreht und den Verstorbenen gesehen, der sich mit einem Herrn von diesem Tisch dort stritt.« Temple deutete zum anderen Ende des Raums, ganz in die Nähe des Musikpodiums.

Ich war völlig überrascht. Im Nachhinein mag es albern erscheinen, aber da wir quasi zusammenarbeiteten, war mir kaum mehr bewusst gewesen, dass ja auch Temple ein Passagier war. Einen Moment lang beschäftigte mich die Frage, mit wem er wohl an der Bar gesessen hatte. Oder hatte er auf jemanden gewartet? Vielleicht bloß ein kleiner Aperitif mit seiner Frau, bevor sie zum Abendessen an einem Tisch Platz genommen hatten?

»Ja, daran erinnere ich mich«, sagte Evans und rieb sich das Kinn. »So ein eher kleiner Mann, richtig? Schon ein wenig älter. Trug einen Schnurrbart.«

Temple nickte und fragte: »Wie hat das Ganze für Sie ausgesehen?«

»Der Streit? Auf mich machte es den Eindruck, als habe er den jüngeren Gentleman mit irgendetwas ganz schön in Rage gebracht. Am Ende musste ich sogar dazwischentreten und ihn bitten, den Saal zu verlassen.«

»Augenblick mal«, mischte ich mich ein und handelte mir prompt ein zorniges Funkeln von Temple ein. »Er stritt am Tisch mit einem Gast?«

»Nicht direkt am Tisch«, korrigierte Evans. »Sie waren ans andere Ende des Restaurants gegangen. Der jüngere Gentleman hat dort drüben gesessen und mit zwei Damen und einem weiteren Herrn zu Abend gespeist.« Er deutete diskret in Richtung Bühne und dann vage auf die entgegengesetzte Seite des Raums.

»Aber als Ihr Mann an den Tisch trat, führte der Jüngere ihn sofort dort hinten hin.«

»Warum hat er das getan?«, fragte ich.

»Keine Ahnung«, antwortete Evans kopfschüttelnd. »Wahrscheinlich wollte er vermeiden, dass die anderen am Tisch mitbekamen, worüber sie sich unterhielten.«

»Haben Sie denn mitbekommen, worüber sich die beiden gestritten haben?«, hakte Temple nach.

»Um ehrlich zu sein, habe ich darauf gar nicht geachtet«, antwortete Evans. »Die Aufregung, die sie verursachten, hat die anderen Passagiere empfindlich gestört. Worüber es im Einzelnen ging, interessierte mich da nicht. Ich wollte sie bloß raus aus dem Saal haben.«

»Und Sie haben keinen der beiden danach noch einmal gesehen?«

Der Maître d'hôtel begann unbehaglich auf seinem Sitz hin und her zu rutschen. »Nun, ich bin mir sicher, dass es nicht von Relevanz sein dürfte …«

»Beantworten Sie bitte die Frage, Mr. Evans.«

»Der ältere Gentleman ist noch einmal zurückgekommen«, gestand er seufzend. »Gestern Morgen. Sehr früh, noch bevor die ersten Passagiere zum Frühstück erschienen.«

»Was wollte er?«

»Er wollte die Kabinennummern der Leute, die an dem Tisch gesessen hatten«, erzählte Evans und machte ein betretenes Gesicht.

»Und Sie haben sie ihm einfach so gegeben?«, fuhr ich erregt auf.

»Nicht einfach so«, fauchte der Maître d'hôtel und warf mir einen grimmigen Blick zu. »Sie da oben in der Offiziersmesse, Mr. Birch, haben natürlich ein bequemes Auskommen, könnte ich mir denken. Ein Restaurant zu führen wird dagegen nicht sonderlich großzügig bezahlt, sage ich Ihnen.«

»Er hat Ihnen also Geld gegeben, richtig?«, fragte Temple, den die Vorstellung weit weniger aufzuregen schien als mich.

»Verstehen Sie doch«, erklärte Evans in eindringlichem Ton. »Er hat mir fünf Pfund für die Namen und Kabinennummern geboten. Fünf Pfund!«

»Und das hat Sie nicht misstrauisch werden lassen?«

»Doch, natürlich. Aber ich dachte: Was kann er schon Schlimmes damit anstellen? Ich meine, der Mann sah aus, als ginge er stramm auf die siebzig zu. Hätte doch gut sein können, dass er den jüngeren Gentleman bloß aufsuchen wollte, um sich bei ihm zu entschuldigen, oder? Mal im Ernst, Sir, wie hätte ich so ein Angebot ausschlagen können.«

Ich schüttelte nur fassungslos den Kopf.

»Ich brauche diese Namen und Kabinennummern«, sagte Temple. »Können Sie uns sonst noch irgendetwas über ihn erzählen? Vielleicht etwas, das er gesagt hat?«

Evans dachte eine Weile mit hochrotem Kopf nach. »Er war Franzose«, antwortete er dann.

»Franzose?«

»Sein Englisch war ausgezeichnet, fast perfekt, würde ich sagen, aber er war definitiv Franzose. Und ansonsten, meine Herren, wollte ich auch gar nicht mehr über ihn wissen.«

»Vielen Dank, Mr. Evans«, sagte Temple und nickte. »Sie können gehen.«

Von diesem Fremden die Erlaubnis zum Aufstehen erteilt zu bekommen missfiel Evans unübersehbar. Wortlos stand er auf und eilte davon.

»Skandalös«, murmelte ich. »Absolut skandalös.«

»Tun Sie das nie wieder«, herrschte Temple mich an.

»Was?«

»Mich unterbrechen, wenn ich gerade eine Vernehmung durchführe. Haben Sie sich mal gefragt, warum ich dagegen war, Sie als Anhängsel mitschleppen zu müssen? Genau aus diesem Grund. Von Ihnen ständig in meinen Gedankengängen unterbrochen zu werden, ist wirklich das Letzte, was mir bei der Aufklärung dieser Sache noch gefehlt hat.«

»Als Anhängsel mitschleppen?«, begann ich zu protestieren. »Eins wollen wir doch klarstellen ...«

Bevor ich fortfahren konnte, kehrte der Maître d'hôtel mit seinem Reservierungsbuch zurück. Ich nahm mir fest vor, später ein ernstes Wort mit Temple zu reden und ihn daran zu erinnern, wer in diesem Arrangement das Sagen hatte.

»Für diesen Tisch gab es drei Reservierungen an diesem Abend«, erklärte Evans und fuhr mit dem Finger die Liste hinunter. »Eine Miss Vivian Hall aus Kabine 112, ein Mr. Arthur Blake aus 237 sowie Mr. und Mrs. Webber aus 226. Soweit ich mich erinnern kann, war es Mr. Blake, mit dem Ihr Mann in Streit geraten ist.«

»Drei Reservierungen an einem Tisch«, bemerkte Temple nachdenklich. »Ist das nicht ungewöhnlich?«

»Nicht unbedingt«, antwortete der Restaurantchef lustlos. »Wir bitten bei jeder Reservierung um eine Kabinennummer, aber in der ersten und zweiten Klasse sind die Kabinen allenfalls mit zwei Passagieren belegt. Wenn also eine größere Gruppe abends zusammen speisen möchte, kann es leicht vorkommen, dass mehrere Kabinennummern auf einen Tisch fallen.«

Mit vor Entsetzen geweiteten Augen verfolgte Evans, wie Temple einen Füller aus der Jacke nahm und die Namen und Kabinennummern auf dem dicken weißen Tuch einer Serviette notierte. Er unterließ es jedoch, eine Bemerkung zu machen, und eilte lieber rasch zu seinem Pult zurück, wobei er auffällig darum bemüht war, jeden Blickkontakt mit mir zu meiden.

Das mulmige Gefühl in meiner Magengrube war wieder da. Auch wenn Temple ständig wiederholte, wie verdächtig es doch sei, dass Fisher bei diesem Wetter ohne Mantel unterwegs gewesen oder dass er rückwärts den Niedergang hinuntergefallen war, so hatte ich doch weiterhin die Hoffnung nicht aufgegeben, es könnte sich um einen tragischen Unfall handeln, und der Mann wäre einfach bloß ausgerutscht. Nachdem ich aber nun erfahren hatte, dass er in den vierundzwanzig Stunden vor seinem Tod nicht nur in eine hitzige Auseinandersetzung verwickelt gewesen war, sondern darüber hinaus auch noch große Anstrengungen unternommen hatte, seinen Streitgegner erneut ausfindig zu machen, ließ sich das Gefühl immer schwerer verdrängen, dass hinter der Sache doch mehr steckte, als Captain McCrory gerne geglaubt hätte.

Meine Beunruhigung steigerte sich noch, als ich den Enthusiasmus sah, den Temple nach unserem Gespräch mit Evans plötzlich an den Tag legte. In seinen Augen leuchtete wieder dieser jugendliche Feuereifer, der mir schon bei der Untersuchung von Fishers Leiche aufgefallen war. Mit dem Anflug eines Lächelns faltete er die Serviette mit den Namen und Kabinennummern von Mr. Blake, Miss Hall sowie Mr. und Mrs. Webber zusammen und verstaute sie in seiner Sakkotasche.

7

Nach unserem Besuch bei Robert Evans bestand Temple darauf, dass wir uns zunächst Fishers Kabine vornahmen.

»Wollen Sie denn nicht zuerst mit Mr. Blake sprechen?«, fragte ich, da mir noch im Ohr klang, was Evans über den Streit im Restaurant berichtet hatte.

»Kann warten«, brummte der Detective. »Erst Fakten sammeln, dann Zeugen vernehmen. Ich will erst einmal so viel wie möglich über Fisher wissen.«

Mir schmeckte es zwar gar nicht, Temple in der Kabine herumstöbern zu lassen, aber ich musste es ihm erlauben, so viel war klar. Denn neben den eigenartigen Begleitumständen von Fishers Tod, die dem Detective schon zu Beginn aufgefallen waren, erschien es selbst mir höchst sonderbar, dass der Mann vierundzwanzig Stunden vor seinem Tod in einen heftigen Streit verwickelt gewesen war. Temple schien fest davon überzeugt, einem Mörder auf der Spur zu sein, und die Vorstellung, dass so jemand frei auf der *Endeavour* herumlief und womöglich jederzeit wieder zuschlagen konnte, war extrem besorgniserregend.

Und so ging ich voran Richtung Große Treppe. Von ihr zeigten sich alle Passagiere bei ihrer ersten Überfahrt stets besonders beeindruckt. Sie bestand aus massiver Eiche, umspannte sechs Decks und wurde nicht zuletzt wegen ihrer zentralen Lage oft als Herzstück der *Endeavour* betrachtet. Auf jedem der oberen Stockwerke ragten die Handläufe aus glänzender Eiche mit ihren Rosen- und Lilienornamenten wie zwei ausgebreitete Arme in den Gang hinaus. Die kunstvoll geschnitzten Blüten wirkten so realistisch, dass man unwillkürlich mit den Fingerspitzen über das Holz fuhr, um zu prüfen, ob sie nicht doch echt waren. Ein paar Passagiere standen eigentlich immer an dieser Treppe und bewunderten ihre Größe und prächtige Gestaltung. Temple schien das Kunstwerk allerdings kaum zu bemerken. Seine Absätze hämmerten bloß in eiligem Rhythmus auf den polierten Dielen, während er zielstrebig die zweite Klasse ansteuerte.

Wie sich herausstellte, hatte Fisher eine gemütliche Kabine bewohnt, zu der eine ordentlich gemachte einzelne Koje, ein schmaler Schrank, ein kleines Schreibpult und ein Stuhl gehörten. An der gegenüberliegenden Seite waren Waschbecken und Spiegel angebracht, direkt unterhalb eines kleinen Bullauges, durch das ein wenig natürliches Licht fiel.

Ich hatte schon häufiger gehört, dass Passagiere die Kabinen der zweiten Klasse als verblüffend wohnlich beschrieben, und ich fand dieses Urteil durchaus gerechtfertigt. Fishers Raum war gut drei Meter lang und gerade groß genug, dass Temple und ich uns bequem darin bewegen konnten. Das mochte zwar nur ein Bruchteil der Größe einer Erste-Klasse-Suite sein, war jedoch immer noch erheblich luxuriöser als die Kabinen der dritten Klasse, in denen sich meist vier Passagiere etwa dasselbe Platzangebot teilen mussten.

Ich hielt Temple die Tür auf und schlüpfte dann rasch hinter ihm hinein. Halb hatte ich schon damit gerechnet, dass er darauf bestehen würde, die Kabine allein zu durchsuchen. Aber ich hätte auf gar keinen Fall draußen im Flur gewartet, während er hier ohne mich zu Werke ging. Im Restaurant hatte ich mich notgedrungen zurückgehalten, doch ich war weiterhin fest entschlossen, ihn daran zu erinnern, dass unsere Ermittlungen ausschließlich nach meinem Ermessen durchgeführt wurden.

Kate kam mir in den Sinn, wie sie stirnrunzelnd den Kopf schüttelte über meine Dickköpfigkeit. »Kümmere dich nicht darum, Tim«, würde sie sagen. »Lass es einfach gut sein.«

Ich schloss die Tür und verfolgte, wie Temple in der Mitte der Kabine stehen blieb. Offenkundig war Fisher nur mit leichtem Gepäck gereist, daher gab es für den Detective nicht viel in Augenschein zu nehmen. Dennoch wanderte sein Blick aufmerksam durch den kleinen Raum und blieb schließlich an einem verzierten Gehstock hängen, der neben der Tür lehnte. Es handelte sich um eine hübsche Arbeit mit einem geschwungenen Griff wie bei einem Hirtenstab und einer glänzend lackierten Oberfläche.

»Vielleicht eher schmückendes Beiwerk?«, fragte ich.

Temple verzog das Gesicht, als wäre meine Frage eine lästige Fliege, die ihm um die Ohren schwirrte. Er nahm den Stock in die Hand und drehte ihn auf den Kopf. »Die Spitze ist stark abgenutzt«, erklärte er nach einer genauen Inspektion. »Der ist regelmäßig in Gebrauch gewesen.«

Er drückte mir den Stock, der ihn offenbar nicht weiter interessierte, in die Hand und zog einen Lederkoffer unter dem Bett hervor. Nachdem er festgestellt hatte, dass der Koffer leer war, legte er ihn auf das Bett und wandte seine Aufmerksamkeit dem Schrank zu. Über seine Schulter hinweg konnte ich ein paar weiße Hemden und einen eleganten braunen Anzug ausmachen. Temple fingerte kurz in den Sachen, drehte sich um und reichte mir etwas Schwarzes, das ich im ersten Moment für ein Jackett hielt. Bei genauerem Hinsehen erkannte ich, dass es ein Mantel war.

»Er hat ihn also tatsächlich in der Kabine gelassen«, murmelte ich. »Und den Gehstock ebenfalls.« Das alles erschien mir immer rätselhafter. »Wohin wollte er bloß?«

Temple ignorierte meine Frage. Er hatte inzwischen die Hemden zur Seite geschoben und sich den Anzug vorgenommen, dessen Taschen er allerdings weit weniger respektvoll kontrollierte, als ich es mir gewünscht hätte. Ich sparte mir jedoch jede kritische Bemerkung und überlegte lieber, wer genau dieser Fisher, in dessen Sachen wir hier kramten, wohl gewesen sein mochte. Existierte womöglich irgendwo eine Mrs. Fisher, die benachrichtigt werden musste, dass ihr Mann nicht nach Hause kommen würde? Gab es Kinder, die ihren Vater verloren hatten? Enkel wären auch denkbar. Alt genug dafür schien er gewesen zu sein.

Je länger ich darüber nachdachte, desto klarer wurde mir, wie wenig wir im Grunde wussten. Bestimmt waren da Menschen, denen die Nachricht vom Tode Fishers zu Herzen gehen würde. Vielleicht gehörte ja sogar dieser Arthur Blake dazu. Schließlich bewiesen der Streit der beiden im Restaurant und Fishers Versessenheit darauf, ihn erneut ausfindig zu machen, zuerst einmal vor allem, dass sie einander gekannt haben mussten. Wahrscheinlich würden wir Antworten auf einige dieser Fragen finden, sobald Temple mit der Durchsuchung der Kabine fertig war.

Sekunden später brachte Temple aus dem Schrank einen kleinen Stapel Papiere zum Vorschein. Obenauf lag Fishers Ticket, eine Hin- und Rückfahrkarte von Southampton nach New York, über deren Kopf sich das blaue Band der Aurora Cruise Line zog. Es war am Montag beim Betreten der *Endeavour* ordnungsgemäß abgestempelt worden. Temple legte das Ticket auf das Schreibpult und betrachtete das nächste Dokument, ein kleines Heftchen mit dem Aufdruck »République Française Passeport«.

Temple schlug es auf, zog die Stirn in Falten und hob die Mundwinkel nach einer Weile tatsächlich zu so etwas wie einem Lächeln.

»Was ist?«, fragte ich erstaunt.

Er antwortete nicht.

»Mr. Temple?«

»Glauben Sie jetzt noch immer, dass wir es bloß mit einem einfachen Unfall zu tun haben, bei dem ein alter Mann eine Treppe hinuntergestürzt ist?«, fragte er zurück und hielt mir den Pass hin.

Ich deponierte Mantel und Gehstock vorsichtig auf dem Bett und nahm den Pass. Im Innern war eine kleine Porträtaufnahme von Fisher, darunter stand als Geburtsdatum der 2. April 1854. Dann las ich den Namen: *Denis Dupont*.

Temple grinste triumphierend.

»Denis Dupont«, las ich leise. »Ist das eine Fälschung?«

»Unwahrscheinlich«, meinte Temple, nahm mir den Ausweis aus der Hand und hielt ihn ins Licht, um ihn genauer zu prüfen. »Sieht echt aus. Eine Fälschung von der Qualität wäre schwer zu bekommen.«

»Ihrer Meinung nach reiste er also unter falschem Namen?«

»Wie viele siebzigjährige Franzosen kennen Sie, die Fisher heißen?«

»Demnach ist nun die Frage, weshalb Monsieur Dupont es für nötig hielt, einen falschen Namen anzunehmen«, folgerte ich nachdenklich.

»Fragen gibt es noch mehr«, erklärte Temple und reichte mir einen Zettel. »Sie sagten doch, dass er allein reiste. Wer hat ihm dann das gegeben?«

Auf den Zettel hatte jemand »Samstag, 9 Uhr« geschrieben.

»Woher wollen Sie wissen, dass jemand auf dem Schiff ihm das gegeben hat?«, fragte ich, ohne den Blick von der Notiz zu nehmen. »Das könnte sich genauso gut schon beim Ablegen in Southampton in seiner Tasche befunden haben.«

»Schauen Sie sich das Papier doch an«, erwiderte Temple gereizt wie ein Lehrer, der einen begriffsstutzigen Schüler tadelt. »Es ist noch makellos. Hätte er das schon zwei, drei Tage in seiner Tasche mit herumgeschleppt, wäre es zerknittert und fleckig. Diese Nachricht muss er erst kürzlich erhalten haben.«

Den Zettel in der einen, den Pass in der anderen Hand stand ich ratlos da und konnte nur mit Mühe einen erschöpften Seufzer unterdrücken. Meine letzten heimlichen Hoffnungen, dass der Streit, den Fisher – oder sollte ich besser sagen: Dupont? – im Restaurant gehabt hatte, vielleicht doch nicht mit seinem Tod in Verbindung stand, schwanden zusehends. Und dem süffisanten Lächeln nach zu urteilen, das Temples Lippen umspielte, war ihm das nur allzu klar.

8

Wie der Zufall es wollte, befand sich Arthur Blakes Kabine nicht nur ebenfalls in der zweiten Klasse, sondern nur wenige Schritte von Denis Duponts entfernt. Ich hatte die Führung übernommen und trat gerade an die Tür, um zu klopfen, als ich spürte, wie Temple mir auf die Schulter tippte.

»Meinen Sie nicht, dass ich das tun sollte?«

Einen Moment lang war ich mir nicht sicher, ihn richtig verstanden zu haben. Dann fiel der Groschen.

»Sind Sie etwa nicht einmal mehr damit einverstanden, dass ich an einer Tür klopfe?«

Bevor Temple antworten konnte, öffnete sich die Tür einen Spaltbreit, und ein schmales, jungenhaftes Gesicht schaute heraus.

»Mr. Blake?«, rief ich rasch, um Temple zuvorzukommen. »Mein Name ist Timothy Birch. Ich bin Offizier auf diesem Schiff. Dies ist Mr. Temple. Könnten wir Sie kurz sprechen, Sir?«

Die Tür öffnete sich etwas weiter, und die leichte Unsicherheit in Arthur Blakes Zügen wich echter Verwirrung. Er trug eine karierte Hose samt Weste aus demselben Stoff und darunter ein hellgrünes Hemd. Es war ein edler Anzug, allerdings hatte sein Träger die Hemdsärmel hochgekrempelt und den Kragen weit geöffnet. Und mit Blakes Frisur verhielt es sich ähnlich. Bestimmt war sein rotblondes Haar normalerweise adrett gekämmt und gescheitelt, jedenfalls nicht so verwuschelt wie jetzt, wo ein paar Strähnen ihm sogar wild vor dem Gesicht hingen.

»Woher wussten Sie, wohin Sie kommen mussten?«, fragte er so leise, dass es eher ein Flüstern war.

Temple und ich sahen uns erstaunt an.

»Haben Sie uns denn erwartet, Sir?«, wollte ich wissen.

»Mr. Blake«, fuhr Temple sofort dazwischen, »ich würde gerne mit Ihnen über den Mann sprechen, der Montagabend im Restaurant an Ihren Tisch kam.«

Blake senkte den Blick. »Was ist mit ihm?«, murmelte er erschöpft.

»Sind Sie denn heute noch nicht draußen gewesen?«

Der junge Mann schüttelte den Kopf.

»Er wurde tot aufgefunden. Erst vor wenigen Stunden.«

Blake schaute uns mit weit aufgerissenen Augen an. »Ich denke, Sie kommen besser herein«, sagte er dann leise.

Wir folgten ihm in die Kabine, die in Größe und Einrichtung zwar identisch mit der von Dupont war, sich jedoch in einem Punkt gravierend von ihr unterschied: Sie machte den Eindruck, als wäre gerade ein Tornado durchgezogen. Mitten im Raum lag ein aufgeklappter Lederkoffer. Der Schrank stand weit offen, und überall waren Kleidungsstücke verstreut. Blaue, weiße und pinkfarbene Hemden – alle kurzerhand auf den Boden geschleudert. Die Laken hatte jemand vom Bett gerissen und die Schubladen aus dem Schreibpult gezogen.

»Ach, du lieber Gott«, murmelte ich. »Wann ist denn das passiert?«

»Letzte Nacht«, sagte Blake, senkte den Blick und massierte sich die Stirn, als hätte er rasende Kopfschmerzen. Sein Tonfall klang mir etwas blasiert. »Als ich zurückkam, fand ich es so vor.«

»Zurückkam woher?«, fragte Temple.

»Aus dem Restaurant«, antwortete Blake. »Ich war essen, habe an der Bar noch etwas getrunken, und als ich zurückkam …«

Er hob den Kopf und machte eine ausladende Handbewegung. Ich warf einen Blick auf die Kabinentür und bemerkte sofort das aufgebrochene Schloss. Keine Frage, hier war jemand mit Gewalt eingedrungen.

»Um wie viel Uhr war das?«, fragte Temple.

»Etwa Mitternacht, würde ich sagen.«

»Ganz schön spätes Abendessen, Mr. Blake.«

»Na ja, wie bereits erwähnt habe ich noch eine Weile an der Bar gesessen.«

Temple nahm derweil jedes Detail im Raum mit größter Genauigkeit in Augenschein. Erneut erstaunte mich, wie wenig dieses Streben nach höchster Gründlichkeit zu dem zerknitterten schiefergrauen Anzug, dem ungekämmten Haarschopf und den Blutspritzern auf seinem Hemdkragen passen wollte.

»Haben Sie überhaupt geschlafen?«

»Wie hätte ich schlafen können? Ich wusste doch kaum, wo mir der Kopf stand. Wahrscheinlich befand ich mich in einer Art Schock oder so.«

»Und auf die Idee, diese Sache zu melden, sind Sie nicht gekommen?«, fragte Temple und hob den Koffer an, was einen kleinen Stapel bunter Socken zum Vorschein brachte. »Sie wirkten überrascht, als wir vor Ihrer Tür standen.«

»Nein, gemeldet habe ich es nicht«, gestand Blake und trat nervös von einem Bein aufs andere.

»Aber warum denn nicht?«, platzte ich heraus. Dass ein solcher Akt von Vandalismus an Bord verübt werden konnte und ich nicht einmal etwas davon erfuhr, regte mich maßlos auf.

»Also wissen Sie, das möchte ich lieber nicht sagen«, versuchte Blake sich herauszuwinden.

»Wir kommen hier nicht zu einem harmlosen Plausch, Mr. Blake«, stellte Temple klar und richtete sich wieder zu voller Größe auf. »Ein Mann ist tot aufgefunden worden, keine zwei Tage nachdem Sie einen öffentlichen und – nach allgemeinem Bekunden – überaus hitzigen Streit mit ihm geführt haben. Dazu befragen Sie nun ein Ermittler von Scotland Yard und ein Schiffsoffizier. Ihnen sollte also in Ihrem eigenen Interesse daran gelegen sein, uns keinerlei Informationen vorzuenthalten, Sir.«

Blake schien darüber nachzudenken. Während er das tat, huschte sein Blick kurz zu dem Schreibpult, auf dem ein Unterhemd notdürftig einen spitzen Gegenstand bedeckte. Ich war so stark von all dem sonstigen Durcheinander im Zimmer abgelenkt gewesen, dass mir diese Eigentümlichkeit bislang entgangen war. Beim Anblick des Gegenstands begannen Blakes Lippen zu zittern, aber bevor ich ihn fragen konnte, was genau dieses Unterhemd verbarg, schluckte er nur einmal tief und kramte ein Zigarettenetui sowie eine Streichholzschachtel aus dem Sakko, das über der Rückenlehne des Stuhls hing.

»Erlauben Sie?«, fragte er.

»Aber natürlich«, antwortete Temple.

Blake setzte sich auf das Bett und zündete sich mit zitternden Fingern eine Zigarette an. Er nahm einen tiefen Zug und ließ den grauen Qualm langsam aus Mund und Nase entweichen. Ich trat einen halben Schritt zurück. Auch wenn die Kabine grundsätzlich dieselbe Größe wie die von Dupont besaß, so fühlte sie sich durch all die Unordnung und die anwachsende Rauchwolke über unseren Köpfen doch erheblich enger an.

»Wie ist er gestorben?«, fragte Blake.

»Er ist eine Treppe auf dem Panoramadeck hinuntergefallen«, erklärte Temple. »Er hat die ganze Nacht draußen gelegen, bis ihn ein kleiner Junge heute Morgen entdeckt hat.«

Blake strich sich die Haarsträhnen aus dem Gesicht und stieß einen langen Seufzer aus. »Gott, was für eine scheußliche Art zu sterben.«

»Wer war er?«, fragte Temple.

»Sie untersuchen seinen Tod und wissen nicht mal, um wen es sich handelt?«

»Beantworten Sie die Frage, Mr. Blake.«

Er bedachte uns mit einem skeptischen Blick und zog an seiner Zigarette. »Sein Name ist Denis Dupont. Er ist Kunsthändler – oder war es, sollte ich wohl besser sagen. Ihm gehört eine kleine Galerie in Bath, die er nach Kriegsende eröffnet hat, nachdem sein Laden in London von Bomben zerstört worden war.«

»Hat er jemals auch den Namen Fisher benutzt?«

»Nicht, dass ich wüsste«, antwortete Blake mit noch skeptischerer Miene.

»Und woher haben Sie ihn gekannt?«

»Ich habe bisweilen für ihn gearbeitet.«

»In der Galerie?«

»Nein«, erwiderte Blake, wobei ein zwischen Empörung und Belustigung schwankender Ausdruck über sein Gesicht huschte. »Nein, ich male. Eigentlich liegt mein Interesse mehr im Kunstgeschichtlichen. Aber die Zeiten sind, sagen wir mal, nicht ganz leicht im Augenblick. Daher habe ich seit etwa gut einem Jahr gelegentlich Auftragsarbeiten für ihn erledigt.«

»Er hat Ihre Gemälde verkauft?«, fragte Temple.

»Richtig. Ich fertige vor allem Porträts an. Und zu Dupont in die Galerie kommen immer wieder Geschäftsleute oder Gutsbesitzer und möchten gerne ein Gemälde von Familienmitgliedern oder von ihrem Hund anfertigen lassen. Solche Dinge eben. Da Dupont nicht malen konnte, beschäftigte er mich auf Honorarbasis für solche Aufträge.«

»Und dieses Arrangement war für Sie beide vorteilhaft?«

»Vermutlich schon«, erklärte Blake mit einem Achselzucken. »Es blieb für jeden von uns etwas hängen, wenn Sie das meinen.«

»Was löste dann am Montagabend den Streit aus?«

Blake hatte seine Zigarette aufgeraucht und bedeutete mir, ihm doch bitte den Aschenbecher vom Schreibpult zu reichen. Er drückte den Stummel aus, griff zu seinem Zigarettenetui und zündete sich sofort die nächste an. Mir fiel auf, dass seine Hand mittlerweile ruhiger war als vor ein paar Momenten noch.

»Hören Sie, meine Herren«, begann er entschlossen. »Da Sie schon hier sind, unterstütze ich Sie gerne bei der Klärung der Frage, wer in meine Kabine eingebrochen ist. Aber Sie müssen verstehen, dass ich aus zwei gewichtigen Gründen davon abgesehen habe, den Vorfall selbst zu melden. Zum einen ist der Anlass meiner Fahrt nach New York von sehr heikler und zugleich sehr privater Natur …«

»Mr. Blake«, unterbrach ihn Temple, dessen Geduld ganz offenkundig zur Neige ging. »Ob wir es nun von Ihnen oder von einem der vielen anderen Gäste erfahren, die Zeuge Ihrer Auseinandersetzung mit Monsieur Dupont geworden sind, ich werde auf jeden Fall herausfinden, worum genau sich der Streit zwischen Ihnen beiden drehte. Sollte ich in diesem Zusammenhang zu der Annahme kommen, dass Sie in seinen Tod verwickelt sind, wird Ihre Weigerung, diese Informationen freiwillig preiszugeben, definitiv nicht zu Ihrem Vorteil ausgelegt werden – so viel kann ich Ihnen versichern.«

Blake saß eine Weile schweigend da und überdachte seine Optionen. Am Ende schien er keinen anderen Ausweg zu sehen und gab schnaufend nach. »Sagt einem von Ihnen der Name Ecclestone etwas?«, fragte er.

»Nein«, antwortete Temple für uns beide.

Blake setzte sich aufrecht hin und nahm einen langen Zug von seiner neuen Zigarette. »Joseph Ecclestone war ein Maler«, begann er. »Er hat im späten achtzehnten Jahrhundert vor allem in Devon gearbeitet. Seine Motive waren das Meer, die Küste, die hügelige Hinterlandschaft. Auch wenn er nicht die gleiche Berühmtheit erlangte wie einige europäische Künstler dieser Epoche, so zählte er doch zweifellos zu den künstlerisch bedeutendsten englischen Malern der jüngeren Geschichte.

Das Merkwürdige an Ecclestone ist, dass er nie Menschen gemalt hat. Er hat in vielen Schriften ausgeführt, dass sein Interesse allein der gewaltigen Kraft der Natur gelte. Daher gibt es von ihm ausschließlich Landschaftsbilder.«

Blake legte eine kurze Pause ein. Nachdem er den ersten Schock über unser Erscheinen überwunden hatte, machte es inzwischen den Eindruck, als würde es ihm sogar Spaß bereiten, ein paar aufmerksame Zuhörer zu haben. Je länger er sprach, desto klarer und fester wurde seine Stimme.

»Gleichwohl gibt es Kunsthistoriker, die der Meinung sind, dass er kurz vor seinem Tod an einem Porträt gearbeitet hat«, fuhr Blake fort. »Sie behaupten, er habe eine Frau gemalt, von der allerdings niemand weiß, wer sie gewesen ist. Ecclestone selbst war nie verheiratet, daher spekulieren manche, dass es sich um seine Mutter handelte. Andere denken, er habe sich auf seine alten Tage noch verliebt und sei gestorben, bevor er diese Frau heiraten konnte.

Er führte Tagebuch, und ich habe diese Aufzeichnungen natürlich genau studiert. Aber er schien Privates lieber für sich behalten zu haben. Es findet sich in diesen Heften jedenfalls nichts, was darauf hindeutet, wer sie gewesen sein könnte, oder was auch nur bestätigen würde, dass es ein solches Porträt tatsächlich gegeben hätte.«

Da ich gehofft hatte, neue Einzelheiten über seinen Streit mit Dupont oder wenigstens über die verwüstete Kabine zu erfahren, verlor ich allmählich das Interesse an Blakes langatmiger

Geschichte. Temple hingegen lauschte gebannt und schien jedem Wort Beachtung zu schenken.

»Doch das Porträt existiert, und *ich* weiß es«, verkündete Blake mit leuchtenden Augen.

»Woher?«, fragte Temple.

»Weil ich es gefunden habe«, antwortete Blake und steigerte die dramatische Wirkung, indem er erneut betont lange an seiner Zigarette zog. »Irgend so ein Cottagebesitzer aus der Gegend tauchte in Duponts Galerie auf und wollte eine Reihe von Kunstwerken verkaufen, die ihm seine verstorbene Mutter hinterlassen hatte. Das Haus muss bis unters Dach vollgestopft gewesen sein mit dem Kram, denn er schleppte am Ende drei Kisten an, und darunter – siehe da – auch das betreffende Porträt.

Aber hier kommt der Clou: Dupont hatte nicht die geringste Ahnung, worum es sich handelte. Vermutlich hielt er es bloß für ein ganz nettes Allerweltswerk, denn er bot es für zehn, vielleicht sogar nur fünf Prozent seines tatsächlichen Werts zum Verkauf an.«

»Und Sie haben es erworben?«, fragte Temple.

»Ganz richtig«, erklärte Blake stolz. »Und jetzt bringe ich es zur New York City Art Fair.«

»Was eine Art von Kunstauktion sein dürfte, richtig?«

»Das ist die bedeutendste Kunstmesse weltweit!«, rief Blake und maß Temple abfällig. »Jedes Jahr treffen sich hier die wichtigsten Kunstsammler zu einer riesigen Auktion. Und in diesem Jahr fällt die Veranstaltung ganz besonders imposant aus, denn kein Geringerer als Winston Parker wird sie eröffnen. Von dem Mann haben doch wohl selbst Sie schon mal gehört, oder?«

Ich blickte rasch zu Temple, um zu sehen, wie er auf diesen Namen reagierte. Mir war er natürlich vertraut, denn Raymond hatte Winston Parker häufig genug in seinen Briefen erwähnt, außerdem war er sogar in England ein bekannter Mann. Das

Kind von Einwanderern hatte es in New York als jüngster von vier Söhnen zu einem der erfolgreichsten Männer Amerikas gebracht, dem Hotels, Land und Rennpferde gehörten. Angeblich besaß er sogar Anteile an der Aurora Cruise Line. Es war durchaus verständlich, warum Arthur Blake so erpicht darauf war, ihm das Gemälde zu zeigen. Den Berichten von Raymond zufolge war Parker für viele die Inkarnation des amerikanischen Traums.

Verglichen damit fiel Temples Reaktion etwas sonderbar aus. Als er Parkers Namen hörte, schienen sich seine Augen zu weiten und sein Kiefer zu verkrampfen. Während ich Temple aufmerksam beobachtete, war Blake inzwischen derart in seiner eigenen Erzählung gefangen, dass ihm die Wirkung seiner Worte vollkommen entging.

»Gott weiß, welchen Preis der verloren geglaubte Ecclestone bei einem solchen Publikum erzielen kann«, fuhr er unbeirrt fort. »Ich bin mir ziemlich sicher, dass selbst Mr. Parker in diesem Fall mitbieten wird. Und hier haben wir doch nun wirklich jemanden, dessen Bekanntschaft zu machen sich als höchst nützlich erweisen könnte, finden Sie nicht?«

»Ich finde, Sie sollten endlich zum Punkt kommen, Mr. Blake.«

»Aber Sie werden mir doch sicherlich zustimmen …«

»*Jetzt!*«

Keine Ahnung, ob Temple diesen aggressiven Ton wirklich beabsichtigt hatte, aber er fuhr Blake mit solcher Heftigkeit an, dass sowohl der Maler als auch ich erschrocken zurückwichen.

Eine unbehagliche Stille setzte ein, während der ich Temple nicht aus den Augen ließ. Dass er keinen gesteigerten Wert darauf legte, sich Arthur Blake zum Freund zu machen, war natürlich schnell klar gewesen, doch die offene Feindseligkeit, mit der er den jungen Mann gerade zurechtgewiesen hatte, war noch mal ein ganz anderes Kaliber.

»Selbstverständlich«, sagte Blake, dessen wehmütiger Gesichtsausdruck sich genauso schnell verflüchtigte, wie er entstanden war. »Ja, in Ordnung. Tut hier wahrscheinlich eh nichts zur Sache.«

Um seine Fassung wiederzugewinnen, widmete er sich erneut seiner Zigarette und vermied es dabei, dem stechenden Blick zu begegnen, mit dem Temple ihn fixierte. Ehrlich gesagt konnte ich es dem armen Kerl nicht verdenken. Es ließ sich unmöglich ignorieren, wie abrupt die Stimmung des Detectives gekippt war. Wenn der Eindruck bei den Lichtverhältnissen nicht täuschte, schien er sogar ein wenig blass geworden zu sein.

Dass Winston Parker irgendetwas mit dem Einbruch in Blakes Kabine zu tun haben sollte, konnte er doch wohl nicht denken, oder? Wie hätte er zu diesem Zeitpunkt bereits von der Existenz des Bildes wissen können? Ich würde Temple später danach fragen müssen. Nur so konnte ich herausfinden, ob er tatsächlich nur wegen der Erwähnung von Parker gleich derart entsetzt aus der Haut gefahren war.

»Wie gesagt«, fuhr Blake mit leichtem Zittern in der Stimme fort, »mein Plan sah vor, das Porträt auf der Kunstmesse an den Meistbietenden zu verkaufen. Bloß dass ...«

»Das Gemälde weg ist«, ergänzte Temple mit Blick auf das Chaos um ihn herum. Offenbar war er bemüht, sich wieder auf unseren aktuellen Fall zu konzentrieren.

Blake schaute zu Boden, und ein paar widerspenstige Haarsträhnen fielen ihm zurück ins Gesicht. »Alles, was ich hatte, ist dafür draufgegangen«, murmelte er mehr zu sich selbst. »Für den Ankauf des Porträts und die Überfahrt auf diesem verfluchten Schiff. Es sollte mit einem Schlag all meine Probleme lösen.«

»Woher haben Sie überhaupt gewusst, dass das Bild von Ecclestone stammte?«, fragte ich, ohne den giftigen Seitenblick von Temple zu beachten. »Wie können Sie sich da sicher sein, wenn es doch niemand zuvor gesehen hat?«

»Es musste von ihm sein«, erklärte Blake und bekam wieder diesen verträumten Ausdruck. »Die Küste von Devon im Hintergrund. Wie Farben und Licht eingesetzt wurden, der Pinselstrich. Für jemanden, der mit seinen Arbeiten wirklich vertraut ist, konnte es nur ein Ecclestone sein.«

»Warum ist es dann all die Jahre niemandem sonst aufgefallen?«

»Über diese Fragen habe ich mir auch Gedanken gemacht. Wie gesagt, Ecclestones Werke sind wertvoll, aber er hat nie die Geltung besessen wie die berühmtesten Zeitgenossen von ihm. Ich kann mir nur vorstellen, dass die alte Dame, der es gehört hatte, eine Freundin oder eine entfernte Verwandte der ursprünglichen Besitzerfamilie gewesen war und ebenso wenig wie Dupont seinen wahren Wert erkannt hatte.«

Blake drückte seine zweite Zigarette im Aschenbecher aus. Da er so viel über das Gemälde gesprochen hatte, war er kaum zum Rauchen gekommen, und ich hätte schwören können, dass seine Finger wieder zu zittern begannen. Zu meiner Überraschung zündete er sich nicht sofort die nächste an.

»Gehe ich recht in der Annahme, dass dieses Gemälde der Grund war, aus dem Dupont Sie am Montagabend angesprochen hat, Mr. Blake?«, fragte Temple nach einer kurzen Pause.

Blakes Gesichtsausdruck verwandelte sich schlagartig von wehmütigem Selbstmitleid in Wut. »Er hatte es irgendwie herausgefunden«, blaffte er. »Gott weiß wie, aber er wusste Bescheid. Ich konnte es gar nicht fassen, als er im Restaurant an unseren Tisch trat und mir auf die Schulter klopfte. Er sagte, er wolle über einen Rückkauf verhandeln. Behauptete, ich hätte ihn übers Ohr gehauen, aber er sei bereit, einen fairen Preis zu zahlen, um es zurückzubekommen.«

»Und an diesem Punkt hat es den Streit gegeben?«

»Ja«, gestand Blake mit gesenktem Kopf. »Ich hatte etwas zu

viel getrunken und … na ja, habe wohl die Selbstbeherrschung verloren, wie ich zu meiner Schande gestehen muss.«

»Warum haben Sie ihn von Ihrem Tisch weggeführt?«

Blake schaute verwundert auf.

»Sie sind mit Dupont auf die andere Seite des Restaurants gegangen, um über das Gemälde zu sprechen«, erklärte Temple. »Warum konnten Sie nicht mit ihm direkt am Tisch reden?«

»Ich saß mit ein paar Bekannten zusammen beim Abendessen. Es sind nette Leute, aber von dem Porträt erzählt habe ich ihnen nicht. Ich habe keiner Menschenseele davon erzählt, weil ich genau so etwas hier vermeiden wollte.« Er wies auf die durchwühlte Kabine. »Sobald ich Dupont sah, wusste ich natürlich, was er wollte. Also habe ich ihn ein paar Schritte weggezogen, damit keiner am Tisch etwas davon erfuhr.«

»Sind Ihre Bekannten denn nicht neugierig geworden?«, fragte Temple. »Immerhin soll der Streit doch für ziemliches Aufsehen gesorgt haben.«

Blake winkte ab. »Harry und Cassie erkundigten sich, was der ganze Ärger denn zu bedeuten habe, und ich erklärte ihnen, dass er ein Kunde sei und es Unstimmigkeiten wegen eines Auftrags gebe«, sagte er. »Keiner von beiden kennt sich besonders gut in der Kunstwelt aus, daher haben sie auch keine weiteren Nachfragen gestellt. Und was Vivian betrifft …«

Blake riss die Augen auf, als hätte er plötzlich einen elektrischen Schlag erlitten. Einen kurzen Moment rechnete ich schon damit, Temple würde ihn anfauchen, seinen Satz gefälligst zu Ende zu führen, da mir noch genau vor Augen stand, wie er bei der Erwähnung von Winston Parker ausgerastet war. Aber sollte er das vorgehabt haben, ließ der Maler ihm keine Gelegenheit dazu.

»Vivian muss sofort gewarnt werden«, rief er verzweifelt und stand auf. »Herrgott, warum habe ich nicht schon früher daran gedacht …«

»Sie sprechen von Miss Hall, richtig?«

»Klar doch. Ich hätte schon heute Nacht zu ihr gehen sollen. Hätte direkt daran denken sollen ...«

»Mr. Blake«, unterbrach Temple ihn in ernstem Ton, »setzen Sie sich, Sir, und erklären Sie uns genau, wovor Miss Hall Ihrer Meinung nach gewarnt werden muss.«

Blake warf einen Blick zur Tür, als würde er mit einem kurzen Sprint in den Flur hinaus liebäugeln, schien die Idee aber dann zu verwerfen und setzte sich. Zum wiederholten Mal zuckten seine Augen zu dem Schreibpult und starrten gebannt auf den spitzen Gegenstand, der von dem Unterhemd weitgehend verdeckt wurde.

Die Sache beunruhigte mich irgendwie, doch es kam mir albern vor, es vor Temple laut auszusprechen. In all dem Durcheinander, das in der Kabine herrschte, wirkte das Wäschestück, als hätte es jemand bewusst so platziert, als hätte jemand damit den Gegenstand auf dem Pult verbergen wollen. Bevor ich weiter darüber nachdenken konnte, nahm Blake seinen Bericht von den Ereignissen im Restaurant wieder auf.

»Sie war die Vierte in der Runde«, sagte er. »Vivian Hall. Als Dupont an den Tisch kam, war sie gerade zur Bar gegangen, um sich einen Cocktail zu holen. Ein äußerst glücklicher Zufall.«

»Warum das, Sir?«

»Weil sie Dupont kannte«, sagte Blake und ließ die Neuigkeit einen Moment wirken, bevor er fortfuhr: »Vivian ist selbst Malerin, und eine überaus talentierte noch dazu. In den vergangenen beiden Jahren hat sie vier hervorragende Porträts angefertigt, die er alle über seine Galerie verkauft hat. Mit ziemlicher Sicherheit hat sie mitbekommen, wie wir gestritten haben, aber da sie bei seiner Ankunft nicht am Tisch war, konnte ich Duponts wahre Identität – und damit vor allem auch die Existenz des Porträts – zumindest vor Harry und Cassie geheim halten.«

»Soll das heißen, Miss Hall weiß über das Gemälde Bescheid?«, bohrte Temple sofort nach.

»Um Gottes willen, nein. Es gelang mir, die Unterhaltung auf ein anderes Thema zu lenken, bevor sie an den Tisch zurückkehrte.«

»Und sie hat sich trotzdem nicht nach dem Grund für den Streit erkundigt? Oder gegenüber Mr. und Mrs. Webber erwähnt, dass auch sie Dupont kannte?«

»Nein, hat sie nicht. Sie kam mit ihrem Cocktail zurück, nahm Platz, und keiner hat mehr ein Wort darüber verloren. Harry und Cassie war die Situation ein wenig peinlich, hatte ich den Eindruck, aber Vivian schien einfach nur froh, sich nicht damit beschäftigen zu müssen.«

Temple dachte eine Weile nach. Seine nächste Frage stellte er dann so behutsam, als wäre sie zerbrechlich und könnte sonst womöglich Schaden erleiden.

»Hegte Miss Hall selbst irgendeine Art von Groll gegenüber Monsieur Dupont?«

»Nichts, was ausreichen würde, ihn deshalb gleich eine Treppe hinunterzustoßen, wenn Sie darauf abzielen.«

Der Detective schaute ihn erwartungsvoll an.

»Vivian steht als Künstlerin quasi vor dem großen Sprung«, erklärte Blake mit einem resignierenden Seufzer. »Bislang hat Dupont ihre Arbeiten noch ganz gut vermarktet, aber mit jedem neuen Werk wird offenkundiger, dass sie für Größeres geschaffen ist als für seine Provinzgalerie in Bath. Deshalb hat sie sich auch entschlossen, ihre letzte Arbeit selbst nach New York zu bringen und auf der Art Fair zu verkaufen.«

»Ich könnte mir vorstellen, dass Monsieur Dupont von dieser Entscheidung alles andere als begeistert gewesen ist«, sagte Temple.

»Ganz Ihrer Meinung«, pflichtete Blake ihm bei. »Aber begreifen Sie denn nicht, Gentlemen? Aus genau diesem Grund muss

Vivian unbedingt gewarnt werden! Sollte sich hier an Bord irgendein Verrückter herumtreiben, der in Kabinen einbricht und Kunstwerke klaut – und nebenbei auch noch angegraute Galeristen überfällt –, dann muss sie davon erfahren.«

»Das wird sie auch«, versicherte ich ihm.

»Vielleicht sollte ich sofort nach ihr suchen«, sagte Blake und blickte erneut beunruhigt zur Tür. »Damit sie es von einer ihr vertrauten Person erfährt, verstehen Sie? Sie reist nämlich allein. Ich will mir gar nicht vorstellen, dass derjenige, der das getan hat, es womöglich auch auf sie abgesehen hat …«

»*Wir* werden Miss Hall in Kenntnis setzen«, stellte Temple unmissverständlich klar. »Ich habe die feste Absicht, mich heute noch im Rahmen unserer Ermittlungen mit ihr zu unterhalten. Sollte sie tatsächlich in Gefahr schweben, werden wir dafür Sorge tragen, dass sie gewarnt ist.«

»Was um alles in der Welt soll das denn heißen?«, erwiderte Blake und wurde jetzt lauter. »Ganz offensichtlich schwebt doch hier jeder, der auf dem Weg zur Art Fair ist, in Gefahr. Ich meine, schauen Sie sich doch nur um! Sie sehen doch, wie dieser Verrückte meine Kabine zugerichtet hat!«

»Ich sehe es«, sagte Temple. »Und genau zu diesem Punkt würde ich Ihnen jetzt gerne noch ein paar Fragen stellen, Mr. Blake. Also beruhigen Sie sich und erzählen Sie mir möglichst präzise, was Sie in den Stunden vor der Entdeckung des Einbruchs getan haben. Sie sprachen davon, dass Sie an der Bar etwas getrunken hätten. Heißt das, Sie waren allein?«

Zuerst schien Blake sich sträuben zu wollen, wie er es bereits bei unseren ersten Fragen getan hatte. Ob er sich nun daran erinnerte, dass Temple ihn vor möglichen Konsequenzen bei mangelnder Kooperationsbereitschaft gewarnt hatte, oder ob er inzwischen dachte, unsere Hilfe könnte nützlich sein – jedenfalls lenkte er doch lieber ein.

»Ich habe Dupont nach unserem Streit nicht mehr gesehen«, antwortete er leise. »Den gestrigen Tag habe ich allein verbracht. Abends spät ging ich zum Essen, und da habe ich ...« Er brach ab und verzog den Mund kurz zu einem schiefen Grinsen. »Da bin ich *ihr* begegnet.«

Temple schwieg und wartete geduldig auf nähere Erklärungen.

»Ich habe gestern im Restaurant allein zu Abend gegessen«, fuhr Blake nach einer Weile tatsächlich fort. »Anschließend war mir noch nicht danach, zurück in die Kabine zu gehen, und da es zu dieser Zeit draußen schrecklich schüttete, ergab auch ein Abendspaziergang wenig Sinn, also habe ich mich auf ein Glas an die Bar gesetzt. Wenig später kam eine Frau und setzte sich neben mich. Sie schaute mir direkt in die Augen und sagte: ›Mein Name ist Beatrice. Beatrice Walker.‹ Ich habe mich natürlich ebenfalls vorgestellt, gesagt, dass es mich freue, sie kennenzulernen, und ihr etwas zu trinken bestellt.«

»Wie lange hat Miss Walker bei Ihnen gesessen?«, fragte Temple.

»Ein, zwei Stunden, würde ich sagen. Sie war sehr interessiert daran zu erfahren, was ich beruflich tue, also habe ich ihr erzählt, dass ich Maler bin, und dann haben wir darüber gesprochen, was wir beide jeweils in New York so vorhaben.«

»Und das Ganze kam Ihnen nicht verdächtig vor?«

»An diesem Abend nicht. Um ehrlich zu sein, konnte ich mein Glück kaum fassen.«

»Haben Sie ihr von dem Gemälde erzählt?«

»Selbstverständlich nicht.«

»Und dann?«

Für einen kurzen Moment kehrte das schiefe Grinsen in Blakes Gesicht zurück. »Ich habe sie gefragt, ob sie noch auf einen Schlummertrunk mit zu mir kommen wolle. Da erst kam ihr in den Sinn, mir zu sagen, dass sie verheiratet sei und zurück zu ihrem Mann müsse. Ich war mehr als nur leicht angesäuert, kann ich Ihnen sagen, aber bevor ich auch nur einen Ton herausbringen konnte, war sie bereits verschwunden. Sie sprang auf und stürmte raus, als hätte ich sie irgendwie beleidigt. Da war es so etwa Mitternacht, und der Barkeeper hatte schon eine Stunde zuvor Feierabend verkündet. Also bin ich zurück in meine Kabine und habe das hier vorgefunden.« Blake machte eine raumgreifende Handbewegung.

»Und das Gemälde war weg«, ergänzte Temple.

Blake sagte nichts.

»Hätte Mrs. Walker auf anderem Weg davon erfahren können?«, fragte Temple. »Es macht ja nun ganz den Eindruck, als hätte sie versucht, Sie abzulenken, während der Diebstahl geschah.«

Blake schüttelte den Kopf. »Die Frage habe ich mir auch schon gestellt«, gab er zu. »Und natürlich hätte ich Ihnen kein Wort von dieser Geschichte erzählt, wenn ich nicht selbst der Meinung wäre, dass sie ihre Finger im Spiel hatte. Aber erzählt habe ich wirklich niemandem von dem Gemälde. Sofern Dupont ganz allein hinter die Sache gekommen ist, dürfte er der Einzige gewesen sein, der überhaupt etwas von dessen Existenz wusste. Was bedeutet, dass sie es allenfalls von ihm erfahren haben kann.«

»Und dennoch haben Sie nichts von alledem gemeldet?«, wunderte ich mich.

»Wir sprechen hier über den womöglich wertvollsten Kunstfund dieses Jahrhunderts«, antwortete er mit leiser Stimme, als würde er plötzlich befürchten, jemand könnte uns belauschen. Etwas Dunkles funkelte jetzt in seinen Augen. »Und auf diesem Schiff bin ich ganz sicher nicht der Einzige, der auf dem Weg zur Art Fair ist, so viel steht fest. Für mich wäre es daher katastrophal, wenn herauskommen würde, dass der legendäre, verloren geglaubte Ecclestone sich hier irgendwo an Bord befindet. Nein, ich hatte mir vorgenommen, noch heute Dupont aufzusuchen und ihn zur Rede zu stellen.«

»Das dürfte Ihnen schwerfallen«, erklärte Temple und konnte sich ein Prusten nicht verkneifen.

Blake blitzte ihn wütend an.

»Können Sie die Frau beschreiben?«, fragte ich, um das Gespräch wieder in unverfänglichere Bahnen zu lenken. »Mrs. Walker, meine ich.«

»Ein richtig hübsches Ding. Groß, heller Teint, kurze schwarze Haare.« Er grinste nicht sehr sympathisch. »Prachtvolle Figur.«

»Und sie hat sonst nicht das Geringste darüber gesagt, mit wem sie reist?«, fragte Temple. »Oder wohin?«

»Abgesehen von ihrem Ehemann, meinen Sie? Nein, nur dass sie sich New York ansehen wolle. Ansonsten schien sie nur daran interessiert, mehr über mich zu erfahren. Es wirkte alles vollkommen harmlos.«

»Vermutlich haben Sie auch keine Möglichkeit, sich noch einmal mit ihr in Verbindung zu setzen, richtig?«

»Ich wüsste nicht, wie.«

»Ihre anderen Bekannten«, wechselte Temple das Thema. »Das Pärchen, das Montagabend bei Ihnen und Miss Hall am Tisch saß. Wer ist das?«

»Ich habe Ihnen doch bereits erzählt, wie ich sichergestellt habe, dass sie nicht in diese Sache hineingezogen werden«, wehrte Blake ungehalten ab.

»Dessen ungeachtet wüsste ich gerne mehr über sie.«

»Wenn's unbedingt sein muss. Das waren mein Freund Harry Webber und seine Frau Cassandra. Er ist Immobilienmakler.«

»Und was macht Mrs. Webber?«

»Sie ist angehende Anwältin«, antwortete Blake. »Sie kam im Rahmen ihrer Ausbildung für ein Jahr aus Amerika nach Bristol. Dort hat sie Harry kennengelernt.«

Temple nickte und ließ den Blick ein letztes flüchtiges Mal durch die verwüstete Kabine wandern. Ich dachte schon mit Magenschmerzen daran, welche Anstrengungen es kosten würde, ihn dazu zu bewegen, seine Schlussfolgerungen mit mir zu teilen.

»Was war eigentlich der zweite Grund?«, fragte ich.

Blake sah mich verständnislos an.

»Sie meinten, Sie hätten es aus zwei Gründen unterlassen, diese Sache hier zu melden. Der eine war, dass niemand von dem Gemälde erfahren sollte. In Anbetracht der vielen Kunstsammler an Bord, die Ihr Misstrauen erregen, kann ich die Logik dahinter sogar nachvollziehen, sosehr ich die Entscheidung dennoch ablehne. Aber worin bestand der zweite Grund?«

Blake holte tief Luft, als müsste er sich erst sammeln. Wieder schaute er unwillkürlich zu dem spitzen Gegenstand auf dem Schreibpult.

»Der zweite besteht darin, dass der Mensch, der das Porträt gestohlen hat, mir offenbar zugleich nach dem Leben trachtet«, antwortete er schließlich. »Auch wenn es Ihnen idiotisch erscheinen mag, Gentlemen, aber ich war der Überzeugung, dass ich mich besser allein auf die Suche machen sollte.«

»Was meinen Sie mit ›offenbar‹?«, hakte Temple sofort misstrauisch nach.

»Na ja, persönlich gesagt hat es mir der Dieb natürlich nicht.«

»Und wie hat er Ihnen nun gedroht?«

Wortlos stand Blake auf und trat zum Schreibpult, wo er mit einem Schwung das Unterhemd wegzog und der verborgene Gegenstand endlich zum Vorschein kam.

Mit dem Griff aufrecht zur Decke zeigend, steckte tief in der Holzplatte ein Messer.

9

In höchster Erregung marschierte Temple das Außendeck auf und ab.

Ich selbst war eher mürrischer Stimmung und saß mit gesenktem Kopf ganz in der Nähe auf einer Bank. Die Wolkendecke war endlich aufgerissen, und eine fahle Sonne mühte sich durchzudringen, während weiter eine frische Brise über das Deck blies. Arm in Arm schlenderten Passagiere zum Mittagessen Richtung Restaurant, und eine Gruppe von Kindern spielte Seilhüpfen.

Ich beobachtete sie eine Weile und musste unwillkürlich an Amelia denken. Die Kinder schienen zwar ein paar Jahre älter, aber mir war klar, dass sie keine Sekunde gezögert hätte, zu ihnen hinüberzulaufen und zu verlangen, dass sie mitmachen durfte. Sie hätte ihre Namen wissen wollen, woher sie kamen und welche Fächer sie in der Schule am liebsten hatten. Sie war immer schon ein sehr wissbegieriges Kind gewesen.

Ohne den Blick von dem Spiel zu wenden, nahm ich das gelbe Band aus der Tasche und ließ es durch die Finger gleiten. In meinen ersten Dienstjahren auf der *Endeavour* hatte ich mir oft ausgemalt, wie ich Kate und Amelia einmal auf eine Überfahrt mitnehmen würde. Für Amelia wäre es bestimmt ein riesiges

Abenteuer gewesen. Das gelbe Band in ihrem Haar hätte wild geflattert, wenn sie das Promenadendeck von einem Ende zum anderen entlanggerannt wäre. Allerdings hatte ich nie wirklich damit gerechnet, dass dieser Traum in Erfüllung gehen könnte. Unsere finanziellen Mittel erlaubten kaum ein paar Urlaubstage an der englischen Küste, schon gar keine Reise auf der *Endeavour*. Und dennoch war es stets eine schöne Vorstellung gewesen.

Ich zwang mich, die Traumbilder abzuschütteln und wieder tief in meinem Innern zu verschließen. Ich steckte das Band zurück in die Jackentasche und wandte meine Aufmerksamkeit Temple zu, der noch immer energisch seine Runden drehte. Er hatte mich davon überzeugt, dass die Umstände von Duponts Tod eine polizeiliche Ermittlung rechtfertigten. Die vielen offenen Fragen im Zusammenhang mit dem alten Mann selbst, dem Einbruch in Arthur Blakes Kabine und dem verschwundenen Gemälde hatten auch meine letzten Zweifel zerstreut. Doch durch dieses Messer, das jemand in Blakes Schreibpult gerammt hatte, hatte unsere Aufgabe auf einmal eine völlig neue Dimension erhalten.

Mir war dieser Anblick mächtig in die Glieder gefahren. Insgeheim hatte ich mich bis dahin noch an die Hoffnung geklammert, unsere Nachforschungen könnten ergeben, dass Dupont selbstverschuldet in einem tragischen Unfall den Niedergang hinuntergestürzt war. Die blitzende Klinge, die aus Blakes Pult ragte, sprach jedoch unmissverständlich gegen diese These.

Bei genauerem Hinsehen hatte ich rasch erkannt, dass es sich um eins der Steakmesser handelte, die im Restaurant der *Endeavour* zu Hunderten auslagen und problemlos unbemerkt eingesteckt werden konnten. Seine Klinge war nicht sehr lang, aber das änderte nichts an der eindeutigen Botschaft, denn richtig benutzt konnte es sehr wohl tödlich sein. Wenn der Dieb – wie Temple glaubte – gewusst hatte, dass Blake noch mit Beatrice Walker an der Bar saß, war es von vorneherein nur als Drohung gedacht gewesen. Eine Warnung, besser nicht nach dem Verbleib des Gemäldes zu fahnden. Aber wenn Temple sich irrte und der Täter nicht mit Beatrice Walker unter einer Decke steckte …

Womöglich lag die Antwort noch immer bei Dupont. Immerhin war er neben Blake der Einzige, der gewusst hatte, dass das Gemälde sich an Bord befand. Vielleicht hatte er ja das Messer dort ins Holz gerammt, bevor er das Bild versteckte und anschließend tödlich stürzte. Ich hoffte inständig, diese Theorie würde sich am Ende bewahrheiten, da andernfalls nur die Schlussfolgerung übrig blieb, dass der Täter noch irgendwo auf der *Endeavour* frei herumlief.

Vivian Hall und die vielen anderen Passagiere, die ebenfalls auf dem Weg zur New York City Art Fair waren und selbst wertvolle Gemälde mit sich führten, kamen mir in den Sinn. Waren sie alle Freiwild für den, der in Blakes Kabine eingedrungen war? Plante der Täter in diesem Moment schon seinen nächsten Coup?

Nach unserem Aufbruch von Blake hatte Temple erklärt, unser dringlichstes Ziel sei nun, Beatrice Walker ausfindig zu machen und zu befragen, um zu klären, ob sie tatsächlich mit dem Dieb zusammenarbeitete. Da ich keinen Grund zum Widerspruch sah, ließ ich ihn Einblick ins Hauptbuch des Schiffes nehmen. Auf dem Weg durch das Offiziersquartier in den Dokumentenraum musste Temple so manchen unfreundlichen Seitenblick ertragen, schien sich aber nicht weiter daran zu stören. Da sie Zutritt zum Restaurant hatte, reiste Beatrice Walker offenkundig erster oder zweiter Klasse. Name und Kabinennummer zu finden sollte also nicht schwer sein.

Aber genau an dieser Stelle war unsere Spur schnell erkaltet und Temples Stimmung rasant in den Keller gesaust. Als wir das mächtige Buch aus dem Regal nahmen und Seite für Seite durchgingen, fanden wir nämlich gar nichts. Dem Hauptbuch zufolge gab es an Bord überhaupt keine Beatrice Walker.

»Herrgott, Mr. Temple, reden Sie mit mir«, versuchte ich es nun nicht zum ersten Mal. »Lassen Sie mich Ihnen helfen.«

Der Detective lief noch immer ruhelos auf und ab und murmelte dabei vor sich hin, was inzwischen bereits für beunruhigte Mienen bei einigen der umstehenden Passagiere sorgte. Auf meinen Zuruf hin blieb er stehen und musterte mich erstaunt, so als würde er sich erst jetzt wieder an meine Anwesenheit erinnern.

»Wie wollen Sie denn helfen?«, fragte er. »Sollte Ihnen etwas aufgefallen sein, das mir entgangen ist?«

»Natürlich nicht.«

»Haben Sie mit jemandem gesprochen, ohne dass ich dabei war?«

»Nein, das wissen Sie doch.«

»Dann verraten Sie mir mal, Birch, wie genau Sie helfen wollen?«

»Mr. Temple«, erwiderte ich so bestimmt wie möglich, »ob Sie es nun mögen oder nicht, ich bin Teil dieses Ermittlungsversuchs. Glauben Sie nicht auch, dass unsere Chancen, den Täter zu ergreifen, steigen, wenn wir mit vereinten Kräften vorgehen?«

Seine eisigen Augen starrten mich böse an. Unvermittelt brach er sein Umherwandern ab, lehnte sich mit dem Rücken gegen die Reling und stopfte die Hände in die Taschen seines grauen Wollmantels.

»Wir wissen, dass Monsieur Dupont gestern früh den Maître d'hôtel aufgesucht hat, um gegen ein kleines Entgelt die Kabinennummer von Mr. Blake in Erfahrung zu bringen«, fuhr ich fort. »Aller Wahrscheinlichkeit nach hat er das Gemälde dann letzte Nacht gestohlen, während Beatrice Walker dafür sorgte, dass Mr. Blake an der Bar blieb.«

Temple schüttelte den Kopf. »Sie haben doch selbst gesehen,

dass die Tür von Blakes Kabine mit großer Gewalt aufgebrochen wurde«, erklärte er. »Ein Siebzigjähriger wäre dazu wohl kaum in der Lage.«

»Aber er muss der Dieb gewesen sein«, beharrte ich. »Was blieb ihm anderes übrig, nachdem Blake sich geweigert hatte, ihm das Porträt wieder zu verkaufen? Entweder er hat es vor dem tödlichen Sturz noch irgendwo versteckt, oder jemand hat es bei der Leiche gefunden und mitgenommen.«

Wieder schüttelte Temple den Kopf. »Wenn Dupont entschlossen gewesen wäre, das Gemälde zu stehlen, warum tat er es dann bereits am zweiten Reisetag, vier ganze Tage vor der Ankunft in New York? Blake hat sich größte Mühe gegeben, die Existenz des Gemäldes vor allen Mitreisenden geheim zu halten. Dupont dürfte klar gewesen sein, dass spätestens nach seiner Auseinandersetzung mit Blake am Montagabend der Verdacht unweigerlich auf ihn fallen würde, sollte etwas mit dem Bild geschehen. Warum es also schon jetzt stehlen und Blake damit viel Zeit lassen, ihn deshalb zur Rede zu stellen?«

»Was, wenn er von Beginn an geplant hatte, es zu stehlen?«, schlug ich vor. »Was, wenn er unter falschem Namen an Bord gegangen ist, um sich – genau wie diese Mrs. Walker – nach dem Diebstahl besser vor ihm verbergen zu können?«

»Warum hat er sich dann am Montagabend Blake zu erkennen gegeben?«, warf Temple ein. »Wenn Blake ihm schon begegnet war, ergab es nicht mehr viel Sinn, sich hinter einem falschen Namen verbergen zu wollen. Und was ist mit dem Zettel, den wir in seiner Kabine gefunden haben? *Samstag, 9 Uhr.* Was halten Sie davon?«

Ich öffnete den Mund, aber keine Antwort kam. Wie es aussah, steckten wir tief in einer Sackgasse.

»Wir brauchen mehr Informationen«, entschied Temple. »Unsere Zeit mit der höchstwahrscheinlich ergebnislosen Suche nach

Beatrice Walker zu verschwenden wäre Unsinn. Sie ist ganz offenbar jemand, der nicht gefunden werden will, und uns fehlt jede brauchbare Spur. Bleibt für weitere Nachforschungen im Augenblick nur die Möglichkeit, uns mit Blakes Tischgesellschaft von Montagabend zu unterhalten: Miss Hall sowie Mr. und Mrs. Webber.«

»Was sollen die schon groß wissen? Wenn Blake sich solche Mühe gegeben hat, ihnen nicht das Geringste über das Gemälde zu erzählen …«

»Und Ihr Vorschlag wäre?«, bellte Temple, dem nun der Geduldsfaden riss. »Ein Mann in Duponts Alter kann unmöglich mit dieser Gewalt die Kabinentür aufgebrochen haben. Es muss also jemand anderes das Messer in Blakes Pult hinterlassen haben. Derselbe Unbekannte, der jetzt sein Gemälde haben dürfte und der mit hoher Wahrscheinlichkeit auch Dupont diese Treppe hinuntergestoßen hat. Blakes Bekannte wissen vermutlich wirklich nichts über den Ecclestone, aber es ist immer noch besser, sich mit ihnen zu unterhalten, als Däumchen zu drehen.« Nach einer kurzen Pause fügte er in drohendem Ton hinzu: »Oder wollen Sie etwa, dass wir unseren Mann unbehelligt lassen, damit er wieder zuschlägt, sollte er dies für nötig halten?«

Ich presste die Handballen gegen die Stirn. »Das Messer ist in der Tat alarmierend«, räumte ich ein. »Und wer immer es dort hineingerammt hat, sollte dafür zur Verantwortung gezogen werden. Aber dass Dupont gestoßen wurde, bleibt reine Vermutung.«

»Was macht Sie da so sicher?«, fuhr Temple mich erregt an. »Wenn er nun unter falschem Namen an Bord gegangen ist, um sich vor jemand anderem als Blake zu verbergen? Was, wenn er von dritter Seite unter Druck gesetzt wurde, das Gemälde wieder zu besorgen, und er deshalb Blake im Restaurant angesprochen hat? Irgendjemand hier an Bord will dieses Porträt, Birch.

Vielleicht hat er oder haben sie es bereits, vielleicht auch nicht. Auf jeden Fall scheint das Bild wirklich so wertvoll zu sein, wie Blake behauptet, und jemand hat offen demonstriert, dass er gewillt ist, dafür auch zu töten. Warum akzeptieren Sie das nicht endlich?«

Meine Lippen blieben fest versiegelt. Ich wusste keine Antwort.

»Uns bleiben nicht einmal vier Tage, um vor Ankunft in New York noch zu ersten Ergebnissen zu kommen«, sprach Temple in etwas ruhigerem Ton weiter. »Sobald die Passagiere erst einmal von Bord sind, wird die dortige Polizei nicht mehr in der Lage sein, der Sache auf den Grund zu gehen. Daher wird ein etwaiger Mörder nur geschnappt werden, wenn wir ihn finden, bevor er in der Stadt verschwinden und womöglich erneut zuschlagen kann.«

»Aber der Captain ...«, wollte ich einwerfen.

»Vergessen Sie den Captain«, fiel Temple mir ins Wort. »Glauben Sie wirklich, er wird uns den Rücken stärken, wenn wir nichts Handfestes vorzuweisen haben?«

Ich dachte an Captain McCrory, der in diesem Moment bestimmt die Minuten zählte, bis wir in New York anlegten und er in den ersehnten Ruhestand treten konnte. Gewiss hatte er die Zigarrenkiste auf seinem Schreibtisch vor Augen, dazu das Bild von einem Haus auf dem Land und einem von jeglicher Bürokratie befreiten Lebensabend. Ein Mord und der Diebstahl eines sagenumwobenen Gemäldes standen zweifellos nicht auf seiner Agenda.

Andererseits bestanden ebenso wenige Zweifel daran, dass Temple sich nicht umstimmen lassen würde. Er hatte mich mit derselben Heftigkeit angefahren wie Blake, als der bei unserem Gespräch Winston Parker erwähnte. Selbst jetzt beobachtete er mit verbissener Miene, wie ich hier saß und über seine Argumente nachdachte.

So konnte es unmöglich weitergehen. Mord oder nicht Mord, ich durfte auf keinen Fall zulassen, dass er weiter auf der *Endeavour* herumtigerte und bei jedem Passagier, mit dem er in Kontakt kam, gleich die Beherrschung verlor. Ich erinnerte mich daran, dass ich mir in der Kabine fest vorgenommen hatte, ihn nach dem Grund für seinen Ausraster speziell bei der Erwähnung von Parkers Namen zu fragen, und nahm allen Mut zusammen.

»Wer ist Winston Parker?«, fragte ich.

Sofort leuchtete für Sekundenbruchteile ein fast panischer Schreck in seinem Gesicht auf.

»Winston Parker?«, wiederholte er.

Ich nickte. »Wer ist das?«, fragte ich, so ruhig ich konnte.

»Ein Geschäftsmann«, antwortete Temple, der seinen trotzigen Unterton schnell wiedergewonnen hatte. »Ein amerikanischer Geschäftsmann.«

»Aber was bedeutet er für Sie?«

Er schwieg. Eine stürmische Böe fegte über das Deck und brachte seine Mantelschöße zum Flattern.

»So wie Sie aus der Haut gefahren sind, als Mr. Blake den Namen Parker erwähnte, und dazu Ihr Gesichtsausdruck – da steckt doch eindeutig mehr dahinter«, bohrte ich nach. »Fast hätte man den Eindruck bekommen können, Sie hätten vor etwas Angst. Winston Parker muss eine persönliche Bedeutung für Sie haben.«

Temples Nasenflügel bebten, doch er sagte nichts.

»Hat er vielleicht etwas mit dem Anlass Ihrer Reise nach New York zu tun?«, ließ ich nicht locker. »Sind Sie deshalb …«

»Das langt«, knurrte Temple. »Wenn wir bis Sonntag weder einen Täter noch irgendwelche brauchbaren Indizien vorweisen können, wird die Person, die Dupont umgebracht und Blakes Gemälde gestohlen hat, unbehelligt in den Straßen Manhattans verschwinden. Gut möglich, dass weder Miss Hall noch die Webbers uns großartig weiterhelfen werden. Aber die Uhr tickt, und uns gehen die Alternativen aus, Mr. Birch. Sollten Sie also noch Vorschläge zur Sache haben, nur immer raus damit. Falls nicht, würde ich Sie bitten, die wenige Zeit, die uns verbleibt, nicht sinnlos zu verschwenden.«

Weitere Nachfragen waren unerwünscht, so viel stand fest. Ich schaute hinaus aufs Meer und genoss die salzige Luft. Jetzt wusste ich mit Sicherheit, dass ich mir Temples merkwürdige Reaktion auf den Namen Winston Parker nicht eingebildet hatte. Dahinter steckte irgendetwas, und wenn dieses Geheimnis gravierend genug war, ihn so aus der Fassung zu bringen wie in Blakes Kabine, dann schien es plötzlich sogar meine Pflicht – dem Captain wie unseren Passagieren gegenüber –, es zu lüften.

Fürs Erste jedoch hatte er dichtgemacht. Vielleicht würde ich im weiteren Verlauf unserer Ermittlungen mehr aus ihm herausbringen, aber in diesem Augenblick kümmerte ihn allein unser Fall. Irgendjemand an Bord der *Endeavour* hatte Arthur Blakes Gemälde. Und irgendjemand war höchstwahrscheinlich für den Tod von Denis Dupont verantwortlich. Ein paar Tage noch hockten wir hier alle zusammen, sicher eingesperrt vom Meer in sämtlichen vier Himmelsrichtungen.

Ich dachte wieder an das Band in meiner Tasche. Wie sehnte ich mich danach, zu Hause zu sein. Kates Arme zu spüren, die sich um mich schlangen, und Amelia dabei zuzuschauen, wie sie zwischen den Bäumen in unserem Garten spielte.

»Wenn Sie mich bei diesen Ermittlungen begleiten wollen, müssen Sie eine Sache begreifen, Birch«, erklärte Temple barsch. »Wir können es uns nicht leisten, mangels Beweisen zu zögerlich vorzugehen. Dafür fehlt uns die Zeit. Außerdem kommt viel zu viel zusammen. All die Sachen über Blake und das Gemälde, die eigentlich keiner hätte wissen können. Wir müssen daher mit größter Konsequenz zu Werke gehen.« Er sah mich ernst an. »Verstehen Sie, was ich damit sagen will? Solange wir nicht mit absoluter Sicherheit ausschließen können, dass die Person, die in Blakes Kabine eingebrochen und das Gemälde gestohlen hat, auch Dupont diese Treppe hinuntergestoßen hat, bleibt uns keine andere Wahl, als dessen Tod als Mord zu behandeln.«

10

Die Frau, die uns in Kabine 226 öffnete, reagierte sichtlich verwirrt darauf, zwei fremde Männer vor ihrer Tür stehen zu sehen. Sie gewann aber rasch ihre Fassung zurück und schenkte uns ein freundliches Lächeln. »Kann ich Ihnen helfen, Gentlemen?«, fragte sie mit amerikanischem Akzent.

Nachdem Temple uns vorgestellt und erklärt hatte, dass wir einen Einbruch in die Kabine von Arthur Blake untersuchten – wobei er zu meiner großen Erleichterung jede Erwähnung des Messers unterließ –, trat sie zur Seite und bat uns hinein.

»Cassandra Webber«, sagte sie und schüttelte erst Temple und dann mir die Hand. Der Detective wirkte ein wenig irritiert darüber, von einer Frau zum Handschlag aufgefordert zu werden, verkniff sich allerdings jeden Kommentar. »Harry ist im Moment gerade nicht hier«, erklärte sie. »Aber wenn ich Ihnen irgendwie weiterhelfen kann, tue ich das gerne.«

Mrs. Webber war eine bildhübsche Frau. Blonde Locken hüpften um ein schmales, bleiches Gesicht, und ein hellbraun kariertes Kleid umschmiegte eng ihre Taille. An ihrem Ringfinger steckte ein eleganter Verlobungsring aus Platin mit einem einzelnen funkelnden Stein. Er war schön, doch ich fand, dass sein schlichtes

Design in deutlichem Kontrast zu der extravaganten Perlenkette stand, die um ihren Hals hing.

»Ich würde Ihnen ja gerne einen Platz anbieten, aber ich fürchte, dafür reichen meine Sitzgelegenheiten nicht«, sagte sie fröhlich und ließ sich selbst auf dem Stuhl am Schreibpult nieder, wo sie ein Bein über das andere schlug und den Arm lässig über die Rückenlehne legte.

Da sie ein Doppelzimmer bewohnten, war der Raum mit einem Etagenbett ausgestattet. Ohne auf eine Einladung zu warten, hockte Temple sich auf den Rand der unteren Matratze. Meine Offiziersmanieren waren zu tief verinnerlicht, um es ihm gleichzutun, also trat ich stattdessen lieber an der Tür von einem Fuß auf den anderen.

»Worum geht's denn überhaupt?«, fragte sie. »Steckt Arthur in irgendwelchen Schwierigkeiten?«

»Das könnte man so sagen«, antwortete Temple. »Sie erinnern sich doch gewiss noch daran, dass am Montagabend im Restaurant ein Gentleman an Ihren Tisch gekommen ist, Mrs. Webber.«

»Natürlich. Er und Arthur haben für ganz schöne Aufmerksamkeit gesorgt.«

»So viel ist mir bereits bekannt. Und genau aus diesem Grund könnte Mr. Blake auch in Schwierigkeiten stecken. Der Gentleman, mit dem er gestritten hat, ist nämlich tot.«

»Ach Gott!«, rief Mrs. Webber aus und schlug sich eine Hand vor den Mund. Der kleine Diamant an ihrem Verlobungsring blitzte kurz auf. »Als wir heute zum Frühstück gegangen sind, habe ich schon davon gehört, dass ein Mann gestorben ist, aber ich hatte keine Ahnung ...« Ihr Blick suchte den von Temple. »Sie glauben doch nicht, Arthur könnte etwas damit zu tun haben, oder?«

»Wir vermeiden derzeit noch alle voreiligen Schlüsse, Ma'am«, beruhigte ich sie, da mir Temples barsche Art missfiel. »Im Moment tragen wir nur so viele Informationen wie möglich zusammen.«

»Ich verstehe«, sagte sie, wirkte aber noch immer beunruhigt. »Na gut, dann fragen Sie mich, was immer Sie für nötig halten, und ich werde Ihnen nach bestem Gewissen antworten.«

»Meinen Sie, es wäre möglich, bei dieser Gelegenheit auch gleich mit Mr. Webber zu sprechen?«, fragte Temple. »Da Sie beide Zeugen des Streits zwischen Mr. Blake und dem Verstorbenen gewesen sind, wäre es hilfreich, die Schilderungen von Ihnen beiden zu hören.«

Ich merkte, wie mich das Wort »Verstorbenen« zusammenzucken ließ. Vor wenigen Stunden erst hatten wir den Mann auf dem Tisch im Lagerraum liegen sehen, da kam mir diese nüchterne Amtssprache reichlich kalt vor. Sollte Cassandra Webber die Wortwahl ebenfalls irritiert haben, ließ sie es sich zumindest nicht anmerken.

»Sie haben ihn knapp verpasst«, sagte sie. »Er fühlte sich heute Morgen ein wenig seekrank und dachte, frische Luft würde ihm guttun. Deshalb unternimmt er gerade einen kleinen Spaziergang.«

»Ist er in den ersten beiden Tagen der Reise denn auch seekrank gewesen?«, erkundigte sich Temple.

»Nein, erst heute Morgen«, antwortete sie kopfschüttelnd. »Um ehrlich zu sein, halte ich es für nicht ausgeschlossen, dass ihm hier drin einfach die Decke auf den Kopf fällt. Ich meine, die Kabinen hier sind zwar durchaus komfortabel, aber Harry hat es noch nie gemocht, ruhig an einem Fleck zu sitzen.«

»Sie selbst sind mit dem Meer vertrauter, wie es scheint, Ma'am«, bemerkte ich, um die Stimmung ein wenig aufzulockern.

»Das ist kein Zufall. Ich bin für Bristol geschwommen, habe also schon viel Zeit im Wasser verbracht.«

»In Bristol haben Sie studiert?«

»Sie wissen von meinem Studium?«, fragte sie mit verwunderter Miene zurück.

»Mr. Blake hat erwähnt, dass Sie nach England gekommen sind, um Anwältin zu werden.«

»Oh. Ja, das ist richtig. Ich habe drei Jahre in New York studiert und kam für mein letztes Jahr nach England.«

»Ist das nicht eher ungewöhnlich?«

»Ich bin die einzige Frau in meinem Jahrgang, wenn Sie das meinen«, antwortete sie, und ihre Stimme bekam einen leicht eisigen Unterton.

Es war nicht, was ich gemeint hatte, und ich begann schon stotternd und höchst umständlich zu versichern, dass jede Geringschätzung mir fernliege, als Temple zu meiner großen Erleichterung einfach dazwischenredete.

»Und dorthin sind Sie jetzt auch wieder unterwegs? Zurück nach New York?«

»Boston. Wir besuchen meine Eltern zu Thanksgiving. Harry hat sie bislang noch nicht getroffen und scheint mir ziemlich nervös zu sein.«

»Er hat Ihnen einen Antrag gemacht, ohne sich Ihren Eltern überhaupt vorzustellen?«, fragte ich.

»Na ja, es ging alles plötzlich recht schnell«, sagte sie und warf einen kurzen Blick auf ihren Verlobungsring, bevor sie wieder den Kopf hob und zu Temple meinte: »Hören Sie, ich möchte ja nicht unhöflich klingen, aber ich kann mir nicht vorstellen, dass Sie beide gekommen sind, um mir diese Fragen zu stellen. Verzeihen Sie meine Direktheit, aber ich wüsste schon gern, was Arthur Ihrer Meinung nach mit diesem bedauerlichen Herrn zu tun hatte, der gerade verstorben ist.«

»Selbstverständlich«, erwiderte Temple. »Vielleicht könnten Sie uns zuerst einmal erzählen, wie Sie den Montagabend erlebt haben. Wir kennen Mr. Blakes Version der Geschichte, aber ich würde das Ganze gerne auch in Ihren Worten hören.«

»Kein Problem«, versicherte sie und lehnte sich im Stuhl zurück.

»Arthur hatte vorgeschlagen, dass wir gemeinsam zu Abend essen. Neben ihm also Harry, ich und Miss Hall. Er war blendender Laune – so glücklich, wie Harry und ich ihn schon seit Monaten nicht mehr gesehen hatten – und sagte, er wolle feiern.«

»Hat er auch gesagt, was es zu feiern gab?«

»Nicht direkt. Er erwähnte nur etwas davon, dass er beauftragt worden sei, in New York ein Gemälde zu veräußern. Es klang wie ein bedeutendes Geschäft, aber er meinte, er dürfe uns keine Einzelheiten verraten. Finanziell einträglich muss die Sache jedenfalls sein, denn er bestand darauf, Champagner zu bestellen. Wobei außer ihm allerdings kaum jemand viel davon abbekommen hat.«

»Warum das?«

»Tja, Harry hätte wahrscheinlich sowieso nicht viel getrunken, schätze ich mal«, erklärte Mrs. Webber und lachte kurz auf. »Er macht sich nicht viel aus Wein, und aus Champagner schon gar nicht. Aber Arthur hat an dem Abend schon ganz allein mehr als eine Flasche getrunken. Er war in so beschwingter Stimmung, dass er sich einfach permanent nachgeschenkt hat …«

Unwillkürlich entfuhr mir ein zustimmendes Brummen. Blake maß seinem Gemälde zwar einen immensen Wert zu, dennoch hatte ich bislang nicht verstanden, warum ihn Duponts Auftauchen im Restaurant derart in Rage bringen konnte. Die Wirkung von einer ganzen Flasche Champagner bot da zumindest eine erste Erklärung.

»Wie dem auch sei, Harry und ich unterhielten uns gerade, während Miss Hall noch an der Bar war, um sich einen Cocktail zu bestellen, als der ältere Gentleman an unseren Tisch trat und Arthur auf die Schulter tippte«, fuhr sie fort. »Arthur drehte sich um, und der Mann fragte, ob er ihn mal kurz sprechen könne. Ich sage Ihnen, Arthur wurde mit einem Schlag so bleich, es sah aus, als würde er gleich umkippen. Bevor der Gentleman auch nur einen weiteren Ton herausbringen konnte, war Arthur aufgesprungen, hatte den Mann am Arm gepackt und ihn ans andere Ende des Restaurants gelotst. Was sie dort sprachen, konnten wir nicht verstehen, schließlich spielten unmittelbar vor uns die Musiker. Aber wir sahen, wie der Gentleman etwa eine Minute auf ihn einredete und Arthur dann ... na ja, einen regelrechten Tobsuchtsanfall bekam. Keine Ahnung, was dieser Mensch zu ihm gesagt hat, aber derart aufgebracht habe ich Arthur noch nie erlebt. Am Ende musste der Maître d'hôtel dazwischengehen und die beiden trennen.«

»Und Mr. Blake hat sein Verhalten Ihnen gegenüber nicht erklärt?«, fragte Temple.

»Er hat nur wenig dazu gesagt. Ich habe mich natürlich sofort an Harry gewandt und gefragt, was um alles in der Welt denn da los sei, aber er hatte auch keine Ahnung. Als Arthur an unseren Tisch zurückkam, meinte er nur, der Mann sei ein unzufriedener Kunde. Offenbar findet in New York irgendeine riesige Kunstveranstaltung statt, zu der eine ganze Menge Leute aus der Kunstwelt extra anreisen. Vermutlich war es einfach ein unglücklicher Zufall, dass der Mann auf demselben Schiff reiste wie wir. Trotzdem fand ich es eine ziemliche Ungeheuerlichkeit, dass er einfach an unseren Tisch kam und Arthur derart schamlos ansprach. So etwas gehört sich nicht, ganz egal welche Divergenzen die beiden auch gehabt haben mochten.«

»Danach haben Sie ihn nicht mehr gesehen?«

»Das stimmt.«

»Und Mr. Blake?«

Vielleicht bildete ich es mir auch nur ein, aber ich hätte schwören können, ein Zögern bei Cassandra Webber wahrzunehmen.

»Wir sind Samstag mit ihm zum Essen verabredet«, sagte sie. »Am Vorabend unserer Ankunft. Wenn die Abwicklung dieses Verkaufs ihm wirklich so viel einbringt, wie er annimmt, geht er anscheinend davon aus, dass wir ihn eine Weile nicht mehr zu Gesicht bekommen. Daher möchte sich Harry gerne noch ein letztes Mal mit ihm treffen, bevor sich unsere Wege trennen.«

Temple schien zufrieden mit der Auskunft. »Wenn ich recht verstehe, war Miss Hall, die vierte Person an Ihrem Tisch, gerade fort, als es zu dem Zwischenfall kam«, wechselte er das Thema.

»Das ist richtig«, antwortete Mrs. Webber, deren ungezwungene Freundlichkeit bei der Erwähnung von Miss Hall minimal ins Wanken geriet. »Sie holte sich an der Bar etwas zu trinken.«

»Aber den Streit wird sie doch mitbekommen haben, vermute ich mal.«

»Ich denke schon.«

»Hat es sie nicht interessiert, wer dieser Gentleman gewesen ist?«

»Sie kehrte genau in dem Moment an den Tisch zurück, als Arthur uns beiden erklärte, dass es ein unzufriedener Kunde sei. Sie stellte keine Nachfragen, daher dürfte ihr diese Information genügt haben.«

Ich rechnete schon damit, dass Temple an dieser Stelle weiterbohren würde, und sah ihn erwartungsvoll an. Sicherlich war ihm nicht entgangen, wie Blake offenbar gehofft hatte, das Gespräch rechtzeitig vor der Rückkehr von Miss Hall in eine andere Richtung gelenkt zu haben. Der Aussage von Mrs. Webber zufolge hatte Miss Hall indes sehr wohl mitbekommen – und wahrscheinlich auch sofort begriffen –, dass Blake ihnen in Bezug auf Dupont etwas vorlog.

»Hat der Gentleman versucht, Miss Hall anzusprechen?«, fragte Temple.

»Keine Ahnung. Warum? Kannten sie einander denn?«

»Nicht unbedingt«, antwortete Temple. »Sie verkehrten bloß anscheinend in denselben Kunstkreisen, daher hielt ich es für denkbar, dass sie miteinander bekannt waren.«

»Tja, wenn dem so sein sollte, hat sie es jedenfalls nicht erwähnt«, sagte Mrs. Webber, und ihre Augen verengten sich ein wenig. »Andererseits, wen würde das schon wundern, bei so einer Frau?«

»Besteht zwischen Ihnen und Miss Hall irgendwie böses Blut?«, fragte Temple sofort nach.

»Nein. Verzeihen Sie, die Bemerkung war fehl am Platze. Um ehrlich zu sein, kenne ich die Frau kaum. Sie ist eine Freundin von Arthur.«

»Und woher genau kennen Sie Mr. Blake?«

»Durch Harry. Er hat früher mal für Frederick Scott gearbeitet, den Schwiegervater von Arthur.«

Ich warf Temple einen Blick zu. Seinem verwirrten Gesichtsausdruck nach zu urteilen, war er von dieser Neuigkeit ebenso verblüfft wie ich.

»Mr. Blake hat uns überhaupt nicht erzählt, dass er verheiratet ist«, bemerkte ich.

»Na, ist er ja auch nicht mehr«, sagte sie, und ihre Züge verhärteten sich. »Evelyn hat sich letztes Jahr von ihm scheiden lassen. Aus diesem Grund waren wir auch so überrascht von seinem Entschluss, überhaupt eine solche Reise zu unternehmen, ganz zu schweigen von seiner großzügigen Art, auf einmal ständig Champagner zu bestellen. Nachdem er von dieser Sache mit dem Kommissionsverkauf erzählt hatte, wurde sein Verhalten natürlich besser verständlich, aber ansonsten ist er vollkommen pleite, seit Evelyn den Hahn zugedreht hat.«

»Entschuldigen Sie, aber was meinen Sie mit ›den Hahn zugedreht‹?«, fragte Temple.

»Wie viel wissen Sie über die Scotts?«, fragte sie in hartem Ton zurück.

»Von Frederick Scott habe ich schon gehört«, warf ich ein. »Ihm gehört viel Grundbesitz in und um Bristol und Bath.«

»Stimmt«, bestätigte sie. »Frederick ist der Vater von Evelyn. Arthur weiß sich in schicken Anzügen zu bewegen, und er klingt vielleicht auch so, als sei er in Oxford gewesen, aber vor seiner Heirat mit Evelyn hatte er keinen Penny in der Tasche. Zumindest nach dem, was Harry mir so erzählt hat. Er kennt Arthur schon viel länger als ich.«

»Hat er Ihrer Meinung nach Miss Scott nur wegen des Geldes geheiratet?«, wollte Temple wissen.

Sie trommelte mit den Fingern auf dem Pult. »Kann ich wirklich nicht sagen. Ich habe Arthur erst kurz vor seiner Scheidung von Evelyn kennengelernt und die beiden also nie richtig zusammen erlebt.«

»Aber begegnet sind Sie der Frau schon, oder?«

»Flüchtig. Ganz zu Beginn unserer Beziehung hat Harry mich mal zu einer von Fredericks Gartenpartys mitgenommen. Es war an Evelyns Geburtstag, wenn ich mich recht erinnere. Übrigens zufälligerweise auch das einzige Mal, an dem ich Miss Hall sonst noch begegnet bin. Ach, aber diese Partys, die hätten Sie mal erleben sollen. Jeder, der was auf sich hielt, war da. Arthur liebte solche Anlässe natürlich. Er liebte alles an dem Lebensstil, den eine Ehe mit Evelyn ihm eröffnete. Dennoch hofft man natürlich gern, dass er sie außerdem auch geliebt hat.«

Warum Blake sich einen Lebensstil, wie ihn eine Heirat in die Familie Scott ermöglichte, sehnlichst gewünscht haben dürfte, war leicht nachvollziehbar. Ich stellte mir eine lange, kiesbedeckte Auffahrt vor und an deren Ende ein herrschaftliches Anwesen mit zahllosen Fenstern, die glänzten, und einer Backsteinfassade, die in der Sonne goldgelb leuchtete. Überall auf dem makellos gepflegten Rasen Freunde und Geschäftspartner von Frederick Scott in weißen Leinenhosen und gestreiften Blazern, daneben ihre Frauen in bunten Sommerkleidern und mit extravaganten Hüten auf dem Kopf. Während die sanften Töne eines

Streichquartetts durch die Luft schwebten, balancierten in Fracks gekleidete Kellner Silbertabletts voller Champagnergläser durch die Gartenanlagen und hielten dabei die freie, weiß behandschuhte Hand stoisch hinter den Rücken geklemmt.

»Warum haben sich die beiden scheiden lassen?«, fragte Temple.

»Aus verschiedenen Gründen, denke ich. Zum einen war Frederick mit dieser Ehe nie einverstanden. Eigentlich hatte Evelyn damals, als sie Arthur kennenlernte, kurz davorgestanden, den Sohn eines lokalen Parlamentsabgeordneten zu heiraten. Womöglich hat ihn das in ihren Augen sogar erst interessant gemacht. Ich meine, wenn der eigene Vater plant, dich mit dem Sohn seines reichsten Freundes zu verkuppeln, muss eine romantische Affäre mit einem jungen, attraktiven Künstler doch extrem reizvoll wirken. Frederick konnte Arthur natürlich nicht ausstehen, aber es ging alles viel zu schnell, als dass er die Heirat hätte verhindern können.«

»Lange können sie nicht zusammen gewesen sein«, meinte ich nachdenklich.

»Nein, etwa ein Jahr, glaube ich«, sagte Mrs. Webber. »Nach einer Weile muss Evelyn wohl klar geworden sein, dass Arthur sich im Grunde gar nicht groß von den Männern unterschied, die Frederick für sie ausgesucht hätte. Da er selbst über keine Mittel verfügte, konzentrierte er sich darauf, ihr Geld auszugeben. Im vergangenen Jahr haben sie sich dann scheiden lassen. Wenn Sie an Einzelheiten interessiert sind, sollten Sie aber besser Miss Hall fragen.«

»Warum?«

»Weil sie eine gute Freundin von Evelyn ist. Und wenn ich das recht sehe, ist sie zudem die Einzige, die sich noch mit Arthur abgibt. Harry meint, dass die Liebe zur Kunst sie eben verbindet.«

»Die beiden haben nach seiner Scheidung von Miss Scott also weiter Kontakt gehalten?«

»Nein, sie sind sich bloß aus Zufall über den Weg gelaufen, als sie in Southampton das Schiff bestiegen. Sie hatten sich nicht mehr gesehen, seit Evelyn ihn in die Wüste geschickt hatte, und genau deshalb bestand er wohl auch darauf, dass sie mit uns zu Abend aß. Er wollte auf den neuesten Stand gebracht werden. So hat es mir zumindest Harry erklärt.«

Wieder war mir so, als habe ihre Stimme einen eisigen Unterton angenommen, aber bevor ich nach der Ursache forschen konnte, schaltete Temple sich ein.

»Irgendwie merkwürdig, dass Ihr Mann die Verbindung mit Mr. Blake aufrechterhalten hat«, sagte er. »Immerhin war er doch in der Firma von dessen Ex-Schwiegervater angestellt.«

»Ach, Harry und Frederick stehen inzwischen nicht mehr auf allzu gutem Fuß. Früher mal hat Harry bei Frederick seine Ausbildung absolviert und war von ihm mit allen Bereichen der Familiengeschäfte vertraut gemacht worden. Er kannte sich mit den Immobilien aus, mit den Ländereien – mit allem eben. So sind wir uns übrigens auch das erste Mal begegnet. Ich habe während meines Studienjahres in Bristol in einem von Fredericks Apartments gewohnt, und Harry war derjenige, der mich am Bahnhof abgeholt und mir beim Einzug geholfen hat. Aber das scheint inzwischen schon eine Ewigkeit her zu sein. Harry hat im vergangenen Jahr bei Frederick gekündigt, um seine eigene Immobilienfirma zu gründen. Das war etwa zur selben Zeit, als Evelyn und Arthur sich scheiden ließen.«

»Von der Kündigung dürfte Mr. Scott nicht besonders begeistert gewesen sein.«

»Was noch milde formuliert ist«, bestätigte Mrs. Webber mit einem bitteren Lachen. »Frederick hat Jahre darauf verwandt, ihn in alles einzuarbeiten, damit Harry später einmal die gesamte Verwaltung übernimmt. Vermutlich ist ihm nie in den Sinn gekommen, dass Harry sich lieber selbstständig machen würde.«

»Und wie laufen Mr. Webbers Geschäfte so?«

»Mal besser, mal schlechter«, gestand sie und trommelte wieder auf dem Pult. »Nach der Eröffnung hatte er ein paar gute Abschlüsse mit einigen örtlichen Grundbesitzern, aber Frederick war äußerst verstimmt, und er ist ein einflussreicher Mann. Sobald er damit begann, überall lauthals seine Meinung zu verkünden, blieben die Aufträge aus. Erst langsam wird es wieder ein wenig besser. Mit den Einzelheiten will Harry mich zwar mittlerweile nicht mehr belästigen, doch er hat zumindest von diversen neuen Klienten gesprochen, die er in den letzten Monaten gewinnen konnte. Ich kann Ihnen gar nicht sagen, wie stolz ich auf ihn bin.«

Temple hatte aufmerksam zugehört und nickte nur. Weder in den Unterhaltungen mit Robert Evans und Arthur Blake noch jetzt bei Cassandra Webber hatte er sich eine einzige Notiz gemacht, was mich gleichermaßen faszinierte wie beunruhigte. Ich hatte mir sogar schon überlegt, selbst ein paar Dinge mitzuschreiben, aber bestimmt brachte ihn kaum etwas so schnell auf die Palme wie der vermeintliche Vorwurf, er würde es an professioneller Sorgfalt mangeln lassen.

»Könnten Sie bitte für uns zusammenfassen, was Sie gestern getan haben, Mrs. Webber?«, fragte er.

»Inwiefern ist das von Interesse?«

»Eine reine Formalität. Ich frage das jeden, der vor dem Einbruch Kontakt mit Mr. Blake oder dem Verstorbenen hatte.«

Sie dachte eine Weile nach. »Tja, mal sehen. Ich bin früh aufgestanden und im Pool schwimmen gewesen. Dann haben Harry und ich es noch so eben zur Frühstückzeit ins Restaurant geschafft. Anschließend habe ich den Rest des Vormittags und einen Großteil des Nachmittags mit meiner Lektüre verbracht.«

Sie deutete auf einen Stapel handschriftlicher Notizen und ein ledergebundenes Buch, die neben ihr auf dem Pult lagen. Auf dem Rücken des dicken Wälzers prangte in Goldbuchstaben: *Gesammelte Rechtsvorschriften zum Grunderwerb, Band IV.*

»Abends sind wir dann essen gegangen, und danach kam ich wieder her, während Harry noch kurz nach dem Automobil sehen wollte.«

»Seinem Automobil?«, wiederholte Temple mit erhobener Braue.

»Ja, sein ganzer Stolz, sein Ein und Alles«, stöhnte Mrs. Webber und verdrehte die Augen. Allerdings ließ der Anflug eines Lächelns vermuten, dass sie die Schwärmerei ihres Gatten letzten Endes eher amüsierte als störte. »Er hat es kurz nach Gründung seiner Firma gekauft, als er die ersten Klienten gefunden hatte. Jetzt möchte er damit unbedingt einmal über den Broadway fahren. Wenn Sie mich fragen, hat er es in Wahrheit aber vor allem mitgebracht, weil er hofft, meine Eltern beeindrucken zu können.«

»War das nicht ungewöhnlich, dass er noch mal nach dem Wagen sehen wollte?«

»Nicht unbedingt. Montagabend ist er auch schon hin. Aber gestern Abend war er deutlich länger fort. Als er zurückkam, erzählte er, dass er einen langen Kratzer an der Seite entdeckt hatte und noch bei irgendwem eine Schadensmeldung abgeben musste.«

»Einen Kratzer?«, fragte Temple nach.

»Ja, ich habe ihn zwar nicht selbst gesehen, aber es muss wohl ziemlich schlimm sein. Harry wirkte bei seiner Rückkehr jedenfalls extrem aufgebracht.«

»Wissen Sie den Namen des Mannes, der die Meldung aufgenommen hat?«, wollte ich sofort wissen.

»Danach habe ich gar nicht gefragt«, erwiderte sie mit verständnislosem Blick. »Hätte ich das tun sollen?«

Ich wollte schon antworten, da schnitt Temple mir das Wort ab.

»Wie lange war Mr. Webber denn fort?«

»Etwas über eine Stunde, würde ich sagen«, entschied sie nach kurzer Bedenkzeit. »Offenbar hat er eine Weile gebraucht, um jemanden aufzutreiben, der die Schadensmeldung aufnehmen konnte.«

»Erinnern Sie sich noch an die genaue Uhrzeit?«

»Das muss so zwischen zehn und elf gewesen sein. Es goss in Strömen draußen. Er war pitschnass, als er zurückkam.«

»Und Sie sind die ganze Zeit hier in der Kabine gewesen, während Mr. Webber nach dem Automobil sah?«

»Das ist richtig«, sagte sie und nahm ihr Fingertrommeln wieder auf.

»In Ordnung«, erklärte Temple. »Wir fallen Ihnen auch nicht mehr lange zur Last, Mrs. Webber. Da wären nur noch zwei Dinge, die ich klären möchte, bevor wir gehen.«

»Ja?«

»Erstens würde ich mir gerne eine Schriftprobe von Ihnen ansehen.«

»Eine Probe meiner Handschrift? Das ist allerdings ein sonderbarer Wunsch.«

»Ich fürchte, es lässt sich nicht vermeiden.«

»Na ja, warum werfen Sie nicht einfach einen Blick auf die Notizen, die ich mir gestern bei meiner Lektüre gemacht habe?«

Sie nahm die oberste Seite von dem dicken Papierstapel auf dem Pult und reichte sie Temple.

Mir war natürlich klar, warum er darum gebeten hatte. Zweifellos versuchte er, die Handschrift auf dem Zettel zu identifizieren, den wir in Duponts Kabine gefunden hatten. Warum er jedoch glaubte, ausgerechnet Cassandra Webbers Handschrift könnte passen, war mir schleierhaft.

Von meiner Position an der Tür hatte ich keine Chance, irgendetwas zu erkennen. Temple betrachtete die Seite eingehend und gab sie dann in ihre wartende Hand zurück.

»Und noch eine abschließende Frage, Mrs. Webber, bevor wir gehen.« Er legte eine kurze Pause ein. »Der Name Beatrice Walker sagt Ihnen nicht zufällig etwas?«

Sie schüttelte ohne jedes Zögern den Kopf. »Nein. Ich kenne niemanden, der so heißt, da bin ich mir absolut sicher.«

11

»Das verstehe ich nicht«, sagte ich, während wir über eine wackelige Eisentreppe ins tiefste Innere der *Endeavour* stiegen. »Warum warten wir nicht in der Kabine auf Mr. Webber?«

»Sperren Sie gefälligst die Ohren auf, Birch«, fauchte Temple. »Erst die Fakten, dann die Vernehmung – das habe ich Ihnen doch schon erklärt. Webber ist eine geschlagene Stunde ohne jede Begleitung auf dem Schiff herumgelaufen. Solange ich das nicht selbst überprüft habe, glaube ich ihm doch kein Wort, dass er die ganze Zeit damit verbracht hat, einen Schaden an seinem Wagen zu melden.«

Ich erwiderte nichts. Unmittelbar nach unserem Besuch bei Cassandra Webber hatte Temple mich erneut dafür abgekanzelt, dass ich seine Gesprächsführung gestört hätte. Seitdem war er mies gelaunt.

»Abgesehen davon müssen wir uns davon überzeugen, ob Mrs. Webbers Geschichte überhaupt der Wahrheit entspricht«, fuhr er fort.

»Jetzt lassen Sie die Kirche aber mal im Dorf«, konterte ich spöttisch. »Sie können die Frau doch unmöglich verdächtigen, bei dieser Sache irgendwie ihre Finger im Spiel zu haben.«

»Ist Ihnen denn wirklich entgangen, dass sie selbst eingestanden hat, während der Abwesenheit ihres Mannes mindestens eine Stunde lang völlig allein gewesen zu sein?«, erklärte Temple in resignierendem Tonfall. »Sie behauptet, in ihrer Kabine gelesen zu haben. Aber wie sollen wir wissen, ob das stimmt?«

»Sie glauben, sie hat etwas damit zu tun?«

»Ich sage nur, dass wir nicht einfach ignorieren können, dass sie allein war, während Blake mit dieser Beatrice Walker an der Bar saß. Und wie sie uns beiden erzählt hat, ist sie für Bristol geschwommen. Sie ist offensichtlich eine sehr sportliche junge Dame, die bei ausreichender Motivation wahrscheinlich auch in der Lage wäre, das Schloss einer Kabine aufzubrechen.«

»Als Nächstes wollen Sie mir noch weismachen, sie hätte Monsieur Dupont diese Treppe runtergeworfen«, brummte ich.

Temple blieb stumm.

Wir waren am Fuß der Treppe angekommen, und ich lotste ihn durch das Labyrinth an schmalen Gängen. Wir befanden uns jetzt nur wenige Decks über dem Maschinenraum, sodass von den Metallwänden um uns herum bereits ein leises Brummen ausging. Mächtige Rohre liefen im Zickzack über die Decke, und die grellen Leuchten flackerten und surrten. Der Kontrast zur Opulenz der oberen Decks mit ihren auf Hochglanz polierten Eichentreppen, den weichen Teppichen und den grandiosen Ausblicken aufs Meer hätte kaum größer sein können.

Um uns herum wuselte Küchen- und Reinigungspersonal, verschwand in den Kammern und Vorratsräumen zu beiden Seiten des Flurs und tauchte wieder auf mit Gemüsesäcken und großen Fleischstücken auf dem Rücken oder mit Schrubbern und Scheuerlappen, um im Passagierbereich zu putzen. Ein paar von ihnen musterten Temple mit neugierigen Blicken. Ausnahmslos alle nickten mir zu oder führten die Hand an ihre

Kappe, während sie im Vorbeigehen mit einem knappen »Sir« grüßten.

Ich hielt vor einer schweren Eisentür, die ich zum Leidwesen meiner lädierten Schulter mit der falschen Hand aufwuchtete, und vor uns tat sich der Frachtraum auf.

Unlängst hatte ich mitbekommen, wie Travis, der neue Offizier, nach seinem ersten Besuch hier unten den Frachtraum als groß bezeichnet hatte. Das stimmte natürlich, aber gerecht wurde es den gigantischen Ausmaßen nicht im Mindesten. Ich war mir ziemlich sicher, während des Krieges Flugzeughallen gesehen zu haben, die kleiner gewesen waren. An einer Seite wuchsen gewaltige Türme aus Holzkisten bis zur Decke hinauf, festgezurrt von kräftigen Netzen. Gemeinsam mit den aufgestapelten Truhen und Überseekoffern bildeten sie mächtige Schluchten. Die Automobile schließlich parkten mitten im Raum in drei ordentlichen Reihen. Von den Stahlwänden hallte das tiefe Dröhnen der Schiffsmotoren wider und hörte sich an, als wären wir im Bauch einer monströsen Bestie gelandet.

Temple stürmte voran und schlängelte sich zwischen den Wagen durch, bis er den navy-blauen Ford Model T entdeckte, den Cassandra Webber uns beschrieben hatte. Es war ein hübsches kleines Fahrzeug, mit einem abnehmbaren Stoffdach und lustigen runden Scheinwerfern, die an ein vor Erstaunen weit aufgerissenes Augenpaar erinnerten. Es war frisch poliert, Karosserie und Speichenräder glänzten.

Mein Offiziersgehalt reichte zwar nicht im Entferntesten, um mir ein Automobil leisten zu können, aber im Krieg hatte ich gelegentlich Militärfahrzeuge gesteuert. Während wir den Ford von Harry Webber in Augenschein nahmen, stellte ich mir unweigerlich vor, wie ich selbst hinter dem Steuer saß, mit Kate auf dem Beifahrersitz und Amelia auf der Rückbank.

Temple drehte mit prüfendem Blick eine Runde um den Wagen

und blieb vor der Beifahrertür stehen, wo sich ein Kratzer über die ganze Seite zog. Er musterte die Stelle genau, und seine Brauen sanken tiefer und tiefer. Dann ging er in die Hocke wie ein Arzt, der eine Wunde inspiziert, und strich mit den Fingern vorsichtig über den Kratzer.

Ich wollte ihn gerade fragen, ob ich ihm irgendwie helfen könne, da vernahm ich hinter uns ein hastiges Rascheln. Erschrocken schnellte ich herum und starrte in die Dunkelheit. Hier im Frachtraum waren die Lichtverhältnisse erheblich schlechter als in den gleißend hell erleuchteten Gängen. Weit verstreut verbreiteten einige wenige Lampen ein schummriges Dämmerlicht. Dazu warfen die Frachtstücke, je nachdem wie sie arrangiert waren, lange Schatten oder blockten an manchen Stellen das Licht auch völlig ab, sodass man häufig kaum vier Meter weit sehen konnte. Ich lauschte reglos und versuchte angestrengt, die Ursache des Geräuschs auszumachen. Ein paar Schritte vor uns ragten gestapelte Überseekoffer auf, dahinter erhob sich eine zweieinhalb Meter hohe Wand aus Holzkisten, aber nirgends gab es ein Anzeichen von etwas Lebendigem.

Ich wandte mich zurück zu Temple. »Haben Sie …«

Doch er war so vertieft in seine Untersuchung, dass er überhaupt nicht reagierte. Sofern er das Geräusch ebenfalls bemerkt hatte, schien es ihn nicht weiter beunruhigt zu haben.

Ich versuchte, nicht mehr daran zu denken. Angesichts der zum Teil äußerst luxuriösen Bereiche an Bord mochte es schwer zu glauben sein, aber in den unteren Decks der *Endeavour* lebte tatsächlich eine Unmenge von Ratten. Daher hätte es mich eigentlich nicht weiter überraschen sollen, sie ausgerechnet hier, wo es warm und dunkel war und sie weitgehend ungestört bleiben konnten, herumhuschen zu hören. Dennoch trat ich noch immer nervös von einem Bein aufs andere.

»Was halten Sie denn nun davon?«, fragte ich schließlich mit

Blick auf den Wagen. Temple war so tief in Gedanken versunken, dass er meine Anwesenheit womöglich bereits vollkommen vergessen hatte.

»Besonders tief ist der Kratzer nicht«, brummte er. »Es sollte also kein großer Aufwand sein, ihn in einer Werkstatt beseitigen zu lassen.«

»Da wird Mr. Webber sich aber freuen.«

»Ohne Zweifel.«

»Macht es den Eindruck einer vorsätzlichen Tat?«

Temple richtete sich auf und betrachtete den Abstand zwischen Webbers Automobil und dem in der Nachbarreihe. »Schwer zu sagen«, antwortete er. »Viel Platz ist wirklich nicht. Wenn etwas Großes daran vorbeigetragen wurde, wäre es wohl nicht ausgeschlossen, dass es die Seite zerkratzt haben könnte.«

»Ihrer Meinung nach ist Webbers Alibi also glaubwürdig, ja?«

»Meiner Meinung nach ist sein Wagen beschädigt worden«, erwiderte Temple und schaute sich nachdenklich um. »Wie konnte sich Webber überhaupt hier Zutritt verschaffen? Ich meine, ist dieser Bereich nicht gesperrt für Passagiere?«

»Das ist so eine Art Grauzone«, gestand ich. »Da Passagiere für gewöhnlich gar nicht den Wunsch haben, hier runterzukommen, verfügen diejenigen, die es trotzdem tun, in der Regel über einen gewichtigen Grund. Wir würden natürlich grundsätzlich davon abraten, aber bislang gab es auch noch keinen Anlass, ein generelles Verbot auszusprechen.«

Temple grinste gequält, so als wäre diese Erklärung absolut schwachsinnig. »Der Aussage von Mrs. Webber zufolge hat ihr Mann erst nach jemandem suchen müssen, um den Schaden zu melden. Gibt es denn keine Aufsicht?«

»Wozu eine Aufsicht? Wie gesagt, es ist höchst ungewöhnlich, dass eine unautorisierte Person hier unten auftaucht.«

Als Temple erneut die Augen verdrehte, konnte ich nur mit Mühe meinen Ärger beherrschen.

»Irgendjemanden hat Webber offenbar trotzdem gefunden«, erklärte er. »Sofern er die Sache tatsächlich angezeigt hat.«

Ich öffnete schon den Mund, um zu antworten, da tat es hinter uns einen heftigen Knall.

Synchron wirbelten wir herum und starrten in die Dunkelheit. Etwas Schweres war umgestoßen worden, und das Geräusch von aufprallendem Metall hallte noch durch den Raum. Wir verharrten mucksmäuschenstill und lauerten auf einen weiteren Hinweis auf den Verursacher.

»Sie sagten doch, hier unten ist sonst nie jemand«, flüsterte Temple.

Ich brachte kein Wort heraus. Bei dem plötzlichen Knall hatte ich vor Schreck einen Riesensatz gemacht, und nun schoss mir das Adrenalin durch die Adern, alarmierte jede Nervenspitze und brachte mein Hirn zum Schwirren.

»Birch!«

»Sollte eigentlich auch nicht«, brachte ich heraus. Mir stand noch immer der Mund offen.

Ohne ein weiteres Wort stürzte Temple in Richtung des Geräuschs davon. Ich stolperte los, um ihm zu folgen, doch seine abrupte Reaktion hatte mich derart überrumpelt, dass er bereits kurz vor der Wand aus Holzkisten war, die ich eben noch gemustert hatte.

»Warten Sie!«, rief ich ohne jeden Erfolg. Temple sprintete jetzt regelrecht und tauchte mit dem Fedora in der Hand und wehenden Mantelschößen in die Schlucht aus Frachtstücken ein. Ich hetzte ihm hinterher und nahm im Vorbeirasen lederne Schrankkoffer, Kisten und dicke Haltenetze neben mir wahr.

Nach einem kurzen Spurt hielt er schlitternd an und spähte mit wilden Blicken umher.

»Wonach …«

»Schh!«, zischte er. »Runter!«

Er packte mich am Handgelenk und zog mich grob hinter ein paar Gepäckstücken in die Hocke. Die Bewegung war so heftig, dass mir sofort ein brennender Stich durch die Schulter raste und ich um ein Haar laut aufgeschrien hätte.

Vorsichtig lugten wir über den Rand unserer notdürftigen Deckung. Nichts war zu sehen. Außer unserem eigenen Schnaufen und dem Brummen der Maschinen war nicht einmal etwas zu hören.

»Komm schon …«, knurrte er und ließ den Blick von einem Frachtturm zum nächsten wandern. »Wo steckst du?«

Niemand antwortete. Wir starrten in den dunklen Raum, aber überall herrschte nur reglose Stille.

»Keiner da«, flüsterte ich.

Der Detective beachtete mich gar nicht.

»Temple. Da ist nirgends …«

Hektisches Fußgetrappel ließ mich mitten im Satz abbrechen. Wir schnellten herum und sahen eine Gestalt, die in Richtung Tür rannte. Im Gegenlicht aus dem Gang konnte ich an der Silhouette zwar genau erkennen, dass es eine Frau war, doch da sie uns den Rücken zugewandt hielt, blieb ihr Gesicht verborgen. Sie raste in einem Tempo, als wäre ihr eine ganze Meute zähnefletschender Hunde auf den Fersen.

Temple sprang auf, schwang sich über eine Reihe von Koffern und jagte los. »Stehen bleiben!«, brüllte er. »Sofort stehen bleiben!«

Beim Sprung über die Gepäckstücke rutschte ihm etwas aus der Manteltasche und fiel klappernd auf den Boden. Aus dem Augenwinkel erkannte ich etwas schwarz Metallisches und rief ihm hinterher, doch er war völlig auf die flüchtende Frau konzentriert und sprintete bereits zur Tür.

Ich hob den heruntergefallenen Gegenstand auf und eilte Temple nach, merkte aber schon nach ein paar Schritten, dass die Verfolgung wenig Sinn ergab. Temple hatte sich zuerst vertan und uns in die völlig falsche Richtung geführt, weshalb die Frau nun einen deutlichen Vorsprung besaß. Als wir aus dem Frachtraum ins grelle Licht des Gangs stürmten, war denn auch nirgends eine Spur von ihr zu entdecken. Fluchend schaute Temple abwechselnd nach links und rechts.

»Da lang!«, schrie er entschlossen und rannte erneut los.

Wir umkurvten eine Ecke und bremsten sofort irritiert ab. Vor uns erstreckte sich ein langer Gang mit einem Dutzend Türen zu jeder Seite. Temples durchdringender Blick huschte von einer zur anderen, aber auch ihm musste klar sein, dass es hoffnungslos war. Selbst wenn die Frau diesen Weg genommen hatte, gab es einfach viel zu viele Optionen.

»Mist!«, zischte er. »Verdammter Mist!«

Er keuchte leise, und sein dichtes schwarzes Haar war zerzaust. Ganz allmählich erst schien er zu akzeptieren, dass sie uns entwischt war. Mich beschäftigte die Identität dieser Frau allerdings gar nicht mehr vorrangig, und als Temple meine besorgte Miene bemerkte, runzelte er nur fragend die Stirn.

Wortlos hielt ich ihm hin, was ihm während der Verfolgungsjagd aus der Tasche gefallen war – ein glänzend schwarzer Revolver.

12

Um mich von den anderen Offizieren nicht ständig beobachtet zu fühlen, hatte ich mich in den vergangenen beiden Jahren darum bemüht, ihnen einfach möglichst wenig Gelegenheit zu bieten. So achtete ich darauf, stets als Letzter in die Messe zu kommen, unauffällig in irgendeiner Ecke zu hocken und nur zu reden, wenn mich jemand direkt ansprach. Selbst wenn ich in England auf Heimaturlaub von der *Endeavour* war, verließ ich nur selten das Haus.

Zu Anfang hatten mich alle nur voller Mitleid betrachtet. Das wurde mir rasch verhasst. Am liebsten hätte ich den Nachbarn gesagt, wenn sie mich überhaupt mit einem bestimmten Ausdruck ansehen müssten, dann wäre mir Verachtung lieber. Oder Abneigung. Alles, bloß kein Mitleid.

Kate war die Einzige, die mir den Gefallen tat. Ihr war nämlich ebenso klar wie mir, dass ich kein Mitleid verdiente. Denn ohne mich wäre es zu alledem gar nicht erst gekommen.

Mit der Zeit erfüllte sich mein Wunsch. Als Monat um Monat verging und die Sache immer hoffnungsloser wirkte, schwand das Mitleid tatsächlich, allerdings ohne dass es mir die erwartete Erleichterung gebracht hätte. Ich stellte fest, dass man mich weiterhin beobachtete, nur jetzt mit einem ganz anderen Ausdruck. Ich wurde zu einem Wunderling, einer sonderbaren Trauergestalt, der man auf der Straße beiläufig zunickte, bevor man den Blick senkte und rasch weiterhastete.

Selbst zurück auf der *Endeavour* begegneten mir die anderen Offiziere mit sichtlichem Unbehagen. Dabei hatte ich gehofft, das Schiff würde mir als schützende Zuflucht dienen. Stattdessen kam ich mir vor, als hätte ich irgendeine grässliche Wunde, die alle bemüht waren, auf keinen Fall anzustarren. Oft sah ich, wie sie mich von der anderen Seite der Messe anschauten und den Kopf rasch abwandten, sobald ich den Blick erwiderte.

Nach und nach zog ich mich immer mehr zurück. *Wenn dich alle bloß als Wunderling betrachten, lässt du dich am besten gar nicht erst blicken* – diese Einstellung gewöhnte ich mir an. War es mir also schon generell unangenehm, beobachtet zu werden, so verstörte mich das Erlebnis mit der Frau aus dem Frachtraum noch umso stärker.

Eigentlich hatte ich erwartet, draußen an der frischen Luft sofort ein Gefühl der Erleichterung zu empfinden. Aber als ich dann auf dem Deck stand, die Hände in den Taschen meiner Offiziersjacke vergraben und den Kragen gegen den kalten Wind hochgeschlagen, war mir schnell bewusst geworden, wie tief mich die Begegnung erschüttert hatte. Selbst jetzt, fast eine Stunde später, schaute ich mich noch ständig um, als könnte ich sie dabei erwischen, wie sie hinter irgendeiner Deckung hervorlugte oder um eine Ecke huschte. Die größten Bauchschmerzen bereitete mir in diesem Zusammenhang vermutlich das Gefühl, nicht nur beobachtet, sondern auch verfolgt zu werden.

Und dann war da natürlich noch die Sache mit Temples Revolver. Nachdem die Frau uns entwischt war, hatte er mir die Waffe wütend entrissen und zurück in seine Manteltasche gestopft.

»Wozu brauchen Sie den?«, hatte ich wissen wollen.

Er hatte nicht geantwortet.

»Ist er geladen?«

»Was sonst?«, hatte er geblafft. »Ein Kriminalpolizist mit Schusswaffe ist nichts Ungewöhnliches.«

»In den Straßen von London vielleicht. Aber warum tragen Sie ihn hier?«

»Warum nicht?«

Darauf wusste ich keine Erwiderung. Letzten Endes hatte er wahrscheinlich recht. Was sprach dagegen, wenn ein Polizist, der dies für nötig hielt, sich eine Waffe einsteckte? Dennoch steigerte gerade diese Logik meine Besorgnis nur noch mehr, denn offenbar glaubte Temple ja, sich aus triftigem Grund bewaffnen zu müssen.

Vielleicht hatte er befürchtet, bei unserer Suche nach Blakes Gemälde einen Revolver zu benötigen. Schließlich konnte man nicht wissen, was die Frau im Frachtraum noch unternommen hätte, wäre ihr nicht das verräterische Missgeschick unterlaufen. Zudem sprach auch das Messer, das wir in Blakes Kabine gefunden hatten, dafür, lieber verteidigungsbereit zu sein, sollten wir die Person ausfindig machen, die es dort platziert hatte. Allerdings war ich Temple nicht von der Seite gewichen, seit ich ihn zu Duponts Leiche gebracht hatte, sodass er sich zu keinem Zeitpunkt unbemerkt einen Revolver hätte einstecken können. Er musste ihn demnach bereits den ganzen Tag mit sich herumgetragen haben.

Einmal mehr fragte ich mich, welche geheimnisvollen dienstlichen Angelegenheiten ihn wohl nach New York führten und warum er so heftig auf die Erwähnung des Namens Winston Parker reagiert hatte. Je länger ich darüber nachdachte, desto entschiedener nahm ich mir vor, unbedingt herauszufinden, was er vor mir verbarg.

Da unsere Verfolgung gescheitert war und jeder Anhaltspunkt

zur Identität der Frau fehlte, kam Temple zu dem Schluss, dass wir die Ermittlungen nur da fortsetzen konnten, wo wir aufgehört hatten. Folgerichtig machten wir uns auf den Weg zum Promenadendeck, um die Stelle zu untersuchen, an der Duponts Leiche am Morgen entdeckt worden war.

»Sollten wir wirklich nicht weiter nach ihr suchen?«, hatte ich gefragt, als wir nach draußen kamen.

»Und wo sollen wir Ihrer Meinung nach damit anfangen?«

»Was ist mit Beatrice Walker? Der Frau, die Mr. Blake abgelenkt hat, während seine Kabine auf den Kopf gestellt wurde.«

»Was soll mit ihr sein?«, hatte Temple gereizt zurückgefragt.

»Was, wenn sie es gewesen ist? Vielleicht hat sie irgendwie von unseren Ermittlungen erfahren. Sie hätte doch einen guten Grund, uns im Auge zu behalten, oder nicht?«

»Schon möglich, aber wenn dieses Schiff wirklich so labyrinthartig ist, wie Sie behaupten, ist es hoffnungslos, sie unter Deck aufspüren zu wollen. Sofern sie tatsächlich etwas mit Blakes Gemälde oder Duponts Tod zu tun hat, finden wir sie nur, indem wir unsere Ermittlungen einfach fortsetzen.«

Widerstrebend hatte ich mich seinen Argumenten gebeugt, was mich natürlich nicht davon abgehalten hatte, jeden Stewart und jeden Maschinisten, dem wir auf unserem Rückweg begegneten, zu fragen, ob er sie gesehen hatte. Ohne Erfolg. Kein Mensch schien eine Frau bemerkt zu haben, die aus Richtung Frachtraum flüchtete.

Zu allem Unglück erfuhren wir auch auf dem Promenadendeck nicht viel Neues. Nachdem ein Team von Reinigungskräften mit Schrubbern und Seifenlauge überaus gründlich seine Arbeit erledigt hatte, war der Ort, an dem Dupont zu Tode gekommen war, blitzblank sauber. Weder gab es Spuren des nächtlichen Unwetters noch davon, dass sein Leichnam überhaupt am Fuß des Niedergangs gelegen hatte.

Ich konnte spüren, wie Temples Stimmung umschlug, während er alles in Augenschein nahm. Erst die Frau im Frachtraum, die ihm entwischt war, jetzt noch diese vollkommen ergebnislose Spurensuche an Deck – da schwoll die Frustration bei ihm unweigerlich an, was wiederum mein Nervenkostüm nicht unbedingt beruhigte, das seit der Entdeckung des geladenen Revolvers bereits reichlich angespannt war.

Und an diesem Ort gab es etwas, das mir zusätzliches Unwohlsein bereitete. Es war weniger das Wissen, dass hier der alte Mann gestorben war, oder das Fehlen jeglicher Hinweise. Es war die absolute Menschenleere um uns herum. Während wir unterwegs ständig schlendernden Pärchen oder spielenden Kindern begegnet waren, ließ sich in dieser Ecke nicht ein einziger Passagier blicken. Prompt musste ich an Wilsons Theorie denken, dass uns das Gerede an Bord letztlich mehr zu schaffen machen würde als eine mögliche Panik. Wie es schien, mieden die Menschen den Ort konsequent.

»Haben Sie nicht erwähnt, dass Ihr Bordarzt die Leiche untersucht hat?«, fragte Temple.

»Das ist richtig. Sobald man sie unter Deck gebracht hatte.«

»Hat er sich dazu geäußert, wann ungefähr Dupont gestorben ist?«

»Wenn ich ihn richtig verstanden habe, ist das schwer zu klären. Es fing um acht Uhr abends an zu regnen und hörte erst so um vier Uhr morgens auf. Wer in diesem Zeitraum auf dem Schiff herumgelaufen ist, wird sicherlich die Innentreppen benutzt haben, um trocken zu bleiben. Aus diesem Grund könnte Monsieur Dupont meiner Ansicht nach die ganze Nacht dort gelegen haben, ohne entdeckt zu werden.«

»Also irgendwann zwischen acht und vier.«

»Ich denke schon. Aber bei dem Zustand der Leiche …« Ich musste an Duponts aufgedunsenes Gesicht denken, die wabbelige Haut. »Soweit ich das verstehe, ist eine Bestimmung des Todeszeitpunkts ohne Autopsie unmöglich.«

Temple kniete sich hin, um die Stelle am Fuß des Niedergangs zu untersuchen. Ich versuchte, nicht darüber nachzudenken, welche Stufe den tödlichen Schlag verursacht haben könnte oder ob Dupont beim Aufprall augenblicklich tot gewesen war oder noch eine Weile im Regen gelegen und auf sein Ende gewartet hatte.

»Cassandra Webber zufolge ist ihr Ehemann pitschnass gewesen, als er von der Inspektion seines Autos zurückkehrte«, erklärte Temple. »Warum hat er eigentlich nicht den Regen gemieden? Es besteht doch bestimmt auch die Möglichkeit, im Innern in den Frachtraum zu kommen, oder?«

»Nein«, antwortete ich. »Von den Kabinendecks der Passagiere besteht keine direkte Verbindung. Nicht zuletzt aus diesem Grund sehen wir auch keine Notwendigkeit, dort unten jemanden Aufsicht führen zu lassen. Wenn Mr. Webber nach seinem Automobil sehen wollte, musste er den Weg über die Außentreppen nehmen.«

Temple dachte einen Moment nach. »Mal angenommen, er ging nach Duponts Sturz. Hätte er den Frachtraum erreichen können, ohne an der Leiche vorbeizukommen?«

»Leider ja. Solche Niedergänge gibt es stets an beiden Seiten des Schiffes, um den Passagieren im Falle einer Evakuierung möglichst kurze Fluchtwege zu garantieren. Monsieur Dupont wurde hier gefunden, das heißt, wenn Mr. Webber die andere Treppe benutzt hat, wäre er nicht an der Leiche vorbeigekommen.«

»Aber wenn er diese hier benutzt und keine Leiche gesehen hat, ließe sich der Todeszeitpunkt damit zumindest ein wenig eingrenzen.«

Ein Anflug seiner ursprünglichen Begeisterung klang in Temples Stimme wieder durch. Bevor ich noch etwas sagen konnte, war er schon – zwei Stufen auf einmal nehmend – die

Treppe zum nächsten Deck hinaufgestürmt, wo besonders die gleichmäßige Reihe von Bullaugen sein Interesse weckte.

»Sind das Passagierkabinen?«, rief er zu mir herunter.

»Ja«, antwortete ich und stieg ihm eilig hinterher. »Zweite Klasse.«

Meine Schulter schmerzte noch von der ruppigen Behandlung im Frachtraum und beschwerte sich jetzt umso mehr über das rasche Treppensteigen. Oben angelangt wurde mir allerdings der Grund für seine Nachfrage klar, und alle Gedanken an die schmerzende Schulter waren verflogen.

»Glauben Sie, jemand könnte etwas gesehen haben?«, fragte ich.

»Oder gehört«, erwiderte er und deutete auf das Bullauge unmittelbar neben dem Niedergang. »Wissen Sie, zu welcher Kabine das Fenster gehört?«

»Sicher«, sagte ich und zählte die Bullaugen durch. »Jede Kabine hat genau ein Bullauge, also ist diese hier die zwölfte vom Ende des Gangs gerechnet.«

Ohne einen Moment zu zögern, marschierte Temple auf die nächstbeste Tür zu. Drinnen wurden unsere Schritte von einem dicken roten Teppich gedämpft. Temple zählte die Kabinen ab, und ich folgte ihm den Flur hinunter. An der zwölften hielt er an und klopfte energisch.

Zuerst machte es den Eindruck, als wäre niemand da. Dann hörte ich, wie eine Kette zurückgelegt wurde. Mit einem kurzen Blick zu den anderen Kabinen im Gang fragte ich mich, wie viele dieser Türen auch so verriegelt sein mochten und es vor der Entdeckung von Duponts Leiche nicht gewesen waren.

Ein Mann mit wettergegerbten Zügen öffnete die Tür. Er trug einen ausgebeulten dunkelgrauen Anzug und musterte uns durch eine dickrandige Brille. Ihm über die Schulter blickte eine Frau – vermutlich seine Gattin –, deren Haare von ersten grauen Strähnen durchsetzt waren.

»Verzeihen Sie die Störung, Sir«, sagte Temple. »Ich untersuche einen Unfall, zu dem es gestern gekommen ist, und hatte gehofft …«

»Ein Unfall?«, unterbrach der Mann ihn in breitestem Amerikanisch. »Was meinen Sie mit Unfall?«

»Ein Gentleman ist die Treppe hinuntergestürzt. Genau vor Ihrem Bullauge. Ich versuche nun zu ermitteln, um welche Uhrzeit das geschehen sein könnte.«

Die Augen des Mannes weiteten sich. »Mit solchen Dingen wollen wir nichts zu schaffen haben«, erklärte er hastig.

»Es beschuldigt Sie ja niemand, etwas damit zu tun zu haben«, erwiderte Temple. »Ich habe mir nur gedacht, Sie oder Ihre Frau könnten vielleicht etwas gehört haben.«

»Nein«, sagte er und schüttelte vehement den Kopf. »Wir haben nichts gehört.«

»Sind Sie da ganz sicher?«

»Ich sage Ihnen doch, wir haben nicht gehört, wie jemand gefallen ist«, wiederholte er mit erhobener Stimme und fuhr sich mit der Zunge nervös über die Lippen. »Wir sind nach dem Abendessen sofort ins Bett, und selbst wenn es später draußen zu einem Unfall gekommen ist, das Bullauge war fest geschlossen. Sie wissen doch, wie stark es gestern geschüttet hat. Tut mir leid, aber wir können Ihnen nicht weiterhelfen.«

Ich bemerkte, wie die Frau hinter ihm den Mund öffnete, um etwas zu sagen, es sich dann aber anders überlegte und nur stumm den Blick zu Boden richtete.

»Gegessen haben Sie im Restaurant?«, fragte Temple, ohne seine Unzufriedenheit zu verbergen.

»Genau.«

»Und um wie viel Uhr sind Sie in Ihre Kabine zurückgekehrt?«

»Etwa um neun, würde ich sagen.«

»Sie sind schon um neun direkt ins Bett gegangen?«

»Stimmt genau«, versicherte der Amerikaner mit Nachdruck.
»Keiner von Ihnen ist noch länger wach geblieben?«
»Keiner.«
»Mr. Temple …«, mischte ich mich angesichts des wachsenden Unmuts des Mannes ein.
»Demnach dürften Sie beide also so um halb zehn eingeschlafen sein, richtig?«, bohrte er weiter, ohne meinem Einwurf Beachtung zu schenken.
»Vermutlich.«
Temple nickte. Auch wenn ich zu verhindern suchte, dass er erneut so lospolterte wie bei Arthur Blake, konnte ich seine Verärgerung nachvollziehen. Der amerikanische Gentleman wirkte alles andere als kooperativ. Aus einem Baum hätte Temple wahrscheinlich leichter Informationen herausgequetscht.
»Vielen Dank, Mr. …?«
»Hewitt«, antwortete der Amerikaner und klang dabei wie jemand, der gerade die Schlüssel zu seinem Haus herausgegeben hatte, nicht bloß seinen Namen.
»Vielen Dank, Mr. Hewitt.«
Die Tür fiel ins Schloss, und ich hörte, wie die Kette wieder einrastete. So enttäuschend das Gespräch auch verlaufen war, ich atmete dennoch erleichtert auf. Ich fürchtete zwar nicht ernsthaft, dass Temple ihn hervorholen würde, aber sobald seine Ungeduld wuchs, musste ich unwillkürlich an den Revolver in seiner Tasche denken.
»Glauben Sie ihm?«, fragte ich.
»Schwierig zu sagen. Bereitwillig Auskunft gegeben hat er jedenfalls nicht.«
»Die Geschichte mit Dupont scheint sich rasch herumzusprechen. Bestimmt ist Mr. Hewitt nicht der Einzige, der sich am liebsten so weit wie nur irgend möglich heraushalten möchte. Aber nehmen wir mal an, er hat die Wahrheit erzählt. Was sagt uns das?«

»Sofern er uns wirklich die Wahrheit erzählt hat«, antwortete Temple in leierndem Ton, »sagt uns das bloß, dass Dupont irgendwann nach halb zehn gestürzt sein dürfte, als die Hewitts bereits schliefen.«

»Hätte es nicht auch vor neun sein können?«, fragte ich. »Vor ihrer Rückkehr in die Kabine, meine ich. Da es zu diesem Zeitpunkt schon fast eine Stunde regnete, wäre niemand draußen gewesen.«

»Ich denke nicht«, brummte Temple nachdenklich. »Der Regen hat zwar um acht eingesetzt, aber es hat mindestens eine Stunde gedauert, bis er richtig heftig wurde. Wäre Dupont schon weit vor halb zehn heruntergefallen, hätten vermutlich noch ein paar Leute die Außentreppe benutzt und ihn gefunden. Es ist also wahrscheinlicher, dass es später in der Nacht zu dem Sturz kam.«

Ich dachte eine Weile darüber nach und erinnerte mich daran, dass Dupont seinen Mantel und den Gehstock in der Kabine zurückgelassen hatte. Sofern er später gefallen war, als es bereits wie aus Kübeln goss, erschien es noch sonderbarer, dass er die Sachen nicht mitgenommen hatte. Meine bevorzugte Annahme lautete noch immer, dass er in großer Eile gewesen war. Er wollte irgendwohin, vermutlich um jemanden zu treffen. Aber konnte nicht trotzdem etwas an der Idee dran sein, die Temple im Büro des Captains geäußert hatte? War Dupont in Wahrheit am Ende vielmehr *vor jemandem* weggerannt?

Mir schwirrte der Kopf. Ich massierte mir die Stirn und murmelte vor mich hin: »Die Frage bleibt also, was er so spät da draußen im strömenden Regen zu suchen hatte.«

13

Die zweite Klasse war schon recht bequem und deutlich luxuriöser als die Quartiere, die Wilson und ich bewohnten. Aber als Temple und ich uns auf die Suche nach Vivian Hall machten, führte mir das einmal mehr vor Augen, dass die erste Klasse eine Welt für sich war.

Nachdem wir den prächtigen Treppenaufgang bis ganz nach oben gestiegen waren, standen wir unter einer riesigen Glaskuppel, durch die das Tageslicht sich üppig auf die Etage ergoss. Selbst Temple verharrte einen winzigen Augenblick, um das Kunstwerk zu bewundern. Ich übernahm nun wieder die Führung und steuerte einen der abgehenden Flure an. Die Räumlichkeiten der ersten Klasse waren wie das Restaurant dem Vorbild der besten Londoner Hotels nachempfunden. Auf Hochglanz poliertes Eichenparkett bedeckte den Boden, mächtige Blumenvasen und exotische Farne schmückten die Gänge. Zu unserer Rechten hingen prunkvolle Gemälde an der holzgetäfelten Wand, und zu unserer Linken erstreckten sich derart breite Panoramafenster, dass die Bullaugen in der zweiten Klasse dagegen lächerlich wirkten.

Im Vorbeigehen sah ich durch eins davon, wie die Sonne bereits den Horizont berührte. In einer Stunde würde es stockdunkel sein und das Meer eine tiefschwarze Leinwand unter einem funkelnden Sternenhimmel. Beunruhigt dachte ich daran, dass damit der erste Tag unserer Nachforschungen schon fast vorbei war. Nur noch drei Tage blieben uns, bevor wir Sonntagmorgen in New York anlegen würden und unser Mörder unbehelligt davonkäme.

Ein Gentleman mit einer gepunkteten Fliege und dem wohl eindrucksvollsten Schnauzbart, den ich jemals gesehen hatte, kam uns entgegen. Direkt auf seinen Fersen folgte ihm ein erheblich jüngerer Mann in einem dunklen Anzug, der in einer Hand die Aktentasche des Gentlemans – wie ich vermutete – trug und in der anderen einen dicken Stapel Papiere.

»Mr. Shaw erwartet Sie im Lesesalon, Eure Lordschaft«, hörte ich ihn sagen, als sie an uns vorbeirauschten. »Wenn wir uns nun dorthin auf den Weg machen, sollten wir es pünktlich schaffen.«

Ich wandte mich um und sah, wie sie zur Großen Treppe eilten. Manchmal fiel es schwer zu glauben, dass eine solch mondäne Welt überhaupt existierte, wenn auf demselben Schiff gerade in einer Kabine der dritten Klasse vier einander vollkommen Fremde eingezwängt hockten.

An der Kabinennummer, die Temple sich im Restaurant notiert hatte, trat er an mir vorbei und klopfte mehrmals. Als niemand öffnete, versuchte er es noch einmal fester.

So absurd es klingen mag, aber mich machte das Ausbleiben einer Reaktion sofort nervös. Ich erinnerte mich an das Messer, das aus Mr. Blakes Schreibpult geragt hatte, und für einen Sekundenbruchteil fragte ich mich, ob der Einbrecher womöglich auch Vivian Hall inzwischen einen Besuch abgestattet hatte.

Sollte Temple ähnlich besorgt gewesen sein, ließ er es sich jedenfalls nicht anmerken. Finster starrte er die Tür an, als stellte ihre Abwesenheit eine persönliche Beleidigung dar.

»Vielleicht schon zum Abendessen gegangen«, spekulierte ich. »Jetzt warten wir auf ihre Rückkehr, habe ich recht?«

Temple schüttelte den Kopf. »Erst suchen wir lieber Harry Webber auf. Miss Hall ist dann womöglich zurück, wenn wir mit ihm fertig sind.«

»Und wenn nicht?«

»Werden wir ihr morgen früh einen Besuch abstatten.«

»Aber sie muss doch erfahren, was Mr. Blake zugestoßen ist«, protestierte ich. »Wir müssen sie warnen.«

»Und wie soll uns das Ihrer Meinung nach gelingen, wenn sie nirgends zu finden ist? Wir wissen weder, wo sie derzeit steckt, noch, wann sie zurückkommt. Herrgott, wir wissen nicht einmal, wie sie aussieht. Keine Ahnung, wie Sie die Frau zu finden gedenken. Ich meine, außer hier vor ihrer Kabine unser Lager aufzuschlagen.«

»Vielleicht sollten wir gerade das tun. Sie haben doch selbst gesagt, wir müssten die Ermittlungen wie bei einem Mordfall durchführen. Können wir wirklich ausschließen, dass nicht Miss Halls Gemälde als nächstes gestohlen wird? Dass nicht demnächst auch in ihrem Schreibtisch ein Messer steckt?«

»Wir werden Miss Hall warnen«, versicherte Temple genervt. »Im Idealfall noch heute Abend, aber wenn erst morgen früh dazu Gelegenheit ist, sehe ich darin auch kein Problem.«

»Kein Problem? Wie das?«

»Weil der Diebstahl von Blakes Gemälde offenkundig eine extrem gezielte Aktion gewesen ist«, herrschte Temple mich an. »Verflucht noch mal, Birch, Sie haben doch genau wie ich gehört, welchen enormen Aufwand Blake betrieben hat, um die Existenz dieses Bildes vor jeder Menschenseele geheim zu halten. Trotzdem hat es jemand gestohlen, der nicht nur exakt wusste, wo es sich befand, sondern der vermutlich auch bestens darüber informiert war, dass niemand darauf aufpasste, solange Beatrice

Walker an der Bar für Ablenkung sorgte. Der Dieb hatte es also speziell auf dieses eine Gemälde abgesehen.«

»Und wenn der Dieb das Bild von Miss Hall nun auch auf seiner Liste hat?«

»Bei Blakes Gemälde handelt es sich, sofern man seinen Worten Glauben schenken kann, um ein sagenumwobenes Kunstwerk von unschätzbarem Wert. Miss Halls Gemälde ist dagegen nur das Original einer aufstrebenden Nachwuchskünstlerin. Das Einzige, was die beiden verbindet, ist die Beziehung ihrer Besitzer zu Dupont.«

»Der jetzt tot ist«, ergänzte ich. »Ein Todesfall, der Ihrer Ansicht nach als Mord betrachtet werden sollte.«

Temple wollte schon erneut widersprechen, als aus Richtung der Großen Treppe ein hagerer junger Mann auf uns zugerannt kam. Ein paar Damen in eleganter Abendgarderobe musterten den schlaksigen Kerl in der abgenutzten braunen Jacke mit missbilligenden Blicken.

»Sir!«, rief er schnaufend und schaute dabei auf meine Kappe. »Auf der Treppe hat jemand gesagt, ein Offizier sei hier oben. Bitte, Sir, Sie müssen kommen und helfen.« Er brach kurz ab, um zu Atem zu kommen. »Da ist eine Schlägerei«, fuhr er schließlich fort. »Zwei Männer sind aneinandergeraten. Unten in der dritten Klasse.«

Ich drehte mich zu Temple um.

»Ich kann mir nicht vorstellen, dass Sie mich für so etwas brauchen«, knurrte er.

»Und ich kann mir nicht sicher sein, dass Sie bei meiner Rückkehr überhaupt noch hier sind.«

Temple betrachtete mit finsterer Miene die Tür zu Vivian Halls Kabine und lenkte dann mit einem kurzen Nicken ein.

»Gehen Sie voran«, bat ich den jungen Mann.

Er machte auf dem Absatz kehrt und eilte zurück zur Großen

Treppe. Mit Mühe hielten wir Schritt und folgten ihm in die zweite Klasse, wo die Eichenstufen endeten und es über die schmalere Eisentreppe weiter nach unten ging. Als wir die Etage der dritten Klasse erreichten, schlug die beschauliche Ruhe abrupt in Lärm und hektische Aufregung um. Dutzende Passagiere hockten in dem Gemeinschaftsbereich auf der langen Reihe von ungehobelten Holzbänken, die sich wie eine Wirbelsäule durch den riesigen Raum zog, und unterhielten sich angeregt in verschiedensten Sprachen. Ein Mann mit Schiebermütze und Hosenträgern spielte auf einem alten ausgedienten Klavier eine lustige Melodie, während überall Kinder umhertollten und Fangen spielten, ohne auf die schimpfenden Kommentare der Erwachsenen ringsum zu achten.

Von unserer erhöhten Stelle auf den letzten Treppenstufen konnte ich in der Mitte des Raums eine Gruppe von etwa vierzig Personen ausmachen, die einen Kreis gebildet hatten und die beiden tänzelnden Boxer darin johlend anfeuerten.

»Platz da!«, schrie ich und drängte mich durch die Menschenmenge. »Lassen Sie mich durch!«

Ich gelangte in die Mitte und sah gerade noch, wie einer der Kämpfenden eine gewaltige Gerade auf dem Kinn des anderen landete. Der schlanke, drahtige Mann mit dem kahlgeschorenen Schädel, der schiefen Nase und den bis zu seinen knochigen Ellbogen hochgekrempelten Hemdsärmeln wog vielleicht halb so viel wie sein massiger Gegner, doch er machte nicht den Eindruck, als würde ihn dessen hünenhafte Gestalt beeindrucken. Amüsiert blitzten seine Augen beim geglückten Treffer auf, und sein Mund verzog sich zu einem Grinsen, das gelbe Zähne zum Vorschein brachte. Ich war so verwundert darüber, wie dieser dürre Kerl in dem schmuddeligen Hemd mit einem körperlich weit überlegenen Gegner fertigwurde, dass ich für einen kurzen Moment erstarrte und gebannt zuschaute. Es sah aus, als würde ein Terrier es mit einem ausgewachsenen Bären aufnehmen.

Von der Wucht des Schlages aus dem Gleichgewicht gebracht, taumelte der Kontrahent nach hinten, und der glatzköpfige Mann nutzte die Pause, um den Blick zu mir zu wenden. Ich überwand meine Erstarrung und wollte schon dazwischengehen und dem Kampf ein Ende bereiten, als mich etwas in seinem Gesichtsausdruck zögern ließ. Seine Augen hatten sich erstaunt geweitet, das Grinsen war verschwunden. Wenn es nicht so völlig absurd gewesen wäre, hätte ich gesagt, es war ein Ausdruck des Wiedererkennens.

Wir blieben beide einen Moment wie angewurzelt in dieser Position, bis ich erkannte, dass sein Blick gar nicht auf meinen Augen ruhte, sondern knapp an mir vorbeiging. Ich folgte der Richtung und sah Temple direkt hinter mir stehen. Sein Gesicht war leichenblass, und er starrte mit offenem Mund den glatzköpfigen Schläger an.

Voller Bestürzung las ich den Ausdruck, der sich überdeutlich in seinen Zügen spiegelte. Es war blankes Entsetzen.

Unser Auftauchen hatte den Glatzkopf allenfalls ein paar Sekunden abgelenkt, aber die hatten seinem Gegner genügt, sich wieder zu fangen und selbst zum Schlag auszuholen. Mit der Wucht einer mächtigen Keule knallte seine Faust gegen die Braue des Leichtgewichts, das unter dem ausgelassenen Grölen der Gaffer zu Boden ging.

»Schluss jetzt!«, brüllte ich und sprang zwischen die beiden Männer. »Sofort aufhören!«

Augenblicklich erstarb das Gejohle, und die Menge zerstreute sich rasch, entweder weil sie meine Offiziersjacke bemerkt hatte oder weil das Schauspiel sowieso vorbei war – wahrscheinlich aus beiden Gründen.

Der Große fand als Erster die Sprache wieder. »Dieser diebische Mistkerl hat meine Kabine durchwühlt«, fauchte er.

»Lügner!«, konterte der Glatzkopf und rappelte sich auf. Ein

Blutstropfen sickerte aus seinem Mundwinkel. Der letzte Schlag seines Gegners hatte offensichtlich Wirkung gezeigt. Andererseits zeugten der Riss auf der Wange des Großen und dessen bereits blau anlaufendes Auge davon, dass der Kampf nicht unbedingt zu seinen Gunsten verlaufen war. Ohne unsere Einmischung wäre ihm wohl kaum noch einmal die Wende gelungen.

»Haben Sie einen Beweis dafür?«, fragte ich ihn.

»Einen Beweis?«

»Was hat er denn gestohlen?«

»Nichts. Ich habe ihn ja erwischt, bevor er etwas einstecken konnte.«

»Dann machen Sie sich gefälligst fort hier«, erklärte ich, so bestimmt ich nur konnte. »Sie alle beide.«

»Sie wollen ihn nicht zur Verantwortung ziehen?«

»Ich kann niemanden für eine Tat zur Verantwortung ziehen, für die es keine Beweise gibt«, gab ich zurück. »Sollten Sie jedoch über Beweise verfügen, Sir, dann her damit. Wenn nicht, würde ich vorschlagen, Sie vergessen die Sache und freuen sich einfach, dass Sie ihn rechtzeitig erwischt haben. Ich werde mir die Gesichter von Ihnen beiden jedenfalls genau einprägen. Sollte einer von Ihnen noch einmal für Ärger sorgen, wird die Polizei informiert und ihn bei unserer Ankunft in Empfang nehmen.«

Der Große stierte mich entrüstet an und ballte die Fäuste, als wollte er mir gleich einen mächtigen Schwinger von der Art verpassen, mit dem er zuvor den Glatzkopf zu Boden gestreckt hatte. Doch er überlegte es sich anders, wandte sich brüsk zum Gehen und stieß dabei ein paar zurückgebliebene Zuschauer aus dem Weg.

Ich lenkte meine Aufmerksamkeit derweil auf den Glatzkopf, der sich mit dem Handrücken das Blut vom Mund wischte und seinem Kontrahenten hinterhersah. Unvermittelt schnellte sein Blick zu mir, und ich wich unwillkürlich einen Schritt zurück, was er mit einem selbstzufriedenen Grinsen quittierte. Ich riss mich zusammen, trat entschlossen auf ihn zu, aber er beachtete mich schon gar nicht mehr.

Genau wie während des Kampfes starrte er dem hinter mir stehenden Temple in die Augen. Seine Mundwinkel wanderten nach oben und verliehen seinem Grinsen etwas Höhnisches. Kurz bevor ich mich umdrehte, bemerkte ich noch ein leichtes Zittern in seinen verkrampft herunterhängenden Händen. Am Gesichtsausdruck des Detectives hatte sich währenddessen nichts geändert. Es schwankte weiter zwischen maßlosem Erstaunen und panischem Entsetzen. Nichts war mehr übrig von der überheblichen Entschlossenheit, mit der er zuvor unsere Ermittlungen durchgeführt hatte. So wie er nun aussah, hätte es mich nicht gewundert, wenn er im nächsten Moment wortlos davongestürzt wäre.

Ich beobachtete einige Sekunden lang, wie sich die beiden taxierten, bevor ich zu dem Schluss kam, dass ich hier irgendwie eingreifen musste. In diesem Augenblick spuckte der Glatzkopf auf den Boden, nickte kurz in Richtung Temple und schlich sich davon.

»Birch«, zischte Temple leise. »Sperren Sie diesen Mann ein!«

»Und mit welcher Begründung?«, entgegnete ich. »Solange kein Beweis für sein Vergehen vorliegt, kann ich ihn nicht nur aufgrund von unbelegten Anschuldigungen eines anderen festsetzen.«

»Herrgott noch mal, Sie haben doch seine verschlagene Miene eben selbst genau gesehen. Sie können doch unmöglich glauben, dass er unschuldig ist.«

Temple hatte recht. Ich hatte seine Miene gesehen. Aber so bedrohlich sein höhnisches Grinsen auch gewirkt haben mochte – was mich derzeit beschäftigte, war weder diese Reaktion noch das sichtliche Vergnügen, mit dem er auf seinen Gegner eingeprügelt hatte. Wirklich besorgt war ich vielmehr aufgrund der

Tatsache, dass ihn und Temple ganz offensichtlich eine gemeinsame Vorgeschichte verband.

»Kennen Sie ihn?«, fragte ich.

Temple zuckte zusammen. »Gar nicht nötig bei so einem«, knurrte er ungehalten. »Dem sieht man seine Unehrlichkeit doch an der Nasenspitze an.«

»Das nehme ich Ihnen nicht ab. Ich habe gesehen, wie Sie beide einander angestarrt haben, und fresse einen Besen, wenn Sie diesen Kerl nicht kennen.«

»Das ist absurd.«

»Ach wirklich?«, setzte ich nach. »Dann werde ich Ihnen mal sagen, weshalb mir Ihr Gesichtsausdruck so bekannt vorkam. Genau denselben haben Sie nämlich aufgesetzt, als Arthur Blake den Namen Winston Parker erwähnte.«

Kaum waren mir die Worte herausgerutscht, fürchtete ich, zu weit gegangen zu sein. Womöglich wäre ich auf feinfühligere Art bei ihm weitergekommen. Temple funkelte mich eine Weile wütend an. »Ich warne Sie, Birch«, sagte er dann, und seine Stimme war noch um ein paar Ganztonschritte gefallen. »Dieser Kerl muss hinter Schloss und Riegel.«

»Erst wenn Sie mir erzählen, wer der Mann ist.«

Temples Kieferknochen traten bedrohlich hervor, aber ich gab nicht nach. Schließlich wusste ich, was ich gesehen hatte.

Nach einigen Sekunden wurde Temple offenbar klar, dass ich in diesem Punkt nicht einlenken würde, und seine Züge entspannten sich. Ganz schwach schimmerte in seinen Augen nun wieder die Angst, die ihn beim Anblick des Glatzkopfs befallen hatte.

»Wenn Sie unbedingt darauf bestehen, einen Mann, bei dem es sich offenkundig um einen Verbrecher handelt, auf Ihrem Schiff frei herumlaufen zu lassen, dann liegt das in Ihrer Verantwortung. Was ich davon halte, habe ich Ihnen gesagt.«

Bevor ich ihm widersprechen konnte, fuhr er bereits fort.

»Es reicht für heute. Ich brauche etwas Ruhe und Zeit für mich allein, um nachzudenken.«

»Aber Mr. Webber?«, warf ich ein. »Und Miss Hall …«

»Für heute ist Schluss!«, blaffte er. »Sollten Sie auch morgen noch darauf bestehen, mir ständig so albern hinterherzulaufen, treffen wir uns um zehn Uhr auf dem Promenadendeck. Und mit zehn meine ich Punkt zehn. Ist mir vollkommen egal, was Ihr Captain sagt. Wenn Sie zu spät dran sind, werde ich allein loslegen, darauf können Sie sich verlassen.«

Ohne ein weiteres Wort war er fort.

14

Wenn man Temple nach dem Tag, den wir zusammen verbracht hatten, eins zugestehen musste, dann seine Beharrlichkeit. Seine Art mochte einen bisweilen auf die Palme bringen, aber Beharrlichkeit ließ sich ihm nicht absprechen. Die Dreistigkeit, mit der er auf einem Zugang zu Duponts Leiche bestanden hatte, die Unverblümtheit bei den Befragungen von Robert Evans und Arthur Blake oder die forsche Entschlossenheit, mit der er im Frachtraum die Verfolgung der Frau aufgenommen hatte, wären vielleicht sogar bewundernswürdig gewesen, hätte er sie nicht so oft mit seinem bissigen Spott gemischt, den vor allem ich zu spüren bekam.

Doch gerade diese Hartnäckigkeit bereitete mir auch Sorgen. Auf meinem Rückweg zum Offiziersquartier wollte mir nicht aus dem Kopf gehen, welch panischer Schreck ihn beim Anblick des glatzköpfigen Schlägers erfasst hatte.

Sie kannten einander. Davon war ich fest überzeugt, ob Temple es nun leugnete oder nicht. Die Art, wie unser Auftauchen den Mann mitten im Kampf aus der Fassung gebracht hatte; das höhnische Grinsen, mit dem er Temple angestarrt hatte; und dann das kurze Nicken in dessen Richtung, bevor er verschwand. Es konnte einfach keinen anderen Grund dafür geben, wenn einen so unerschütterlich wirkenden Menschen wie Temple der bloße Anblick einer etwas zwielichtigen Figur derart verunsicherte. Vor allem wenn er am Ende auch noch nachdrücklich auf dessen Verhaftung bestand.

Handelte es sich um einen Ganoven, der Temple schon in London zu schaffen gemacht hatte? Trug er vielleicht sogar deshalb einen Revolver bei sich? Um sich zu verteidigen, sollte er einem alten Widersacher über den Weg laufen? Aber wenn das der Grund war, warum sagte er es nicht einfach? Warum stritt er mit solcher Vehemenz ab, dass sie einander kannten?

Beim Eintreten in die Offiziersunterkünfte war ich so in Gedanken vertieft, dass ich Wilson gar nicht bemerkte, der vom anderen Ende des Gangs grüßte.

»Tim«, rief er und kam auf mich zu. »Da ist jemand, der dich sprechen möchte. Eine Frau.«

»Eine Frau?«

»Genau. Eine Miss Hall. Sie will unbedingt mit dir persönlich sprechen.«

Im Nu waren alle Spekulationen über den glatzköpfigen Schläger vergessen.

»*Vivian* Hall?«, fragte ich.

»Kann ich nicht sagen«, antwortete Wilson. »Ist nicht der Typ, der sich von unsereinem gleich mit Vornamen anreden lässt. Sie wartet in der Messe auf dich.« Im Flüsterton fügte er hinzu: »An deiner Stelle würde ich mich beeilen. Sie hockt schon eine ganze Weile da drin, und sie macht auf mich nicht den Eindruck, als würde sie es mögen, dass man sie warten lässt.«

Im ersten Moment war ich vor Überraschung wie gelähmt. Ich stand einfach nur da und glotzte Wilson mit einem gewiss völlig dämlichen Gesichtsausdruck an. Es konnte nur Vivian Hall sein. Aber wie hatte sie mich ausfindig gemacht?

»Sie wartet!«, drängte Wilson.

Ich nickte, drückte das Rückgrat durch und ließ mich von ihm bis zur Messe begleiten.

Absurderweise wünschte ich mir in der Tür plötzlich, dass er irgendwie einen bequemeren Warteplatz für Miss Hall hätte finden können. Oder zumindest einen etwas vertraulicheren Ort. An einem Tisch ganz in der Nähe saßen der neue Kollege Travis und ein älterer Offizier namens Davies und wärmten sich die Hände an dampfenden Kaffeebechern. Vivian Hall wirkte allerdings nicht, als wäre sie von ihrer Anwesenheit irritiert. Während die beiden sie durch den Raum neugierig beäugten, schien sie gar nicht zu registrieren, dass die beiden da waren.

Sie trug einen hellen Glockenhut und einen langen, pelzbesetzten Mantel und war damit beschäftigt, ein altes Gemälde zu studieren, das eine dreimastige Galeone in einem Hafen des achtzehnten Jahrhunderts zeigte. Wie ich zugeben musste, hatte ich dem Bild in den fünf Jahren, die ich mittlerweile auf der *Endeavour* Dienst tat, noch nie besondere Aufmerksamkeit geschenkt. Sie dagegen untersuchte es ganz genau und kam dabei der Leinwand so nahe, dass ich fürchtete, ihr tiefroter Lippenstift könnte einen Abdruck hinterlassen.

Als sie mein Näherkommen bemerkte, drehte sie sich um. Im Unterschied zu Cassandra Webber bot sie mir nicht die Hand.

»Mr. Birch?«

»Miss Hall. Ich hatte gar nicht damit gerechnet, Sie hier anzutreffen, Ma'am.«

»Ebenso wenig wie ich Gefallen daran finde, hier zu sein, vermute ich mal. Aber ich habe von Arthur erfahren, was passiert ist, und hielt es für sinnvoll, mich bei Ihnen zu melden.«

»Sie haben bereits mit Mr. Blake gesprochen?«

»Ganz richtig. Er kam heute Nachmittag in schrecklicher Verfassung zu meiner Kabine.«

Ich unterdrückte einen Stoßseufzer. Zwar konnte ich nachvollziehen, wie dringlich es Arthur Blake war, aber Temple würde sicherlich nicht besonders begeistert darüber sein, dass der junge Maler umgehend gegen seine Instruktionen verstoßen hatte.

»Würde es Ihnen etwas ausmachen, mich in die zweite Klasse zu begleiten, Miss Hall?«, fragte ich. »Der Herr, der die Ermittlungen leitet, würde Ihnen bestimmt sehr gerne …«

»Ich habe nur wenig Zeit«, unterbrach sie mich brüsk. »Daher würde ich es begrüßen, wenn wir diese Sache rasch erledigen könnten.«

Temple erzählen zu müssen, dass ich einen seiner Zeugen ohne ihn befragt hatte, war keine verlockende Vorstellung. Andererseits klang bei Vivian Hall unmissverständlich durch, dass ein Nein überhaupt nicht infrage kam. Ihr Ton mochte grundsätzlich höflich sein, doch die Art, wie sie mich ansah, machte klar, dass es hier jemand gewohnt war, Anweisungen zu erteilen, nicht zu empfangen.

Also tröstete ich mich mit dem Gedanken, dass Temple noch drei Tage blieben, um sie selbst aufzusuchen und zu befragen, setzte ein Lächeln auf und deutete einladend zu einem der Tische.

»Eins möchte ich vor allem gerne wissen, Mr. Birch«, hob sie bereits an, während ich ihr einen Stuhl heranzog. »Besteht angesichts des furchtbaren Unglücks, das Arthur widerfahren ist, Ihrer Meinung nach die Gefahr, dass ich mit einem ähnlichen Überfall rechnen muss? Wenn ich richtig informiert bin, hat er Ihnen ja schon erzählt, dass auch ich ein wertvolles Gemälde für die Kunstmesse mit mir führe.«

Sie sprach mit viel Selbstbewusstsein und schaute mich dabei aus dunklen Augen offen an. Merkwürdigerweise schien ihr die Aussicht, womöglich ebenfalls ein Opfer des Diebs zu werden, der Arthur Blake bestohlen hatte, nicht die geringste Angst zu bereiten. Zumindest keine sichtbare. Es klang eher, als würde sie eine nüchterne Geschäftsfrage klären wollen, ein nebensächliches Ärgernis, das sie gerne noch rasch vor den Abendvergnügungen aus dem Weg geräumt hätte.

»Mr. Blake hat Ihnen von seinem Gemälde erzählt?«, fragte ich.

»Bis zu einem gewissen Grad.«

»Wie darf ich das verstehen, Ma'am?«

»Er wollte mir nicht sagen, worum es sich handelt. Nicht einmal, wer der Maler ist. Er habe ein wertvolles Kunstwerk dabei, erzählte er nur, von dem einstweilen niemand etwas erfahren solle.«

»Erschien Ihnen diese Geheimnistuerei von Mr. Blake nicht seltsam?«

»Um ganz ehrlich zu sein, Mr. Birch, war sie ziemlich selbsterklärend.«

»Wie das, Ma'am?«

Sie atmete laut schnaufend aus, als wäre dies eine besonders einfältige Frage. »Als Denis am Montagabend Arthur im Restaurant ansprach, bestellte ich mir an der Bar gerade etwas zu trinken«, erzählte sie dann. »Bei meiner Rückkehr hatte der Maître d'hôtel Denis bereits hinauskomplimentiert, und Arthur tischte Mr. und Mrs. Webber gerade irgendeine bizarre Geschichte auf, dass es sich nur um einen unzufriedenen Auftraggeber handele.«

»Mr. Blake hatte angenommen, dass Sie davon nichts mitbekommen haben«, warf ich ein.

»Ich weiß«, bestätigte Miss Hall. »Im Grunde habe ich auch nur das Ende der Unterhaltung mitgehört. Ich hatte das Gefühl, dass er das Gespräch rasch in eine andere Richtung zu lenken versuchte, als ich zurückkam.«

»Aber Ihnen war sofort bewusst, dass Mr. Blake die Unwahrheit erzählte?«

»Sofort. Ich habe in den letzten Jahren verschiedentlich mit Denis zusammengearbeitet, daher könnte man sagen, dass ich ihn ziemlich gut kannte.«

»Dürfte ich fragen, warum Sie Mr. Blake nicht umgehend auf diese Lüge angesprochen haben?«

»Das hätte ich fast sogar getan«, gestand sie. »Ganz offenkundig führte er irgendetwas im Schilde, und als ich später in meine Kabine kam, spielte ich mit dem Gedanken, ihn noch einmal aufzusuchen, um herauszufinden, was. Doch letztlich entschied ich mich dagegen. Arthur benimmt sich bisweilen idiotisch, aber dumm ist er nicht. Ich nahm an, dass er einen guten Grund für seine Geheimniskrämerei haben musste. Und bei seinem Besuch heute Nachmittag wurde dieser Grund ja dann auch sonnenklar. Womit wir wieder bei meiner Frage wären.« Sie beugte sich vor in ihrem Stuhl. »Glauben Sie, dass ich mir Sorgen machen muss?«

Noch immer schwang in ihrer Stimme nicht das geringste Anzeichen von Furcht mit. Die vollkommen nüchterne Art, in der sie dieses Gespräch führte, hatte etwas Verstörendes. Ihre souveräne Lässigkeit trug zudem nicht dazu bei, meine wachsenden Zweifel darüber zu zerstreuen, wie verständnisvoll Temple reagieren würde, wenn er von dieser Unterhaltung erfuhr. Während ich noch überlegte, was ich auf ihre Frage antworten sollte, musste ich an den Wortwechsel denken, den wir vor dem Zwischenfall mit dem Glatzkopf gehabt hatten. Welchen Rat hätte Temple mir in dieser Situation gegeben?

»Wir haben den Eindruck, dass das Gemälde von Mr. Blake gezielt gestohlen worden ist«, erklärte ich vorsichtig. »Wie Sie selbst erlebt haben, ist er sehr darum bemüht gewesen, dessen Existenz geheim zu halten, weshalb eine Gelegenheitstat eher unwahrscheinlich ist. Der Dieb wusste genau, wo er suchen musste, und er hatte es auf genau dieses Bild abgesehen.«

Sie nickte zufrieden und legte ihre Hände auf dem Tisch ineinander, was weiße Spitzenrüschen aus den Ärmeln ihres Mantels hervorlugen ließ.

»Nichtsdestotrotz würde ich Ihnen empfehlen, die Augen offen zu halten«, fuhr ich fort. »Auch wenn der Dieb sich anscheinend auf das Gemälde von Mr. Blake konzentriert hat, ändert das nichts an der Tatsache, dass wir einen Einbrecher mit einer Vorliebe für wertvolle Kunstwerke an Bord der *Endeavour* haben.«

»Das klingt aber nicht sonderlich beruhigend, Mr. Birch.«

»Leider nicht. Ich könnte das Bild hier für Sie verwahren und Ihnen vor unserer Ankunft zurückgeben. Nirgends ist es sicherer als im Offiziersquartier.«

»Halten Sie eine derartige Vorsichtsmaßnahme wirklich für notwendig?«

»Ich hoffe sehr, dass sie es nicht ist. Aber wenn es zu Ihrer Beruhigung beiträgt, wäre ich gerne dazu bereit.«

Vivian Hall schwieg einen Moment und ließ sich den Vorschlag offenbar durch den Kopf gehen. Zum ersten Mal wirkte sie aufrichtig besorgt.

»Wie ich gehört habe, handelt es sich bei dem Gemälde, das Sie mit sich führen, um eins Ihrer eigenen Werke«, bemerkte ich, um die Stimmung ein wenig aufzulockern.

»Das ist richtig«, bestätigte sie stolz. »Ich habe in den vergangenen beiden Jahren fünf Bilder fertiggestellt. So kam auch der Kontakt mit Denis zustande. Er hat vier davon in seiner Galerie verkauft.«

»Aber nicht Ihr letztes?«

»Nein«, antwortete sie mit einem schwachen Lächeln. »Denis ist wichtig für mich gewesen. Er hat mir gezeigt, dass es ein Interesse an meinen Werken gibt. Doch wenn ich mir wirklich einen eigenen Namen machen will, muss ich etwas über seine drollige kleine Galerie in Bath hinauswachsen. Die New York City Art Fair scheint mir dafür der perfekte Rahmen.«

»Sein Tod wird Sie bestimmt schwer getroffen haben.«

Sobald sie über ihre Bilder sprach, hatte Miss Hall sich gespannt aufgesetzt, als wäre die Kunst ein weit aufregenderes Thema als die Sorge um deren beste Aufbewahrung. Bei der Erwähnung von Duponts Tod versteinerte sich ihre Miene allerdings wieder.

»Selbstverständlich«, versicherte sie. »Wie gesagt, unsere geschäftliche Zusammenarbeit hatte sich erschöpft. Dennoch ist es natürlich eine furchtbare Sache. Er war ein anständiger Kerl. Ein ehrbarer Mensch.«

Ich ließ mir Zeit, um die nächsten Worte mit Bedacht zu wählen. »Es tut mir leid, Sie das fragen zu müssen, Miss Hall«, hob ich an. »Gewiss halten Sie es für äußerst indiskret, aber …«

»Sie wollen wissen, wo ich vergangene Nacht gewesen bin.«

»Ganz recht, Ma'am.«

»Ich war in meiner Kabine.«

»Gibt es jemanden, der das bestätigen kann?«

»Nein, ich reise allein. Das ist übrigens ein weiterer Grund, weshalb ich Sie selbst aufsuchen wollte, Mr. Birch. Als Arthur mir von Ihren Ermittlungen zu Denis' Tod erzählte, erwähnte er auch, dass Sie nicht unbedingt an einen Unfall glauben. Verständlicherweise muss es irgendwie verdächtig wirken, dass ich nicht nur von den Lügen weiß, die Arthur über Denis aufgetischt hat, sondern auch kein Alibi besitze für die Zeit, in der sein Bild gestohlen wurde. Daher hatte ich gehofft, durch eine bereitwillige Mithilfe bei Ihrer Untersuchung mögliche Missverständnisse über mein Verhalten von vorneherein ausräumen zu können.«

Erneut hatte ich das Gefühl, dass Vivian Hall mit diesem Gespräch nur einen von vielen Tagesordnungspunkten abhakte. Ich nickte, fragte mich jedoch im Stillen, ob Temple auch so schnell nachgegeben hätte.

»Wenn ich mich nicht irre, plant Mr. Blake am Samstag noch einmal mit Mr. und Mrs. Webber zu Abend zu speisen«, wechselte ich das Thema. »Bevor wir am nächsten Tag in New York eintreffen. Haben Sie auch die Absicht, daran teilzunehmen, wenn ich fragen dürfte?«

»Kann ich mir nicht vorstellen. Ehrlich gesagt war ich schon von der Einladung am Montag ziemlich überrascht.«

»Warum das?«

»Sie müssen wissen, dass ich eher mit Evelyn befreundet bin, nicht mit Arthur«, erklärte sie nach kurzem Zögern. »Dabei kann ich ihn durchaus leiden – er versteht erheblich mehr von Kunst als jeder andere aus Evelyns Freundeskreis, und ich habe mich gerne mit ihm unterhalten, als sie noch verheiratet waren. Aber so nett es auch war, ihn am Montag wiederzusehen, es ändert nun einmal nichts daran, dass die beiden sich getrennt haben. Und Evelyn ist ein wichtiger Kontakt. Wenn sie herausfinden würde, dass ich hier ständig mit Arthur meine Zeit verbracht habe, wäre sie vermutlich nicht sehr erfreut.«

»Aber wenn Mr. Blake keine Verbindungen mehr zu seiner ehemaligen Frau unterhält, können Sie doch sicherlich gemeinsam an Bord der *Endeavour* zu Abend essen, ohne dass sie davon erfährt, oder?«

»Die Sache ist ein wenig persönlich, Mr. Birch«, wich sie aus und wirkte zum ersten Mal, als wäre ihr unbehaglich zumute. »Vermutlich hätte ich überhaupt nicht mit Arthur zu Abend gegessen, hätte ich geahnt, dass auch Mr. und Mrs. Webber teilnehmen würden.«

»Und warum, Ma'am?«

»Weil Mr. Webber und ich früher kurz …« Sie zögerte erneut. »Wir waren kurzzeitig liiert. Das liegt jedoch schon einige Jahre zurück, als er noch für Frederick Scott gearbeitet hat. Es hat auch gar nicht lange gedauert, müssen Sie wissen. Allenfalls ein paar Monate. Ich wurde der Beziehung sowieso überdrüssig und habe sie dann umgehend beendet, als Evelyn mich völlig zu Recht darauf aufmerksam machte, wie ungebührlich es wirkt, wenn eine ihrer Freundinnen eine Beziehung zu jemandem vom Personal unterhält.«

Es klang ein wenig angewidert, wie sie das Wort »Personal« aussprach. Mich erinnerte es an den Ausdruck in Arthur Blakes Gesicht, als Temple ihn gefragt hatte, ob er in Duponts Galerie gearbeitet hätte. Er war zwar offenbar nicht in den gleichen Sphären aufgewachsen wie Vivian Hall oder Evelyn Scott, aber wenn man sein jetziges Auftreten mit dieser authentischen Vertreterin jener Welt verglich, der er so unbedingt angehören wollte, dann schien Blake die Rolle ganz ordentlich zu spielen.

»Miss Hall, wollen Sie etwa behaupten, Sie hätten nichts davon gewusst, dass auch Mr. und Mrs. Webber am Montagabend bei Ihnen am Tisch sitzen würden?«

»Genau so war es. Ich bin Arthur zufällig über den Weg gelaufen, als ich in Southampton an Bord ging, und er hat darauf bestanden, dass wir gemeinsam zu Abend essen.«

»Und warum sollte er Ihnen nicht erzählen, dass auch Mr. Webber teilnehmen würde?« Ich spürte, wie meine Stimme lauter wurde, und war selbst überrascht, dass mich diese Neuigkeit derart schockierte. »Ihm muss doch zweifellos bewusst gewesen sein, in welch peinliche Situation er sie beide bringen würde. Und Mrs. Webber natürlich auch.«

»Harry und ich haben die Sache nie an die große Glocke gehängt. Sofern Arthur es nicht von Evelyn erfahren hat, könnte es gut sein, dass er gar nichts davon gewusst hat.«

»Aber er war doch mit Miss Scott verheiratet«, beharrte ich. »Glauben Sie nicht auch, dass sie es ihrem eigenen Ehemann anvertraut haben wird?«

Sie verzog den Mund zu einem schwachen Lächeln. »Arthur kann sehr amüsant sein, wenn er in Stimmung ist. Aber er ist gewiss nicht die Art von Mensch, an die man sich wendet, wenn Feinsinn gefragt ist. Was auch Evelyn rasch begriffen hat. Allerdings könnte ich mir vorstellen, dass sie sich inzwischen wünschte, es noch viel früher begriffen zu haben.«

Von den Spannungen in der Ehe zwischen Evelyn Scott und Arthur Blake hatte ich ja bereits gehört. Je mehr ich darüber erfuhr, desto schwerwiegender schienen sie gewesen zu sein. Unwillkürlich musste ich an Kate denken. Wie glücklich unsere ersten gemeinsamen Jahre verlaufen waren, und wie sehr ich mich immer darauf gefreut hatte, zu ihnen zurückzukehren. Dass hier zwei Menschen ihre Ehe als bloßes Mittel zum Zweck benutzt hatten – die eine, um ihren Vater zu ärgern, der andere aus Gier nach Reichtum –, störte mich gewaltig.

»Ich sollte jetzt los«, erklärte Miss Hall und stand auf. In einem Ton, der zu verstehen gab, dass sie mir damit im Grunde einen Gefallen tat, fügte sie hinzu: »Ihren Vorschlag werde ich mir durch den Kopf gehen lassen. Ich meine den, mein Gemälde hier zu deponieren. Sicherlich werden Sie Verständnis dafür haben, welch enormen Wert das Bild für mich hat. Es würde mir schwerfallen, mich davon zu trennen. Aber sollte tatsächlich ein Dieb sein Unwesen an Bord treiben, wäre es womöglich das Beste.«

»Ganz wie Sie wünschen, Ma'am«, erwiderte ich. »Ich bringe Sie noch zurück zu Ihrer Kabine, wenn Sie gestatten. Vielleicht könnte ich …«

»Nein«, unterbrach sie mich sofort. »Sehr freundlich von Ihnen, aber dazu besteht kein Anlass. Sollte ich meine Meinung ändern, komme ich einfach noch einmal vorbei.«

Die Schärfe, mit der sie mein Angebot zurückwies, verwunderte mich ein wenig. Aber da sie fest entschlossen wirkte, nickte ich nur höflich, geleitete sie bis zum Ende des Gangs und bat sie, ihre Kabinentür stets gut verschlossen zu halten und nur vertrauten Personen zu öffnen. Während ich ihr die Tür aufhielt, kam mir noch eine Frage in den Sinn.

»Miss Hall, Ihr Gemälde, handelt es sich dabei um ein Porträt, wenn ich fragen dürfte?«

»Ja, von meiner Schwester«, bestätigte sie. »Ist das von Bedeutung?«

Ich wusste noch, wie Arthur Blake sein Gemälde beschrieben hatte. Das Porträt einer Frau, hatte er gesagt. Das einzige Porträt, das jemals von diesem Maler angefertigt worden war. Ich überlegte kurz, ob ich Miss Hall von dieser Parallele erzählen sollte, entschied mich aber dagegen und rang mir nur ein beruhigendes Lächeln ab. Gewarnt worden war sie ja schon. Sie ohne Not noch stärker zu beunruhigen ergab keinen Sinn.

»Reine Neugier.«

Sie schien nicht überzeugt, nickte jedoch nur kurz und wandte sich zum Gehen. Ich wartete, bis ich sie nicht mehr sehen konnte, und machte mich mit eiligen Schritten auf den Weg zu meiner Kabine. Auf dem Schränkchen neben dem Bett lag Schreibpapier, und ich wusste, dass ich rasch alles festhalten musste, was ich erfahren hatte. Wenn ich unser Gespräch zumindest in allen Einzelheiten wiedergeben konnte, würde Temple womöglich nicht ganz so wütend darüber sein, dass ich mich ohne ihn so lange mit Vivian Hall unterhalten hatte.

Natürlich war ihre Verbindung zu Harry Webber ein eigentümliches Detail, das ich auf jeden Fall erwähnen musste, aber mir war schon klar, welche neue Information Temple am meisten interessieren würde: dass Vivian Hall am Montagabend mitbekommen hatte, wie Blake die Webbers über die Identität von Dupont belogen hatte. Ganz abgesehen von der Tatsache, dass sie kein Alibi für den Zeitraum besaß, in dem das Gemälde gestohlen wurde und Dupont zu Tode kam.

Auf dem Rückweg beschlich mich unvermittelt der Verdacht, ihr freiwilliger Abstecher ins Offiziersquartier könnte ein bloßer Trick gewesen sein. Wollte sie uns damit vielleicht lediglich davon abbringen, sie selbst als mögliche Täterin in Betracht zu ziehen? Ein Faible für die schönen Künste hatte sie zweifellos. Wenn sie nun den unbezwingbaren Wunsch verspürt hatte, ihre eigene Sammlung um Blakes Gemälde zu erweitern?

Ich war so darauf versessen, meine konfusen Gedanken möglichst rasch zu Papier zu bringen, dass ich den Zettel, der in meiner kleinen Kabine auf dem Boden lag, fast nicht bemerkt hätte. Es war ein einzelnes Blatt, das jemand zweimal gefaltet und ganz offensichtlich unter der Tür hindurchgeschoben hatte.

Ich bückte mich und hob es auf. Das Blatt war an einer Seite zerfetzt, als hätte man es aus einem Heft oder einem Buch gerissen. Vorsichtig faltete ich es auseinander und las die kurze Nachricht, die darauf gekritzelt stand. Acht Worte, um genau zu sein.

All meine Gedankenspiele zu Vivian Hall waren plötzlich vergessen. Ich starrte gebannt auf das Blatt Papier – unfähig, meinen Blick zu lösen – und las die Worte so lange, bis meine Hände anfingen zu zittern.

Schließlich konnte ich mich nicht länger beherrschen. Ich stürmte durch die Tür und rannte zurück in die Messe. »Wer hat das gebracht?«, rief ich gereizt und hielt den Zettel hoch.

Travis und Davies, die ihre Kaffeebecher inzwischen frisch aufgefüllt hatten, schauten erstaunt zu mir hoch.

»Ein Passagier«, erklärte Travis.

»Sicher?«, fragte ich.

»Ganz sicher. Es ist eine Frau gewesen. Sie hat es mir vor einer knappen Stunde persönlich übergeben.«

»Und wer war sie?«

»Einen Namen hat sie nicht genannt. Sie bat mich nur, dafür zu sorgen, dass Sie die Nachricht auch wirklich erhalten.«

»Können Sie die Frau wenigstens beschreiben?«, drängte ich.

»So ein junges Ding eben«, sagte Travis achselzuckend. »Etwas schmuddelig.«

»Und sie kannte meinen Namen?«

»Nein, nicht den Namen. Sie bat nur darum, es dem Offizier zu geben, der den Detective die ganze Zeit begleitet.«

Davies verfolgte interessiert meinen erregten Auftritt und die wachsende Beunruhigung in Travis' Miene. Er stellte seinen Becher ab und warf mir einen fragenden Blick zu. Ich spürte genau, wie die beiden mich fixierten, konnte quasi hören, wie sie beide dachten, was um alles in der Welt denn jetzt schon wieder in mich gefahren war. Da ich ansonsten kaum hätte vermeiden können, ihnen den Inhalt der Nachricht mitzuteilen, machte ich nur wortlos kehrt und ging zurück in meine Kabine.

Nachdem ich die Tür zugeschlagen hatte, entfaltete ich noch einmal das Blatt und starrte auf das Geschriebene, um den Sinn dahinter zu verstehen. Ich konnte den Widerhall der Worte in meinem Kopf hören, konnte sie auf der Zunge schmecken.

Es war definitiv eine Drohung. Eine Warnung der schlimmsten Sorte.

Halt dich raus, oder du bist der Nächste.

15

Sobald ich wieder bei klarem Verstand war, beschloss ich, auf schnellstem Weg Temple zu informieren. Nach dem Zwischenfall mit dem glatzköpfigen Mann hatte er zwar verlangt, eine Weile in Ruhe gelassen zu werden, aber diesen Zettel musste er unbedingt sofort sehen. *Ich* wollte unbedingt, dass er ihn sofort sah. Also lief ich in die zweite Klasse und hämmerte mit der Faust gegen seine Tür. Meine andere Hand umklammerte weiter den zerknitterten Zettel. Ich musste wissen, was Temple davon hielt.

Aber niemand öffnete. Entweder er ignorierte mein Klopfen, oder er war nicht da. Ich stieß einen leisen Fluch aus. Wenn ich mich richtig erinnerte, hatte er, als wir uns in der dritten Klasse trennten, nicht eindeutig gesagt, dass er in seine Kabine gehen würde. Nur, dass er allein sein wollte.

Einen kurzen Moment überlegte ich, wohin er sonst gegangen sein könnte, kam jedoch auch da nicht weiter. Dann spukte mir plötzlich der Gedanke im Kopf herum, das Ganze könnte bloß eine Lüge gewesen sein. Eine Finte, um mich loszuwerden und die Ermittlungen alleine fortzuführen.

Möglich war alles. Aber wo auch immer Temple gerade steckte, einstweilen war ich jedenfalls auf mich allein gestellt und musste selbst einen Weg finden, mich von den quälenden Grübeleien über diese Botschaft irgendwie zu befreien. Ich kehrte ins Offiziersquartier zurück, wo ich von Wilson aufgehalten wurde.

Ungeachtet all meiner Bemühungen, es zu verbergen, bemerkte mein Freund natürlich sofort, wie bedrückt ich war. Beziehungsweise, dass ich noch bedrückter als gewöhnlich war. Um seine beharrliche Neugier irgendwie zu befriedigen, erzählte ich ihm schließlich, dass die Ermittlungen sich sehr kompliziert gestalteten, und erwähnte ein paar der verwirrendsten Fragen, auf die Temple und ich gestoßen waren. Wortlos packte mich Wilson am Arm und schob mich in seine Kabine.

»Um Himmels willen«, sagte ich und lachte nervös auf, als er eine halb volle Flasche Laphroaig unter seiner Koje hervorangelte. »Wenn der Captain dich damit erwischt, lässt er dich über Bord werfen.«

Wilson tat meine Bedenken mit einer Handbewegung ab, die aussah, als wollte er eine Fliege vertreiben. Erneut griff er unter das Bett und brachte zwei Whiskygläser zum Vorschein. Er entkorkte die Flasche, roch daran und schenkte uns beiden einen ordentlichen Schluck ein. Dankbar akzeptierte ich.

»Klingt ja wie ein absoluter Kotzbrocken, dein Detective«, sagte er und setzte sich auf die Koje. »Deinen Schilderungen nach sollte ich froh darüber sein, dass du ihn am Hals hast und nicht ich.«

Er grinste mich an, und ich erwiderte das Grinsen gequält. Bevor ich etwas antworten konnte, lehnte er sich besorgt nach vorn und fuhr fort: »Glaubst du denn, da ist was dran? Ich meine, wie der alte Mann gestorben ist. Ein paar der Jungs haben beim Essen von beunruhigten Passagieren berichtet, die bereits ein Verbrechen wittern und wissen wollten, was die Besatzung deshalb unternehme.«

»Wahrscheinlich will mich bloß keiner direkt ansprechen«, murmelte ich und sah, wie Wilson das Gesicht verzog. »Sorry«, sagte ich und senkte den Kopf. »Das sollte nicht ...« Ich stieß einen tiefen Seufzer aus. »Es muss noch mehr an der Sache sein. Das verschwundene Gemälde, der falsche Name, unter dem Dupont an Bord gegangen ist, und jetzt diese Beatrice Walker, die sich scheinbar in Luft aufgelöst hat. Es muss da irgendein Zusammenhang bestehen.«

»Soll das heißen, du stimmst dem Detective zu? Bist du auch der Meinung, dass er nicht einfach nur gestürzt ist?«

Ich antwortete nicht sofort, trank einen Schluck Whisky und genoss den wärmenden Alkohol.

»Mir wäre es lieber, er wäre einfach gestürzt«, erklärte ich vorsichtig. »Angesichts all der anderen Dinge, die so passieren, wäre es angenehm zu wissen, dass zumindest der Tod von Dupont nur ein Unfall war. Aber dass er ausgerechnet einen Tag nach seinem Streit mit Mr. Blake zu Tode kommt und dann auch noch in dem Zeitraum, in dem das Bild gestohlen wird ...«

Wilson schaute mich erwartungsvoll an, und mir stand für einen winzigen Moment wieder das Bild von dem Messer vor Augen, dessen Spitze sich in Arthur Blakes Schreibpult gebohrt hatte.

»Ja«, gestand ich schließlich. »Ich halte es für durchaus möglich, dass er nicht einfach gefallen ist.«

Mein Freund atmete so tief aus, dass sein Atem in der kalten Luft sichtbar war. »Das dürfte McCrory aber gar nicht gefallen«, sagte er. »Der denkt doch nur noch daran, wann wir endlich in New York anlegen und er sich seine erste Zigarre anzünden kann.«

»Stimmt genau«, gab ich zu. »Und Mr. Temple ist unausstehlich, aber wenn ich wirklich herausfinden will, was Monsieur Dupont zugestoßen ist – oder auch das Gemälde wieder aufspüren möchte –, muss ich ihn seine Arbeit machen lassen.«

»Glaubst du, dass es ihm gelingen könnte, den Täter zu schnappen?«

»Schwer zu sagen. Es sind zweitausend Menschen an Bord und nur vier Tage Zeit bis zum Anlegen. Auch wenn Temple offenbar weiß, was er tut, bleibt es zweifelhaft, ob er allein viel erreichen kann.«

»Allein ist er ja nicht«, verbesserte Wilson, stand auf und erhob grinsend sein Glas. »Er hat dich. Auf Timothy Birch, die legendäre Spürnase!«

Ich brachte ein schiefes Lächeln zustande und prostete zurück.

Inzwischen war mir klar geworden, dass es ein Fehler gewesen war, mich von Wilson in seine Kabine lotsen zu lassen. Selbstverständlich wusste ich seine aufrichtige Besorgnis zu schätzen, aber mich über Dupont zu unterhalten war nicht unbedingt die Ablenkung, nach der ich gesucht hatte. Während er sich zurück auf die Koje fallen ließ, wollte mir die Botschaft nicht aus dem Sinn gehen.

Halt dich raus, oder du bist der Nächste.

Die drängendste Frage war natürlich, von wem sie stammte. Zu Anfang hatte ich kurz Vivian Hall in Verdacht. Hatte sie mich in Wahrheit nur im Offiziersquartier aufgesucht, um den Zettel unter meiner Tür durchschieben zu können?

Aber dann hatte Travis erwähnt, dass ihm die Nachricht übergeben worden war und er sie selbst unter der Tür hindurchgeschoben hatte. Außerdem war die Frau, die ihn damit beauftragt hatte, seinen Worten zufolge »jung« und »etwas schmuddelig« gewesen. Jung traf ja noch zu, aber schmuddelig war nun wirklich das Letzte, was auf Vivian Hall mit ihren Rüschenärmeln und dem pelzbesetzten Mantel gepasst hätte.

Stattdessen befürchtete ich mittlerweile eher, dass die Frau, die sich bei Travis gemeldet hatte, dieselbe war, die Temple und mir im Frachtraum aufgelauert hatte. Wer auch immer es sein mochte, ihre Botschaft war jedenfalls unmissverständlich. Sie wollte, dass wir unsere Ermittlungen einstellten. Viel unklarer blieb hingegen die Frage, wie ernst sie ihre Drohung meinte.

Mir fiel wieder das Messer in Arthur Blakes Pult ein. Könnte diese Frau es dort hineingerammt haben? Hatte sie vielleicht auch ihre Finger im Spiel, als Dupont die Treppen hinunterstürzte? Und wenn dem so war, würde sie dann nicht tatsächlich ernsthaft danach trachten, auch Temple und mich aus dem Weg zu räumen, sollten wir diese Warnung in den Wind schlagen?

»Hat sich denn mit Kate etwas getan?«, fragte Wilson unvermittelt und hob sofort beschwichtigend seine freie Hand. »Dir ist lieber, wenn ich nicht frage, ist mir schon klar. Ich meine, es steht dir ins Gesicht geschrieben. Und dieser Detective ist dir heute gewaltig auf die Nerven gefallen, auch klar. Aber du wirkst so ...« Er sprach auf einmal ungewöhnlich ernst. »So still. Noch stiller als sonst.«

Eine Weile schaute ich ihn nur an. Dies war nun wirklich das genaue Gegenteil von der Ablenkung, die ich mir erhofft hatte. Ich war sogar für einen Moment versucht, das Gespräch lieber wieder auf Dupont zu bringen.

»Nichts Neues«, sagte ich endlich. »Vor dem Ablegen in Southampton habe ich noch einmal versucht, sie zu treffen, aber sie wollte mich nicht sehen.«

»Sie hat dich weggeschickt?«

»Nicht direkt. Ihre Mutter behauptete, sie sei nicht da, aber das habe ich ihr nicht abgenommen. Laut ihrer Schwester verlässt sie nur ganz selten mal das Haus.«

»Tut mir leid, Tim.«

Wir saßen eine Weile schweigend da, bis ich merkte, wie nervös seine Finger an dem Glas herumspielten.

»Was ist?«, fragte ich.

»Ach, nichts«, versicherte er kopfschüttelnd. Ich starrte ihn so lange unverwandt an, bis er nachgab. »Es ist bloß ... ich frage mich nur ständig, warum du unbedingt in New York bleiben willst.«

»Das habe ich dir doch erklärt«, antwortete ich. »Um Raymond zu besuchen.«

»Ich weiß. Aber sonst kannst du immer gar nicht schnell genug nach England zurückkehren. Aus gutem Grund natürlich, schon klar, schon klar. Ich verstehe bloß nicht, was diesmal so großartig anders ist.«

Ich holte tief Luft. Bei meiner Abreise hatte ich mir fest vorgenommen, den Grund für meinen Aufenthalt in New York geheim zu halten und nur zu verraten, dass ich einen alten Freund besuchen wolle. Natürlich hätte ich mir denken können, dass Wilson sich damit nicht zufriedengeben würde. Dafür wusste er zu gut, dass ich nicht zu den Menschen zählte, die einfach so alte Freunde besuchten.

»Raymond ...«, sagte ich leise und schaute zu Boden. »Er meint, dass er sie finden kann. Er meint, er kann Amelia finden.«

Wilsons Schultern sackten herab. »Und wie glaubt er, das bewerkstelligen zu können?«

»Du weißt doch, wer sein Vater ist. Er hat Verbindungen, Einfluss ...«

»Und warum hat Raymond zwei Jahre gebraucht, dir diese Verbindungen und diesen Einfluss anzubieten?«

Ich presste die Augen zusammen. »Wilson, dieser Mann hat mir das Leben gerettet. Als ich getroffen wurde, war er es, der ...«

»Wohl kaum aus lauter Menschenfreundlichkeit. Es herrschte Krieg. Hättest du nicht die Uniform eines Alliierten getragen, hätte er dich vermutlich einfach im Graben liegen lassen.«

»Wilson, jetzt reicht's, verdammt noch mal!«, platzte es aus mir heraus. »Ich vertraue Raymond. Wenn er sagt, dass er helfen kann, dann muss ich es ihn zumindest versuchen lassen.«

»Mir gefällt die Sache irgendwie nicht«, sagte Wilson und schüttelte den Kopf. »Ich weiß ja, dass du ...« Er hielt inne und überdachte offenbar, was er sagen wollte. »Ich weiß, wie sehr du dir wünschst, Amelia zu finden. Und ich weiß auch, dass dich mit Raymond einiges verbindet. Aber wenn er jetzt kommt und dir so etwas anbietet ... was macht ihn so sicher, dass er das schafft?«

»Weil er bereits damit angefangen hat.«

Darauf fiel Wilson keine Entgegnung mehr ein. Mit großen Augen verfolgte er, wie ich das gelbe Band aus der Tasche zog und hoch in die Luft hielt, damit er es genau sehen konnte.

»Das hat mir Raymond vor einer Woche geschickt«, erklärte ich. »Er hat jemanden in England, der schon vor ein paar Monaten die Suche aufgenommen hat, und das hier ist sein erster Fund.«

Wilson betrachtete das Band schier endlos und schüttelte erneut den Kopf. »Tim, ich frage dich das ja nur ungern«, sagte er schließlich mit einem leichten Zittern in der Stimme. »Aber woher willst du wissen, dass das von Amelia ist? Ich will damit gar nicht Raymonds guten Willen infrage stellen oder die vielen Verbindungen seines Vaters. Aber selbst ich habe das Band schon gesehen. Sie trägt es auf dem Foto, das die Zeitungen veröffentlicht haben.«

»Sie trug das ständig«, erwiderte ich.

»Genau das meine ich. Woher willst du wissen, dass das hier ihres ist?«

»Weil Raymond mich niemals anlügen würde.« Ich faltete das Band und verstaute es wieder tief in meiner Tasche. »Ich muss ihm vertrauen, Wilson. Solange ich bloß allein suche, komme ich einfach nicht voran. Kate spricht weiterhin kein Wort mit mir, und die Polizei hat nach all der Zeit ihre Suche so gut wie eingestellt. Ich wüsste ehrlich nicht, was mir noch anderes übrig bleibt.« Auch meine Stimme begann jetzt zu zittern. »Ich muss doch etwas unternehmen. Darf nichts unversucht lassen. Ich muss das wieder in Ordnung bringen.«

Diesmal machte er sich gar nicht erst die Mühe, mir zu widersprechen, da auch er erkannte, wie unverrückbar mein Entschluss feststand. Dennoch war seiner Miene das Missfallen deutlich anzusehen. Eine angespannte Stille breitete sich in der Kabine aus, während wir uns wieder an den Whisky hielten. Als unsere Gläser leer waren, schwenkte er die Flasche in meine Richtung.

»Nachschenken?«

»Nein, danke. Ich brauche etwas frische Luft.«

»Ich komme mit«, sagte er und wollte schon aufstehen, doch ich bedeutete ihm rasch, sitzen zu bleiben.

»Brauchst du nicht, alles in Ordnung«, versicherte ich ihm. »Kein Grund, dass wir uns beide noch mehr den Arsch abfrieren.« Ich nahm meine Jacke vom Haken an der Tür und streifte sie über. Als meine Hand auf dem Türknauf lag, rief Wilson mich allerdings noch einmal zurück.

»Du weißt doch, dass es nicht deine Schuld war, oder?«, sagte er ernst. »Ich meine, was mit Amelia geschehen ist … es war …« Er suchte angestrengt nach den richtigen Worten. »Du konntest doch nicht ahnen, was passieren würde. Tief in ihrem Innern ist Kate das bestimmt selbst klar. Sie wird zurückkommen.«

Mit so etwas hatte ich nun gar nicht gerechnet. Wilson war zwar oft so freundlich, mir ein wohlwollendes Ohr zu leihen, aber seine eigene Meinung hatte er noch nie derart deutlich zum Ausdruck gebracht. Ich rang mir ein letztes Lächeln ab und öffnete die Tür.

»Nur ein kurzer Spaziergang«, sagte ich. »Versprochen.«

Ich zog die Tür zu und marschierte in eiligen Schritten den

Gang hinunter. Aus der Messe drang brüllendes Gelächter, doch ich sehnte mich nach Stille und Einsamkeit und lief rasch weiter. Oben auf dem Hauptdeck drehte ich backbord ein paar Runden. Nach einer Weile hatte die eisige Abendluft mein aufgewühltes Innenleben so weit betäubt, dass ich mich etwas abseits unter einer elektrischen Leuchte an die Reling lehnte.

In den meisten Nächten waren die Sterne am Himmel so klar auszumachen, dass ein erfahrener Steuermann an ihrem Stand den Kurs hätte berechnen können. Jetzt sah ich nur eine schemenhafte Mondsichel in der Ferne, während alle Sterne in dieser Nacht hinter dicken schwarzen Wolken verborgen blieben. Trotzdem war das Meer ruhig, und nichts erinnerte mehr an das Unwetter, das am vorherigen Tag noch gewütet hatte. Spiegelglatt breitete sich das Wasser aus und warf den Lichtschein aus den vielen Bullaugen wie das Funkeln unzähliger Glühwürmchen zurück.

Ich stützte die Ellbogen auf die Reling, legte das Gesicht in die Hände und lauschte dem leisen Rauschen des Windes.

Du weißt doch, dass es nicht deine Schuld war, oder? Was mit Amelia geschehen ist ... Tief in ihrem Innern ist Kate das bestimmt selbst klar. Sie wird zurückkommen.

Seine abschließenden Worte hatten mir einen Schlag in die Magengrube versetzt. Nie zuvor war Wilson so unverfroren, aber auch offenherzig gewesen, und ich wusste nicht einmal, was schlimmer war: dass er ehrlich der Meinung zu sein schien, ich hätte keine Schuld an dem, was passiert war, oder dass ich vermutlich nie in der Lage sein würde, dies ebenfalls zu glauben.

Als ich vor fünf Jahren zum ersten Mal meinen Dienst auf der *Endeavour* antrat, hatte Kate keinen Zweifel an ihrer ablehnenden Haltung gelassen. *Was, wenn etwas passierte? Was, wenn sie oder Amelia während meiner Abwesenheit Hilfe brauchten? Was sollte sie dann tun?*

Ungeachtet ihrer Bedenken hatte ich den Posten angenommen. Es würde schon nichts passieren, hatte ich ihr versichert. Ich hätte so viel Urlaub, dass sie am Ende froh darüber sein würde, endlich ihre Ruhe zu haben, wenn ich wieder zurück auf See wäre.

Aber da hatte ich mich natürlich geirrt. Auf verhängnisvolle Weise geirrt. Im Nachhinein wünschte ich nur, ich hätte auf Kates Bitten gehört. Wünschte, ich hätte nie einen Fuß auf die *Endeavour* gesetzt.

Ich nahm das Band heraus, ließ es durch die Finger gleiten und dachte an den Abend vor zwei Jahren, als ich nach Hause kam und herausfand, dass Amelia verschwunden war. Ich wusste noch, dass bei meiner Rückkehr aus Southampton weder in der Küche noch im Schlafzimmer Licht im Fenster gewesen war und wie sehr mich das gewundert hatte. Amelia würde bestimmt schon im Bett liegen, aber Kate war sonst immer wach geblieben, um mich zu begrüßen, wenn sie wusste, dass ich nach Hause kam.

In immer größer werdender Panik war ich von einem leeren Zimmer ins nächste geeilt, hatte nach einer Nachricht gesucht, nach irgendeinem Anhaltspunkt, wo die beiden stecken könnten. Der Puls hatte mir in den Ohren gehämmert, und als dann plötzlich jemand energisch an die Tür klopfte, war ich vor Schreck so heftig zusammengefahren, dass ich eine Vase umstieß, die krachend auf dem Boden zerschellt war.

Ohne das Wasser und die vielen Scherben um mich herum auch nur zu beachten, war ich zur Tür gerast, vor der allerdings nur die alte Frau von nebenan gestanden hatte. Sie hatte mich nach Hause kommen sehen und war sofort herübergelaufen, um mir voller Mitgefühl mitzuteilen, dass Amelia fort war. Spurlos verschwunden. Und dass die verzweifelte Kate bei ihrer Schwester wohnte.

Ich hatte umgehend meinen Posten auf der *Endeavour* gekündigt, um mich ganz auf die Suche zu konzentrieren. Kate war wieder nach Hause gekommen, und wir hatten jede Minute des Tages damit verbracht, alle nur irgendwie erdenklichen Möglichkeiten auszuprobieren. Aber achtzehn Monate später hatten wir noch immer nicht die geringste Spur von ihr, und die Schulden wuchsen uns über den Kopf. Unsere Tochter hatten wir bereits verloren. Wenn ich jetzt nicht wieder arbeiten ging, würden wir auch noch das wenige verlieren, was uns geblieben war. Als ich Kate, so behutsam wie möglich, eröffnete, dass ich mich dazu entschieden hatte, wieder auf die *Endeavour* zurückzukehren, gab das unserer Beziehung den Rest. Schon seit Amelias Verschwinden war zwischen uns nichts mehr wie früher gewesen und die Verbitterung aus ihren Blicken nie gewichen. Doch nun hatte mein Entschluss, wieder zur See zu fahren, sie dermaßen in Rage gebracht, dass sie auf der Stelle eine Tasche gepackt hatte und zurück zu ihrer Schwester gegangen war. Dieses Mal, ohne zurückzukehren.

Ich betrachtete das gelbe Band in meiner Hand und dachte an Wilsons Worte. *Es war nicht deine Schuld.*

Natürlich war es meine Schuld. Das wusste ich ebenso gut wie Kate. Ich konnte die Abscheu nachempfinden, mit der sie mich anstarrte. Ich war fortgegangen, und Amelia war verschwunden. Daran gab es nichts zu diskutieren. Es würde immer meine Schuld bleiben.

Und die Sache mit Raymond? Klang sein Angebot nicht wirklich zu schön, um wahr zu sein? Aber nach zwei quälend langen Jahren hatte ich ihm den ersten – und bislang einzigen – Hoffnungsschimmer zu verdanken. Ihm standen enorme Möglichkeiten zur Verfügung. Er konnte die Unterstützung von vielen einflussreichen Menschen vermitteln. Folglich blieb mir doch gar keine andere Wahl, als ihm zu vertrauen.

Es war nicht deine Schuld.

Die Worte schwirrten mir im Kopf herum und entzogen sich stets meiner Reichweite, sobald ich sie zu packen suchte. Wilson schien daran zu glauben. Vielleicht würde mir das ja eines Tages auch gelingen.

16

Wie lange genau ich so auf dem Promenadendeck stand, auf das Meer hinausblickte und unter der Last meiner Gedanken immer tiefer zusammensackte, hätte ich nicht sagen können. Ich fuhr jedenfalls wie von der Tarantel gestochen hoch, als hinter mir jemand meinen Namen sagte. Es war die Stimme einer Frau, und einen Wimpernschlag lang erwartete ich schon, gleich in das Gesicht der geheimnisvollen Fremden aus dem Frachtraum zu schauen. Stattdessen erkannte ich Cassandra Webber, die in einem langen Mantel und mit einem Schirm in der Hand auf mich zukam.

»Verzeihen Sie, Mr. Birch. Ich wollte Ihnen keinen Schreck einjagen.«

»Schon in Ordnung, Ma'am«, erwiderte ich und schob Amelias Band rasch zurück in die Tasche. »Nichts passiert.«

»Sicher? Ich hoffe, ich störe nicht.«

»Nicht im Geringsten.«

Ich spürte einen Tropfen auf meiner Haut. Dann noch einen. Sekunden später plätscherte bereits ein steter Regen auf das Deck.

»Darf ich Ihnen etwas Schutz anbieten?«, sagte Mrs. Webber und spannte ihren Schirm auf.

»Sehr freundlich«, antwortete ich.

Sie stellte sich direkt neben mich an die Reling. Wir standen nun so dicht, dass mir der blumige Duft ihres Parfüms in die Nase stieg.

»Noch so spät unterwegs, Ma'am?«, fragte ich. »Irgendein Problem?«

»Nein, alles bestens«, erklärte sie, und ihr Atem zeichnete sich in der kalten Luft ab. »Ich habe nur noch mal bei Arthur vorbeigeschaut.«

»Wie geht es ihm?«

»Oh, nervlich ist er ein absolutes Wrack. Er weiß nicht so recht, ob Ihr Freund von der Polizei ihn wegen Mordes festnehmen will oder nur warnen möchte, dass er der Nächste ist.«

»Mr. Temple wollte ihm bestimmt keine Angst machen, da bin ich mir sicher«, sagte ich.

»Das denke ich auch. Jedenfalls war es nett von Ihnen, ihm eine Erste-Klasse-Kabine zu geben.«

Instinktiv hätte ich beinahe geantwortet, dass dies doch das Mindeste war, was wir tun konnten. Aber das wäre nur die halbe Wahrheit gewesen. Einerseits konnten wir Mr. Blake nach der Erfahrung mit dem Messer im Pult und dem zerstörten Türschloss natürlich schlecht zumuten, für den Rest der Überfahrt in seiner Kabine zu verbleiben. Andererseits befanden sich die einzigen verfügbaren Kabinen nun einmal in der ersten Klasse. Und nach den Erzählungen, die ich über seine Ehe mit Evelyn Scott gehört hatte, hegte ich wenig Zweifel, dass er sich in dieser Umgebung wesentlich wohler fühlte als in der Zweite-Klasse-Kabine, die er in Southampton bezogen hatte.

Mein Blick fiel auf den Ring an Cassandra Webbers Hand, und ich nutzte die Gelegenheit, das Gespräch auf ein anderes Thema zu lenken.

»Haben Sie und Mr. Webber erst kürzlich geheiratet?«

»Ja. Erst vor drei Monaten, um genau zu sein.«

»Demnach haben Sie einander noch gar nicht so lange gekannt, als er um Ihre Hand anhielt, habe ich recht?«

»Nicht besonders lange«, gab sie zu, betrachtete kurz den kleinen Diamanten und verbarg ihre Hand dann rasch in der Manteltasche.

»Ist auch wirklich alles mit Ihnen in Ordnung, Ma'am?«, fragte ich. »Verstehen Sie mich bitte nicht falsch, Sie wirken nur irgendwie niedergeschlagen.«

»Gelingt es mir tatsächlich so schlecht, das zu verbergen?«

»Kann ich nicht sagen. Und wenn, würde es mir sicherlich am wenigsten zustehen, das zu monieren.«

Sie lachte auf, doch ihr Lachen erstarb genauso schnell, wie es ausgebrochen war.

»Um Ihnen die Wahrheit zu sagen, Mr. Birch, es liegt an dieser Reise. Natürlich ist auch der Tod dieses Gentlemans belastend. Ich habe ihn zwar kaum gekannt, aber die Vorstellung, dass er gerade mal einen Tag nach unserem Zusammentreffen im Restaurant zu Tode gekommen ist, hängt seitdem zweifellos wie eine dunkle Wolke über allem. Um ganz ehrlich zu sein, bereitet mir jedoch Harry die meisten Sorgen. Er ist schrecklich nervös wegen Boston und der ersten Begegnung mit meinen Eltern. Schon der leiseste Gedanke daran lässt ihn vollkommen gereizt werden. Und ich bin ...«

Sie brach ab und fing dann neu an: »Tja, ich habe in den vergangenen beiden Tagen etwas über ihn erfahren, was mir bislang unbekannt gewesen ist. Eigentlich eher eine banale Kleinigkeit. Allerdings etwas, das mich völlig unvorbereitet erwischt hat.« Ihre Augen bekamen einen sehnsüchtigen Ausdruck. »Und jetzt wünschte ich mir, alles wäre wieder ganz unkompliziert. Bei Harrys Antrag dachte ich nur, wie ungeheuer glücklich ich von nun an sein würde. Und das bin ich ja auch. Er macht mich glücklich.

Aber inzwischen scheint alles immer komplizierter zu werden. Manchmal frage ich mich, warum nicht alles wieder so sein kann wie früher, wie am Anfang.«

Sie wandte sich zu mir.

»Habe ich Ihnen erzählt, dass wir uns kennengelernt haben, als Harry mir meine neue Wohnung in Bristol zeigte?«

»Ja. Eine der Wohnungen, die Mr. Scott gehören.«

»Genau. Wenn ich richtig informiert bin, gehören ihm davon eine ganze Menge in und um Bristol. Es war ein reizendes kleines Apartment, mitten in der Stadt. Harry hatte mich vom Bahnhof abgeholt und mir beim Einzug geholfen. Später hat er dann ständig einen neuen Vorwand gefunden, noch einmal vorbeizuschauen. Mal musste ein Schloss ausgetauscht, mal eine Glühbirne ersetzt werden. Natürlich wusste ich genau, dass er nur einen Grund suchte, mich zu sehen, und nach etwa einem Monat hat er schließlich gefragt, ob er mich zum Essen ausführen dürfe.«

Sie blickte auf das Meer hinaus und fixierte gedankenverloren den Horizont.

»Vor fünf Monaten hat er dann um meine Hand angehalten. Da sich mein Jahr in Bristol dem Ende zuneigte, hatte ich gerade mit den Vorbereitungen für meine Rückkehr nach Boston begonnen, als er in die Wohnung kam und mich fragte, ob ich mir vorstellen könnte, bei ihm in England zu bleiben. Er sagte, die Geschäfte in seiner Firma würden wieder besser laufen, daher könnte er bequem für uns beide sorgen, während ich mich in Ruhe nach einer Stelle als Anwältin umsehe. Natürlich wollte er warten und erst das Einverständnis meiner Eltern einholen, aber das habe ich abgelehnt. Ich sagte, wenn wir das machen wollen, dann sollten wir es gleich richtig machen. Es brauchte ein wenig Überredungskunst, doch am Ende willigte er ein, und im August fand die Hochzeit statt.«

Sie drehte sich zurück zu mir. »Deshalb macht ihn diese Reise zu meinen Eltern auch so nervös. Und nur deshalb hat er auch sein Automobil mitgeschleppt, um sie damit zu beeindrucken. Sie wissen noch gar nichts von ihm. Genauso wenig wie von meinen Plänen, in England zu bleiben. Wir werden sie erst bei unserer Ankunft in Boston in alles einweihen.«

»Kann ich durchaus nachempfinden, dass einem da mulmig ist.«

Mrs. Webber zeigte den Anflug eines Lächelns. »Anders war es nicht möglich. Harry wird meinen Eltern schon gefallen, daran zweifele ich nicht. Aber sie hätten nie darin eingewilligt, dass ihre einzige Tochter den Rest ihres Lebens auf der anderen Seite des Atlantiks zu verbringen beabsichtigt. Da hätte es auch keine Rolle gespielt, wie sehr sie mit der getroffenen Wahl ansonsten einverstanden wären. Hätten wir sie vorab um ihren Segen gebeten, hätten sie ihn uns niemals gegeben.«

Unvermittelt stieß sie ein verlegenes Lachen aus. »Sie müssen entschuldigen, Mr. Birch. Gewiss interessiert Sie das alles nicht die Bohne.« Sie nickte in Richtung meiner Hand. »Wie sieht es denn bei Ihnen aus? Dem Ring nach zu urteilen, sind Sie auch verheiratet, richtig?«

Ein paar Sekunden lang war nur das Prasseln des Regens auf ihrem Schirm zu hören, da ich nicht wusste, wie ich diese Frage am besten beantwortete.

»Also, wenn ich ganz ehrlich zu Ihnen sein soll«, begann ich schließlich mit leiser Stimme, »dann weiß ich das selbst nicht so genau.«

»Das klingt aber jetzt richtig verwirrend.«

»Da haben Sie recht. Meine Frau und ich sprechen derzeit nicht miteinander.«

Die akkurat gezupften Brauen von Cassandra Webber zogen sich besorgt zusammen. »Sie müssen entschuldigen. Ich wollte nicht indiskret sein.«

»Nein, schon gut«, beruhigte ich sie und rang mir ein Lächeln ab. »Im Grunde bloß meine Schuld. Wir haben eine schwierige Phase durchgemacht, und ich ... wir versuchen gerade, ein paar Dinge zu klären, und ich werde die Sache wieder in Ordnung bringen.«

Eine Weile standen wir schweigend da, auf die Reling gelehnt, und schauten in die Dunkelheit. Mir ging die Bemerkung durch den Kopf, die sie kurz zuvor über ihren Mann gemacht hatte. Dass sie an Bord der *Endeavour* etwas Neues über ihn erfahren hatte.

»Ich denke, ich sollte da etwas erwähnen, Mrs. Webber«, begann ich vorsichtig. »Eben habe ich mit Vivian Hall gesprochen.«

Kaum war der Name gefallen, verdüsterte sich ihre Miene.

»Ich muss mich bei Ihnen entschuldigen«, fuhr ich fort. »Als wir Sie heute Nachmittag aufsuchten, wusste ich noch nicht, dass zwischen ihr und Mr. Webber früher einmal eine Verbindung bestanden hat. Ich hoffe nur, dass die Befragung durch Mr. Temple ...« Ich zögerte und mied ihren Blick. »Dass sie Ihnen nicht womöglich taktlos erschienen ist.«

Sie schüttelte den Kopf. »Ich bin es, die sich bei Ihnen entschuldigen muss, Mr. Birch. Ich hätte das bei Ihrem Besuch heute Nachmittag sofort erwähnen sollen. Für andere klingt das bestimmt sonderbar, vor allem da das Ganze schon so viele Jahre zurückliegt und die beiden auch gar nicht lange zusammen waren, aber für mich fühlt es sich ziemlich frisch an. Ehrlich gesagt habe ich erst kürzlich davon erfahren.«

»Ich gehe also recht in der Annahme, dass dies das unerwartet Neue war, was Sie über Mr. Webber in den vergangenen zwei Tagen erfahren haben.«

»Richtig. Als Harry mir am Montag erzählte, dass Arthur auch Miss Hall für den Abend eingeladen hatte, war er irgendwie ... anders. So hatte ich ihn noch nie erlebt. Ich habe dann nachgebohrt, warum ihm die Vorstellung, mit dieser Frau an einem Tisch zu sitzen, offenkundig solche Bauchschmerzen bereitet, und irgendwann hat er mir dann erzählt, was sie ... verbindet.«

»Ich verstehe. Dennoch tut es mir leid, sollte unserer Befragung das nötige Feingefühl gefehlt haben.«

»Sie haben nur getan, was Sie tun mussten«, erklärte Mrs. Webber, deren Stimme und Gesichtsausdruck jetzt eine Spur härter wirkten. »Nur so aus Neugier, Mr. Birch, welchen Eindruck hatten Sie von Vivian?«

»Sie ist ...«, antwortete ich zögernd und suchte nach einer passenden Formulierung. »Sie macht auf mich einen sehr selbstsicheren Eindruck.«

»Ich denke, das haben Sie sehr höflich ausgedrückt, Mr. Birch. Ich sage lieber nicht, was ich von ihr halte. Sich einfach so an unseren Tisch zu setzen, obwohl sie doch genau gewusst haben muss, wie unangenehm das für mich war ...«

»Vielleicht war ihr gar nicht klar, dass Sie Bescheid wussten.«

»Vielleicht. Aber das ändert nichts daran, dass *sie* Bescheid wusste. Und dann auch noch dieses ständige Gerede über ihre Malerei. Sie hat uns allen am Montag unbedingt versichern müssen, dass sie nicht das geringste Interesse an Heirat und Kindersegen habe. Für sie zähle allein ihre Kunst.« Mrs. Webber schnaubte kaum hörbar. »Ich schätze, das mit ihr und Harry wäre niemals gut gegangen. Nicht bei dieser Einstellung. Trotzdem fällt es mir schwer, sie mir überhaupt zusammen vorzustellen. Ich kann mir sowieso nicht vorstellen, was er mit *irgendeinem* dieser Menschen zu schaffen haben wollte. Schließlich hat er mir gegenüber immer betont, wie sehr er es hasste, für Frederick zu arbeiten. Und was für eine verwöhnte Schnepfe diese Evelyn gewesen sei. Die Vorstellung, dass er und Vivian überhaupt zusammen gewesen sind, ganz gleich wie kurz, ist ...«

Sie lachte kurz auf, und ihre Züge entspannten sich, als wäre sie abrupt in die Wirklichkeit zurückgerissen worden. »Verzeihen Sie, Mr. Birch. Jetzt habe ich aber wirklich genug geredet.«

»Kein Problem. Das muss natürlich ein ziemlicher Schock gewesen sein.«

Sie lächelte und sah hoch zu ihrem Schirm. »Der Regen scheint nachzulassen. Ich sollte langsam zurück. Harry wird sich bestimmt schon wundern, was mich so lange aufhält.«

»Natürlich. Eine Sache noch. Mr. Temple dürfte weiterhin sehr interessiert daran sein, sich mit Ihrem Mann zu unterhalten. Sie verstehen schon, nur um ihm dieselben Fragen zu stellen, die er Ihnen heute Nachmittag gestellt hat. Ich möchte Ihnen ja keine Umstände bereiten, aber bestünde die Möglichkeit, ihn morgen zu sprechen?«

»Wie wäre es, wenn ich ihn kurz vor dem Mittagessen zu Ihnen schicke?«, antwortete Cassandra Webber, nachdem sie einen Moment überlegt hatte. »Ich sage ihm einfach, dass er Sie beide um ein Uhr im Restaurant treffen soll. Einverstanden?«

Ich bedankte mich mit einem Nicken, und sie verschwand.

Eine ganze Weile rührte ich mich nicht von der Stelle. Noch ein Glas von Wilsons Laphroaig hätte mich jetzt wunderbar aufgewärmt, doch auf weitere Gespräche über Kate und Amelia hatte ich nun gar keine Lust. Viel länger konnte ich hier draußen auf dem Promenadendeck allerdings auch nicht bleiben. Die Temperaturen zogen an, und die alte Verletzung an meiner Schulter begann erneut zu schmerzen. Mal ganz abgesehen davon, dass ich mich ständig nervös umschaute, ob die Frau aus dem Frachtraum nicht irgendwo lauerte. Cassandra Webber hatte mir bei ihrem Auftauchen einen gehörigen Schreck eingejagt, und es ließ sich nur schwer leugnen, wie stark mich die Warnung aus meiner Kabine beschäftigte.

Wo zum Teufel steckte Temple bloß? Hatte er wirklich die

Ermittlungen ohne mich weitergeführt? Oder hatte die Begegnung mit dem glatzköpfigen Schläger dafür gesorgt, dass er sich unsichtbar machte? Ich war zwar nach wie vor überzeugt, dass sie einander kannten, aber vermochte dieser Mann ihn tatsächlich derart aus der Fassung zu bringen?

Ich sehnte mich plötzlich nach der geruhsamen Routine meiner üblichen Offiziersaufgaben. Für Mrs. Fitch und ihren verfluchten Yorkshireterrier eine größere Kabine zu finden oder den Behauptungen nachzugehen, dass Seymour, einer der Hilfsstewards, im Dienst trank. Ich spielte sogar mit dem Gedanken, Wilson den Zettel zu zeigen. Ihm würde bestimmt der eine oder andere pfiffige Kommentar rausrutschen, der mich mit etwas Glück wenigstens zum Lachen brachte.

Schließlich hielt ich es nicht länger in der eisigen Winterluft aus und gab mich geschlagen. Ich klappte den Kragen meiner Offiziersjacke hoch, schob die Hände in die Taschen und überquerte das Deck Richtung Tür.

DONNERSTAG, 13. NOVEMBER 1924

17

Am nächsten Morgen hatte ich es nach dem Aufwachen nicht sonderlich eilig damit, Temple wiederzutreffen.

Zurück in meiner Kabine war mir bewusst geworden, wie viele Informationen mir derzeit vorenthalten wurden – zumindest eine Erkenntnis, bei der ich sicher sein konnte. Ich lag in meiner Koje mit Amelias Band in der Hand und wollte vor allen Dingen erfahren, warum er so widerwillig über seinen dienstlichen Auftrag in New York sprach, warum die Erwähnung des Namens Winston Parker eine solch bizarre Reaktion ausgelöst hatte und worin seine offensichtliche Verbindung zu dem glatzköpfigen Schläger bestand.

Auf mich machte das alles inzwischen den Eindruck, als wäre in Wahrheit mit diesem Detective etwas nicht in Ordnung. Bestimmt hatte es auch einen handfesten Grund, warum er ständig mit einem geladenen Revolver herumlief. Und wenn ich den Anweisungen von Captain McCrory Folge leisten wollte, musste ich unbedingt herausfinden, welcher Grund das war.

Um peinliche Situationen mit den anderen Offizieren zu vermeiden, erschien ich zur Tagesbesprechung mit dem Captain wie üblich als Letzter in der Messe. Alle tranken bereits Kaffee, das Grammofon spielte knisternd etwas von Gene Austin, und kaum jemand hob den Kopf, als ich in den Raum schlüpfte. Nur Travis warf mir einen unsicheren Blick zu. Mit leichten Gewissensbissen dachte ich daran, wie heftig ich den jungen Mann wegen des überbrachten Zettels angefahren hatte. Mit Sicherheit war ihm danach von den anderen geraten worden, besser einen weiten Bogen um mich zu machen.

Sobald der Captain eintraf, nahm Wilson die Nadel von der Schallplatte, und die diensthabenden Offiziere erstatteten Meldung, dass wir uns weiterhin auf Kurs befänden und mit einer pünktlichen Ankunft in New York zu rechnen sei. Alle Rettungsboote seien inspiziert und keine Schäden aufgrund des Unwetters von Dienstagnacht festgestellt worden. Geringfügige Reparaturen an der Takelage seien nahezu abgeschlossen. Der Captain nickte zufrieden, doch bevor er die Besprechung aufheben konnte, meldete sich noch einer der Männer zu Wort.

»Es sollte nicht unbeachtet bleiben, Sir, dass ein großer Teil der Passagiere äußerst beunruhigt scheint über den gestrigen ...« Er schluckte und wurde ein wenig bleich, da er McCrorys stechenden Blick auf sich spürte. »Den gestrigen Zwischenfall. Viele wollen wissen, was deshalb unternommen wird.«

»Was unternommen wird?«, wiederholte der Captain.

»Jawohl, Sir. Einige haben sich danach erkundigt, ob bereits eine Untersuchung eingeleitet wurde.«

Am Tisch schwoll zustimmendes Gemurmel an, einige nickten beipflichtend.

»Jetzt mal hergehört«, sagte Captain McCrory, und augenblicklich herrschte Stille. »Wir wissen doch alle, wie schnell die Gerüchteküche bei diesen Überfahrten ins Brodeln gerät. Der Tod dieses Gentlemans war ein Unfall, verstanden? Und bis wir überzeugenden Grund zu der Annahme haben, dass dem nicht so ist, wird das auch so an die Passagiere weitergeleitet. Es ist jedwede Bemerkung zu unterlassen, die Anlass zu weiterer Besorgnis geben könnte.« Er warf einen einschüchternden Blick in die Runde der Versammelten. »Ist das verstanden?«

Sofort erschall ein einstimmiges »Ja, Sir!«, und nach einer brüsken Handbewegung von ihm erhoben sich alle unter reichlich Stühlerücken und Geschirrklappern.

Die Besprechung war sehr kurz ausgefallen, und so blieb mir der Wanduhr zufolge noch fast eine Stunde bis zu meiner Verabredung mit Temple. Da Wilson an diesem Morgen Dienst auf der Brücke hatte, waren in der Messe jetzt nur Leute, mit denen ich nicht unbedingt zusammensitzen wollte. Allein in meiner Kabine zu hocken und auf den Zettel mit der Warnung zu starren klang allerdings auch wenig verlockend.

So beschäftigte ich mich stattdessen lieber vorübergehend mit den Aufgaben, die durch mein Mitwirken bei Temples Ermittlungen unerledigt geblieben waren. Vor allem dachte ich hierbei an Seymour, den Hilfssteward, der angeblich im Dienst getrunken hatte. Nachdem sich die Messe ein wenig geleert hatte und die verbliebenen Offiziere schon begannen, verstohlen zu mir herüberzuschauen, entschied ich, dass die Zeit zumindest genügen sollte, mich um diesen Fall zu kümmern.

In der Messe hörte man oft kritische Stimmen, die sich über die Wohnqualität – oder besser gesagt, die mangelnde Wohnqualität – unserer Quartiere beschwerten. Verglichen mit den Kabinen einiger Passagiere waren unsere Kabinen in der Tat alles andere als luxuriös. Aber wenn ich sah, wie etwa das Dienstpersonal und die Maschinisten untergebracht waren, rief mir das jedes Mal ins Bewusstsein zurück, dass es uns auch weit schlimmer hätte treffen können.

Hier unten, zwei Decks über dem Maschinenraum, herrschte ein ständiges dumpfes Dröhnen, das den Boden unter den Füßen permanent vibrieren ließ. Mich erinnerte das meist unwillkürlich an meine Zeit in den Schützengräben. Dabei zählte ich im Grunde noch zu den Glücklicheren, wenn sich das in diesem Zusammenhang überhaupt sagen ließ, da ich die Hölle auf Erden, die sich mit Orten wie Passchendaele oder der Somme verband, nur von Erzählungen her kannte. Trotzdem bildete meine lädierte Schulter eine dauerhafte Erinnerung an die Einsätze, die ich im Krieg erlebt hatte, und die klaustrophobische Enge samt diesem ekelhaft durchdringenden Gestank nach Tod würde ich mein Lebtag nicht vergessen.

An diesem Morgen war jedoch nicht einmal die Erinnerung an die Schützengräben stark genug, um mich davon abzuhalten, ständig den Kopf zu wenden und die Umgebung nach der Frau aus dem Frachtraum abzusuchen.

Halt dich raus, oder du bist der Nächste.

Verfolgte sie uns noch immer? Lauerte sie hinter einer Ecke, um zu kontrollieren, ob Temple und ich ihre Warnung beherzigten? Wer auch immer sie war – ob nun Beatrice Walker oder jemand anders –, sie würde definitiv eine herbe Enttäuschung erleben, sollte sie erwarten, dass der Detective sich von so etwas abschrecken ließ.

Mit einer gewissen Erleichterung erreichte ich die Kabine des Hilfsstewards, klopfte vorsichtshalber an und trat ein. Der Raum war nur unwesentlich größer als meiner und bot mit knapper Not Platz für zwei dicht aneinandergedrängte Kojen. Auf der einen mischte ein Mann gerade ein Kartenspiel, auf der anderen schrieb jemand etwas in ein ledergebundenes Tagebuch. Beim Anblick meiner Offiziersuniform sprangen die beiden auf, nahmen Haltung an und riefen im Chor: »Sir!«

Beide Männer machten den Eindruck, als hätten sie in der Nacht Dienst gehabt. Sie trugen noch immer ihre schwarzen Hosen, weißen Hemden und Hosenträger, hatten bloß die roten Jacken, die sie als Stewards auswiesen, über ihre Matratzen geworfen und die Ärmel an ihren Hemden hochgekrempelt.

»Mr. Taylor, ich würde gerne einen Moment mit Mr. Seymour unter vier Augen sprechen, wenn es Ihnen nichts ausmacht«, sagte ich.

Der Mann mit dem Kartenspiel nickte, verließ mit einem weiteren »Sir!« die Kabine und schloss die Tür. Seymour, sein Mitbewohner, trat nervös von einem Bein aufs andere. Er wusste mit Sicherheit genau, warum ich hier war.

Der junge Mann war schlank und hoffte vermutlich, dass sich aus den Ansätzen auf seiner Oberlippe einmal ein eindrucksvoller Schnauzbart entwickeln würde. Er konnte nicht älter als zwanzig sein.

»Jetzt hören Sie mir mal gut zu, Seymour«, sagte ich. »Ich komme direkt zur Sache. Es gibt Meldungen, dass Sie im Dienst getrunken haben. In Ihrem eigenen Interesse wäre es das Beste, Sie würden von Beginn an kooperieren, daher gebe ich Ihnen eine Gelegenheit, gleich reinen Tisch zu machen.«

Seymour schluckte sichtbar und vermied es bewusst, mir in die Augen zu sehen.

»Letzte Chance«, warnte ich ihn in ernstem Ton. »Dann stelle ich Ihre Kabine auf den Kopf.«

Prompt huschte sein Blick für einen winzigen Moment zum Bett.

»Rausholen!«, befahl ich.

»Sir?«

»Holen Sie es raus, Mann. Oder wollen Sie lieber erleben, dass ich es tue?«

Mit einem tiefen Seufzer hockte Seymour sich neben seine Koje und brachte einen zusammengerollten Pullover zum Vorschein, in dem eine halb volle Flasche Famous Grouse steckte. Ein wenig schuldbewusst musste ich an den Laphroaig denken, den Wilson unter seiner Koje heimlich aufbewahrte.

»Das ist alles, ja?«

»Jawohl, Sir«, antwortete er und reichte mir den Whisky. »Der Rest ist ...« Er bemerkte seinen Fehler eine Sekunde zu spät und brach ab.

»Es gibt doch mehr?«, bohrte ich nach.

»Es gab, Sir. Aber ich selbst hab's kaum angerührt.«

»Verschenkt werden Sie es ja wohl nicht haben, oder?«

Seymour verzog den Mund zu einem schiefen Grinsen. »Nein, Sir. Verschenkt nicht.«

»Sie haben damit *gehandelt*?«, fuhr ich ihn wütend an.

»Nur hier und da mal eine Flasche, Sir«, beeilte er sich zu sagen. »Ich habe mir nichts Böses dabei gedacht. Und ich habe selbst nie im Dienst getrunken, das schwöre ich Ihnen.«

»Schlimm genug.«

Der junge Mann verstummte und senkte den Kopf.

»Ich brauche die Namen sämtlicher Männer, an die Sie das Zeug verkauft haben«, erklärte ich.

Panik zeichnete sich auf seinem Gesicht ab. »Bitte, Sir. Wenn herauskommt, dass ich sie verpfiffen habe, kriege ich mächtig Ärger.«

»Den haben Sie bereits, Seymour. Ihre Namen!«

Er stieß einen weiteren Seufzer aus. »Ich habe doch nur zwei verkauft, Sir. Die letzte gestern an einen der Maschinisten. Er heißt O'Shea und hat erzählt, dass er zu etwas Geld gekommen ist und gerne so ein eigenes Fläschchen in seiner Kabine hätte.«

»Was meinen Sie mit ›zu etwas Geld gekommen‹?«, fragte ich misstrauisch.

»Habe ich ihn nicht gefragt, Sir. Wahrscheinlich hat er irgendjemandem eine Gefälligkeit erwiesen.«

»Sie meinen einem der Passagiere?«

»Gut möglich, Sir. Wie gesagt, ich habe nicht nachgefragt.«

Ich nickte und prägte mir den Namen O'Shea ein. »Wem noch?«

»Na ja, Sir«, begann er widerstrebend. »Da wäre noch …«

Er sprach nicht weiter, da er den verwunderten Ausdruck in meinem Gesicht bemerkt hatte, mit dem ich offenbar etwas auf seiner Koje betrachtete. Er folgte meinem Blick und erkannte, dass es sich um das Tagebuch handelte, das er aus der Hand gelegt hatte. Allerdings war es überhaupt gar kein Tagebuch, wie ich im ersten Moment gedacht hatte, sondern ein Skizzenbuch.

»Sind Sie ein heimlicher Künstler, Seymour?«

»Das würde ich nun nicht unbedingt behaupten, Sir«, antwortete er vorsichtig, als würde er irgendeine Falle hinter der Frage vermuten. »Ich kann ganz ordentlich Porträts zeichnen, aber ich habe nicht studiert oder so. Wenn Sie möchten, können Sie gerne einen Blick hineinwerfen.«

Er hob das Buch auf und drückte es mir in die Hand. Ich blätterte vorsichtig darin, sah eine Bruchsteinmauer neben einer alten Eiche, einen Cockerspaniel mit heraushängender Zunge und eine junge Frau, die auf einer Bank am Fluss saß.

»Die sind gut«, gestand ich beeindruckt. »Zeichnen Sie nur zu Ihrem eigenen Vergnügen?«

»Vielen Dank, Sir«, erwiderte er, sichtlich erfreut über das Lob. Er wirkte auf einmal viel gesprächiger. »Ja, Sir, in der Regel nur aus reinem Vergnügen. Von Zeit zu Zeit kommt aber auch schon mal einer der Männer auf mich zu, um sich etwas zu wünschen.«

Er nahm mir das Buch aus der Hand und schlug auf einer der letzten Seiten das unfertige Porträt einer jungen Frau auf. Ihre Gesichtszüge waren bereits nahezu abgeschlossen, ebenso ihr Hals und die Schulter. Nur mit ihrem Haar schien er gerade erst begonnen zu haben.

»Das ist die Frau von Taylor«, erklärte er stolz und zeigte mir eine Schwarz-Weiß-Fotografie, die verdeckt auf der Matratze gelegen hatte. »Sehen Sie? Ich habe erst gestern damit angefangen.«

Ich nickte. Die Ähnlichkeit war wirklich erstaunlich. Taylor würde sicherlich zufrieden sein, wenn er das Ergebnis sah. Doch so bemerkenswert Seymours Zeichentalent auch sein mochte, in diesem Moment fand ich plötzlich einen ganz anderen Aspekt viel spannender. Mich ließ der Gedanke nicht mehr los, dass dieser junge Hilfssteward mir als Informationsquelle nützlich sein könnte.

»Kennen Sie sich mit berühmten Malern aus?«, fragte ich.

»Nicht besonders gut, Sir«, räumte er schon wieder deutlich kleinlauter ein und klappte das Skizzenbuch zu. »Also, interessieren tut es mich schon, daher verstehe ich vielleicht ein bisschen mehr davon als der Durchschnittsbürger. Aber wie ich Ihnen bereits sagte, Sir, studiert habe ich nicht.«

»Sagt Ihnen ein Maler namens Ecclestone etwas?«

»O ja, Sir«, antwortete er, und sofort war die alte Begeisterung wieder zurück. »Sie werden auf der Welt keinen Engländer finden, der sich für Kunst interessiert und Ecclestone nicht kennt. Im Rathaus von Portsmouth hatten sie kürzlich eine Ausstellung von ihm. Die habe ich zusammen mit meiner Mutter besucht.«

»Und was halten Sie von seinen Werken?«

»Schön, Sir, sehr gelungen. Einige der besten Landschaftsmalereien, die ich je gesehen habe.«

»Ist es richtig, dass er ausschließlich Landschaften gemalt hat?«, fragte ich. »Mir ist da etwas über ein Porträt zu Ohren gekommen.«

Seymour beugte sich unvermittelt näher und verfiel in einen Flüsterton, als würde er an einem Lagerfeuer eine Gruselgeschichte zum Besten geben. »Darüber weiß keiner etwas, Sir. Wenigstens nichts Genaues.«

»Und warum?«

»Na ja, weil keiner weiß, ob so ein Bild überhaupt existiert, Sir.«

»Glauben Sie, dass es existiert?«

»Ich kann das natürlich auch nicht mit Sicherheit sagen«, antwortete er ausweichend und massierte sich das Kinn. »Aber toll wäre es schon.«

»Weshalb?«

»Stellen Sie sich das doch mal vor, Sir! Wenn herauskäme, dass einer der bedeutendsten Maler, die England hervorgebracht hat, auch ein völlig anderes Bild gemalt hätte, das bislang noch nie jemand zu Gesicht bekommen hat! Und selbst wenn es sich nicht bewahrheiten sollte, ich meine, so geheimnisvolles Zeug gefällt doch jedem, oder nicht, Sir? Für eine spannende Geschichte reicht es allemal.«

Ich antwortete nicht. Im Augenblick hatte ich das Gefühl, mich bereits mit mehr als genug geheimnisvollem Zeug beschäftigen zu müssen.

»Ich wusste gar nicht, dass Sie sich für solche Sachen interessieren, Sir?«, erkundigte er sich neugierig.

»Meine ... Frau ist diejenige, die sich dafür interessiert«, behauptete ich, obwohl mir schmerzlich bewusst war, wie wenig überzeugend das klingen musste. Doch Seymour schien es nicht aufzufallen. Mit seinem freudig strahlenden Jungengesicht wirkte er weiter unbekümmert wie ein Labradorwelpe.

Ich machte mir inzwischen ein wenig Sorgen wegen der Uhrzeit, da ich Temples Drohung nicht vergessen hatte, dass er die Ermittlungen ohne mich aufnehmen würde, sollte ich mich verspäten. Aber etwas blieb noch zu tun. Auf meinem Weg zu Seymours Kabine war mir durch den Kopf gegangen, wie nahe sie doch zum Frachtraum lag, und das hatte mich auf eine Idee gebracht. Eine Idee, die ich nun unbedingt noch ausprobieren wollte. Natürlich war mir klar, dass Temple es nicht billigen würde, wenn ich irgendwelche Pläne in die Tat umsetzte, ohne ihn vorher zu konsultieren. Sollte die Sache jedoch funktionieren, wäre sie allen Ärger wert, den ich mir deswegen einhandeln könnte.

»Nun hierzu, Seymour«, sagte ich und schwenkte die Whiskyflasche. »Wir haben hier ein Problem. Andererseits gäbe es etwas, das Sie für mich erledigen könnten. Etwas, das dafür sorgen könnte, dass das hier verschwindet.«

»Was kann ich für Sie tun, Sir?«, erkundigte sich der junge Mann sofort begierig.

»Am Dienstagabend wurde im Frachtraum ein Wagen beschädigt. Sie werden sich umhören und versuchen, etwas darüber herauszufinden.«

»Ich soll herausfinden, wer es getan hat?«

»Falls möglich. Ich weiß, dass für den Frachtraum selbst kein Wachdienst eingeteilt ist, dennoch wurde der Schaden offenbar irgendeinem Mitglied der Mannschaft gemeldet. Vielleicht gelingt es Ihnen zu Anfang ja erst einmal, diesen Mann zu identifizieren. Was auch immer Sie herausfinden, ich möchte darüber informiert werden. Geben Sie Ihr Bestes, und mir bleibt es womöglich erspart, wegen dem hier«, ich hielt erneut die Flasche hoch, »O'Shea einen Besuch abzustatten.«

»Jawohl, Sir!«, rief er erleichtert. »Vielen Dank, Sir.«

Ich wandte mich zum Gehen. Mittlerweile würde ich auf jeden Fall zu spät zu meiner Verabredung mit Temple kommen. »Eins kann ich Ihnen versichern, Sir«, schob Seymour hinter mir noch erregt nach, als ich den Türknauf schon in der Hand hatte. »Wegen des Ecclestone, meine ich.«

Ich schaute ihn an. Seine Augen leuchteten wieder so wild wie zuvor bei seinen Bemerkungen über das geheimnisvolle Porträt.

»Wenn sich herausstellt, dass es dieses Gemälde wirklich gibt«, sagte er, »wäre es mordsmäßig was wert.«

18

Als ich endlich oben auf dem Promenadendeck ankam, stellte ich zu meiner Überraschung fest, dass Temple noch da war – und das nicht allein. In langem Mantel und mit schwarzem Bowler auf dem Kopf stand Arthur Blake neben ihm und spielte mit dem Schirm in seiner Hand.

»Mr. Birch!«, rief er aus.

»Mr. Blake«, erwiderte ich schnaufend, da ich fast die ganze Strecke im Laufschritt unterwegs gewesen war. »Ich hatte gar nicht damit gerechnet, Sie heute Morgen hier zu treffen.«

Der Maler eilte beschwingt auf mich zu und streckte mir seine in einem Lederhandschuh steckende Hand entgegen. Er sprühte förmlich vor Elan, und man hätte glauben können, einen völlig anderen Menschen vor sich zu haben, verglichen mit dem, der uns am Tag zuvor das in sein Schreibpult gerammte Steakmesser gezeigt hatte.

»Mr. Blake hat mich heute Morgen in meiner Kabine aufgesucht«, erklärte Temple. »Er hat ein paar neue Informationen, die Sie am besten von ihm persönlich hören sollten.«

Nach der Begegnung mit dem glatzköpfigen Schläger war Temple bei unserem Abschied Hals über Kopf aus dem Aufenthaltsbereich der dritten Klasse gestürmt. Was auch immer er getrieben haben mochte, als ich ihm später die Botschaft zeigen wollte, die ich erhalten hatte, er schien jedenfalls seine Fassung zurückgewonnen zu haben. Sein Blick war stechend wie eh und je, der Fedora saß ihm ordentlich auf dem Kopf, und seine Hände steckten lässig in den Taschen seines grauen Wollmantels.

Blake ergriff derweil enthusiastisch die Chance, uns bei den Ermittlungen unterstützen zu können. »Ja, genau«, rief er aus. »Auf dem Rückweg in meine Kabine gestern Abend bin ich einem alten Bekannten begegnet, einem gewissen Nathaniel Morris.«

»Entschuldigen Sie, Sir, Nathaniel wer?«

»Nathaniel Morris. Ein flüchtiger Bekannter aus Bath. Im Vertrauen gesagt, Mr. Birch, der Mann ist ein furchtbarer Langweiler. Aber ihm gehört eine Kunstgalerie in der Stadt, und das seit mindestens vierzig Jahren schon. Von besonderem Interesse für Sie beide dürfte dabei sein, dass Morris und Dupont sich auf den Tod nicht ausstehen konnten.«

»Ach, wirklich?«

»Ja, unbedingt. Ich habe Ihnen doch gestern erzählt, dass Dupont nach dem Krieg seine neue Galerie in Bath eröffnet hat, richtig? Durch diesen Schritt bekam Morris vor Ort das erste Mal Konkurrenz. Soweit ich weiß, hatte Morris eigentlich gehofft, sich schon vor einigen Jährchen zur Ruhe setzen zu können, aber dann hat ihm Dupont völlig das Geschäft versaut.«

»Mr. Blake, wollen Sie damit andeuten, dass dieser Mr. Morris womöglich Monsieur Dupont nach dem Leben getrachtet haben könnte?«, fragte ich.

»Das kann ich natürlich nicht mit Bestimmtheit sagen«, antwortete er in aalglattem Geschäftston. »Und es liegt mir absolut fern, Sie beide zu irgendwelchen falschen Schlüssen verleiten zu wollen. Doch die Umstände von Duponts Tod scheinen Ihnen ja offenbar etwas zweifelhaft. Womöglich handelt es sich sogar um

Mord. Wäre es in diesem Fall nicht angemessen, die merkwürdige Tatsache, dass auch Morris anwesend ist, irgendwie näher zu untersuchen? Wenigstens durch eine Vernehmung?«

»Ich habe seine Kabinennummer«, warf Temple ein. »Wie es aussieht, reist er gemeinsam mit seiner Frau in der zweiten Klasse.«

»Wo genau haben Sie diesen Herrn gestern Abend getroffen, sagten Sie?«, wandte ich mich nachdenklich noch einmal an Blake.

»In der ersten Klasse um kurz nach elf«, antwortete der Maler. »Er muss wohl jemanden dort besucht haben. Wie Mr. Temple bereits bemerkte, reist er selbst zweiter Klasse.«

Vielleicht bildete ich es mir nur ein, aber für mich klang es leicht abwertend, wie Blake »zweiter Klasse« aussprach.

»Haben Sie denn gar kein Wort mit ihm gewechselt?«

»Ich habe ihn leider nur von Weitem sehen können. Aber ich bin mir sicher, dass er es gewesen ist.« Blake lachte kurz auf. »Sollten Sie zu dem Entschluss kommen, ihn aufzusuchen, werden Sie verstehen, was ich meine.«

Ich warf einen Seitenblick auf Temple, dessen Fuß bereits ungeduldig wippte.

»Morris kennt übrigens auch Vivian«, fügte Blake hinzu. »Nachdem sich ihre ersten beiden Bilder so gut verkauft hatten, wollte er sie überreden, die beiden nächsten über seine Galerie zu verkaufen, doch sie ist lieber bei Dupont geblieben.«

»Soll das heißen, dass zwischen den beiden auch böses Blut herrscht?«, fragte ich.

»Nicht zwischen Vivian und Morris. Zumindest nicht dass ich wüsste. Aber seine Meinung über Dupont dürfte es nicht unbedingt verbessert haben, könnte ich mir vorstellen.«

Ich dachte an meine Unterhaltung mit Vivian Hall in der Offiziersmesse und versuchte, mich daran zu erinnern, ob sie etwas von einem Treffen mit Morris erwähnt hatte. Aber mir fiel nur ein, wie abrupt sie das Gespräch plötzlich beendet und wie entschieden sie es abgelehnt hatte, von mir zu ihrer Kabine zurückbegleitet zu werden. Es hatte in der Tat den Eindruck gemacht, als hätte sie noch etwas vor.

»Wollen Sie damit andeuten, dass Mr. Morris genau dorthin auf dem Weg war, als Sie ihm gestern Abend begegneten? Zu einem Besuch bei Miss Hall?«

»Auch das weiß ich natürlich nicht mit Bestimmtheit«, antwortete Blake. »Allerdings führt Vivian ihr neues Werk bei sich. Es wäre also denkbar, dass Morris hofft, sie zu einem Verkauf überreden zu können, bevor sie es bei der Kunstmesse selbst versucht.« Blake war jetzt so erregt, dass er zu zittern schien. »Soll ich Sie besser begleiten? Morris reagiert leicht kratzbürstig, aber ich hatte schon verschiedentlich mit ihm zu tun. Wenn ich Sie vorstellen soll, tue ich das gerne.«

»Ich glaube nicht, dass das nötig sein wird«, erklärte Temple.

»Aber ...«

»Sollte Mr. Morris irgendwelche Informationen zum Verbleib Ihres Gemäldes haben, werden wir Sie umgehend in Kenntnis setzen, Mr. Blake.«

Blake stockte sichtlich ernüchtert. Einen Moment stand sein Mund noch offen, als wollte er das nächste Gegenargument vorbringen, doch der mahnende Blick von Temple belehrte ihn eines Besseren.

»Klar doch«, sagte er und setzte rasch ein freundliches Lächeln auf. »Ich verstehe schon. Zu viele Leute stören nur bei so einer Untersuchung! In diesem Sinne möchte ich die Herren nicht länger aufhalten. Sie wissen ja, wo Sie mich finden können, falls ich Ihnen noch irgendwie behilflich sein kann.«

Er neigte seinen Bowler kurz in unsere Richtung und marschierte davon, den Schirm vergnügt schwingend. Ich fragte mich, ob er sich womöglich der romantischen Illusion hingegeben hatte, er würde nun mit Temple gemeinsam die Ermittlungen weiterführen. Vielleicht glaubte er, die Geschichte von einem tollkühnen Diebstahlversuch und der dramatischen Rettung durch einen Detective von Scotland Yard könnte den Wert des Gemäldes in New York noch weiter in die Höhe treiben. Bei entsprechend schillernder Ausmalung, versteht sich. Wahrscheinlich würde in Blakes Version dann das Messer in seiner Kabine nicht im Pult stecken, sondern ihm an den Hals gehalten werden. Ich lächelte bei dem Gedanken, wie schnell Temple ihm solche Flausen ausgetrieben hätte.

»Seine Laune scheint sich gebessert zu haben«, bemerkte ich.

»Er war vollkommen überdreht, als er heute Morgen an meiner Tür geklopft hat«, brummte Temple nur gelangweilt. »Vermutlich glaubt Mr. Blake, er habe den Fall ganz allein gelöst.« Der Detective schaute mich an. »Sie sind zu spät.«

»Ich weiß. Ich habe mit jemandem wegen Mr. Webbers Wagen gesprochen.«

»Dem Wagen? Was ist damit?«

»Ich habe einen der Hilfsstewards beauftragt, sich mal umzuhören, ob er etwas herausfinden kann. Der Mann kennt sich gut mit den Abläufen da unten aus. Wenn einer aus der Mannschaft am Dienstagabend etwas Verdächtiges bemerkt hat, bekommt er es mit ein wenig Glück raus.«

»Sie hätten vorher meinen Rat einholen sollen«, rügte Temple mit finsterer Miene. »Womöglich schreckt er den Täter bloß auf und verscheucht ihn.«

»Er wird diskret vorgehen«, versicherte ich ihm und dachte an die Whiskyflasche, die mir als Druckmittel diente. »Da bin ich mir sicher.«

»Na schön«, murmelte Temple. »Der Wagen dürfte uns meiner Ansicht nach jedoch nicht viel weiterhelfen. Und sollte die Sache schieflaufen, geht das auf Ihre Kappe.«

Ich biss mir auf die Zunge und schwieg.

»Zuerst werden wir Mr. Morris einen Besuch abstatten und klären, ob wir ihn ausschließen können. Das heißt, falls Sie nicht noch etwas auf dem Herzen haben«, fügte er nach kurzer Pause bissig hinzu.

Erneut fielen mir so einige treffende Kommentare dazu ein, die ich mir jedoch lieber verkniff. »Eines wäre da«, gab ich stattdessen zu. »Etwas, das Sie sich ansehen sollten.«

Ich holte den Zettel, den ich erhalten hatte, aus der Tasche und reichte ihn Temple, der ihn misstrauisch entgegennahm.

»Der wurde gestern Abend unter meiner Tür durchgeschoben«, erklärte ich so unaufgeregt wie möglich. »Eine Passagierin hat einen anderen Offizier damit beauftragt. Eine junge Frau.«

Temple starrte nur mit demselben misstrauischen Ausdruck die Nachricht an und sagte nichts. Sonderlich zu beunruhigen schien ihn die Botschaft nicht.

»Sie haben so etwas bestimmt auch erhalten, wie?«

»Nein.«

Einen Moment lang wusste ich nicht, ob er mich vielleicht missverstanden hatte.

»Warum sollte ich das bekommen, aber Sie nicht?«, fragte ich. »Sind Sie sicher, dass nichts gekommen ist?«

»Ich schätze, an den Eingang einer Todesdrohung würde ich mich erinnern«, knurrte er bloß.

»Natürlich, ich habe mich ja nur gefragt ...« Ich brach ab, weil ich Angst hatte, er würde die Beherrschung verlieren, und versuchte es anders: »Na, und was halten Sie davon?«

»Klingt doch ziemlich eindeutig.«

»Die Botschaft schon. Aber diese Frau aus dem Frachtraum will doch offenbar unseren Ermittlungen ein Ende bereiten. Liefert der Zettel Ihnen nicht in diese Richtung neue Hinweise? Gestern sagten Sie noch, dass wir sie ohne neue Informationen nicht auffinden würden. Irgendwie muss uns das doch weiterbringen können.«

Temple schaute auf. »In welcher Hinsicht soll uns das hier Ihrer Meinung nach denn bitte weiterbringen?«

»Na ja, ich dachte an den Notizzettel, den wir in Duponts Kabine gefunden haben. *Samstag, 9 Uhr.* Vielleicht ist die Handschrift ...«

»Ist nicht dieselbe«, erklärte Temple bündig.

»Den Verdacht hatte ich auch schon. Aber vielleicht sollten wir einfach ...«

»Sie ist nicht dieselbe!«

Die plötzliche Strenge in seinem Ton ließ mich zusammenfahren.

»Also ignorieren wir es einfach?«

»Nein«, fauchte er. »Wir ignorieren es keineswegs. Wir sammeln noch mehr Hinweise. Zeugenaussagen. Schriftproben, um sie hiermit zu vergleichen. Irgendwas, das uns wirklich weiterhilft. Und wo wir gerade dabei sind ...« Er steckte das Drohschreiben in die Tasche, bevor ich protestieren konnte. »Mr. Blake war der Meinung, dass Vivian Hall gestern Abend mit uns gesprochen hat. Natürlich muss er sich da geirrt haben, denn ich habe ganz sicher nicht mit ihr gesprochen.«

Mich fröstelte auf einmal an Deck, und es fiel mir schwer, seinen Blick offen zu erwidern. »Sie ist gestern noch im Offiziersquartier erschienen«, gestand ich. »Kurz nachdem wir beide uns in der dritten Klasse getrennt hatten.«

»Und Sie haben mit ihr gesprochen?«

Ich nickte.

Temple wandte sich dem Meer zu, sein Unterkiefer trat hervor. »Ich habe Ihnen doch ausdrücklich gesagt ...«

»Sie ist doch zu mir gekommen«, warf ich sofort ein. »Ich habe ihr erklärt, dass sie eigentlich mit Ihnen sprechen müsste, aber davon wollte sie nichts hören. Was sollte ich denn da tun?«

»Sie hätten darauf bestehen sollen, dass sie zu mir kommt«,

blaffte er. »Sie hätten ihr klarmachen sollen, dass sie sich entweder mit mir unterhält oder mit gar keinem. Ich bin derjenige, der diesen Fall untersucht, Birch. Nicht Sie.«

»Lehnen Sie meine Hilfe wirklich derart vehement ab, dass Sie mir nicht einmal gestatten, mit einer Zeugin zu sprechen, die sich gezielt an mich wendet?«

»Haargenau so ist es.«

Die brüske Abfuhr schmerzte tatsächlich, wie ich verwundert feststellte. Und diese Verletzlichkeit wiederum trieb mir prompt die Schamröte ins Gesicht.

»Ich habe mich nur ganz kurz mit ihr unterhalten, wenn Sie es genau wissen wollen«, verteidigte ich mich. »Sie musste gleich wieder weg.«

»Wohin?«

»Hat sie nicht gesagt.«

»Hatte sie eine Verabredung? Musste sie irgendwo pünktlich sein?«

»Ich habe Ihnen doch gerade erklärt, dass sie das nicht gesagt hat.«

»Gibt es auch etwas, was Sie in Erfahrung gebracht haben? Haben Sie Miss Hall vielleicht um eine Schriftprobe gebeten?«

»Nein.«

»Oder sie gefragt, ob sie einen Grund weiß, weshalb Dupont unter dem Namen Fisher an Bord gegangen ist?«

»Nein«, wiederholte ich.

Temple verdrehte die Augen. »Sie haben also nicht nur meine Instruktionen grob missachtet, sondern können zu Ihrer Entschuldigung nicht einmal den kleinsten Erfolg vorweisen«, beschied er mit einer wegwerfenden Handbewegung.

»Nicht ganz«, fuhr ich auf. »Wir haben zwar nicht lange gesprochen, aber erfahren habe ich schon etwas. So hat Miss Hall doch mitbekommen, wie Mr. Blake versuchte, Mr. und Mrs. Webber vorzumachen, dass es sich bei Monsieur Dupont um einen unzufriedenen Kunden handelte. Sie wusste genau, dass er die beiden anlog.«

»Wusste sie auch, warum?«

»Nein. Sie hat erst von Mr. Blakes Gemälde erfahren, als er sie gestern Nachmittag davor warnte, dass auch ihr Werk in Gefahr sein könnte. Sie hat allerdings zugegeben, für Dienstagabend kein Alibi zu haben.«

»Gar keins?«

»Gar keins. Sie sagte, sie sei allein in ihrer Kabine gewesen. Nach ihren eigenen Worten hoffte sie, durch ihre entgegenkommende Auskunftsbereitschaft mögliche Verdachtsmomente zu zerstreuen.«

»Ich würde sagen, dass sie damit genau das Gegenteil bewirkt hat.«

»Das dachte ich mir schon. Auf jeden Fall war da noch etwas. Wie es aussieht, waren Miss Hall und Mr. Webber mal eine Weile zusammen. Zu der Zeit, zu der Blake mit Evelyn Scott verheiratet war.«

»Davon hat er heute Morgen gar nichts erwähnt«, sagte Temple und blickte nachdenklich in die Richtung, in der Blake eben verschwunden war.

»Ich glaube nicht, dass er es überhaupt mitbekommen hat«, erklärte ich und hatte Schwierigkeiten, einen boshaften Unterton zu vermeiden. »Mr. Webber arbeitete damals noch für Frederick Scott, daher waren die beiden offenbar darum bemüht, es nicht an die große Glocke zu hängen. Miss Hall hat die Beziehung dann beendet, als Miss Scott auf einmal entschied, dass sich die Sache nicht schickte.«

Temple blickte wieder auf das Meer hinaus.

»Cassandra Webber hat übrigens auch nichts von dieser Verbindung gewusst«, fuhr ich fort. »Mr. Webber hat ihr erst am

Montag davon erzählt, nachdem Mr. Blake auch Miss Hall zu dem gemeinsamen Abendessen eingeladen hatte.«

Sofort war Temples Argwohn geweckt, und er stierte mich an. »Woher wissen Sie denn das?«, fragte er drohend. »Das über Mrs. Webber, meine ich. Von Miss Hall kann es ja wohl nicht stammen.«

»Ich bin ihr gestern noch zufällig begegnet.«

»Mit ihr haben Sie sich auch unterhalten?«, schnaubte er mit wutverzerrtem Gesicht.

»Nur ganz kurz!«, beeilte ich mich zu sagen. »Und ich habe für uns eine Verabredung mit Mr. Webber ausmachen können. Sie schickt ihn um ein Uhr zu uns ins Restaurant.«

»Ist mir doch egal«, brüllte Temple. »Was muss ich tun, damit Sie es endlich kapieren? Sie sprechen nicht allein mit *meinen* Zeugen!«

»Es sind auch *meine* Passagiere! Ich kann nichts dafür, wenn sie mich ansprechen oder wenn wir uns zufälligerweise auf dem Promenadendeck begegnen. Was soll ich denn Ihrer Meinung nach tun? Mich umdrehen und weglaufen?«

»Meiner Meinung nach sollten Sie es unterlassen, auf eigene Faust meine Ermittlungen weiterzuführen. Bringen Sie die Leute gefälligst zu mir.«

»Und wie soll ich das bewerkstelligen, wenn Sie nirgends zu finden sind?«

Temples Augen verengten sich.

»Ich habe gestern Abend noch an Ihre Kabine geklopft, um Ihnen die Nachricht zu zeigen«, erklärte ich weiter. »Sie waren nicht da.«

»Ich brauchte Zeit für mich allein. Musste mal in Ruhe meine Gedanken sammeln.«

»Und wo haben Sie das getan?«

Er schwieg und wirkte auf einmal fast ein wenig verunsichert.

»Wer war der Mann in der dritten Klasse?«, wechselte ich das Thema.

»Keine Ahnung.«

»Das nehme ich Ihnen nicht ab. Erst fahren Sie bei Arthur Blake sofort aus der Haut, dann laufen Sie mit einem Revolver durch die Gegend, und schließlich bringt Sie der Anblick dieses Glatzkopfs derart aus der Fassung, dass Sie für eine Weile vollkommen abtauchen. Herrgott noch mal, aus welchem Grund befinden Sie sich eigentlich an Bord dieses Schiffes? Was sind diese ›dienstlichen Angelegenheiten‹, die Sie in New York zu erledigen haben? Was machen Sie …«

»Das reicht!«, blaffte Temple dazwischen. »Meine Angelegenheiten in New York sind genau das – meine Angelegenheit. Keine Ahnung, was Sie da in der dritten Klasse gesehen haben wollen, aber Ihnen fehlt auf alle Fälle jede Befugnis, mich nach dem Grund meiner Reise zu befragen.«

Mir war schon klar gewesen, dass er nicht erfreut sein würde, doch mit einer solch heftigen Reaktion hatte ich nicht gerechnet. Sein Oberkörper pumpte erregt, und seine rechte Hand ruhte beunruhigenderweise auf genau der Manteltasche, in die er am vorherigen Tag seinen Revolver gesteckt hatte.

Temple stierte mich an, und eine Weile fürchtete ich tatsächlich, er könnte aufgebracht genug sein, die Waffe zu ziehen. Dann wandte er sich unvermittelt ab und marschierte energisch in Richtung zweite Klasse. Wie ein eingeschüchtertes Kind nach einer Standpauke folgte ich ihm zaghaft mit etwas Abstand. Schweigend gingen wir bis zur Kabine von Nathaniel Morris, wo ich ihn klopfen ließ, ohne Einwände dagegen zu erheben.

19

Der Gentleman, der die Tür öffnete, hatte eine hohe Stirn, einen mächtigen roten Backenbart und musterte uns durch runde Brillengläser. Er trug einen schwarzen Anzug und Krawatte, wobei sein Hals über den Rand des makellos weißen Hemdkragens quoll und sein Bauch die Weste bis zum Bersten spannte. Seine massige Gestalt füllte den Türrahmen aus.

»Mr. Morris?«, fragte Temple.

»Ja?«, erwiderte Nathaniel Morris, führte ein seidenes weißes Taschentuch zum Mund und brach in ein raues Husten aus. Seine buschigen Brauen zogen sich argwöhnisch zusammen, als Temple sich vorstellte. »Ich wüsste wirklich nicht, warum ich mich mit einem Polizisten unterhalten sollte«, brummte er mürrisch. »Sie kommen ungelegen, meine Herren. Höchst ungelegen. Meine Gattin und ich waren gerade im Begriff …«

»Es geht um Denis Dupont«, erklärte Temple mit erhobener Stimme, um den Protest von Morris zu übertönen. »Wie ich gehört habe, sind Sie mit ihm bekannt gewesen.«

Sobald er der Namen Dupont hörte, weiteten sich Morris' Augen, seine Hände ballten sich zu fleischigen Fäusten, und seine Hängebacken begannen zu beben.

»D... d... dieser verfluchte französische Halunke!«, stammelte er mit zitternden Lippen und schnaufte besorgniserregend. »Mit welchen neuen Unverschämtheiten hat er Sie beide denn jetzt zu meiner Tür geschickt? Dieser Mensch verbreitet nichts als Lügen und hinterlistige Täuschungen. Ich wette, dass er schon seit dem unseligen Tag, an dem er das Licht der Welt erblickte, nichts anderes ...«

»Er ist tot«, unterbrach Temple ihn so barsch, dass es mich zusammenschrecken ließ.

Morris verstummte kurz. »Tot, sagen Sie?«, fragte er dann nach.

»Ja, Sir. Vermutlich haben Sie bereits davon gehört. Seine Leiche wurde gestern Morgen nicht weit entfernt auf diesem Schiff hier gefunden.«

Morris riss die Augen hinter seinen Brillengläsern vor Entsetzen noch weiter auf. »Moment mal, immer schön langsam«, dröhnte er erbost und lief puterrot an. »Glauben Sie etwa, bloß weil er und ich gewisse Meinungsverschiedenheiten hatten, könnten Sie direkt an meiner Tür hämmern, wenn er tot aufgefunden wird, und die Sache dann mir anhängen? Was für eine bodenlose Unverschämtheit! Woher sollte ich auch nur gewusst haben, dass er überhaupt auf diesem Schiff ist?«

Eine Frau erschien neben ihm und legte ihm besänftigend die Hand auf die Schulter. Sie machte einen erschöpften Eindruck, hatte dicke Tränensäcke unter den Augen, und in ihren braunen Haaren zeigten sich die ersten grauen Strähnen.

»Nathaniel«, sagte sie. »Was um alles in der Welt soll denn dieser Lärm?«

»Geh wieder zurück in die Kabine, Eleanor«, wies ihr Mann sie an. »Diesen dämlichen Franzosen hat's erwischt, und jetzt denken diese beiden subalternen Schlauberger hier, ich könnte etwas damit zu tun haben. Na, ich werde Ihnen jetzt mal was sagen, meine Herren: Ich lasse mir so etwas nicht gefallen. Sobald wir zurück in England sind, werde ich mich bei Ihren Vorgesetzten mit allem Nachdruck über Sie beschweren.«

»Beruhigen Sie sich, Mr. Morris«, sagte Temple. »Niemand beschuldigt Sie irgendeines Vergehens. Meine Ermittlungen sollen lediglich klären helfen, womit Dupont zum Zeitpunkt seines Todes beschäftigt gewesen ist.«

»Lass sie doch herein, Nathaniel«, sagte Eleanor Morris und drückte sanft die Schulter ihres Mannes. »Sie werden dich bestimmt sofort wieder in Ruhe lassen, sobald du ihre Fragen beantwortet hast. Ist es nicht so, meine Herren?«

»Auf jeden Fall, Ma'am«, versicherte ich, was mir erneut einen wütenden Seitenblick von Temple eintrug.

Morris verschwand grummelnd und hustend in der Kabine, und seine Frau bat uns, ebenfalls einzutreten. Inzwischen hatte ihr Mann bereits auf dem Stuhl am Schreibpult Platz genommen, der unter seinem Gewicht bedenklich knackte.

Schlafen mussten Nathaniel und Eleanor Morris genau wie die Webbers in Etagenbetten.

»Darf ich mich setzen?«, fragte Temple und nickte zu dem ordentlich gemachten unteren Bett.

»Wenn es sein muss«, knurrte Morris.

Temple setzte sich und musterte den Kunsthändler aufmerksam. Eleanor Morris und ich standen derweil Schulter an Schulter gedrängt hinter der Tür und tauschten flüchtig besorgte Blicke aus. Temple hatte seit unserer Auseinandersetzung auf dem Promenadendeck kein Wort mehr mit mir geredet, und ich fürchtete vermutlich nicht weniger als sie bei ihrem Gatten, dass er beim leisesten Anlass die Beherrschung verlieren würde.

»Sie haben also gerade zum ersten Mal von Duponts Tod gehört, richtig?«, begann Temple.

»Richtig.«

»Wir haben nur gehört …«, sagte Eleanor Morris.

»Wir haben nur gehört, dass ein Mann gestorben ist«, unterbrach ihr Mann sie sofort. »So, wie sich die Leute überall die Mäuler darüber zerreißen, gibt es gewiss auf dem ganzen Schiff niemanden mehr, der nichts davon weiß. Aber wie bereits gesagt, war mir nicht einmal bekannt, dass …« Er holte tief Luft, als würde es ihm schon physische Anstrengungen bereiten, auch nur den Namen Dupont auszusprechen. »Ich wusste gar nicht, dass dieser Mensch sich überhaupt an Bord befand.«

»Gehe ich recht in der Annahme, dass Sie zur New York City Art Fair reisen?«

»Sieh an, diese Kunstmesse sagt sogar Ihnen etwas. Ich werde einen Navarrete anbieten. Ein herrliches Werk. Sollte einen guten Preis erzielen. Interessieren Sie sich etwa auch für Kunst?«

»Leider nicht«, antwortete Temple. »Ich schätze, Dupont dürfte dasselbe Ziel gehabt haben.«

Die Nasenflügel des Kunsthändlers blähten sich auf, und dann hustete er heftig in sein Taschentuch. Das dröhnende Bellen hallte in der kleinen Kabine besonders laut, aber ich nahm es nur am Rande wahr, denn mich beschäftigte vor allem die Frage, ob Morris ebenfalls auf der Liste möglicher Opfer stehen könnte. Immerhin war er mit Dupont bekannt und fuhr mit einem wertvollen Gemälde im Gepäck zur New York City Art Fair. In meinen Augen machte ihn das zu einem denkbaren Kandidaten.

»Zweifellos, um auch dort irgendeinen bedauernswerten Trottel um seine Ersparnisse zu bringen«, keuchte er, kaum dass der Hustenanfall vorbei war.

»Was wollen Sie damit sagen, Sir?«

»Ach, nichts«, erwiderte er mit einer wegwerfenden Handbewegung. »Unwichtig.«

Temple sparte sich ein Nachbohren und fixierte ihn nur scharf.

Es dauerte nicht lange, und Morris stieß einen resignierenden Seufzer aus.

»Wie viel wissen Sie über diesen Mann?«, fragte er mit gerunzelter Stirn.

»Das eine oder andere. Ich weiß, dass er eine Galerie in London hatte, die jedoch im Krieg ausgebombt wurde, weshalb er nach Bath gezogen ist. Ich weiß auch, dass er auf diesem Schiff wohl auf dem Weg zur New York City Art Fair war, als er Dienstagnacht eine Außentreppe hinuntergestürzt ist.«

»Hässliche Art zu sterben«, sagte Morris, allerdings wurde ich das Gefühl nicht los, eine Spur Genugtuung in seiner Stimme bemerkt zu haben. »Sie haben recht. Dupont ist nach dem Krieg nach Bath gezogen. Bei dieser Gelegenheit bin ich ihm zum ersten Mal begegnet.«

»Sie haben ebenfalls eine Galerie in dieser Stadt, stimmt das?«

»Ja, Morris & Sohn«, erklärte er stolz. »Von meinem Vater gegründet. Wir betreiben das Geschäft nun seit fast sechzig Jahren und sind damit die älteste Galerie der Stadt.«

»Wahrscheinlich waren Sie nicht sonderlich begeistert darüber, dass Dupont seinen Laden in Ihrer Stadt aufmachte.«

»Ganz im Gegenteil. Mir scheint, Sie sind noch nie in Bath gewesen, Mr. Temple. Wir reden hier nämlich nicht über irgendein kleines Provinznest. Die Stadt ist allemal groß genug für ein gewisses Maß an kollegialer Konkurrenz.«

»Und warum haben Sie sich dann so über Dupont geärgert?«

Diesmal holte Morris so tief Luft, dass seine Frau neben mir schon vorsorglich einen halben Schritt nach vorn machte. Meine Finger wanderten zu dem Samtband in meiner Tasche.

»Sie wissen ja nicht, was das für ein Mensch ist«, murmelte er bedrohlich. »Sie haben nicht die geringste Ahnung, worüber Sie hier reden.«

»Dann klären Sie mich doch auf.«

»Warum?«, entgegnete Morris und fuchtelte erregt mit seinem Taschentuch herum. »Aus welchem Grund sollte ich Sie in Einzelheiten meiner geschäftlichen Unternehmungen einweihen?«

»Weil ein Mann tot aufgefunden wurde, mit dem Sie augenscheinlich gewichtige Meinungsverschiedenheiten hatten. Und weil ich noch immer keinen überzeugenden Grund sehe, Sie von unseren weiteren Ermittlungen auszuschließen.«

Morris starrte den Detective eine Weile herausfordernd an, gab aber dann mit einem langen heiseren Stoßseufzer nach, der wie der letzte Atemzug eines sterbenden Tieres klang. Neben mir wich die Anspannung aus dem Körper von Eleanor Morris.

»Ich habe unmittelbar vor dem größten Verkauf meiner Karriere gestanden. Das war erst letztes Jahr. Ein wundervolles Werk von einem deutschen Maler namens Liebermann.« Der Kunsthändler brach in den nächsten Hustenanfall aus, und Temple wartete geduldig, bis er weitersprach. »Ich hatte mich mit dem Besitzer des Gemäldes, einem Mann aus Wiltshire, bereits auf einen Kaufpreis verständigt, und ich hatte einen bedeutenden Sammler in Amerika an der Hand, der es mir abkaufen wollte. Ich kann ohne Übertreibung sagen, dass der Erlös aus dieser einen Transaktion meinen Ruhestand gesichert hätte.«

»Was kam dazwischen?«

»Dieser verfluchte Franzose kam dazwischen«, brüllte Morris erregt und begann erneut vor Wut zu zittern. »Irgendwie hat er Wind von der Sache bekommen, mit dem Besitzer des Gemäldes Kontakt aufgenommen und ihm fast das Doppelte von dem geboten, was ich bereit gewesen war zu zahlen.«

»Das muss aber eine beträchtlich hohe Summe gewesen sein.«

»Eine ungeheuer hohe Summe. Woher er die Mittel genommen hat, ihm ein solches Angebot zu machen, ist mir heute noch schleierhaft.«

»Wer war sein Käufer?«, fragte Temple, beugte sich vor und stützte die Ellbogen auf die Knie. »Er wird doch bestimmt im Auftrag eines Kunden gehandelt haben.«

»Genau wie ich«, sagte Morris. »Und das ist wohl auch der frustrierendste Aspekt an dieser ganzen Geschichte. Obwohl das alles jetzt schon ein Jahr zurückliegt, ist es mir bislang nicht gelungen, den Käufer herauszufinden.« Morris schüttelte nachdenklich den Kopf. »In der Kunstwelt ist alles im Grunde sehr eng miteinander verwoben. Um solch ein großzügiges Angebot zu machen, muss Dupont einen namhaften Sammler in der Hinterhand gehabt haben, und dass niemand den kennen sollte, ist einfach unvorstellbar. Aber ich habe all meine Kontakte gefragt, und keiner hat die geringste Idee, was er mit dem Bild gemacht hat.«

Die Wangen des Kunsthändlers hatten mittlerweile eine tiefrote Farbe angenommen, sodass mir schon der Vorschlag auf der Zunge lag, ihm einen Moment Ruhe zu schenken und die Befragung dann fortzusetzen.

»Was können Sie mir über einen Künstler namens Ecclestone erzählen?«, fragte Temple aber bereits.

»Ein Maler aus Devonshire«, erklärte Morris und tupfte sich die Stirn trocken. »Großartiger Künstler.«

»Haben Sie von ihm schon mal etwas in Ihrer Galerie verkauft?«

»Hin und wieder.«

»Landschaftsbilder?«

»Ecclestone hat ausschließlich Landschaftsmalerei betrieben.«

»Das hat man mir auch immer erzählt«, erwiderte Temple und legte eine Pause ein, bevor er in erstaunlich unschuldigem Ton anfügte: »Allerdings habe ich kürzlich etwas über ein Porträt gehört.«

»Ein Ammenmärchen. Kein Mensch, der einen Funken von

der Sache versteht, würde auf die Idee kommen, dass so ein Bild existiert.«

»Was, wenn ich Ihnen sagen würde, dass Dupont glaubte, es gefunden zu haben?«

Der Kunsthändler lachte. »Dann würde ich Ihnen sagen, dass sich das nach genau den Tricksereien anhört, die er so gern anwandte. Haben Sie denn überhaupt nicht mitbekommen, was ich Ihnen eben erzählt habe, Mr. Temple? Dupont war ein Hochstapler – ein Lügner und ein Dieb. Natürlich hätte er Ihnen weiszumachen versucht, dass er das sagenumwobene Porträt von Ecclestone entdeckt hatte, bloß wäre es ziemlich töricht von Ihnen gewesen, ihm das abzunehmen.«

»Eigentlich ist gar nicht Dupont derjenige, dem wir hier Glauben schenken müssten«, sagte Temple. »Die Information stammt von Arthur Blake.«

»Dann wäre das noch viel törichter von Ihnen. Blake ist eigentlich ein ganz anständiger Kerl, harmlos, hat bloß ständig irgendwelche Hirngespinste im Kopf.«

»Sie glauben demnach nicht daran, dass dieses Gemälde existiert?«

»Nein, Sir, das tue ich nicht«, versicherte Morris und hielt sich das Taschentuch vor den Mund, um die nächste markerschütternde Hustenattacke zu dämpfen. »Und Ihnen würde ich raten, es ebenfalls nicht zu tun.«

Ich musste an meine Unterhaltung mit Seymour vor gerade mal einer Stunde denken. Lagen er und Morris womöglich richtig? War es denkbar, dass Ecclestones Porträt doch nicht existierte? Arthur Blake schien von seiner Echtheit fest überzeugt zu sein. Aber wenn er sich nun irrte? Was hatte er Dupont dann abgekauft? Hatte der ihn ausgetrickst, genau wie er Morris ausgetrickst hatte?

»Was haben Sie denn so die letzten Tage an Bord unternommen,

Mr. Morris?«, fragte Temple. »Ich würde zum Beispiel gerne wissen, wo Sie am Dienstagabend gewesen sind.«

»Hab ich's doch gewusst!«, schrie der Kunsthändler aufgebracht. »Hab ich doch gewusst, dass Sie mir das anhängen wollen!«

Der plötzliche Ausbruch sorgte prompt für einen weiteren mächtigen Hustenanfall, der die Wände der Kabine zum Beben brachte. »Wie Sie sehen können, meine Herren, ist Nathaniel gesundheitlich angegriffen«, sagte Eleanor Morris und stellte sich rasch hinter ihren Ehemann. »Seit wir an Bord der *Endeavour* gegangen sind, haben wir diese Kabine nur zum Aufsuchen des Restaurants verlassen. Die restliche Zeit über haben wir uns nur ausgeruht und geschlafen.«

Sie legte eine Hand auf die Schulter ihres Mannes. Er hob eine seiner riesigen Pranken, begrub ihre darunter und drückte sie zärtlich.

»Haben Sie nicht den Streit mitbekommen, den Dupont und Arthur Blake am Montagabend hatten?«, fragte Temple. »Sie gerieten so gegen neun im Restaurant aneinander.«

»Das hätten wir verpasst«, erklärte Eleanor Morris. »Wir gehen abends möglichst früh essen, damit Nathaniel schnell zurück ins Bett kommt. Nach acht sind wir noch nie im Restaurant gewesen.«

»Sie sind bislang kein einziges Mal spazieren gegangen? Oder auf eine Tasse Tee in den Lesesalon?«

»Herrschaftszeiten!«, schimpfte Morris erschöpft. »Hat meine Frau es nicht bereits klar zum Ausdruck gebracht? Mir geht es nicht gut. Ich trinke nicht, ich rauche nicht und werde bestimmt nicht für eine Tasse Tee den verfluchten Lesesalon aufsuchen!«

»Und wie steht's mit der ersten Klasse?« Die Frage selbst war eher harmlos, dennoch besaß Temples Stimme plötzlich einen scharfen Unterton. »Vermutlich haben Sie dann auch nicht irgendeinem anderen Passagier einen Besuch abgestattet, oder?«

»Wie ich Ihnen bereits gesagt habe, bin ich nur zum Essen raus«, antwortete Morris und musterte ihn misstrauisch.

»Wären Sie dann so freundlich und würden mir erklären, warum Mr. Blake Sie gestern Abend in den Fluren der ersten Klasse gesehen hat?«

»Da muss er sich irren«, mischte Eleanor Morris sich sofort ein.

»Nein, nein, er ist sich da sehr sicher«, widersprach Temple. »Kurz nach elf hat er auf dem Rückweg zu seiner Kabine Ihren Mann gesehen. Natürlich kann er ihn auch mit jemand anderem verwechselt haben. Aber da wir erst aufgrund dieser Beobachtung überhaupt auf ihn gekommen sind und er sich tatsächlich an Bord befindet, wäre das schon ein sehr merkwürdiger Zufall, meinen Sie nicht?«

Da Eleanor Morris schwieg, wandte Temple seine Aufmerksamkeit wieder ihrem Mann zu.

»Vielleicht haben Sie ja Vivian Hall einen Besuch abgestattet? Wie ich gehört habe, kennen Sie einander doch.«

»Flüchtig. Ich habe versucht, sie davon zu überzeugen, ihre letzten beiden Gemälde über mich zu verkaufen, aber sie hat immer nur mit diesem Kerl gearbeitet. Egal, das tut hier nichts zur Sache. Ich habe nicht einmal gewusst, dass sie an Bord ist.«

»Dann wiederhole ich meine Frage«, sagte Temple mit unheildrohendem Beiklang. »Wenn Sie nicht Vivian Hall besuchten, was sonst hatten Sie gestern Abend in der ersten Klasse zu suchen?«

Einige Sekunden lang blickten die beiden sich unverwandt an. Der Detective klopfte gelassen mit dem Fuß auf den Boden und wirkte trotzig entschlossen. Selbst Eleanor Morris wurde plötzlich unsicher und schaute nervös zu ihrem Mann. Ich bereitete mich schon darauf vor einzuschreiten, sollte die Situation außer Kontrolle geraten und Temple womöglich nach seinem Revolver greifen. Endlich brach Morris das angespannte Schweigen.

»Ich habe diese Kabine nur für Mahlzeiten verlassen«, krächzte er heiser.

Temple schien darüber nachzudenken. »Also gut«, lenkte er ein. »Bleiben Sie bei dieser Linie, wenn Sie unbedingt wünschen. Aber Sie werden Verständnis dafür haben, dass es mir in diesem Fall auch schwerfällt, Ihrer Behauptung Glauben zu schenken, Sie hätten am Montag nichts von dem Streit zwischen Dupont und Mr. Blake mitbekommen. Oder dass Sie in der Tat nicht auch Dienstagabend, als Dupont zu Tode kam, auf dem Schiff herumgelaufen sind.«

Morris schnaufte und grummelte etwas Unverständliches.

»Was ist mit dem Namen Beatrice Walker?«, fragte Temple.

»Was soll damit sein?«

»Sagt er Ihnen irgendwas?«

»Nicht das Geringste.«

»Oder Fisher? Irgendeine Vorstellung, weshalb Dupont es für nötig gehalten haben könnte, unter diesem Namen zu reisen?«

»Wie ich Ihnen bereits erklärt habe, war der Mann ein ausgemachter Schwindler. Bestimmt gehörte es zu irgendeinem neuen teuflischen Plan, den er ausgeheckt hatte. Wer weiß? Wahrscheinlich wollte er sich vor jemandem verstecken.«

»Hätte er dafür einen Grund gehabt?«

»Woher soll ich das wissen?«

»Sie wüssten also nicht von Feinden, die er gehabt hat?«

»Verschwinden Sie«, knurrte Morris und richtete seinen fleischigen Zeigefinger auf Temple. »Ich werde nicht hier hocken und mir das weiter gefallen lassen. Raus hier, auf der Stelle!«

Eleanor Morris warf mir einen flehenden Blick zu, und mir war klar, dass wir hier nicht weiterkamen.

»Ich denke, wir haben, was wir brauchen«, erklärte ich. »Meinen Sie nicht auch, Mr. Temple?«

Zuerst bewegte er sich nicht. Dann sprang er auf und rauschte wortlos aus der Kabine. Ich murmelte hastig ein paar Entschuldigungen, bevor ich ihm hinterhereilte.

20

»Was um Himmels willen sollte das nun wieder?«, platzte es draußen aus mir heraus. »Wollten Sie eine Schlägerei provozieren, oder ist das wirklich die Art, mit der die Polizei in London ihre Arbeit erledigt?«

Temple wirbelte herum. Es kostete mich einige Mühe, gegen den Impuls anzukämpfen, seinem glühenden Blick einfach auszuweichen. Aber ich ballte die Fäuste und war entschlossen, diesmal nicht klein beizugeben.

»Ich habe eingewilligt, mich aus den Befragungen herauszuhalten, solange keiner meiner Passagiere sich deshalb beunruhigt fühlt«, fuhr ich fort. »Mit bloßer Beunruhigung hat das aber schon lange nichts mehr zu tun. Wie Sie sich da drin aufgeführt haben, grenzt an Schikane. Denken Sie doch mal nach! Sollte Nathaniel Morris sich beim Captain über Ihr Verhalten beschweren – was ihm meiner Meinung nach niemand verübeln könnte –, dann ist mit diesen Ermittlungen hier Schluss!«

Temple mahlte mit dem Kiefer und schien nur einen letzten Funken vor einer gewaltigen Explosion zu stehen. War ich ihn diesmal zu scharf angegangen? Der Revolver in seiner Tasche wollte mir nicht aus dem Kopf.

»Hören Sie«, versuchte ich es ruhiger. »Ich weiß ja, dass Sie nicht erzählen wollen, welche Angelegenheiten Sie nach New York führen, aber wenn Ihre mangelnde Selbstbeherrschung eben etwas mit meinen Nachfragen zu tun hatte …«

»Wenn Sie an jemanden wie den da drin geraten«, unterbrach er mich brüsk, »der Ihnen ungefähr so viel Respekt entgegenbringt wie dem Dreck an seinen Schuhsohlen, dann muss man ihm unmissverständlich klarmachen, dass nicht er hier das Sagen hat.«

Temple sprach in einem nachdrücklichen Leierton, als würde er einem begriffsstutzigen Kind den banalsten Sachverhalt erklären. Doch zugleich brodelte es in ihm, und er konnte seinen Zorn offensichtlich nur noch mit knapper Not zügeln.

»Es muss Ihnen gelingen, im Gehirn von solchen Leuten als Autorität anerkannt zu werden«, belehrte er mich weiter. »Manchen muss man dafür Angst einjagen, bei anderen ist es besser, auf guter Freund zu machen. Bei Mr. Morris lief es darauf hinaus, keinen Zweifel daran zu lassen, dass seine Stimme nicht die lauteste im Raum war. Grundsätzlich bekommt man jedenfalls nichts Brauchbares aus solchen Leuten heraus, solange man ihnen nicht gezeigt hat, wo der Hammer hängt.«

»Na, dann müssen Sie Ihre Befragung eben ja als überwältigenden Erfolg werten«, kommentierte ich ätzend.

»Das tue ich auch«, gestand er. »Wir haben einen neuen Verdächtigen, der nicht nur etwas vor uns verbirgt, sondern zudem seit langer Zeit einen Hass gegenüber Dupont hegt.«

»Soll das Ihr Ernst sein?«, stichelte ich. »Sie haben doch gesehen, in welcher gesundheitlichen Verfassung der Mann ist. Wollen Sie tatsächlich behaupten, er habe einen Menschen eine Treppe hinuntergeworfen? Oder eine Kabinentür aufgebrochen?«

»Einen Siebzigjährigen die Treppe hinunterzustoßen wäre nur eine sehr kurze Kraftanstrengung. Und Sie haben doch auch gesehen, welche Verachtung Morris für Dupont empfindet. Ich bin mir sicher, dass er körperlich dazu in der Lage wäre, wenn die Gelegenheit günstig ist.« Er hob die Hand, bevor ich widersprechen konnte. »Abgesehen davon haben wir erfahren, dass Duponts finanzielle Situation fragwürdig war. Woher hatte er im vergangenen Jahr das Geld, um dazwischenzufunken und Morris das Bild vor der Nase wegzuschnappen? Woher stammte überhaupt das Kapital, das er für seine Geschäftseröffnung in Bath benötigte? Wenn seine Galerie in London in Trümmern lag, konnte er an dem Verkauf dieser Immobilie nicht viel verdient haben. Es muss ihm also noch anderes Kapital zur Verfügung gestanden haben.«

»Vielleicht war er ja versichert.«

»Vielleicht. Das würde immerhin die Neueröffnung der Galerie erklären. Aber die Mittel, um Morris den Kauf zu versauen, würde ihm keine Versicherung geben. Mir scheint, unser toter Franzose war in so einige zwielichtige Geschäfte verwickelt, von denen wir bislang noch keine Ahnung haben. Geschäfte von der Art, die einen in ernsthafte Schwierigkeiten bringen können.«

»Sie meinen Schwierigkeiten, die dafür sorgen, dass einem jemand ein Messer ins Schreibpult rammt?«

»Gut möglich. Außerdem bleibt da noch die Frage, warum Morris über seinen Abstecher in die erste Klasse lügt.«

»Könnte Mr. Blake ihn nicht mit einem anderen Passagier verwechselt haben?«

»Ist das wirklich realistisch?«

Um ehrlich zu sein, war es das nicht. Wie Blake in seiner Aussage sofort angefügt hatte, war Morris – selbst aus gewisser Entfernung – nur schwer zu verwechseln. Mir war die Bemerkung zuerst merkwürdig vorgekommen, inzwischen hatte ich die riesige Gestalt des Kunsthändlers, seinen gewaltigen Backenbart und das fürchterliche Husten aber kennengelernt und verstand, warum es höchst unwahrscheinlich war, dass es noch jemanden an Bord der *Endeavour* gab, der ihm ausreichend ähnlich sah.

»Mr. Morris ist doch viel eher ein potenzielles Opfer als ein Täter«, warf ich ein. »Genau wie Mr. Blake reist auch er mit einem Gemälde für die Kunstmesse. Sowieso machte es den Eindruck, als hätte er gar nicht gewusst, dass Monsieur Dupont an Bord war. Was seinen Besuch in der ersten Klasse betrifft, sagt er offenkundig die Unwahrheit, aber könnte das nicht ganz andere Gründe haben?«

»Natürlich könnte es. Doch bis wir nicht dahintergekommen sind, was er verbirgt, bleibt er ein Tatverdächtiger. Sie können die Sache drehen, wie Sie wollen, der Mann hatte zweifelsohne ein ausreichendes Motiv, Dupont aus dem Weg räumen zu wollen.«

In diesem Punkt musste ich Temple recht geben.

»Ich schlage vor, wir trennen uns jetzt und treffen uns dann im Restaurant wieder«, fügte er bündig hinzu.

»Wir trennen uns?«, wiederholte ich ungläubig.

»Bis zu unserer Verabredung mit Harry Webber bleiben noch über zwei Stunden. Ich wüsste nicht, warum ich Ihre Zeit so lange unnötigerweise in Anspruch nehmen sollte, wo Sie doch bestimmt Besseres zu tun haben.«

Seine Rücksichtnahme klang beinahe aufrichtig, fand ich.

»Und was werden Sie in der Zwischenzeit tun?«, fragte ich.

»Das dürfte Sie wohl kaum etwas angehen.«

»Solange Sie mir nicht erzählen, wo Sie gestern Abend gewesen sind, würde ich sagen, dass mich das sehr wohl etwas angeht. Wie soll ich denn sicher sein, dass Sie mich nicht einfach loswerden wollen, um die Ermittlungen alleine weiterzuführen? Herrgott, Temple, von mir aus sagen Sie mir eben nicht, was Sie in New York zu erledigen haben, aber verstehen Sie denn nicht, wie suspekt es aussieht, wenn Sie ständig von der Bildfläche verschwinden?«

Temple brummte missmutig vor sich hin und senkte den Kopf. Ich ließ die Stille zwischen uns lasten, bis er endlich wieder aufschaute und meinem Blick begegnete. »Wenn Sie es unbedingt wissen müssen, ich werde noch einmal die dritte Klasse aufsuchen.«

»Sie kennen diesen Schläger also doch.«

»Ja, der Mann ist ein Berufsverbrecher. Ein Ganove der übelsten Sorte, den Sie besser weggesperrt hätten, als ich Ihnen dazu geraten habe.«

»Womöglich hätte ich das auch getan, wenn Sie mir das schon in diesem Moment erklärt hätten«, erwiderte ich kopfschüttelnd. »Ist er ein Tatverdächtiger?«

»Nicht, was Dupont angeht.«

»Und was sonst hat er auf der *Endeavour* verloren?«

»Genau das will ich ja herausfinden.«

»In Ordnung, ich werde Sie begleiten.«

»Das werden Sie nicht.«

»Wenn dieser Mann eine Gefahr für die anderen Passagiere darstellt, ist es meine Pflicht …«

»Wenn Sie mir folgen, ist unsere Zusammenarbeit beendet«, zischte Temple so giftig, dass ich einen Schritt zurückwich. »Dupont ist mir scheißegal. Meinetwegen begleiten Sie mich eben bei der Untersuchung seiner Todesumstände, aber das hier ist eine Polizeiangelegenheit, und ich werde nicht zulassen, dass Sie sich einmischen.«

Seine Augen funkelten so wild, dass ich keinen Ton herausbrachte. »Im Restaurant«, knurrte er schließlich. »Da treffen wir uns, und dann werde ich Webber befragen. Bis dahin kommen Sie nicht auf die Idee, mir zu folgen.«

Ohne ein weiteres Wort machte er auf dem Absatz kehrt und marschierte davon. Sein abrupter Aufbruch ließ mich wie erstarrt auf dem Flur zurück, wo ich leise vor mich hin fluchte, während er um die Ecke stürmte und aus meinem Blickfeld verschwand.

Ich hatte erwartet, so etwas wie Befriedigung zu empfinden, sollte sich herausstellen, dass ich recht hatte und Temple den Glatzkopf tatsächlich kannte. Stattdessen hatte die Nachricht, dass es sich um einen berüchtigten Ganoven handelte, bloß meine Wissbegierde noch weiter angefacht, welche dienstlichen Angelegenheiten Temple nach New York trieben. Ich musste unbedingt herausfinden, warum der Name Winston Parker eine solche Aversion bei ihm hervorrief und weshalb er es offensichtlich für notwendig hielt, mit einem Revolver in der Tasche herumzulaufen.

Trotz seiner Warnung überkam mich der Impuls, ihm zu folgen. War das nicht letztlich sogar meine Pflicht? Schließlich hatte mich der Captain persönlich angewiesen, eine sachgemäße Durchführung der Untersuchung zu garantieren. Wenn Temple das, was ihm in New York bevorstand, dazu brachte, derart aggressiv mit Blake und Morris umzuspringen und außerdem so viel wertvolle Zeit auf die Suche nach dem Glatzkopf in der dritten Klasse zu verwenden, dann war ich quasi dazu verpflichtet, hinter sein Geheimnis zu kommen. Wenn ich genügend Abstand hielt, konnte ich ihn bestimmt verfolgen, ohne bemerkt zu werden.

Ich stieß einen weiteren Fluch aus. Diesmal laut. Das Risiko war einfach zu groß. Wenn er mich erwischte und vor lauter Wut seine Drohung, unsere Zusammenarbeit zu beenden, wahr machte, würde ich Duponts potenziellen Mörder niemals finden. Und das gestohlene Gemälde von Arthur Blake ebenso wenig.

Dennoch kam es nicht infrage, hier bloß tatenlos herumzustehen. Es gab noch andere Wege dahinterzukommen.

Zu Anfang hatte ich noch mit dem Gedanken gespielt, im Telegrafenbüro der *Endeavour* vorbeizuschauen und in London Erkundigungen über Temple einzuholen. Allerdings war ich von dieser Idee rasch wieder abgekommen. Ich hätte ja nicht einmal gewusst, wen ich kontaktieren sollte. Scotland Yard? Selbst wenn ich mich das getraut hätte, wäre dort gewiss niemand bereit gewesen, mir Informationen über einen ihrer Kollegen zu geben.

Die zweite Idee war mir in den Sinn gekommen, als ich am Abend zuvor in meiner Koje gelegen hatte. Ich könnte mich in Temples Kabine nach Hinweisen umsehen, die erklären würden, was er vor mir verbarg. Die Tür wäre selbstverständlich verriegelt, aber der Generalschlüssel aus dem Offiziersquartier würde mir Zutritt verschaffen.

Die Sache blieb riskant, keine Frage. Wenn ich den Plan in die Tat umsetzte, erwischt würde und Captain McCrory davon erführe, wäre ich meinen Job sofort los. Immer vorausgesetzt, Temple würde mich nicht vorher schon in die Finger bekommen.

Aber trotz dieser Gefahr musste ich es einfach versuchen. Ich musste unbedingt Temples wahre Geschichte kennenlernen, und wenn er nicht bereit war, sie mir anzuvertrauen, würde ich sie eben selbst in Erfahrung bringen.

Zielstrebig lief ich los. Der dicke Teppich dämpfte den steten Rhythmus meiner Stiefelsohlen. Über die Große Treppe erreichte ich den Eingang zum Offiziersquartier und wurde schon im Flur von Duke-Ellington-Klängen empfangen. In der Messe vertrieben sich zwei Männer ihre dienstfreie Zeit mit einem Kartenspiel, und ich hoffte, dass sie nicht bemerken würden, wie ich vorbeihuschte.

Hinter der nächsten Ecke hielt ich vor einem breiten Stahlschrank, den ich vorsichtig öffnete, wobei ich Duke dafür dankte, dass seine Musik die quietschenden Scharniere übertönte. Drinnen standen ordentlich aufgereiht die Gewehre, und direkt darüber baumelte an einem Haken ein einzelner Messingschlüssel. Ich schaute mich kurz um, wagte gar nicht daran zu denken, dass mich jemand ausgerechnet an diesem Schrank beobachten könnte, schnappte mir den Schlüssel, als die Luft rein war, und schloss die Stahltür rasch wieder.

Über die Große Treppe lief ich den gleichen Weg zurück in die zweite Klasse. Jetzt fiel es mir allerdings schwer, ein gleichmäßiges Tempo beizubehalten, denn mal wollte ich die Sache nur möglichst schnell hinter mich bringen, mal neigte ich instinktiv dazu, lieber umzukehren und den Plan zu begraben.

Mir hämmerte der Puls in den Ohren, als ich endlich vor Nummer 212 stand. Bevor ich die Tür öffnete, war mir schon klar, dass es sich um eine nach innen liegende Kabine handelte. Dies war die billigste Art der Unterkunft, wollte man nicht mit Fremden zusammen in der dritten Klasse untergebracht sein. Scotland Yard schien nicht besonders gut bei Kasse zu sein. Oder die Behörde scheute schlicht größere Unkosten für die Dienstreise eines gewöhnlichen Officers.

Ich klopfte laut für den Fall, dass Temple vor seinem Besuch in der dritten Klasse noch einen Zwischenstopp in seiner Kabine eingelegt hatte. Da alles ruhig blieb, nahm ich den Generalschlüssel, warf noch einen prüfenden Blick nach links und rechts und ließ mich hinein.

Hau ab. In meinem Hinterkopf hörte ich Kates mahnende Stimme, während ich die Tür hinter mir zuzog. Ich sah die höchst besorgte Miene vor mir, mit der sie diese verrückte Unternehmung verfolgte. *Du bist schon jetzt viel zu weit gegangen, Tim,* schien sie zu flüstern. *Hau ab, bevor die Sache vollkommen außer Kontrolle gerät.*

Ich atmete tief durch, um meine Nerven zu beruhigen, und verdrängte ihre Stimme. Jetzt war ich sowieso schon drinnen. An der Strafe, die mir dafür drohte, würde sich nun auch nichts mehr ändern, wenn ich mich ein wenig umschaute.

Temple reiste allein, so viel war offensichtlich. Zum einen gab es nur ein Bett, zum anderen lagen nirgends Dinge, die auf einen

Mitreisenden hätten schließen lassen. In einer Ecke stand ein Lederkoffer, und der dunkelgraue Anzug, den er am Vortag getragen hatte, hing nachlässig über der Rückenlehne des Stuhls.

Auf dem Pult lag ein Buch über die Geschichte der Napoleonischen Kriege. Beim Herumblättern fiel mir auf, wie abgenutzt und zerknittert die Seiten waren. Hierin hatte jemand definitiv viel gelesen. Neben dem Buch entdeckte ich einen Flachmann, an dem ich schnüffelte und Whiskygeruch wahrnahm.

Angesichts der banalen Entdeckungen, für die ich hier meinen Kopf riskierte, wuchs das mulmige Gefühl in meinem Bauch beträchtlich. Aber ich konnte noch nicht gehen. Nicht, bevor ich die Kabine richtig durchsucht hatte.

Die unterste Schublade des Schreibpults erwies sich als leer. Die mittlere ebenso. Die oberste Schublade dagegen nicht. In ihr lagen ein ledergebundenes Notizbuch und eine Pappschachtel von der Größe einer Zigarettenpackung.

Die Schachtel erkannte ich sofort. Im Krieg hatte ich diese Art von Schachteln unzählige Male gesehen. Mit leicht zitternden Händen nahm ich sie heraus und hörte das metallische Klickern ihres Inhalts. Ich kippte sie um und hielt in meiner Hand einen beträchtlichen Nachschub an Patronen. Wie ich bereits befürchtet hatte, würde Temples Revolver demnach stets gut geladen sein. Die Patronen waren eher klein und konnten auf größere Entfernung nicht viel Schaden anrichten. Auf kurze Distanz jedoch waren auch sie tödlich.

Ich beförderte sie zurück in die Schachtel, verstaute diese wieder in der Schublade und wandte meine Aufmerksamkeit dem Buch zu. Vorsichtig nahm ich es heraus, klappte den Einband um und entdeckte schon auf den ersten Seiten diverse Listen mit fein säuberlich notierten Namen und Anschriften. Zuerst dachte ich, es wären Temples Notizen zu unserem Fall, aber diese Vermutung erwies sich rasch als falsch. Es gab viel zu viele Namen und keinen, der mir bekannt vorkam, wie etwa Arthur Blake oder Cassandra Webber.

Anscheinend hatte ich es hier mit Aufzeichnungen zu tun, die Temples Arbeit für Scotland Yard betrafen. Ich war höchstens ein halbes Dutzend mal in London gewesen, daher sagten mir die Straßennamen in der Regel nichts. Ein paar der Bezirke indes kannte ich, allen voran natürlich Kensington und Hackney.

Ich blätterte weiter, stieß auf noch mehr Namen und Anschriften, bis ich schließlich, sorgfältig eingeklemmt in der Mitte des Notizbuchs, einige Zeitungsausschnitte fand. Insgesamt waren es mindestens ein Dutzend, in denen von Diebstählen, Überfällen und sogar Morden berichtet wurde. Ich überflog jeden Artikel und legte ihn behutsam beiseite, bis mein Blick an einer eher kurzen Meldung hängen blieb. Darin fand ich einen Namen erwähnt, der mir zweifelsohne bekannt war.

Scotland Yard hat die Verhaftung von Violet Parker bestätigt, einer amerikanischen Staatsbürgerin, die mit einer Reihe von Gewaltverbrechen im gesamten Londoner Stadtgebiet in Verbindung gebracht wird. Miss Parker, bei der es sich offenbar um eine Cousine des bekannten amerikanischen Unternehmers Winston Parker handelt, wurde bereits zurück nach Amerika überführt, wo sie weiter in Haft bleibt. Die ihr zur Last gelegten Anklagepunkte reichen fast sechs Jahre zurück und umfassen Bestechung, schwere Körperverletzung und Anstiftung zum Mord.

Zu den schwersten Straftaten, deren Miss Parker beschuldigt wird, zählt die Entführung, Folterung und anschließende Ermordung von Edward Pearce, einem Kriminalpolizisten von Scotland Yard, der dem Vernehmen nach entscheidend zu den Ermittlungserfolgen gegen sie beigetragen hat.

Bislang wurde noch kein Termin für den Beginn des Gerichtsverfahrens bekannt gegeben.

Mit klopfendem Herzen las ich den Ausschnitt mehrere Male durch, bevor ich ihn zusammen mit den anderen wieder in die Buchmitte klemmte.

Was genau hielt ich hier in Händen? Aufzeichnungen zu einem Fall, aber zu welchem genau? Mein Hirn arbeitete fieberhaft. War das die Ursache dafür, dass Temple schon bei der Erwähnung des Namens Winston Parker vor Schreck zu erstarren schien? War er möglicherweise irgendwie in das verwickelt, was Violet Parker in London getrieben hatte? Und was war mit dem glatzköpfigen Schläger? Temple hatte gesagt, er sei ein Berufsverbrecher. Gehörte ihm vielleicht einer der Namen in diesem Notizbuch?

Das Klopfen an der Kabinentür traf mich wie ein Hammerschlag. Drei harte Schläge gegen das Holz zerrissen die Stille.

Sofort ergriff mich Panik, und ich schnellte herum, da ich unwillkürlich dachte, es müsste Temple sein. Offenbar war er mir gefolgt. Doch das ergab keinen Sinn. Warum sollte er an seiner eigenen Tür klopfen?

Erneut klopfte es. Erneut drei harte Schläge.

Ich sah mich verzweifelt in der Kabine um, fand aber keinen Platz, wo ich mich hätte verstecken können. Nirgends ein Fluchtweg, und die Tür war nicht einmal verriegelt. Sollte der Besucher den Knauf drehen, wäre ich bloßgestellt.

Aber wer in aller Welt konnte das sein? Temple reiste eindeutig allein und hatte auch nie irgendwelche Bekannte an Bord erwähnt. Wer also klopfte an seine Tür?

Mit behutsamen Schritten trat ich näher, legte eine Hand flach auf das Holz und spähte durch den Spion.

Im selben Augenblick schreckte ich bereits zurück und hielt mir die Hand vor den Mund.

Draußen stand eine Frau. Jung, schmales Gesicht, Sommersprossen und ein wilder Blick, der ruhelos den Flur rauf und runter schnellte. Eine graue Strickjacke hing lose um den hageren Körper, und das ungepflegte rotblonde Haar klebte ihr in Strähnen an der Wange.

Prompt stand mir die Drohnachricht aus meiner Kabine wieder vor Augen, und ich erinnerte mich, wie Travis die Überbringerin beschrieben hatte.

»So ein junges Ding eben. Etwas schmuddelig.«

Das musste sie sein. Auch wenn es sicherlich Hunderte von jungen Frauen an Bord der *Endeavour* gab. Ich war mir absolut sicher, dass die Frau, die uns im Frachtraum beobachtet und mir das gleiche grausige Schicksal wie Dupont angedroht hatte, in diesem Moment da draußen an Temples Tür klopfte.

Eine Fülle neuer, verwirrender Fragen stürmte auf mich ein, und so schnell die Angst aufgeflammt war, so schnell wurde sie nun hinweggespült von einer Welle des Misstrauens. War sie in Wahrheit eine Verbündete von Temple? Kam sie deshalb zu seiner Kabine? Hatte er sie beauftragt, mich abzuschrecken? Damit er mich loswurde und die Ermittlungen ungestört allein weiterführen konnte?

Meine Hand schwebte zitternd über dem Türknauf. Was, wenn ich mich irrte? Temple hätte der Frau im Frachtraum doch bestimmt nicht so entschlossen nachgesetzt, wenn sie seine Komplizin war. Aber angenommen, sie hatte uns tatsächlich beide im Visier, dann würde sie doch nicht einfach bei Temple erscheinen und an seine Kabine klopfen.

Mir blieb nur eine Möglichkeit, wenn ich Antworten haben wollte. Ich musste sie zur Rede stellen.

Ich holte tief Luft, drehte den Knauf und riss die Tür auf. Aber dort, wo vor wenigen Sekunden die junge Frau gestanden hatte, war jetzt nur noch ein leerer Flur.

Sofort geriet ich wieder in Panik. Ich musste sie unbedingt finden, musste erfahren, warum sie gekommen war. Ich sprang in den Gang, schaute links, schaute rechts. Da war sie, wollte gerade um die Ecke biegen. Beim Geräusch der Tür hatte sie angehalten und sich umgedreht. Unsere Blicke trafen sich.

Im ersten Moment irritierte mich der Ausdruck in ihrem Gesicht. Auch wenn sie bereits ein gutes Stück entfernt war, bestand kein Zweifel. Statt wie erwartet Hass und Heimtücke erkannte ich darin nur Verblüffung.

So verharrten wir eine Schrecksekunde lang, beide offenkundig gleichermaßen verwirrt. Dann wandelte sich die in ihren Augen liegende Verwunderung wie im Zeitlupentempo in Angst. Ich wusste bereits, was nun passieren würde. Doch es war zu spät und sie viel zu weit weg, um es verhindern zu können. Ohne weiteres Zögern jagte sie um die Ecke davon.

»Warten Sie!«, schrie ich und nahm die Verfolgung auf. »Bitte!«

Ich rannte bis zum Ende des Gangs, bog um die Ecke und sah gerade noch, wie sie die Große Treppe hinunterhastete. Sie hatte einen beträchtlichen Vorsprung und schlängelte sich geschickt zwischen den vielen Passagieren hindurch. Ein älteres Ehepaar betrachtete mich erstaunt, als ich mich unter allerlei Entschuldigungen an den beiden vorbeizwängte.

Am Fuß der Treppe blieb ich fluchend stehen. Ich konnte sie nirgends mehr entdecken. Von hier aus konnte sie entweder Richtung Restaurant oder zum Lesesalon und den Raucherlounges unterwegs sein. Oder sie war weiter nach unten in die dritte Klasse geflüchtet.

Ich überlegte angestrengt und war mir dabei schmerzhaft bewusst, dass mit jeder Sekunde, die ich zögerte, ihr Vorsprung nur noch mehr anwuchs.

Die dritte Klasse. Bestimmt war sie noch ein Deck tiefer gerannt. Den Zutritt ins Restaurant hätte ihr Robert Evans sicherlich verwehrt, und in den anderen Aufenthaltsbereichen der ersten Klasse hätte sich für sie bestimmt keine Versteckmöglichkeit gefunden. Mit ihren ungepflegten Haaren und der abgetragenen Strickjacke hätte sie dort eher noch mehr Verdacht erregt.

Ich polterte in großen Sprüngen die Eisentreppe in die dritte Klasse hinunter, und wie am Vortag war es mit der Stille der oberen Decks schlagartig vorbei. Es herrschte sogar noch mehr Betrieb als bei unserem letzten Besuch, und an der Stelle, wo der Glatzkopf sich geprügelt hatte, standen jetzt die Leute dicht gedrängt.

Ich hielt auf den untersten Stufen, schaute mich in dem riesigen Raum um und suchte in der Menge nach der jungen Frau. Ein Stück weiter hockten ein paar ältere Männer mit von den Lippen baumelnden Zigaretten beim Kartenspiel und musterten mich argwöhnisch.

Nirgends eine Spur von ihr. Ich schlug mit der Faust auf den Handlauf. Ich musste sie finden, musste herausbekommen, was sie bei Temples Kabine gewollt hatte.

Ganz hinten bemerkte ich eine auffällige Bewegung. Eine kleine Gruppe teilte sich, um jemanden durchzulassen. Ich reckte den Hals und versuchte zu erkennen, wer es war, der sich dort so energisch einen Weg bahnte. Ich konnte allerdings nur einen dunklen Hinterkopf sehen, dessen Besitzer sich durch den dichten Menschenpulk schob und zwängte. Selbst von meinem erhöhten Standpunkt auf der Treppe aus ließ sich nichts Genaueres ausmachen. Dann drehte sich die Person um.

Sie war es! Trotz der großen Entfernung war jeder Zweifel ausgeschlossen. Sie schien flüchtig in meine Richtung zu schauen und war sofort wieder verschwunden.

Ich sprang die restlichen Stufen hinab und arbeitete mich durch die Menge. Ich rief den Menschen zu, mir Platz zu machen, und schob sie brüsk zur Seite, um mich rasch quer durch den Raum zu kämpfen. Natürlich erntete ich dafür missbilligende oder wütende Reaktionen, aber für Entschuldigungen fehlte mir jetzt die Zeit. Mir ging es alleine darum, diese Frau einzuholen.

Sie hatte die Stelle an der Rückseite des Gemeinschaftsbereichs angesteuert, wo ein Gang sie in den labyrinthartigen Trakt der Dritte-Klasse-Kabinen führen würde. Wenn sie es in eine der Kabinen schaffte, konnte ich die Verfolgung gleich vergessen. Wie ein Taucher, der zur Wasseroberfläche durchstößt, platzte ich aus dem Gedränge und schoss um die nächste Ecke in den Gang.

Ich hatte kaum zwei Schritte gemacht, als eine knochige Hand mich am Kragen meiner Uniformjacke packte und mit einer Kraft, die ich niemals erwartet hätte, gegen die Flurwand schleuderte. Bevor ich wusste, wie mir geschah, drückte mich jemand fest an den nackten Stahl und presste mir mit der anderen Hand etwas Spitzes gegen den Bauch.

»Was wollen Sie?«, zischte die Frau schnaufend. Sie war so nah, dass ich ihren Atem auf meinem Gesicht spüren konnte.

Ich blickte mich um, aber da war niemand. Niemand, der hätte helfen können. Ich saß in der Falle.

Aus kurzer Distanz erkannte ich zum ersten Mal, wie jung sie tatsächlich war. Sie konnte kaum älter als achtzehn sein, mit ihren scharf geschnittenen Zügen und den großen grauen Augen. Diesen animalischen Augen, deren hasserfülltes Leuchten sich tief in mich einbrannte.

»Was wollen Sie?«, wiederholte sie und fletschte dabei die Zähne.

»Ich wollte bloß ...«, brachte ich mit Mühe hervor. »Ich wollte bloß verstehen.«

»Ist *das* verständlich genug!«

Ich spürte, wie der spitze Gegenstand meine Haut spannte, und zuckte zusammen.

»Was auch immer Sie mit diesem Detective zu schaffen haben, halten Sie sich ab jetzt von ihm fern«, fügte sie drohend hinzu. Dann beugte sie sich noch näher, und ihre Stimme sank zu einem Flüstern. »Oder Sie werden ebenfalls sterben.«

»Aber warum …«

Zu spät. Ohne ein weiteres Wort war sie um die Ecke zurück in den Gemeinschaftsbereich gesprungen und in der dicht gedrängten Menge verschwunden.

21

Auf dem Rückweg zum Offiziersquartier begann meine Schulter zu schmerzen. Das geschah häufig nach körperlicher Anstrengung, und so wunderte es mich nicht, dass die Verfolgungsjagd für das nur allzu vertraute Stechen gesorgt hatte.

Allerdings war es nicht nur diese eine Belastung gewesen, die zur schmerzhaften Reizung der alten Verletzung geführt hatte. In meinem Übereifer, die Frau zu schnappen, hatte ich nämlich Temples Notizbuch auf dem Pult liegen lassen und zudem vergessen, seine Kabinentür wieder zu verschließen. Um meine Spuren zu verwischen, musste ich also so schnell wie möglich zurück und mich dabei noch zusätzlich beeilen, da ich unbedingt pünktlich im Restaurant sein wollte. Die Befragung von Mr. Webber durfte ich mir keinesfalls entgehen lassen, und mir war klar, dass Temple keinerlei Bedenken haben würde, ohne mich damit anzufangen.

Das größte Kopfzerbrechen bereitete mir jedoch weder Harry Webber noch der stechende Schmerz in meiner Schulter, ja nicht einmal der Inhalt von Temples Notizbuch und die Verbindung, die er zu Winston Parker herzustellen schien. Um ehrlich zu sein, war es die Begegnung mit der jungen Frau, die mir einfach keine Ruhe ließ.

»Halten Sie sich ab jetzt von ihm fern. Oder Sie werden ebenfalls sterben.«

Wie bei dem unter meiner Tür durchgeschobenen Zettel fragte ich mich, ob die Drohung ernst gemeint war. Würde sie wirklich dafür sorgen, dass Temple und mich das gleiche Schicksal wie Dupont ereilte, wenn wir unsere Ermittlungen fortsetzten? *Ich werde es wohl bald genug herausfinden*, dachte ich mit einem Gefühl von düsterem Fatalismus. Denn Temple war im Jagdfieber. Ihn jetzt noch zurückpfeifen zu wollen wäre aussichtslos – Drohung hin, Drohung her.

Dann gab es da noch die nicht weniger heikle Frage, mit welchem Gegenstand sie mich eben bedroht hatte. Ich hatte keinen Blick darauf werfen können, ging aber davon aus, dass es sich um eine Art Klinge gehandelt haben musste. Die Stelle, an der sich die Spitze in meine Haut gedrückt hatte, spürte ich noch immer. Hatte die Frau womöglich das Messer in Arthur Blakes Schreibpult gerammt? War das der Grund, weshalb sie uns so unbedingt loswerden wollte? Hatte sie das Messer als eine Art Warnung zurückgelassen, ihr nicht nachzuspionieren, nachdem sie Blakes Kabine durchwühlt und Dupont die Treppe hinuntergestoßen hatte?

All diese Fragen schwirrten mir im Kopf herum. Und zugleich wurde ich noch immer den Verdacht nicht los, dass alles bloß ein Trick war und die Frau in Wirklichkeit eine Verbündete von Temple. Er betrachtete mich als lästigen Klotz am Bein, daran bestand kein Zweifel. Ich war ein Ärgernis, das man am besten ignorierte oder gleich beseitigte. Aber würde er, um das zu erreichen, tatsächlich einen solchen Aufwand betreiben und eine Frau anheuern, die mir genügend Angst einjagte?

Andererseits wäre dies eine glaubwürdige Erklärung für ihr Erscheinen an seiner Tür und auch dafür, dass Temple nicht ebenfalls eine Drohung erhalten hatte.

Oder tat ich ihm unrecht? Hegte ich Vorurteile gegen Temple, bloß weil ich ihn nicht mochte? Der leidenschaftliche Einsatz, mit dem er im Frachtraum die Verfolgung aufgenommen hatte, war mir ebenso echt erschienen wie der anschließende Frust darüber, sie nicht erwischt zu haben. Sollte das alles vorgetäuscht gewesen sein, verfügte er über eindrucksvolle schauspielerische Fähigkeiten.

Auf meinem Weg durch das Offiziersquartier beschäftigten mich die vielen offenen Fragen so stark, dass ich die aufgeregten Stimmen in der Messe kaum wahrnahm. Erst als ich meinen Namen fallen hörte, blieb ich stehen, um nachzuschauen.

»Bitte warten Sie noch einen kleinen Moment, Ma'am«, sagte Wilson gerade. »Ich werde dafür sorgen, dass sich jemand auf die Suche nach Mr. Birch macht.«

»Hören Sie, ich muss jetzt wirklich los«, widersprach eine schrille amerikanische Frauenstimme.

Vom Eingang aus konnte ich sehen, wie Wilson verzweifelt darum bemüht war, eine korpulente Frau von etwa sechzig Jahren zu beruhigen, die einen schlichten grauen Mantel trug und eine schwarze Handtasche fest umklammert hielt. Es dauerte einen Moment, bis mir klar wurde, dass ich ihr schon begegnet war.

»Wilson?«

»Tim! Gott sei Dank. Dies ist Mrs. ...«

»Mrs. Hewitt«, vervollständigte ich. »Ich erinnere mich. Wollten Sie mich sprechen, Ma'am?«

Zu Wilsons Erleichterung eilte sie sofort mit höchst besorgter Miene zu mir herüber.

»Sie sind gestern zu unserer Kabine gekommen«, erklärte sie. »Mit diesem anderen Herrn.«

»Ganz richtig.«

»Sie haben sich nach diesem armen Menschen erkundigt, der die Stufen hinuntergestürzt ist.«

»Das haben wir. Und Sie meinten, dass Sie beide nichts gehört hätten.«

Mrs. Hewitt schwieg einen Moment, holte tief Luft und schloss die Augen, als müsste sie sich erst körperlich darauf vorbereiten, was sie im Begriff war preiszugeben.

»Mein Mann ist nicht ganz ehrlich zu Ihnen gewesen«, sagte sie und fuhr rasch fort, bevor ich etwas erwidern konnte. »Verstehen Sie das nicht falsch, er wollte damit keine Probleme verursachen. Er ist ein ehrlicher Mensch. Ein guter Mensch. Aber er muss eben auf seinen geschäftlichen Ruf in New York achten, wissen Sie. Er wollte bestimmt nur vermeiden, in irgendeine Sache hineingezogen zu werden, die in die Schlagzeilen gerät …«

»Immer mit der Ruhe, Mrs. Hewitt«, sagte ich und legte ihr eine Hand auf die Schulter. »Kein Grund zur Besorgnis. Warum setzen wir uns nicht einfach, und ich höre mir an, was Sie mir zu erzählen haben?«

Ich zog einen Stuhl für sie heran und bat Wilson, ein Glas Wasser zu bringen. Eine Weile saß sie nur da und starrte mit leerem Blick auf den Tisch.

»Ich kann nicht lange bleiben«, sagte sie schließlich und fingerte nervös an ihrer Handtasche. »Martin weiß nichts davon, dass ich hier bin.«

»Schon in Ordnung«, versicherte ich ihr und musste unwillkürlich an die Verabredung denken, zu der ich mich nicht verspäten durfte. »Warum fangen Sie nicht ganz von vorne an?«

Wilson stellte ein Glas Wasser auf den Tisch, und sie trank einen Schluck.

»Wir haben etwas gehört«, begann sie. »Ansonsten hat Martin Ihnen schon die Wahrheit gesagt. Es regnete stark, daher war unser Bullauge fest geschlossen, und wir konnten nichts verstehen. Aber etwas war da.«

»Und was war das?«

»Es hörte sich an, als würden zwei Leute miteinander streiten.«

Ein Kloß bildete sich in meinem Hals, und ich brauchte einen Moment, um eine ruhige Haltung zu bewahren.

»Streiten?«

»Ja, genau«, bestätigte sie mit einem energischen Nicken. »Direkt vor dem Bullauge. Ich kann Ihnen zwar nicht sagen, worum es ging, aber sehr erregt waren die Stimmen auf jeden Fall. Und auf mich machte es eindeutig den Eindruck, als würden die beiden über etwas streiten.«

Ich konnte meine Aufregung noch immer nur mit Mühe unterdrücken. Zwei Personen, die im Regen miteinander stritten. Natürlich durfte man keine voreiligen Schlüsse ziehen. Immerhin bestand die Möglichkeit, dass es in gar keiner Verbindung zu Dupont stand. Aber wer sollte es gewesen sein, wenn nicht der Kunsthändler? Wer sonst hätte einen Grund gehabt, bei dem Wetter da draußen zu sein?

»Und Sie konnten nicht das Geringste verstehen?«, fragte ich nach. »Waren es Männer oder Frauen?«

»Nein, Sir. Nicht einmal das konnte ich heraushören. Ich weiß nur ganz sicher, dass es wie ein Streit klang.«

»Noch irgendein Geräusch?«

Mrs. Hewitt nickte ängstlich. »Da war noch was«, gab sie zu. »In diesem Augenblick begriffen wir natürlich nicht, was es war. Aber wir hörten, wie etwas hart auf dem Boden aufschlug, als wäre jemandem etwas Schweres heruntergefallen.«

»Und dann?«

»Die Stimmen ... sie waren verstummt.«

Ich knetete meine Hände unter dem Tisch, um das Zittern zu bekämpfen.

»Eine Ahnung, was es gewesen sein könnte?«

»Damals nicht. Aber nachdem Sie und der andere Gentleman sich bei uns nach diesem armen Mann erkundigt haben, der die

Treppe hinuntergestürzt ist ...« Sie brach ab und trank noch einen Schluck Wasser.

»Sie glauben, dass er es gewesen sein könnte?«

Sie nickte ernst und setzte das Glas behutsam auf der Tischplatte ab. »Im Nachhinein denke ich, ja, Sir. Vermutlich haben wir gehört, wie er fiel.«

Ich bemühte mich, ihre Worte in der Eile richtig einzuordnen. Wenn Mrs. Hewitts Aussage zutraf, hatte Dupont vor dem Sturz mit jemandem gestritten. Und wenn sie sich nun irrte? Könnte nicht ihre erste Annahme stimmen, und sie hatte bloß gehört, wie etwas Schweres zu Boden fiel?

Doch so gern ich das auch geglaubt hätte, mir war klar, dass ich mich damit nur selbst betrügen würde. Ich musste daran denken, wie Temple bei der Untersuchung der Leiche verwundert festgestellt hatte, dass Dupont rücklings die Treppe hinuntergestürzt sein musste. Außerdem klang Mrs. Hewitts Bericht viel zu ehrlich, machte ihr Gesicht einen viel zu aufrichtig besorgten Eindruck. Sie war von dem, was sie mir erzählte, inzwischen fest überzeugt.

Ich drehte mich um und sah Wilson, der außer Hörweite wartete und unser Gespräch mit fragender Miene verfolgte.

»Um wie viel Uhr war das, Ma'am?«, wandte ich mich wieder an Mrs. Hewitt.

Sie senkte den Kopf und spielte mit dem Trageriemen ihrer Handtasche. »Ich weiß, dass Martin Ihnen erzählt hat, wir seien um neun im Bett gewesen«, sagte sie. »Aber es war eigentlich eher so halb elf. Nicht lange danach muss es dann passiert sein, wann genau, kann ich nicht sagen.«

»Könnte es bereits elf gewesen sein?«

»Nein«, erklärte sie entschieden. »Nein, so lange haben wir noch nicht im Bett gelegen, als wir es hörten.«

»Also zwischen halb elf und elf?«

»Ich denke schon. Ja.«

Wir schwiegen beide eine Weile, und ich versuchte, mir die Informationen einzuprägen, um Temple ausführlich Bericht erstatten zu können.

»Ich muss zurück«, rief sie abrupt. »Ich habe Martin gesagt, ich würde mir nur kurz die Beine vertreten. Sie können sich gar nicht vorstellen, wie stark ihn das Ganze aufgewühlt hat. Drohen ihm jetzt womöglich irgendwelche Unannehmlichkeiten?«

»Kann ich mir nicht denken, Ma'am«, versuchte ich sie zu beruhigen. »Vielen Dank, Mrs. Hewitt. Sie waren eine große Hilfe.«

Sie bedankte sich für das Wasser und verließ rasch die Messe.

»Was um alles in der Welt war das denn?«, fragte Wilson, als sie verschwunden war. »Die Frau hat mindestens zehn Minuten lang auf die Tür eingehämmert und verlangt, den Offizier zu sprechen, der in ihrer Kabine gewesen ist. Ich dachte schon, sie hätte den Verstand verloren, bis sie endlich deinen toten Franzosen erwähnte.«

Ich antwortete nicht. Um ehrlich zu sein, hatte ich ihm kaum zugehört. Leider fehlten zwar einige wichtige Details in Mrs. Hewitts Geschichte, aber bestimmt war es Dupont gewesen, den sie vor dem Bullauge mit einer zweiten Person hatte streiten hören. War er deshalb bei dem Wetter überhaupt nach draußen gegangen? Hatte er jemanden an diesen abgeschiedenen Ort gebracht, um ungestört die Auseinandersetzung zu führen? Oder war er womöglich selbst derjenige, den man nach draußen geführt hatte? Sowohl mit Arthur Blake als auch mit Nathaniel Morris war er heftig aneinandergeraten. Wollten sie ihn vielleicht irgendwo zur Rede stellen, wo sie ungestört bleiben würden?

Und dann waren da noch die ungeklärten Umstände seines Sturzes – dieser laute dumpfe Aufprall, den Mrs. Hewitt zu hören geglaubt hatte. Selbst wenn sie sich gestritten hatten, wäre ihm die zweite Person nicht wenigstens zu Hilfe geeilt? Sie hätte

Dupont doch nicht einfach so am Fuß des Niedergangs liegen lassen. Immer vorausgesetzt natürlich, der Sturz war ein reiner Unfall gewesen.

Ich presste die Handballen gegen die Augen. Ich wusste bereits, welche Variante ich für die wahrscheinlichste hielt. Offenbar hatte die Frau aus dem Frachtraum, nachdem sie bereits Blakes Kabine durchwühlt und das Messer als Warnung zurückgelassen hatte, dem alten Mann den tödlichen Stoß verpasst, um selbst in den Besitz des Gemäldes zu kommen.

Aber wenn dem so war, warum dann der Abstecher zu Temples Kabine? Sofern ihre Aktionen kein bloßer Trick waren, hinter dem letztlich Temple steckte, welchen Grund konnte es dann für diesen Besuch geben?

Ich hatte diesen animalischen Ausdruck in ihren Augen, als sie die zweite Drohung ausstieß, nicht vergessen. Wenn sie – wie ich befürchtete – die Sache ernst meinte und sie auch diejenige gewesen war, die Dupont umgebracht und das Messer in Blakes Pult gerammt hatte, dann stand eins für mich fest: Eine dritte Drohung würde es nicht geben.

22

Die abendliche Atmosphäre im Restaurant der *Endeavour* ließ sich vielen Gästen zufolge durchaus mit der in einem exklusiven Klub im Londoner West End vergleichen. Tagsüber ähnelte es dann, wie ich fand, eher einem stilvollen Terrassenlokal in einer europäischen Großstadt.

Zwar brannten die Kronleuchter, aber was im Tafelsilber glitzerte, war das Tageslicht. Die Musiker spielten zwanglose Potpourris und schufen damit einen angenehmen Hintergrund für das fröhliche Stimmengewirr und Besteckgeklapper der Passagiere, die bequem in Blazer und Cardigans gehüllt waren. Ein klein wenig Einbildungskraft genügte schon für die Illusion, man befände sich in einem Pariser Café oder im Hof einer Mailänder Villa.

Bei meinem Eintritt nickte Robert Evans diskret Richtung Fenster, wo Temple an einem Tisch saß. Mit Erleichterung stellte ich fest, dass er allein war und Harry Webber also allem Anschein nach noch nicht gekommen war. Bevor ich weitergehen konnte, blockierte mir der Maître d'hôtel mit ausgestrecktem Arm den Weg.

»Mr. Birch. Auf ein Wort, bitte.«

Ich trat näher, und sofort senkte er die Stimme zu einem vertraulichen Flüstern.

»Gibt es irgendwelche Neuigkeiten? Über diesen Verstorbenen, meine ich. Die Passagiere sind heute noch aufgeregter, als sie es gestern schon waren, und wollen unbedingt wissen, welche Schritte deshalb unternommen werden. Ich hatte gehofft, Sie könnten mir vielleicht etwas Neues erzählen.«

Ich blickte quer durch das Restaurant zu Temple und überlegte, was ich wohl seiner Meinung nach sagen durfte. Mir war nicht ganz klar gewesen, in welcher Verfassung ich ihn nach einer erneuten Begegnung mit dem glatzköpfigen Schläger antreffen würde. Aber wenn die Panik vom ersten Mal ein guter Maßstab war, dann machte es den Anschein, als hätte er keinen Erfolg bei seiner Suche gehabt. Er starrte nur tief in Gedanken versunken aus dem Fenster.

»Wir machen Fortschritte«, sagte ich dem Restaurantleiter und hoffte, dass es in seinen Ohren überzeugender klang als in meinen.

»Welche Art von Fortschritten?«

»Ich denke, ich sollte im Augenblick besser nicht zu viel sagen. Es bleiben noch ein paar weitere Ermittlungsschritte, die Mr. Temple erst …«

»Aber was soll ich den Passagieren erzählen? Was hält denn der Captain von alledem?«

»Jetzt hören Sie mal zu«, fuhr ich ihn an. »Ich werde Ihnen, sobald es mir möglich ist, mehr erzählen. Bis dahin, Mr. Evans, werden Sie improvisieren müssen.«

Evans war einen Schritt zurückgewichen und musterte mich mit großen Augen. Sobald er erkannte, dass mein Ärger damit verraucht war, entspannte er sich, schüttelte missbilligend den Kopf und wandte seine Aufmerksamkeit wieder der Schlange ungeduldig wartender Passagiere zu. Dabei murmelte er leise etwas, das ich nicht verstehen konnte – was wohl auch besser so war.

Weder Temple noch ich sprachen ein Wort, als ich an seinem Tisch Platz nahm. Stattdessen hingen wir beide nur schweigend unseren Grübeleien nach.

»Halten Sie sich ab jetzt von ihm fern. Oder Sie werden ebenfalls sterben.«

Natürlich musste ich ihm erzählen, dass ich erneut der Frau begegnet war. Vielleicht konnte ich ihn ja sogar irgendwie testen und herausfinden, ob sie doch unter einer Decke steckten. Das Ganze müsste mir allerdings gelingen, ohne zu gestehen, wo ich gewesen war. Darin bestand die Schwierigkeit. Schon auf meinem Weg ins Restaurant hatte ich mir einige denkbare Lügen durch den Kopf gehen lassen, aber nichts Überzeugendes gefunden. Und überzeugend musste es auf jeden Fall klingen. Wenn er herausbekam, dass ich über das Notizbuch in seiner Schublade Bescheid wusste und nun eine ziemlich eindeutige Bestätigung für seine Verbindung zu Winston Parker besaß, dann wollte ich mir lieber nicht ausmalen, wie er darauf reagieren würde. Unter gar keinen Umständen durfte ich mich also selbst verraten.

Nachdem ich mir einige Minuten die günstigste Vorgehensweise überlegt hatte, beschloss ich, mit dem Besuch von Mrs. Hewitt den Anfang zu machen.

»Da ist etwas, das ich Ihnen erzählen müsste«, begann ich.

»Nicht jetzt.«

»Temple, Sie können doch nicht …«

»Nicht jetzt!«

Ich spürte, wie die Wut in mir aufstieg, und atmete tief durch, um nicht ausgerechnet hier, wo so viele Passagiere anwesend waren, in eine lautstarke Auseinandersetzung zu geraten. Unter dem Tisch klopfte er mit dem Fuß wieder diesen nervtötenden Rhythmus.

»Könnten Sie bitte damit aufhören?«

»Womit?«, gab er erregt zurück.

»Mit dem Fuß«, knurrte ich. »Halten Sie ihn einfach still.«

»Warum?«

»Es wirkt gereizt. Damit machen Sie Webber nur nervös.«

»Ich *bin* gereizt. Uns läuft die Zeit davon.«

Da es offenbar an mir hängen blieb, für eine halbwegs unverkrampfte Gesprächssituation mit Harry Webber zu sorgen, winkte ich einen der Kellner in den weißen Smokingjacken heran und bat ihn, uns Tee und Kaffee zu bringen.

»Temple, Folgendes ist passiert«, versuchte ich es erneut, sobald der Kellner fort war. »Ich hatte eben Besuch von …«

Bevor ich weitersprechen konnte, hielt ein Gentleman an unserem Tisch. Er trug einen Tweedanzug, dessen Sakko in den breiten Schultern spannte, und eine Weste, die sich so eben noch über dem Brustkorb zuknöpfen ließ. Sein kantiges Gesicht hatte jungenhafte Züge mit Wangen, die ständig gerötet schienen, dazu große blaue Augen und adrett frisierte strohblonde Haare.

»Mr. Birch?«, fragte er und blickte mich an.

Vermutlich hatte er mich an der Uniform erkannt. Ich wollte schon antworten, da fuhr Temple dazwischen: »Harry Webber?«

Der Mann nickte.

»Bitte, setzen Sie sich doch«, sagte Temple und deutete auf den Stuhl neben mir. Zögerlich nahm Webber Platz.

»Cassie bat mich zu kommen«, erklärte er im breiten ländlichen Akzent des englischen Südwestens. »Sie müssen der Detective sein, richtig?«

Temple nickte.

»Und Sie wollen etwas über diesen Passagier erfahren, der gestorben ist?«

»Richtig.«

»Komischer Zufall, was? Da stirbt ein Mann mitten auf dem

Atlantischen Ozean, und ein Polizist ist anwesend, um die Sache zu untersuchen.«

»Mr. Birch hier hat gerade Tee und Kaffee bestellt«, sagte Temple, ohne auf Webbers Bemerkung einzugehen. »Soll ich Mr. Evans bitten, Ihnen auch die Speisekarte bringen zu lassen?«

»Nein, danke. Sofern Sie nichts dagegen haben, würde ich gerne möglichst bald wieder los.«

»Schön«, sagte Temple. »Dann schildern Sie uns doch bitte den Streit, zu dem es hier am Montagabend gekommen ist. Zwischen Mr. Blake und dem Verstorbenen.«

»Ich dachte, das hätte Cassie Ihnen bereits alles erzählt?«

»Es ist nützlich, sich Ereignisse immer aus den Blickwinkeln aller Beteiligten schildern zu lassen.«

»Und Sie?«, wandte Webber sich an mich. »Welche Funktion haben Sie hier inne?«

»Ich unterstütze die Ermittlungen«, antwortete ich.

»Begleiten ... Sie begleiten nur«, korrigierte Temple bissig und fixierte mich dabei mit einem solch eisigen Blick, dass Webber neben mir unbehaglich auf seinem Stuhl hin und her rutschte. Erneut schwoll die Wut in mir an, und ich verschränkte meine Hände unter dem Tisch so fest, dass ich spürte, wie die Knöchel sich spannten.

»Montagabend, Mr. Webber«, fuhr Temple fort. »Würden Sie bitte schildern, was Sie gesehen haben?«

»Ich wüsste gar nicht, was es da groß zu erzählen gibt.«

»In diesem Fall werden wir Sie ja nicht lange aufhalten müssen.«

Webber machte ein missmutiges Gesicht und zuckte dann mit den Schultern. »Keine Ahnung, was es bringen soll, wenn Cassie Ihnen doch schon alles erzählt hat, aber meinetwegen«, begann er. »So wie ich es erlebt habe, ist so ein kleines altes Kerlchen beim Abendessen plötzlich an unseren Tisch gekommen und hat Arthur gefragt, ob er ihn sprechen könne. Ohne viele Worte hat

Arthur ihn am Ellbogen gepackt, auf die andere Seite des Raums geschleppt und dort nach allen Regeln der Kunst in den Senkel gestellt.«

»Und Sie konnten nicht verstehen, worüber die beiden gestritten haben?«

»Nicht das Geringste. Wir haben da drüben gesessen, und Arthur hat ihn dorthin geführt.« Webber deutete erst auf einen Fenstertisch ganz in der Nähe des Musikerpodiums und anschließend auf die gegenüberliegende Wand des Restaurants.

Sein Bericht deckte sich exakt mit dem seiner Frau. Und wenn man jetzt die Entfernung zwischen den beiden Orten mit eigenen Augen sah, begriff man auch, wie glaubwürdig es war, dass sie selbst von einer lautstarken Auseinandersetzung nichts mitbekommen konnten. Blake und Dupont waren sicherlich fünfzehn Meter entfernt gewesen. In einem gut gefüllten Restaurant, in dem die Musik spielte, hatte man wahrscheinlich schon Probleme, jemanden über den eigenen Tisch hinweg zu verstehen, geschweige denn über den ganzen Raum.

»Bei seiner Rückkehr hat Mr. Blake Ihnen erklärt, worum es bei dem Streit ging, richtig?«, fragte Temple.

»Ja. Er sagte, der Mann sei ein unzufriedener Kunde von ihm. Ich habe dann nicht weiter nachgebohrt. Er hatte ein enormes Theater veranstaltet, und die Leute starrten alle schon zu unserem Tisch. Um ehrlich zu sein, war die Sache ganz schön peinlich.«

»Aber Sie hatten diesen Mann zuvor noch nie gesehen?«

»In meinem ganzen Leben nicht.«

»Würden Sie sagen, dass Mr. Blake betrunken war?«

Webber dachte einen Moment nach und begann an einem seiner Manschettenknöpfe zu spielen. Der Anzug war elegant geschnitten, aber er schien sich nicht wohl darin zu fühlen. Immer wieder arbeitete er mit den Schultern, als wollte er das Jackett über seinem kräftigen Oberkörper zurechtrücken, oder er zupfte an den Ärmeln, als wäre er versucht, sie bis zu den Ellbogen hochzukrempeln.

»Betrunken würde ich nicht sagen«, antwortete er schließlich. »Arthur war sicherlich angeheitert, aber nicht betrunken.«

»Ihrer Frau zufolge hatte er eine ganze Flasche Champagner intus«, ergänzte Temple.

Webber schnaubte kurz. »Da braucht es schon mehr, um Arthur die Kontrolle verlieren zu lassen«, versicherte er.

»Er verträgt also so einiges, richtig?«

»Könnte man sagen. Wenn er richtig voll ist, kann Arthur ein ziemliches Arschloch sein, aber um an den Punkt zu kommen, braucht es schon eine ganze Menge.«

»Und wo hat er diese erstaunliche Trinkfestigkeit erworben?«

»Na ja, Evelyn und er haben eben einen Haufen Partys gegeben, würde ich sagen«, erwiderte Webber achselzuckend.

»Evelyn Scott?«

»Genau.«

»Gestern bei unserer ersten Unterhaltung hat Mr. Blake es nicht einmal für nötig gehalten, Miss Scott überhaupt zu erwähnen«, erklärte Temple nach einer kleinen Pause eher bedächtig. »Bis zu dem Gespräch mit Ihrer Frau haben wir gar nicht von dieser Ehe gewusst. Ist die Scheidung Ihrer Meinung nach auch heute noch ein vergleichsweise heikles Thema?«

Bevor Webber antworten konnte, trat Robert Evans an den Tisch und brachte auf einem Silbertablett die Kännchen mit Tee und Kaffee, um die ich gebeten hatte, sowie eine Schale Zucker und etwas warme Milch. Wahrscheinlich hatte er darauf bestanden, persönlich den Service zu übernehmen, in der Hoffnung, etwas von unserer Unterhaltung aufschnappen zu können. In diesem Fall hatte er allerdings nicht viel Glück. Wir saßen nur schweigend da, während er zwei Tassen Tee und Kaffee für Temple einschenkte.

»Eine Sache dürfen Sie bei Arthur nie vergessen«, sagte Webber, nachdem Evans gegangen war. »Er ist einfach nicht bereit zu akzeptieren, woher er stammt.«

»Und woher genau stammt Mr. Blake?«, fragte Temple.

Webber goss ein wenig Milch in seinen Tee, nahm den Löffel zwischen zwei wurstdicke Finger und rührte um. »Woher ist im Grunde gar nicht so die Frage, sondern aus welchen Verhältnissen«, antwortete er und seufzte tief. »Um es ganz direkt auszusprechen, meine Herren, Arthur verfügt von Hause aus nicht über die geringsten Mittel. Evelyn war seine große Chance auf ein Leben, wie er es stets erträumt, aber nie besessen hatte. In eine steinreiche Familie wie die Scotts einzuheiraten …« Webber schüttelte den Kopf. »Er lässt es sich nicht anmerken, aber in Wahrheit hat er im vergangenen Jahr schwer damit zu kämpfen gehabt, das alles aufgeben zu müssen.«

»Wie würden Sie denn seine Beziehung zu Miss Scott beschreiben?«

»Ich weiß nicht, ob ich mir da überhaupt ein Urteil erlauben kann.«

»Bei allem Respekt, Mr. Webber, aber ich erlaube es Ihnen«, erwiderte Temple.

Eine Weile ließ Webber den Teelöffel bewegungslos über der Tasse schweben und dachte nach. Als er schließlich sein Schweigen brach, blieb sein Blick fest auf die Tischdecke gerichtet.

»Wenn ich ganz offen zu Ihnen sein soll, erschien mir die Sache immer wie eine Farce. Während Arthur endlich in die Art Familie einheiratete, zu der er seiner Überzeugung nach von Natur aus gehörte, zahlte Evelyn damit bloß ihrem Vater den Versuch heim, sie mit irgend so einem blaublütigen Jammerlappen aus dem House of Lords zu verkuppeln. Vorübergehend war diese Ehe also beiden von Nutzen, aber dass sie von Dauer sein würde, konnte man sich wohl nie vorstellen.«

»Aus welchem Grund hat sie am Ende auf eine Scheidung gedrängt?«

»Ist das wirklich von Bedeutung?«

»Womöglich. Ich wüsste es auf jeden Fall gerne.«

»Hören Sie, ich würde wirklich lieber nicht darüber reden«, wand Webber sich nach einigem Zögern. »Arthur ist sicher nicht ohne Fehler, das bestreitet niemand. Dennoch ist er ein Freund und … na ja, im Grunde waren das alles stets nur Gerüchte.«

Temple starrte ihn nur durchdringend an. Selbst ich war zugegebenermaßen gespannt auf die Antwort und beugte mich erwartungsvoll vor. Webber sah offenbar ein, dass Temple so schnell nicht lockerlassen würde, und seufzte resignierend.

»Es gab Gerüchte über eine andere Frau.«

»Wen?«

»Keine Ahnung. Wie gesagt, es waren immer bloß Gerüchte. Soweit ich weiß, ging alles zurück auf diese Geburtstagsfeier von Evelyn. Arthur wurde dabei erwischt … na ja, Sie können sich ja leicht denken, wobei er angeblich erwischt worden war.«

»Auf der Geburtstagsfeier seiner Frau?«, fragte ich.

Webber nickte.

»Und es gab später nie irgendwelche Andeutungen, wer diese Frau gewesen sein könnte?«, fragte Temple nach.

»Nichts, was mir zu Ohren gekommen wäre.«

Temple schwieg und schien die neuen Informationen zu überdenken.

Konnte man sich vorstellen, dass Arthur Blake seine Frau betrog? Ausreichend egomanisch veranlagt war er zweifellos, aber wäre er wirklich so blöd, einer anderen Frau nachzustellen? Mein Blick wanderte zur Bar, da ich an seine Beschreibung von Beatrice Walker denken musste.

»Um ehrlich zu sein, konnte ich mein Glück kaum fassen … ein richtig hübsches Ding.«

Ja, dachte ich. Vielleicht war es doch vorstellbar.

»Mal völlig unabhängig von den Gerüchten bin ich ganz Ihrer Meinung, Mr. Webber«, erklärte Temple grüblerisch. »Es wäre so oder so fraglich gewesen, ob ihre Ehe lange gehalten hätte. Sofern Miss Scott sich damit tatsächlich nur gegen ihren Vater auflehnen wollte.«

Webber brummte zustimmend in seine Teetasse.

»Natürlich ist sie nicht die Einzige, die sich dem Willen von Mr. Scott zu widersetzen versucht hat.«

Eine plötzliche Anspannung erfasste Webbers Körper, seine Teetasse verharrte reglos auf halbem Weg von Mund zu Tisch.

»Ich verstehe überhaupt nicht, was Sie meinen«, erwiderte er misstrauisch. Er sprach jetzt leise und bedächtig.

»Meines Wissens haben Sie doch vor nicht allzu langer Zeit Ihre Anstellung bei Mr. Scott gekündigt.«

»Menschen orientieren sich ständig beruflich um. Ich wüsste nicht, was daran von Bedeutung sein sollte.«

»Ich dachte nur, dass er Sie ja immerhin darauf vorbereitet hatte, später einmal seine Geschäfte zu führen.«

»Na und?«

»Nicht unbedingt ein ganz gewöhnliches Arbeitsverhältnis, Mr. Webber. Zudem eine äußerst gewichtige Funktion, wenn ich über den Umfang von Mr. Scotts Immobilienbesitz richtig informiert bin. Ihnen muss doch bewusst gewesen sein, dass er gewiss mit Ihrem dauerhaften Engagement für seine Firma gerechnet hat.«

Webber setzte die Teetasse mit verblüffender Behutsamkeit zurück auf den Unterteller. »Ich verstehe nicht, weshalb irgendetwas hieran von Relevanz sein sollte«, sagte er ruhig. »Aber wenn Sie es unbedingt wissen müssen, ich habe nie für die Scotts arbeiten wollen. Schon gar nicht dauerhaft. Ich habe mich vor dem Krieg um die Pferde von Frederick gekümmert, und nach meiner Rückkehr brauchte ich einen Job. Er war der Meinung, dass es für mich sinnvoller wäre, mich in die Verwaltung seiner Güter einzuarbeiten, statt zurück zu den Pferden zu gehen. Da es draußen auf dem Land gar nicht so einfach ist, eine anständig bezahlte Anstellung zu finden, habe ich angenommen.«

»Sie lernten also bei Mr. Scott, wie man Ländereien und Immobilien verwaltet«, rekapitulierte Temple. »Und dann nutzten Sie dieses Wissen, um zu kündigen und eine eigene Firma zu gründen, richtig?«

»Wenn man unbedingt will, kann man das so betrachten, schätze ich«, antwortete Webber, und mit jedem Wort drang die Verärgerung deutlicher hervor.

»Und wie laufen Ihre Geschäfte?«

»Gut. Aber ich kann mir wirklich nicht denken, dass Sie darüber mit mir sprechen wollten.«

Temple lehnte sich in seinem Stuhl zurück, ohne den Blick von Webber zu nehmen.

»Da haben Sie recht«, sagte er endlich und trank einen Schluck Kaffee. »Sie müssen entschuldigen. Mein Job besteht nun einmal darin, Fragen zu stellen. Da schießt man gelegentlich übers Ziel hinaus.«

»Natürlich«, lenkte Webber ein. Ich hatte dennoch das Gefühl, dass wir ihn besser nicht noch stärker unter Druck setzen sollten.

»Erzählen Sie uns bitte noch, was Sie am Dienstag gemacht haben«, forderte Temple ihn auf. »Eine reine Formalität, versteht sich. Ich benötige nur einen Überblick darüber, was jeder, der mit dem Verstorbenen Kontakt hatte, an diesem Tag getan hat.«

»Wenn es sein muss«, sagte Webber, lehnte sich zurück und fingerte erneut an seinen Manschettenknöpfen, während er seine Gedanken sammelte. »Wie an jedem Morgen ist Cassie früh aufgestanden und war dann für etwa eine Stunde im Pool schwimmen.

Ich habe gewartet, bis sie zurückkam, wir haben uns umgezogen und sind dann hier beim Frühstück gewesen.«

»Um welche Uhrzeit ist das gewöhnlich?«

»Ungefähr neun, würde ich sagen. Ist das wichtig?«

»Ich versuche nur, die Fakten nachzuvollziehen.«

»Tja, viel nachzuvollziehen ist da nicht. Womit soll man sich schon auf so einem verdammten Schiff großartig die Zeit vertreiben? Am Dienstag sind wir nach dem Frühstück noch eine kleine Runde auf Deck spazieren gegangen und haben den Rest des Vormittags im Lesesalon verbracht. Nachmittags war ich dann kurz in der Sporthalle, und abends sind wir wieder zum Abendessen hier gewesen.«

»Und nach dem Dinner? Mrs. Webber erwähnte, dass etwas mit Ihrem Auto gewesen sei.«

»Stimmt. Ich brachte sie zur Kabine und bin noch einmal nachsehen gegangen.«

»Es wurde beschädigt, wenn ich das richtig verstanden habe.«

Webbers Miene verfinsterte sich, und sein kantiges Kinn trat noch schärfer hervor, so als würde er die Nachricht gerade zum ersten Mal bekommen. »Wenn ich den erwische, der dafür verantwortlich ist, wird's ihm schlecht ergehen. Das garantiere ich.«

»Kann ich mir vorstellen«, erwiderte Temple. »Allerdings kommt es mir auch ein wenig seltsam vor, ein Automobil auf eine so weite Reise mitzunehmen, wenn Sie mir die Bemerkung gestatten. Es wäre doch bestimmt einfacher, mit dem Zug weiter nach Boston zu reisen. Oder vielleicht hätten Mrs. Webbers Eltern Sie auch in New York treffen können.«

Webber wandte den Blick von Temple und schaute stattdessen in meine Richtung. »Wie Cassie mir sagte, hat sie Ihnen doch von ihren Eltern erzählt, Mr. Birch. Unter anderem auch, dass die beiden noch nichts von unserer Heirat wissen. Sie werden sicherlich begreifen, wie wichtig es mir daher ist, einen guten ersten Eindruck zu machen. Dieses Auto ist mein wertvollster Besitz.«

Temple sah mich erbost an, und sein Fuß begann einen noch hektischeren Rhythmus zu klopfen.

»Einer unserer Leute untersucht den Schadenfall bereits, Sir«, sagte ich, um die plötzliche Stille zu beenden. »Einer der Stewards. Ein anständiger Kerl, der wohlvertraut ist mit allen Vorgängen unter Deck. Ich bin zuversichtlich, dass er schon bald den einen oder anderen Hinweis aufspüren wird.«

»Das ist gut«, sagte Webber, obwohl er nicht den Eindruck machte, dass ihn die Nachricht sonderlich beruhigte. »Ich danke Ihnen.«

»Wie Mrs. Webber uns erzählte, haben Sie den Schaden sofort einem Mitglied der Crew gemeldet«, fuhr ich fort und hielt den Blick unverwandt auf Webber gerichtet, um das hasserfüllte Starren von Temple zu meiden. »Können Sie sich vielleicht noch an seinen Namen erinnern? Es wäre sehr nützlich, wenn unser Mann sich mit ihm unterhalten könnte.«

»Den hat er mir nicht genannt«, erwiderte Webber. »Um ehrlich zu sein, weiß ich nicht einmal, ob er tatsächlich im Dienst war, aber er schien der Meinung, dass er kurz vor meinem Eintreffen eine Frau gesehen hat, die sich an dem Wagen zu schaffen gemacht hatte. Daraufhin nannte ich ihm meinen Namen und meine Kabinennummer, und er versprach, sich bei mir zu melden, sobald der Vorfall untersucht worden sei.«

Temple und ich tauschten einen kurzen Blick aus. Seine Wut darüber, dass ich mit Cassandra Webber gesprochen hatte, war schlagartig verpufft.

»Eine Frau?«, fragte er nach.

»Anscheinend.«

»Hat der Mann sie beschreiben können?«

»Nein«, antwortete Webber mit einem schiefen Grinsen. »Er

meinte, er habe sie nur von Weitem gesehen. Offenbar hat er gerufen und gefragt, was sie da mache, aber dann war sie schon weg, bevor er mit ihr sprechen konnte.«

Eine Frau im Frachtraum ... zweifellos dieselbe, die so unbedingt darauf aus war, uns von weiteren Ermittlungen abzuhalten. Und wir hatten sie dabei erwischt, wie sie uns nachgestiegen war, als wir Webbers Auto untersuchten. Hingen ihre wahren Motive womöglich damit zusammen?

Mir fiel auch wieder mein Verdacht ein, sie könnte Temples Komplizin sein. Diese Theorie geriet durch die neuen Erkenntnisse erheblich in Zweifel. Aber wenn sie nicht mit ihm zusammenarbeitete und tatsächlich die Verbrecherin war, nach der wir suchten, weshalb hatte sie dann an seine Tür geklopft?

»Mr. Webber, es ist von größter Bedeutung, dass wir mit dem Mann sprechen, dem Sie den Schaden gemeldet haben«, sagte ich. »Könnten Sie ihn wenigstens beschreiben?«

»Na ja, ein Offizier dürfte es nicht gewesen sein. Zumindest war er nicht so gekleidet wie Sie. Er trug einen Overall und eine Mütze. Schien mit leichtem irischen Akzent zu sprechen, wenn Ihnen das weiterhilft.«

»Und anscheinend hat er sich bis heute nicht bei Ihnen mit ersten Ergebnissen gemeldet, richtig?«, mischte Temple sich ein.

»Noch nicht. Aber ich rechne auch nicht damit, dass er irgendetwas herausbekommt.«

»Warum das, Sir?«, fragte ich.

»Tja, wie viele Menschen sind auf diesem Schiff?«

»Etwas über zweitausend.«

»Da haben Sie Ihre Antwort. Wie um alles in der Welt will er in nur drei Tagen herausfinden, wer dafür verantwortlich ist?«

Kurz herrschte ein betretenes Schweigen am Tisch. Unsere eigenen Anstrengungen wirkten plötzlich unnützer denn je.

»Stimmt es, dass Sie den Weg über die Außentreppe zum Frachtraum genommen haben?«, fuhr Temple schließlich fort.

»Ja, das ist richtig«, antwortete Webber. »Man muss aufs Deck hinaus und ein Stück außen herum.«

»Demnach sind Sie Dienstagabend draußen in den Regen geraten?«

»Kurzzeitig, ja.«

»Welchen Niedergang haben Sie denn benutzt?«

»Wie bitte?«

»Es gibt zwei Außentreppen zwischen der zweiten und der dritten Klasse, eine auf jeder Seite des Schiffes. Welche davon haben Sie benutzt?«

Webber dachte ein paar Sekunden nach. »Die auf der rechten Seite«, sagte er dann.

Ich versuchte, mir nichts anmerken zu lassen. Am Fuß des rechten Niedergangs war Dupont gefunden worden.

»Sicher?«, fragte Temple und beugte sich ganz leicht vor.

»Ziemlich sicher, ja.«

»Und um wie viel Uhr ist das Ihrer Meinung nach gewesen?«

Webber seufzte erschöpft. »Kann ich Ihnen nicht mehr mit Sicherheit sagen. Wir haben das Restaurant so um zehn herum verlassen. Ich habe Cassie zur Kabine gebracht und bin weiter, um nach dem Wagen zu sehen. Ich denke, dass ich kurz nach elf wieder zurück gewesen sein dürfte.«

»Und Sie sind nicht an der Leiche vorbeigekommen?«

»Wäre ich an einer Leiche vorbeigekommen, könnte ich mich daran vermutlich erinnern.«

»Haben Sie einen Streit bemerkt?«, warf ich ein, da mir Mrs. Hewitts Bericht einfiel. »Haben Sie zwei Leute gesehen, die sich stritten? Oder vielleicht auch nur gehört?«

Temple kniff argwöhnisch die Augen zusammen. Selbst Webber schien überrascht.

»Nein«, erklärte er nachdenklich. »Von einem Streit habe ich nichts mitbekommen.«

Temple nickte und tippte weiter mit dem Fuß seinen nervösen Rhythmus. »Gehe ich recht in der Annahme, dass Mr. Blake und Sie sich nahestehen?«, fragte er.

»Ich denke schon.«

»Aber nach Montagabend haben Sie nicht mehr gemeinsam zu Abend gegessen.«

»Stimmt. Cassie ist es offenbar lieber, wenn wir ohne ihn essen.«

»Ist das nicht etwas merkwürdig?«

»Ein bisschen, mag sein«, erwiderte Webber und massierte sich das Kinn. »Sie spricht nicht viel darüber, aber ich frage mich, ob sie sein Wutausbruch am Montag nicht stärker beunruhigt hat, als sie zugibt.«

Ich machte eine skeptische Miene. Auf mich hatte Cassandra Webber keineswegs gewirkt, als hätte sie der Streit sonderlich erschüttert. Allerdings war da dieses flüchtige Zögern gewesen, unmittelbar bevor sie uns davon erzählte, dass ihr Mann noch eine letzte Verabredung mit Blake getroffen hatte. Vielleicht hatte der Auftritt von ihm und Dupont sie ja doch nicht so unberührt gelassen.

»Meinen Sie nicht, dass ihr eher die Vorstellung widerstrebt, noch einmal mit Miss Hall an einem Tisch sitzen zu müssen?«, fragte Temple.

»Sie sagte mir schon, dass sie Ihnen davon erzählt hat«, gestand Webber mit sichtlichem Unbehagen.

»Ist Mr. Blake denn nicht bekannt, dass Sie früher mal zusammen gewesen sind?«

»Bekannt ist das kaum jemandem. Vivian bestand immer darauf, es nicht publik werden zu lassen. Es würde allgemeines Missfallen erregen, wenn die Leute wüssten, dass sie mit einem wie mir zusammen wäre.« Ein schiefes Grinsen huschte über sein Gesicht. »Aber egal. Nein, ich denke nicht, dass Cassies Abneigung daher kommt. Sie war ganz sicher nicht begeistert darüber, einen Abend mit Vivian verbringen zu müssen, doch diese Konstellation war ja sowieso nicht beabsichtigt. Jetzt ist es Arthur selbst, den sie ungern sehen möchte.«

»Dennoch sind Sie mit ihm für den letzten Abend an Bord verabredet, richtig?«, ließ Temple nicht locker.

»Samstagabend, ja«, gab Webber zu. »Wie gesagt, Cassie ist nicht begeistert davon, aber ich habe darauf bestanden. Immerhin trennen sich unsere Wege am Sonntag, und wenn dieser Kommissionsverkauf wirklich so bedeutsam ist, wie er tut, gehe ich davon aus, dass wir uns eine ganze Weile nicht mehr sehen werden.«

Temple lehnte sich zurück und verschränkte die Arme. »Dürfte ich eine Schriftprobe von Ihnen haben, Mr. Webber?«, fragte er.

Webber zögerte einen Moment, und ich konnte spüren, wie sich der Ärger in ihm aufstaute. »So etwas gehört nicht eben zu den Dingen, die man ständig mit sich herumträgt.«

»Vielleicht könnten Sie einfach etwas für uns aufschreiben.«

Webber griff in die Innentasche seines Sakkos und brachte ein kleines Notizbuch und einen Stift zum Vorschein.

»Reine Gewohnheit«, sagte er, als er Temples erstauntes Gesicht bemerkte. »Seit ich die Firma gegründet habe, gehe ich nie ohne Notizbuch vor die Tür. Was soll ich schreiben?«

»Egal«, antwortete Temple achselzuckend. »Ein paar Wochentage würden schon genügen.«

Webber kritzelte rasch etwas in das Buch, riss die Seite heraus und drückte sie grob in Temples ausgestreckte Hand. Der Detective warf einen kurzen Blick darauf und steckte sie in seine Jackentasche.

»Wozu brauchen Sie das?«, wollte Webber wissen.

Ohne auf seine Frage einzugehen, fuhr Temple fort: »Als Sie

und Mrs. Webber am Dienstag zum Abendessen herkamen, haben Sie da Mr. Blake irgendwo bemerkt?«

»Arthur? Nein. Wie bereits gesagt, sind wir erst am Samstag wieder verabredet. Wieso fragen Sie? Hätte ich es tun sollen?«

»Er saß immerhin an der Bar. Wäre ja möglich gewesen, dass Sie ihn beim Hinausgehen bemerkt haben.«

»Da muss ich ihn wohl übersehen haben. Es war allerdings auch schrecklich viel los hier drinnen.«

»Aber sicher«, sagte Temple bedächtig und beobachtete ihn aufmerksam. »Wahrscheinlich war Blake ebenfalls stark abgelenkt. Er befand sich in Gesellschaft einer Frau namens Beatrice Walker.«

»Beatrice?« Webbers Stimme war plötzlich einen Halbton höher gerutscht. »Mit Arthur?«

»Sie wissen, wer sie ist?«, platzte ich heraus, bevor ich es verhindern konnte.

»Äh ja«, sagte Webber, den meine ungestüme Reaktion kurz ins Stocken gebracht hatte. »Seit ich nicht mehr bei Frederick bin, habe ich sie jedoch nicht mehr gesehen. Sie ist eine Freundin von Evelyn. Wenn ich mich recht erinnere, war sie auch an dem Abend dabei, als die Ehe von Arthur und Evelyn endgültig in die Brüche ging.«

Temple beugte sich vor und fixierte Webber, als würde er nun zum vernichtenden Schlag ausholen. Mein Puls wummerte mir in den Ohren.

»Mr. Webber«, hob er an. »Wir haben Grund zu der Annahme, dass Miss Walker sich an Bord dieses Schiffes befindet. Ihr Name ist in den Passagierlisten aber nirgends vermerkt. Können Sie sich vielleicht erklären, wie das sein kann?«

»Sie heißt inzwischen nicht mehr Walker«, erklärte Webber mit einem Nicken. »Soweit ich weiß, hat sie vor etwa sechs Monaten geheiratet. Die Frau, nach der Sie suchen, heißt jetzt Beatrice Green.«

23

Ohne eine Sekunde zu zögern, sprang Temple auf, schnappte sich seinen Fedora vom Tisch und stürmte davon. Ich murmelte ein paar Dankesworte in Richtung Harry Webber, der vom abrupten Aufbruch des Detectives genauso verblüfft schien wie ich, und eilte hinterher. Vorbei an einem missbilligend dreinschauenden Robert Evans verließen wir das Restaurant und steuerten, ohne ein Wort zu verlieren, das Offiziersquartier an.

Temples unvermittelter Energieschub war ansteckend, und einen kurzen blendenden Moment lang schienen alle Gedanken an Winston Parker, den Glatzkopf und die Frau aus dem Frachtraum vergessen. Zu mitreißend war die plötzlich sich eröffnende Chance, Beatrice Walker – oder besser gesagt: Beatrice Green – ausfindig zu machen und endlich herauszubekommen, welche Rolle sie bei dem Diebstahl von Arthur Blakes Gemälde gespielt hatte.

Wir rissen die Tür zum Dokumentenraum auf, nahmen das Hauptbuch aus dem Regal und schlugen es auf. Eine Seite nach der anderen fuhr Temples Zeigefinger die Liste der Passagiere herab, bis er an *M. und B. Green* erstarrte.

»Da haben wir sie«, sagte ich erleichtert. »Die Nummer ist in der ersten Klasse.«

»Schön«, erklärte Temple und verzog den Mund zur Andeutung eines zufriedenen Lächelns. »Sie gehen voran.«

Wir stellten das Hauptbuch zurück an seinen Platz und machten uns auf den Weg. Mit jedem Schritt stieg meine Aufgeregtheit.

»Ich habe da noch etwas für Sie«, sagte ich. »Vor unserem Treffen mit Mr. Webber ist Mrs. Hewitt hier bei uns im Offiziersquartier aufgetaucht. Wir haben gestern ihren Mann befragt.«

»Ich erinnere mich.«

»Wie es scheint, ist Mr. Hewitt nicht ganz ehrlich zu uns gewesen«, fuhr ich hastig fort, da ich fest damit rechnete, dass mein Bericht Temples gute Stimmung nur noch mehr aufheitern würde. »Mrs. Hewitt zufolge haben sie nach ihrer Rückkehr vom Restaurant doch etwas in ihrer Kabine gehört. Das Bullauge war zwar geschlossen, und der Regen prasselte schon heftig, aber sie ist dennoch überzeugt davon, dass sich draußen zwei Leute stritten.«

Temple blieb wie vom Blitz getroffen stehen. Wir hatten gerade die Große Treppe erreicht und Temple bereits die ersten beiden Stufen erklommen, weshalb er nun auf mich heruntersah.

»Stritten?«

»Hat sie gesagt.«

»Um wie viel Uhr ist das gewesen?«

»Irgendwann zwischen halb elf und elf. Mrs. Hewitt meint auch, etwa um diese Zeit gehört zu haben, wie etwas Schweres zu Boden fiel. Inzwischen hält sie es aber durchaus für möglich, dass es Dupont war …« Schlagartig kam mir die traurige Realität dessen zu Bewusstsein, was ich da schilderte, und alle Begeisterung war fort. Nach einer kurzen Pause fügte ich hinzu:

»Sie glaubt inzwischen, an diesem Abend gehört zu haben, wie er fiel.«

»Oder gestoßen wurde …«, ergänzte Temple und starrte nachdenklich ins Leere, während er die neue Information abspeicherte und einsortierte. Dann verengten sich seine Augen. »Wie ich sehe, haben Sie schon wieder mit Zeugen gesprochen.«

»Sie ist zu mir gekommen«, protestierte ich. »Ich konnte sie doch schlecht fortschicken, und Sie selbst haben mir verboten, Ihnen in die dritte Klasse zu folgen.«

»Sie hätten mir das wenigstens sofort mitteilen können.«

»Bevor ich dazu Gelegenheit hatte, war Mr. Webber schon da.«

»Ach ja? Und was genau hat Sie davon abgehalten, mir Ihre Unterhaltung mit Mrs. Webber gestern Abend in vollem Umfang wiederzugeben? Sie dürfte es doch gewesen sein, die Ihnen erzählt hat, dass ihre Eltern noch nichts von der Heirat wissen.«

»Schon richtig, aber ich habe nicht gesehen, inwieweit das von Relevanz sein könnte.«

»Unbrauchbar«, knurrte Temple nur und schüttelte den Kopf.

»*Ich* unbrauchbar?«, rief ich entrüstet. »Von der Sekunde an, in der ich zu Ihnen ins Restaurant kam, habe ich doch versucht, Ihnen mitzuteilen, was Mrs. Hewitt ausgesagt hat, aber Sie wollten ja nichts hören! Und wenn Sie nicht nach unserem Gespräch mit Mr. Morris in die dritte Klasse abgehauen wären, hätten Sie sich ihre Aussage vermutlich sogar selbst anhören können. Also werfen Sie gefälligst nicht mir vor, unbrauchbar zu sein!« Ich nahm zwei Stufen, um auf einer Höhe mit ihm zu stehen. »Warum ist es so wichtig, dass Sie diesen Mann finden? Diesen Schläger von gestern – was hat er so Furchtbares verbrochen, dass Sie kostbare Zeit darauf vergeuden, ihn aufzuspüren?«

»Das geht Sie nichts an.«

»Natürlich geht mich das etwas an! Wie soll ich Ihnen denn bei den Ermittlungen helfen, wenn Sie mich über wichtige Dinge einfach im Dunkeln lassen.«

»Sie sollen gar nicht helfen«, schoss er zurück. »Nur begleiten.«

Eine Weile standen wir einander stumm gegenüber. Die vorbeikommenden Passagiere senkten ihre Stimmen und gingen hintereinander, um einen Bogen um uns zu machen. Über Temples Kopf konnte ich eine junge Familie sehen, die heruntersteigen wollte, es sich nach einem besorgten Blick auf uns allerdings anders überlegte und lieber den Rückweg antrat.

Ich spürte, wie ich errötete, und atmete tief durch, um mich wieder in den Griff zu bekommen. *Schluck die Wut einfach runter,* ermahnte ich mich. Es gab jetzt Wichtigeres zu tun, als meinen gekränkten Stolz zu pflegen.

»Dieser Zettel«, sagte ich. »Den, den wir in Duponts Kabine gefunden haben. *Samstag, 9 Uhr.* Deshalb haben Sie Mr. und Mrs. Webber um Schriftproben gebeten, richtig? Um sie zu vergleichen.«

Temple funkelte mich noch einen Moment an, bevor er das Friedensangebot endlich zu begreifen schien. »Ja«, sagte er einlenkend.

»Und?«

»Nichts und. Keine der beiden stimmt damit überein.«

»Sicher?«

»Ja«, antwortete er wieder in gereizterem Ton.

»Vielleicht die von Beatrice Green?«

Wortlos wandte er sich ab, legte die Hand auf das weit geschwungene Eichengeländer und stieg nach oben.

Ich blieb noch ein paar Sekunden in Gedanken vertieft zurück. Nachdem Harry Webber zufolge die Frau aus dem Frachtraum dort bereits am Dienstag gesehen worden war, hatte ich den Verdacht, sie könnte eine Komplizin von Temple sein, eigentlich schon begraben. Doch wenn ich jetzt so hautnah erlebte, wie sehr er unsere Zusammenarbeit hasste, drängte sich wieder ein anderer Eindruck auf. Vielleicht wäre es ihm tatsächlich den Aufwand wert, mich loszuwerden. Vielleicht steckten sie doch unter einer Decke.

Schon allein die Vorstellung ließ mich vor Wut schäumen. Bestimmt täuschte ich mich. Aber was hatte sie dann an seiner Kabinentür zu suchen?

Ich holte noch einmal tief Luft und erinnerte mich daran, warum ich ihm das alles durchgehen ließ. Ich rief mir das Bild von Duponts Leiche vor Augen, stellte mir vor, wie gerade jemand, der zu allem entschlossen schien, mit einem Messer bewaffnet auf der *Endeavour* herumlief. Und ich dachte an Raymond, der in New York auf mich wartete und mir helfen wollte, Amelia zu finden.

Ich schüttelte die Grübeleien ab und eilte Temple hinterher. Aus den Augenwinkeln nahm ich die farbenprächtige Darstellung einer englischen Landschaft wahr, und prompt kam mir Arthur Blakes Gemälde wieder in den Sinn und was Nathaniel Morris darüber gesagt hatte: »*Kein Mensch, der einen Funken von der Sache versteht, würde auf die Idee kommen, dass so ein Bild existiert.*«

Doch offenbar existierte das Bild. Warum sonst würde jemand sich solche Mühe machen, es zu stehlen? Auch Blake schien von der Echtheit des Ecclestone überzeugt. Ebenso natürlich Dupont, der unter falschem Namen diese Reise gebucht hatte, um es sich zurückzuholen.

Aber je länger ich darüber nachdachte, desto stärker beschäftigte mich unser Gespräch mit Morris. Wenn er recht hatte und Dupont ein Hochstapler war, könnte dann das Ganze – also das Gemälde, der falsche Name, vielleicht sogar der Verkauf an Blake – bloß Teil eines ausgeklügelten Betrugsplans sein? Noch war weiterhin unklar, welche Verabredung er für Samstag getroffen hatte und wer sein geheimnisvoller Geldgeber war. Vielleicht spielte das alles in seinen Plan hinein. Einen Plan, den er am Abend vor unserer Ankunft in die Tat umsetzen wollte.

Das Herz schlug mir bis zum Hals, als wir vor der Kabine von Beatrice Green eintrafen. Selbst die noch nachwirkende Auseinandersetzung mit Temple vermochte die gespannte Erwartung auf die erste Begegnung mit der Frau, nach der wir so lange gesucht hatten, nicht entscheidend zu trüben. Sollte ich jedoch gehofft haben, sofort einen Anhaltspunkt dafür zu entdecken, dass sie die junge Frau war, die uns im Frachtraum aufgelauert hatte, so wurde ich bitter enttäuscht.

Die Frau, die uns in Nummer 103 die Tür öffnete, machte einen eher distanzierten und steifen Eindruck. Sie trug eine cremefarbene Bluse zum passenden Rock und hatte kurzes pechschwarzes Haar, das unterhalb der Perlenohrringe nach vorn schwang und über den schneeweißen Wangen nadelspitz zulief. Ihre blauen Augen blitzten kalt wie Eiskristalle, und über dem deutlich hervortretenden Schlüsselbein hing eine glitzernde Diamantkette.

Sie betrachtete uns mit völligem Desinteresse, während Temple den Anlass für unseren Besuch erläuterte, und als er darum bat, in die Kabine kommen zu dürfen, schürzte sie erst eine Weile unentschlossen die Lippen, bevor sie mit einem kaum merklichen Achselzucken zur Seite trat und uns einließ.

Wir folgten ihr in einen großen Empfangsbereich, in dessen Mitte zwei Plüschsessel um einen Couchtisch gruppiert waren. An einer Wand stand ein Sofa unter einem Paar verschnörkelter goldener Leuchten, an einer anderen eine Anrichte aus Eichenholz mit einem Flaschenkühler, einer leeren Flasche Champagner und einem Strauß pinkfarbener Rosen in einer Glasvase. Als wäre die Kabine nicht schon von Größe und Einrichtung her luxuriös genug, war sie im Vergleich zu denen in der zweiten Klasse auch noch deutlich heller. Durch große Fenster mit feinen Seidenvorhängen konnte alles, was an fahlem Sonnenlicht da war, ungehindert in den Raum strömen.

Ich musste an das kleine Häuschen denken, das Kate und ich bewohnten. Allein in den Empfangsbereich von Beatrice Greens Kabine hätte unser Wohnzimmer mitsamt der Küche bequem hineingepasst. Natürlich hatte eine solche Großzügigkeit seine angenehmen Seiten, aber für meinen Geschmack war es schon zu opulent.

»Hübsch«, bemerkte Temple, ohne die Verachtung in seiner Stimme zu verbergen.

»Michael besteht stets auf dem Besten vom Besten«, antwortete sie und kontrollierte gelangweilt in einem goldgerahmten Wandspiegel ihr Aussehen.

»Ihr Ehemann?«

»Richtig. Ich nehme an, Sie wollten gern mit ihm sprechen. Er ist nicht da.«

»Eigentlich wollte ich mit Ihnen reden, Ma'am«, sagte Temple.

»Oh?«, sagte sie, wandte sich um und lächelte amüsiert, als fände sie die Idee belustigend. In aller Ruhe nahm sie in einem der Lehnsessel Platz, schlug die Beine übereinander und zündete sich eine Zigarette an, die sie aus einem Kästchen auf dem Couchtisch gefischt hatte. Ihre schlanken Finger bewegten sich geschickt, die Nägel waren perfekt gepflegt, und sie leuchteten in exakt demselben tiefen Rotton wie ihre Lippen. An ihrer linken Hand funkelte ein Diamant. Ich fragte mich, wie viele meiner Jahresgehälter er wohl wert sein mochte. Er war um Welten edler als der schlichte Platinring an Cassandra Webbers Finger – oder gar der Ehering, den ich einst über Kates Finger gestreift hatte.

»Und worüber genau würden die Herren gerne mit mir sprechen?«, erkundigte sie sich.

Ich räusperte mich, und der Detective warf einen angeödeten Blick in meine Richtung. »Das ist Mr. Birch«, brachte er immerhin heraus.

»Ich bin einer der Offiziere auf diesem Schiff, Ma'am.«

»Dachte ich mir fast. Die Offiziersuniform legt die Vermutung nahe.«

»Äh … natürlich«, stammelte ich. »Also ich …«

»Dienstagabend haben Sie mit Arthur Blake an der Bar des Restaurants gesessen«, fiel Temple mir ins Wort.

»Ja«, antwortete Mrs. Green, ohne im Geringsten überrascht zu wirken, was Temple über sie wusste.

»Wären Sie sehr erstaunt zu erfahren, dass ausgerechnet in der Zeit, die Sie mit Mr. Blake an der Bar verbrachten, ein Gegenstand von großem Wert aus seiner Kabine entwendet wurde?«

»Wie furchtbar«, sagte sie nüchtern.

»Außerdem haben Sie sich Mr. Blake offenbar unter einem Namen vorgestellt, den Sie gar nicht mehr führen.«

»Wollen Sie damit etwas Bestimmtes andeuten, Mr. Temple?«

In ihrer Erwiderung schwang zwar eine gute Portion Feindseligkeit mit, aber zu beunruhigen schien die Befragung sie keineswegs. Wenn überhaupt genoss sie das kleine Wortgeplänkel. Während sie unvermindert weiterlächelte, führte sie die Zigarette, die bis dahin lässig zwischen den Fingern ihres aufgestützten Arms in der Luft gebaumelt hatte, genüsslich zum Mund und ließ einen dünnen Rauchfaden Richtung Decke aufsteigen.

»Sie und Mr. Blake sind sich schon früher begegnet, nehme ich mal an«, fuhr Temple fort.

»Das eine oder andere Mal. Evelyn ist eine gute Freundin von mir.«

»Und dennoch schien er nicht die geringste Idee zu haben, wer Sie sind.«

»Eigenartig, nicht?«

»Würden Sie bitte in aller Genauigkeit schildern, wie dieser Dienstagabend verlief«, forderte Temple sie spürbar gereizt auf.

»Wie Sie bereits ganz zutreffend bemerkt haben, saß ich mit Arthur an der Bar des Restaurants.«

»Ich hätte gerne einen vollständigen Bericht über die Geschehnisse des Abends«, wiederholte Temple.

Mrs. Green lehnte sich in ihrem Sessel zurück, zog noch einmal an ihrer Zigarette und kostete unser gespanntes Warten in aller Ruhe aus. Schließlich lächelte sie und lenkte wieder mit diesem beiläufigen kurzen Achselzucken ein.

»Ich habe mit Michael im Restaurant gesessen, als ich Arthur an der Bar bemerkte«, begann sie. »Wir waren gerade mit dem Essen fertig und wollten in die Kabine zurück, also habe ich Michael gebeten, schon alleine vorzugehen. Ich erklärte, ich hätte einen alten Freund entdeckt, dem ich kurz Hallo sagen wolle.«

»Sie würden Mr. Blake demnach als einen Freund bezeichnen?«

»Arthur ist ein mieses Schwein«, antwortete sie. Obwohl sie die Worte ohne jede Schärfe aussprach, war ich perplex. »Er ist ein arroganter Spinner, der meine Freundin nur wegen ihres Geldes geheiratet hat und sie zum Gespött der Leute werden ließ. Sie glauben ja gar nicht, welche Dinge man sich hinter Evelyns Rücken erzählt hat, als sie ihn zu Hause anschleppte – diesen Habenichts von Künstler, der sich für etwas Besseres hielt. Ich sah ihn da allein vor seinem Glas sitzen und wollte gerne hören, wie elend es ihm ergangen ist, nachdem sie sich von ihm getrennt hatte. Also setzte ich mich neben ihn und sagte: ›Ich bin Beatrice.‹ Zuerst machte er ein verdutztes Gesicht und starrte mich nur mit seinem Dumme-Jungen-Blick an. Da wir uns nach meiner Hochzeit mit Michael noch nicht getroffen hatten, sagte ich lieber: ›Beatrice Walker.‹ Und wissen Sie, was er tat? Er setzte doch glatt dieses widerlich selbstgefällige Grinsen auf, mit dem er Evelyn immer herumzubekommen versucht hatte, faselte etwas davon, was für eine schöne Begegnung das sei, und fragte, ob er mir *einen Drink ausgeben dürfe.*«

Die letzten vier Worte betonte sie gedehnt und lächelte dabei, wohl um uns zu demonstrieren, dass diese Szene Blakes wahren Charakter perfekt zum Ausdruck brachte. Auch jetzt erhob sie ihre Stimme keinen Deut. Das brauchte es auch gar nicht. Ihre abgrundtiefe Verachtung für ihn war unmissverständlich herauszuhören.

Ich hätte beinahe laut aufgestöhnt. Da gaben wir uns alle erdenkliche Mühe, die geniale Komplizin aufzuspüren, die Blake ablenkte, während seine Kabine auf den Kopf gestellt wurde, wenn er in Wahrheit nur zu dämlich war zu erkennen, dass er die Frau neben ihm längst kannte.

»Mir hat man gesagt, dass Mr. Blake und Miss Scott durchaus glücklich verheiratet waren«, entgegnete Temple. »Zumindest eine Zeit lang.«

»Nein«, tat Beatrice Green die Ansicht sofort ab. »Uns ist allen klar gewesen, dass Evelyn ihn bloß zu Hause anschleppte, um Frederick zu ärgern. Letztlich hat sie ihn genauso gehasst wie der Rest von uns.«

»Hat sie Ihnen das so gesagt?«

»Das brauchte sie gar nicht. Schon als sie ihm das Jawort gab, konnte man ihr ansehen, dass sie den Entschluss bedauerte. Aber so ist Arthur nun mal. Erst reizend und charmant, aber sobald Evelyn ihn ins Haus ließ, fing er an, auf ihre Kosten in Saus und Braus zu leben. Jeder wusste, dass er nicht zu ihr passte. Und als er sich schließlich einen solch schwachsinnigen Fehltritt leistete, dass sie ihn in die Wüste schickte – womit wir alle früher oder später gerechnet hatten –, da habe ich ihr nur gratuliert und gesagt, das sei das Beste, was sie je getan habe.«

Mir fiel wieder ein, was Harry Webber uns im Restaurant erzählt hatte, nämlich dass Blake angeblich mit einer anderen Frau erwischt worden war. Hatte ich mir das zu Anfang noch schwer vorstellen können, klang es nach diesem Bericht schon deutlich glaubwürdiger.

»Alle schienen ihn nicht zu hassen«, sagte Temple. »Soweit ich weiß, hatte Vivian Hall ein gutes Verhältnis zu ihm.«

»Vivian brauchte bloß jemanden, mit dem sie über Kunst reden konnte. Das ist alles. Außerdem ist sie sowieso eher ein Sonderfall. Im Grunde hat sie nur Eingang in Evelyns Kreise gefunden, weil ihr Vater ein guter Freund von Frederick ist. Hätte irgendeine andere von uns so mit Arthur angebändelt, wäre sie damit bei Evelyn durch gewesen.«

»War Mr. Blake Ihrer Meinung nach betrunken?«, fragte Temple nach kurzer Überlegung. »Ich meine, als er Sie nicht erkannte.«

»Meiner Meinung nach ist der Kerl ein egozentrischer Vollidiot«, antwortete Mrs. Green. »Aber ja, vermutlich war er ein wenig betrunken. Er hat es immer schon gerne mit dem Trinken übertrieben.«

»Warum sind Sie denn geblieben, wenn er nicht einmal wusste, wer Sie waren? Wie er uns erzählte, haben Sie etwa zwei Stunden mit ihm an der Bar gesessen.«

»Ich wollte nur sehen, wie lange er braucht, um sich an mich zu erinnern; wollte sein Gesicht sehen, wenn der Groschen fällt und ihm klar wird, mit wem er die ganze Zeit redet. Aber dazu kam es nie. Er grinste bloß weiter selbstgefällig, bestellte mir einen Drink nach dem anderen und schwadronierte darüber, dass er Maler sei und auf dem Weg nach New York, um dort für viel Geld ein Gemälde zu verkaufen. Als ich mir sicher war, dass er mich nicht wiedererkennen würde, bin ich gegangen. Es war einfach nur abstoßend.«

Ich stellte mir vor, wie die beiden an der Bar saßen und Cocktails tranken. Arthur Blake viel zu ichbezogen, um zu merken, dass er der Frau, die er da umwarb, bereits begegnet war. Und Beatrice Green, die sich unbedingt daran ergötzen wollte, wie elend es ihm seit der Scheidung ergangen war. Ich hätte nicht sagen können, wer von beiden mich mehr anwiderte.

»Um wie viel Uhr haben Sie das Restaurant verlassen?«, fragte Temple.

»So um elf, würde ich sagen.«

»Und Sie gingen auf direktem Weg zu Ihrer Kabine?«

»Wohin denn sonst?«

»Beantworten Sie bitte die Frage, Mrs. Green.«

Ihr schien die wachsende Verärgerung Temples regelrecht Vergnügen zu bereiten. »Ja, ich bin auf direktem Weg zu meiner Kabine zurück«, sagte sie lächelnd.

»Kann das jemand bestätigen?«

»Zurückgegangen bin ich allein, wenn Sie das meinen. Michael war allerdings noch wach, als ich kam. Er wird Ihnen sagen können, um wie viel Uhr das war.«

Temple nickte zufrieden. Währenddessen war ich noch verzweifelt damit beschäftigt, die Abfolge der Ereignisse in meinem Kopf zu ordnen, um zu klären, ob sie womöglich Gelegenheit gehabt hätte, nach ihrem Aufbruch von der Bar selbst noch in Blakes Kabine einzubrechen. Hätte sie im Restaurant nicht sogar noch bequem ein Steakmesser einstecken können?

»Und wo ist Ihr Mann gerade, Mrs. Green?«, unterbrach Temple meinen Gedankengang.

»Keine Ahnung«, antwortete sie und spielte mit den Diamanten an ihrer Halskette. »Ich glaube, er erwähnte etwas von einem Klavierkonzert, das er sich anhören wollte.«

»Verbringen Sie die Tage häufig getrennt?«

»Manchmal. Wir hatten eine kleine Auseinandersetzung heute Morgen. Ich schätze, er ist gegangen, um seine Nerven etwas zu beruhigen.«

»Dürfte ich fragen, worum es bei der Auseinandersetzung ging?«

»Ach, nichts, im Grunde genommen. Er ist nur die letzten Tage überaus leicht reizbar gewesen, und heute Morgen hat es mir einfach gelangt. Ich habe gesagt, wenn ihn irgendwelche geschäftlichen Dinge so aufregten, solle er sich gefälligst woanders abreagieren. Und wie es den Eindruck macht, ist er genau diesem Vorschlag gefolgt.«

»Sie klingen nicht sonderlich beunruhigt.«

»Michael ist bisweilen etwas aufbrausend«, erklärte sie in gleichgültigem Ton. »Dann braucht er nur ein wenig Zeit zum Abkühlen. Wenn er zurückkommt, ist bestimmt wieder alles in Ordnung.«

»Hätten Sie vielleicht etwas Handschriftliches von Ihnen, das ich mir ansehen könnte, Mrs. Green?«, fragte Temple.

»Das ist aber eine sonderbare Bitte.«

»Leider muss ich darauf bestehen und bräuchte es sofort.«

Sie dachte kurz darüber nach und winkte dann mit ihrer Zigarette in Richtung des zweiten Sessels. »Würden Sie mir bitte das Sakko dort reichen?«

Da Temple keinerlei Anstalten machte, ihr den Dienst zu erweisen, nahm ich das Jackett mit den Nadelstreifen von der Rückenlehne und reichte es ihrer ausgestreckten Hand. Nachdem sie ihre Zigarette ausgedrückt hatte, griff Mrs. Green in eine der Innentaschen und holte ein Päckchen Visitenkarten und einen reich verzierten Füller heraus.

»Was soll ich schreiben?«

»Nichts allzu Aufwendiges«, sagte Temple. »Die Wochentage vielleicht.«

Sie klemmte eine der kleinen Visitenkarten zwischen Daumen und Zeigefinger und hielt sie mit belustigtem Blick hoch.

»Dann eben nur ein paar Tage«, ruderte Temple zurück. »Samstag und Sonntag genügen schon.«

Sie schrieb schwungvoll etwas auf die Rückseite, gab Temple die Karte und lehnte sich zurück, um seine Prüfung interessiert zu beobachten.

Insgeheim war ich recht optimistisch gewesen, aber schon ein beiläufiger Blick auf ihre Handschrift genügte, alle Hoffnungen zu zerstören. Die Buchstaben auf Duponts Zettel hatten ausladende Schwünge und Schnörkel aufgewiesen, wohingegen Beatrice Green überaus akkurat und eher klassisch elegant schrieb. Hier bestand ganz sicher keine Übereinstimmung.

Temple kniff nur die Lippen zusammen und drückte mir die Karte in die Hand. Ich drehte sie um und las über einer Londoner Adresse schwarz gedruckt die Worte:

Michael Green
Green & Carter Associates

»Warum Sie das unbedingt sehen wollen, sagen Sie mir nicht, habe ich recht?«, fragte sie.

Der Detective antwortete nicht.

»Was wurde denn aus Arthurs Kabine gestohlen?«, versuchte sie es weiter. »Dieser ›Gegenstand von großem Wert‹.«

»Hat Mr. Blake es Ihnen gegenüber nicht erwähnt?«, fragte Temple zurück.

»Nein.«

»Dann kann ich darüber keine Auskunft geben.«

Sie zuckte mit den Achseln und zündete sich die nächste Zigarette an.

»Sagen kann ich Ihnen nur, dass ein Gentleman die Reise auf diesem Schiff in der Hoffnung angetreten hat, Mr. Blake den betreffenden Gegenstand abkaufen zu können. Noch vor unserer Ankunft in New York. Sie haben vielleicht von ihm gehört. Er wurde gestern Morgen tot aufgefunden. Offenbar ist er eine Treppe hinuntergestürzt, während Sie und Mr. Blake an der Bar saßen. Merkwürdiger Zufall, meinen Sie nicht?«

»Stecken wir da jetzt etwa gemeinsam drin?«, erwiderte sie mit einem gespielt angeekelten Grinsen.

»Ein Mann ist gestorben, Mrs. Green«, gab Temple mit eisigem Unterton zurück. »Und Sie sprechen hier mit einem Inspektor von Scotland Yard. Sie sollten das Ganze besser ein klein wenig ernster nehmen.«

»Es fällt nicht unbedingt leicht, Sie ernst zu nehmen, wenn Sie es ständig für nötig halten, solch absurde Fragen zu stellen. Was genau versuchen Sie hier zu unterstellen, Mr. Temple? Dass ich Arthur abgelenkt hätte, während dieser geheimnisvolle Gentleman seine Kabine ausräumte? Und was dann? Soll ich den Mann anschließend noch eine Treppe hinuntergestoßen haben?«

»Aus welchen Gründen fahren Sie denn nach New York, Mrs. Green?«, fragte Temple durch zusammengebissene Zähne.

»Im Wesentlichen Michael zuliebe, würde ich sagen«, antwortete sie und stieß dabei mit einem leichten Seufzer eine feine Rauchfahne aus. »Natürlich bestehe ich auch darauf, dass wir zu Macy's gehen, und Tickets für eine Broadway-Show haben wir auch. Aber eigentlich ist sein Besuch auf der Kunstmesse der Hauptanlass.«

»Die New York City Art Fair?«, warf ich aufgeregt ein.

»Genau. Michael fährt jedes Jahr hin in der Hoffnung, etwas ganz besonders Seltenes für seine Sammlung zu ergattern.« Sie verdrehte die Augen, als hielte sie das Hobby ihres Mannes nur für alberne Spinnerei.

Temple ging nicht sofort darauf ein, aber an der Art, wie sich sein Rücken straffte, war leicht abzulesen, dass auch er diese neue Erkenntnis für bemerkenswert hielt.

»Seltsam«, sagte er schließlich. »Dieser Herr, der gehofft hatte, von Mr. Blake diesen Gegenstand zurückzubekommen, war ebenfalls auf dem Weg zur Kunstmesse.«

»Ich könnte mir vorstellen, dass dies auf eine beträchtliche Anzahl von Passagieren auf diesem Schiff zutrifft. Immerhin handelt es sich um die größte Kunstauktion weltweit, wie allgemein bekannt sein dürfte.«

Temples Nasenflügel bebten.

»Dieser Gegenstand, der Arthur abhandengekommen ist«, fuhr sie ungerührt fort, »ist natürlich auch ein Gemälde.«

»Sie haben doch gesagt, dass Mr. Blake es Ihnen nicht verraten hat.«

»Hat er auch nicht. Aber ein abgebrannter Künstler, der mit einem geheimnisvollen Gegenstand auf dem Weg nach New York ist, ausgerechnet in der Woche, in der dort die größte Kunstauktion der Welt stattfindet? Ich bitte Sie, Mr. Temple, ich dachte, *Sie* wären hier der Detective.«

Temple kochte inzwischen vor Wut. Ich erinnerte mich noch zu gut daran, wie er am Vortag aus der Kabine von Captain McCrory gestürmt war, nur weil der ihm die Untersuchung von Duponts Leiche verweigert hatte. Ob er gleich wieder so reagieren würde?

»Was können Sie uns über die beruflichen Tätigkeiten Ihres Mannes sagen, Mrs. Green?«, brummte er. »Ich meine, über das Sammeln von Gemälden hinaus.«

»Er arbeitet für eine Bank.«

»In London?«

»Genau.«

»Und mit welcher Art von Leuten hat er geschäftlich so zu tun?«

»Über geschäftliche Dinge spricht Michael nicht mit mir«, erklärte sie knapp.

»Kann ich mir denken.«

Ihr Lächeln schwand gerade genug, um zum Ausdruck zu bringen, dass er es nun zu weit trieb.

»Was meinen Sie damit?«

Er zuckte mit den Achseln.

»Michael hat keine Geheimnisse vor mir, wenn Sie das unterstellen wollen«, betonte sie und beugte sich leicht vor.

»Ich glaube eher, dass Ihr Mann Ihnen ganz schön viele Dinge lieber nicht erzählt.«

»Machen Sie sich nicht lächerlich, Mr. Temple«, erwiderte sie. Das Lächeln war nun vollständig verschwunden, und ihre Stimme klang wenig amüsiert. Ich verfolgte den Wortwechsel besorgt, da ich fürchtete, dass Temple jeden Moment die Beherrschung verlieren könnte. Oder dass er sie eine Spur zu weit provozierte.

»Denis Dupont«, sagte er. »Er ist ein Geschäftsfreund Ihres Mannes. Aber ich wette, Sie haben diesen Namen noch nie gehört.«

Mrs. Green schürzte nur die Lippen und starrte ihn schweigend an. Meine Miene dürfte ähnlich ratlos gewirkt haben. Wovon redete er da? Woher wusste er, dass Dupont ein Geschäftsfreund von Michael Green gewesen war?

»Oder den von Mr. Fisher?«, legte er nach.

»Peter Fisher«, rief Mrs. Green triumphierend aus. »Den hat Michael mir bei verschiedenen Gelegenheiten schon vorgestellt.«

»Die beiden arbeiten also für dieselbe Bank, richtig?«

»Für wen denn sonst?«

Temple ignorierte die Gegenfrage. »Und wie würden Sie Mr. Fisher beschreiben?«, drängte er lieber weiter, um seinen Vorteil auszunutzen. »Soweit ich weiß, ist es ein Franzose gesetzteren Alters.«

»Nein, Peter ist allenfalls vierzig, wenn überhaupt«, widersprach sie sofort und sah ihn verwundert an. »Diesen französischen Gentleman hatte ich noch nie zuvor gesehen.«

»Noch nie zuvor? Wann *haben* Sie ihn denn gesehen?«

»Er war Dienstagmorgen hier.«

Ich nahm alle Bedenken hinsichtlich Temples abrupter Angriffslust zurück. Plötzlich begriff ich, auf welchen Weg er Beatrice Green gelenkt und was er damit ans Licht gebracht hatte. Dupont war hier gewesen. Er hatte Michael Green sprechen wollen.

»Um wie viel Uhr am Dienstagmorgen?«, fragte Temple rasch nach. »Wann genau ist der Franzose hier gewesen?«

»Da bin ich mir nicht sicher. Elf. Vielleicht auch halb zwölf.« Sie spielte nervös an ihren Diamanten herum. Nichts war mehr übrig von der Selbstherrlichkeit, mit der sie sich eben noch über ihn lustig gemacht hatte. Sie hatte mehr gesagt, als sie wollte, und sie wusste es.

Ich konnte Temples Triumphgefühl beinahe körperlich spüren. Und es fiel offen gesagt auch schwer, es nicht zu teilen. Wenn er um elf Uhr hier gewesen war, hatte Dupont also Michael Green einen Besuch abgestattet, nur wenige Stunden nachdem er im Restaurant Robert Evans dafür bezahlt hatte, ihm Blakes Kabinennummer herauszusuchen.

»Und worüber haben er und Ihr Mann sich unterhalten?«

»Keine Ahnung. Michael ist mit ihm in den Gang hinaus und hat die Tür zugezogen.«

»Sie haben überhaupt nichts mitbekommen?«

»Nein.«

»Obwohl sie unmittelbar draußen vor der Tür standen?«

Mrs. Green wandte den Blick ab, während ihre flinken Finger weiter die Kette bearbeiteten. »Was für eine Unverschämtheit!«, murmelte sie.

»Erzählen Sie mir einfach die Wahrheit, und ich lasse Sie in Frieden.«

»Wer ist das überhaupt?«, fragte sie mit Nachdruck. Ihre Stimme hatte wieder an Selbstbewusstsein gewonnen. »Dieser

Franzose? Was interessiert Sie so an ihm? Warum spielt es eine Rolle, dass er am Dienstag hier gewesen ist?«

Mir war nicht klar, ob Temple nur um des dramatischen Effekts willen eine Pause einlegte oder ob er sich erst überlegen musste, was genau er preisgeben sollte – aber als er schließlich antwortete, wich auch der letzte Rest von Farbe aus Beatrice Greens Gesicht.

»Das ist der Mann, der gestern Morgen tot aufgefunden wurde.«

Sie senkte den Kopf, und ihre Schultern erschlafften.

»Was auch immer Monsieur Dupont am Dienstagmorgen so dringlich mit Ihrem Mann zu besprechen hatte, ich werde es herausfinden«, versicherte Temple. »Und wenn sich herausstellen sollte, dass er nicht bloß in Duponts Tod verwickelt ist, sondern dass Sie, Mrs. Green, mir Informationen vorenthalten haben, dann werden die Folgen für Sie ebenso gravierend sein wie für ihn, das verspreche ich Ihnen.«

»Wofür Sie bestimmt höchstpersönlich mit Vergnügen sorgen werden«, fauchte sie.

»Wenn es sein muss.«

»Temple ...«, sagte ich leise.

»Sie haben gestritten«, blaffte sie ihn an. Ihr Kopf schnellte hoch, und ihre eisigen Augen blitzten. »Ist es das, was Sie hören wollten? Sie haben gestritten.«

»Und worüber?«

»Weiß ich nicht.«

»Mrs. Green ...«

»Ich weiß es nicht! Michael hat die Tür hinter sich zugezogen. Ich konnte nicht verstehen, was gesagt wurde, aber ich hörte, dass er erregt sprach. Was immer dieser Gentleman zu ihm gesagt hat ...« Sie schüttelte den Kopf, und für einen winzigen Moment glaubte ich einen bislang unbekannten Ausdruck in ihrem

Gesicht wahrzunehmen. Es sah beinahe so aus, als hätte sie Angst. »Was immer es war, Michael gefiel es gar nicht. Noch bei seiner Rückkehr in die Kabine war er außer sich vor Wut.«

24

Der Lesesalon zählte zu den besonders prächtig gestalteten Bereichen der *Endeavour*. Edle Rattantische standen in großzügigem Abstand über den Raum verteilt, jeder von ihnen akkurat eingedeckt für den Nachmittagstee und mit einem eindrucksvollen Strauß schneeweißer Rosen geschmückt. An den Wänden reihten sich cremefarbene Plüschsofas und mit floralen Goldstickereien verzierte Lehnsessel aneinander, während breite Panoramafenster, die von den gleichen Samtvorhängen wie in Beatrice Greens Kabine eingerahmt wurden, einen weiten Ausblick auf das Meer boten.

Für Passagiere der ersten Klasse, die hier allein Zutritt hatten, war dies ein Rückzugsort, an dem sie allem Trubel und Lärm auf dem Schiff entfliehen konnten, um ein paar Stunden in Ruhe zu lesen oder um Briefe und Postkarten an Verwandte daheim zu schreiben. In der Regel waren die einzigen Geräusche im Raum das Rascheln von Papier, das sanfte Klirren der Teetassen, die auf die Unterteller abgesetzt wurden, und das leise Ticken einer Standuhr mit goldenem Zifferblatt.

In der hinteren Ecke saß ein Pianist in dunkelgrauem Anzug und spielte auf einem Salonflügel. Sein Gesicht machte einen hoch konzentrierten Eindruck, während seine Finger über die glänzenden Tasten des eichenfarbenen Steinway tanzten.

Wir hatten gerade noch einen freien Tisch am entgegengesetzten Ende des Lesesalons gefunden. Alle anderen Plätze waren von ein paar Dutzend Damen und Herren in feiner Garderobe belegt, die dem Konzert lauschten. Fast alle, um genau zu sein, denn an einem Vierertisch saß nur ein einzelner Gast. Temple nickte in seine Richtung.

»Das ist er.«

Das Erste, was mir an Michael Green auffiel, war sein Alter. Während ich seine Frau auf Ende zwanzig geschätzt hatte, ging er bestimmt schon auf die fünfzig zu. Das schwarze Haar hatte er mit Brillantine straff nach hinten gekämmt, was die markanten Gesichtszüge noch unterstrich. Dennoch verrieten nicht zuletzt die leichten Hängebacken, dass dieser Mann den Annehmlichkeiten, die ein Bankiersgehalt so erlaubte, keineswegs abgeneigt war. Über den schmalen Lippen hatte er sich ein modisches Menjou-Bärtchen stehen lassen. Der marineblaue Anzug saß tadellos, und die goldgestreifte Krawatte wies sicherlich seine Zugehörigkeit zu irgendeinem exklusiven Klub oder einer Gesellschaft aus. Gebannt betrachteten seine dunklen Augen den Pianisten, während seine Finger im Takt der Musik auf die Tischplatte trommelten.

Temple stand mit entschlossener Miene auf.

»Noch nicht«, zischte ich und ergriff seinen Arm. »Nicht bei so vielen Leuten. Warten Sie bis zum Ende des Konzerts.«

»Sie machen wohl Witze«, protestierte er so laut, dass ihm einige der Zuhörer empörte Blicke zuwarfen.

»Warten Sie einfach«, beschwor ich ihn. »Bitte ...«

Temple schaute sich im Raum um und wägte die Situation ab. Der Pianist hatte seinen Vortrag zwar nicht unterbrochen, aber mehrere der Anwesenden musterten uns inzwischen mit offener Missbilligung. »Wie lange?«

»Nicht lange«, flüsterte ich. »Nur ein paar Minuten.«

Temple setzte sich wieder hin, streckte das Kinn hervor und legte die fest ineinander verschränkten Hände vor sich auf den Tisch. Er ließ Michael Green keine Sekunde lang aus den Augen.

»Woher haben Sie das eigentlich gewusst?«, fragte ich leise.

»Was gewusst?«, erwiderte er misstrauisch.

»Das von Michael Green. Noch bevor wir ein Wort mit Mrs. Green gewechselt hatten, schienen Sie schon zu wissen, dass er bei der Bank arbeitet und mit Monsieur Dupont zu tun hatte.«

»Dem war aber nicht so.«

»Soll ich Ihnen etwa abnehmen, dass die ganze Sache der reine Bluff war?«

»Nein, von vorn …«

Am Nebentisch drehte sich eine Frau um und strafte Temple mit einem solch vernichtenden Blick, dass er schnell in einen Flüsterton wechselte.

»Von vorn bis hinten gebluft nicht«, erklärte er. »Vergangenes Jahr hat Scotland Yard gegen einen Londoner Bankier namens Michael Green wegen Betrugs ermittelt. Irgendein gigantisches Steuerbetrugssystem. Es kam zwar nie zur Anklage, aber wir haben ihn seitdem im Auge behalten.«

»Warum, wenn von einer Anklage abgesehen wurde?«

»Wir waren uns sicher, dass er dahintersteckte. Eigentlich gab es sogar diverse Betrügereien in den letzten Jahren, bei denen wir denken, dass er die Finger im Spiel hatte. Aber Green ist ein vorsichtiger Mensch, und es ist uns nie gelungen, ihm etwas zweifelsfrei nachzuweisen.«

Ich sah zu Michael Green hinüber, der noch immer mit den Fingern im Takt auf den Tisch trommelte.

»Sie denken, das ist dieselbe Person?«

»Ja. Dafür spricht die Visitenkarte.«

Ich dachte an die Karte, auf der Beatrice Green ihre Schriftprobe hinterlassen hatte und die jetzt zusammen mit Amelias gelbem Haarband in meiner Tasche steckte.

»Sie haben den Namen seiner Firma wiedererkannt«, sagte ich.

»Stimmt. Und nicht nur das. Der Michael Green, gegen den Scotland Yard ermittelt hat, ist als leidenschaftlicher Kunstsammler bekannt.«

»Und als Beatrice Green Ihnen erzählte, dass ihr Mann Bankier ist und auf dem Weg zur New York City Art Fair …«

»Hatte ich die Bestätigung.«

»Und das mit Monsieur Dupont? Und Peter Fisher?«

»Dass da eine Verbindung besteht, habe ich nicht gewusst.«

»Wie kamen Sie dann darauf, Mrs. Green nach den beiden Namen zu fragen?«

»Ein Schuss ins Blaue. Der zum Treffer wurde.«

Die Frau vom Nebentisch blickte erneut böse zu uns herüber, aber ich schenkte ihr kaum Beachtung. Ich war zugegebenermaßen richtig beeindruckt.

»Wo genau stehen wir damit jetzt?«, flüsterte ich. »Wir wissen, dass Monsieur Dupont am Dienstagmorgen Mr. Green einen Besuch abgestattet hat, kurz nachdem er im Restaurant Robert Evans die Kabinennummer von Mr. Blake entlocken konnte. Und wir wissen, dass es nicht nur tatsächlich einen Mr. Fisher gibt, sondern dass er außerdem ein Geschäftsfreund von Mr. Green ist.«

»Nur weiter«, forderte Temple mich auf.

»Mir stellt sich nun die Frage, warum Monsieur Dupont in der Kabine von Mr. Fisher reiste. Und warum hat er Mr. Green am Dienstagmorgen aufgesucht? Und worum ging es bei dem Streit, den die beiden auf dem Gang hatten – zumindest laut Mrs. Green?«

»Warum er ausgerechnet Fishers Namen angenommen hat, kann ich noch nicht sagen. Aber den Grund für Duponts Besuch bei Green können wir uns vielleicht schon denken.«

Während der Pianist mit einem neuen Stück begann, ließ ich mir die verschiedenen Aussagen noch einmal durch den Kopf gehen. Nach der eher melancholischen Komposition vom Anfang war die Musik jetzt sehr viel beschwingter, sodass Michael Green sich anstrengen musste, den Rhythmus mitzutrommeln.

»Könnte er ein Kunde von Monsieur Dupont gewesen sein?«, fragte ich.

»Schon möglich.«

»Sie glauben, es steckt noch mehr dahinter?«

»Mit an Sicherheit grenzender Wahrscheinlichkeit.«

Ich versuchte, mir alles in Erinnerung zu rufen, was wir über den alten Kunsthändler bislang in Erfahrung gebracht hatten. Temple verfolgte meine Bemühungen leicht amüsiert. Dann wurde es mir schlagartig klar.

»Sie halten ihn für den Geldgeber von Monsieur Dupont«, sagte ich und kämpfte dabei gegen meine Aufregung an. »Hab ich recht, ja? Sie glauben, Dupont hat sein Geld von Green bekommen!«

»Ein leidenschaftlicher Sammler wie Green wird sich in der Regel einen festen Ankäufer leisten«, erklärte Temple mit einem Nicken.

»Und es wäre von Vorteil, wenn dieser Ankäufer seinerseits geschäftlich aktiv bliebe«, fuhr ich fort. »So sehr von Vorteil, dass Green ihm womöglich auch den Aufbau einer neuen Galerie finanziert hat, nachdem die erste im Krieg den Bomben zum Opfer fiel.«

»Durchaus möglich.«

»Und dann dieser Zettel«, sagte ich. »Die Notiz in Monsieur Duponts Kabine. *Samstag, 9 Uhr.* Wenn die nun von Mr. Green stammte? Plante Dupont vielleicht, das Gemälde von Mr. Blake zu stehlen und es Green vor dem Einlaufen in New York zu übergeben?«

»Könnte sein. Aber wie wir bereits übereinstimmend bemerkt haben, wäre Blakes Verdacht bei einem Diebstahl des Gemäldes sicherlich sofort auf Dupont gefallen. Sollte er es also tatsächlich im Auftrag von Green gestohlen haben, bleibt die Frage, warum er es schon am Dienstag tat und Blake damit vier Tage Zeit einräumte, vor der Ankunft in New York den Diebstahl zu untersuchen.«

Der Stolz, den ich angesichts meiner bestechenden Theorie empfunden hatte, verpuffte genauso schnell, wie er gekommen war. Temples Logik war unbestreitbar. Eben hatten wir uns noch am Rande eines entscheidenden Durchbruchs gewähnt, und jetzt schienen wir schon wieder von der Wahrheit so weit entfernt wie bei der Untersuchung von Duponts Leiche.

Durch die großflächigen Fenster sah ich, wie die Sonne sich dem Horizont näherte. In wenigen Stunden würde auch unser zweiter Tag vorbei sein. Ich schaute zurück zu Michael Green und hoffte inständig, dass wir mit seiner Befragung diese Untersuchung endlich abschließen könnten.

»Passen Sie mal auf«, murmelte Temple. »Ich weiß, dass Sie bei den anderen auch unbedingt etwas fragen wollten. Aber wenn ich gleich mit diesem Mann spreche, dürfen Sie sich auf keinen Fall einmischen, verstanden?«

Ich wollte schon protestieren, doch seine ernste Besorgnis brachte mich aus dem Konzept. Es ging hierbei gar nicht um mich, erkannte ich. Vielmehr machte Michael Green ihn richtig nervös.

Bevor ich antworten konnte, spielte der Pianist seine letzte Note und verbeugte sich leicht zu dem höflichen Applaus, der prompt einsetzte. Ohne eine Sekunde länger zu warten, sprang Temple auf und schlängelte sich so rasch zwischen den Tischen hindurch, dass ich ihm kaum folgen konnte. Das Publikum klatschte noch immer freundlich, als er den Tisch des Bankiers erreichte.

»Mr. Green«, sagte er.

Michael Green schaute auf, und sein unnahbarer Gesichtsausdruck erinnerte mich sofort an seine Frau. Die Ähnlichkeit wäre schon skurril gewesen, hätte sein Blick nicht zugleich noch etwas extrem Verächtliches gehabt.

»Kennen wir uns?«

Temple setzte sich auf einen der geflochtenen Salonstühle und deponierte seinen Fedora behutsam auf dem Tisch. »James Temple. Vertreter von Scotland Yard.«

»Da sind Sie aber weit weg von zu Hause. Sind wir einander schon begegnet?«

»Nein.«

Der Bankier musterte Temple gelangweilt und neigte dann den Kopf in meine Richtung. »Darf er sich nicht auch setzen?«, fragte er spöttisch.

Ich stand weiter linkisch neben dem Tisch, da ich als Offizier daran gewöhnt war, mich erst zu einem Passagier zu setzen, wenn ich dazu aufgefordert wurde. Temple drehte nur kurz unwillig die Augen nach oben, was mir als Einladung genügte, und so zog ich mir einen Stuhl heran und nahm zwischen den beiden Platz. Ich öffnete auch schon den Mund, um mich vorzustellen, brach aber lieber ab, da mir Temples Warnung noch in den Ohren klang.

»Ich hätte da ein paar Fragen«, sagte Temple. »Insbesondere wie Sie den Dienstagabend verbracht haben.«

Green antwortete nicht. Stattdessen schaute er zu dem Pianisten hinüber, der gerade einigen Bewunderern aus dem Publikum die Hand schüttelte.

»Ein talentierter junger Mann«, sagte Green. »Haben Sie gewusst, dass er Russe ist? Wie es scheint, kommen heutzutage viele der besten Musiker aus Russland. Aber das dürfte Sie vermutlich nicht interessieren, Mr. Temple. Ich nehme an, ein junger Mensch wie Sie schwärmt eher für Jazz.«

»Dienstagabend, Mr. Green«, wiederholte Temple betont ruhig und verlieh jeder Silbe besonderen Nachdruck. »Ich wüsste gern, wo Sie da gewesen sind.«

Der Anflug eines Lächelns umspielte Greens schmale Lippen, während er seinen Blick in Temple bohrte. Mit einem dramatischen Seufzer legte er die gefalteten Hände in den Schoß und ließ sich gegen die Rückenlehne sinken.

»Dienstagabend, sagten Sie?«, hob er an. »Wenn Sie es unbedingt wissen wollen, Mr. Temple, da habe ich im Restaurant mit meiner Frau zu Abend gegessen. Wie an jedem Abend dieser Woche. Am Dienstag hatten wir den Rinderbraten, wie ich mich erinnere. Sollten Sie mal versuchen.«

Er sprach lupenreinstes Oxford mit der selbstsicheren Ausstrahlung eines Mannes, der sich seiner eigenen Autorität nur allzu bewusst ist. Es rief bei mir längst verdrängte Erinnerungen an die Militärakademie in Sandhurst wach und an die jungen Männer, die dort direkt von ihren Eliteschulen in Eton oder Harrow eintrafen und ihrer Offiziersausbildung geradezu entgegenfieberten.

Green hatte jedoch nichts Soldatisches an sich. Ich hatte mich zwar selbst nie wirklich zu Hause gefühlt in der Armee, aber nach vier Jahren an der Front begann man, gewisse Eigenschaften an den Kameraden wahrzunehmen. Den Bankier verrieten seine Hände. Sie waren viel zu weich. Die Haut zu glatt, die Fingernägel zu perfekt maniküret. An seinem Handgelenk prangte eine schwere Omega. Dies war eindeutig ein Mensch, der in seinem Leben nie etwas anderes als Luxus gekannt hatte.

»Sie werden sicherlich von dem Passagier gehört haben, der gestern Morgen tot aufgefunden wurde«, sagte Temple.

»Natürlich. Neuigkeiten machen auf diesen Schiffen immer rasend schnell die Runde. Sie werden schwerlich jemanden finden, der nichts davon gehört hat.«

»Sie haben den Betreffenden allerdings sogar persönlich gekannt.«

»Ich habe nicht die geringste Ahnung, wovon Sie sprechen.«

Bevor Temple etwas erwidern konnte, hielt Green mit einem Fingerschnippen einen vorbeieilenden Kellner auf.

»Tee«, sagte er nur.

Der junge Mann erkundigte sich auch nach unseren Wünschen, aber der Detective winkte ihn nur unwirsch fort.

»Gestatten Sie mir, Ihrem Gedächtnis auf die Sprünge zu helfen«, sagte er, sobald der Kellner wieder außer Hörweite war. »Bei dem älteren Herrn handelte es sich um einen Kunsthändler namens Denis Dupont. Es würde mich wundern, wenn er Ihnen unbekannt wäre, hat er Sie doch am Dienstagmorgen so gegen elf Uhr in Ihrer Kabine aufgesucht.«

Eine Weile herrschte Stille am Tisch.

»Wie ich sehe, haben Sie bereits mit meiner Frau gesprochen«, erklärte Green schließlich, hörbar vergrätzt.

»Das ist richtig«, bestätigte Temple. »Dupont ist Ihr persönlicher Ankäufer gewesen, habe ich recht?«

»Mein Ankäufer, ja. Und ein ziemlich guter, wenn Sie es genau wissen wollen. Ihm verdanke ich einige der bemerkenswertesten Bilder in meiner Sammlung.«

»Davon bin ich überzeugt. Gehe ich recht in der Annahme, dass er Sie auch am Dienstag aufgesucht hat, um irgendeine Art von Akquisition zu besprechen?«

»Den Teil der Geschichte hat Ihnen meine Frau wohl nicht erzählen können, wie?« Seine Stimme hatte plötzlich eine gehässige Schärfe angenommen. Er grinste kurz. »Ja, wir sprachen über Geschäftliches. Ein neues Projekt.«

»Worauf genau hatten Sie es abgesehen?«

»Ich wüsste nicht, was Sie das angehen sollte, Mr. Temple.«

»Das geht mich sehr wohl etwas an, Mr. Green«, konterte der

Detective. »Denn nur zwölf Stunden nach diesem Gespräch wurde Dupont umgebracht. Und eben noch haben Sie versucht, mir weiszumachen, dass Sie den Mann überhaupt nicht kannten.«

Der Kellner kehrte mit Tee, Milch und Zucker auf einem glänzenden Silbertablett zurück und setzte die feine Porzellantasse vorsichtig auf dem Tisch ab.

Ich erwartete schon, dass Temple sofort energisch auf eine Antwort drängen würde, sobald der Kellner fort war, doch die Attacke blieb aus. Er blieb bloß ruhig sitzen und wippte mit dem Fuß unter dem Tisch, während Green sich Tee einschenkte und Milch einrührte. Nichts war zu sehen von der ungestümen, aufbrausenden Art, mit der er Nathaniel Morris und Greens Frau unter Druck gesetzt hatte. Natürlich hatte er mir bereits vorab erklärt, dass er dieses Gespräch mit ganz besonderer Sorgfalt zu führen beabsichtigte. Aber erst jetzt, wo er so geduldig darauf wartete, dass der Bankier sich bereitfand fortzufahren, wurde mir klar, wie stark dieser Mann ihn tatsächlich verunsicherte.

Am Ende richtete Green das Wort an mich. »Bestimmt hat der gute Mr. Temple hier Ihnen bereits ausführlich über die diversen Anschuldigungen berichtet, die Scotland Yard gegen mich erhoben hat, stimmt's?«, fragte er mit gequälter Miene.

Ich spürte Temples stechenden Blick auf mir und rutschte unbehaglich auf meinem Stuhl hin und her. »Er hat ...«, begann ich stammelnd, »... so etwas erwähnt, Sir. Ja.«

»Sie versuchen seit Jahren, mir irgendwelche ganz schlimmen Verbrechen anzuhängen. Ich muss allerdings gestehen, dass hier ...«, er schenkte Temple ein ironisches Grinsen, »... zum ersten Mal jemand wegen eines Todesfalls etwas von mir will. Sie müssen ein helles Kerlchen sein, wenn Sie es bis zum Schiffsoffizier gebracht haben, und werden doch gewiss nachvollziehen können, dass ich angesichts des verzweifelten Bemühens von

Mr. Temple, mir wenigstens irgendetwas anzuhängen, die Neigung verspüre, ein Mindestmaß an Vorsicht walten zu lassen.«

Ich starrte mit verständnisloser Miene von Green zu Temple, die mich beide erwartungsvoll ansahen.

»Das Gemälde, Mr. Green«, nahm Temple den Faden wieder auf. »Was sollte Dupont für Sie ankaufen?«

»Keine Ahnung.«

»Treiben Sie hier nicht Ihre Spielchen mit mir …«

»Keiner treibt irgendwelche Spielchen mit Ihnen, guter Mann. Verlieren Sie jetzt bloß nicht die Beherrschung.« Green führte erst in aller Ruhe seine Teetasse an den Mund und trank genussvoll, bevor er weitersprach. »Vor ziemlich genau einer Woche rief Dupont ganz aufgeregt in meinem Büro an und erzählte mir, dass auf dieser Überfahrt ein immens wertvolles Gemälde an Bord sein würde.«

»Und er sagte Ihnen nicht, welches?«

»Natürlich habe ich ihn danach gefragt«, antwortete Green. »Aber er beharrte darauf, dass ich ihm sowieso nicht glauben würde, selbst wenn er es mir sagte. Ich würde es mit eigenen Augen sehen müssen. Dass es einzigartiger und wertvoller sei als alles, was er je für mich besorgt habe. Er meinte, mit meiner Hilfe an Bord sei er in der Lage, den Ankauf zu regeln.«

Wie hatte Seymour es noch ausgedrückt? *»Wenn sich herausstellt, dass es dieses Gemälde wirklich gibt, wäre es mordsmäßig was wert.«*

»Und geholfen haben Sie ihm dann auch«, sagte Temple. »Sie haben ihm unter dem Namen Peter Fisher eine Kabine gebucht.«

»Der gute alte Peter«, murmelte Green mehr zu sich selbst. »Ich bin sofort los, um Dupont ein Ticket zu besorgen. So kurz vor Abfahrt waren allerdings nahezu alle Kabinen bereits weg. Peter und ich sind uns schon häufig auf der Kunstmesse in New York begegnet, und zufälligerweise wusste ich, dass er auf demselben Schiff gebucht hatte wie ich. Da er mir noch einen Gefallen schuldete, überredete ich ihn, mir sein Ticket abzutreten, sodass Dupont in seiner Kabine reisen konnte.«

»Erlauben Sie mir die Bemerkung, Sir«, sagte ich, »aber der Aufwand erscheint mir schon extrem hoch, solange Ihnen Monsieur Dupont nicht einmal zu erzählen bereit war, um welches Gemälde es sich handelte.«

»Die Situation war in der Tat kurios«, gab Green zu. »Doch wenn ich eines in meiner beruflichen Karriere gelernt habe, dann die Erfahrung, wie wichtig es ist, Broker zu haben, denen man vertrauen kann. Dupont war ausgesprochen gut in dem, was er tat, und hatte in der Vergangenheit seine Versprechungen oft genug eingelöst. Ich vertraute seinem Urteil, aber da ich noch eine Fülle anderer Dinge zu erledigen hatte, organisierte ich ihm nur rasch die Überfahrt und teilte ihm mit, dass wir uns erst in New York wiedertreffen würden.«

»Und was war am Dienstagmorgen?«, hakte Temple sofort nach. »Er muss doch etwas Wichtiges auf dem Herzen gehabt haben, wenn er direkt zu Ihrer Kabine kam.«

Greens gelangweiltes Achselzucken erinnerte mich ebenfalls an seine Frau. »Er wollte mich nur wissen lassen, dass die Dinge sich vielversprechend entwickelten«, erklärte der Bankier. »Angeblich verfolgte er einen bestimmten Plan und rechnete damit, dass die Verkaufsverhandlungen über das Gemälde noch vor unserer Ankunft in New York abgeschlossen würden.«

»Und selbst dann wollten Sie nicht wissen, worum es überhaupt ging?«

»Danach gefragt habe ich schon. Aber er sagte nur immer: ›Warten Sie ab, Sie würden es mir eh nicht glauben. Sie müssen es mit eigenen Augen sehen.‹«

»Sind Sie darüber mit ihm in Streit geraten?«, hakte Temple erneut nach.

»Wie bitte?«

Jetzt war es an dem Detective, ein hämisches Grinsen aufzusetzen. »Sie haben schon recht, Mr. Green«, erläuterte er. »Ihre Frau konnte uns zwar nicht erzählen, worüber genau Sie beide sich gestritten haben, aber die lauten Stimmen sind ihr nicht entgangen.«

»Dieses Weibsstück«, brummte Green vor sich hin, doch sofort breitete sich wieder das selbstgefällige, aalglatte Grinsen auf seinen für Sekundenbruchteile entglittenen Zügen aus. »Ja, das stimmt. Ich sagte ihm, ich hätte keine Lust zu warten, und wollte einfach wissen, um was für ein dämliches Gemälde er solch eine Aufregung veranstaltete, aber er weigerte sich weiter. Da ich es nun mal nicht gewohnt bin, so im Unklaren gelassen zu werden, habe ich wohl bedauerlicherweise etwas die Fassung verloren.«

»Und danach haben Sie ihn dann nie wiedergesehen«, schloss Temple den Bericht.

Green lehnte sich in seinem Stuhl zurück und breitete die Arme aus. »Eins kann ich Ihnen versichern, meine Herren«, verkündete er bedeutungsvoll. »Niemandem macht diese Sache mehr zu schaffen als mir.«

Während Temple eine Weile vor sich hin grübelte, nippte Green wieder an seinem Tee.

»Was, wenn ich Ihnen sagen würde, dass ich weiß, welches Gemälde Dupont für Sie erwerben wollte, Mr. Green?«, fragte er dann.

»Dann wären Sie in meinen Augen tüchtiger in Ihrem Job als die meisten Ihrer Kollegen bei Scotland Yard.«

Temple lag offensichtlich eine scharfe Erwiderung auf der Zunge, die er sich aber im letzten Moment verkniff. »Dupont hat den rechtmäßigen Eigentümer des Gemäldes am Montagabend angesprochen«, fuhr er stattdessen betont gefasst fort. »Doch der hat ihm in unmissverständlichen Worten klargemacht, an einem

Verkauf nicht interessiert zu sein. Wie sollte also bereits am nächsten Morgen Duponts Plan ausgesehen haben, es dennoch in seinen Besitz zu bringen?«

»Tja, wenn ich das bloß wüsste«, antwortete Green. »Mir hat er jedenfalls nur gesagt, dass die Dinge sich in die richtige Richtung entwickelten.«

»Klingt doch ein wenig sonderbar, finden Sie nicht? Sie wegen solch einer vagen Aussage extra aufzusuchen.«

»Er war immer ein wenig exzentrisch«, erklärte Green mit einer abfälligen Handbewegung.

»Ach ja?«

»Sie haben es in Ihrem Leben ganz offenkundig noch nicht häufig mit Menschen aus der Kunstwelt zu tun gehabt, Mr. Temple. Sollte Ihnen jemals einer begegnen, bei dem nicht das eine oder andere Schräubchen locker sitzt, geben Sie mir Bescheid.«

In diesem Punkt musste ich Michael Green beipflichten. Ich war zwar auch noch nicht besonders vielen Vertretern der Kunstbranche begegnet, aber wenn ich an Arthur Blake oder Nathaniel Morris dachte, konnte ich ihm nur zustimmen.

»Gelassenheit war sicherlich nicht seine große Stärke«, fuhr Green fort. »Vergangenes Jahr wollte er mir unbedingt mitteilen, dass der Preis, den wir für einen bestimmten Ankauf besprochen hatten, von dem betreffenden Verkäufer akzeptiert worden war. Eine simple Nachricht, sollte man denken. Sicherlich keine, die höchste Dringlichkeit erforderte. Ich befand mich damals gerade in einer wichtigen Kundenbesprechung, weshalb ich seinen Anruf nicht persönlich entgegennehmen konnte. Dennoch hielt er es für nötig, zwei Stunden lang alle fünfzehn Minuten in meinem Büro anzurufen, bis meine Sekretärin ihn schließlich doch zu mir durchstellte.«

»Er neigte also zu einer gewissen Besessenheit, wollen Sie damit sagen.«

»Ich will damit sagen, dass er ein alter Mann war, der dazu neigte, ständig über alles Mögliche besorgt zu sein. Es war einfach seine Art.«

»Kehren wir zum Dienstag zurück«, bereitete Temple diesem Punkt ein Ende.

»Dazu habe ich Ihnen doch schon alles gesagt«, antwortete Green gelangweilt. »Am Dienstag war ich abends mit meiner Frau im Restaurant essen.«

»Und nach dem Essen? Wenn ich recht informiert bin, haben Sie das Restaurant alleine verlassen.«

»In der Tat. Beatrice hatte anscheinend einen alten Bekannten an der Bar gesehen, dem sie kurz Hallo sagen wollte. Da ich noch einigen Papierkram in der Kabine zu erledigen hatte, bin ich schon ohne sie los.«

»Sie sind auf direktem Weg zurück?«

»Ja. Auf direktem Weg.«

»Um wie viel Uhr ist Ihre Frau nachgekommen?«

»So um elf, würde ich sagen«, antwortete Green und trommelte mit den Fingern auf den Tisch. »Vielleicht auch ein wenig später.«

»Und ich nehme mal an, es gibt niemanden, der bestätigen könnte, dass Sie tatsächlich die ganze Zeit in der Kabine gewesen sind, richtig?«

»Da müssen Sie schon allein meinem Wort vertrauen«, bestätigte Green mit feistem Grinsen.

»Genau an diesem Punkt bekomme ich leider ein kleines Problem, Mr. Green«, erwiderte Temple. »Sehen Sie, ausgerechnet in dem Zeitraum, den Sie angeblich alleine in Ihrer Kabine verbracht haben wollen, kam nicht nur Dupont bei einem Sturz ums Leben, sondern wurde auch das Gemälde, das Sie so gerne haben wollten, seinem Besitzer gestohlen. Sie werden sicherlich verstehen, dass diese Zusammenhänge es schwierig machen, Ihrer

Behauptung Glauben zu schenken, weder etwas Genaueres über das Bild gewusst zu haben noch etwas davon, wie Dupont es in seinen Besitz bringen wollte.«

»Wie gesagt, da werden Sie leider meinem Wort vertrauen müssen.«

Mit einem leisen Schnauben änderte Temple die Taktik. »Andererseits waren Sie, Mr. Green, ja nicht bloß ein Kunde bei Dupont, habe ich recht?«, fragte er.

Green neigte den Kopf erstaunt zur Seite.

»Sie waren zugleich auch sein Gönner«, fuhr Temple fort. »Als seine Londoner Galerie ausgebombt wurde, gaben Sie ihm das nötige Geld, in Bath neu anzufangen. Stimmt doch, oder?«

Green zögerte eben lange genug, um sich zu verraten. »Ich habe ihm wohl eine gewisse Unterstützung zukommen lassen«, gestand er widerstrebend.

»Aus reiner Menschenliebe?«

»Ich sah darin eher eine Investition in die Zukunft.«

»Verstehe. Dupont war ja ein geschickter Ankäufer, wie Sie bereits ausgeführt haben. Ihnen war also daran gelegen, dass er im Geschäft blieb, das ist naheliegend. Andererseits haben Sie selbst darauf hingewiesen, dass er schon ein alter Mann war, der sich zu viele Sorgen um alles Mögliche machte.«

»Worauf wollen Sie hinaus?«

»Man könnte sich bloß darüber wundern, dass Sie ihn noch derart stark unterstützten, wenn doch die besten Tage längst hinter ihm lagen. Vor allem da er auch noch die Idee verfolgte, in einen Provinzort wie Bath umzuziehen. Wäre es nicht viel sinnvoller gewesen, sich in London einen neuen Händler zu suchen?«

Green saß einige Sekunden schweigend da. Dann stemmte er sich aus dem ächzenden Armlehnstuhl und strich sein Sakko glatt. »Also ehrlich, Mr. Temple, wenn das alles ist, was Sie zu fragen haben, dann machen wir jetzt wohl besser Schluss.«

»Wir sind noch nicht fertig, Mr. Green.«

»Da bin ich anderer Meinung. Dupont war ein wichtiger Geschäftspartner, dessen Tod mich überaus schmerzlich trifft. Ich beantworte nur allzu gerne sämtliche Fragen, die zur Aufklärung der merkwürdigen Begleitumstände seines bedauerlichen Ablebens beitragen oder auch zur Auffindung des Gemäldes, das er für mich ankaufen wollte und das Sie zu kennen vorgeben. Aber ich sehe nicht, inwiefern das, was Sie wissen wollen, hier von irgendeiner Relevanz ist.«

Er schüttelte theatralisch den Kopf. »Leider ist mir inzwischen auch klar geworden«, fuhr er mit gequälter Miene fort, »dass Sie sich in Wahrheit gar nicht von Ihren Kollegen bei Scotland Yard unterscheiden, Mr. Temple. Ihnen ging es überhaupt nie um Dupont. Dies ist lediglich ein weiterer Versuch, mir irgendein schreckliches Verbrechen anzuhängen, bei dem Sie – wie ich aufrichtig hoffe – schon bald einmal mehr erkennen werden, dass ich es nicht verübt haben kann.«

Er wandte sich zum Gehen. Da es draußen mittlerweile dunkel geworden war, erhellte das warme Licht der auf den Tischchen stehenden Leuchten seinen Weg. Nach ein paar Schritten blieb er stehen und drehte sich noch einmal um.

»Sollten Sie tatsächlich das Gemälde finden«, erklärte er mit abschätzigem Lächeln, »würde ich natürlich liebend gern einen Blick darauf werfen. Womöglich wäre ich sogar bereit, eine kleine Belohnung dafür zu zahlen. Aber an Ihrer Stelle würde ich mir da keine vorschnellen Hoffnungen machen.«

Und mit diesen Worten war er fort.

25

Ich war zugegebenermaßen ein wenig erleichtert, als Michael Green uns im Lesesalon verließ. Für mich als Betrachter hatte das Ganze mehr einem Boxkampf geähnelt als einer Befragung, wobei es Temple zwar gelungen war, das eine oder andere Mal eine Lücke in seiner Deckung zu finden, Green jedoch letztlich die meisten Angriffe geschickt parieren oder ihnen ausweichen konnte.

Selbst nach seinem Aufbruch war die Wirkung, die Green auf Temple ausübte, noch unübersehbar. Während sein Absatz einen hektischen Rhythmus klopfte, starrten seine Augen weiter den Stuhl an, auf dem sein Widersacher gesessen hatte.

»Wohin jetzt?«, fragte ich.

Es dauerte einige Sekunden, bis er antwortete, und im ersten Moment dachte ich schon, er hätte mich gar nicht gehört. Als er schließlich den Mund aufmachte, spie er zwei Worte aus, als würden sie ihm Widerwillen verursachen.

»Vivian Hall.«

»Ist das wirklich nötig?«, wandte ich ein. »Vor der Gefahr ist sie gewarnt, und was ich von ihr bei ihrem Besuch gestern Abend erfahren habe, wissen Sie doch. Was erhoffen Sie sich denn noch von ihr?«

»Miss Hall hätte uns gleich sagen können, wer Beatrice Walker ist, wenn Sie auf die Idee gekommen wären, sie danach zu fragen. Und eine Schriftprobe haben wir von ihr auch noch nicht. Also ja, es ist unbedingt nötig, dass ich persönlich mit ihr rede.«

Dass er Vivian Hall in solch einer miesen Stimmung befragen wollte, war keine beruhigende Vorstellung, aber noch mehr Widerspruch ergab wenig Sinn, so viel war mir klar. Weniger sicher war ich mir, ob Temple ihre erneute Aussage tatsächlich für so wichtig hielt oder ob er nach der Abfuhr durch Michael Green einfach nur etwas Selbstbewusstsein tanken musste. Das Beste würde sein, ich ließ ihn mit ihr sprechen und achtete darauf, dass er seine Beherrschung nicht verlor.

Wir standen auf, und er marschierte voran aus dem Lesesalon. Nachdem wir seit nunmehr zwei Tagen gemeinsam auf dem Schiff herumliefen, fand er sich schon besser zurecht. Er musste mich nicht einmal nach dem Weg fragen, um zur Großen Treppe zu finden und durch das Gewirr an Fluren, aus denen die erste Klasse bestand.

Er hatte sich auch sicher genug gefühlt, auf eigene Faust in der dritten Klasse nach dem glatzköpfigen Schläger zu suchen. In der Zwischenzeit war viel zu viel passiert, von den Gesprächen mit Webber und den Greens bis zu meinem Zusammenstoß mit dieser Frau, daher hatte ich weder Zeit gefunden, mir über ihn Gedanken zu machen noch über die bemerkenswerten Entdeckungen in Temples Kabine.

Allerdings war ich überzeugt davon, dass einer der Namen in seinem Notizbuch dem Schläger gehörte. Temple selbst hatte den Kerl mir gegenüber als gefährlichen Ganoven bezeichnet, und je länger ich darüber nachdachte, desto sicherer war ich mir, dass in dem Notizbuch Ermittlungsergebnisse zu jenen Straftaten zusammengestellt waren, die Winston Parkers Cousine Violet in London verübt hatte. Die Zeitungsausschnitte hatten die Bandbreite der Verbrechen aufgelistet. Sie reichte von Diebstahl über Körperverletzung bis hin zu Mord.

Aber in welcher Verbindung stand Temple dazu? Im letzten Zeitungsartikel war ein anderer Polizist erwähnt worden – ein gewisser Pearce –, der für die Verhaftung Violet Parkers verantwortlich gewesen sein sollte. Was also hatte Temple damit zu tun? Warum versetzte ihn der Name Winston Parker so in Angst und Schrecken? Und warum war ihm so viel daran gelegen, diesen Glatzkopf zu finden?

Draußen herrschte tiefste Dunkelheit, als wir an Vivian Halls Kabine ankamen. Durch die breiten Fenster der ersten Klasse konnte man in der Ferne den Mond ausmachen. Die Tür der Nachbarkabine öffnete sich, und ein Gentleman in Abendgarderobe trat heraus. Temple erwiderte seinen freundlichen Gruß mit einem kurzen Nicken und klopfte an Miss Halls Tür. Nichts rührte sich, und Temples Miene verfinsterte sich weiter. Er wartete ein paar Sekunden und klopfte erneut.

»Vielleicht beim Essen?«, bemerkte ich. »Wir sollten es später noch einmal versuchen.«

Temple fixierte die Tür, als könnte er Vivian Hall irgendwie durch pure Willenskraft zum Erscheinen bringen.

»Wenn es Ihnen lieber ist, können wir auch warten«, bot ich an – aus Sorge, der Abend könnte sonst mit einem weiteren Streit enden.

»Nein, nein. Sie haben recht.«

Er bedeutete mir voranzugehen, doch kaum hatte ich mich abgewendet, da hörte ich, wie eine Tür aufgestoßen wurde. Ich schnellte herum und erwartete schon, Vivian Hall vor mir zu sehen. Stattdessen erhaschte ich nur noch den Rücken von Temple, der gerade in der Kabine verschwand.

»Um Himmels willen, Temple«, schrie ich entsetzt. »Sie können doch nicht einfach eigenmächtig …«

Bevor ich noch weitersprechen konnte, hatte ich ebenfalls den Eingang erreicht. Der Anblick, der sich mir bot, raubte mir schlagartig die Fassung.

Auf dem Boden des Empfangssalons lag lang ausgestreckt Vivian Hall.

26

»Rein mit Ihnen«, zischte Temple.

Zuerst stierte ich nur mit offenem Mund auf Vivian Hall hinunter. Die Frau, die da regungslos auf dem Boden lag, konnte doch unmöglich dieselbe sein, die mich am Abend zuvor im Offiziersquartier besucht hatte.

»Schnell, verdammt noch mal!«, drängte Temple.

Ich schrak aus meiner Lähmung auf, gehorchte rasch seiner Anweisung und schloss die Tür hinter mir.

»Nichts anfassen!«, mahnte er mich mit ausgestreckter Hand, während er selbst sich nicht von der Stelle rührte. »Bleiben Sie genau da, wo Sie sind!«

Plötzlich wirkte er hellwach. Aufmerksam und hoch konzentriert betrachtete er mit leuchtenden Augen die Leiche. Womöglich hätte ich die Reaktion sogar abstoßend gefunden, wäre ich nicht gerade wie vor den Kopf geschlagen gewesen. So nickte ich nur und glotzte von der Tür aus weiter fassungslos Miss Hall an.

Schon der Anblick von Duponts Leiche hatte mich erschüttert, obwohl ich bei ihm gewusst hatte, was mich erwartete, weshalb ich mich darauf vorbereiten konnte. Aber so aus heiterem

Himmel mit der toten Vivian Hall konfrontiert zu werden war noch einmal etwas völlig anderes.

Ihre Haut war aschfahl, die weit aufgerissenen Augen machten einen überraschten Eindruck. Sie lag auf dem Bauch und hatte eine Platzwunde am Hinterkopf. In ihrem dunklen Haar konnte man deutlich das getrocknete Blut erkennen.

Neben ihr auf dem Boden schimmerte ein silberner Flaschenkühler, ganz ähnlich dem, den Beatrice Green in ihrer Kabine gehabt hatte. In einem Punkt jedoch unterschied sich dieser Kühler auf höchst ekelhafte Weise. Sein Boden war stark mit Blut verschmiert.

»Der Flaschenkühler«, sagte ich, und meine Stimme zitterte wie bei Schüttelfrost. »Großer Gott, jemand muss ihr den auf den Schädel geschlagen haben.«

Temple blieb stumm, ging neben der Leiche in die Hocke und untersuchte die Wunde genau. Hinter ihm stand ein niedriges Tischchen mit einer halb vollen Flasche Weißwein und zwei Gläsern darauf. Das eine war leer, und eine Spur roter Lippenstift an seinem Rand ließ vermuten, dass Miss Hall selbst daraus getrunken hatte. Das andere war noch immer großzügig gefüllt und schien unberührt.

»Was machen wir jetzt?«, fragte ich.

Temple ignorierte mich weiter.

»Herrgott noch mal, was machen wir jetzt?«

»Wir bestimmen, wie lange sie bereits tot ist«, antwortete er in scharfem Ton, ohne den Blick von der Leiche zu nehmen. »Das Blut ist trocken, also kann es nicht kürzlich passiert sein.« Er griff nach hinten und legte eine Fingerspitze an die Flasche. »Außerdem ist der Wein schon ganz warm.«

»Glauben Sie etwa, sie hätte ihrem Mörder ein Glas Wein angeboten?«, fragte ich und konnte selbst hören, wie verwundert meine Stimme klang.

»Es macht den Eindruck. Oder sie hatte einen anderen Besucher, bevor der Mörder kam. Jedenfalls hatte der, für den das Glas bestimmt war, offenbar weniger Lust auf Wein als Miss Hall.«

»Wer würde sich denn ein Glas Wein einschenken lassen, ihr dann zuschauen, wie sie ihres trinkt, und sie anschließend ermorden?«, fragte ich ungläubig.

»Vielleicht hatte sie ihres ja schon vorher ausgetrunken und nur noch dem Besucher zur Begrüßung eingeschenkt.«

»Ohne sich selbst nachzugießen?«

Temple starrte eine Weile nachdenklich ins Leere.

»Um wie viel Uhr ist sie gestern Abend bei Ihnen vorbeigekommen?«, fragte er schließlich zu mir gewandt.

»Um sechs«, antwortete ich und atmete einige Male tief durch, wobei ich es vermied, die Platzwunde an Vivian Halls Hinterkopf anzusehen. »Auf keinen Fall viel später.«

»War sie so?«

»So?«

»Angezogen, meine ich«, erklärte Temple unwirsch. »Oder hat sie die Kleidung gewechselt?«

Ich holte noch einmal tief Luft und betrachtete die am Boden liegende Leiche. »Nein«, sagte ich.

»Sicher?«

»Ich denke schon«, erwiderte ich und deutete auf ihre ausgestreckten Hände. »Den Spitzenbesatz an ihren Ärmeln, den erkenne ich wieder. Sie trug zwar einen Mantel darüber, als wir uns unterhielten, aber er lugte heraus.«

Ohne ein weiteres Wort erhob sich Temple und ging ins Schlafzimmer hinüber. Da ich nicht alleine bei der Leiche zurückbleiben wollte, lief ich hinterher. Im Durchgang blieb ich stehen und betrachtete erschüttert das Bild, das sich uns bot. Das Schlafzimmer war genauso auf den Kopf gestellt worden wie Arthur Blakes Kabine. Zerknüllte Bettlaken lagen auf dem Boden, die

Schubladen des Schreibpults waren herausgerissen, und einen Koffer voller Kleidung hatte man einfach umgestülpt.

»Herr im Himmel«, murmelte ich.

»Miss Hall hatte offenbar auch ein Gemälde dabei«, sagte Temple.

»Das stimmt. Ich habe ihr noch angeboten, es bis zur Ankunft im Offiziersquartier aufzubewahren, damit nichts passieren würde, aber sie wollte nicht.«

»Suchen Sie danach. Aber seien Sie vorsichtig. Ich rechne nicht damit, dass wir es finden. Da der Empfangssalon unangetastet geblieben ist, dürfte unser Täter hier drin gefunden haben, wonach er suchte. Dennoch kann es natürlich sein, dass er irgendetwas zurückgelassen hat.«

Ich bückte mich widerspruchslos und hob mit zitternden Fingern die Ecke eines Lakens an. Hinter mir hörte ich, wie Temple den Raum durchquerte und ihren Kleiderschrank zu durchwühlen begann. Ich drehte mich um.

»Was um alles in der Welt soll denn das werden?«

»Der ganze Kleiderschrank voll mit feinster Garderobe«, antwortete Temple. »Dazu noch eine ganze Menge auf dem Boden verstreut. Das reicht bequem für zwei verschiedene Outfits am Tag, sollte Miss Hall der Sinn danach gestanden haben.« Er sah mich an. »Sie muss gestern Abend umgebracht worden sein. Wäre es erst heute geschehen ...«

»Hätte sie etwas anderes getragen«, ergänzte ich zustimmend.

»Was hat sie denn gesagt, als sie sich von Ihnen verabschiedete?«, fragte Temple und wandte sich vom Kleiderschrank ab.

»Nichts.«

»Mensch, Birch!«, blaffte er. »Strengen Sie doch mal für einen Moment Ihr Hirn an! Hat sie denn mit keinem Wort erwähnt, was sie an dem Abend noch vorhatte? Wen sie noch treffen wollte?«

»Hat sie nicht, das sage ich doch! Bloß, dass sie in Eile sei, weil sie noch etwas vorhabe.«

»Und Sie haben sie nicht gefragt, was?«

»Nein«, gab ich zu und senkte den Kopf. »Ich hielt es für unhöflich, so neugierig zu sein.«

Temple brummte nur etwas vor sich hin, und ich konnte ihm seine Verärgerung nicht einmal verübeln.

»Sie war auf dem Weg zu ihrem Mörder, das denken Sie doch, oder?«, fragte ich, aber es war mehr eine Feststellung. »Dass sie mit ihm verabredet war.«

»Ja, das denke ich. Mal abgesehen von den beiden Weingläsern war die Tür nicht aufgebrochen, und Miss Hall wurde von hinten erschlagen, was dafür spricht, dass sie ihren Mörder selbst hereingelassen hat.« Gedankenverloren schaute Temple zum Empfangssalon. »Anscheinend ist sie in ihre Kabine zurückgekehrt, um jemanden zu treffen, den sie für einen Freund hielt. Sie ließ diese Person eintreten und schenkte zwei Gläser Wein ein. Ihr eigenes trank sie aus, und als sie sich kurz umdrehte, erschlug der Mörder sie mit dem Flaschenkühler und durchsuchte anschließend ihr Schlafzimmer nach dem Gemälde.«

Ich schüttelte den Kopf und bemühte mich, das Bild von Miss Halls leblosem Körper aus dem Kopf zu vertreiben, versuchte, nicht weiter darüber nachzudenken, ob sie hatte leiden müssen oder ob der Tod schnell gekommen war.

»Aber warum überhaupt solch ein Aufwand?« Temple sprach jetzt mehr zu sich selbst als zu mir. »Blake hat uns gesagt, dass sein Gemälde immerhin die wertvollste Wiederentdeckung sein dürfte, die es in der Kunstwelt seit Jahrzehnten gab. Verglichen damit ist der Wert von Miss Halls Gemälde gewiss unbedeutend. Warum hat es unser Mörder also für angebracht gehalten …«

»Wie können Sie nur so nüchtern über das alles hier reden?«, unterbrach ich ihn. »Im Raum direkt neben uns liegt eine tote

Frau, und Sie sprechen darüber wie über etwas vollkommen Alltägliches.«

»Was wäre Ihnen denn lieber? Daran, dass sie tot ist, können wir jetzt nichts mehr ändern, Birch. Dafür hätte man gestern Abend etwas tun müssen.«

»Gestern Abend?«, wiederholte ich.

»Sie hätten sie zu mir bringen können«, sagte er. »Wenn Sie nur meinen Anweisungen gefolgt wären, statt es als Ihre eigene Aufgabe zu betrachten, die Befragung durchzuführen und sie anschließend auch noch einfach gehen zu lassen, bestünden gute Chancen, dass sie noch am Leben wäre.«

Mir klappte die Kinnlade herunter. »Das meinen Sie doch nicht im Ernst.«

Ohne zu antworten, stapfte Temple an mir vorbei zurück in den Empfangssalon.

»Temple«, rief ich und rannte ihm hinterher. »Sie können doch unmöglich im Ernst der Meinung sein, dass das hier meine Schuld ist.«

»Sehen Sie doch hin!« Er hatte sich abrupt zu mir umgedreht und den Zeigefinger auf die Leiche gerichtet. »Sehen Sie die Frau an!«

Ich zwang mich, nach unten zu schauen.

»Verstehen Sie jetzt, warum ich dagegen war, bei diesen Ermittlungen begleitet zu werden?«, fuhr er mich an. »Warum ich darauf gedrängt habe, dass Ihr Captain mich das alleine machen lässt? Hier haben Sie die Antwort! So etwas passiert, wenn Amateure sich in Dinge einmischen, von denen sie besser die Finger lassen würden. Es passieren Fehler. Menschen verlieren ihr Leben.«

Ich spürte, wie meine Hand sich zur Faust ballte. Wäre ich ein mutigerer Mann, ich hätte ihn geschlagen. So aber ließ ich die Arme schlaff herunterbaumeln, während sich die Finger derart verkrampften, dass mir die Schulter schmerzte.

Natürlich hatte er recht. Ein Blick auf die Leiche genügte, und ich wusste, dass es meine Schuld war. Erst Amelia und nun Vivian Hall. Alles meine Schuld.

»Glauben Sie wirklich, dass wir es mit demselben Täter zu tun haben?«, fragte ich schwach. »Ich meine ... derselbe, der in Arthur Blakes Kabine eingebrochen ist?«

»Sie etwa nicht?«, schoss er zurück. »Die Opfer kannten beide Dupont, ihnen beiden wurden Gemälde gestohlen ...«

»Aber hier ist nirgends ein Messer«, gab ich zu bedenken. »Der Einbrecher in Mr. Blakes Kabine hatte ein Messer dabei. Hier findet sich davon keine Spur. Stattdessen musste er ...« Ich holte Luft und nahm einen zweiten Anlauf: »Stattdessen musste er den Flaschenkühler nehmen, um Miss Hall damit den Schädel einzuschlagen.«

Temple erwiderte nichts.

»Wir haben es mit einem Täter zu tun, der ein Messer einsteckt, um ein unbewachtes Gemälde zu entwenden«, fuhr ich fort. »Aber er kommt unbewaffnet, wenn er der anwesenden Besitzerin eins rauben will? Das ergibt doch keinen Sinn. Und was hat Monsieur Dupont damit zu tun? Warum wurde *er* umgebracht, als es um Mr. Blakes Gemälde ging, während Miss Hall für ihr eigenes mit dem Leben bezahlen musste?«

»Alles hochinteressante Fragen«, stimmte Temple zu. »Und wenn wir herausfinden können, mit wem Miss Hall bei ihrer Rückkehr verabredet war, kennen wir vermutlich auch die Antworten darauf. Außerdem wäre da noch eine Frage, die Sie vergessen haben.«

Ich wagte gar nicht, etwas zu erwidern, da mir schon Übles schwante.

»Ein Gemälde wurde am Dienstagabend gestohlen und eines gestern Abend. Ist heute Abend womöglich Nummer drei dran?«

FREITAG, 14. NOVEMBER 1924

27

Captain McCrory hatte sich angemessen bestürzt gezeigt, als er von unserer Entdeckung in Vivian Halls Kabine erfuhr. Nachdem ich mich von Temple getrennt hatte, war ich sofort in sein Büro geeilt, wo er sich gerade zum Dinner fertig machte. Er hatte sich auf die unangenehme Nachricht hin erst einmal einen ordentlichen Schluck Brandy eingeschenkt und war sogar so weit gegangen, mir auch ein Glas anzubieten.

»Haben Sie selbst die Leiche entdeckt, Mr. Birch?«, hatte er gefragt und dabei auf die Schreibtischplatte gestarrt.

»Das ist richtig, Sir. Miss Hall war am Mittwoch im Offiziersquartier erschienen, um über …« Ich hatte einen Moment nach der richtigen Formulierung gesucht. »Um über ein paar Dinge zu sprechen, die sie bekümmerten. Ich bin noch einmal zu ihrer Kabine, um zu hören, ob alles in Ordnung ist.«

Der Captain hatte einen leisen Fluch ausgestoßen und sich danach erkundigt, ob andere Passagiere etwas davon mitbekommen hätten.

»Nicht dass ich wüsste, Sir«, hatte ich geantwortet. »Und Miss Hall reiste allein.«

»Und von der Crew?«

»Ich habe nichts gesagt, Sir. Sie sind der Erste, dem ich davon erzähle.«

Er hatte genickt und kurz zu der Zigarrenkiste hinübergeschielt. »Kann ich mich darauf verlassen, dass Sie diese Sache mit größter Diskretion behandeln, Mr. Birch? Der Todesfall von Mittwochmorgen hat schon für genug Unruhe gesorgt. Sollte Miss Hall tatsächlich ohne Begleitung gereist sein, gelingt es uns mit etwas Glück vielleicht, diesen Vorfall bis zur Ankunft nicht publik werden zu lassen.«

»Verstanden, Sir. Ich werde persönlich dafür Sorge tragen, dass der Coroner in New York telegrafisch über das Eintreffen einer zweiten Leiche informiert wird.«

Das Captain hatte nur genickt.

Eigentlich wäre es mir lieber gewesen, noch mehr tun zu können. So hatte ich Temple vorgeschlagen, Stewards von Tür zu Tür zu schicken, um die Passagiere aufzufordern, alle Gemälde, die sie womöglich für die Kunstmesse mit sich führten, zur sicheren Aufbewahrung abzugeben, aber die Idee hatte er umgehend verworfen. Die Nachricht über die Aktion würde rasch die Runde machen, und wenn wir nicht durch einen sehr glücklichen Zufall schon bei den ersten Türen auf den Täter stoßen würden, hätte der gewiss genügend Zeit, die gestohlenen Bilder zu verstecken, bis wir alle Kabinen der ersten und zweiten Klasse durchhätten.

»Es muss jemand sein, mit dem wir gesprochen haben«, war Temple überzeugt gewesen. »Der Täter war so gut mit Blake bekannt, dass er von dessen Gemälde wusste, und er stand Miss Hall nahe genug, dass sie ihn in ihre Kabine auf ein Glas Wein einlud. Er muss entweder erster oder zweiter Klasse reisen, da er Gelegenheit hatte, im Restaurant das Steakmesser zu entwenden. Aber das passt auf so gut wie jeden, mit dem wir in den vergangenen beiden Tagen gesprochen haben.«

»Ausgenommen Mr. Green. Er hat nicht erwähnt, Miss Hall zu kennen.«

»Das heißt nichts«, hatte Temple widersprochen. »Sie und seine Frau haben eine gemeinsame Bekannte – sie sind beide eng befreundet mit Evelyn Scott. Außerdem soll Miss Hall doch Blake zufolge eine vielversprechende junge Malerin gewesen sein, weshalb es durchaus plausibel erscheint, dass ein leidenschaftlicher Sammler wie Michael Green schon von ihr gehört hat.«

»Wie steht's mit Mr. Morris? Er hat auch ein Gemälde dabei. Zumindest er müsste doch gewarnt werden.«

»Und was, wenn Morris der Mann ist, nach dem wir suchen? Er hasste Dupont, kennt die Geschichte von Blakes Ecclestone, und Miss Hall hat ihn schon zweimal düpiert und sein Angebot abgelehnt, ihre Werke über seine Galerie zu verkaufen. Bei seinen Verbindungen dürfte es ein Leichtes sein, die beiden gestohlenen Gemälde im Umfeld der Kunstmesse zu Geld zu machen. Sollte er der Täter sein, würde ihm unsere Warnung nur noch Gelegenheit geben, die Bilder zu verstecken und alle anderen belastenden Hinweise zu vernichten.«

»Und was sollen wir jetzt tun?«, hatte ich schon leicht panisch erwidert.

»Weitermachen«, hatte Temple geantwortet. »Nicht beirren lassen und den gegenwärtigen Kurs beibehalten. Blake, die Webbers, Morris und die Greens. Das sind die einzigen Namen, auf die wir in den vergangenen beiden Tagen immer wieder gestoßen sind. Sie alle erfüllen unsere Kriterien. Es *muss* einer von ihnen sein.«

Nachdem ich dem Captain Meldung gemacht hatte, war ich für irgendwelche Unterhaltungen mit den anderen Offizieren in der Messe nicht in der Stimmung gewesen. Also war ich lieber direkt in meine Kabine zurückgekehrt, wo mir die Bilder von Vivian Halls leblosem Körper nicht aus dem Kopf gehen wollten. Sosehr ich mich auch dagegen wehrte, unablässig beschäftigte mich die Frage, ob Temple recht hatte und ich bei unserem Treffen am Mittwochabend irgendwie ihren Tod hätte verhindern können.

Kaum hatte ich in meiner Koje gelegen, überfielen mich die Schuldgefühle mit Macht. Wie eine Riesenwelle, die mich vollständig zu verschlucken drohte, spülten sie über mich hinweg. Erst Amelia und jetzt Vivian Hall ... wie vielen Menschen würde noch Schreckliches widerfahren als Folge meines Nichtstuns?

Ich hatte an Miss Hall denken müssen, wie sie aus dem Offiziersquartier davongeeilt war, um sich mit ihrem Mörder zu treffen. Und ich hatte ihr einfach bloß die Tür aufgehalten und sie gehen lassen.

Ich war schuld. Und es würde immer meine Schuld bleiben, genau wie bei Amelia. Die Augen fest zusammengepresst, hatte ich daran gedacht, dass es nach dem Aufwachen nur noch zwei Tage wären. Zwei Tage, bevor wir in New York festmachten und ich Raymond wiedersehen würde. Zwei Tage, um den Mörder von Denis Dupont und Vivian Hall zu finden.

Auch am nächsten Morgen hatte sich meine Stimmung nicht merklich aufgehellt. Die Tagesbesprechung mit Captain McCrory verlief erneut unerfreulich, da die Offiziere von zunehmenden Nachfragen seitens der Passagiere berichteten, die wissen wollten, was wegen Dupont unternommen werde. McCrory leierte die gleiche Predigt wie am Vortag herunter und wies uns an, auf Fragen der Passagiere stets zu antworten, dass der Tod als Unfall betrachtet werde. Die Offiziere schauten ihn nur ungläubig an, und ich hielt gespannt den Atem an, was jetzt folgen würde. Doch der Captain blieb seiner Absicht treu und verlor kein Wort über meinen Bericht zu Vivian Hall. Wie es schien, wollte er ihren Tod tatsächlich mit größtmöglicher Diskretion behandeln – was es Temple und mir erlaubte, die Tat halbwegs ungestört zu untersuchen.

Als der Captain uns entließ und alle zum Gehen aufbrachen,

hörte ich hinter mir jemanden meinen Namen rufen. Ich drehte mich um und sah Travis, der mir zuwinkte.

»Birch«, rief er. »Ein Gentleman war heute früh da und hat für Sie eine Nachricht hinterlassen. Ein Mr. Temple.«

»Temple? Er ist schon hier gewesen?«

»Ja«, bestätigte Travis. »Ich soll Ihnen ausrichten, dass er Sie um zwölf im Lesesalon erwartet.«

Sofort stellte ich mir vor, wie Temple gerade auf der *Endeavour* herumlief und endlich doch ohne mich ermittelte. Eine leichte Panik machte sich in mir breit. Könnte er irgendwie erfahren haben, dass ich in seine Kabine eingebrochen war? Hatte ich nicht alles wieder an seinen Platz geräumt? Hatte er vielleicht sogar von der Frau erfahren, dass ich dort gewesen war?

Nein, redete ich mir ein. In dem Fall hätte er bestimmt einen kategorischen Schlussstrich gezogen und mich nicht noch für später in den Lesesalon einbestellt. Was also dann? Warum wollte er mich am Vormittag nicht dabeihaben?

Ich erinnerte mich daran, was er in Vivian Halls Kabine gesagt hatte: »*So etwas passiert, wenn Amateure sich in Dinge einmischen, von denen sie besser die Finger lassen würden. Es passieren Fehler. Menschen verlieren ihr Leben.*«

»Sonst hat er nichts gesagt?«, bohrte ich nach. »War das wirklich alles?«

»Das war alles. Er schien sehr in Eile.«

»Weshalb?«

»Wie ich bereits erwähnte, das hat er nicht gesagt. Er machte allerdings einen aufgeregten Eindruck. Hatte nicht mal Zeit, auf eine Frage zu antworten. Und dann dieser wilde Gesichtsausdruck, als könnte er es nicht erwarten davonzustürmen.«

Das gab mir zu denken. Aufgeregt hatte Temple nun gar nicht gewirkt, als wir uns am vorigen Abend getrennt hatten. Sollte er etwas Neues herausgefunden haben?

Schon die vage Möglichkeit, es könnte einen Durchbruch gegeben haben, beschleunigte meinen Puls. Ich wollte dem schon nachgehen, da bemerkte ich, wie Travis verlegen auf den Boden starrte.

»Alles in Ordnung, Travis?«

»Na ja«, begann der junge Offizier und lachte kurz auf. »Leider war Mr. Temple heute Morgen nicht der Einzige, der nach Ihnen gefragt hat …«

Wütend erfuhr ich, dass ich auch in der Kabine der ersten Klasse erwartet wurde, die Mrs. Fitch und ihr ekelhafter kleiner Terrier bewohnten. Diesen Besuch hätte mir ja nun wirklich einer der anderen Offiziere abnehmen können. Ich sollte jetzt eigentlich bei Temple sein und mit ihm gemeinsam den Mörder von Vivian Hall und Denis Dupont jagen, statt eine verknöcherte alte Witwe zu hofieren, die unbedingt eine größere Kabine wollte.

Mit etwas Mühe gelang es mir, meine Zunge in Schach zu halten. Immerhin hatte Captain McCrory ausdrücklich betont, den Mord an Miss Hall auch gegenüber Offizierskollegen nicht zu erwähnen. Und selbst wenn ich Travis anschnauzte, dass er diese bescheuerte Aufgabe bei Mrs. Fitch erledigen könne, was brachte mir das? Temple trieb sich Gott weiß wo herum und verfolgte ohne mich irgendeine neue Spur. Welche auch immer das sein mochte, es würde mir sicherlich nicht gelingen, ihn vor unserer Verabredung am Mittag aufzuspüren. Und so fügte ich mich widerwillig der Bitte, mich um die von Mrs. Fitch so beharrlich vorgebrachte Beanstandung zu kümmern.

Wenig später stand ich vor ihrer Kabine und geriet einen Moment ins Zögern. Mrs. Fitch wohnte in einem Parallelgang zu Vivian Hall, und unwillkürlich musste ich daran denken, wie unvermittelt ich deren Leiche auf dem Boden hatte liegen sehen. Und dann der Flaschenkühler direkt neben ihr, die beiden Weingläser auf dem Tischchen und schließlich das vollkommen durchwühlte Schlafzimmer.

Hinter der Tür hörte ich das gedämpfte Bellen des Terriers, der offenbar sein Frauchen vor meiner Ankunft warnen wollte. Mit einem letzten Stoßseufzer hob ich die Faust, um anzuklopfen, aber bevor es dazu kam, rief eine vertraute Stimme: »Nun bringen Sie diesen verdammten Köter doch endlich zur Ruhe!«

Rechts von mir flog eine Tür auf, und ich sah Arthur Blake erregt aus der Nachbarkabine treten. Als er mich bemerkte, hielt er abrupt inne, und sein Zorn schien schlagartig vergessen.

»Ah«, sagte er und setzte rasch ein freundliches Lächeln auf. »Mr. Birch!«

Der Maler trug einen Nadelstreifenanzug und eine auffällige pinkfarbene Krawatte und eilte mir sofort mit ausgestreckter Hand entgegen. Ganz offensichtlich fühlte er sich pudelwohl in der ersten Klasse. Wenn man ihn so sah, konnte man sich kaum vorstellen, dass derselbe Mann uns noch vor zwei Tagen vorgejammert hatte, wie sehr er um sein Leben fürchtete.

»Schön, Sie zu sehen, Mr. Birch. Wirklich sehr schön. Was führt Sie zu mir? Ich nehme an, es gibt Neuigkeiten.«

»Leider nicht, Sir.«

»Irgendetwas, womit ich Ihnen weiterhelfen kann?«

»Um ehrlich zu sein, Sir, wollte ich gerade zu einem anderen Passagier.«

Verwirrt schaute er von mir zur Tür von Mrs. Fitch und zurück.

»Diese grantige alte Schachtel? Ist sie etwa in die Sache verwickelt?«

»Nein, Sir. Eine andere Angelegenheit.«

»Bestimmt hat sich jemand über ihren dämlichen Köter beschwert.«

Er ließ sein jungenhaftes Grinsen aufblitzen, doch ich tat mich schwer zurückzulächeln angesichts all der Dinge, die Temple und ich in den ersten beiden Tagen unserer Ermittlungen über diesen Mann erfahren hatten. Ich stellte mir vor, wie er sich am Montagabend betrunken mit Dupont stritt, seine Flirtversuche bei Beatrice Green an der Bar und die ihm nachgesagte Untreue zu Evelyn Scott. Natürlich wünschte ich niemandem, bei der Rückkehr vom Essen ein in den Schreibtisch gerammtes Messer vorzufinden, aber inzwischen fiel es mir schwer, das gleiche spontane Mitgefühl wie beim ersten Anblick seiner verwüsteten Kabine zu empfinden.

»Ach, ich hatte so gehofft, es gäbe neue Nachrichten«, sagte er, und das Grinsen schwächte sich ab. »Nur noch zwei Tage, bis wir einlaufen … Sie werden sicherlich begreifen, dass mich das schrecklich nervös macht.«

»Mr. Temple kümmert sich gerade um die Angelegenheit, Sir«, antwortete ich und hoffte inständig, dass dies der Wahrheit entsprach.

»Sicher doch, sicher doch«, bemerkte er eifrig nickend. »Und wie war's bei Morris? Haben Sie da etwas herausgefunden?«

»Wir haben ihn aufgesucht, Sir.«

»Und?«

»Er schien nicht einmal davon gewusst zu haben, dass Monsieur Dupont sich an Bord befand.«

»Mist. Kann ich denn wirklich gar nichts tun? Ihnen irgendwie helfen? Vielleicht sollte ich mich einmal mit Morris …«

»Überlassen wir diese Arbeit doch besser Mr. Temple. Er geht auch im Moment einer Spur nach.«

»Natürlich. Geht in Ordnung.« Blake verzog den Mund erneut zu einem Lächeln, das ihm jedoch deutlich weniger unbeschwert geriet als das erste. »Na, dann werde ich wohl besser wieder reingehen. Schätze, da bin ich am sichersten aufgehoben. Wenn es etwas Neues gibt …«

Ich zwang mich zu einer freundlichen Miene. Bevor er in seiner Kabine verschwinden konnte, kam mir plötzlich ein Gedanke.

»Mr. Blake«, rief ich ihm hinterher. »Da wäre doch etwas, bei dem Sie mir helfen könnten.«

»Oh?«

»Wann haben Sie Miss Hall zuletzt gesehen?«

»Vivian?«, gab er nachdenklich zurück. »Mittwochnachmittag, als ich zu ihr bin, um sie zu warnen wegen dem, was mit meinem Gemälde passiert ist.«

»Und Sie sind sicher, dass Sie sie seither nicht mehr gesehen haben?«

»Ganz sicher«, antwortete er, und die nachdenklichen Falten auf seiner Stirn vertieften sich. »Stimmt irgendetwas nicht?«

»Nein, alles in Ordnung, Sir«, versicherte ich rasch, obwohl mir die Worte fast im Halse stecken geblieben wären. »Mr. Temple ist nur zu klären bestrebt, wo genau sich alle Beteiligten in den letzten Tagen aufgehalten haben. Gewiss haben Sie dafür Verständnis.«

»Sicher doch, sicher doch«, pflichtete Blake bei.

»Miss Hall hat Ihnen gegenüber auch nicht zufälligerweise etwas von einer Verabredung erwähnt, oder?«, versuchte ich es noch einmal. »Jemanden, den sie Mittwochabend noch treffen wollte?«

»Nicht dass ich wüsste.«

»Dürfte ich auch erfahren, wo Sie Mittwochabend gewesen sind, Sir?«

»In meiner Kabine. Wie Sie sich denken können, verspürte ich nach dem Schreckenserlebnis von Dienstagabend nur wenig Lust auszugehen. Zum Glück besteht dazu auch nur wenig Notwendigkeit, wenn man erster Klasse reist.«

Ich lächelte mechanisch.

»Allerdings hat Cassie kurz mal bei mir vorbeigeschaut, was ich ungeheuer nett von ihr fand. Sie wollte nur mal nachsehen, wie es mir geht.«

»Ist sie lange geblieben?«

»Vielleicht eine Stunde oder so.«

Ich nickte und musste daran denken, wie mir Mrs. Webber auf dem Promenadendeck begegnet war.

»Diese Spur, der Mr. Temple gerade nachgeht«, erkundigte Blake sich betont beiläufig. »Worum handelt es sich da?«

Das allerdings hätte ich selbst nur zu gerne gewusst!

28

Als die Wanduhr mit dem goldenen Ziffernblatt zwölfmal schlug, war es so still im Lesesalon, dass man glaubte, die Schläge von den Wänden widerhallen zu hören. Der auf Hochglanz polierte Steinway hatte heute Pause und schwieg, während die anwesenden Passagiere Zeitung lasen, Briefe schrieben und Tee tranken.

Trotz der beschaulichen Ruhe rutschte ich nervös auf meinem Stuhl hin und her. In den letzten Tagen hatte ich bestimmt mehr Zeit an einem Tisch mitten unter den Passagieren verbracht als in den gesamten fünf Jahren, die ich mittlerweile auf der *Endeavour* fuhr, und diese Situationen bereiteten mir immer stärkeres Unbehagen. Am unangenehmsten war es, ohne ersichtlichen Grund im vornehmen Kreis der Erste-Klasse-Reisenden herumzusitzen – so wie jetzt. Verlegen blickte ich mich um und war schon froh darüber, dass Temple wenigstens einen Tisch in der hinteren Ecke, halb verdeckt von einem großen Farn, ausgewählt hatte. Dieser Platz war weitaus diskreter als der Tisch in der Mitte des Raums, an dem wir uns am Vortag mit Michael Green unterhalten hatten.

»Herrgott, jetzt erzählen Sie mir doch endlich, worauf wir hier überhaupt warten!«, fuhr ich ihn mit gesenkter Stimme an.

»Wir überprüfen eine Theorie«, erwiderte Temple und behielt dabei unentwegt den Eingang am anderen Ende des Salons im Auge. »Trinken Sie Ihren Tee.«

Auf dem Tisch stand ein Kännchen Earl Grey, das er offenkundig in der Hoffnung bestellt hatte, es würde mich beruhigen. Ich hatte mir zwar eine Tasse eingeschenkt, sie bislang aber nicht angerührt.

Travis hatte recht gehabt. Temple war tatsächlich in einer seltsamen Stimmung. Ihm war eine gewisse Aufgeregtheit anzumerken, eine erwartungsvolle Anspannung, die sich augenscheinlich nur mit Mühe bändigen ließ. Meine eigene Nervosität linderte das natürlich ebenso wenig wie seine Weigerung, mich über die neuen Erkenntnisse zu informieren, die er gewonnen hatte.

»Herrgott, Sie können doch nicht stundenlang Ihr eigenes Ding machen und mir dann nicht mal erzählen, wo wir stehen!«, zischte ich. »Sie sagen mir jetzt gefälligst, worauf wir hier warten, oder ich gehe.«

»Nur zu«, sagte Temple und sah mich offen an. »Obwohl ich gedacht hätte, dass Sie gerne wissen würden, wen Vivian Hall am Mittwochabend dank Ihres geschickten Vorgehens getroffen hat.«

Den letzten Satz sprach er zwar so beiläufig aus wie eine Nebenbemerkung über das Wetter, aber sie brannte wie Salzwasser in einer Wunde.

»Sie haben herausgefunden, wer es war?«, fragte ich und spürte das Herz im Hals hämmern.

Temple wandte seine Aufmerksamkeit wieder dem Eingang zu und antwortete nicht. Ärger kochte in mir hoch.

»Jetzt langt's!«, rief ich und stand auf. »Ich werde hier nicht länger einfach nur so herumsitzen. Entweder Sie sagen mir, was los ist, oder …«

Er packte meinen Arm, und seine Fingernägel bohrten sich in meine Haut wie Angelhaken. Ich zuckte zusammen und wollte schon protestieren, doch bevor ich etwas sagen konnte, fiel mir auf, dass er gar nicht mehr mich ansah. Plötzlich war sein schmerzhafter Griff vergessen. Ich folgte seinem Blick und erkannte, was ihn so fesselte.

Nathaniel Morris war gerade durch die Tür getreten.

In den Brillengläsern des Kunsthändlers funkelte das Licht, während er einen Tisch nach dem anderen aufmerksam betrachtete. Er verzog den Mund, da er nicht zu finden schien, wonach er suchte, und nahm an einem freien Tisch Platz.

»Mr. Morris ...«, murmelte ich. »Ist er es, auf den wir warten?«

»Ja«, antwortete Temple. »Ich habe ihn kommen lassen.«

»Er hat uns doch erzählt, dass er die Kabine nie verlässt.«

Temple zog mich auf meinen Stuhl zurück, und ein scharfer Stich jagte durch meine Schulter.

»Wenn ich richtigliege, ist das nicht der einzige Punkt, in dem er uns die Unwahrheit gesagt hat«, erklärte er.

Mein Puls beschleunigte sich um noch ein paar Schläge.

»Sie halten also Mr. Morris für den Täter?«, fragte ich vorsichtig. »War es das, was er am Mittwochabend tat, als Arthur Blake ihn gesehen hat? Stattete er Vivian Hall einen Besuch ab?«

Temple nickte, ohne Morris aus den Augen zu lassen. Ich atmete tief durch, um den Drang zu bezwingen, ihn vor all den Passagieren zur Rede zu stellen.

»Gehen wir nicht zu ihm?«, fragte ich betont ruhig.

»Noch nicht.«

»Warum haben Sie ihn dann kommen lassen? Mein Gott, ist er nun unser Mann oder nicht?«

»Wir gehen nicht hin, weil er gar nicht weiß, dass *ich* es war, der ihn einbestellt hat.«

»Warum sollte er das nicht wissen?«

»Ich habe ihm einen Boten geschickt.«

Ich starrte Temple erschrocken an, und alle Freude darüber,

den Täter womöglich identifiziert zu haben, war schlagartig verflogen.

»Wen?«

Ich beobachtete ihn genau, forschte nach jeder kleinsten Veränderung in seinem Gesichtsausdruck. Er schenkte dem gar keine Beachtung und blickte nur weiter gebannt zu Morris.

»Irgend so einen Jungen aus der dritten Klasse eben«, sagte er mit einer wegwerfenden Handbewegung.

»Einen Jungen?«

»Ja, einen Jungen«, erwiderte er gereizt. »Was spielt das für eine Rolle? Ich habe keinen Ihrer feinen Passagiere damit belästigt, wenn Sie das fürchten sollten. Ich habe ihm die Nachricht und ein bisschen Kleingeld in die Hand gedrückt und ihn zur Kabine von Mr. Morris geschickt.«

»Warum diese Geheimnistuerei?«

»Weil es nur auf diese Weise funktionieren konnte. Und zweimal wird es nicht gehen. Wenn das hier nicht klappt, haben wir keine zweite Chance, glauben Sie mir.«

Eine Weile saß Morris allein an seinem Tisch, blickte ständig auf seine Uhr und hustete dabei so laut bellend, dass die anderen Anwesenden missbilligend in seine Richtung sahen.

Je länger ich ihn musterte, desto mulmiger wurde mir. Lag Temple womöglich richtig? War Morris unser Täter? Unter den passenden Umständen konnte ich mir schon vorstellen, wie er Dupont die Treppe hinunterstieß. Sein Hass auf den Erzrivalen schien jedenfalls leidenschaftlich genug gewesen zu sein. Aber wollte Temple wirklich behaupten, dass er Vivian Hall erschlagen hatte? Oder für den Einbruch in Blakes Kabine verantwortlich war?

Irgendwie fiel es mir schwer, ihm das zuzutrauen. Auf mich machte Morris noch immer eher den Eindruck eines möglichen dritten Opfers. Immerhin führte er genau wie Blake und Miss

Hall ein Gemälde bei sich, das er in New York verkaufen wollte, und wie sie hatte er Dupont gekannt. Seit der Entdeckung von Vivian Halls Leiche hatte ich ihn nicht einmal mehr zu den Verdächtigen gerechnet.

Andererseits hatte er uns ganz offenkundig belogen, was seinen Ausflug am Mittwochabend in die erste Klasse betraf. Also genau an dem Abend, an dem unserer Einschätzung nach Miss Hall ermordet worden war.

So unruhig, wie er hier im Lesesalon auf seinem Stuhl hockte und seine Augen hinter den Brillengläsern unablässig Richtung Tür huschten, machte er sogar einen schuldbewussten Eindruck. Als der Kellner sich seinem Tisch näherte, winkte er ihn nur barsch davon.

»Er scheint nicht bleiben zu wollen«, sagte ich.

»Wahrscheinlich glaubt er nicht, dass das Treffen lange dauert.«

»Das Treffen?«

»Was dachten Sie? Weshalb sonst sollte er denn wohl hier sein? Morris ist nicht die einzige Person, der mein kleiner Laufbursche eine Nachricht überbracht hat.«

Für einen kurzen Moment sah es so aus, als wollte Morris sich bis zu unserer Ecke umdrehen, und ich duckte mich – zu Temples Belustigung – instinktiv hinter den Farn.

»Wer kommt denn noch?«, flüsterte ich.

»Wenn ich richtig vermute, hat er noch einen weiteren Bekannten in der ersten Klasse.«

»Und Sie glauben im Ernst, dass hier eine Verbindung besteht? Dass Mr. Morris tatsächlich in die Ermordung von Miss Hall verstrickt ist?«

»Die Bekanntschaft könnte jedenfalls zentral sein. Auch in Bezug auf Dupont übrigens. Aber um sicher zu sein, brauchen wir sie beide zusammen. Morris *und* seinen Verbündeten.«

Temple mochte hoch konzentriert bei der Sache sein, dennoch

ergab es keinen Sinn, ihn weiter zu bedrängen. Sein entschlossenes Kinn und das eisige Leuchten seiner Augen sprachen dafür, dass er fest entschlossen war, mir den Namen des großen Unbekannten nicht vorab zu verraten. Weitere Diskussionen erübrigten sich.

Prompt wandten meine Gedanken sich einer ganz anderen Frage zu. Einer, die letztlich – zumindest für mich – kaum weniger heikel schien. Wer genau war eigentlich dieser junge Bursche, den Temple dazu angeheuert hatte, die Nachrichten zu überbringen?

Unwillkürlich fiel mir die Frau aus dem Laderaum ein und mein erster Verdacht, sie könnte eine Handlangerin von Temple sein, um mich loszuwerden. *Halt dich raus, oder du bist der Nächste.* So hatte die Warnung gelautet, die sie mir überbracht hatte. Aber würde Temple so offen darüber sprechen, andere Passagiere als Laufburschen anzuwerben, wenn er auch hinter dieser Geschichte steckte?

Ich warf einen Blick auf die Wanduhr. Fünfzehn Minuten wartete Morris mittlerweile, hustete in sein Taschentuch und schaute alle paar Sekunden zum Eingang. Bei seiner Ankunft hätte ich gesagt, dass er ungeduldig wirkte. Mit der Zeit jedoch hatte sich seine Haltung eindeutig verändert. Inzwischen schien er zusehends unsicherer zu werden.

»Nun komm schon«, murmelte Temple und klopfte hektisch mit dem Absatz auf den Boden. »Komm schon ...«

Mit einem mächtigen Seufzer schob Morris den Stuhl zurück, und Temples Fuß erstarrte, während der Kunsthändler sich mühsam erhob.

»Temple«, flüsterte ich und merkte selbst, wie panisch ich klang.

»Ich weiß«, sagte er und verfolgte, wie Morris dem Ausgang zustrebte.

»Folgen wir ihm?«

Temple schüttelte den Kopf. Seine Lippen bewegten sich, aber es war nichts zu hören. Ich wusste allerdings auch so, was er sagen wollte: Wenn wir uns einmischten, würde Morris wissen, dass Temple das Treffen arrangiert hatte. Wie hatte er sich ausgedrückt? »*Um sicher zu sein, brauchen wir sie beide zusammen.*«

Morris hielt an, um einen Schnurrbartträger in dreiteiligem Anzug zu bitten, mit seinem Stuhl einzurücken, damit er genügend Platz hätte, sich vorbeizuzwängen. Während der Herr der Bitte nachkam, musste ich an Vivian Hall denken und wie ihre Leiche auf dem Boden der Kabine gelegen hatte. Die Vorstellung, ihren Mörder einfach so davonkommen zu lassen, war plötzlich unerträglich.

»Ich werde ihn aufhalten«, rief ich und sprang auf.

»Nein!«, erwiderte Temple und packte mein Handgelenk.

»Aber er haut ab!«

»Er wird gar nichts gestehen, solange wir sie nicht beide haben.«

Temple behielt Morris fest im Blick. Der Kunsthändler hatte es inzwischen geschafft, sich zwischen den Tischen hindurchzuzwängen, und dem Herrn, der ihn vorbeigelassen hatte, einen kurzen Dank zugebrummt. Ich versuchte, mich aus Temples Griff zu befreien, doch er ließ mein Handgelenk nicht los.

»Hören Sie«, fuhr ich ihn leise, aber in scharfem Ton an. »Was auch immer Sie herausgefunden haben mögen, es dürfte uns sicherlich eher weiterhelfen, mit Mr. Morris allein zu sprechen, als ihn einfach gehen zu lassen!«

Temple verfolgte nur stumm, wie Morris jetzt ohne weitere Probleme den Ausgang ansteuerte. Ich versuchte erneut, mich loszureißen, handelte mir dabei jedoch lediglich eine schmerzende Schulter ein. Noch ein paar Schritte, und Morris wäre verschwunden. Wir hatten ihn entwischen lassen.

Kurz bevor er aus dem Blickfeld geriet, hielt er plötzlich inne. Ich spürte, wie sich Temples Griff um mein Handgelenk lockerte.

Irgendetwas musste ihn aufgehalten haben, aber da sein massiger Körper den ganzen Türrahmen ausfüllte, konnte man nichts erkennen. Die Art, wie seine Schultern sich hoben und senkten, verriet allerdings, dass er mit jemandem sprach.

Mein Herz hämmerte. Sollte Temples Trick doch funktionieren? War der Kontakt von Morris gekommen?

Ich reckte den Hals, weil ich unbedingt sehen wollte, wer die Person war, die Temple noch hergelockt hatte. Es nutzte nichts. Der Kunsthändler füllte weiterhin die ganze Türöffnung aus und ließ keinen Blick auf den Neuankömmling zu. Temple war inzwischen selbst aufgestanden und bereitete sich darauf vor, im nächsten Moment loszustürmen.

Die Ungewissheit wurde unerträglich, doch bevor ich noch irgendeine Verzweiflungstat starten konnte, drehte Morris sich überraschend um, und seine Verabredung wurde sichtbar. Alle Anspannung fiel von mir ab. *Natürlich*, dachte ich düster. *Wer sonst?*

Ich schaute zu Temple. Auf seinem Gesicht breitete sich gerade ein zufriedenes Grinsen aus, während seine Augen fest auf die in feinen Zwirn gehüllte Gestalt von Michael Green gerichtet blieben.

29

»Mr. Green …«, murmelte ich.

Der Bankier war offensichtlich verärgert und schimpfte mit Morris. Auch wenn ich aus dieser Entfernung kein Wort verstehen konnte, war klar, was ihn so aufbrachte. Er wollte wissen, warum er unbedingt kommen musste, was so wichtig war, dass sie sich hier zusammen sehen ließen.

»Und was machen wir …«, sagte ich zu Temple, aber zu spät. Der Detective kurvte bereits in hohem Tempo um die Tische, als würde er jemanden verfolgen. Sofort stürzte ich ihm nach, und als Green uns beide über Morris' Schulter hinweg bemerkte, schlug sein Gesichtsausdruck blitzartig von Verwirrung in blanken Hass um. Morris folgte seinem Blick und begrüßte uns mit ähnlich großer Begeisterung.

»Da dürften wir die Erklärung haben«, schnaubte Green.

»W… wie in Gottes Namen …«, stotterte Morris keuchend.

»Ich würde vorschlagen, wir setzen uns erst einmal, Gentlemen«, sagte Temple. »Es gibt da so einiges, das Sie zu erklären haben.«

»Wenn Sie glauben, wir würden Ihnen auch nur ein Sterbenswörtchen …«, polterte Morris los, dessen Gesicht inzwischen einen besorgniserregenden Rotton angenommen hatte.

»Das reicht, Nathaniel«, unterbrach ihn Green, packte seinen Ellbogen und begann, ihn unsanft zum Ausgang zu dirigieren. »Kein weiteres Wort. Diese Strohköpfe haben nichts gegen uns in der Hand. Belohnen wir nicht auch noch diesen schäbigen Versuch.«

»Da wäre ich mir nicht so sicher, Mr. Green«, rief Temple ihnen hinterher. »Ich weiß, dass Sie beide gelogen haben, was Ihre Verstrickung in diesen Fall betrifft.«

Green ignorierte ihn und schob den grummelnden Morris weiter Richtung Tür.

»Und ich weiß auch, dass Sie eine Rolle in Duponts Tod gespielt haben.«

Dieser Schuss saß offenbar, denn Green hielt an und drehte sich langsam zu Temple zurück. Morris verfolgte die neue Entwicklung mit besorgter Miene.

»Gar nichts wissen Sie«, knurrte Green.

»Können Sie es sich wirklich leisten, darauf zu bauen?«

Der Bankier grinste abfällig, schien aber dann doch nachzugeben. »Setzen Sie sich, Nathaniel«, sagte er ruhig. »Und lassen Sie mich das regeln.«

Während Morris weiter unentwegt maulte und hustete, suchten wir vier uns einen freien Tisch. Hatte ich mir zu Beginn vermutlich nur eingebildet, dass die vornehmen Gäste im Lesesalon mich beobachteten, so stand dies jetzt ohne jeden Zweifel fest. Von überallher musterten uns neugierige Blicke und forschten nach einer Erklärung für diesen Aufruhr.

Temple nahm gegenüber von Green Platz, und die beiden taxierten sich über den Tisch hinweg wie Boxer. Mir gegenüber saß Morris, und der alte Kunsthändler blitzte mich mit seinen riesigen Knopfaugen hinter den Brillengläsern so durchdringend an, dass ich mich zusammenreißen musste, nicht wegzuschauen.

»Sie halten sich vermutlich für verdammt clever«, brach Green schließlich das Schweigen. »Bloß weil es Ihnen gelungen ist, uns beide hierherzulocken. Keine Ahnung, was Sie damit zu erreichen hoffen.«

»Wie ich bereits zu Birch sagte, überprüfe ich nur eine Theorie«, antwortete Temple.

»Welche Theorie denn?«, schoss Green zurück. »Dass Nathaniel und ich gemeinsam Dupont eine Treppe hinuntergeworfen haben? So ein Schwachsinn!«

»Ach wirklich, Mr. Green? Dann gibt es bestimmt einen anderen sehr überzeugenden Grund für Mr. Morris, Sie heimlich in der ersten Klasse aufzusuchen.«

Morris bekam einen weiteren ohrenbetäubenden Hustenanfall, während Green erneut das selbstgefällige Grinsen zur Schau trug, das wir schon vom Vortag kannten.

»Eine Bekanntschaft zwischen Nathaniel und mir bedeutet noch lange nicht, dass wir irgendwas mit Duponts Ableben zu tun haben.«

»Und was bedeutet sie stattdessen?«

Die beiden Männer tauschten rasche Blicke aus.

»Wenn Sie es unbedingt wissen müssen, ich wollte mich von Dupont trennen«, erklärte Green. »Nathaniel sollte in Zukunft alle Ankäufe für mich übernehmen.«

»Dupont ist nun seit fast drei Tagen tot, Mr. Green«, sagte Temple und lehnte sich über den Tisch. »Verzeihen Sie, wenn es mir verdächtig erscheint, dass Sie beide es für nötig hielten, mir diese Information so lange zu verschweigen. Es sei denn natürlich, Sie hatten ganz andere Gründe, daraus ein solches Geheimnis zu machen.«

Morris schnaufte erregt. Ich beobachtete Temple und hoffte sehr, dass er wusste, was er tat. Von der Vorsicht, mit der er Green am Vortag befragt hatte, war nichts mehr übrig. Er hatte auf Angriff umgeschaltet.

»Ich möchte Ihnen beiden an dieser Stelle die Möglichkeit

geben, rückhaltlos aufzudecken, was Mittwochabend tatsächlich geschehen ist«, fuhr er fort. »Als Arthur Blake sah, wie Sie, Mr. Morris, in der ersten Klasse herumliefen.«

»Ich habe Mr. Green einen Besuch abgestattet, was sonst?«

»Aber woher kamen Sie?«

»Aus meiner Kabine.«

»Nicht aus der von Vivian Hall?«

»Ich habe Miss Hall seit sechs Monaten nicht mehr gesehen«, antwortete Morris und zog verständnislos die buschigen Augenbrauen zusammen.

»Sie haben nicht um ein Treffen gebeten, weil Sie nach Duponts Tod noch einmal über den Verkauf ihrer letzten Werke sprechen wollten?«

»Ach du meine Güte!«, mischte Green sich ein. »Ich dachte, Sie wollten irgendwelche schwachsinnigen Verdächtigungen wegen Dupont vorbringen, Mr. Temple. Was hat denn jetzt Vivian Hall mit der ganzen Sache zu tun?«

»Miss Hall ist tot«, fauchte Temple und fixierte Green mit eisigem Blick. »Sie wurde Mittwochabend in ihrer Kabine in der ersten Klasse umgebracht, und das Gemälde, das sie zur New York City Art Fair bringen wollte, wurde gestohlen.«

»Und das soll jetzt unser grandioses Geschäftsmodell sein?«, fragte Green. »Wir ermorden Künstler, um ihnen dann die Bilder zu stehlen? Sicherlich haben Sie auch bereits stichhaltige Beweise für Ihre Theorie.«

Ich schaute wieder zu Temple, der nicht im Geringsten beunruhigt schien. Gelassen legte er die Hände zusammen und lehnte sich in seinem Stuhl zurück.

»Wenn es Ihnen lieber ist, wenn wir mit Dupont anfangen, dann können wir das gerne tun«, sagte er. »Das Beste wird sogar sein, ganz von vorne zu beginnen.«

»Nämlich?«, fragte Green.

»Beim eigentlichen Beginn Ihrer Geschäftsbeziehung. Dem Liebermann.«

Einen winzigen Moment geriet die herausfordernd arrogante Haltung von Green ins Wanken.

»Dem Liebermann ...«, wiederholte ich. »Was hat der damit zu tun?«

»Unser Mr. Green hier ist sein aktueller Besitzer«, erklärte Temple triumphierend.

Ich starrte den Bankier an. Na klar. Dass er Duponts geheimnisvoller Käufer war, ergab Sinn. Schließlich war er sowieso Kunde bei ihm. Und wenn er den Liebermann in seiner Privatsammlung unter Verschluss hielt, würde das auch erklären, warum Morris das Gemälde trotz all seiner Kontakte nicht lokalisieren konnte.

Aber wie lange wusste Temple bereits darüber Bescheid? Hatte er es irgendwie aus unserem gestrigen Gespräch mit Green geschlossen, oder war er deshalb am Vormittag alleine losgezogen? Wie auch immer, es ärgerte mich jedenfalls höllisch, dass er mir eine derart wichtige Information einfach vorenthalten hatte, um sie dann hier plötzlich aus dem Hut zu zaubern.

»Als Sie uns gestern erzählten, dass Sie das Schicksal des Bildes nie hätten klären können, war das also gelogen«, fuhr ich Morris an. »Sie wussten genau, dass Monsieur Dupont es an Mr. Green verkauft hatte, stimmt's?«

»Natürlich wusste ich das«, antwortete Morris. »Hat mich ja auch genügend Anstrengung gekostet. Aber am Ende habe ich es herausgefunden, ja.«

»Und Sie haben sich mit Mr. Green in Verbindung gesetzt, um es zurückzukaufen«, spann Temple den Faden weiter. »Stimmt doch, oder?«

Morris öffnete schon den Mund, um zu antworten, aber Green war schneller.

»Diese Frage müssen wir nicht beantworten.«

»Ich würde Ihnen raten, jede verdammte Frage zu beantworten, die ich Ihnen stelle«, konterte Temple. »Sofern Sie daran interessiert sind, mich davon zu überzeugen, dass Sie nichts mit dem Tod von Denis Dupont und Vivian Hall zu tun haben. Sie bestreiten also nicht, dass die Verbindung zwischen Ihnen beiden über den Liebermann zustande gekommen ist?«

Green schien einen Moment in Gedanken verloren. Sein Blick wanderte geistesabwesend durch den Raum, und sein Lächeln verschwand. Fast machte es den Eindruck, als würde er überlegen, wie er uns entwischen oder aus dem Konzept bringen könnte. Eine geniale Idee kam ihm offenbar nicht, denn er zuckte nach einer Weile nur kurz mit den Schultern und wandte seine Aufmerksamkeit wieder dem Detective zu.

»Wie Sie wollen, Mr. Temple«, sagte er. »Ich kann zwar nicht erkennen, was dies mit Duponts Tod zu tun haben sollte und schon gar nicht mit dem tragischen Schicksal, das Miss Hall anscheinend heimgesucht hat, aber wenn es Sie dazu bringt, diese absurden Anschuldigungen fallen zu lassen, dann ja: Nathaniel hat vor etwa sechs Monaten zum ersten Mal Verbindung mit mir aufgenommen. Allerdings hatte ich den Eindruck, dass er weniger den Liebermann zurückkaufen als vielmehr mal gehörig Dampf ablassen wollte.«

»Es überrascht mich, dass Sie ihn nicht fortgeschickt haben.«

»Natürlich war das mein erster Impuls. Aber die Sache hat mich irgendwie fasziniert. Hier war jemand, der Dupont tatsächlich ebenso grenzenlos verabscheute, wie ich das tat.«

»Sie verabscheuten ihn?«, fragte ich verwundert. »Er hat doch für Sie alle Ankäufe erledigt. Sie selbst haben uns gestern noch erzählt, welch gute Dienste er Ihnen geleistet hat. Welchen Anlass hätten Sie, ihn zu verabscheuen?«

Greens Miene wurde hart. Von einem Lächeln fehlte jetzt jede Spur.

»Er hat Sie erpresst«, warf Temple ein. »Das ist es, habe ich recht?«

Green funkelte Temple an, der nun seinerseits ein selbstzufriedenes Grinsen nur schwer unterdrücken konnte.

»Da Sie so unbedingt darauf bestehen, hier ist die ganze Wahrheit«, erklärte Green. »Ich habe mich schon vor geraumer Zeit dazu entschlossen, alle geschäftlichen Beziehungen zu Dupont zu kappen. Er war früher mal wirklich ein vortrefflicher Ankäufer, jung und zielstrebig. Aber diese Zeiten lagen einfach lange hinter ihm. Als seine Galerie dann im Krieg ausgebombt wurde, wollte ich der fruchtlosen Zusammenarbeit ein Ende bereiten und mir einen neuen Händler suchen.«

»Aber das ließ er nicht zu«, ergänzte Temple.

»Wie das?«, fragte ich.

Green zögerte unwillig und wandte sich langsam mir zu. »Mr. Birch, Sie haben doch gestern gesagt, dass Ihnen bekannt ist, welche Anschuldigungen Mr. Temple und seine Freunde von Scotland Yard gegen mich erheben, richtig?«

»Ganz recht, Sir.«

»Dupont behauptete, Belege für diese Dinge zu haben. Er sagte, wenn ich ihm nicht die Einrichtung einer neuen Galerie finanzierte, würde er alles der Polizei zeigen und den Zeitungen und überhaupt jedem, den er kenne.«

»Ich dachte, die Anschuldigungen seien haltlos«, bemerkte Temple bissig.

»Ach, selbst wenn ein Körnchen Wahrheit darin enthalten gewesen wäre, hätte es keine juristischen Konsequenzen gehabt«, erklärte Green mit einer wegwerfenden Handbewegung. »Es war die Schädigung meines guten Rufes, die ich mir nicht leisten konnte.«

»Also haben Sie ihm das Geld für die neue Galerie gegeben.«

»Richtig.«

»Aber Monsieur Dupont hat die Galerie doch schon vor Jahren aufgemacht«, wandte ich ein. »Unmittelbar nach Kriegsende.«

Green stieß ein kurzes freudloses Lachen aus. »Ich habe seitdem mehr als einmal versucht, ihn loszuwerden. Aber jedes Mal hat er wieder damit gedroht, an die große Glocke zu hängen, was auch immer er über mich zu wissen glaubte.«

»Und was hatte sich jetzt geändert?«, fragte Temple.

»Mr. Temple«, antwortete Green gedehnt und schien einen Moment nach den richtigen Worten zu suchen. »Es dürfte Ihnen klar sein, dass ich wenig Lust verspüre, Ihnen irgendetwas über diese Dinge zu erzählen. Ich sehe auch nicht den geringsten Grund, der mich dazu verpflichten würde. Wir reden hier über rein persönliche Abmachungen zwischen Nathaniel und mir. Aber wenn Sie mir versprechen, dass dann endlich Schluss ist mit dieser albernen Unterstellung, wir seien für Duponts Tod verantwortlich, bin ich dazu bereit, Sie darüber in Kenntnis zu setzen.«

Temple nickte bedächtig. Er wirkte plötzlich vorsichtig, und ich musste an seine Warnung vom Vortag denken, dass Scotland Yard einst monatelang gegen Green ermittelt hatte, ohne ihn überführen zu können. Selbst ich spürte, dass jetzt der Moment gekommen war, in dem der Bankier versuchen würde, uns reinzulegen, sollte er eine Finte beabsichtigen.

»Sie wollen wissen, was sich geändert hat«, fuhr Green fort. »Was mich letztlich doch bewogen hat, mich von Dupont zu trennen. Sie haben recht. Es war der Liebermann.«

Morris hustete so heftig in sein Taschentuch, dass Green sich naserümpfend in die andere Richtung beugte.

»Da ich an Dupont gebunden schien, versuchte ich, das Beste aus der Situation zu machen«, erzählte Green weiter. »Auch wenn er nicht mehr so pfiffig wie früher war, landete er hier und da noch einen Treffer. Dazu gehörte auch der Liebermann.«

Ich sah, wie sich die Gesichtszüge von Morris verzerrten. Green mochte inzwischen unbefangen über die Sache reden, aber für Morris stellte der Liebermann anscheinend noch immer eine offene Wunde dar.

»Ich war vollkommen überrascht, um ehrlich zu sein«, versicherte Green. »Ich hatte nirgends davon gehört, dass er zum Verkauf steht. Und mindestens ebenso erstaunte mich, dass Dupont den Deal schon ausgehandelt hatte. Wie dem auch sei, der Verkauf ging jedenfalls über die Bühne, und ein paar Monate später stand auf einmal Nathaniel vor meiner Tür. Zuerst fand ich dieses Verhalten beispiellos unverfroren. Mir wochenlang hinterherzuspionieren, nur um seinen Frust an mir auszulassen. Aber es wurde rasch klar, dass Nathaniels Verachtung nicht mir galt, sondern Dupont.«

»Mit dem Ergebnis, dass Sie beide einen Pakt geschlossen haben«, sagte Temple. »Mr. Morris wollte eine Entschädigung für den Verlust des Liebermanns, und Sie wollten einfach nur Dupont loswerden.«

»Ich weiß schon, was Sie jetzt denken, Mr. Temple«, entgegnete Green. »Sie glauben, wir haben das zu erreichen versucht, indem wir ihn diese Treppe hinunterstießen. Doch wir bringen keine Menschen um. Herrgott, ich bin Bankier, und Nathaniel ist Kunsthändler! Wir wollten ihn loswerden, aber nicht tot sehen.«

»Und wie wollten Sie das stattdessen erreichen?«

»Das war sicherlich nicht ganz einfach. Aber am Ende eröffnete sich eine Möglichkeit, als er mir von seiner Absicht berichtete, nach New York zu reisen.«

»Er rief Sie an«, sagte ich in Erinnerung an unser gestriges Gespräch. »Erzählte Ihnen, dass sich ein überaus wertvolles Gemälde an Bord befinden würde …«

»Die Konstellation war perfekt. Wenn wir dieses Gemälde irgendwie an uns nehmen und den Verdacht auf Dupont lenken könnten, hätte ich endlich ein Druckmittel, um seinen Erpressungen ein Ende zu bereiten, und Nathaniel die erwünschte Entschädigung für den Liebermann. Unser Plan war, das Gemälde zu entwenden und ihm am Vorabend unserer Ankunft mitzuteilen, dass das Spiel vorbei sei und sich unsere Wege am nächsten Morgen für immer trennen würden.«

»Aber dann konnten Sie das Gemälde gar nicht stehlen, weil Dupont Ihnen nicht erzählen wollte, worum es überhaupt ging, stimmt's?«, sagte Temple. »Das war es auch, was Ihre Frau mitbekommen hat. Als er Dienstagmorgen zu Ihrer Kabine kam und Sie draußen auf dem Gang mit ihm stritten. Da ist Ihnen der Geduldsfaden gerissen, weil er nicht offenlegen wollte, welches Gemälde er meinte.«

»Dieses Weib …«, knurrte Green mit einem schiefen Grinsen.

»Und wie sind Sie dann doch drangekommen?«

»Wie hätten wir denn drankommen sollen?«, platzte Morris verärgert dazwischen. »Mr. Green hat Ihnen doch gerade erklärt, dass Dupont nicht einmal mit der Sprache herausrückte, um welches verdammte Bild es überhaupt ging.«

»Dessen ungeachtet ist das Gemälde aber gestohlen worden, Mr. Morris«, blaffte Temple zurück.

»Wir waren es nicht«, bemerkte Green nüchtern. »Können es gar nicht gewesen sein. Denn bis zu Ihrem gestrigen Besuch bei Nathaniel wussten wir noch immer nicht, worum es sich handelte. Die Vorstellung, dass er durch irgendeinen dämlichen Zufall ausgerechnet über Ecclestones verloren geglaubtes Porträt gestolpert war …« Plötzlich weiteten sich seine Augen, als wäre ihm unvermittelt eine Erleuchtung gekommen. »Natürlich werden Sie uns das wieder nicht abnehmen, aber es gibt noch einen schlagenden Beweis dafür, dass wir das Bild nicht gestohlen haben.«

»Und der wäre?«

»Weil es schon weg war, als wir es versuchten.«

Einen Moment herrschte Stille am Tisch. Morris warf Green einen verstörten Blick zu. Der Bankier jedoch lehnte sich entspannt zurück und lächelte Temple an. Er wusste genau, dass er den Detective damit vollkommen aus dem Konzept gebracht hatte.

»Mr. Green …«, begann Morris.

»Schon gut, Nathaniel«, beruhigte ihn Green. »Ist schon in Ordnung, wenn sie es wissen.«

»Was wissen?«, hakte Temple sofort nach.

»Ich hatte mir überlegt, wie wir Dupont dazu bringen, das Geheimnis preiszugeben«, erklärte Green. »Ich würde ihm erzählen, dass Nathaniel an Bord des Schiffes war. Und nicht nur das, er wüsste auch über dieses Gemälde Bescheid und hätte selbst vor, es zu stehlen.«

»Haben Sie den Plan in die Tat umgesetzt?«

»Ja, am Dienstagabend.«

Ich spürte, wie mir der Mund offen stand.

»Wie Sie ja bereits wissen, haben Beatrice und ich an diesem Abend im Restaurant gegessen«, fuhr Green fort. »Sie hatte einen Bekannten an der Bar entdeckt, mit dem sie noch ein Glas trinken wollte. Damit war ich also eine Weile ungestört, und so ging ich zu Duponts Kabine und tischte ihm die Lüge auf. Es funktionierte hervorragend. Allein der Ausdruck auf seinem Gesicht, als ich Nathaniels Namen erwähnte, war ein grandioses Schauspiel. Als ich dann auch noch anmerkte, dass Nathaniel sich gerade darauf vorbereite, es zu stehlen, stürmte der arme Dupont, ohne lange nachzudenken, aus seiner Kabine.«

»Und was dann?«, wollte Temple wissen. »Sie sind ihm gefolgt, nehme ich mal an.«

»Exakt. Was nicht sonderlich schwierig war. Ich blieb ein wenig auf Distanz, damit er mich nicht bemerkte, aber es war nicht weit. Und so aufgeregt, wie er war, bestand keine große Gefahr, erwischt zu werden. Ich folgte ihm bis zu einer anderen Kabine in der zweiten Klasse.«

»Ist er hineingegangen?«

Green zögerte und schien auf einmal etwas unsicher zu werden. »Im ersten Moment sah es aus, als habe er das vor. Er trat an die Tür und wollte schon klopfen, hielt dann aber inne.«

»Warum?«, drängte Temple.

»Das habe ich mich natürlich auch gefragt. Dann ist mir erst aufgefallen, dass die Tür bereits offen war. Nur einen Spalt, wohlgemerkt. Deshalb habe ich es auch nicht sofort bemerkt. Schließlich war ich einige Meter entfernt. Aber selbst von meinem Standort aus konnte man sehen, dass die Tür wohl aufgebrochen war.«

»Fahren Sie fort.«

»Mehr gibt's da nicht zu erzählen«, erwiderte Green mit ausgebreiteten Händen. »Sollte sich das Gemälde tatsächlich in dieser Kabine befunden haben, ist uns jemand zuvorgekommen.«

»Und das war das letzte Mal, dass Sie Dupont gesehen haben?«

»Genau. Er geriet sofort in Panik. Wahrscheinlich hat er geglaubt, Nathaniel wäre bereits da gewesen und hätte das Gemälde mitgenommen. Ich befürchtete, dass er mich bemerken könnte, also bin ich weg.«

Temple legte seine Hände auf den Tisch. »Also, sofern das alles der Wahrheit entspricht ...«

»Natürlich tut es das«, brummte Morris.

»*Sofern* es der Wahrheit entspricht«, wiederholte Temple und fixierte den Kunsthändler dabei scharf, »und sich das Gemälde wirklich nicht in Ihrem Besitz befindet, warum haben Sie, Mr. Morris, dann am Mittwochabend Mr. Green in seiner Kabine aufgesucht?«

Die beiden schauten einander verunsichert an.

»Oder kamen Sie doch aus einer anderen Kabine, als Mr. Blake Sie in der ersten Klasse gesehen hat?«, legte Temple nach.

»Als am Mittwochmorgen«, begann Morris schnaufend, »überall davon erzählt wurde, dass ein älterer Herr umgebracht worden sei ...«

»Nathaniel kam zu mir, um sich versichern zu lassen, dass uns im Zusammenhang mit Duponts Tod nichts zur Last gelegt werden konnte«, unterbrach ihn Green. »Was ja auch der Fall ist, wie Sie sehen. Wir haben nichts Unrechtes getan. Was ihm später zugestoßen ist, nachdem er mich zu dieser Kabine geführt hatte, kann unmöglich uns angelastet werden.«

Sichtlich zufrieden lehnte Green sich zurück und legte die verschränkten Hände in den Schoß. Mit gewohnt selbstgefälligem Grinsen beobachtete er, wie Temple seinen nächsten Zug vorbereitete. Doch die Schultern des Detectives schienen eine Spur erschlafft, und von der Selbstsicherheit, mit der er die beiden hergelockt hatte – offenkundig im festen Glauben, vor dem entscheidenden Durchbruch in den Ermittlungen zu stehen –, war nicht mehr viel zu sehen.

Ich dagegen empfand in diesem Augenblick vor allem Mitgefühl. Dupont mochte ein Hochstapler gewesen sein, vielleicht sogar ein Erpresser, wenn die Geschichte von Michael Green stimmte. Aber ich sah gerade nur den alten Mann vor mir, dessen Leiche Temple und ich untersucht hatten. Ich stellte mir vor, wie er in blinder Panik aus seiner Kabine stürzte, ohne an Mantel oder Gehstock überhaupt zu denken.

»Woher wissen Sie das alles eigentlich?«, fragte Morris und schwenkte sein Taschentuch dabei wie eine weiße Flagge. »Nicht einmal Dupont hat geahnt, dass wir in Kontakt stehen. Wie haben Sie es geschafft, die Verbindung zwischen uns zu erkennen?«

»Sie meinen, abgesehen von Ihrem mitternächtlichen Ausflug

in die erste Klasse?«, fragte Temple zurück und gewann wieder an Haltung.

Dem Kunsthändler entfuhr ein kehliges Brummen.

»Sie haben gestern bei unserem Besuch wirklich eine ganz ordentliche Vorstellung abgeliefert, Mr. Morris, als Sie behaupteten, nicht einmal von Duponts Anwesenheit auf dem Schiff zu wissen«, fuhr Temple fort. »Aber sobald ich wusste, dass Mr. Green ein Kunde von ihm war, gehörte nicht mehr viel Fantasie dazu, in ihm auch den Besitzer des Liebermanns zu vermuten. Immerhin hat er uns gestern selbst noch erzählt, dass er dem alten Mann einige bemerkenswerte Neuerwerbungen für seine Sammlung verdankt.«

Morris bedachte Green mit einem finsteren Seitenblick.

»Dann war da noch die Frage, woher Dupont das Geld für die neue Galerie hatte«, erklärte Temple, dessen Stimme nun deutlich an Schwung gewann. »Menschen wie Mr. Green tun nichts aus reiner Nächstenliebe. Häufen sich die Pleiten, zahlen sie lieber für eine schnelle Trennung noch etwas drauf, vor allem wenn es ein hochbetagter, langsam hinfällig werdender Mann ist, der diese Pleiten verursacht. Ich bin mit Mr. Greens schillernder Vergangenheit ausreichend vertraut. Da fragt man sich doch, wenn Dupont ebenso vertraut damit war und tatsächlich zu solch skrupellosen Methoden fähig war, wie Sie das geschildert haben, wie er diese Kenntnisse womöglich zu seinem Vorteil eingesetzt haben könnte.«

Green lächelte unentwegt weiter, aber in seinen Augen funkelte jetzt ein tödlicher Hass.

»Sie bilden sich wohl ein, alles genau zu durchschauen, was?«, brummte Morris vor sich hin.

»Nicht alles«, erwiderte Temple und setzte sich aufrechter. »Ihrer Geschichte glaube ich allerdings nicht. Sie haben dieses Gemälde gestohlen und Dupont diese Treppe hinuntergestoßen.«

Green seufzte theatralisch wie ein erschöpfter Lehrer. »Also wirklich, Mr. Temple ...«

»Und nachdem Sie ihn umgebracht hatten, erkannten Sie eine weitere Gelegenheit«, sprach Temple mit erhobener Stimme weiter und beugte sich vor. Mein Puls beschleunigte sich. Ich hoffte nur, dass er wusste, was er tat.

»Miss Hall hatte es abgelehnt, ihre letzten beiden Werke über Ihre Galerie, Mr. Morris, zu verkaufen, und stattdessen lieber mit Dupont zusammengearbeitet. Nach dem Tod des alten Mannes verabredeten Sie sich für Mittwochabend mit ihr, um über den Verkauf ihres letzten Bildes zu verhandeln. Sie schenkte Ihnen sogar ein Glas Wein ein, das Sie aber nicht anrührten, weil es Ihnen – wie Sie selbst uns gestern Morgen anvertraut haben – Ihre angegriffene Gesundheit derzeit nicht erlaubt, Alkohol zu trinken. Als Miss Hall Ihnen sagte, dass sie ihr Gemälde lieber selbst auf der New York City Art Fair anbieten würde als über Sie, waren Sie wütend. Und wer hätte es Ihnen verdenken können? Sogar nach Duponts Tod weigerte sich Miss Hall noch, mit Ihnen Geschäfte zu machen. Ihr Zorn war so groß, dass Sie ihr den Flaschenkühler über den Schädel schlugen. Anschließend stahlen Sie ihr Gemälde und wurden von Arthur Blake gesehen, nachdem Sie es Mr. Green überbracht hatten.«

»Das ist die mit Abstand aberwitzigste Behauptung, die mir je untergekommen ist«, schnaufte Morris, dem das blanke Entsetzen ins Gesicht geschrieben stand.

»Ich denke, jetzt reicht's, Mr. Temple«, sagte Green betont ruhig. »Wir hatten nie etwas mit Miss Hall zu tun und haben Ihnen ganz offen gestanden, was wir wegen Dupont beabsichtigten. Sein Tod gehörte nicht dazu, den haben wir ihm nie gewünscht. Um das zu zeigen, erzählen wir Ihnen doch all das.«

In Temples Blick lag jetzt pure Feindseligkeit.

»Mr. Temple«, mischte ich mich vorsichtig ein, »vielleicht sollten wir …«

»Beweisen Sie's«, blaffte er Green an. »Geben Sie mir eine Schriftprobe.«

»Gar nichts werde ich Ihnen geben.«

Temple griff in sein Jackett und knallte ein Stück Papier auf den Tisch. »Das hier stammt aus Duponts Kabine«, sagte er. »*Samstag, 9 Uhr*. Wenn Ihre Geschichte stimmt, dürfte es sich um die Verabredung handeln, bei der Sie ihm eröffnen wollten, dass Schluss war mit seinen Erpresserspielchen. Dass der Ecclestone sich in Ihrem Besitz befand und Sie ihm den Diebstahl anhängen würden.« Temple sah Green herausfordernd an. »Beweisen Sie mir, dass Sie diese Notiz geschrieben haben, und ich nehme Ihnen womöglich ab, dass Sie ihn nicht umgebracht haben!«

Auf Greens Stirn begannen sich erste Falten abzuzeichnen. Temple wartete gespannt auf seine Reaktion. Morris und ich saßen hilflos daneben – wie Zuschauer einer Schachpartie.

Eine gefühlte Ewigkeit lang regte sich keiner von beiden. Ich glaubte schon einen ersten Anflug von Unsicherheit in Temples Blick zu erkennen, als Green nach dem Zettel griff und ihn kurz studierte.

»Wie lange haben Sie den schon?«

»Seit Mittwochmorgen. Ich fand ihn in Duponts Kabine.«

»Und wie vielen Menschen haben Sie ihn schon gezeigt?«

Temple antwortete nicht.

»Ist das Ihre Handschrift, Mr. Green?«, fragte ich vorsichtig.

»Nein«, erklärte er und lehnte sich zurück. »Nein, meine ist das nicht.«

Er schüttelte ungläubig den Kopf und sah dann Temple direkt in die Augen. »Sie haben tatsächlich keinen blassen Schimmer, nicht?«

Temple schäumte vor Wut und klopfte einen hektischen Rhythmus mit dem Absatz. Green fand irgendetwas an dem Zettel schrecklich komisch und verzog das Gesicht zu einem breiten Grinsen. Für einen Moment musste ich unwillkürlich an den Revolver in Temples Tasche denken.

»Es ist seine«, erklärte Green mit einem hämischen Schnaufen. »Das ist Duponts Handschrift.«

Temple sackte leicht zusammen, und ich brauchte ein paar Sekunden, bis ich begriff, was die Worte des Bankiers bedeuteten.

»Wollen Sie etwa behaupten, er habe sich den Termin selbst notiert?«, fragte ich.

»Der Mann war siebzig. Er vergaß hin und wieder Dinge, deshalb hat er sich wichtige Daten aufgeschrieben. Was auch immer er für morgen Abend geplant hatte, er wollte die Uhrzeit offenbar auf keinen Fall vergessen. Aus diesem Grund hat er sie sich auf diesem Zettel notiert.«

Es verschlug mir regelrecht den Atem. *Drei Tage*, dachte ich. Seit drei Tagen durchkämmten wir nun die *Endeavour* auf der Suche nach dem Verfasser dieser Notiz in der Hoffnung, damit herauszufinden, was Dupont zugestoßen oder wohin das Gemälde von Arthur Blake verschwunden war. Ich schaute zu Temple und wartete auf seinen entscheidenden Konter. Wartete darauf, dass er Green mit einem genialen Streich enttarnte, wie ein Illusionskünstler zum Höhepunkt seiner Vorstellung.

Aber es kam nichts. Temple knirschte nur hilflos mit den Zähnen und starrte sein Gegenüber an.

»Sie sagten ›was auch immer er für morgen Abend geplant hatte‹«, wandte ich mich an Green. »Selbst wenn Monsieur Dupont das selbst geschrieben hat, bezog es sich nicht auf die Verabredung mit Ihnen?«

»Nein«, antwortete Green. »Ich hatte noch gar keine gemacht. Nathaniel und mir war es ja nicht gelungen, das Gemälde in die

Hände zu bekommen. Daher gab es auch keinen Grund für ein Treffen.«

»Sie lügen!«, fuhr Temple ihn an.

»Nein, Mr. Temple«, erwiderte Green ruhig und legte den Zettel zurück auf den Tisch. »Leider nicht. Und nun …« Er stand auf und strich sein Jackett glatt. »Nathaniel und ich haben Ihnen lange genug Gesellschaft geleistet, meine Herren. Sollten Sie also keine belastbaren Beweise vorbringen können, die Ihre Anschuldigungen untermauern, dürften wir hier wohl fertig sein. Bevor sich unsere Wege trennen, wollen wir nur ein paar Dinge unmissverständlich klarstellen, verstanden?«

Die Stimme des Bankiers hatte einen eisigen Unterton angenommen. Selbst Morris schaute nervös auf.

»Es kümmert mich einen feuchten Dreck, dass Sie von Scotland Yard sind, Mr. Temple. Und Ihr Rang als Schiffsoffizier, Sir«, er drehte sich zu mir, »kümmert mich ebenso wenig. Wir haben Ihnen in allen Einzelheiten erzählt, was wir mit dieser Sache zu tun haben, und damit hat es sich. Von diesem Punkt an werden Sie beide mich nicht weiter belästigen, und Sie werden auch Nathaniel nicht weiter belästigen. Und Sie werden darüber hinaus auch meine Frau gefälligst in Ruhe lassen. Ich habe weder die geringste Ahnung, wer dieses Gemälde hat, noch wie Miss Hall ein solch tragisches Ende finden konnte. Dupont jedoch war einfach nur ein alter Mann, der eine Treppe hinuntergestürzt ist. Da gibt es überhaupt kein Verbrechen aufzuklären. Und bei einem von uns beiden werden Sie Antworten auf Ihre Fragen ganz sicher nicht finden.«

Ohne ein weiteres Wort marschierte er fort, dicht gefolgt von Morris. Niedergeschlagen und wie gelähmt blieben Temple und ich zurück und schwiegen uns über den Tisch hinweg an.

30

»Um Gottes willen, was macht dieser Detective denn mit dir, Tim?«

Ich riss meinen Blick von der Namensliste, die mich seit fast einer Stunde beschäftigte, und schaute zu Wilson hoch. Mein Abendessen, ein Teller Schinkenbraten mit gedämpftem Gemüse, stand unberührt neben der Liste und war längst kalt geworden.

»Du siehst ja schrecklich aus«, fuhr er fort und nahm mir gegenüber Platz.

»Tut mir leid«, erwiderte ich und brachte ein halbherziges Lächeln zustande. »War ein langer Tag.«

In der Messe herrschte wenig Betrieb. Drei Männer spielten in aller Ruhe Karten, während aus dem Grammofon die sanfte Melodie eines Jazzstücks knisterte. Ich hielt Amelias Band umklammert in der Hoffnung, dass es mich aufmuntern würde. Aber weder die entspannte Atmosphäre noch der weiche Samt an meinen Fingern vermochte dieses Gefühl von Hoffnungslosigkeit zu lindern, das mich seit dem Verlassen des Lesesalons nicht mehr losließ.

Als Green und Morris schon lange verschwunden waren, hatte ich mich vorgebeugt und ganz leise gefragt: »Und was jetzt?«

Temple hatte nichts gesagt.

»Irgendwas muss doch noch möglich sein«, hatte ich ihn bedrängt. »Jemand, den man befragen kann. Irgendeine andere Spur, die sich verfolgen lässt.«

Ob überhaupt ein Wort von dem, was ich gesagt hatte, bei ihm angekommen war, konnte ich nicht ausmachen. Nicht einmal einen dieser vernichtenden Blicke hatte er mir geschenkt. Er war einfach nur mit leerem Gesichtsausdruck aufgestanden und hatte den Raum verlassen.

Nach seinem Weggang war ich noch lange allein am Tisch sitzen geblieben, ohne mich weiter darum zu scheren, wie deplatziert ich zwischen all den Passagieren der ersten Klasse wirken musste. Unser Gespräch mit Green und Morris hatte schwerwiegende Konsequenzen, das ließ sich nicht leugnen. Zwei Hauptverdächtige waren damit allem Anschein nach aus dem Rennen, und Duponts Zettel – eine der ganz wenigen handfesten Spuren, die wir besaßen – hatte sich plötzlich als nahezu unbrauchbar erwiesen. Dass Temple da entmutigt war, konnte ich gut nachempfinden.

Als ich mich endlich zum Gehen hatte aufraffen können, war ich in die Offiziersmesse zurückgekehrt, wo ich auf einem Blatt Papier alle Personen auflistete, denen wir in den vergangenen Tagen begegnet waren. Wie Temple selbst in Vivian Halls Kabine gesagt hatte, musste einer aus dieser Gruppe über die genauen Umstände der beiden Todesfälle Bescheid wissen oder zumindest über Hinweise verfügen, die uns zum Täter führen würden.

Doch selbst wenn die Antwort vor mir auf der Liste stand, ich vermochte sie nicht zu erkennen.

»Kann ich helfen?«, fragte Wilson und nickte in Richtung Liste.

Statt zu antworten, starrte ich eine Weile nur stumm die Namen an und flehte inständig um ein erlösendes Zeichen. Als es ausblieb, stützte ich mit einem tiefen Seufzer den Kopf in die Hände.

»Um ganz ehrlich zu sein, ich weiß es nicht«, sagte ich. »Drei Tage, Wilson. Drei Tage suchen wir jetzt nach Antworten, und was die Umstände von Duponts Tod betrifft, tappen wir noch genauso im Dunkeln wie zu Anfang.«

»Vielleicht geht ihr ja falsch an die Sache heran«, wandte Wilson ein. »Ihr wollt unbedingt jemanden finden, der ihn diesen Niedergang runtergestoßen hat. Was, wenn es doch bloß ein Unfall war?«

»Das kann nicht sein«, widersprach ich. »An jedem anderen Abend, meinetwegen. Aber nicht, wenn zur selben Zeit auch noch Mr. Blakes Gemälde gestohlen wird.«

»Meinst du nicht, dass da nur jemand die günstige Gelegenheit genutzt hat? Dem Dieb fiel auf, dass dein Mr. Blake fort war, also hat er sein Glück versucht und ist dabei über das Gemälde gestolpert. Es wäre nicht die erste Kabine, in die eingebrochen wurde – das weißt du so gut wie ich. Ihr wollt das Gemälde zurück? Vielleicht klappert ihr dafür am besten nächste Woche einfach die Pfandleiher in New York ab.«

Ich senkte den Blick. Wie gern hätte ich ihm von Vivian Hall erzählt. Wie gern mit jemand anderem als Temple über ihre Ermordung gesprochen. Doch ich blieb standhaft. Captain McCrory hatte unmissverständlich angeordnet, ihren Tod mit größtmöglicher Diskretion zu behandeln. Und bei all den liebenswerten Eigenschaften, die Wilson besaß – Diskretion zählte nicht dazu. Ich konnte mir nur zu gut den Wutanfall ausmalen, wenn der Captain von anderer Seite erfahren würde, dass ich die Sache herumerzählt hatte.

Grölendes Gelächter vom Nebentisch durchbrach abrupt die Stille. Einer der Offiziere schleuderte seine Karten auf den Tisch und stürmte aus dem Raum, während die anderen ihm hinterherriefen und ihn höhnisch zu einer allerletzten Runde aufforderten.

»War das wieder Sharples?«, fragte ich.

»Unbelehrbar, der Schwachkopf«, antwortete Wilson nach einem abfälligen Schnauben. »Hat noch nie eine Partie gewonnen, kommt aber ständig wieder zurück.«

»Vielleicht lassen sie ihn ja irgendwann mal absichtlich gewinnen.«

»Unwahrscheinlich. So wie er spielt, bringt der arme Sharples denen vermutlich mehr Geld ein als die Heuer bei McCrory.«

Wilson holte ein Päckchen Zigaretten aus der Jackentasche, bediente sich und bot dann auch mir eine an. Ich rauchte nur selten – Kate hasste den Geruch –, doch in diesem Moment sehnte ich mich nach etwas wärmendem Tabakrauch. Er schien mich komplett auszufüllen, in jeden Winkel meines Körpers zu strömen und mein wild arbeitendes Hirn zu beruhigen. Das Grammofon spielte noch immer, aber einer der Männer hatte eine andere Platte aufgelegt, und statt melodischer Bläsersätze ertönte nun ein gelassenes Klavierstück.

Wir rauchten schweigend und lauschten der Musik, bis Wilson schließlich ein untypisch ernstes Gesicht machte und die Stille beendete.

»Ich mache mir Sorgen um dich, Tim«, sagte er und sah dabei kurz zu meiner Hand, die noch immer Amelias Band hielt.

»Unnötig, ich komme schon zurecht.«

»Darum geht es nicht. Es ist nur … alles das, was mit Amelia passiert ist … und was jetzt noch immer mit Kate ist …« Er suchte nach Worten. »Das ist so nicht richtig. Die Art, wie du dir selbst die Schuld an allem zu geben scheinst. Ich weiß, dass Kate dir mächtig zusetzt deshalb, aber es ist nicht deine Schuld gewesen – das musst du einfach begreifen. Genauso jetzt die Art, wie du dich in den Tod dieses armen Kerls verbeißt und dir unbedingt einzureden versuchst, dass er ermordet wurde …«

»Worauf willst du hinaus, Wilson?«

Er zögerte und fuhr dann bedächtig fort: »Ich meine ja nur, dass so eine Mordermittlung nicht der ideale Weg ist, mit dem fertigzuwerden, was du sonst noch gerade durchmachst. Sieh mal, ich mache mir doch nur Sorgen, dass du dem rein psychisch momentan nicht gewachsen sein könntest.«

»Jetzt klingst du eher wie einer von denen«, gab ich zurück und warf einen bitterbösen Blick zum Nebentisch hinüber.

»Das ist nicht fair«, sagte Wilson mit betrübter Miene. »Ich bin der Einzige, der dir nach deiner Rückkehr stets zur Seite gestanden hat.«

»Und aus welchem Grund?«, fuhr ich ihn an. »Die anderen waren nur allzu froh darüber, dass ich mich in meine Ecke zurückzog. Welchen Grund hattest du dafür, mir als Einziger zur Seite zu stehen?«

Wilson wirkte verletzt. »Wir fahren jetzt seit fünf Jahren zusammen auf diesem Schiff«, sagte er. »Ich habe dir beigestanden, weil du jemanden brauchtest. Und du brauchst noch immer jemanden – dringend. Diese Geschichte mit Raymond ...«

»Was ist damit?«

Wilson zuckte erschrocken zusammen. »Das Band da, Tim. Woher willst du wissen, dass es Amelias ist? Ich meine, wie soll man das wirklich wissen? Ich will Raymonds gute Absichten gar nicht infrage stellen. Wenn du ihm vertraust, soll mir das genügen. Aber sie ist inzwischen seit zwei Jahren weg. Hat Raymond wirklich so viele Beziehungen, dass er deiner Ansicht nach für ihre Rückkehr sorgen kann?«

Ich spürte, wie es tief in meinem Innersten zu brodeln begann und eine archaisch anmutende Wut in mir aufstieg.

»Raymond versucht zu helfen«, sagte ich und hielt das Band hoch. »Und das hier beweist es.«

»Beweist was?«

»Dass er sie finden wird. Dass er sie mir zurückbringen wird.«

Wilson schüttelte den Kopf. »Das ist ein Stück Samt. Was, wenn es sich als nicht mehr erweist, ungeachtet all der guten Absichten von Raymond? Hast du die Möglichkeit wenigstens schon mal in Betracht gezogen?«

»Dann hätte er damit noch immer zehnmal mehr für mich getan als irgendwer sonst.«

»Das denkst du wirklich?«, fragte Wilson, und alles Mitleid wich aus seinem Blick. »Dann sind all die Gespräche, die wir seit deiner Rückkehr auf die *Endeavour* geführt haben, die gesamten vergangenen sechs Monate, in denen ich dir ständig zu helfen versucht habe, also gar nichts wert? Alles vergessen, bloß weil Raymond dir ein Stück Stoff schickt und die Hilfe seines Vaters in Aussicht stellt?«

Ich erhob mich schwerfällig von meinem Platz und zog meine Jacke von der Rückenlehne des Nachbarstuhls. Wilson stand ebenfalls auf und stellte sich mir rasch in den Weg.

»Hör mir doch zu«, sagte er. »Ich weiß, wie ungeheuer wichtig es dir ist, sie zu finden, aber so wird es ganz sicher nicht funktionieren. Ich schau doch nicht zu, wie du dich in diese Sache hineinsteigerst, nur um am Ende …«

»Dann schau halt weg!«, schrie ich ihn aufgebracht an. »Du redest davon, mir zur Seite zu stehen? Nun, ich brauche dich nicht, Wilson. Und dein Einverständnis für das, was ich tue, brauche ich schon gar nicht.« Ich fuchtelte mit dem Band vor seiner Nase. »Das ist alles, was ich habe. Begreifst du das? Das ist alles. Und wenn es dir nicht passt, dass Raymond versucht, Amelia nach Hause zu bringen, dann lass mich doch einfach in Ruhe und geh mir gefälligst aus dem Weg.«

Die anderen beiden Offiziere beobachteten uns gebannt, ohne die Karten aus der Hand zu legen. Außer dem knisternden Jazzpiano war nichts zu hören.

Wilson ließ die Schultern sinken und trat einen Schritt zur

Seite. »Du bekommst nicht einmal die Hälfte von dem mit, was die anderen über dich erzählen«, sagte er ruhig. »Sie meinen, du seist nicht ganz richtig im Kopf – so wie du dich abgrenzt von allen, wie du nicht mehr aus deiner Schwermut herausfindest. Ich habe das nie glauben wollen. Ich war davon überzeugt, dass mein Freund da noch irgendwo drinstecken musste. Aber weißt du was?« Er schüttelte sichtlich enttäuscht den Kopf. »Vielleicht komme ich jetzt auch dahin. Vielleicht stimmt es ja, was die anderen alle über dich denken.«

Ich stürmte mit rasendem Puls an ihm vorbei. Diesmal machte er keinerlei Anstalten, mich aufzuhalten.

Ich taumelte in den Flur hinaus und ließ mich kraftlos gegen die kalte Stahlwand fallen, sobald ich außer Hörweite war. Ich presste die Augen mit aller Macht zusammen und drückte die Handballen gegen die Brauen. Mein Mund war ausgetrocknet, mein rasselnder Atem ging keuchend.

Ich konnte sie alle spüren, wie sie hier im Flur auf mich eindrängten. Die beängstigend wilde Frau. Dupont, leichenblass und nass bis auf die Knochen. Selbst Vivian Hall, die dunklen Haare wirr verklebt. Alle waren da. Umzingelten mich, rückten dichter und immer dichter.

Ich ballte meine Hände und hörte Raymond, der mich nach New York lockte mit dem Versprechen, mir helfen zu können. Sie nach Hause bringen zu können. Und dann war da wieder Wilson.

»Aber weißt du was? Vielleicht komme ich jetzt auch dahin. Vielleicht stimmt es ja, was die anderen alle über dich denken.«

Keine Ahnung, wie lange ich dort im Flur stand. Es konnte eine Minute gewesen sein, aber genauso gut eine Stunde. Ich ließ die Hände sinken, zwang meine Augen auf. Ich war allein.

Ich drehte mich um und überlegte kurz, zur Messe zurückzugehen. Womöglich ließ sich noch etwas retten, wenn ich mich bei Wilson entschuldigte. Aber im Grunde wusste ich, dass es zu spät war. Wahrscheinlich saß er längst bei den anderen Offizieren, fragte, ob er mitspielen könne, und gestand, dass sie mit ihrem Urteil über mich richtiggelegen hätten.

Die Vorstellung schmerzte, und prompt nahm ein Gefühl der Verbitterung von mir Besitz. Nein, dachte ich. Dies war nicht der Zeitpunkt für Entschuldigungen. Stattdessen überkam mich urplötzlich eine stumme Wut, die nach entschlossenem Handeln verlangte, und damit ein Drang, der mir vor ein paar Tagen noch vollkommen wesensfremd erschienen wäre. Zum Teufel mit Temple und seinem verletzten Stolz. Uns blieb noch ein ganzer Tag. Genug Zeit, um den Täter zu schnappen. Und anfangen würden wir gleich an diesem Abend.

Ich steckte Amelias Band in die Tasche und eilte Richtung zweite Klasse davon. Aus dem Restaurant drangen die Klänge eines Streichquartetts und berückender Bratenduft, aber ich schenkte dem überhaupt keine Beachtung, sondern stieg, zwei Stufen auf einmal nehmend, die Große Treppe hinauf.

Während meine Schritte auf dem dicken Teppich dumpf wummerten, legte ich mir einen Plan zurecht. Temple zufolge musste der Täter aus dem Kreis der Männer und Frauen stammen, die wir befragt hatten. Er musste eng genug mit Blake bekannt sein, um irgendwie von der Existenz des Gemäldes erfahren zu haben, und vertraut genug mit Vivian Hall, um von ihr zu einem Glas Wein in die Kabine eingeladen zu werden. Wenn wir von jedem aus dieser Gruppe feststellten, wo er oder sie sich Mittwochabend aufgehalten hatte, sollten wir daraus schließen können, wer zumindest die Möglichkeit gehabt hätte, Vivian Hall umzubringen.

Ich rief mir die Namensliste in Erinnerung, die ich in der Messe zusammengestellt hatte und die jetzt in meiner Jackentasche steckte, und ging durch, was ich über die Abendgestaltung jener Personen wusste. Es war zugegebenermaßen nicht sonderlich viel. Arthur Blake hatte die Nacht in seiner Kabine verbracht, wo er eine Stunde lang von Cassandra Webber Besuch erhielt. Nathaniel Morris war zu Michael Green gegangen, und Harry Webber hatte wie jeden Tag nach seinem Automobil geschaut. Was Beatrice Green getan hatte, war nicht bekannt.

Und dann gab es da natürlich noch eine Person, deren Namen wir noch immer nicht herausgefunden hatten. Sie stand ganz unten auf meiner Liste, umschrieben mit einem Alias, das ich dreimal unterstrichen hatte: die Frau vor Temples Kabine. Die Frau, die uns im Frachtraum aufgelauert, die mich – inzwischen schon zweimal – mit dem gleichen grausamen Schicksal wie Dupont bedroht, die an Temples Kabinentür geklopft und die angeblich Harry Webbers Wagen beschädigt hatte. Wenn sie die Täterin war, wenn sie Dupont den tödlichen Stoß und Vivian Hall den Schlag mit dem Flaschenkühler versetzt hatte, dann waren sämtliche Befragungen, die wir durchgeführt hatten, vollkommen wertlos. Sie mussten wir finden. Darauf sollten wir uns an unserem letzten Tag konzentrieren. Sie aufspüren, ihren Namen herausfinden und feststellen, was genau sie mit der Sache zu tun hatte.

Ich lief weiter den Flur in der zweiten Klasse entlang, bog um eine Ecke und erstarrte. Unfassbar. Direkt vor mir, keine zehn Schritte entfernt, war die Frau. Und wie neulich stand sie vor Temples Kabinentür, trug dieselbe graue Strickjacke, und ein paar Strähnen ihrer ungepflegten rotblonden Haare hafteten ihr an der Wange.

Es dauerte einen Moment, aber sobald ich wieder klar denken konnte, schnellte ich zurück um die Ecke und presste mich mit dem Rücken gegen die Wand. Während ich meinen Puls in den Ohren hämmern hörte, schielte ich vorsichtig in den Flur.

Eine Verwechslung war jedenfalls ausgeschlossen. Als sie mich in der dritten Klasse bedroht hatte, waren wir uns so nahe gekommen, dass ich sie überall wiedererkannt hätte. Aber das war nicht der einzige Grund, weshalb mein Puls so raste. Viel stärker beunruhigte mich die offene Kabinentür. Temple stand im Türrahmen, und die beiden sprachen miteinander.

Ich reckte mich noch ein wenig vor und versuchte angestrengt zu hören, was sie sagten, doch es gelang mir nicht. Sie unterhielten sich fast im Flüsterton. Das Gesicht der Frau hatte allerdings einen eigentümlich flehenden Ausdruck, als würde sie ihn um einen Gefallen bitten. Temple seinerseits hatte die Arme verschränkt, die Augen zusammengekniffen und schien ihr aufmerksam zuzuhören. Dann nickte er kurz, trat in den Flur, verriegelte seine Kabinentür und bedeutete ihr voranzugehen.

Ich ballte die Fäuste und war so wütend, dass ich mich nur mit Mühe zurückhalten konnte, nicht um die Ecke zu springen und sie anzubrüllen. Sie steckten also tatsächlich unter einer Decke. Nach all dem Hin und Her schien ich endlich meine Antwort gefunden zu haben. Die Verfolgungsjagd im Frachtraum, der Zettel mit der Todesdrohung ... offenbar alles sorgsam arrangiert. Aber zu welchem Zweck? Hatte Temple wirklich solch einen Aufwand betrieben, nur um mich loszuwerden? War es ihm derart wichtig, die Ermittlungen alleine durchzuführen?

Es blieb mir nur eine Wahl. Ich musste ihnen folgen und sie zur Rede stellen. Ich wartete, bis sie das Ende des Flurs erreicht hatten, und eilte hinterher.

Sie durchquerten die zweite Klasse und wechselten dabei immer wieder ein paar Worte. Zu gerne hätte ich gehört, worüber sie sprachen, aber ich blieb lieber so weit zurück, dass ich rasch Deckung suchen konnte, sollte einer von ihnen sich unvermittelt umdrehen. Vielleicht machten sie sich ja über mich lustig. Tauschten Ideen aus, wie sie mich am besten endgültig aus dem Weg räumen könnten. Meine Wut wuchs mit jedem Schritt. Endlich hielt die Frau an einer Kabine und schob Temple hinein.

Ich spannte den Rücken und marschierte mit bebenden Fäusten zur Tür. Für einen kurzen Moment musste ich an Captain McCrory denken und die gewaltige Standpauke, die er mir halten würde, wenn er erführe, dass ich wutentbrannt Zutritt zur Kabine eines Passagiers verlangt hatte. Rasch verdrängte ich den Gedanken. Der Punkt war mir gerade schlichtweg egal.

Ich holte tief Luft und hob den Arm, um zu klopfen. Schluss mit all den Lügen. Keine Heimlichtuereien mehr von diesem verfluchten Temple. Zum ersten Mal, seit wir diese Ermittlungen aufgenommen hatten, würde er mir die Wahrheit sagen.

Aber bevor ich noch anklopfen konnte, ertönte drinnen ein mächtiger Knall. Etwas sehr Großes musste entweder umgestoßen oder zu Boden geschleudert worden sein.

Meine Entschlossenheit, in die Kabine zu stürmen und Temple zur Rede zu stellen, war schlagartig dahin. Verwirrt stand ich da und senkte langsam den erhobenen Arm.

Ich legte ein Ohr an die Tür und lauschte. Ein gedämpftes Grunzen und das Scharren von Füßen war zu hören, dann donnerte etwas Schweres gegen die Wand. Ich zuckte erschrocken zurück. Was um alles in der Welt trieben sie da drinnen?

Ich schaute mich im Flur nach einem Crewmitglied um, das mir helfen konnte, fand jedoch keins. Erneut war das hektische Füßescharren zu hören. Es blieb mir nichts anderes übrig, als dem Wahnsinn, der sich ganz offenbar hinter dieser Tür gerade abspielte, alleine ein Ende zu bereiten.

Ich holte noch einmal Luft, packte den Knauf und riss die Tür auf.

Schreibpult und Stuhl waren umgeworfen, Papiere und Kleidungsstücke lagen wild verstreut in der kleinen Kabine. Die Frau stand in der entgegengesetzten Ecke, während links von mir Temple mit dem glatzköpfigen Schläger aus der dritten Klasse kämpfte. Der Mann versuchte mit vor Anstrengung verzerrtem

Gesicht, Temple von hinten einen Gürtel um den Hals zu schlingen. Temple hatte die Finger unter das schmale Lederband bekommen und rang mit gebleckten Zähnen und herausquellenden Augen verzweifelt darum, es auf Distanz zu halten.

Einen Wimpernschlag lang erstarrten alle, und drei Augenpaare fixierten mich mit dem gleichen ratlos überraschten Blick, als wären sie plötzlich unschlüssig, wie es weitergehen sollte. Dann geschahen zwei Dinge gleichzeitig. Temple nutzte die Verwirrung, um eine Hand vom Gürtel zu nehmen und seinen Ellbogen mit vollem Schwung in den Magen des Angreifers zu rammen. Zugleich schnellte die junge Frau quer durch den Raum und warf sich auf mich. Unbeholfen hob ich abwehrend die Arme, aber sie rauschte mit solchem Tempo in mich hinein, dass wir beide mit voller Wucht gegen die Wand krachten.

Aus den Augenwinkeln sah ich noch, dass Temple sich losgerissen hatte und in seine Jackentasche griff. Da hatte der Glatzkopf seinen kurzfristigen Rückschlag allerdings schon wieder verdaut und hechtete gerade auf ihn zu. Etwas schwarz Glänzendes flog aus Temples Hand, dann sah ich seinen Revolver über den Boden schlittern.

Auf mich prasselte derweil ein Hagel von Schlägen herab. Unter wildem Fauchen bearbeitete mich die Frau unablässig mit Fäusten und Ellbogen. Ich konnte mich zwar mit den Armen einigermaßen schützen, war unter dem pausenlosen Ansturm aber derart mit der Abwehr beschäftigt, dass sich keine Gelegenheit zu einem Gegenangriff bot.

Als ich den Kopf wegdrehte, um einem besonders ungestümen Schwinger auszuweichen, sah ich, dass Temple wieder eng umschlungen mit dem Glatzkopf rang, dessen Finger jetzt nach Temples Hals griffen. Ich drehte den Kopf noch ein Stück und entdeckte den Revolver. Er lag keinen Meter entfernt auf dem Boden.

In diesem Moment fuhr mir ein stechender Schmerz durch die Schulter. Ich schrie laut auf, packte die Frau bei den Handgelenken und schleuderte sie von mir. Rasch streckte ich die Hand nach der Waffe aus. Meine Finger umschlossen den Ledergriff, und ich versuchte, den Revolver auf Temples Angreifer zu richten. Der Lauf schwankte heftig. Ich drückte den Abzug, ein mächtiger Knall erschütterte die Kabine, und ich sah, wie der Glatzkopf abrupt innehielt, bevor er, ohne einen Ton von sich zu geben, in sich zusammensackte.

Die Frau zögerte beim Anblick ihres getroffenen Partners keine Sekunde, sprang auf und raste zur Tür. Temple reagierte sofort. Er stieß den Glatzkopf von sich, nahm mir den Revolver aus der Hand und stürzte ihr hinterher auf den Flur.

»Halt!«, hörte ich ihn draußen brüllen. »Stehen bleiben oder ich schieße!«

Ich lag keuchend auf dem Boden, zitterte vor überschüssigem Adrenalin. Meine Schulter tat nach dem Kampf mit der Frau bei jedem Atemzug höllisch weh.

Temples Gegner lag zusammengekrümmt zwei Schritte entfernt und starrte aus leblosen Augen zur Decke. Seine Züge waren verzerrt, als würden sie den Augenblick festhalten, in dem ihn die Kugel getroffen hatte. Ich ertrug sein eisiges Starren nicht länger und wandte mich ab. Nachdem sich meine Atmung ein wenig beruhigt hatte, stemmte ich mich auf die Beine und suchte in einem plötzlichen Anfall von Panik in meiner Tasche nach Amelias Band. Als ich es spürte, stieß ich einen erleichterten Seufzer aus, drückte eine Hand gegen meine Schulter und torkelte in den Flur hinaus.

Wäre die Frau nach ihrer Flucht aus der Kabine rechts herum gelaufen, wäre sie nach wenigen Metern um die Ecke gebogen und aus Temples Blickfeld verschwunden, ehe er überhaupt die Verfolgung hätte aufnehmen können. Doch sie war nach links geflohen, weshalb sie erst den Flur in ganzer Länge hinter sich bringen musste. So hatte sie nicht die geringste Chance, das Ende des Gangs zu erreichen, bevor er in Ruhe auf sie anlegen konnte. Resignierend hatte sie die Hände über den Kopf gehoben und kam nun langsam auf uns zu.

Als ich neben ihm stand, schlug Temple mir auf die Schulter, und ich musste einen weiteren Schmerzensschrei unterdrücken.

»Was zum Teufel ist hier eigentlich los?«, zischte ich atemlos.

Er antwortete nicht. Ich sah auf seinen Revolver und bemerkte, dass seine Hand genauso stark zitterte wie meine.

»Temple«, bohrte ich nach. »Wer sind die beiden?«

»Später. Bringen wir sie erst einmal rein.«

31

Temple und ich stimmten darin überein, erst die Reaktionen auf den Kampf so weit wie möglich einzudämmen, bevor wir überlegten, was mit der Frau geschehen sollte.

Meine größte Sorge galt dem Lärm. Nach dem Schuss und der Festnahme würde sich gewiss schnell eine Schar neugieriger Passagiere im Flur versammeln. Glücklicherweise war das Kaliber des Revolvers klein und hatte nur einen kurzen, scharfen Knall verursacht, nicht das tiefe Dröhnen einer schweren Schusswaffe.

Dennoch sah ich bereits die ersten fragenden Gesichter. Ich versuchte, mit denen zu reden, die vorsichtig aus ihren Türen lugten, um nachzuschauen, was da draußen los war, und hätte ihnen gerne versichert, dass kein Grund zur Besorgnis bestand. Doch beim Anblick meiner Offiziersuniform zogen sie sich alle sofort in ihre Kabinen zurück.

Meine nächstgrößte Sorge galt der Leiche. Eigentlich hatte ich Temples Gegner vor allem schnell ausschalten wollen, dennoch hatte mein wild drauflosgefeuerter Schuss ihn mitten zwischen den Schulterblättern erwischt. Da die Kugel zu wenig Durchschlagskraft besessen hatte, um in der Brust wieder auszutreten, rollte ich den leblosen Körper auf den Bauch in der Hoffnung, dass so nicht zu viel Blut auf den Teppich kommen würde. Nachdem ich noch ein Bettlaken über ihn geworfen hatte, beauftragte ich einen draußen vorbeilaufenden Steward damit, diskret einen zweiten Mann und eine Trage holen zu gehen. Ein paar Minuten später war alles bereit, das Opfer fortzuschaffen.

»Aber ganz unauffällig«, wies ich die beiden an. »Ich möchte, dass möglichst wenige Passagiere Wind von der Sache bekommen. Und kein Wort zu anderen Crewmitgliedern, verstanden? Ich werde selbst Captain McCrory vertraulich über den Vorfall in Kenntnis setzen. Sollte ich davon erfahren, dass in der Mannschaft darüber geredet wird, weiß ich also, wer die undichte Stelle war.«

»Jawohl, Sir«, erwiderte der erste Steward und fügte dann mit leicht angeekelter Miene hinzu: »Und wo sollen wir ihn hinbringen, Sir?«

Ich dachte einen Moment nach, kam aber, da uns jeder spezielle Raum dafür fehlte, nur wieder auf die traurige Notlösung zurück, wo schon die Leichen von Dupont und Vivian Hall untergebracht waren.

»Bringt ihn zu den anderen.«

Während wir verfolgten, wie die beiden mit der Trage davoneilten, wurde mir bewusst, was für einen erbärmlichen Eindruck ich derzeit machen musste. Immerhin schien der Adrenalinspiegel zu sinken, denn das Zittern in meinen Händen begann nachzulassen. Nach dem Aufprall gegen die Wand und dem Wegschleudern der Frau schmerzte meine Schulter allerdings so stark wie seit Jahren nicht.

Ob Temple etwas davon bemerkte, konnte ich nicht beurteilen. Jedenfalls sprach er mich nicht darauf an.

»Seit dem Krieg habe ich auf keinen Menschen mehr geschossen«, sagte ich.

»Sein Name war Doyle«, bemerkte der Detective nur finster. »Gewissensbisse müssen Sie sich seinetwegen nicht machen. Sie werden keinen Mann und keine Frau finden, die diesem Kerl eine Träne nachweinen.«

Ich erinnerte mich daran, wie kategorisch er Doyle als gefährlichen Kriminellen hingestellt hatte, und wartete auf nähere Erklärungen. Doch meine Hoffnung, mehr zu erfahren, wurde enttäuscht. Temple beließ es bei dem knappen Urteil.

»Was machen wir mit ihr?«, wechselte ich das Thema und deutete in Richtung Kabine. »Auf dem Schiff haben wir nichts, was zur Unterbringung von Gefangenen taugen würde.«

»Nicht einmal eine Arrestzelle?«

»Wir sind ein Passagierdampfer.«

»Können wir sie nicht in der Kabine einsperren?«

»Dafür müssten wir erst einmal einen Schlüssel haben. Ich habe Doyle durchsucht, bevor die Stewards ihn weggetragen haben. Er hatte keinen dabei.«

»Dann muss jemand Wache stehen.«

Ich dachte einen Moment nach. »Vielleicht ein Mann namens Wilson«, erklärte ich vorsichtig. »Ein Freund von mir, ebenfalls Offizier. Wir könnten ihn rufen lassen und gemeinsam nach einer Lösung suchen.«

Temple nickte, während ich mich noch fragte, ob Wilson überhaupt irgendein Interesse daran hatte, mir zu helfen. Ich würde es mir an seiner Stelle nach meinem verletzenden Auftritt in der Messe wahrscheinlich zweimal überlegen. Allerdings musste ich mir auch die traurige Wahrheit eingestehen, dass mir sonst niemand einfiel, an den ich mich hätte wenden können.

Die Frau hockte währenddessen stumm auf der unteren Koje und sah sich fieberhaft suchend in der Kabine um. Von der Tür aus konnte ich erkennen, dass sich ihr Handgelenk dort, wo ich sie gepackt hatte, blau zu verfärben begann. Ich ermahnte mich, nicht zu vergessen, dass dies die Frau war, die zweimal gedroht hatte, mir das gleiche Schicksal wie Dupont zukommen zu lassen. Sie war es auch gewesen, die uns im Frachtraum aufgelauert hatte und sich vor wenigen Augenblicken noch auf mich gestürzt hatte – in der offenkundigen Absicht, meinem Leben ein Ende zu bereiten. Trotzdem verursachte mir der Anblick Bauchschmerzen.

»Was ist denn da drin überhaupt passiert?«, fragte ich Temple.

»Er hatte sich hinter der Tür versteckt und erwischte mich so völlig überraschend, als ich in die Kabine trat.«

»Das habe ich nicht gemeint«, erwiderte ich. »Ich hatte den Eindruck, dass sie zu Ihnen gehört. So wie sie sich vor Ihrer Kabine mit Ihnen unterhalten hat …«

»Sie sind mir gefolgt?«

»Wäre es Ihnen lieber gewesen, ich hätte es gelassen?«

Temple richtete sich angriffslustig auf, schien es sich dann aber anders zu überlegen, denn seine Schultern erschlafften abrupt wieder. »Sie gab vor, mir etwas zeigen zu müssen«, erklärte er. »Etwas, das mit Duponts Tod zu tun hat.«

»Und Sie sind einfach so darauf eingegangen?«

»Sie sagte, sie könne es mir nicht bringen. Ich müsse zu ihrer Kabine und es mir dort ansehen.«

»So ein fahrlässiger …« Ich brach ab und atmete tief durch. »Haben Sie denn nicht gemerkt, wer sie ist? Dass es sich eindeutig um die Frau handelt, die uns im Frachtraum beobachtet hat?«

»Natürlich war mir das klar.«

»Und warum sind Sie trotzdem mit?«

Er senkte den Blick. »Na ja, nach dem Reinfall heute Mittag mit Morris und Green …«

»Brauchten Sie unbedingt ein Erfolgserlebnis«, vervollständigte ich. »Das meinen Sie doch, oder? Ihre Theorie war geplatzt, und plötzlich sahen Sie die große Chance für einen Durchbruch.«

»Ich hatte immer noch den hier, vergessen Sie das nicht!«, verteidigte er sich wieder lebhafter und hielt mir seinen Revolver unter die Nase.

»Der Ihnen ja auch schrecklich viel geholfen hat«, gab ich genervt zurück.

»Ich wäre schon fertiggeworden mit den beiden.«

»Nein, wären Sie nicht!«, fuhr ich ihn an und konnte meinen Ärger nicht länger im Zaum halten. »Was hätten Sie denn gemacht, wenn ich nicht dazugekommen wäre?«

Er antwortete nicht.

»Und Ihretwegen habe ich …« Ich bemühte mich, meine Stimme unter Kontrolle zu halten. »Habe ich jetzt einen Menschen erschossen.«

»Ich habe Ihnen doch gesagt …«

»Ich weiß, was Sie mir gesagt haben«, unterbrach ich ihn barsch. »Dass ihm niemand eine Träne nachweint. Aber das spielt keine Rolle. Ich habe einen Menschen erschossen, und Sie sind schuld daran. Wenn Sie mir vertraut hätten, wäre das nicht geschehen. Wenn Sie mich hätten helfen lassen.«

Ausnahmsweise schien Temple keine Entgegnung einzufallen. Stattdessen herrschte kurz eine bedrückende Stille.

»Wer ist sie?«, fragte ich schließlich und nickte ins Kabineninnere.

»Keine Ahnung. Doyle ist mir schon ein paarmal über den Weg gelaufen, aber sie habe ich noch nie gesehen. Sie sagte, ihr Name sei Elsie. Was ich ihr nicht unbedingt abnehmen würde.«

»Und was treiben die beiden hier? Haben sie etwa Mr. Blakes Gemälde? Oder das von Miss Hall?«

»Nein.«

»Könnten nicht sie diejenigen gewesen sein, die als Erste in Mr. Blakes Kabine waren? Ich meine, bevor Mr. Green dann Monsieur Dupont folgte …«

»Mit Dupont hat das hier nichts zu tun«, erklärte Temple entschieden, wobei er meinem Blick auswich. »Hören Sie, Birch. Ich möchte Sie nicht in diese Sache hineinziehen. Das ist ein übles Milieu …«

»Winston Parker«, sagte ich leise. »Hier geht's um Winston Parker, habe ich recht?«

Bei dem Namen zuckte Temple kurz zusammen. Ich musste an die Entdeckung denken, die ich in seiner Kabine gemacht hatte, an die umfangreichen Aufzeichnungen zu Parkers verbrecherischem Treiben in London und an meine feste Überzeugung, dass sich auch Doyles Name in den Listen finden würde.

»Ich werde nicht länger im Dunkeln gelassen, da können Sie reden, was Sie wollen«, fuhr ich entschlossen fort. »Ist mir doch egal, ob Sie aus Ihrem Vorhaben in New York gerne ein Geheimnis machen wollen. Ich habe die Schnauze voll davon. Diese Frau dort hat versucht, mich umzubringen, und ich werde Sie nicht in Ruhe lassen, bis ich weiß, warum.«

Temple starrte mich wütend an, ohne den Revolver aus der Hand zu legen. Mit einiger Mühe gelang es mir, seinem Blick standzuhalten. Unvermittelt schüttelte er den Kopf, steckte den Revolver zurück in seine Manteltasche und ging an mir vorbei in die Kabine.

Er hob den Stuhl vom Boden, setzte sich mitten in den kleinen Raum und musterte die junge Frau schweigend. Wenn er glaubte, sie auf diese Weise einschüchtern zu können, hatte er sich geirrt. Sie erwiderte seinen Blick mit unverkennbarer Verachtung und hockte dabei sprungbereit auf dem Kojenrand.

Ich blieb ein, zwei Schritte hinter Temple, da mir die letzte Begegnung mit der Frau und diesem bedrohlich spitzen Gegenstand, den sie mir in den Bauch gedrückt hatte, noch deutlich vor Augen stand. Selbst wenn Temple richtiglag und das Messer in Mr. Blakes Pult tatsächlich nicht auf ihr Konto ging, waren die Erfahrungen mit ihr beunruhigend genug.

»Du bist ziemlich jung«, begann Temple. »Besonders lange kannst du noch nicht dabei sein.«

Die Frau sagte nichts.

»Ist Elsie dein richtiger Name?«

Erneut antwortete sie nicht.

»Wenn du deine Lage verbessern willst, wäre es besser, auf meine Fragen zu antworten.«

Eine Weile funkelte sie ihn nur böse an. Dann nickte sie kaum merklich.

»Du arbeitest also mit Doyle zusammen, richtig?«, fragte er. »Oder hat er dich zu irgendetwas gezwungen?«

»Ist doch egal«, blaffte sie zurück.

»Ist es nicht.«

»Also gut, dann eben zusammen.«

Temple wollte schon zur nächsten Frage ansetzen, da platzte Elsie noch heraus: »Ändert doch überhaupt nichts, dass Sie Violet eingebuchtet haben. Die Parkers haben noch genug Leute in London. Wenn wir Sie nicht erwischen konnten, wird's halt ein anderer besorgen.«

»Bloß dass Violet jetzt aus dem Verkehr gezogen ist, oder?«, konterte Temple mit plötzlich erregter Stimme. »Und Doyle ebenfalls – abgeknallt wie der tollwütige Köter, der er ja auch war. Womit du nun ganz alleine dastehst, Elsie. Und du hast eben einen versuchten Polizistenmord begangen. Wenn du diese Kabine ohne einen sicheren Termin mit dem Strick verlassen willst, rate ich dir dringend, meine Fragen gefälligst zu beantworten.«

Elsie sagte nichts, wirkte aber, als würde sie sich als Nächstes auf Temple stürzen. Mir war bei der letzten Bemerkung der Zeitungsartikel eingefallen, den ich in Temples Kabine gefunden hatte. In ihm war die Rede gewesen von Violet Parker, einer Cousine Winstons, die in New York vor Gericht gestellt werden sollte für Straftaten, die sie in London begangen hatte.

Bestand darin die Verbindung zu Temple? Bei Elsie hörte es sich an, als sei er derjenige gewesen, der Violet hinter Gitter gebracht hatte.

»Was hat dich denn so an Mr. Webbers Automobil interessiert?«, fragte ich in das eintretende Schweigen hinein.

»Wer?«

»Mr. Webber«, wiederholte ich. »Du hast Dienstagabend seinen Wagen zerkratzt und warst auch da unten, als wir uns am Mittwoch den Schaden angesehen haben. Was hat das mit der Sache hier zu tun?«

»Ich weiß nichts von irgendeinem Automobil.«

»Lüg uns nicht an. Du wurdest dabei beobachtet, wie du den Wagen zerkratzt hast.«

»Ich weiß nichts von diesem verdammten Wagen!«, zischte Elsie. »Ich war das erste Mal da unten, als ich Sie beide verfolgt habe.«

»Und warum bist du uns dann gefolgt?«

»Ich musste Sie doch beobachten, um den hier mal allein zu erwischen.« Sie nickte zu Temple. »Um ihn zu Doyle zu bringen.«

»Nein, nein, das muss gelogen sein«, widersprach ich mit Nachdruck, da die Abfolge so einfach keinen Sinn ergab. »Dienstagabend wurdest du dabei gesehen …«

»Schluss jetzt«, knurrte Temple dazwischen. »Das bringt uns nicht weiter.«

Ich verstummte verwirrt. Wenn Elsie es nicht gewesen war, wen hatte der Zeuge, von dem Webber im Restaurant gesprochen hatte, dann gesehen?

»Ich nehme mal an, die Parkers haben euch diese Kabine zur Verfügung gestellt«, fuhr Temple fort. »Um mich dann herzulocken.«

»Oder um Ihre Leiche zu bunkern«, fauchte sie, bevor sie mich wieder zornig anblitzte. »Und wenn Sie nicht wären, hätte das auch geklappt.«

»Lass ihn gefälligst in Ruhe«, schnauzte Temple sie an.

Plötzlich umspielte ein Lächeln ihre Mundwinkel. Aus irgendeinem Grund schien Elsie neuen Mut zu schöpfen. »Er hat keine Ahnung, habe ich recht?«, bemerkte sie höhnisch.

»Du sollst ihn in Ruhe lassen!«

»Was hat er Ihnen denn aufgetischt?«, fragte sie mich, ohne seinen Einwurf zu beachten. »Dass er die Spitzenkraft von Scotland Yard ist?«

»Halt gefälligst die Klappe«, knurrte Temple durch die Zähne, während seine Finger nervös zuckten, als wollten sie jeden Moment nach der Waffe greifen.

»Dass er London von seiner übelsten Verbrecherkönigin befreit hat?«, fuhr Elsie ungerührt fort. »Im Alleingang, stimmt's nicht?«

»Halt dein Maul, hab ich gesagt.«

»Dabei ist er nicht mal Detective!«, rief sie laut aus. »Sie haben ihn rausgeschmissen! Er sollte einen Job erledigen, und er hat es völlig vermurkst. Passen Sie lieber gut auf sich auf, mein Freund. Seinen letzten Kumpel hat er schön über die Klinge springen lassen!«

»Halt's Maul!«, brüllte Temple und sprang so abrupt auf, dass sein Stuhl umkippte. Seine Züge waren vor Wut verzerrt, und ich fürchtete schon, er würde sie gleich schlagen. Elsie hegte offenbar die gleiche Befürchtung und riss rasch die Arme schützend vor das Gesicht.

Als sie jedoch erkannte, dass es Temple schwer atmend gelang, die Kontrolle zu behalten, senkte sie die Arme wieder und begann leise zu kichern.

Bevor Temple aber wieder in der Lage war, die Befragung fortzusetzen, ging die Tür auf, und Wilson schaute herein.

»Tim ...«, sagte er und betrachtete entsetzt die umgeworfenen Möbel, die auf dem Boden herumliegenden Kleidungsstücke und Papiere sowie den drohend vor der grinsenden Elsie stehenden Temple. »Was zum Teufel ist denn hier passiert?«

32

Im Restaurant war es ruhig. Die meisten Gäste hatten nach dem Abendessen bereits wieder ihre Kabinen aufgesucht oder sich zu Brandy und Zigarre in den Lesesalon zurückgezogen. Während die Musiker auf der kleinen Bühne ihre Instrumente einpackten, polierte der Barkeeper mit einem weißen Tuch die gespülten Gläser und sortierte sie akkurat in die Regale hinter ihm. Die Samtvorhänge der Fenster waren geschlossen und die Kristallkronleuchter ausgeschaltet, sodass nur noch die auf den Tischen flackernden Kerzen Licht spendeten.

Obwohl wir nahezu allein im Saal waren, suchten Temple und ich uns einen Tisch in der hintersten Ecke aus. Ihn kümmerte es vermutlich nicht sonderlich, doch mir war es peinlich, wie derangiert wir in den Augen der verbliebenen Passagiere in ihren Smokings und Abendkleidern aussehen mussten. Auf unserem Weg zwischen den Tischen hindurch ernteten wir prompt ein paar verwunderte Blicke, und auch Robert Evans begrüßte uns mit missbilligender Miene, versuchte aber nicht, uns aufzuhalten.

Die Pleite am Mittag im Lesesalon und der Überfall hatten Temple offensichtlich doch stärker zugesetzt, als es anfänglich den Eindruck gemacht hatte. Er ließ sich in einen Stuhl fallen, stemmte die Ellbogen auf den Tisch und fuhr sich mit der Hand durch das dichte Haar. Vielleicht lag es auch nur am diffusen Licht, aber die dunklen Ränder unter seinen Augen wirkten jetzt noch größer und sein Gesicht noch fahler. Von der Selbstsicherheit, mit der er seinerzeit ins Büro von Captain McCrory marschiert war und verlangt hatte, Duponts Leichnam untersuchen zu dürfen, war nichts mehr übrig. Er sah aus wie ein Mann, der eine vernichtende Niederlage eingesteckt hatte.

»Was möchten Sie trinken?«, fragte ich.

»Scotch.«

Fast hätte ich laut aufgelacht. Kaum zu fassen, gab es schlussendlich also doch noch eine Sache, in der wir einer Meinung waren.

Wenig später kehrte ich mit zwei doppelten Glenfiddich von der Bar zurück. Meine Schulter trug mir noch immer die vehemente Aktion gegen Elsie nach, und als ich Temple gegenüber Platz nahm, musste ich wieder an Kate denken. *In welchen Mist bist du denn jetzt wieder geraten, Tim?*«, hörte ich sie sagen. »*Konntest du nicht einfach die Finger davon lassen?*«

Wir tranken schweigend. Ein paar Tische hinter Temple saß ein junges Pärchen, das sich leise unterhielt und dabei tief in die Augen sah. Auf der anderen Seite des Saals brach eine Gruppe wohlbeleibter Männer mit mächtigen Schnauzbärten in schallendes Gelächter aus.

Ich hatte lange mit dem Gedanken gespielt, Temple von meinem Abstecher in seine Kabine zu erzählen. Ihm zu gestehen, dass ich seine Aufzeichnungen und die Zeitungsartikel über Winston Parkers verbrecherische Umtriebe in London gelesen hatte. Am Ende hatte ich mich jedoch dagegen entschieden. Ich wollte die Wahrheit erfahren. Wollte begreifen, warum genau Elsie und Doyle uns verfolgt und angegriffen hatten. Ich wollte aber auch unsere Ermittlungen unbedingt zu einem Abschluss bringen, und die Gefahr, dass er mich vor lauter Wut komplett davon ausschließen würde, war mir zu groß.

Nein. Wenn ich Antworten erhalten wollte, musste ich eine geschicktere Taktik wählen.

»Wer sind die beiden wirklich?«, fragte ich und stellte mein Whiskyglas ab. »Ich meine, Elsie und dieser ...«

»Doyle.«

»Elsie und Doyle«, wiederholte ich. »Was haben sie gewollt? Erst das Hinterherspionieren im Frachtraum, dann das Drohschreiben in meiner Kabine ... was bezweckten sie mit alledem?«

Temple nippte mit ausdrucksloser Miene an seinem Whisky.

»Was hat Elsie mit dieser Bemerkung gemeint?«, bohrte ich weiter. »Als sie sagte, dass Sie gar kein Detective seien?«

»Nichts.«

»Sie meinte, man habe Sie rausgeschmissen. Und dass jemand gestorben sei. Klingt für mich nicht unbedingt wie nichts.«

Erneut keine Antwort.

»Mittwochmorgen, bei unserer ersten Begegnung, behaupteten Sie, in einer dienstlichen Angelegenheit nach New York zu reisen«, versuchte ich es unverdrossen. »Wie soll das stimmen, wenn Sie gar nicht mehr bei der Polizei sind?«

»Die Sache ist kompliziert«, sagte er.

»Dann fangen Sie von ganz vorne an. Was hat das alles mit Winston Parker zu tun?«

Ein paar Sekunden herrschte Schweigen, dann lehnte Temple sich seufzend in seinem Stuhl zurück. »Also schön«, brummte er. »Wenn Sie ganz vorne anfangen möchten, Mr. Birch, dann werden wir genau das tun.«

Er atmete tief durch und nahm noch einen Schluck, wie um sich Mut anzutrinken. Sein sichtliches Widerstreben machte mich nervös, auch wenn ich versuchte, es mir nicht anmerken zu lassen. Gut möglich, dass nun die Fragen beantwortet würden, die mich seit Tagen quälten. Einen Rückzieher durfte ich jetzt auf keinen Fall machen.

»Elsie und Doyle gehören einer riesigen Verbrecherorganisation an«, begann er. »Gegründet vor etwa zwanzig Jahren in New York von einem gewissen Winston Parker – wie Sie so scharfsinnig herausgefunden haben.«

»Sie halten Mr. Parker für einen Verbrecher?«

»Wir wissen, dass er einer ist«, erwiderte Temple. »Nach außen mag er wie ein absolut seriöser Geschäftsmann wirken, aber hinter dieser Fassade steckt er bis zum Hals in Bestechung, Gewalt und Erpressung. Wenn man den richtigen Einblick hätte, würde man wahrscheinlich feststellen, dass er in einem Großteil aller illegalen Machenschaften in New York irgendwie die Finger drin hat. Aber er ist clever. Er operiert stets über Mittelsmänner und Syndikate und tut alles, um sicherzustellen, dass nichts zu ihm zurückverfolgt werden kann.«

»Ist das nicht eine Angelegenheit für die amerikanische Polizei?«, fragte ich.

»Das war es. Um ehrlich zu sein, kümmerte es Scotland Yard nicht im Geringsten, was Parker in New York so trieb. Was uns auf den Plan rief, war die Tatsache, dass er während des Krieges begann, sich bis nach London auszubreiten.«

Temple trank noch einen Schluck Whisky, bevor er fortfuhr. Ich hörte ihm gebannt zu.

»Winstons Abgesandte in London war seine Cousine. Eine Frau namens Violet Parker.«

»Von der hat Elsie doch in der Kabine gesprochen. Sie hätten jemanden namens Violet hinter Gitter gebracht, meinte sie.«

»Richtig. Wann genau Winston sie nach England geschickt hat, weiß keiner so genau, aber wir nehmen an, es war 1917, als alle Aufmerksamkeit dem Kriegsgeschehen galt. Seitdem hat sie ihre Operationen in London immer weiter ausgebaut. Zu Anfang ging das noch so langsam, dass wir gar nicht begriffen, was da passierte. Aber in den vergangenen Jahren hat das Tempo enorm angezogen, und inzwischen ist das Ganze ein ausgewachsenes kriminelles Netzwerk. Irgendwann war der Punkt erreicht, an dem ihre Aktivitäten einen Umfang angenommen hatten, dem mit gewöhnlichen Ermittlungsmethoden nicht mehr beizukommen war. Daher wurde beschlossen, dass ein paar von uns die Organisation infiltrieren sollten.«

»Und Sie gehörten dazu?«

»Ich habe mich sogar freiwillig gemeldet«, antwortete Temple kopfschüttelnd. »Eine ziemliche Idiotie. Aber eine gewisse Überheblichkeit treibt Menschen vermutlich oft dazu, die seltsamsten Dinge zu tun.«

»Warum war das denn überhaupt nötig? Ich meine, wenn Sie wussten, dass diese Violet Parker der Kopf der Londoner Organisation war, warum wurde sie nicht einfach verhaftet?«

Temple ließ sich Zeit mit der Antwort, da er anscheinend erst seine Gedanken sammeln musste.

»Sie müssen bedenken, wie raffiniert diese Leute vorgehen«, sagte er bedächtig. »Mit welcher Geduld. Zu Anfang wussten wir nicht einmal, dass es diese Violet Parker überhaupt gab. Herrgott, wir hatten gar nicht in Erwägung gezogen, nach einer Frau suchen zu müssen. Wir hatten lediglich begriffen, dass irgendeine amerikanische Verbrecherorganisation sich in London auszubreiten begann. Das wahre Ausmaß dieser Entwicklung haben wir erst erkannt, als wir die ersten Leute von uns eingeschleust hatten. Und sobald wir wussten, wie weit ihr Einfluss tatsächlich reichte, wie viele Menschen sie bereits in der Tasche hatten, war auch klar, dass mit einer simplen Verhaftung Violets nicht viel gewonnen wäre. Sie war zwar ein Familienmitglied, aber wenn Winston ihre Freilassung nicht hätte erreichen können, wäre sie zweifellos einfach nur ersetzt worden. Wir brauchten also etwas, womit man die gesamte Organisation zerschlagen konnte. Eine Anklage, die von den Gerichten weder verworfen noch mit einer bloßen Geldstrafe abgetan werden konnte.«

»Aber sie wurde doch erwischt?«

»Ja«, sagte Temple mit ernster Miene. »Sie wurde erwischt.«

Eigentlich hätte ich bei ihm einen eher selbstzufriedenen Ton angesichts dieses Erfolgs erwartet, aber die Art, wie er weiterhin jeden Blickkontakt vermied, verriet mir, dass die Geschichte noch lange nicht zu Ende war.

»Was ist geschehen?«, fragte ich leise.

»Nachdem mir die Aufnahme in die Organisation gelungen war, musste ich mit Doyle ein Team bilden.«

Ich dachte an den glatzköpfigen Mann und versuchte, das Bild auszublenden, wie sein Körper nach dem Einschlag meiner Kugel plötzlich erstarrte.

»Niemand würde ihm eine Träne nachweinen, haben Sie doch erzählt«, bemerkte ich.

»Ganz gewiss nicht. Mir ist in meinem ganzen Leben kein Mensch begegnet, der derart brutal und sadistisch veranlagt gewesen wäre. Lust am Morden zu empfinden ist ja schon übel genug, aber Doyle ...«

Er brach ab, um die Beherrschung nicht zu verlieren.

»Ich habe mehrere Monate mit ihm zusammenarbeiten müssen. Während ich ihm bei Überfällen und beim Eintreiben von Erpressungsgeldern half, habe ich nebenher dem Yard über meine Fortschritte ständig Bericht erstattet. Lange Zeit hatten wir trotzdem nichts in der Hand. Wir wussten noch immer nicht das Geringste darüber, wer hinter alledem steckte, wo die Gelder hinflossen und welche Ausmaße die Organisation überhaupt besaß. Dann stießen wir auf Violet Parker. Sie verhielt sich überaus vorsichtig. So vorsichtig, dass es unmöglich erschien, ihr irgendetwas nachzuweisen. Dann landeten wir überraschend einen

Treffer. Ich erhielt die Anweisung, einer Exekution beizuwohnen. Ein Ladeninhaber, der sein Schutzgeld nicht an die Parkers gezahlt hatte, sollte als abschreckendes Beispiel umgebracht werden. Sie wollte allen anderen demonstrieren, was jedem blühte, der sich zu weigern wagte.«

Temples Augen hatten inzwischen einen leeren, entrückten Ausdruck angenommen. »Ich hatte schon bei der Zusammenarbeit mit Doyle hin und wieder von Exekutionen gehört. Doch diese war ungewöhnlich. Es hieß, dass Violet persönlich daran teilnehmen würde. Ich wusste sofort: Das war die Gelegenheit, auf die wir gewartet hatten, der benötigte Nachweis einer eigenen Tatbeteiligung. Doch meine planmäßige nächste Kontaktaufnahme lag erst nach dem betreffenden Termin. Ich spielte mit dem Gedanken, direkt zu Scotland Yard zu gehen, aber das Gebäude wurde genau beobachtet, wie wir wussten. Und mich hätte es nicht einmal überrascht, wenn Violet selbst drinnen über Spitzel verfügte.«

Er machte eine Pause, um einen Schluck Whisky zu trinken.

»Doch es gab noch einen Kollegen, dem es ebenfalls gelungen war, in die Organisation zu kommen«, fuhr er fort. »Und der sollte bereits wenig später wieder Bericht erstatten. Also erzählte ich ihm, was ich wusste. Ich überredete ihn zu einem Treffen, teilte ihm die Details der beabsichtigten Exekution mit und sagte ihm, er solle beim Yard auf die Durchführung einer Razzia drängen.«

»Wie hieß denn der Mann?«

Temple starrte lange auf die Tischplatte. »Pearce«, antwortete er schließlich. »Edward Pearce.«

Ich spürte, wie meine Hände zu zittern begannen. Pearce war in dem Zeitungsartikel als jener Polizist genannt worden, für dessen Folterung und Ermordung Violet Parker verantwortlich gewesen sein sollte.

»Ist es ihm gelungen?«

»Ja«, erklärte Temple. »Und Violet Parker konnte tatsächlich auf frischer Tat verhaftet werden.«

»Wovon hat Elsie dann gesprochen?«, fragte ich mit unsicherer Stimme. »Man habe Sie rausgeworfen, hat sie behauptet. Und dass jemand zu Tode gekommen sei.«

»Pearce«, gestand er, und nun schwand auch der letzte Hauch Farbe von seinen Wangen. »Ich wusste, dass es Verdacht erregen würde, wenn man uns zusammen sah. Da wir nicht gemeinsam in einem Team arbeiteten, hatten wir aus Sicht von Parkers Leuten keinen Grund, Kontakt zu haben. Ich dachte, es wäre sicher, wenn wir uns an irgendeinem sehr belebten Ort träfen. Also verabredete ich mich mit ihm in Covent Garden, denn einen belebteren Ort als die Markthallen kenne ich nicht. Aber es nutzte anscheinend nichts. Ich weiß nicht, wer uns gesehen hat, aber ...«

Er brach ab, um sich zu räuspern.

»Als sie ihn dann schnappten, war es schon zu spät. Er hatte die Nachricht weitergegeben, die Razzia fand statt, und Violet Parker wurde festgenommen.«

»Und was dann?«

»Pearce ist nicht bei der Zusammenkunft erschienen«, antwortete Temple achselzuckend. »Natürlich war uns sofort klar, dass er aufgeflogen sein musste, aber was sollten wir tun? Wir konnten ihn nirgends finden. Am nächsten Tag traf die erste ... Sendung ein.«

»Was?«, bohrte ich nach und fürchtete bereits die Antwort. »Was haben sie geschickt?«

Temple leerte sein Glas und stellte es mit solcher Wucht ab, dass hinter ihm das junge Pärchen erschrocken die Köpfe hob.

»Finger«, sagte er. »Am Tag nach Violet Parkers Verhaftung erreichte Scotland Yard ein Schreiben, in dem ihre Freilassung im Austausch für Pearce verlangt wurde. Wir reagierten nicht, und so trafen zehn Tage lang Umschläge ein, die jeweils einen Finger enthielten.«

Sofort stiegen Bilder von blutgetränkten braunen Briefumschlägen vor mir auf, und mir wurde schlecht. Schweigend saßen wir einander gegenüber. Ich musste daran denken, wie Raymond in seinen Briefen Winston Parker beschrieben hatte. Als »personifizierten amerikanischen Traum« hatte er ihn bezeichnet. Bestimmt wusste Raymond nicht, in welche Art von Geschäften Parker verwickelt war. Wenn ich Temple so betrachtete, war ich mir nicht einmal sicher, ob ich selbst es wissen wollte, ob ich selbst all diese Einzelheiten hören wollte. Doch es blieb mir keine andere Wahl. Inzwischen steckte ich viel zu tief drin.

»Das konnten Sie doch nicht ahnen«, beruhigte ich ihn ohne viel Überzeugung. »Sie haben Ihren Job gemacht. Sie haben Violet Parker geschnappt.«

Temple sagte nichts, lehnte sich nur zurück und spielte mit dem leeren Glas in seiner Hand.

»Sind Sie wirklich rausgeworfen worden?«

»Ja, wenn auch nicht dafür. Verstehen Sie das nicht falsch, jedem ist klar gewesen, dass ich daran schuld war, was Pearce zugestoßen ist. Allerdings konnten sie mich deshalb nicht rausschmeißen. Immerhin hatte ich ihnen den Tipp gegeben, der zur Verhaftung von Violet Parker führte. Nein, mir ist ein anderer Fehler unterlaufen.«

Er räusperte sich erneut. Temples Aussprache war einen Hauch undeutlicher geworden. Offenbar verfehlte der Whisky seine Wirkung nicht.

»Am siebten Tag nach Violets Verhaftung war wieder ein Umschlag eingegangen«, erzählte er weiter. »Diese Schuldgefühle ... Sie können sich das nicht vorstellen. Zu wissen, man selbst ist schuld an diesen Qualen eines Kollegen. Man selbst hat diesen einen Fehler gemacht, der ihm zum Verhängnis wurde.«

Ich ahnte schon, was nun kommen würde.

»Sie wollten Violet laufen lassen«, sagte ich leise. »Sie wollten auf den Austausch eingehen, richtig?«

Es dauerte einige Sekunden, bis Temple sich zu einer Antwort durchringen konnte.

»Natürlich haben sie mich aufgehalten«, berichtete er mit einem leichten Beben in der Stimme. »Es war eine vollkommen planlose Aktion, und irgendwie ahnte ich schon, dass es nicht funktionieren würde. Sie würden mich schnappen, das war klar. Aber irgendwas musste ich einfach tun. Der siebte Brief war eingegangen, der Umschlag noch feucht von seinem Blut, da brauchte ich wenigstens das Gefühl, es versucht zu haben. Ich durfte einfach nicht tatenlos dasitzen und es geschehen lassen.«

Ich nickte und empfand auf einmal so etwas wie Sympathie für ihn.

»Sie haben mich postwendend gefeuert«, fuhr er fort. »Scotland Yard hatte sowieso nach einem Grund gesucht, mich loszuwerden, seit sie das mit Pearce herausgefunden hatten. Mein Versuch, Violet laufen zu lassen, gab ihnen dann den passenden Vorwand. Ein letztes Problem hatten sie dabei jedoch. Ich musste als Zeuge bei ihrem Prozess auftreten, um aussagen zu können, was ich alles während meiner Zeit mit Doyle mitbekommen hatte, und das Yard wollte mich natürlich nicht in den Zeugenstand treten lassen, unmittelbar nachdem sie mich wegen Gefährdung der Ermittlungsarbeit gefeuert hatten. Denn stärker lässt sich die Glaubwürdigkeit eines Zeugen wohl kaum erschüttern. Also wurde alles diskret erledigt. Mein Versuch, Violet Parker laufen zu lassen, wurde vertuscht, und mich hat man einstweilen vom aktiven Dienst freigestellt, um mich dann nach dem Prozess hinauszuwerfen.«

»Und das ist die ›dienstliche Angelegenheit‹, die Sie nach New York führt, richtig?«, sagte ich. »Als amerikanische Staatsbürgerin wird Violet dort vor Gericht gestellt.«

Temple spreizte die Hände, drehte die Handflächen zu mir und sah mir zum ersten Mal direkt in die Augen. »Jetzt wissen Sie alles. Das ist meine Geschichte. Nächste Woche werde ich vor Gericht aussagen, und dann ist meine Polizeikarriere beendet.«

Stille senkte sich über den Tisch. Es dauerte eine ganze Weile, das Gesagte zu verarbeiten.

»Jetzt ergibt auch Elsies Drohung Sinn«, erklärte ich schließlich. »*Halt dich raus, oder du bist der Nächste.* Ich hatte gedacht, sie spiele auf Duponts Tod an, aber das stimmte gar nicht. Sie meinte Ihren. Sie wollte mich abschrecken, um Sie dann alleine erwischen und zu Doyle bringen zu können.«

Temple sagte nichts.

»Aber was kümmert Sie die ganze Sache mit Dupont und Miss Hall überhaupt noch?«, fuhr ich fort. »Ich meine, wenn Sie eh nicht mehr für Scotland Yard arbeiten, weshalb ermitteln Sie noch so verbissen?«

Temple starrte inzwischen mit leerem Blick auf den Tisch und schien mich gar nicht mehr zu hören.

»Ich glaube, ich weiß, warum. Sie wollen denen Ihre Fähigkeiten beweisen, habe ich recht? Sie hoffen, wenn Sie die Mordfälle lösen und die Gemälde wiederfinden, dass Scotland Yard dies umstimmt und man Sie zurücknimmt.«

Temple schwieg weiter.

»Halten Sie das wirklich für realistisch?«

Seine Augen blitzten giftig auf.

»Und was ist mit Ihnen, Birch?«, fauchte er mich an. »Wie lautet Ihre Geschichte?«

»Meine Geschichte?«, erwiderte ich erheblich barscher als beabsichtigt. Aber seine plötzliche Aggressivität hatte mich unvorbereitet getroffen. Außerdem spürte ich den Whisky und die vielen schlaflosen Stunden, die sich über die vergangenen Nächte hinweg angehäuft hatten.

»Ganz recht«, antwortete er. »Da Sie jetzt meine traurige kleine Lebensgeschichte gehört haben, wollen Sie mir Ihre doch wohl nicht vorenthalten, oder?«

»Ich habe nicht die geringste Ahnung, wovon Sie sprechen.«

»Dann werde ich Ihnen auf die Sprünge helfen«, sagte er und beugte sich mir herausfordernd entgegen. »Die Sache mit Ihrer Schulter erklärt sich mehr oder weniger von selbst. Seit dem Gerangel mit Doyle und Elsie verziehen Sie ständig das Gesicht und sind darum bemüht, jede Belastung Ihres rechten Arms zu vermeiden. Blut ist keins zu sehen, doch Sie versuchen mit einigem Geschick, sich nichts anmerken zu lassen und es insbesondere vor mir zu verbergen. Die routinierte Art, mit der es Ihnen gelingt, die Schulter bei allen Bewegungen bestmöglich zu entlasten, spricht dafür, dass Sie schon eine Weile damit leben müssen und sich die Verletzung also vermutlich im Krieg zugezogen haben. Diese Geschichte interessiert mich aber gar nicht groß. Viel spannender finde ich die Frage, was es mit dem Band in Ihrer Tasche auf sich hat.«

Ich glotzte ihn bloß mit offenem Mund an.

»Ich habe Sie auf dem Promenadendeck beobachtet«, fuhr er fort. »Am Mittwoch, kurz bevor wir Cassandra Webber befragten. Sie haben den Kindern beim Seilspringen zugesehen und mit einem gelben Samtband in der Hand gespielt. Selbst jetzt können Sie die Finger nicht davonlassen. Herrgott, Sie wurden heute Abend von zwei Ganoven überfallen, die der brutalsten Verbrecherorganisation von ganz London angehören, und haben als Erstes nichts Besseres zu tun, als nachzuprüfen, ob das Ding noch immer in Ihrer Tasche steckt.«

Ich wollte etwas erwidern, aber er ließ mich nicht zu Wort kommen.

»Nun, da ich davon ausgehe, dass die Offiziere an Bord dieses Schiffes nicht dazu verpflichtet sind, gelbe Samtbänder bei sich zu führen, dürfte es sich um einen Gegenstand handeln, der für Sie von großem persönlichem Wert ist. Von solcher Bedeutung, dass Sie es nicht ertragen, davon getrennt zu sein. Dahinter verbirgt sich also eine Geschichte, und die hätte ich gerne erfahren.«

Er schwieg erwartungsvoll und fixierte mich mit genau der eindringlichen Konzentration, die ich das erste Mal drei Tage zuvor bei der Untersuchung von Duponts Leiche an ihm erlebt hatte.

Ich holte tief Luft, um mich zu beruhigen, und schaute ihm offen in die Augen. »Über das Band wird nicht geredet.«

»Hat Ihre Frau es getragen?«

Ich antwortete nicht.

»Ihre Ex-Frau vielleicht?«

»Schluss jetzt!«, zischte ich durch zusammengebissene Zähne.

»Was ist passiert? Hat sie Sie verlassen?«

»Ich sagte Schluss.«

»Oder es hat gar nichts mit Ihrer Frau zu tun«, grübelte er immer lauter werdend weiter. »Sie machen den Eindruck eines Familienmenschen – vielleicht gehörte es einem Ihrer Kinder. Aber woher kommt diese enorme Bedeutung? Warum achten Sie derart panisch darauf, es ständig bei sich zu tragen? Bestimmt handelt es sich um ein Erinnerungsstück an jemanden, der selbst nicht mehr da ist, um es zu tragen. Entweder Ihre Frau oder Ihre Tochter – das ist mir nicht klar. Also gut, Ihre Frau könnte Sie verlassen haben. Aber Ihr Kind würde doch nicht ...«

»Schluss jetzt!«

Das junge Pärchen am Tisch hinter Temple stand auf, bedachte uns mit strafenden Blicken und wandte sich dem Ausgang zu.

Eine ganze Weile saßen wir nur schweigend da, ohne den anderen anzusehen. Auch die restlichen Gäste verließen nach und nach das Restaurant, und ich spürte, wie der Barkeeper uns quer durch den Raum neugierig beobachtete. Schließlich wurde mir die Stille zu peinlich.

»Und was nun?«, fragte ich knapp.

»In Bezug worauf?«

»Na, was wohl! In Bezug auf Dupont! Miss Hall! Was machen wir als Nächstes? Mit wem sollen wir sprechen?«

Temple tippte rhythmisch mit dem Fingernagel gegen das Whiskyglas und dachte einen Moment nach. »Wir machen gar nichts«, sagte er dann.

»Was meinen Sie damit?«, fuhr ich ihn an, aber Temple war schon aufgestanden. »Wir können doch nicht einfach gar nichts tun.«

»Kümmern Sie sich wieder um Ihren Dienst als Offizier, Mr. Birch«, erklärte er. »Melden Sie Ihrem Captain, dass wir es versucht haben, aber gescheitert sind. Alle weiteren Ermittlungen sollten von der New Yorker Polizei durchgeführt werden. Ich habe inzwischen eingesehen, dass es einen größeren Einsatz an Personal und polizeilichen Mitteln erfordert. Wir zwei allein können das nicht leisten.«

»Das ist nicht Ihr Ernst, oder? Sie haben doch selbst gesagt, dass die Polizei nichts mehr ausrichten kann, sobald alle Passagiere von Bord sind. Die Sache muss vor unserer Ankunft in New York aufgeklärt werden. Also bleiben nur wir!«

»Vergessen Sie's«, sagte er. »Wir sind gescheitert.«

SAMSTAG, 15. NOVEMBER 1924

33

Nachdem Temple das Restaurant verlassen hatte, war ich zu Elsies Kabine zurückgekehrt, wo Wilson freundlicherweise vor der unverschlossenen Tür Wache hielt.

Da wir weder bei Elsie noch Doyle einen Schlüssel gefunden hatten, war Wilson inzwischen der Meinung gewesen, dass wir den Generalschlüssel aus dem Offiziersquartier holen sollten. Ich hatte zwar noch eingewandt, dass Captain McCrory dessen Gebrauch nur in absoluten Notfällen erlaubte und es zudem ethisch bedenklich sei, einen Passagier in seiner eigenen Kabine einzuschließen. Aber wie Wilson völlig zu Recht – und ziemlich unverblümt – entgegnete, hatte Elsie immerhin sowohl einen Passagier als auch einen diensthabenden Offizier angegriffen und würde am nächsten Tag nach unserer Ankunft in New York sowieso der Polizei übergeben werden. Bis dahin war das oberste Gebot, sie irgendwie verlässlich in Gewahrsam zu halten.

Elsie hatte erwartungsgemäß kein Wort gesagt, als wir ihr erklärten, wie sie den Rest der Überfahrt verbringen würde. Die knochigen Knie bis unters Kinn angezogen, hatte sie nur stumm auf der unteren Koje gehockt, während ihre wild blitzenden Augen abwechselnd von Wilson zu mir schnellten.

Sobald die Tür sicher verriegelt war, hatte ich Wilson erklärt, dass ich den Captain am nächsten Morgen besser allein über den Vorfall unterrichten würde. Schließlich bestand kein Anlass, noch jemanden in die Sache zu verwickeln. Er hatte nur kurz etwas geknurrt und sich sofort in seine Kabine zurückgezogen, was meine Befürchtungen verstärkte, dass ich meinem Freund in letzter Zeit vor allem durch meinen Wutanfall in der Messe wirklich zu viel abverlangt hatte.

In meiner Koje war es mir wenig später noch schwerer als sonst gefallen, zumindest in einen unruhigen Schlaf zu sinken. Ich hatte einen Menschen erschossen, hatte in blinder Panik abgedrückt und einem Leben ein Ende bereitet. Ich hatte eine Passagierin, eine verängstigte, zornige junge Frau, in ihrer eigenen Kabine eingesperrt und zu allem Überfluss auch noch Wilson mit hineingezogen.

Und dann war da noch Temple. Eigentlich hätte ich mich doch erleichtert fühlen sollen, endlich die ganze Wahrheit über seine Verbindung zu Winston Parker zu kennen. Stattdessen empfand ich es irgendwie als Verrat, dass er unsere Ermittlungen jetzt einfach aufgeben wollte und urplötzlich behauptete, wir allein seien nicht in der Lage, den Täter zu überführen.

Ich war stinkwütend. Aber um ehrlich zu sein, gründete diese Wut nur zum Teil in Temples Rückzieher. Eigentlich hatte mich etwas, was er vor seinem Aufbruch aus dem Restaurant gesagt hatte, weit stärker verletzt. Offenkundig war ihm trotz all meiner Bemühungen weder das Samtband noch die Verletzung meiner Schulter entgangen. Und er hatte sich sehr direkt nach Kate und Amelia erkundigt.

Ich drückte das Band in meiner Koje fest an mich und dachte an die vielen Monate, die ich mit Suchen verbracht hatte. Ich sah den hasserfüllten Blick vor mir, mit dem Kate auf meine Ankündigung, wieder auf die *Endeavour* zurückzukehren, reagiert hatte.

Und die zahllosen Briefe, in denen ich Raymond meinen Schmerz und meine Trauer geschildert hatte.

»*Ich mache mir doch nur Sorgen, dass du dem rein psychisch momentan nicht gewachsen sein könntest*«, hatte Wilson gesagt, und er hatte recht behalten. Solange ich mit Temple kreuz und quer über die *Endeavour* gezogen war, hatte ich es nicht erkannt, dafür stand es mir nun umso klarer vor Augen. Dupont. Vivian Hall. Selbst Temple. Es war alles zu viel. Ich musste Prioritäten setzen, musste all meine Kraft auf Amelia konzentrieren.

Also beschloss ich, während ich das Band weiter durch die Finger streichen ließ, dass mir keine andere Wahl blieb, als alle Gedanken an die Ermittlungen aus meinem Kopf zu verbannen. Die Frage, ob Dupont den Niedergang hinabgestürzt und gestoßen worden war, würde die New Yorker Polizei beantworten müssen. Genau wie die, wer Vivian Hall den Flaschenkühler über den Schädel geschlagen und sowohl ihres als auch Arthur Blakes Gemälde gestohlen hatte.

Dabei war mir durchaus bewusst, dass all diese Fragen womöglich auf ewig unbeantwortet bleiben würden. Im Grunde war ich davon sogar überzeugt. Denn wie sollte die Polizei einen Täter finden, der längst im Straßenmeer von New York abgetaucht war? Die Vorstellung bereitete mir zwar Magenschmerzen, aber ändern konnte ich daran anscheinend nichts. Temple hatte aufgegeben und zerfloss nur noch vor Scham über den bevorstehenden Rauswurf bei Scotland Yard. Und wenn er mir eines unmissverständlich vor Augen geführt hatte, dann die Tatsache, dass ich allein das Geheimnis ganz sicher nicht lüften würde.

Der Morgen kam, und ich fühlte mich wie durch die Mangel gedreht. Meine kleine Kabine besaß nur ein winziges Bullauge, doch selbst durch ein großes Fenster hätte nicht viel mehr Tageslicht einfallen können. Lange lag ich reglos in der Koje, da ich wenig Lust verspürte, auch nur eine Minute früher als unbedingt notwendig in die Kälte hinauszutreten. Niedergeschlagen lauschte ich dem Brummen der *Endeavour*, dem Heulen des Windes und dem endlosen Wellenspiel des Meeres.

Ein kleiner Trost war, dass die Schmerzen in meiner Schulter nachgelassen hatten. Ich massierte die alte Wunde und musste wieder an Raymond denken. Ich wusste noch, wie ich seinen letzten Brief geöffnet hatte. Den Brief, in dem er mich beschwor, ihn zu besuchen, in dem er mir die Hilfe seines einflussreichen Vaters anbot und in dem ich ganz zum Schluss, tief im Inneren des Umschlags, das Haarband von Amelia entdeckte.

Wir werden es schaffen, versicherte ich mir. Das Band war erst der Anfang. Gemeinsam würden wir sie finden.

Ich quälte mich aus der Koje. Eisige Morgenluft umschlang mich, kaum dass ich die Decke zurückgeschlagen hatte. Ich wusch mich mit kaltem Wasser, zog meine Uniform an und bereitete mich darauf vor, die letzte Tagesbesprechung mit Captain McCrory vor unserer Ankunft in New York am nächsten Morgen zu besuchen.

Beim Glattstreichen meiner Uniformjacke spürte ich die spitze Ecke von etwas, das in meiner Tasche steckte. Es war eine kleine rechteckige Karte, auf der die Worte *Samstag* und *Sonntag* in akkurater Handschrift geschrieben standen. Ich drehte sie um und stellte fest, dass es sich um eine Visitenkarte von Michael Green mit dessen aufgedruckter Büroadresse in London handelte. In all der Aufregung, die seit unserem Gespräch mit Beatrice Green geherrscht hatte, war mir völlig entfallen, dass ich ihre Schriftprobe noch mit mir herumtrug.

Ich starrte die Karte an, als würde sie mir irgendein verborgenes Geheimnis verraten, wenn ich mich nur stark genug darauf konzentrierte, aber mir kam bloß ständig unsere letzte Unterhaltung mit Michael Green in den Sinn und die herablassende Selbstsicherheit, mit der er Temple und mich im Lesesalon abgefertigt hatte. Mit einer ärgerlichen Handbewegung schleuderte ich die Karte auf mein Bett.

Bei meiner Ankunft in der Offiziersmesse sah ich, dass Wilson zum Glück schon am Tisch saß und eine mächtige Portion Porridge in sich hineinschaufelte. Ich wollte mich unbedingt bei ihm entschuldigen für das, was am Vortag passiert war – sowohl für mein aufbrausendes Verhalten beim Abendessen als auch dafür, ihn mit der Bewachung von Elsie belastet zu haben. Doch kaum hörte er mich an den Tisch treten, schaute er mit einer solch grimmigen Miene auf, wie ich sie von ihm gar nicht kannte. Er bedachte mich mit einem durchdringenden Blick, schüttelte nur kurz den Kopf und wandte sich wieder seinem Frühstück zu.

Eine Weile blieb ich ratlos auf meinem Fleck stehen. In einem Anflug von Trotz spielte ich mit dem Gedanken, mich dennoch einfach zu ihm zu setzen und darauf zu bestehen, dass wir über die Sache redeten. Er sollte meine Entschuldigung hören, und dann würden wir die Vorfälle des gestrigen Abends hinter uns lassen. Aber ich beherrschte mich und ließ es bleiben.

Wilson hatte immer und immer wieder versucht, mir zu helfen und mit mir über Kate und Amelia zu sprechen, und ich hatte ihn jedes Mal brüsk zurückgewiesen, hatte jede freundliche Geste, jedes Zeichen von Besorgnis abgewehrt. Er hatte allen Grund, zornig auf mich zu sein.

Um Punkt neun Uhr betrat Captain McCrory den Raum, und wie jeden Morgen erhoben wir uns alle synchron und nahmen Haltung an. Ich verfolgte aufmerksam den Bericht des diensthabenden Offiziers, der die verschiedenen Vorbereitungen für unsere Ankunft in New York zusammenfasste. Auch Dupont wurde erwähnt, allerdings lediglich in Zusammenhang mit der Information, dass der Coroner bereits telegrafisch verständigt war und den Leichnam am Hafen in Empfang nehmen würde. Und dann, ganz zum Schluss, kam die Meldung, die ich gerne nicht gehört hätte.

»Außerdem kursieren Gerüchte, in der zweiten Klasse sei ein Schuss gefallen«, sagte der Offizier.

Mit angehaltenem Atem beobachtete ich den Captain, der diese Neuigkeit in Ruhe abzuwägen schien.

»Wurde irgendjemand verletzt?«, fragte er.

»Nein, Sir.«

»Halten Sie es nicht für wahrscheinlich, dass jemand verletzt sein müsste, sollte es wirklich einen Schuss gegeben haben?«

»Sir, das haben drei Passagiere unabhängig voneinander gemeldet«, rechtfertigte der Offizier sich tapfer. »Jeder hat davon gesprochen, dass es wie ein Schuss klang. Sie zeigten sich extrem besorgt …«

Der Captain hob eine Hand, was den Offizier sofort zum Schweigen brachte.

»Mir ist bewusst, dass die allgemeine Anspannung derzeit hoch ist«, erklärte er. »Zweifellos sind viele unserer Passagiere noch immer beunruhigt über den Mitreisenden, dessen Leiche am Mittwochmorgen aufgefunden wurde. Aber wie ich bereits mehrmals ausgeführt habe, war dessen Tod ein bedauerlicher Unglücksfall. Und sonst nichts!« Seine Stimme hatte einen schneidenden Ton angenommen. »Wir sind nur noch einen einzigen Tag von New York entfernt. Halten Sie Augen und Ohren offen, und wenn handfeste Beweise für einen Schuss am gestrigen Abend ans Licht kommen, werde ich die Angelegenheit untersuchen. Bis dahin aber, meine Herren, werden Sie diese Meldungen als das behandeln, was sie gewiss auch sind, nämlich purer Klatsch. Morgen schon gehen die Passagiere von Bord, und derartige Unannehmlichkeiten werden rasch vergessen sein. Daher tun wir heute gut daran, jegliche Spekulation einzudämmen statt aufzubauschen.«

Die meisten Offiziere wirkten wenig begeistert von den Anweisungen des Captains, aber keiner brachte den Mut auf, ihm offen zu widersprechen. Vermutlich war ihnen allen genau wie mir klar, dass ein solcher Versuch sinnlos gewesen wäre. Der Blick des Captains hatte inzwischen einen abwesenden Ausdruck angenommen, so als könnte er bereits deutlich vor Augen sehen, wie er in nicht einmal vierundzwanzig Stunden die Zigarrenkiste auf seinem Schreibtisch öffnen, zum allerletzten Mal von Bord der *Endeavour* schreiten und seinen Ruhestand beginnen würde.

Der Moment war einerseits reichlich unbehaglich, andererseits registrierte ich auch mit Erleichterung, dass die beiden Stewards, die Doyles Leiche abtransportiert hatten, offenkundig meinen Befehl befolgt und Stillschweigen bewahrt hatten. Oder dass ihre Erzählung über eine weitere Leiche, die unter Deck verstaut worden war, zumindest noch nicht ihren Weg bis zur Offiziersmesse gefunden hatte.

Da der meldende Offizier seinen Bericht damit beendet hatte, entließ der Captain uns, und alle brachen auf. Ich rief Wilson noch hinterher, doch er war als Erster aufgesprungen und drängte sich zur Tür hinaus, bevor ich ihn erreichen konnte.

34

Mit einem mulmigen Gefühl nahm ich den Generalschlüssel aus der Tasche, entriegelte die Kabinentür und drückte sie vorsichtig auf. Nach unserer letzten Begegnung rechnete ich beim Eintreten schon halb damit, dass Elsie sich sofort auf mich stürzen würde, wobei mir nur allzu bewusst war, wie schwer man sich mit dem Schlüssel in der einen und einem Teller Essen in der anderen Hand verteidigen konnte.

Allem Anschein nach hatte sie sich jedoch keinen Zentimeter von der Stelle gerührt, an der Wilson und ich sie am Vorabend zurückgelassen hatten. Mit dem Rücken an die Wand gelehnt, saß sie auf der unteren Koje und hatte die Knie bis unters Kinn hochgezogen. Rasch hob sie den Kopf und spannte den Körper an, als ich die Tür zuschob. Ich stellte den Teller auf den Nachttisch und wich zur entgegengesetzten Seite der Kabine zurück. Elsie taxierte mich einen Moment, entschied dann offenbar beruhigt, dass ich keine Gefahr darstellte, schnappte sich das Brot vom Teller und riss mit den Zähnen ein Stück ab wie ein Hund, der einen großen Fleischbrocken zerfetzt.

»Habe ich dir wehgetan?«, fragte ich und nickte zu den blauen Flecken an ihrem Handgelenk.

Sie hob den Kopf und starrte mich nur hasserfüllt an.

»Es tut mir jedenfalls leid, wenn es der Fall sein sollte.«

Sie schwieg weiter. Ich schaute mich in der Kabine um und hatte das sonderbare Gefühl, ihre Privatsphäre zu verletzen. In dem Raum herrschte nach dem Kampf noch immer ein ziemliches Chaos. Stuhl und Tisch waren umgeworfen, Kleidung lag wild über den Boden verteilt. Die Bettdecke der unteren Koje machte den Eindruck, als hätte Elsie sie sich nachts umgeschlungen, während das obere Bett abgezogen war, da wir mit den Laken Doyles Leiche bedeckt hatten.

»Ich muss dich etwas fragen«, sagte ich mit aller Autorität, die ich zustande brachte.

Sie erstarrte mitten im Kauen und kniff die Augen misstrauisch zusammen.

»Mr. Temple hat mir gestern Abend noch von Winston Parker erzählt«, fuhr ich fort. »Und davon, was der so in London treibt. Er sprach von Erpressung, Mord, sogar von Folter.« Ich sah sie an und hätte mich fast nicht getraut, die Frage zu stellen. »Ist das alles wahr?«

Elsie schluckte und legte den Rest Brot behutsam zurück auf den Teller. Den Blick zu Boden gerichtet, nickte sie nur kurz.

Ich hob den Stuhl auf und ließ mich darauf fallen. Es war schon erstaunlich, dass die mögliche Entlarvung von jemandem, dem ich selbst überhaupt noch nie begegnet war, bei mir ein solches Gefühl der Enttäuschung, ja des Betrogenseins hervorrief. Allen öffentlichen Berichten nach war Winston Parker ein leuchtendes Vorbild, das zahllosen Menschen als Musterbeispiel für den Erfolg diente, den sie selbst einmal zu erlangen hofften. Selbst Raymond hatte, wenn er Parker in seinen Briefen erwähnte, stets nur mit größter Bewunderung von ihm gesprochen.

Die Wahrheit dürfte sein, dass ich es einfach nicht glauben wollte. Am liebsten hätte ich geleugnet, dass Parker ein paar gedungene Mörder auf die *Endeavour* entsandt hatte, genauso wie ich Temples Geschichte über seinen Kollegen von Scotland Yard gerne ins Reich der Fantasie verbannt hätte. Aber wie konnte ich das, wenn mir mit Elsie jemand gegenübersaß, der offen zugab, auf Anordnung von Parker gehandelt zu haben.

»Mich werden sie auch töten«, verkündete sie.

Ich hob den Kopf. So erschreckend diese unvermittelte Prophezeiung auch war – was mich besonders stutzen ließ, war die Art, wie sie es sagte. Ich hätte Angst in ihrer Stimme erwartet, vielleicht sogar Zorn, aber stattdessen war da allenfalls ein leichter Anflug von Resignation.

»Die Polizei wird dich morgen sofort in Gewahrsam nehmen.«

Sie schnaubte nur abfällig. »Sagten Sie nicht, Ihr Freund hätte Ihnen alles über die erzählt?«

Ich machte ein fragendes Gesicht.

»Sie haben es noch immer nicht begriffen, stimmt's?«, erklärte sie. »Den Parkers gehört in New York die halbe Polizei. Höchstwahrscheinlich schaffe ich es nicht einmal bis in eine Zelle. Die werden mich einfach direkt übergeben.« Sie sah mir offen in die Augen. »Und danach sind Sie an der Reihe.«

»Warum ich?«

»Wir hätten diesen Typen vom Yard erwischt, wenn Sie nicht gewesen wären. Glauben Sie wirklich, dass Mr. Parker Ihnen dafür dankbar sein wird?«

»Woher soll er es denn überhaupt wissen?«

Ein schuldbewusster Ausdruck huschte über ihre Züge, und sie wandte sich ab. Jetzt begriff ich, und meine Schultern erschlafften.

»Du wirst es ihnen verraten, habe ich recht? Du wirst ihnen erzählen, dass ich es war, der euch daran gehindert hat, Temple umzubringen.«

»Wenn ich mir damit einen raschen Tod erkaufen kann, ja«, antwortete sie und dehnte ihre Finger. Ich musste an den Officer namens Pearce denken und an die blutverschmierten Briefumschläge, die laut Temple täglich bei Scotland Yard eingetroffen waren.

»Das glaube ich dir nicht«, sagte ich. »Du hast doch diese Warnung nur in meiner Kabine hinterlassen, damit ich nicht mit Temple zusammen sein würde, wenn ihr ihn überfallt. Du wolltest mich verschonen, wolltest sicherstellen, dass kein Unbeteiligter umgebracht wird.«

»Die Nachricht war dafür, dass ich ihn endlich wieder allein erwischen würde«, fauchte sie zurück. »Zwei Tage lang habe ich ihn beobachtet, habe abgeklärt, wo er schläft, wo er seine Zeit verbringt, ob er unbegleitet reist. Und gerade als ich ihn mir schön zurechtgelegt hatte, begegnete er Ihnen.« Ihre Augen blitzten tückisch. »Bilden Sie sich bloß nicht ein, ich würde Ihnen helfen. Die Nachricht habe ich nur geschickt, weil ich ihn leichter ködern konnte, wenn Sie nicht dabei waren. Für einen schnellen Tod verrate ich Sie sofort an die Parkers, das können Sie mir glauben.«

»Aber Winston Parker weiß doch gar nicht, wer ich bin?«

»Vollkommen egal. Er spürt Sie schon auf. Er kann jeden aufspüren.«

»Jeden?«, fragte ich und studierte sie aufmerksam.

»Wo auch immer Sie sich versuchen zu verstecken, früher oder später spürt er Sie auf. Die Parkers haben ihre Leute überall.«

Eine Weile saßen wir schweigend da. Elsie hatte absolut sicher geklungen. Sie war tatsächlich überzeugt von dieser Einschätzung.

»Und wenn du denen nun nicht verrätst, dass ich Temple gerettet habe«, sagte ich leise. »Was würde das kosten?«

»Keine Chance«, antwortete sie mit einem traurigen Lächeln. »Sie anzulügen ist sinnlos, und um weit genug zu flüchten, fehlen mir die Mittel. Es würde keine Woche dauern, bis sie mich hätten, und dann würde es mir schlimmer ergehen, als wenn ich mich freiwillig stelle.«

Da ich hier offenbar nicht weiterkam, stand ich auf.

»Den bräuchte ich allerdings«, sagte ich und deutete auf den Teller.

Sie schnappte sich den Brotrest und reichte mir den leeren Teller.

An der Tür drehte ich mich noch einmal zu ihr um. »Ich werde mit Mr. Temple reden und ihm berichten, was du mir erzählt hast«, sagte ich. »Irgendeine Art von Schutz muss die Polizei dir doch geben können.«

»Zwecklos«, erwiderte Elsie mit vollem Mund. »Wenn Sie mir wirklich einen Gefallen tun wollen, dann nehmen Sie sich seinen Revolver und jagen mir eine Kugel in den Schädel. Und eine sparen Sie am besten für sich selbst auf.« Sie blickte mit weit aufgerissenen Augen ins Leere. »Das wäre bedeutend sauberer als alles, was uns beide in New York erwarten dürfte.«

35

Nachdem ich die Kabinentür von Elsie wieder verriegelt hatte, stieg ich zur Brücke hoch in der Hoffnung, dass der Anblick des offenen Meeres mir einen klaren Kopf verschaffen würde. Sharples, der Offizier, der am Vorabend in der Messe beim Kartenspiel verloren hatte, tat gerade Dienst und warf mir beim Eintreten einen misstrauischen Blick zu. Als er erfuhr, dass ich ihn freiwillig ablösen wollte, wurde er jedoch sofort freundlicher.

Ich nahm meinen Platz vor der großen Panoramascheibe ein. Die Himmel klarte immer stärker auf, und die See war ruhig, während der Steuermann die *Endeavour* mit steten dreißig Knoten auf Kurs durch den Atlantik hielt. Nach einer Weile kam ein Crewmitglied von der Putzkolonne und polierte mit einem Tuch die Uhr, die Navigationsinstrumente und den großen Messinghebel des Maschinentelegrafen. Ich ließ mir sogar ein Kännchen Earl Grey bringen. Dennoch verfehlte die Stille der Brücke an diesem Tag die beruhigende Wirkung, die sie gewöhnlich auf mich ausübte.

Natürlich war ich von dem Gespräch mit Elsie noch immer aufgewühlt. Inzwischen stand also fest, dass Winston Parker ein

Mensch war, vor dem man sich besser in Acht nahm. Sollte Elsie ihre Androhung wahrmachen und ihm verraten, dass ich Temple vor dem Tod gerettet hatte, würde mich wahrscheinlich nicht einmal Raymond beschützen können.

Aber es war nicht nur der mögliche Ärger mit Winston Parker, der mich beschäftigte. Sosehr ich mich auch darum bemühte, nicht an Dupont oder Vivian Hall zu denken – irgendwie fühlte es sich falsch an, jetzt nicht mit Temple zu beratschlagen, welche Spur wir als Nächste verfolgen sollten.

Irgendjemand an Bord der *Endeavour* hatte Vivian Hall mit einem Flaschenkühler erschlagen. Irgendjemand hatte Denis Dupont diese Treppe hinuntergestoßen und sich in den Besitz der beiden Gemälde gebracht. Doch statt den Übeltäter zu jagen, stand ich hier auf der Brücke und verfolgte, wie wir uns Meile um Meile New York näherten, wo der oder die Verbrecher unbehelligt von Bord gehen und nach Lust und Laune erneut zuschlagen konnten.

Eine Stunde verging, und mein Unbehagen wuchs mit jeder Minute. Als ich es kaum noch aushielt, klingelte unvermittelt das Telefon an der Wand hinter mir. Dankbar für die Ablenkung griff ich nach dem Hörer.

»Brücke.«

»Ist Birch da oben?«

»Am Apparat.«

»Hier ist die Offiziersmesse«, drang es knackend aus dem Lautsprecher. »Jemand möchte Sie gerne sprechen. Ein Hilfssteward.«

»Ein Hilfssteward?«

»Genau. Es scheint wichtig zu sein. Sein Name ist Seymour.«

Seymour ... nach all den Entwicklungen, die es seitdem mit Temple und Elsie gegeben hatte, war mir der Auftrag, den ich dem jungen Mann gegeben hatte, fast entfallen.

»Sind Sie noch da?«, fragte die Stimme.

»Ja«, sagte ich. »Holen Sie ihn an den Apparat.«

Ein paar rumpelnde Geräusche verrieten, dass der Hörer übergeben wurde, dann meldete sich eine vertraut klingende Stimme.

»Hallo? Mr. Birch?«

»Seymour. Was gibt's?«

»Ich habe Neuigkeiten für Sie, Sir. Über dieses Automobil im Frachtraum. Ich habe mich mal unter den Männern dort umgehört, um herauszufinden, wer am Dienstag vielleicht in der Nähe war, und da habe ich etwas erfahren, das Sie interessieren dürfte.«

»Und was?«, fragte ich plötzlich aufgeregt.

»Es gibt einen Augenzeugen, Sir! Mein Kumpel, O'Shea. Er war selbst am Dienstagabend direkt im Frachtraum und hat gesehen, wie eine Frau sich an dem Wagen zu schaffen machte. Er hat sie davongescheucht, und wenig später ist dann der Gentleman gekommen, dem der Wagen gehört, und hat sich die Sache angeschaut. O'Shea meinte, der Mann sei schrecklich aufgebracht gewesen wegen des Schadens, den sie angerichtet hatte.«

Meine Aufregung sank ebenso rapide, wie sie gestiegen war. Diese Information hatten wir bereits von Harry Webber. Allerdings gab es ein kleines Detail in Seymours Bericht, das Webber uns nicht hatte mitteilen können.

»O'Shea«, murmelte ich. »Irgendwoher kenne ich den Namen ...«

Am anderen Ende herrschte auf einmal Schweigen, und ich sah Seymours schuldbewusste Miene fast vor mir.

»Moment mal«, sagte ich. »Ist das nicht der Kerl, dem Sie den Whisky verkauft haben? Der Kollege, der plötzlich irgendwie zu Geld gekommen sein will?«

Aus den Augenwinkeln bemerkte ich, dass der Steuermann inzwischen gespannt den Kopf in meine Richtung reckte.

»Ganz richtig, Sir.«

»Wie soll man denn so jemandem trauen? Was hatte er überhaupt im Frachtraum zu suchen?«

»Genau das habe ich mich auch gefragt, Sir. Als ich ihn darauf ansprach, meinte er, er habe nur für einen anderen Passagier dort etwas verstaut. Er ist ein anständiger Kerl, Sir. Einer, dem man vertrauen kann. Trinkt gerne mal ein Tröpfchen, aber wer von uns ...«

»Das ist alles, Seymour?«, unterbrach ich ihn und konnte selbst hören, wie enttäuscht ich klang. »Nichts sonst?«

»Das ist alles, Sir«, antwortete der junge Mann, der seinen ganzen begeisterten Schwung verloren hatte. »Das hilft Ihnen doch bestimmt ein gutes Stück weiter, oder? Offenbar müssen Sie jetzt nur noch diese Frau finden, Sir.«

Ich schwieg. Seymour hatte es sicherlich nicht bemerkt, aber bei seinen Worten war mir ein Punkt blitzartig klar geworden.

»Mr. Birch, sind Sie noch dran?«, hörte ich ihn fragen.

Bevor er noch weitersprechen konnte, hatte ich den Hörer auf die Gabel gelegt.

In all dem Trubel war mir bislang gar nicht aufgefallen, dass die Frau, die Seymours Kumpel O'Shea bei Webbers Wagen gesehen hatte, nicht Elsie gewesen sein dürfte. Vorausgesetzt es traf zu, dass sie den Frachtraum das erste Mal betreten hatte, als sie uns am Mittwoch dorthin gefolgt war.

War dies womöglich das Detail, das Temple und mir in den letzten Tagen entgangen war? War die Frau, die Harry Webbers Wagen tatsächlich beschädigt hatte, etwa der Schlüssel zu der ganzen Geschichte?

Ich konnte mir zwar beim besten Willen nicht vorstellen, was das Zerkratzen der Wagenseite mit den Morden oder den Diebstählen der Gemälde zu tun haben sollte, aber purer Zufall war es gewiss nicht, dass es in derselben Nacht, ja beinahe zur selben Uhrzeit wie Duponts tödlicher Sturz passiert war. Wenn es uns gelang, die Frau zu identifizieren, würde dann alles plötzlich einen Sinn ergeben?

Mein Hirn arbeitete fieberhaft. Natürlich war die Identität der Frau nicht das einzige ungelöste Rätsel. Dupont mochte den Termin, den wir in seiner Kabine gefunden hatten, selbst notiert haben, aber was genau hatte er für den heutigen Abend um neun Uhr geplant?

Ich schaute durch das Fenster auf den endlosen Ozean hinaus. Wie viele Meilen trennten uns noch von unserem Zielhafen? Wie lange genau blieb mir noch, bis wir anlegten und zweitausend Menschen – mitsamt dem Täter – an Land gingen? Lag irgendwo an Bord der *Endeavour* vielleicht bereits die nächste Leiche, die Temple und ich bloß noch nicht entdeckt hatten? War ein drittes Gemälde gestohlen? Würde es noch einen vierten Fall geben, bevor am folgenden Morgen im Maschinenraum des Schiffes Stille einkehrte?

Zum Teufel mit Temple. Sollte er doch aufgeben, ich konnte es nicht.

Ich stellte den unangetasteten Tee zur Seite und ging zum Tisch an der Rückseite des Raums, wo ich einen Stapel Seekarten fortschob und die Liste mit Verdächtigen hervorholte, die ich am Abend zuvor aufgestellt hatte. Ich drehte das Blatt um, nahm einen Stift und begann aufzuschreiben, was wir über die Aktivitäten von Dupont und Vivian Hall wussten.

Montag: Denis Dupont geht an Bord des Schiffes und konfrontiert im Restaurant Arthur Blake, der dort mit Vivian Hall sowie Cassandra und Harry Webber zu Abend isst. Er bemüht sich erfolglos darum, das Gemälde von Mr. Blake zurückzukaufen. Es kommt zu einem hitzigen Streit, und Dupont wird rausgeworfen.

Dienstag: Dupont sucht am frühen Morgen das Restaurant auf und bezahlt Robert Evans für Mr. Blakes Kabinennummer. Anschließend stattet er seinem Stammkunden Michael Green einen Besuch ab, um ihm mitzuteilen, dass die Beschaffung des Gemäldes gute Fortschritte macht, verrät aber weder, worum genau es sich handelt, noch wo es sich befindet. Abends gelingt es Mr. Green dann mit einem Trick, Dupont zur Kabine von Mr. Blake zu folgen, doch da ist das Gemälde bereits gestohlen.

Mittwoch: Auf dem Promenadendeck an Steuerbord wird bei Tagesanbruch die Leiche von Dupont entdeckt. Wo Vivian Hall sich aufhält, bleibt den ganzen Tag unklar. Erst um sechs Uhr abends meldet sie sich freiwillig in der Offiziersmesse, bevor sie in ihre Kabine zu einer Verabredung mit einer unbekannten Person zurückkehrt. Während dieses Besuchs wird ihr mit einem Flaschenkühler ein tödlicher Schlag auf den Kopf versetzt.

Ich legte den Stift aus der Hand. Eine erbärmliche Bilanz, da brauchte ich mir nichts vorzumachen. So wussten wir beispielsweise nichts über Duponts letzte Schritte, nachdem er in Blakes Kabine entdeckt hatte, dass das Gemälde gestohlen worden war. Wir hatten bloß Mrs. Hewitts Aussage, dass sie ihn zwischen halb elf und elf vor ihrem Bullauge mit jemandem hatte streiten hören, bevor er die Treppe hinabstürzte. Ebenso wenig war uns bekannt, wen Vivian Hall am Mittwochabend so eilig treffen musste. Oder warum der Täter beim Einbruch in Arthur Blakes Kabine ein Messer mitgenommen hatte, zu der Verabredung mit Miss Hall aber augenscheinlich unbewaffnet gegangen war.

Da ich so nicht weiterkam, drehte ich das Blatt um und studierte noch einmal die Liste der Namen. Mein Blick pendelte zwischen Beatrice Green und Cassandra Webber. Sofern die Frau, die O'Shea beim Beschädigen des Wagens gesehen hatte, auf meiner Liste der Verdächtigen stand, musste es eine von diesen beiden sein. Aber da gab es jeweils ein paar Probleme.

So hielt sich Beatrice Green in dem Zeitraum, in dem das Gemälde gestohlen, Dupont umgebracht und der Wagen zerkratzt worden war, zusammen mit Arthur Blake an der Bar auf. Und Cassandra Webber war zwar allein in ihrer Kabine gewesen und hatte niemanden, der ihr Alibi bezeugen konnte, doch ich konnte mir nicht denken, warum sie den Wagen ihres Mannes beschädigen sollte. Außerdem wusste sie nicht einmal von dem Gemälde. Blake selbst hatte uns ausführlich geschildert, was er alles unternommen hatte, damit sie und Harry Webber nichts von seiner Existenz erfuhren.

Selbstverständlich hätten Green oder Morris irgendeine Frau dafür bezahlen können, den Wagen zu zerkratzen, während sie ihre dunklen Pläne in die Tat umsetzten. Temple hatte ja auch am Vortag problemlos einen Handlanger angeworben, um die beiden in den Lesesalon zu locken. Blieb die Frage, warum sie den Wagen beschädigen sollten, wenn sie Harry Webber doch überhaupt nicht kannten.

Vielleicht hatte O'Shea aber auch Vivian Hall gesehen. Sie hatte selbst zugegeben, für Dienstagabend kein Alibi zu besitzen. Sie mochte es aus Eifersucht getan haben, nachdem sie Harry mit Cassandra Webber zusammen gesehen hatte. Doch das schien unwahrscheinlich. Bei unserer Unterhaltung in der Messe hatte Miss Hall vollkommen gleichgültig über ihre Beziehung zu Mr. Webber berichtet. Da konnte ich mir schwer vorstellen, wie sie plötzlich eine übermächtige Eifersucht hätte erfassen sollen.

Ich schlug mit der Faust auf den Tisch. Jetzt hatten wir so viel versucht, so viele Menschen befragt und so viele Informationen zusammengetragen und waren der Wahrheit doch nicht näher als bei der ersten Untersuchung von Duponts triefend nasser Leiche. Wie konnte das sein?

Es gab eine Lösung. Irgendjemand auf meiner Liste hatte die

gestohlenen Gemälde und wusste genau, was Vivian Hall und Dupont zugestoßen war. Daran bestand für mich kein Zweifel.

Ich wandte meine Aufmerksamkeit von der Liste ab, kehrte zu meinem Platz am großen Fenster zurück und betrachtete den mächtigen eisernen Bug der *Endeavour*, der durch die Wellen pflügte. Vielleicht ging ich einfach falsch an die Sache heran und suchte in den uns vorliegenden Informationen nach einer Antwort, für die uns in Wirklichkeit das entscheidende Detail noch fehlte.

Doch so ungern ich es auch zugab, Temple war in seinen Ermittlungen sehr gründlich vorgegangen und hatte viel Licht in Duponts geschäftliche Machenschaften gebracht. Wir kannten sogar die Geschichte von Arthur Blake und seiner gescheiterten Ehe mit Evelyn Scott.

Plötzlich kam mir etwas in den Sinn. Eine Frage, die wir nicht beantwortet hatten und die mir auf einmal von entscheidender Bedeutung schien. Und ich wusste genau, wo ich die Antwort finden konnte.

»Alles in Ordnung, Sir?«, erkundigte sich der Steuermann.

Obwohl außer uns niemand auf der Brücke war, brauchte ich eine Weile, um zu begreifen, dass er mit mir sprach. Ich folgte seinem besorgten Blick und sah, dass meine Knöchel schon ganz weiß hervortraten, so fest hielt ich den Messinghandlauf gepackt.

»Vollkommen«, sagte ich. »Weitermachen.«

Ich marschierte nach hinten und nahm den Telefonhörer von der Gabel.

»Hallo?«, sagte ich. »Sharples? Hier Birch. Wären Sie so freundlich, zurück auf die Brücke zu kommen? Ich habe etwas Wichtiges zu erledigen.«

36

Mit wachsender Beunruhigung versuchte ich es noch einmal im Restaurant. An ihre Kabinentür hatte ich bereits vergeblich geklopft, und auch im Lesesalon hatte ich sie nicht gefunden. Selbst erfahrenen Crewmitgliedern kam ein Schiff von der Größe der *Endeavour* oft wie ein Labyrinth vor, und wenn sie jetzt nicht hier war, wusste ich nicht, wo ich als Nächstes suchen sollte.

Wie für die Mittagszeit nicht ungewöhnlich herrschte ein enormer Andrang im Saal. Alle Tische waren besetzt, und die Schlange der ungeduldig wartenden Passagiere reichte bis hinaus in den Flur. Von der Tür aus ließ ich den Blick über das Meer an Männern in Blazern und Frauen in Blusen und Cardigans wandern. Kellner wuselten zwischen den Tischreihen herum und servierten Teller mit Fisch oder Pie.

Eine Tischgesellschaft nach der anderen suchte ich ohne Erfolg ab, und eine gewisse Niedergeschlagenheit setzte ein. Da endlich entdeckte ich sie. Mit einem Seufzer der Erleichterung schob ich mich durch den brechend vollen Saal zur Fensterfront, wo sie mit zwei weiteren exquisit gekleideten Damen bei einem Glas Weißwein saß.

»Verzeihen Sie die Störung«, sagte ich, als ich den Tisch erreichte. »Mrs. Green?«

Beatrice Green hob den Kopf, und in ihrem kühlen Blick lag das gleiche gelangweilte Desinteresse, mit dem sie Temple und mich am Donnerstag empfangen hatte. Die Diamantenkette um ihren Hals kannte ich bereits, aber heute trug sie dazu eine schneeweiße Kombination aus Rock und Bluse, so als wollte sie damit den Kontrast zwischen ihrer porzellanhellen Haut und ihren dunkel geschminkten Augen, den pechschwarzen Haaren und den rubinroten Lippen besonders stark zur Geltung bringen.

»Entschuldigen Sie, Ma'am«, sagte ich mit zitternder Stimme. »Timothy Birch. Ich habe Sie unlängst in Ihrer Kabine aufgesucht ...«

»Ich erinnere mich. Heute ganz allein, Mr. Birch?«

»Ja, Ma'am, in der Tat«, antwortete ich unsicher. »Mr. Temple ist ... äh, leider heute unabkömmlich.«

»Verstehe«, sagte sie und schaute wieder zurück auf ihr Weinglas. »Vermutlich haben Sie noch Fragen, die Sie mir stellen wollen.«

»Eigentlich nur eine einzige, Ma'am.«

»Oh?«, rief sie verwundert. Ihre Neugier schien geweckt, aber mir entgingen auch nicht die interessierten Blicke ihrer beiden Tischnachbarinnen. Dass Michael Green nicht gemeinsam mit seiner Frau zum Essen gegangen war, hatte ich mit Erleichterung registriert, dennoch klang mir seine Warnung, sie auf keinen Fall noch einmal zu belästigen, noch deutlich in den Ohren.

»Wäre es vielleicht möglich, dass wir uns kurz unter vier Augen sprechen, Mrs. Green?«

Ein amüsiertes Lächeln erschien auf ihrem Gesicht. Sie trank den letzten Schluck Weißwein, und erneut hatte ich den Eindruck, dass ihr das ganze Hin und Her solcher Situationen großes Vergnügen bereitete.

»Ihr gestriges Treffen mit Michael ist mir übrigens bekannt«, sagte sie. »Ich habe zwar nicht die geringste Ahnung, was Sie und Ihr Detective ihm erzählt haben, aber er war ziemlich schlecht gelaunt, als er in die Kabine zurückkam. Und er wäre sicherlich nicht sonderlich begeistert zu erfahren, dass ich noch einmal mit Ihnen gesprochen habe.«

Meine Hoffnung sank, und ich rechnete damit, dass sie mich im nächsten Moment wegschicken würde.

»Aber wie der Zufall so spielt, Mr. Birch, habe ich nichts mehr zu trinken«, fuhr sie fort, stand auf und nahm ein weißes Handtäschchen vom Tisch. »Sie könnten mich also zu einem Glas einladen.«

Auf dem Weg zur Bar spürte ich genau, wie Mrs. Greens Bekannte am Tisch zu tuscheln begannen, und einen Moment lang war ich unschlüssig, ob ich nicht gerade einen Fehler beging. Vielleicht war es noch nicht zu spät, sich höflich zu entschuldigen und ihr einen schönen Tag zu wünschen. Warum alles nur noch schlimmer machen?

Doch tatsächlich war es bereits zu spät. Sie hatte nämlich schon die Theke erreicht, wo der Barkeeper ihr sofort großzügig Wein einschenkte.

»Und für Sie, Sir?«

»Nichts, danke.«

Mrs. Green machte ein säuerliches Gesicht und zog einen Schmollmund. »Sie werden mich doch wohl nicht alleine trinken lassen, Mr. Birch?«, hauchte sie.

»Ich bin im Dienst, Ma'am.«

Statt etwas zu erwidern, hob sie nur ihr Glas an die Lippen und ließ eine vorwurfsvolle Stille entstehen. Widerstrebend wandte ich mich an den Barkeeper, um eine Missstimmung zu verhindern.

»Dann einen kleinen Weißwein, bitte.«

Sofort hellte Mrs. Greens Miene sich auf. Der Barkeeper schenkte ein zweites Glas ein, und jetzt fiel mir auf, dass er die Flasche während des kurzen Disputs gar nicht erst aus der Hand gestellt hatte. Er hatte dieses Spielchen offenbar schon tausendmal erlebt.

»Ich möchte Sie auch nicht lange aufhalten, Mrs. Green«, begann ich und bemühte mich, selbstsicherer zu klingen, als ich mich fühlte. »Mich beschäftigt nur eine Frage, bei deren Klärung Sie mir vielleicht helfen können.«

»Was haben wir denn heute auf dem Herzen, Mr. Birch?«, fragte sie und verdrehte belustigt die Augen. »Doch wohl nicht diesen mysteriösen Schuss, über den das faule Gesindel aus der zweiten Klasse sich heute die Mäuler zerreißt, oder?«

Ich fuhr etwas zu schnell herum, und sie musterte mich erstaunt.

»Ist da doch etwas dran?«

»Die Untersuchungen laufen noch, Ma'am.«

»Wurde denn jemand verletzt?«

»Nein«, beeilte ich mich zu versichern. »Es besteht kein Anlass zur Sorge, Mrs. Green. Glauben Sie mir.«

»Das sollten Sie vielleicht besser einigen der anderen Passagiere mitteilen«, sagte sie und nickte in Richtung der beiden Damen an ihrem Tisch. »Cecilia etwa kann es kaum erwarten, endlich von diesem Schiff herunterzukommen. Sie hatte sich gerade ein wenig beruhigt wegen dieses Mannes, der die Treppe hinabgestürzt ist, und als sie dann heute Morgen davon erfuhr, dass nur ein Deck tiefer Schüsse gefallen sind, hat sie das in schreckliche Panik versetzt. Sie werde nie wieder mit der Aurora Line reisen, hat sie gemeint. Natürlich ist die Frau eine entsetzliche Nervensäge.« Beatrice Green grinste abfällig. »Es braucht nicht viel, um ihren Unwillen zu erregen. Wenn man sich so an den anderen Tischen umhört, ist sie mit ihrer Meinung allerdings nicht allein.«

»Seien Sie doch so freundlich und richten ihr von mir aus, dass alles unter Kontrolle ist, ja?«, bat ich und schaute dabei quer durch den Saal zu ihrem Tisch.

»Kann ich machen, aber ich bin jetzt zugegebenermaßen noch neugieriger als zuvor. Also heraus damit: Weswegen wollten Sie mich sprechen?«

Ich nahm allen Mut zusammen, denn mir war klar, dass es kein Zurück mehr geben würde, hatte ich die Frage erst einmal gestellt. Ich sah Temple fast vor mir, wie er mich musterte und missbilligend den Kopf schüttelte.

»Bei unserem Gespräch am Donnerstag erzählten Sie uns, dass Mr. Blake ein Jahr lang mit Evelyn Scott verheiratet war, bevor sie sich von ihm trennte«, begann ich.

Mrs. Greens Züge verhärteten sich, sobald der Name Blake fiel.

»Von dem, was man so hört, hat er dieses Jahr vor allem damit verbracht, sich zu amüsieren, das Geld ihrer Familie zu verprassen und sie auf alle erdenklichen Weisen zu blamieren. Ich könnte mir vorstellen, dass Frederick Scott ihn daher schon viel früher mit dem größten Vergnügen losgeworden wäre.«

»Und ob!«, bestätigte sie mit einem kurzen Auflachen.

»Wenn ich es richtig verstehe, hat Miss Scott jedoch erst auf eine Scheidung gedrängt, als die Gerüchte über eine andere Frau auftauchten.«

Mrs. Green nahm gemächlich einen langen Schluck aus ihrem Glas. »Ich dachte, Sie suchen nach Arthurs Gemälde?«, bemerkte sie dann.

»Tun wir auch. Mr. Temple glaubt, das Gemälde wurde gestohlen und …«

»Und Evelyn wäre darin verwickelt?«

Ich spielte nervös mit meinem Glasstiel. »Wir versuchen nur, ein klareres Bild von Mr. Blakes Leben unmittelbar vor dieser Reise zu gewinnen. Wem hat er nahegestanden, wie lief es beruflich, womit hat er seine Zeit verbracht. Seine Scheidung von Evelyn Scott war offenkundig ein einschneidendes Ereignis, und es wäre sicherlich hilfreich, so viel wie möglich darüber zu erfahren.«

Sie trommelte mit ihren schlanken Fingern auf den Tresen, schaute mich an und überlegte, was sie antworten sollte. Um uns herum klapperten derweil Teller und Besteck und stießen Gläser hell aneinander. Von den Tischen schallten lebhafte Gespräche herüber, und neben uns an der Bar erklang lautes Lachen. Irgendwo löste sich ein Champagnerkorken mit einem scharfen Knall, und ein paar Schritte weiter konnte ich hören, wie Robert Evans an der Tür Tischbestellungen für den Abend aufnahm.

»Was genau hätten Sie denn nun gerne gewusst, Mr. Birch?«, fragte sie. Inzwischen war der belustigte Unterton längst verschwunden.

»Wenn Mr. Blake seine Frau betrogen hat, wissen Sie dann, mit wem?«

Mrs. Green nippte erneut an ihrem Glas, um Zeit zu gewinnen. »Eigentlich sollte ich Ihnen nichts von alledem erzählen«, sagte sie schließlich. »Evelyn ist meine Freundin, und offen gesagt kann ich nicht nachvollziehen, was ihre Scheidung mit Arthurs Gemälde zu tun haben könnte.«

Ich nickte, nicht überrascht von dem sich abzeichnenden Fehlschlag.

»Wenn ich es Ihnen dennoch erzähle, dann nur, weil ich möchte, dass Sie wirklich begreifen, was für ein verabscheuungswürdiger Mensch Arthur ist«, fuhr sie jedoch fort. »Von Evelyns berühmten Gartenpartys haben Sie wahrscheinlich schon gehört, oder?«

»Ja, habe ich.« Sowohl Harry als auch Cassandra Webber hatten von den Gartenfeiern im Hause Scott gesprochen. Es fiel nicht schwer, sich die lang geschwungene Kieszufahrt auszumalen, das prächtige Landhaus und den makellos gepflegten Rasen, auf dem sich edel gekleidete Gäste tummelten.

»Arthur trank auf diesen Partys stets zu viel«, berichtete Mrs. Green und schwenkte ihren Wein im Glas. »Er hat eine Schwäche für Champagner und achtet stets sorgsam darauf, dass er in dieser Hinsicht nicht zu kurz kommt, wie Sie ja selbst bereits wissen.«

Das stimmte. Laut Cassandra Webber hatte Blake auch am Montagabend reichlich Champagner getrunken, als es ein paar Meter von unserem jetzigen Platz entfernt zu dem lautstarken Streit mit Dupont gekommen war.

»Evelyn und ich standen bei ihrer Geburtstagsfeier auf der Veranda und rauchten eine Zigarette, als mir auffiel, dass ich Michael schon eine Weile nicht mehr gesehen hatte. Er hatte sowieso keine große Lust auf diese Party gehabt – er hasst längere Abwesenheiten aus der Stadt –, aber er sollte bei dieser Gelegenheit meinen Freundeskreis kennenlernen, und da kann man doch nicht einfach so verschwinden. Also bin ich los, um ihn zu suchen.

Ich habe überall nachgeschaut: auf dem Rasen vor dem Haus, im Park dahinter, im Innern des Hauses. Langsam gingen mir schon die Möglichkeiten aus, aber ich hatte es noch nicht im Rosengarten versucht. Für Gärten hat Michael sich zwar noch nie interessiert, aber sollte er sich verstecken wollen, war der Ort dafür ganz gut geeignet.

Ich lief also hinüber und hörte im Näherkommen eine weibliche Stimme hinter einem der Büsche. Ich konnte die Frau nicht sehen, aber ich hörte, wie sie protestierte, ja jemanden regelrecht anflehte. ›Das darfst du nicht, bitte‹, sagte sie. Und: ›Deine Frau merkt es bestimmt.‹

Die Stimme habe ich nicht erkannt, und ich hatte bereits mehr gehört, als ich sollte. Aber bevor ich weggehen konnte, begann der Mann zu sprechen, und seine Stimme erkannte ich sofort. Er sagte: ›Schon in Ordnung. Die ist oben beim Haus und wird nie etwas davon erfahren.‹«

Ich spürte einen Stein in der Magengrube.

»Es war nicht Mr. Green«, sagte ich vorsichtig.

»Nein«, bestätigte sie und schüttelte langsam den Kopf, um den Moment auszukosten. »Michael war es nicht. Es war Arthur.«

Ich verzog spontan das Gesicht, und Mrs. Green lachte zufrieden auf, als hätte sie diese Reaktion bezweckt.

»Sobald ich seine Stimme erkannt hatte, betrat ich natürlich den Garten«, erzählte sie mit deutlich mehr Eifer weiter. »Und da sah ich ihn auch schon, wie er dieses junge Ding an den Handgelenken festhielt, während sie versuchte, sich loszureißen. Er war von meinem Anblick so überrascht, dass sie sich befreien konnte. Sie raste an mir vorbei direkt zurück Richtung Haus.«

»Und was haben Sie zu Mr. Blake gesagt?«

»Nicht eine Silbe. Ich drehte mich um, ging zum Haus zurück und berichtete Evelyn haarklein, was ich erlebt hatte. Sobald die Party vorbei war und alle Gäste sich verabschiedet hatten, setzte Frederick den Kerl noch in derselben Nacht vor die Tür.«

Ich trank den ersten Schluck Wein. Ich musste daran denken, dass ich Blake bei unserer ersten Begegnung noch als Opfer in diesem Fall betrachtet hatte. Dass ich ihm versichert hatte, Temple und ich würden ihm das Gemälde zurückbringen und herausfinden, wer das Messer in sein Pult gerammt hatte. Angesichts des Bildes, wie er sturzbetrunken eine junge Frau gewaltsam bedrängte, kam ich mir nicht nur wie ein Idiot vor. Ich war regelrecht angewidert.

»Davon hat Mr. Blake uns nichts erzählt.«

»Ich bin mir nicht einmal sicher, wie viel er von diesem Abend überhaupt noch weiß«, erwiderte Mrs. Green. »Arthur hat sich auf Evelyns Partys immer danebenbenommen, aber so betrunken wie damals hatte ich ihn noch nie erlebt. Auf dem Rückweg zum Haus krachte er torkelnd in einen Kellner, schlug ihm ein Tablett Champagnergläser aus der Hand und zeterte auch noch wie ein Verrückter, dass er den armen Kerl rauswerfen würde. Eine reine Anmaßung, da Frederick ihm nie erlaubt hätte, solche Entscheidungen zu fällen.«

»Und am Dienstagabend hat er Sie an der Bar nicht einmal erkannt, haben Sie erzählt.«

»Er hatte nicht den leisesten Schimmer, wer ich war. Es würde mich sehr wundern, wenn er sich noch daran erinnern könnte, was er in diesem Rosengarten getrieben hat. Wahrscheinlich hat er die junge Frau nicht einmal gekannt.«

»Haben Sie sie denn gekannt?«

»Nein«, antwortete Mrs. Green und schaute zu ihrem Tisch hinüber. Da sie mich nun über Blakes wahren Charakter aufgeklärt hatte, verlor sie offenbar das Interesse an dem Gespräch. »Sie war ein Gast, aber da ich ihr noch nie begegnet war, gehörte sie sicherlich nicht zu Evelyns Bekanntenkreis. Vermutlich war sie als Begleitung von jemandem mitgekommen.«

»Sie haben nicht die geringste Ahnung?«

Mein beharrliches Nachfragen schien ihr langsam auf die Nerven zu fallen. »Sie war Amerikanerin«, erklärte sie seufzend. »So viel weiß ich noch.«

»Ihr Name wurde nirgends erwähnt?«

»Kann schon sein. Aber mit Bestimmtheit kann ich es Ihnen nicht sagen.«

»Unverbindlich reicht völlig«, versicherte ich ihr rasch.

»Also schön«, gab sie ungehalten nach. »Ich weiß zwar nicht, welchen Nutzen es für Sie haben sollte, aber er lautete Cassie. Ich glaube, er nannte sie Cassie.«

Ich starrte sie mit offenem Mund an.

Cassie. Cassandra Webber. Sie musste gemeint sein.

»Mr. Birch?«, fragte Beatrice Green verwundert und studierte mit zur Seite geneigtem Kopf meine Reaktion. »Ist etwas nicht in Ordnung?«

Ich riss mich zusammen.

»Sagen Sie, Mrs. Green«, begann ich heiser und musste mich räuspern. »Ist Ihnen auf dieser Party ein Mann namens Harry Webber begegnet?«

»Kommt mir nicht bekannt vor, der Name. Warum fragen Sie? Sollte ich ihn kennen?«

»Er war zu dieser Zeit bei Mr. Scott angestellt«, erklärte ich. »Er sollte später einmal den Besitz verwalten. Ich habe mich nur gefragt, ob Sie ihn bei dieser Gelegenheit vielleicht getroffen haben.«

»Mag sein, dass Evelyn uns einander vorgestellt hat«, sagte sie achselzuckend. »Andererseits wüsste ich nicht, warum sie mich mit einem von Fredericks Angestellten hätte bekannt machen wollen.«

Es musste Cassandra Webber sein. Wie hatte sich Mrs. Green eben ausgedrückt? »*Sie gehörte sicherlich nicht zu Evelyns Bekanntenkreis. Vermutlich war sie als Begleitung von jemandem mitgekommen.*«

»Sie bleiben wirklich sehr kryptisch, Mr. Birch, und das gefällt mir gar nicht«, verschärfte sie den Ton. »Herrgott, wer sind denn diese Leute?«

Ich brummte etwas von Vertraulichkeit, während ich noch meine Gedanken zu ordnen versuchte.

»Mr. Birch, wenn Sie nicht bereit sind, sich genauer zu äußern, kehre ich an meinen Tisch zurück.«

Ich richtete mich auf und räusperte mich erneut. »Das wäre vermutlich das Beste, denke ich.«

Verärgert leerte Mrs. Green ihr Glas, nahm ihr Handtäschchen von der Theke und wandte sich zum Gehen. Nach wenigen Schritten hielt sie an und drehte sich noch einmal zu mir um.

»Und viel Glück auch«, rief sie mit einem spöttischen Grinsen. »Ich hoffe sehr, Sie finden Arthurs Gemälde.«

Nachdem sie endgültig verschwunden war, schob ich mein Glas beiseite und nahm meine Offiziersmütze ab. Die Ellbogen auf die Bar gestützt, fuhr ich mir mit den Händen durch die Haare.

Blake hatte sich also Cassandra Webber mit Gewalt aufgedrängt. Das ergab auf jeden Fall Sinn. Denn Harry Webber hatte Temple und mir erzählt, dass sie am heutigen Abend nicht an dem Abschiedsessen mit Blake teilnehmen wollte, ohne allerdings einen Grund dafür zu nennen. Ihr habe wohl Blakes lautstarker Streit mit Dupont missfallen, so seine Vermutung. Doch wenn sie tatsächlich die Frau gewesen war, die Beatrice Green im Rosengarten gesehen hatte, dann konnte ich ihre Abneigung, mit ihrem Angreifer an einem Tisch zu sitzen, nur allzu gut nachvollziehen.

Wusste Harry Webber wirklich nicht Bescheid? Hatte ihm niemand gesagt, was sein Freund getan hatte? So musste es wohl sein, sonst hätte er bestimmt keinen so engen Kontakt mit Blake gehalten.

Und Blake selbst? Ihm wurde schließlich schon häufiger nachgesagt, dass er sich nicht an Vorfälle erinnern konnte, weil er zu betrunken gewesen war. So eitel er auch sein mochte, dass er mit Cassandra Webber in aller Ruhe zu Abend speiste, wenn ihm zugleich klar war, was er ihr bei der Geburtstagsfeier seiner eigenen Frau angetan hatte – oder zumindest anzutun versucht hatte –, überstieg mein Vorstellungsvermögen.

Aber hätte ihn nicht doch jemand darauf aufmerksam gemacht? Andererseits war Beatrice Green die einzige Augenzeugin gewesen, und nicht einmal sie hatte Cassandra Webber gekannt. Durchaus möglich, dass niemand Blake überhaupt hätte sagen können, wie das Opfer seiner unerwünschten Annäherungsversuche auch nur hieß.

Ich konnte hier nicht nachdenken. Um mich herum war es viel

zu unruhig. Gerade erst ließ der Barkeeper den nächsten Champagnerkorken knallen. Rechts von mir stießen zwei Passagiere an, und links redete Robert Evans mit ein paar Gästen.

»Ein Tisch für sechs? Mit Vergnügen, meine Herren. Würden Sie lieber nur unter einer Kabinennummer reservieren oder unter mehreren?«

Hätte ich mein Weinglas noch in der Hand gehalten, jetzt wäre es mir ganz sicher heruntergefallen.

Es ist schon merkwürdig, wenn sich für ein Problem, das einen extrem lange beschäftigt hat, urplötzlich eine Lösung auftut. Ich stürmte am Maître d'hôtel vorbei Richtung Große Treppe und rannte wenig später drei Stufen auf einmal nehmend zu Temples Kabine in der zweiten Klasse. Unterwegs machten Passagiere mir Platz, pressten sich zum Teil erschrocken gegen die Flurwand und warfen mir erstaunte Blicke zu, doch ich kümmerte mich nicht darum.

Heftig schnaufend erreichte ich Temples Tür und klopfte. Meine Schulter schmerzte von der abrupten Belastung, aber auch dem schenkte ich keine Beachtung. Ich klopfte erneut, diesmal härter.

Die Tür öffnete sich, und schlagartig sank meine Euphorie. Temple trug noch immer dieselben Sachen wie am Abend zuvor im Restaurant. Der Hemdkragen stand weit offen, die Ärmel waren bis zu den Ellbogen hochgekrempelt, und die aufgeknöpfte Weste baumelte schlaff von seinen Schultern. Unter den wirr ins Gesicht hängenden Haaren lugten blutunterlaufene Augen hervor. Hoffentlich nur durch den Schlafmangel verursacht.

»Birch ...«

»Sparen Sie sich das!«, unterbrach ich ihn. »Hören Sie nur zu! Es gibt da etwas, das Sie wissen müssen. Eine neue Entwicklung.«

Rasch erzählte ich ihm, was ich gerade erfahren hatte. Anfänglich wirkte er noch desinteressiert, aber je weiter ich mit meinem

Bericht kam, desto aufmerksamer wurde seine Miene. Seine Augen blickten nun konzentrierter, sein Rücken spannte sich.

»Was halten Sie davon?«, fragte ich zum Schluss atemlos. »Da bin ich doch auf eine aussichtsreiche Spur gestoßen, oder? Ich meine, das bringt uns doch weiter.«

Temple holte ganz langsam Luft, und ich bemerkte, wie mir die Hände vor Aufregung zitterten.

»Kommen Sie rein«, sagte er schließlich. »Wir sollten uns unterhalten.«

37

»Was meinen Sie mit nein?«

»Es reicht nicht«, antwortete Temple und schüttelte entschieden den Kopf. »Passt nicht zusammen.«

Ich schnappte nach Luft. Dabei war ich so ungeheuer stolz auf meinen großen Durchbruch gewesen. Auf dem eiligen Gang zu seiner Kabine hatte ich mir schon ausgemalt, wie seine Augen begeistert aufleuchteten und er mir auf den Rücken schlagen würde, sobald er von meinem Erfolg erfuhr. Stattdessen hatte er nur mucksmäuschenstill zugehört, wie ich den Bericht von Beatrice Green wiedergab, hatte zu Boden gestarrt, während ich noch das kleinste Detail erwähnte, bis ich endlich zum wesentlichen Punkt kam, zu der Erkenntnis, die meiner Meinung nach zur Klärung dieses Falls führen würde.

»Es passt alles zusammen«, widersprach ich. »Wir waren die ganze Zeit auf dem Holzweg. Dupont muss am Montagabend im Restaurant Cassandra und Harry Webber bemerkt haben. Er dachte sich, dass die beiden ihm bei der Beschaffung des Gemäldes helfen könnten. Daher hatte Dupont es bei seiner Rückkehr ins Restaurant am nächsten Morgen gar nicht auf Blakes Kabinennummer abgesehen, sondern auf ihre!«

»Warum hat er nicht lieber Vivian Hall um Hilfe gebeten?«, erwiderte Temple. »Mit ihr war er bereits bekannt. Sicherlich wäre es einfacher gewesen, sie als Komplizin zu gewinnen.«

»Würden Sie ausgerechnet eine Künstlerin, die Sie gerne vertreten würden, in so eine Sache hineinziehen?«, entgegnete ich. »Hätte er Miss Hall gebeten, ihm beim Stehlen eines Gemäldes zu helfen, hätte sie das wohl kaum dazu bewegt, weiter mit seiner Galerie Geschäfte zu machen. Außerdem hatte Dupont sie am Montagabend gar nicht bemerkt, da sie an der Bar war. Sie kehrte erst an den Tisch zurück, als Robert Evans ihn schon rausgeworfen hatte. Vermutlich hätte Evans ihm auch ihre Kabinennummer gegeben. Aber da hatte Dupont schon beschlossen, sich an Mr. und Mrs. Webber zu wenden.«

»Sie glauben also im Ernst, Cassandra Webber steckt hinter alledem?«, fragte Temple noch immer wenig überzeugt.

»Wissen Sie, ich wollte es zuerst auch nicht wahrhaben«, sagte ich und bemühte mich, ruhig zu sprechen. »Ehrlich, es fiel mir schwer. Mrs. Webber ist ... sie wirkt so nett und anständig. Aber Sie können doch auch nicht leugnen, dass sie ein eindeutiges Motiv dafür hätte, Mr. Blake das Gemälde zu stehlen.«

»Sofern sie tatsächlich die Frau ist, die Blake in diesem Rosengarten bedrängte, hätte sie ein mögliches Motiv«, räumte Temple ein. »Das Gleiche gilt allerdings für so ungefähr jeden, mit dem wir in den letzten Tagen gesprochen haben. Denken Sie etwa an Beatrice Green.«

»Was ist mit ihr?«

»Herrgott, Birch!«, zischte er. »Sie haben doch genauso wie ich gesehen, wie sehr sie Blake verabscheut. Wer sagt uns denn, dass sie nicht das Gemälde hat und dass ihr diese Geschichte über Cassandra Webber nur dazu dient, uns auf eine falsche Spur zu führen? Vielleicht sollen Sie damit nur lange genug abgelenkt werden, bis wir New York erreichen und sie entwischen kann.«

»Es muss Mrs. Webber sein«, beharrte ich hartnäckig. »Die Kabinennummern sind der Beweis ...«

»Die Kabinennummern sind ein nützlicher Hinweis«, verbesserte Temple. »Sie machen es denkbar, dass eine Verbindung zwischen Dupont und Mrs. Webber bestand. Sie beweisen aber weder, dass sie jemanden umgebracht hat, noch dass sie diese verfluchten Gemälde geklaut hat.« Seine Stimme wurde lauter, da er sah, dass ich zur Widerrede ansetzte. »Ihre Theorie lautet, dass Mrs. Webber das Gemälde von Blake gestohlen hat, um sich auf diese Weise irgendwie für das zu rächen, was Beatrice Green angeblich auf Evelyn Scotts Geburtstagsfeier beobachtet hat. Richtig?«

»Richtig.«

»Wenn es wirklich Mrs. Webber gewesen ist, die Mrs. Green gesehen hat, und sie hätte es Blake auf irgendeine Weise heimzahlen wollen, warum hat sie damit über ein Jahr gewartet?«

Ich überlegte einen Moment. »Vielleicht fehlte vorher bloß die richtige Chance«, schlug ich vor. »Vielleicht hat Dupont sie angesprochen und ihr von dem Gemälde erzählt, woraufhin sie auf die Idee kam, ihn so bestrafen zu können. Demnach handelte es sich um eine Art ... Gelegenheitstat.«

»Gelegenheitstat«, wiederholte Temple abfällig.

»Was denn?«, protestierte ich.

»Hören Sie sich selbst doch mal zu! Merken Sie nicht, wie absurd das Ganze klingt?«

»Im Unterschied zu Ihnen bemühe ich mich wenigstens noch!«

»Es wäre besser für alle, wenn Sie es ließen.«

Die vernichtende Bemerkung traf mich so unvorbereitet, dass ich spürte, wie meine Wangen rot anliefen.

»Was ist mit Miss Hall?«, fuhr er fort. »Wollen Sie behaupten, dass Mrs. Webber die auch umgebracht hat?«

»Warum nicht? Sie hatte jedenfalls die Möglichkeit dazu. Ich selbst habe sie am Mittwochabend getroffen, als sie aus der ersten Klasse kam. Sie hatte nach Mr. Blake sehen wollen, aber sie hat mir selbst gesagt, dass sie nur eine Stunde dort gewesen sei. Damit hätte ihr also genügend Zeit zur Verfügung gestanden, vor der Rückkehr in ihre eigene Kabine noch Miss Hall umzubringen. Womöglich diente ihr der Besuch bei Blake sogar nur als Vorwand, sollte sie gesehen werden. Zu dem Zeitpunkt wusste sie ja, dass wir Ermittlungen anstellten. Es wäre doch durchaus denkbar, dass …«

»Aber warum, Birch?«, fiel mir Temple barsch ins Wort. »Warum sollte Cassandra Webber auf die Idee kommen, Miss Hall umzubringen? Hätte es sie wirklich derart in Rage gebracht zu erfahren, dass ihr Mann vor ihrer Beziehung schon mit einer anderen zusammen gewesen ist? Und warum das Gemälde stehlen? Es ergibt alles einfach zu wenig Sinn. Und was ist mit Harry Webber? Wie passt der in Ihre Theorie?«

»Mr. Webber hat keine Ahnung«, erklärte ich selbstsicher, da ich mir darüber schon Gedanken gemacht hatte. »Beide Morde fanden statt, als er gerade nach seinem Wagen sah – wovon Mrs. Webber wusste, dass er es jeden Abend tat. Begreifen Sie denn nicht? Die Frau, die am Dienstagabend bei der Beschädigung des Autos beobachtet wurde – und von der wir immer dachten, es müsste Elsie sein –, war in Wirklichkeit Mrs. Webber! Offenbar hat sie ihn damit ablenken wollen. Ihr Ehemann sollte länger fortbleiben, wodurch sie Zeit gewann, Blake das Gemälde zu stehlen.«

Temple runzelte die Stirn. Die Reaktion war kaum wahrnehmbar, dennoch fragte ich mich, ob ich ihn jetzt doch zu überzeugen begann.

»Nehmen wir einmal an, an der Sache wäre etwas dran«, sagte er. »Warum würde Dupont sich an Mrs. Webber wenden, aber nicht an ihren Ehemann? Schön und gut, es könnte ihre Kabinennummer gewesen sein, die er von Robert Evans erfahren wollte, aber warum hat er sie dann nicht beide angesprochen?«

»Ich bin mir nicht sicher …«

»Und Duponts Tod«, grübelte Temple weiter, ohne mich zu beachten. Er schloss die Augen und legte eine Hand an die Schläfe. »Wollen Sie behaupten, Mrs. Webber habe ihn umgebracht, nachdem sie das Gemälde gestohlen hatte? Warum? Um ihre Spuren zu verwischen? Da weist Ihre Theorie so manch gravierende Lücke auf, Birch.«

»Genau deshalb müssen wir sie noch einmal befragen.«

Temple schüttelte den Kopf.

»Es ergibt alles Sinn«, beharrte ich. »Um ihr die Sache mit Miss Hall nachzuweisen, braucht es vielleicht noch etwas. Aber dass sie den Wagen von Mr. Webber beschädigte, um sich die nötige Zeit zu verschaffen, das Gemälde von Mr. Blake zu stehlen, klingt absolut überzeugend.«

Temple hielt den Blick starr zu Boden gerichtet.

»Bitte, wir müssen sie befragen«, beschwor ich ihn.

»Nein, das werden wir nicht tun«, erwiderte er ruhig.

»Aber warum nicht?«

»Weil Sie falschliegen!«, giftete er mich an. »Sie verdrehen einfach die Tatsachen so lange, bis sie zu Ihrer Theorie passen. Mein Gott, Sie beschuldigen hier Cassandra Webber des Mordes an Vivian Hall nur wegen einer belanglosen Eifersüchtelei!«

Er sprang von seiner Koje auf und drehte mir den Rücken zu. In mir brodelte es. Jede Stichelei und jede Kränkung, die er mir über die vergangenen Tage hinweg zugefügt hatte, schien plötzlich hochzukommen.

»Das war's dann also«, beschied ich spitz. »Sie geben tatsächlich auf.«

»Bei den Kabinennummern könnten Sie immerhin auf etwas gestoßen sein«, brummte er.

»Warum sprechen wir dann nicht noch einmal mit Mrs. Webber?«

»Weil wir noch nicht so weit sind. Es gibt noch viel zu viele offene Fragen. Geben Sie mir einen Moment ...«

»Nein«, sagte ich. »Ich sehe doch, worum es hier in Wahrheit geht, und damit erreicht die Sache einen neuen Tiefpunkt. Sie haben mich ignoriert, mich ausgeschlossen und mich auf jede erdenkliche Weise beleidigt. Jedes Mal, wenn ich helfen wollte, haben Sie mich abgewiesen. Und jetzt, wo ich die Lösung gefunden habe, wollen Sie es nicht hören, weil Ihr Hochmut es Ihnen nicht erlaubt, sich einzugestehen, dass ich darauf gekommen bin und nicht Sie. Ich habe gestern Abend einen Menschen erschossen, um Ihnen das Leben zu retten, und trotzdem sind Sie nicht einmal bereit, in Erwägung zu ziehen, dass auch ich einen nützlichen Beitrag leisten kann. Nun gut, jetzt ist jedenfalls Schluss damit.« Ich stand auf und wandte mich zum Gehen. »Wenn Sie es nicht zu Ende bringen wollen, tue ich es selbst.«

»Wohin gehen Sie?«

Ich antwortete nicht.

»Birch«, sagte er in eindringlichem Ton. »Wohin wollen Sie?«

Ich ignorierte ihn weiter.

»Birch, halt!«

Es war zu spät. Ich hatte die Kabinentür bereits aufgerissen und lief entschlossen den Gang hinab. Ich brauchte Temple nicht länger. Ich würde Cassandra Webber allein befragen und diese verfluchten Ermittlungen endlich zum Abschluss bringen.

38

Nachdem ich in Temples Kabine die Beherrschung verloren hatte, stand ich mehrere Minuten vor Cassandra Webbers Tür, um mich wieder zu fangen. Für das nun folgende Gespräch brauchte es Konzentration und einen klaren Kopf.

Aber dann war es Harry Webber, der mir öffnete und mich leicht überrascht ansah. Er trug erneut den Tweedanzug, der seine breiten Schultern nur mit Mühe umspannte, und schien den ganzen Türrahmen einzunehmen.

»Guten Tag, Sir«, sagte ich so entschlossen wie möglich. »Entschuldigen Sie die Störung, aber wäre Mrs. Webber zu sprechen?«

»Cassie? Im Augenblick nicht. Sie ist schwimmen.«

Eine unbehagliche Stille setzte ein. Ich kam mir plötzlich wie ein Idiot vor.

»Geht es um Arthur?«, fragte er.

»Ja, Sir. In der Tat.«

»Sie haben noch ein paar Fragen, die Sie stellen wollen, richtig?«

»Ich ... ähh«, stammelte ich, und mein frisch erworbenes Selbstvertrauen schwand rapide. »Vielleicht sollte ich später noch einmal wiederkommen.«

»Wo ist denn der andere?«, fragte Webber. »Dieser Polizist?«

»Heute bin ich es nur, Sir.«

»Schön, mir war der Kerl eh nicht sehr sympathisch. Sie dagegen schien Cassie ganz in Ordnung zu finden. Sie meinte, Sie seien nett.«

Sofort beschlichen mich erste Zweifel, und ich versuchte angestrengt, mir nichts anmerken zu lassen. Hatte Temple vielleicht doch recht? Konnte ich mir ernsthaft vorstellen, wie diese Frau einen Flaschenkühler packte und Vivian Hall damit den Schädel einschlug? Oder wie sie ein Messer in Arthur Blakes Schreibpult rammte?

»Wenn Sie so dringend mit ihr sprechen müssen, warum warten Sie nicht einfach hier?«, bot Webber an. »Sie ist schon eine ganze Weile fort, sollte also nicht mehr lange brauchen.«

»Ich denke wirklich, es wäre besser, wenn ich es später noch einmal versuche«, sagte ich und wich einen Schritt zurück.

»Seien Sie nicht albern.« Er trat zur Seite und hielt mir die Tür auf. »Es ist doch unsinnig, jetzt zu gehen, nur um in fünf Minuten wiederzukommen.«

Zögernd bewegte ich mich wieder vor. Unverrichteter Dinge zurückzugehen war tatsächlich keine Alternative, so viel stand fest. Bevor ich meine Theorie nicht überprüft hatte, konnte ich Temple unmöglich gegenübertreten.

»Wenn Sie sich sicher sind, dass es nicht lange dauert ...«

Ich schlüpfte hinein, und Webber schloss hinter mir die Tür.

»Nehmen Sie doch Platz«, sagte er und bot mir den Stuhl am Schreibpult an. »Ich würde Ihnen ja auch gerne etwas zu trinken anbieten, um das Warten zu verkürzen, aber ... na ja, da gibt es nicht viel.«

»Schon in Ordnung«, versicherte ich und lächelte steif. »Ich dachte, Mrs. Webber geht immer morgens gleich nach dem Aufstehen schwimmen.«

»Sie fühlte sich heute Morgen nicht gut und beschloss, es auf den Nachmittag zu verschieben«, erklärte Webber, setzte sich auf die untere Koje und schlug die Hände mit einem lauten Klatschen ineinander. »Sie haben also noch Fragen?«

»Ja, Sir. An Mrs. Webber.«

»Betreffen die denn mich nicht genauso?«

»Es wäre mir wirklich lieber, bis zu ihrer Rückkehr zu warten.«

»Was hat das zu bedeuten, Mr. Birch?«, fragte er jetzt schon merklich gereizter. »Ihr Verhalten ist reichlich sonderbar, wenn Sie mir die Bemerkung erlauben.«

»Ich bitte Sie, Sir«, sagte ich und wand mich unter seinem Blick. »Mrs. Webber muss anwesend sein.«

»Ach, du meine Güte«, flüsterte er und starrte mich einen Moment mit offenem Mund an. »Sie glauben, dass sie etwas mit diesem Unglücksfall zu tun hat.«

»Ich muss nur kurz mit ihr sprechen.«

»Stimmt doch, oder? Aus diesem Grund sind Sie hier!«

Ich presste meine Hände fest ineinander, um ihr Zittern zu unterdrücken, und bezwang den Kloß in meinem Hals. »Ja, Sir«, brachte ich hervor. »Ich denke, dass sie etwas damit zu tun haben könnte.«

»Für eine solche Behauptung müssen ziemlich handfeste Beweise vorliegen, schätze ich mal.«

»Ganz richtig, Sir. Wir haben Kenntnis bekommen von einem möglichen Motiv, das sie bewogen haben könnte, diesen Wertgegenstand aus der Kabine von Mr. Blake zu entwenden. Ich hoffe allerdings, dass sich dieser Verdacht nicht bewahrheitet, Sir. Das hoffe ich aufrichtig. Ich sehe mich nur gezwungen ...«

»Was für ein Motiv?«

»Nun ja, als wir Sie am Donnerstag nach Mr. Blakes Scheidung von Miss Scott befragten, da ... ähh ... Sie erwähnten Gerüchte über eine andere Frau.«

Webber schaute mich sprachlos aus weit aufgerissenen Augen an.

»Ich bitte Sie, Sir«, erklärte ich eilig. »Es war keineswegs …«

»Sie glauben … Arthur und Cassie?«

»Nein, Sir. Bitte hören Sie mich an. An dem Abend, an dem sich Miss Scott von Mr. Blake getrennt hat, fand offenbar eine Party auf ihrem Anwesen statt.«

»Evelyn hatte Geburtstag. Ich bin zusammen mit Cassie hin …«

»Ja, und auf dieser Party wurde Mr. Blake dabei erwischt, wie er Mrs. Webber bedrängte. Der Vorfall hat dann dazu geführt, dass Miss Scott ihn noch in derselben Nacht rauswarf.«

Harry Webber fuhr sich erregt mit der Hand durch die Haare. »Von wem haben Sie das?«, fragte er.

»Von Beatrice Green. Sie war ebenfalls auf der Party und hat es im Rosengarten selbst beobachtet. Aber Sie dürfen das nicht falsch verstehen, Sir. Mrs. Webber hat seine Avancen keineswegs erwidert. Nach meinen Informationen konnte sie vielmehr das plötzliche Auftauchen von Mrs. Green dazu nutzen, sich loszureißen und ins Haus zu laufen.«

Webber ballte seine Hände zu Fäusten. »Arthur, du mieser …« Er atmete tief ein, um sich zu beruhigen. »Und jetzt glauben Sie, Cassie hätte Arthurs Gemälde gestohlen. Aus welchem Grund? Um ihn zu bestrafen? Ihm eine Lektion zu erteilen?«

»Ja, Sir«, antwortete ich. »Vermutlich hat der Gentleman, der am Montagabend an Ihren Tisch kam, sie am Dienstagmorgen aufgesucht und überredet, ihm bei dem Vorhaben zu helfen.«

»Ist das nicht der Mann, der zu Tode gekommen ist? Glauben Sie etwa, sie könnte auch darin verwickelt sein?«

»Um das zu klären, bin ich hier. Ich müsste ihr noch ein paar Fragen stellen.«

»Cassie …«, murmelte er und schlug die Hände vor das Gesicht. Als er sie nach einigen Sekunden senkte, waren seine Augen rot, so fest hatte er zugedrückt. »Wie sicher sind Sie Ihrer Sache? Selbst wenn es Cassie gewesen sein sollte, die Beatrice bei Arthur gesehen hat, muss da irgendein Irrtum vorliegen. Cassie ist ein guter Mensch. So etwas würde sie niemals tun.«

»Es tut mir leid, Sir«, sagte ich und wünschte mir Temples unerschütterliche Nüchternheit in diesen Dingen. »Sicherlich ist das ein furchtbarer Schock …«

Er tat meine Besorgnis mit einer brüsken Handbewegung ab. Eine Weile saß er nur stumm da, den Kopf auf die Hände gestützt.

»Was geschieht jetzt?«, fragte er schließlich. »Wird dieser Polizist sie verhaften?«

»Ich muss ihr lediglich ein paar Fragen stellen.«

»Er wird sie verhaften, habe ich recht? Wenn Sie glauben, dass sie es getan hat – dass sie diesen Gentleman umgebracht und Arthurs Gemälde gestohlen hat –, dann wird die Polizei in Aktion treten.«

»Ich …« Der Kloß in meinem Hals war wieder da. »Ja. Das hätte dann wohl Folgen.«

Erneut herrschte Stille. Ich fühlte mich elend und vollkommen überfordert. Auf einmal wünschte ich mir trotz aller Vorkommnisse sehnlichst, dass Temple hier wäre.

»Kann ich etwas für Sie tun?«, fragte ich.

Nach einigen Sekunden hob Webber den Kopf, und die Resignation stand ihm ins Gesicht geschrieben. »Da müssten Zigaretten liegen«, sagte er mit tonloser Stimme. »Hinter Ihnen auf dem Tischchen. Könnten Sie mir die bitte geben?«

»Natürlich«, antwortete ich und sprang eilfertig auf, froh über die Ablenkung von dem Leid, das ich verursacht hatte. Angesichts meiner nagenden Schuldgefühle beneidete ich Temple um die teilnahmslose Art, in der er seine Befragungen durchführte.

Ich suchte in den Papieren und Aufzeichnungen, die Cassandra Webber auf dem Tisch zurückgelassen hatte, nach den Zigaretten.

Erst als ich den Stapel bis zum untersten Blatt durchforstet hatte, ohne eine Spur der Zigaretten zu finden, wurde es mir siedend heiß klar, und ich erstarrte. Viel zu spät erkannte ich, was ich überhört hatte. Etwas, das mir schon vor wenigen Minuten hätte auffallen müssen.

Mein Puls hämmerte bis in die Ohren, mein Mund war plötzlich wie ausgetrocknet.

»Mr. Webber«, sagte ich mit bebender Stimme. »Dass es sich um ein Gemälde handelt, haben wir bislang nie …«

Ich spürte den Schlag kaum. Da war nur dieser unvermittelte Druckschmerz an meinen Hinterkopf, dazu das klirrende Zerspringen von Glas und der Fußboden, der plötzlich auf mich zuraste.

39

Ob ich für einen Moment das Bewusstsein verloren hatte oder ob der Schlag einfach mit solcher Wucht gekommen war, dass mir schlicht die Zeit gefehlt hatte, den abrupten Sturz richtig wahrzunehmen, wusste ich im Nachhinein nicht zu sagen. Ich fand mich jedenfalls mit dröhnendem Schädel und klingelnden Ohren bäuchlings auf dem Boden liegend wieder, während sich der Raum um mich drehte.

Auf meiner Stirn fühlte ich etwas Warmes. Ich betastete es vorsichtig und blickte auf meine blutverschmierten Finger. Offenbar hatte ich bei meinem Sturz die Kante des Schreibpults erwischt. Aus den Augenwinkeln bemerkte ich die Überreste des gläsernen Aschenbechers, die sich wie glitzernde Konfettistückchen über den Boden verteilt hatten.

»Und jetzt glauben Sie, Cassie hätte Arthurs Gemälde gestohlen.«

Ich verfluchte meine Dämlichkeit. Temple hätte es sofort bemerkt. Bei unserem Gespräch mit Harry Webber im Restaurant hatten wir Blakes Gemälde überhaupt nicht erwähnt. Woher wusste er also, was seine Frau angeblich gestohlen hatte?

Ein Tropfen Blut sickerte knapp an meinem rechten Auge vorbei.

»Sie sind es gewesen«, sagte ich. »Dupont hat sich gar nicht mit Mrs. Webber getroffen, habe ich recht?«

Er war bislang ruhelos in der Kabine auf und ab gelaufen. Beim Klang meiner Stimme blieb er stehen und blickte mit wutverzerrtem Gesicht auf mich herab. »Warum mussten Sie sich unbedingt einmischen?«, zischte er. »Warum mussten Sie ausgerechnet *sie* mit hineinziehen?«

Ich schloss die Augen. In meinem Schädel wummerte es. Langsam stützte ich meine Hände auf den Boden und stemmte mich auf die Knie. »Hören Sie«, sagte ich heiser. »Was auch immer passiert ist, wir können …«

Bevor ich weitersprechen konnte, hatte Webber mich mit beiden Händen am Revers meiner Offiziersjacke gepackt und auf den Rücken geworfen. Diesmal versuchte ich erst gar nicht mehr, mich aufzurappeln. Meine Arme und Beine fühlten sich schwer wie Blei an, in meiner Schulter tobte ein brennender Schmerz. Meine Finger krallten sich in den Teppich, als würde ich sonst drohen, irgendwie davon herunterzufallen. Vorsichtig hob ich den Kopf und sah, wie er die Manschettenknöpfe auszog.

»Ich habe das nicht gewollt«, murmelte er vor sich hin. »Ich habe das alles nicht gewollt.«

»Lassen Sie uns doch darüber reden«, krächzte ich.

»Nein«, sagte er, warf die Manschettenknöpfe auf die Matratze und krempelte die Ärmel hoch. Seine Unterarme waren dick wie Ankertaue. »Sie dürfen hier nicht mehr weg. Jetzt nicht mehr. Ich kann nicht zulassen, dass Sie herumerzählen, was ich getan habe.« Er sank auf die Knie und beugte sich über mich. »Und auf gar keinen Fall dürfen Sie Cassie da hineinziehen.«

Ich spürte, wie sich seine schwieligen Hände um meinen Hals schlossen, spürte die raue Haut, als er begann, immer fester zuzudrücken.

»Es war doch nur für sie«, zischte er durch zusammengebissene Zähne. »Alles war immer nur für sie.«

Ich packte seine Handgelenke und versuchte verzweifelt, mich aus dem Griff zu befreien. Das Wummern in meinem Kopf war plötzlich ebenso vergessen wie der brennende Schmerz in meiner Schulter oder der Raum, der sich um mich drehte. Ich bekam keine Luft. Ich musste mich befreien. Mit den Fäusten begann ich auf Webbers Arme und Kopf einzuhämmern, ohne irgendeine Wirkung zu erzielen. Seine wilden Augen glühten weiter unbeirrt, seine Züge blieben in mörderischer Entschlossenheit erstarrt.

»Schluss jetzt!«

Webbers Griff lockerte sich nur minimal, und ich konnte hinter ihm Temple erkennen, der mit erhobenem Revolver in der offenen Tür stand.

»Loslassen!«, befahl er. »Lassen Sie ihn los, oder ich schieße!«

Webbers Hände hielten meine Kehle fest umschlossen, während purer Jähzorn sein Gesicht entstellte. Temple spannte mit dem Daumen den Hahn an seinem Revolver.

»Letzte Chance«, knurrte er.

Ganz langsam erschlaffte Webbers Schraubstockgriff. Ich riss meinen Hemdkragen auf und japste röchelnd nach Luft.

»Sie hatten recht, Birch«, rief Temple triumphierend. »Oder hatten zumindest recht, was die Kabinennummern betraf. Wie man sieht, haben Sie jedoch Mrs. Greens Bericht ein wenig zu viel Bedeutung beigemessen. Hätten Sie mich nur einen Moment in Ruhe darüber nachdenken lassen, wären wir gemeinsam darauf gekommen.«

»Worauf?«, blaffte Webber.

»Dass Dupont Ihre Frau am Dienstagmorgen überhaupt nicht antreffen konnte, weil sie nämlich vor dem Frühstück immer schwimmen geht«, erklärte Temple und drückte den rechten Arm schussbereit durch. »Als er Robert Evans für Ihre Kabinennummer bestach, kam er her und traf stattdessen Sie an.«

Mit verblüffender Geschwindigkeit schnappte Webber sich ein Stück des zerbrochenen Aschenbechers vom Boden und presste mir die Scherbe an den Hals. »Genug gequatscht«, fauchte er. »Runter mit dem Revolver!«

»Sonst was?«, antwortete Temple ohne jedes Zögern. »Sie bringen ihn um? Und haben noch einen Toten auf dem Gewissen? Soll das etwa ein Plan sein, wie Sie aus der Sache herauskommen?«

Eine gefühlte Ewigkeit lang starrten sie einander an. Ich rührte mich nicht, spürte die scharfe Glaskante direkt neben meiner Schlagader. Je stärker mir bewusst wurde, wie hoffnungslos verfahren die Situation war, desto mehr wich die Erleichterung, die ich beim Anblick von Temple verspürt hatte, wieder nackter Panik. Ob nun Temple ihn erschoss oder Webber mir mit seiner provisorischen Waffe die Kehle durchschnitt – die Wahrscheinlichkeit, dass wir alle drei lebend aus dieser Sackgasse herauskamen, tendierte gegen null.

Dann erklang auf einmal eine neue Stimme.

»Harry ...«

Hinter Temples Rücken tauchte Cassandra Webber auf, die blonden Locken noch feucht vom Schwimmen. Ihre Züge waren wie unter körperlichen Schmerzen verzerrt, während ihr Blick hektisch zwischen ihrem entsetzt aufschauenden Ehemann, Temples Revolver und der Glasscherbe an meiner Kehle hin und her schnellte.

»Harry, was hast du getan?«

»Cassie ...«, begann er mit zitternder Stimme. »Ich habe das nicht ... es sollte eigentlich nie ...«

»Er hat Sie belogen«, unterbrach ihn Temple. »Wahrscheinlich belügt er Sie schon seit geraumer Zeit. Erzählen Sie ihr jetzt die Wahrheit, Webber? Oder soll ich es tun?«

Die Scherbe an meinem Hals bewegte sich leicht. Ich spürte, wie ein weiterer Blutstropfen meine Wange hinablief, wagte es jedoch nicht, ihn abzuwischen.

»Was erzählen?«, bohrte Cassandra Webber nach.

»Dass er pleite ist«, erklärte Temple. »Schon nach unserem Gespräch am Donnerstag war ziemlich offensichtlich, dass er mit seiner Firma gescheitert sein muss. Vermutlich liefen die Geschäfte zu Anfang, unmittelbar nach seinem Weggang von Frederick Scott, noch ganz gut. Er hatte die ersten Abschlüsse, kaufte sich ein Auto, machte Ihnen einen Antrag ...« Der Detective hielt den Revolver unverwandt auf Webbers Kopf gerichtet. »Aber wie Sie selbst uns berichtet haben, spricht er schon länger nicht mehr mit Ihnen über die konkrete Geschäftslage. Und als ich mich danach erkundigte, wie seine Firma so läuft, gab er sich ebenfalls merkwürdig zugeknöpft. Daraus schloss ich, dass der Einfluss, den Mr. Scott bei den potenziellen Kunden Ihres Mannes hat, seine Wirkung zu zeigen begann.«

»Hören Sie auf!«, brummte Webber.

»Kommt es Ihnen nicht selbst sonderbar vor, dass er darauf bestand, seinen Wagen auf diese Reise mitzunehmen?«, fuhr Temple fort, ohne den Einspruch zu beachten. »Sein ganzer Stolz, meinten Sie. Er würde gerne einmal damit über den Broadway fahren. Ich habe dagegen den Verdacht, er hat ihn aus einem ganz anderen Grund mitgebracht. Birch und mir gegenüber hat er davon gesprochen, wie wichtig ein guter erster Eindruck ist und dass dieser Wagen sein größter Besitz sei. Wahrscheinlich hoffte er in Wahrheit, damit den Eindruck eines erfolgreichen Geschäftsmannes erwecken zu können, wenn Sie Ihren Eltern die überraschende Neuigkeit von Ihrer Heirat überbringen. Nicht den eines absoluten Versagers.«

»Hören Sie auf ...«, stöhnte Webber erneut.

»Na, wie schlimm steht's, Webber?«, ließ Temple nicht locker.

»Dupont hatte Sie im Restaurant an Blakes Tisch gesehen und wollte Dienstagmorgen mit Ihnen sprechen. Wie das Glück so spielt, klopfte er an, als Mrs. Webber gerade schwimmen war, und so erzählte er Ihnen in Ruhe von dem Gemälde.«

»Ich verstehe nicht«, sagte Cassandra Webber kopfschüttelnd. »Wozu benötigte er Harrys Hilfe, wenn er das Bild stehlen wollte?«

»Nun, nach der öffentlichen Abfuhr, die er mit seinem Rückkaufangebot am Montagabend von Blake erhalten hatte, wusste Dupont natürlich genau, dass der Verdacht auf ihn fallen würde, sollte das Gemälde abhandenkommen. Aus diesem Grund brauchte er Ihren Mann. Wie Sie selbst uns sagten, hat Mr. Webber doch darauf bestanden, heute noch einmal gemeinsam mit Blake zu Abend zu essen. Ein letztes feuchtfröhliches Beisammensein, bevor man morgen in New York getrennter Wege geht.«

»Das stimmt ...«

»Wir haben in Duponts Kabine einen Zettel gefunden, auf dem er sich für heute Abend um neun Uhr einen Termin notiert hatte. Vermutlich wollte er unter irgendeinem Vorwand erneut zu Ihnen an den Tisch kommen und Mr. Webber damit die Chance bieten, sich kurz zu entschuldigen und ungestört das Gemälde aus Blakes Kabine zu stehlen. Blake hätte Dupont anschließend nicht beschuldigen können, da der alte Herr ja die ganze Zeit bei ihm am Tisch gewesen war.

Die Sache hätte wahrscheinlich sogar funktioniert. Aber als Ihr Ehemann am Dienstagabend sah, wie Blake mit Beatrice Green an der Bar saß, erkannte er die Gelegenheit. Wenn er das Bild jetzt stahl, könnte er es allein für sich behalten, da Blake den Verdacht umgehend auf Dupont lenken würde. Schließlich hatte Blake beim Essen sorgsam darauf geachtet, dass keiner von Ihnen etwas von dem Gemälde erfuhr. Er log über den Anlass seiner Reise, führte Dupont sofort vom Tisch weg außer Hörweite und erfand sogar die Geschichte, der Mann sei ein unzufriedener Auftraggeber. Mr. Webber konnte sich also vollkommen unwissend stellen und hätte in Blake – ebenjenem Mann, den er zu bestehlen beabsichtigte – seinen Hauptentlastungszeugen.

Und genau so ging er dann auch vor. Er erzählte Ihnen, er müsse nach seinem Wagen sehen, brach in Blakes Kabine ein und stahl das Gemälde. Aber von diesem Punkt an lief alles schief, habe ich nicht recht, Mr. Webber?«

Niemand sagte einen Ton. Harry Webber starrte Temple nur wie paralysiert an, und für einen Moment spielte ich bereits mit dem Gedanken, seine Verwirrung auszunutzen und mich aus seinem Griff zu befreien oder ihm die Glasscherbe zu entreißen. Sollte mir der Versuch aber nicht auf Anhieb gelingen, würde das seine Wut nur neu entfachen, und ich hätte keine Chance gegen ihn. Dann bliebe Temple keine Wahl, er müsste schießen.

»Dupont hat mich gesehen«, gestand Webber leise. »Keine Ahnung, warum ... jedenfalls stand er vor Arthurs Kabine, als ich herauskam, und erwartete mich schon. Er sah, dass ich das Gemälde hatte, und begriff sofort, was vor sich ging. Ich wollte abhauen, aber er folgte mir und forderte mich auf, es zurückzubringen.

Ich sagte ihm, er solle mich in Ruhe lassen. Erklärte ihm, dass es mir leidtue, aber ich bräuchte das Geld nun mal. Doch er wollte nicht verschwinden. Er wirkte richtig verzweifelt, man konnte es an seiner Stimme hören. Ich ging raus in den Regen, und da griff er plötzlich nach dem Bild. Es stürmte so heftig, dass mir der Regen ins Gesicht klatschte und ich kaum noch etwas sehen konnte. Ich hatte keine Ahnung, wie dicht wir an der Treppe waren ...«

»Sie haben ihn einfach dort liegen lassen«, herrschte Temple ihn an. »Einen gebrechlichen alten Mann, der mutterseelenallein im Regen verreckte!«

Ein paar Sekunden schwiegen alle. Dann fragte Cassandra Webber: »Aber warum bist du überhaupt nach draußen gegangen, Harry? Was wolltest du da?«

»Er musste das Gemälde irgendwo verstecken«, erklärte Temple. »Und von der zweiten Klasse geht es nur über die Außentreppe direkt in den Frachtraum. Er hat Sie also nicht einmal belogen, als er behauptete, nach seinem Wagen sehen zu wollen. Er lief in den Frachtraum, versteckte das Gemälde im Wagen und zerkratzte als krönendes Detail auch noch selbst die Karosserie, um eine überzeugende Begründung für seine lange Abwesenheit zu haben. Stimmt doch, Webber, oder? Wenn wir jetzt nach unten gingen, würden wir dort Mr. Blakes Gemälde finden.«

Harry Webber sagte nichts.

»Wo ist es?«, fragte Temple. »Im Kofferraum? Unter einem Sitz?«

»Kofferraum«, sagte Webber nur leise.

»Nein«, warf Cassandra Webber mit ungläubiger Miene ein und schüttelte energisch den Kopf. »Das kann nicht sein. Eine Frau wurde dabei beobachtet, wie sie das Auto beschädigte.«

»Alles Theater«, sagte Temple. »Wahrscheinlich wurde Ihr Mann von einem Crewmitglied dabei erwischt, wie er den Wagen zerkratzte, und hat den Mann dann bestochen, die Geschichte von der unbekannten Frau zu verbreiten. Wirklich ganz clever, die Idee. Statt sich einfach nur das Schweigen des Zeugen zu erkaufen, schickt er uns auf die völlig falsche Fährte und lässt uns nach einer Frau suchen. Letztlich ging dieser Schuss jedoch auf dramatische Weise nach hinten los, als nämlich unser Mr. Birch hier zur Überzeugung gelangte, dass Sie, Mrs. Webber, die Frau aus dem Frachtraum waren.«

Wortlos trat sie in den Raum, kniete sich neben ihren Mann und nahm ihm die Glasscherbe aus der Hand.

»Harry ...«, flüsterte sie. »Warum hast du das nur getan? Warum hast du es mir nicht einfach erzählt?«

»Ich wollte nicht ...«, Webber versagte die Stimme. Tränen stiegen ihm die Augen. »Ich wollte dich doch nur stolz machen. Wollte der sein, den du dir vorstellst. Den du verdient hast.«

Sie legte die Hand auf seine Wange. »Wir bekommen das wieder hin«, sagte sie. »Das verspreche ich dir. Wir stehen das gemeinsam durch. Ich werde mit der Polizei reden. Dich notfalls auch vor Gericht verteidigen, sollte Anklage erhoben werden ...«

»Die dürfte auf jeden Fall erhoben werden«, warf Temple ein. »Denn leider sind wir noch gar nicht fertig. So haben wir noch nicht über Miss Hall gesprochen.«

»Vivian?« Selbst jetzt, wo ihr Mann gerade schlimmster Verbrechen beschuldigt wurde, brachte Cassandra Webber den Namen nur mit spitzem Unterton über die Lippen. »Was hat sie mit der Sache zu tun?«

»Miss Hall ist tot«, erklärte Temple. »Sie ist am Mittwochabend von Mr. Webber umgebracht worden.«

»Wie kommen Sie denn darauf?«, fuhr Webber plötzlich wieder kampfeslustig auf. »Dafür gibt es keinerlei Beweise.«

»Ein sehr eindeutiges Indiz gibt es schon«, entgegnete Temple. »Derjenige, den Miss Hall in ihrer Kabine empfangen hat – und der sie anschließend tötete –, muss jemand gewesen sein, den sie gut genug kannte, um ihn zu einem Glas Wein einzuladen. Als wir ihren Leichnam fanden, war das Glas dieses Besuchers aber überhaupt nicht angerührt. Und wie Ihre Frau uns selbst erzählte, als sie den maßlosen Champagnerkonsum von Mr. Blake am Montagabend schilderte ...«

»Trinkt Harry keinen Wein«, vollendete Cassandra Webber und schaute ihren Mann an. Sie zog die Hand fort, und ein entsetzter Ausdruck trat in ihr Gesicht.

»Ich vermute mal, Sie haben Miss Hall das Gemälde gezeigt«, nahm Temple den Faden wieder auf. »Oder ist sie irgendwie alleine darauf gekommen, was Sie getan haben?«

Im ersten Moment machte Webber den Eindruck, als wollte er alles abstreiten. Ein wenig flackerte der Jähzorn in seinem Blick wieder auf. Aber dann verließ ihn die Kraft, und seine breiten Schultern sackten zusammen.

»Leugnen ist mittlerweile wohl zwecklos«, sagte er leise. »Ich bin zu ihr. Am Mittwochmorgen. Ich zeigte ihr das Bild und fragte, ob sie mir helfen würde, es in New York zu Geld zu machen. Ich bot ihr sogar einen Anteil am Verkaufspreis an, da ich zwar um seinen Wert wüsste, aber ihre Kontakte in die Kunstwelt bräuchte, um einen angemessenen Preis zu erzielen.«

Inzwischen hatten Cassandra Webbers Züge jede Spur von Mitleid verloren. Sie fixierte ihren Mann jetzt durchdringend.

»Hat sie das Gemälde erkannt?«, fragte Temple.

»Keine Ahnung. Aber als sie mich fragte, von wem es stamme, konnte ich es ihr nicht sagen. Und meine Geschichte, ich sei darüber in England gestolpert, hat sie mir definitiv nicht abgenommen.«

Er stieß einen tiefen Seufzer aus und mied es, dem stechenden Blick seiner Frau zu begegnen.

»Sie wollte es gerne eine Weile in Ruhe untersuchen, um besser einschätzen zu können, was es wert ist. Also habe ich es ihr für den Tag überlassen und gesagt, dass ich es mir abends wieder in ihrer Kabine abholen würde. Doch da war es schon zu spät. Nachmittags hatte Arthur ihr einen Besuch abgestattet und erzählt, dass es Dupont war, dessen Leiche man gefunden hatte, und dass aus seiner Kabine ein Gemälde gestohlen worden war.«

Webber senkte den Kopf. Seine Stimme wurde unsicher.

»Da wusste sie Bescheid. Wusste genau, woher ich das Bild hatte. Sie verlangte von mir, es ihr zu überlassen, andernfalls würde sie jedem erzählen, was ich getan hatte. Sie würde es Arthur erzählen.« Er wandte sich zu Cassandra Webber. »Sie würde es dir erzählen.«

»Und das durften Sie nicht zulassen«, sagte Temple. »Sie warteten, bis sie Ihnen den Rücken zukehrte, und erschlugen sie mit dem Flaschenkühler. Sie stellten ihre Kabine auf den Kopf, um Blakes Gemälde zu finden, und stahlen auch gleich ihres, damit es aussah, als sei dies das Motiv des Täters gewesen.«

Niemand sprach ein Wort. Harry Webber beobachtete mit ängstlicher Miene die Reaktion seiner Frau, und ich empfand unwillkürlich ein gewisses Mitleid mit den beiden. Als sie das Schweigen brach, klang ihre leise Stimme jedoch verblüffend kalt.

»Mr. Temple, würden Sie bitte den Revolver herunternehmen?«

Temple regte sich nicht.

»Mr. Temple«, fauchte sie ihn an. »Runter damit!«

Widerstrebend senkte er die Waffe. Ich kämpfte mich unsicher auf die Beine und stellte mich neben ihn. Das Schlucken fiel mir schwer, mein Schädel dröhnte, aber zumindest drehte sich der Raum nicht länger um mich. Temple reichte mir ein Taschentuch, das ich auf die Platzwunde an meiner Stirn presste.

»Das Messer«, brachte ich krächzend hervor. »In Mr. Blakes Kabine.«

»Genau«, sagte Temple. »Das er vermutlich aus dem Restaurant entwendete, als er Blake dort mit Beatrice Green an der Bar sitzen sah, und das er später in das Schreibpult rammte zur Warnung, lieber nicht nach dem Verbleib des Gemäldes zu forschen.«

»Welches Messer?«, fragte Harry Webber erstaunt.

»Leugnen ist wirklich zwecklos«, blaffte Temple. »Vielleicht haben Sie die Drohung ja nicht ernst gemeint, aber es abzustreiten hilft Ihnen jetzt auch nicht mehr.«

»Da war kein Messer«, protestierte er. »Ich habe Arthurs Kabine durchsucht, das Gemälde gefunden und bin gegangen.«

»Aber wir haben es doch selbst gesehen«, sagte ich.

»Da war kein Messer!«

Ich warf Temple einen fragenden Blick zu. Hatte es noch einen zweiten Mann gegeben? Webber hatte alles andere gestanden, warum sollte er ausgerechnet die Sache mit dem Messer leugnen?

»Ich war es.«

Synchron drehten sich unsere Köpfe zu Cassandra Webber.

»Ich habe das Messer in Arthurs Kabine zurückgelassen.«

»Cassie …«, rief Webber und behielt den Mund gleich offen.

»Ich hatte doch nie vor, es zu benutzen«, erklärte sie sofort abwehrend. »Ich wollte ihm bloß einen Schreck einjagen. Ihm eine Lektion erteilen.« Sie legte eine Hand auf seine Brust. »Harry, es gibt da etwas, das du wissen solltest«, sagte sie. »Etwas, das Arthur getan hat.«

»An Evelyns Geburtstag«, knurrte Webber nur bedrohlich. »Im Rosengarten.«

»Woher weißt du …?«

»Beatrice Green hat es uns erzählt«, berichtete ich. »Das ist die Frau, die Sie beide gesehen hat, was Ihnen die Gelegenheit gab zu flüchten.«

Cassandra Webber schien eine Weile darüber nachzudenken, dann nickte sie nur kurz. »Ich war froh, als ich hörte, dass Evelyn ihn nach diesem miesen Verhalten vor die Tür gesetzt hat. Und noch mehr hat es mich gefreut, von Harry zu hören, wie hart ihn das getroffen hat.« Ein verächtlicher Ausdruck trat in ihr Gesicht. »Aber als er am Montagabend ständig damit prahlte, was für ein lukratives Kommissionsgeschäft er in New York abschließen und wie viel Geld es ihm einbringen würde, da fand ich das schrecklich ungerecht. Absolut unfair. Als wir dann am Dienstag das Restaurant verließen, sagte Harry, er wolle noch einmal nach dem Wagen sehen. Ich wusste vom Tag zuvor, dass mir dadurch genügend Zeit blieb, zu Arthurs Kabine zu gehen und …« Sie atmete tief durch. »Und das Messer in seine Tür zu rammen.«

»Das Messer steckte aber gar nicht in seiner Tür«, bemerkte ich. »Sondern in seinem Schreibpult.«

»Stimmt«, räumte sie ein. »Bei meiner Ankunft stand die Tür offen, und drinnen war alles durchwühlt. Ich trug das Messer aus dem Restaurant noch immer in meiner Handtasche und musste es irgendwie loswerden, also bin ich rein und habe es in das Schreibpult gerammt.« Sie sah zu ihrem Ehemann. »Ich dachte, so kann ich dem, was jemand vor mir dort angestellt hatte, wenigstens eine persönliche Warnung mitgeben.«

Auch wenn sie keineswegs so klang, als wäre sie stolz auf ihre Tat, empfand ich dennoch eine gewisse Enttäuschung. Dass Mrs. Webber, die mir bei unseren Ermittlungen lange wie die einzig wirklich anständige Person vorgekommen war, nichts mit den gewaltsamen Todesfällen von Dupont und Vivian Hall zu tun hatte, freute mich aufrichtig, die Sache mit dem Messer wäre jedoch vielleicht besser ungeklärt geblieben.

»Das steckte also dahinter, als wir uns am Mittwochabend auf dem Promenadendeck begegneten«, sagte ich. »Sie hätten nachgesehen, wie es Mr. Blake ging, haben Sie behauptet. Das war wohl nur die halbe Wahrheit, wie? Eigentlich wollten Sie nachsehen, ob Sie eine Wirkung erzielt hatten.«

Sie nickte, und meine Enttäuschung wuchs ein wenig mehr.

»Was geschieht jetzt?«, fragte sie.

»Wir sichern die Gemälde aus Mr. Webbers Wagen«, antwortete Temple. »Das von Mr. Blake wird ihm zurückgegeben und das von Miss Hall als Beweisstück einbehalten. Anschließend wird Mr. Birch dem Captain über die Ergebnisse unserer Untersuchung einen umfassenden Bericht erstatten und die amtlichen Stellen in New York telegrafisch verständigen. Ob nun vorsätzlich oder nicht, Ihr Mann hat zwei Menschen umgebracht. Beim Anlegen morgen früh wird die Polizei auf ihn warten.«

»Und ich? Ich bin mit dem Messer zu Arthurs Kabine. Welche Folgen wird das für mich haben?«

»Keine«, warf Harry Webber ein und schien wieder etwas

Selbstsicherheit zu gewinnen. »Ich stecke wegen Dupont und Vivian schon tief genug im Schlamassel, da macht es auch nicht mehr viel aus, wenn ich das Messer in Arthurs Kabine auf meine Kappe nehme.«

»Das werde ich nicht zulassen«, sagte sie sofort.

»Die Sache ist entschieden. Und bei alledem, was ich schon angerichtet habe, kann ich mir nicht vorstellen, dass die Polizei dir eher Glauben schenkt als mir.«

Ihre Miene verdüsterte sich, während sie darüber nachdachte. »Vor Gericht stellen wird man dich ...«

»In England«, unterbrach Temple sie. »Die Amerikaner werden sich das nicht aufhalsen. Gewaltverbrechen, verübt von einem britischen Staatsbürger in internationalen Gewässern – er wird auf dem nächstbesten Schiff Richtung Southampton sitzen.«

»Und bis dahin?«

»Erst einmal wird er hier in dieser Kabine in Gewahrsam bleiben.«

»Sie nehmen ihn nicht mit?«, fragte sie erstaunt. »Um ihn irgendwo einzusperren ... oder so?«

»Es gibt an Bord nichts, wo wir ihn einsperren könnten«, erklärte Temple. »Nicht einmal eine Arrestzelle. Wir werden morgen früh zurückkommen, um ihn den amerikanischen Behörden zu übergeben. Bis dahin schränkt reichlich Wasser in sämtlichen Himmelsrichtungen die Fluchtgefahr wohl ausreichend ein.« Ihm schien noch etwas einzufallen, und er fügte hinzu: »Ihnen, Mrs. Webber, kann Mr. Birch für die heutige Nacht sicherlich eine andere Unterbringung ermöglichen.«

»Nein«, sagte sie und ergriff die Hand ihres Mannes. »Ich bleibe bei ihm.«

»Mrs. Webber ...«, begann Temple.

»Ich bleibe«, stellte sie klar. »Wenn als Ehefrau dafür nicht genügt, dann eben als sein Rechtsbeistand.«

Webber betrachtete sie mit ungläubigem Staunen. Temple dachte kurz darüber nach, verdrehte dann leicht die Augen und wandte sich an mich.

»Können Sie laufen?«

»Ich denke schon.«

»Na gut, höchste Zeit, die Trophäen für unseren Jagderfolg einzusammeln.«

Ohne ein weiteres Wort öffnete er die Kabinentür und winkte mich nach draußen. Bevor er sie wieder schloss, warf ich noch einen letzten Blick zurück auf die beiden. Sie knieten auf dem Boden und hielten sich inmitten eines Sees aus glitzernden Glassplittern fest umschlungen.

40

Die Stunden nach unserem Aufbruch von Cassandra und Harry Webber verliefen wie in Trance.

Nachdem wir das Paar in seiner Kabine eingeschlossen hatten, schickte ich nach Seymour und schärfte dem jungen Hilfssteward ein, vor der Tür Wache zu stehen, bis ich mich wieder bei ihm meldete. Er hatte offenbar noch immer das Gefühl, mir wegen der Nachsicht bei seinem Whiskyhandel etwas schuldig zu sein, und nickte diensteifrig.

»Jawohl, Mr. Birch. Wird gemacht, Sir.«

Sobald wir die Webbers ausreichend bewacht wussten, machten wir uns auf den Weg in den Frachtraum.

Mein Herz klopfte aufgeregt, als wir ein letztes Mal gemeinsam zu den unteren Decks hinabstiegen und den Luxus und die Annehmlichkeiten der Passagierbereiche hinter uns ließen. Wir wuchteten die massive Stahltür auf und traten in den gigantischen Raum, dessen wahre Ausmaße im schummrigen Licht nicht einmal auszumachen waren. Aber im Unterschied zu unseren letzten Besuchen bemerkte ich die Kälte und die spärliche Beleuchtung an diesem Tag kaum. Auf unserem Weg durch das Gewirr an Holzkisten und Überseekoffern galten all meine Gedanken nur den Gemälden.

Schon bald staunten uns die beiden Scheinwerfer des Ford Model T wie zwei riesige Augen an. Im schwachen Lichtschein schimmerte sogar kurz der lange Kratzer an der Seite auf.

Ich öffnete den Kofferraum und sah darin zu meinem Schrecken nur eine Wolldecke. Erst als Temple, der neben mir stand, sie herausnahm, kamen darunter zwei schmale rechteckige Päckchen zum Vorschein.

Behutsam, als wäre es aus Glas, hob ich das obere heraus. Es war unerwartet klein, in braunes Packpapier geschlagen und mit einer dünnen weißen Schnur zusammengebunden. Ich löste den Knoten und schob das Papier an einer Ecke zur Seite. Ein Holzrahmen wurde sichtbar, dann das Grau eines Gewitterhimmels irgendwo in Devonshire. Aus den Wolken strömte fahles Sonnenlicht säulenartig nach unten und bildete Lichtflecke auf dem bewegten Meer. Ich entfernte auch das restliche Papier, und jetzt sah man ein von hohem Farn begrenztes Moor und eine Frau, die mit dem Rücken zum Betrachter inmitten einer Ansammlung von pink und dunkelrot leuchtenden Wildblumen stand. Der Wind spielte in ihrem Haar und bauschte den Saum ihres Kleides, während sie das nahende Unwetter betrachtete.

Das war es. Arthur Blakes Gemälde.

Ich wusste noch, wie Blake es bei unserer ersten Begegnung in seiner Kabine beschrieben hatte. »*Die Küste von Devon im Hintergrund. Wie Farben und Licht eingesetzt wurden, der Pinselstrich. Für jemanden, der mit seinen Arbeiten wirklich vertraut ist, konnte es nur ein Ecclestone sein.*«

Es war ein merkwürdiges Gefühl, dieses Gemälde endlich in meinen Händen zu halten. Auch wenn ich nicht besonders viel von Ecclestones Kunst verstand, konnte ich den Wert dieses Werkes doch förmlich spüren. Vielleicht spielte dabei auch der Nimbus eine Rolle, den das Bild in den vergangenen Tagen bekommen hatte. All der Aufwand, den Blake betrieben hatte, um es geheim zu halten, oder die Anstrengungen, die Denis Dupont, Harry Webber, Nathaniel Morris, Michael Green und ganz offenbar auch Vivian Hall unternommen hatten, um es in ihren Besitz zu bringen. Bei diesem Gedanken fiel mir Vivian Halls eigenes Gemälde ein, das noch eingewickelt im Kofferraum lag, und es war mir fast ein wenig peinlich, ihm keine ähnliche Beachtung zu schenken. Doch inzwischen konnte ich nachvollziehen, warum dieser Ecclestone so heiß begehrt war.

Temple schlug mir auf die Schulter, und ich zuckte kurz zusammen. Auch ohne dass er etwas sagte, empfand ich es als enormes Kompliment. Dennoch tat ich mich schwer, ihm direkt in die Augen zu sehen.

Seit unserem Aufbruch bei Harry und Cassandra Webber war er sonderbar still, so als hätte ihn mit dem Abschluss der Ermittlungen plötzlich eine große Erschöpfung überfallen. Beim Anblick des verloren geglaubten Ecclestone jedoch konnte er sich ein Grinsen nicht verkneifen. Vermutlich hatte er damit in seinen Augen genau das erreicht, was er sich vorgenommen hatte – Gemälde gerettet, Mörder überführt. Und mit ein wenig Glück würde dieser Erfolg sogar genügen, ihm seinen Job zu retten, wenn er nach London zurückkehrte.

Ich empfand diese unaufgeregte Zufriedenheit ganz ähnlich. Es war zwar schön, die Sache aufgeklärt zu haben, aber wie ein dramatischer Sieg fühlte es sich nicht an, den sagenumwobenen Ecclestone jetzt vor sich zu haben. Zwei Menschen hatten wegen dieses Gemäldes ihr Leben verloren, und ich selbst hatte mir dabei die nächste Narbe eingehandelt.

Natürlich trug allein Harry Webber die Schuld am Tod von Vivian Hall, dennoch wurde ich das Gefühl nicht los, dass ich sie hätte retten können. Schließlich hatte ich sie im Offiziersquartier zur Tür gebracht und widerspruchslos gehen lassen – in den eigenen Tod. Ich hatte gehofft, diese nagenden Gedanken würden nachlassen, wenn ich ihren Mörder überführt wusste. Bislang war davon jedoch nichts zu spüren.

Temple und ich sprachen nur wenig auf dem Weg vom Frachtraum hinauf zu Arthur Blakes Kabine. Das Gemälde hatte ich wieder in das Papier eingeschlagen und zusammen mit dem von Vivian Hall unter den Arm geklemmt.

Ich stellte mir vor, wie sehr Arthur Blake sich freuen würde, es wiederzuhaben. Zweifellos wäre er überglücklich. Aber irgendwie ließ die Vorstellung auch ein schales Gefühl zurück. Dieser Mann hatte immerhin Cassandra Webber im Garten des Elternhauses seiner Frau massiv bedrängt und war dabei so betrunken gewesen, dass er sich am nächsten Tag nicht einmal daran erinnern konnte. So jemandem einen Gegenstand von diesem Wert auszuhändigen, verlieh all unseren Bemühungen ein eher zwiespältiges Ende.

Wie es aussah, musste die Rückgabe allerdings verschoben werden. Denn als wir in der ersten Klasse an Blakes Kabinentür klopften, blieb drinnen alles still. Wir warteten einen Moment, und Temple klopfte ein zweites Mal. Wieder nichts.

»Typisch«, brummte der Detective.

»Wir versuchen es einfach später noch einmal«, erklärte ich. »Notfalls warten wir eben bis morgen früh. Vor dem Anlegen treffen wir ihn bestimmt bei seinem Gepäck an.«

»Sie meinen, wir sollten gehen?«

»Ich wüsste nicht, was wir sonst tun könnten.«

»Und was machen wir damit?«, sagte er und nickte in Richtung Gemälde.

»Ich werde es aufbewahren«, antwortete ich und packte das Bündel fester. »Zusammen mit dem von Miss Hall.«

»Mir wäre es lieber, ich würde das übernehmen.«

»Die beiden Bilder bleiben im Offiziersquartier«, beharrte ich. »Wir händigen den Ecclestone morgen vor der Ankunft in New York gemeinsam Mr. Blake aus, und Sie können mit dem von

Miss Hall verfahren, wie Sie es für richtig halten. Bis dahin ist das der sicherste Ort, den ich mir denken kann.«

Temple zögerte noch einen Moment, signalisierte dann aber sein Einverständnis. Zu guter Letzt fing er wohl tatsächlich an, mir zu vertrauen. Wir machten also kehrt und gingen den Weg zurück, den wir gekommen waren. Durch die großen Fenster der ersten Klasse schien die Sonne, und draußen über dem Meer leuchtete der Himmel wolkenlos blau. So gutes Wetter hatten wir die ganze Woche nicht gehabt.

»Eins würde mich noch interessieren«, sagte ich.

Temple runzelte fragend die Stirn.

»Ganz ehrlich, wie lange haben Sie schon vor Webbers Kabine gestanden?«

»Ist das wichtig?«

»Natürlich ist das wichtig.«

»Warum?«

»Weil …« Ich nahm allen Mut zusammen. Die Frage brannte mir unter den Nägeln, seit wir die Webbers verlassen hatten, doch bislang hatte ich sie nicht zu stellen gewagt, da ich die Antwort fürchtete. »Als ich zu Mrs. Webber wollte, weil ich so fest von ihrer Schuld überzeugt war, wussten Sie da schon, dass wir es eigentlich mit ihrem Ehemann zu tun hatten?«

»Sie wollen wissen, ob ich Sie als Köder benutzt habe?«

»Den Eindruck können Sie mir doch wohl kaum verübeln.«

»Nein, da haben Sie recht«, sagte er und dachte ein paar Sekunden nach. »Ich hatte einen Verdacht«, erklärte er dann. »Aber sicher war ich mir nicht.«

»Also haben Sie mich doch benutzt.«

»Einen Moment lang. Er hat so bereitwillig mit Ihnen geredet und obendrein gleich klargestellt, dass er mit mir so seine Schwierigkeiten hat. Bis er gewalttätig wurde, hielt ich es daher für das Beste, einfach nur zu lauschen.«

»Was hat Sie dann dazu gebracht, mir zu folgen?«, fragte ich weiter. »Wenn Sie Mr. Webber noch nicht durchschaut hatten und auch seine Frau nicht für die Täterin hielten, warum haben Sie Ihre Meinung geändert?«

»Die Kabinennummern.«

»Die genügten Ihnen doch nicht als Beweis.«

»Ich habe nur gesagt, dass sie allein noch nichts beweisen würden. Aber wie Sie ganz richtig erkannt hatten, bildeten sie eine mögliche Verbindung zwischen Dupont und den Webbers.«

»Und seinen Angaben über den geschäftlichen Erfolg seiner Firma haben Sie da offenbar bereits misstraut.«

»Natürlich. Da waren die Geschichten über den immensen Einfluss, den Frederick Scott in der Immobilienbranche hat; Webbers zögerliche Art, über sein Unternehmen zu sprechen; die auffällige Nachdrücklichkeit, mit der er beschwor, wie wichtig ein guter erster Eindruck sei; und dann die Tatsache, dass er seinen Wagen mit nach Amerika brachte. Wenn Sie das alles zusammennehmen, liegt der Verdacht nahe, dass seine Firma in Schwierigkeiten stecken dürfte. Selbst sein Anzug sprach dafür.«

»Sein Anzug?«

»Sie müssen doch auch bemerkt haben, wie unwohl er sich im Restaurant darin gefühlt hat. Das Ding passt ihm einfach nicht richtig. Dennoch trägt er ihn sogar heute noch. Lässt das in Ihren Augen auf einen erfolgreichen Unternehmer schließen?«

Ich hatte ihm mit wachsendem Verdruss darüber, wie viel mir entgangen war, zugehört und schüttelte den Kopf.

»Wahrscheinlich hat das bevorstehende Treffen mit den Eltern von Mrs. Webber das Fass zum Überlaufen gebracht«, sagte ich. »Die Vorstellung, sie könnten erfahren, wie schlecht es beruflich um den Mann steht, den ihre Tochter unbedingt heimlich heiraten musste, hat ihn bestimmt schwer belastet.«

»Wahrscheinlich.«

»Aber wenn Ihnen klar war, dass die Kabinennummern für eine Verbindung zwischen Mr. Webber und Monsieur Dupont sprachen, warum haben Sie mich gehen lassen? Warum haben Sie mir nicht geglaubt?«

»Sie haben mir ja keine Gelegenheit gegeben, in Ruhe darüber nachzudenken«, erwiderte Temple. »Als Sie gegangen waren und ich Zeit dafür hatte, begann alles recht schnell Sinn zu ergeben. Sobald ich begriffen hatte, dass wir eher hinter ihrem Ehemann her waren, bin ich Ihnen natürlich sofort nach. Wie gesagt, hätten Sie bloß einen Moment länger gewartet, wären wir womöglich gemeinsam auf die Lösung gekommen.«

Ich wollte schon etwas entgegnen, verkniff es mir aber lieber. Im Grunde hatte er recht, auch wenn ich das nie offen zugeben würde. Er hatte ausdrücklich um einen Moment zum Nachdenken gebeten, doch ich war aus der Kabine gestürmt.

»Woher wussten Sie das mit den Auto?«, fragte ich. »Dass Mr. Webber es selbst beschädigt hatte?«

»Ich überlegte, was er als Versteck nehmen würde, wenn er die Gemälde hatte, und in dem Zusammenhang war das ein logischer Schluss. Wissen Sie noch, wie wir am Mittwoch den Wagen untersuchten? Ich hielt den Kratzer für zu gerade, um von einem versehentlichen Unfall zu rühren, und für zu oberflächlich, um mit echter Böswilligkeit ausgeführt worden zu sein. Und wie Mrs. Webber schon sagte – der Wagen ist sein ganzer Stolz. Er konnte sich nicht dazu überwinden, ihn richtig zu beschädigen.«

»Aber der Zeuge hat doch eine Frau dabei beobachtet. Hat Sie das nicht irritiert?«

»Welche der Frauen, die auch mit Dupont oder dem Gemälde in Bezug standen, wäre denn dafür infrage gekommen? Mrs. Webber hatte keinerlei Grund, und Beatrice Green kannte Dupont nicht einmal dem Namen nach. Miss Hall wäre womöglich eine

Kandidatin gewesen, hätte seine Ehe tatsächlich ihre Eifersucht erregt. Aber Sie selbst haben mir erzählt, dass Sie im Gespräch mit ihr nicht den Eindruck gewonnen hatten, als wären da noch viele Gefühle im Spiel.«

»Das stimmt. Von dem, was ich gesehen habe, nicht die geringsten.«

»Wenn man dagegen annimmt, dass Webber erst in Blakes Kabine einbrach, später Dupont am Fuß der Treppe liegen ließ und anschließend seinen eigenen Wagen zerkratzte, dann klingt die Idee, er könnte auch einen Zeugen bestochen haben, um die falsche Fährte von der mysteriösen Frau im Frachtraum zu legen, gar nicht mehr so an den Haaren herbeigezogen.«

Wir gingen schweigend weiter und kamen an zwei Gentlemen in edlen Dreiteilern vorbei, die mit einem flüchtigen Nicken grüßten.

»Was die Bestechung des Zeugen betrifft, dürften Sie recht haben«, sagte ich.

»Ach?«

»Der Hilfssteward, den ich gebeten hatte, sich wegen des zerkratzten Autos umzuhören, fand heraus, dass Mr. Webber mit einem Maschinisten namens O'Shea gesprochen hatte. Dieser Mann muss vor ein paar Tagen plötzlich zu Geld gekommen sein, das er zum Kauf einer Flasche Whisky verwendete. Mein Informant hatte sogar bereits vermutet, es könnte von einem Passagier stammen, dem O'Shea einen Gefallen getan hatte.«

»Da haben wir's ja.«

»Allerdings haben Sie meine Frage noch immer nicht beantwortet.«

»Welche?«

»Wie lange Sie vor der Tür gewartet haben.«

Temple zögerte. »Ich kam wenige Minuten nach Ihnen dort an«, erklärte er schließlich.

»Und Mrs. Webber?«

»Die traf kurz nach mir ein. Ich schlug ihr vor, besser draußen zu bleiben. Mir war nicht klar, welche Wirkung ihr Erscheinen haben würde. Aber dann erwies sich ihre Einmischung ja doch als recht hilfreich.«

Ich hielt das für eine gravierende Untertreibung, unterließ es jedoch, ihn zu korrigieren.

»Und was werden Sie jetzt tun?«

»Ich denke, ich fange schon mal mit meinem Bericht an.«

»Den Sie nach Ihrer Rückkehr in London vorlegen wollen?«

»Genau. Und das gleich als Erstes. Dann heißt es nur hoffen, dass meine Vorgesetzten es sich deshalb anders überlegen.«

»Ich werde etwas Ähnliches tun müssen. Captain McCrory erwartet mit Sicherheit, über unsere Ermittlungsergebnisse in Kenntnis gesetzt zu werden.«

Temple lachte kurz auf. Keiner von uns hatte vergessen, wie entschieden der Captain bei unserem Treffen darauf bestanden hatte, dass Duponts Tod nichts weiter als ein tragischer Unglücksfall sei. Die Nachricht, wie falsch er damit gelegen hatte, würde ihm bestimmt keine sonderliche Freude bereiten.

Am obersten Absatz der Großen Treppe stießen wir auf einen Amerikaner in einem Nadelstreifenanzug, der einem Träger in scharfem Ton Anweisungen gab, wie sein Gepäck am nächsten Morgen gefälligst zu entladen war.

Während die beiden um eine Ecke verschwanden und die kommandierende Stimme außer Hörweite geriet, dachte ich an den Maschinenraum der *Endeavour*, in den am nächsten Tag Stille einkehrte, an die aussteigenden Passagiere, an den Coroner, der bereitstand, die Leichen von Doyle, Dupont und Vivian Hall in Empfang zu nehmen, und natürlich an Raymond, der im Hafen auf mich wartete. Der mich mit offenen Armen begrüßen würde, um mit mir zusammen die Suche nach Amelia fortzuführen.

»Hören Sie«, sagte ich und blieb unvermittelt stehen. Durch die Glaskuppel über unseren Köpfen fiel blasses Sonnenlicht. »Treffen wir uns doch auf einen Abschiedsdrink heute Abend. Morgen werden sich unsere Wege bestimmt endgültig trennen, aber wir haben hier doch gemeinsam eine wichtige Sache gemeistert. Darauf sollten wir anstoßen.«

Temple wirkte unschlüssig.

»Nur ein Glas. Was kann das schon schaden?«

»In Ordnung. Wo würden Sie vorschlagen?«

»Es muss ein Ort sein, an den sich sonst niemand hin verirrt«, erklärte ich. »Alkohol im Dienst ist verboten, und in Gegenwart von Passagieren geht es schon gar nicht. Zudem muss ich noch allerlei dienstliche Aufgaben erledigen, daher kann ich erst relativ spät. Wie wäre es, wenn wir uns an Deck treffen würden, ganz vorn am Bug zum Beispiel? Um elf?«

»Am Bug?«

»Ja, da vorn sieht uns bestimmt keiner. Nicht um diese Uhrzeit. Treffen wir uns da. Ich bringe den Whisky mit.«

»Also gut, bis nachher.«

Er wandte sich zum Gehen, drehte sich aber in letzter Sekunde noch einmal um und begegnete meinem fragenden Blick mit einem eigenartigen Gesichtsausdruck. Dann streckte er die Hand aus. Ich war so verblüfft, dass ich im ersten Moment gar nicht wusste, wie ich darauf reagieren sollte. Sobald die Verwirrung sich gelegt hatte, schlug ich ein. Er drückte flüchtig, bevor er rasch wieder losließ und wortlos davoneilte.

Keine Ahnung, wie lange ich dort stand, die beiden Gemälde unter den Arm geklemmt, während die Passagiere sich ständig an mir vorbeischieben mussten. Die Geste hatte mich vollkommen unvorbereitet getroffen, und es dauerte eine ganze Weile, bis ich mich so weit gefangen hatte, dass ich die Große Treppe hinabsteigen konnte.

Jeder Stolz über die Lösung des Falles verflog, sobald Temple fort war. Die aufregenden letzten Stunden hatten mich nicht daran denken lassen – doch nun, da die Gemälde sichergestellt waren, schwebte wieder das schreckliche Schicksal über mir, das laut Elsie uns beiden in New York drohte.

Unter gar keinen Umständen würde ich es über mich bringen, sie einfach zu töten, selbst wenn sie selbst dies vorschlug. Andererseits durfte ich ebenso wenig zulassen, dass sie Winston Parker berichtete, welche Rolle ich bei der Verhinderung von Temples Ermordung gespielt hatte. Denn Parker würde mich aufspüren, wo auch immer ich mich versteckte – diese Warnung von ihr hatte ich nicht vergessen.

Ich musste etwas unternehmen.

Im Offiziersquartier blieb ich vor Wilsons Tür stehen und überlegte lange, ob ich klopfen und versuchen sollte, mich mit meinem Freund zu versöhnen. Dann fiel mir wieder ein, wie er mich morgens in der Messe angeschaut hatte, und ich ließ es lieber bleiben. Ich ging weiter den Flur hinunter zu meiner Kabine. Es gab noch viel zu tun.

41

Temple wartete bereits, als ich an Deck ankam. Er stand an der Reling, die Hände tief in den Taschen seines langen Mantels vergraben, und hielt mir den Rücken zugewandt. Seinen Fedora hatte er offenbar in der Kabine gelassen, und so konnte man im schwachen Licht einiger elektrischer Leuchten erkennen, wie der Wind sein volles schwarzes Haar zerzauste. Vor ihm zum Meer hinaus lag nur undurchdringliche Dunkelheit, und über uns war die Wolkendecke inzwischen viel zu dicht, als dass Sterne hätten durchscheinen können.

Ich trat nicht sofort zu ihm, sondern blieb ein paar Schritte entfernt stehen, da ich mir nicht sicher war, ob ich das Richtige tat. Hätten wir uns doch lieber nicht mehr verabreden sollen? Noch bestand die Möglichkeit, einfach umzudrehen und zu verschwinden.

Aber ich schüttelte den Gedanken ab. Ein letztes Glas zum Abschied. Dann würde kein Grund mehr bestehen, James Temple jemals wiederzusehen. Ich holte tief Luft und zwang mich zu einem Lächeln.

»Hey, entschuldigen Sie die Verspätung«, rief ich.

Er drehte sich um und machte ein erstauntes Gesicht. »Ich dachte schon, Sie wollten mich versetzen.«

Ich lachte amüsiert auf, was in der eisigen Winterluft weiße Atemwolken hinterließ, und hielt die von Seymour konfiszierte Flasche Whisky in der einen und zwei Gläser in der anderen Hand hoch. Temple nahm sich eins, und ich schenkte uns beiden großzügig ein. Instinktiv schaute ich mich dabei um, doch meine Besorgnis war unbegründet. Zu dieser späten Stunde und bei diesen frostigen Temperaturen war, wie ich es geahnt hatte, weit und breit nirgends ein Passagier zu sehen.

Wir stießen an und tranken. Ich spürte, wie der Alkohol für einen Moment wohlige Wärme in mir verströmte.

Mit seiner freien Hand schlang Temple den Mantel enger um sich. »Hätten wir uns nicht doch irgendwo drinnen treffen können?«

»Wie gesagt, im Dienst darf ich nicht beim Trinken erwischt werden.«

Er brummte etwas und nahm einen weiteren Schluck. »Was macht unsere Gefangene?«

Ich seufzte erschöpft. Nachdem ich mich von Temple verabschiedet hatte, war ich noch einmal bei Elsie gewesen, um ihr etwas zu essen und trinken zu bringen. Wir hatten nicht ein Wort gewechselt, und der Besuch war erheblich kürzer ausgefallen als der vom Morgen. Offenbar wussten wir beide genau, woran wir waren.

»Ich bin heilfroh, wenn wir sie morgen der Polizei übergeben können«, sagte ich.

»Womit wir schon zwei wären.«

»Obwohl sie nicht so recht daran glaubt.«

»Wie das?«

»Sie rechnet offenbar damit, dass gewisse Polizisten in New York sie direkt an Winston Parker ausliefern werden.«

Temple verzog das Gesicht.

»Stimmt das?«

Der Detective überlegte eine Weile und wählte sehr bedächtig seine Worte. »Bestimmt gibt es bei der New Yorker Polizei Leute, die von Parker geschmiert werden«, begann er, und auch bei ihm dampfte der Atem. »Ob sie aber tatsächlich bereit und in der Lage sind, Elsie an ihn zu übergeben, kann ich nicht sagen.«

»Beunruhigt Sie die Möglichkeit denn nicht?«

»Was würde das ändern? In London ließe sich vielleicht noch etwas machen, aber nicht in New York. Ich bin noch nie hier gewesen, habe keinerlei Kontakte, niemanden, von dem ich weiß, dass er vertrauenswürdig ist. Ich könnte morgen den Polizisten bei der Übergabe natürlich unter vier Augen vorwarnen, aber bei dem Einfluss, den Parker in dieser Stadt hat, ist nicht ausgeschlossen, dass ausgerechnet dieser Mann zu seinen Leuten gehört.«

»Und das stört Sie gar nicht?«

Sein Blick wurde kalt. »Sie hat versucht, mich umzubringen, Birch«, sagte er. »Und Sie übrigens auch. Ich überstelle sie streng nach Vorschrift. Aber wenn Parker sie in die Finger bekommt, hat sie sich das selbst eingebrockt.«

Ich dachte an die junge Streunerin, die uns angegriffen hatte, sah das Hämatom an ihrem Handgelenk vor mir und die Art, wie sie ständig unter Hochspannung geriet und ihre wilden Augen dann voller Panik den Raum nach dem kleinsten Anzeichen von Gefahr absuchten. Temples Gleichgültigkeit war nachvollziehbar. Doch sie zu teilen bereitete mir zu viele Bauchschmerzen.

»Wie steht's mit Ihnen?«, fragte ich. »Machen Sie sich Sorgen? Wegen der Gerichtsverhandlung, meine ich.«

»Nein, beim Prozess wird nichts dazwischenkommen. Die Beweislast ist riesig. Wir wissen Bescheid über all die Dinge, die Violet getan hat. Ohne eine saftige Gefängnisstrafe wird sie den Gerichtssaal nicht verlassen. Was mir Sorgen bereitet, hängt eher mit London zusammen.« Er sah auf das Meer hinaus und fügte leise hinzu: »Aber wahrscheinlich muss man es eben nehmen, wie es kommt.«

Wir tranken und lauschten eine Weile dem Pfeifen des Windes und dem Wellenspiel des pechschwarzen Ozeans. Ich hielt den Blick fest auf den Horizont gerichtet und versuchte, an alles Mögliche zu denken, nur nicht an das dunkle Wasser unter uns, die kurze Distanz zwischen uns und der Oberfläche oder die eisigen, unablässig sich brechenden Wellen.

»Da ist noch eine Sache, die mir aufgefallen ist«, sagte ich und hatte es plötzlich eilig, das Schweigen zu durchbrechen. »Mr. Webber hat uns erzählt, dass Monsieur Dupont vor der Kabine stand, als er mit dem Gemälde herauskam. Damals habe ich nicht weiter darüber nachgedacht. Schließlich ...« Ich tat, als würde ich mir einen scharfen Gegenstand an die Kehle halten. »Aber Dupont ist doch nur dorthin gegangen wegen Mr. Greens Trick. Halten Sie es für möglich ...«

»Dass Webber beim Eintreffen von Dupont und Green noch in der Kabine war? Ja.«

»Wenn Mr. Green also nur ein wenig länger geblieben wäre ...«

»Hätte er mitbekommen, wie Webber mit dem Gemälde die Kabine von Mr. Blake verließ, womit er uns einen Haufen Arbeit hätte ersparen können.«

Ich spürte, wie es wütend in mir zu brodeln begann. Auch wenn Green nicht unbedingt den Tod von Dupont gewollt hatte, so bestand doch kein Zweifel daran, dass der alte Kunsthändler niemals diese Treppe hinabgestürzt wäre, hätte er ihn nicht zu Blakes Kabine gelockt. *Dann hätte Green die Sache auch gleich selbst erledigen können*, dachte ich voll Bitterkeit.

»Wir hätten vielleicht sogar Miss Hall gerettet«, murmelte ich mehr zu mir als zu Temple. »Wenn Mr. Green noch einen Moment gewartet und Mr. Webber erwischt hätte, wäre sie auch nicht von ihm hineingezogen worden.«

»So dürfen Sie nicht denken. Was Miss Hall zugestoßen ist, daran trägt einzig und allein Webber die Schuld. Jeder von uns muss sich der Verantwortung für seine Taten stellen, da bildet er keine Ausnahme.«

Seine Stimme war hart geworden. Vermutlich dachte er an seinen Kollegen, den Violet Parker hatte umbringen lassen, aber dieses Thema sprach ich lieber nicht an. Also hob ich mein Glas, um mich mit einem weiteren Schluck aufzuwärmen.

»Ich bin gestern zu weit gegangen«, platzte es unvermittelt aus ihm heraus. »Im Restaurant.«

Ich erstarrte, das Glas kurz vor den Lippen.

»Ich war frustriert«, fuhr er fort. »Verzweifelt. Doch das entschuldigt nicht die Dinge, die ich gesagt habe. Ein Kind zu verlieren muss …« Er räusperte sich. »Sie sollen nur wissen, dass es mir leidtut.«

Erneut trat ein Schweigen ein, das diesmal jedoch noch erheblich unbehaglicher war als das vorangegangene. Sekundenlang schien absolute Stille zu herrschen. Selbst das Meer war verstummt.

Ich schob meine freie Hand in die Jackentasche und zog das gelbe Samtband heraus. Die Nacht, in der ich nach Hause zurückkehrte und feststellte, dass sie verschwunden war, kam mir in den Sinn. Ich dachte an Kate und die grenzenlose Abscheu, die sie für mich empfand. Und ich dachte an Raymond, der mich in New York erwartete, um mit der Suche zu beginnen.

»Ihr Name ist Amelia«, sagte ich leise. »Sie ist nicht gestorben. Jedenfalls nicht, dass ich wüsste. Sie …« Mir schwirrte das Hirn, und ich brauchte kurz, um meine Gedanken zu ordnen. »Ich war fort gewesen. Fast drei Wochen lang. Auf einer Überfahrt so wie dieser hier. Bei meiner Heimkehr war sie verschwunden.«

Mir war klar, dass Temple mich aufmerksam beobachtete, auch wenn ich es nicht über mich brachte, seinen Blick zu erwidern.

Hätte ich das getan, wäre es um meinen letzten Rest an Selbstbeherrschung geschehen gewesen, da war ich mir sicher.

»Es gab eine Suche. Aus allen Nachbargemeinden kamen Menschen, um zu helfen. Die Polizei war eingeschaltet. Aber nirgends fand sich eine Spur von ihr. Tage vergingen. Schließlich Wochen. Noch immer nichts. Sie war einfach wie vom Erdboden verschluckt.

Nach einem Monat stellten die anderen Dorfbewohner ihre Hilfe ein. Nach dem zweiten hörten die Zeitungen auf, über uns zu schreiben. Am Ende des dritten hatte selbst die Polizei keine Hoffnung mehr. Sie hielten sie für tot. Man konnte es an ihren Gesichtern ablesen. All die Menschen, die gekommen waren, um uns zu helfen. Sie alle glaubten, wir würden sie niemals wiederfinden. Aber ich glaube das nicht. Ich kann nicht. Weil es ...«

Mir versagte für einen Moment die Stimme. »Weil ich schuld bin. Meine Frau hat mich angefleht, nicht auf der *Endeavour* anzuheuern. Hunderte Male hat sie gefragt, was denn wäre, wenn sie meine Hilfe benötigte. Wenn etwas passieren würde, während ich auf See war. Aber ich habe mich nicht darum gekümmert. Habe ihr versichert, dass doch gar nichts geschehen könne. Was für ein gewaltiger Irrtum!«

Ich kippte den Whiskyrest in meinem Glas hinunter und spürte, wie der Schnaps in meiner Kehle brannte. Selbst in dem dämmrigen Licht konnte ich sehen, wie stark meine Hände zitterten.

»Das ist inzwischen zwei Jahre her. Meine Frau will mich nicht mehr sehen. Meine Offizierskollegen halten mich für einen sonderbaren Einzelgänger. Aber wissen Sie, was das Schlimmste ist? Dass wir noch immer nicht wissen, was passiert ist. Wir wissen nicht, ob sie entführt wurde, ob es irgendeine Art von Unfall war oder ob sie weggelaufen ist. Nur, dass sie weg ist.«

»Herr im Himmel«, brummte Temple und schaute aufs Meer

hinaus. »Was Sie dafür geben würden, was Sie dafür tun würden, nur um zu …«

Ich merkte, wie er nach den richtigen Worten suchte. Doch mir war natürlich klar, was er sagen wollte.

»Alles«, sagte ich und steckte das Band in meine Tasche zurück. »Man würde alles dafür tun.«

Da es hier nirgends einen Tisch gab, setzte ich mein leeres Glas vorsichtig auf dem Boden ab. Ich war überrascht, dass mir meine bebenden Hände überhaupt noch gehorchten. Mein Herz hämmerte, und ich atmete schwer japsend. Tränen brannten in meinen Augenwinkeln, aber ich biss die Zähne zusammen und drängte sie zurück.

Temple starrte währenddessen gedankenverloren auf das Wasser hinaus. Er hatte nicht einmal bemerkt, dass ich nun direkt hinter ihm stand.

»Hören Sie, Timothy«, sagte er. »Wir …«

Weiter kam er nicht. Mit einer entschlossenen Bewegung schnellte ich vor und rammte ihm mein gesamtes Körpergewicht direkt zwischen die Schulterblätter. Er flog ungebremst über die Reling, und in wenigen Sekunden war alles vorbei. Ihm blieb nicht mal Zeit zu schreien. Er stürzte einfach mit hilflos rudernden Armen auf das schwarze Wasser zu.

42

Alles begann mit einem Brief.

Gerade mal eine Woche war das jetzt her. Ich stieg zu Hause die Treppe hinunter. Das Knarzen der Stufen hallte bei jedem Schritt durch die wie ausgestorben wirkenden Räume. Unten entdeckte ich einen Brief auf der Fußmatte. Andere Post gab es keine, denn für die normale Runde des Briefträgers war es noch viel zu früh. Mein erster Gedanke war, dass es sich um eine Nachricht von Kate handelte oder irgendeine neue Information über Amelia. Beide Aussichten beschleunigten meinen Pulsschlag sofort.

Als ich die Handschrift sah, verflog der Traum von einer Wiedervereinigung mit meiner Familie jedoch ebenso rasch, wie er gekommen war. Von wem der Brief stammte, war offensichtlich. Immerhin hatte ich seit Kriegsende jedes Jahr wenigstens zwei dieser Briefe erhalten. Dennoch war dieser hier ungewöhnlich. Auf allen anderen nämlich hatte meine volle Adresse gestanden, und sie waren mit einer amerikanischen Marke frankiert gewesen. Auf diesem Umschlag prangte nur ein einziges Wort: *Timothy*.

Ich hob ihn auf und ging damit zum Küchentisch. Jemand musste ihn persönlich zugestellt haben. Sollte das etwa heißen, dass er sich in England aufhielt oder dass er jemanden damit beauftragt hatte, den Brief von New York bis zu meiner Haustür zu bringen? Wenn er selbst hier war, warum steckte er den Brief dann durch den Schlitz, statt zu klingeln? Aber wenn er ihn geschickt hatte, was konnte er so Wichtiges mitzuteilen haben, dass jemand aus Amerika persönlich die Zustellung besorgte?

Ich holte tief Luft, riss die Lasche auf und zog den wie immer in gestochen scharfer Schrift auf einem edlen, blütenweißen Bogen verfassten Brief heraus.

Lieber Timothy,
entschuldige bitte, dass ich mich so lange nicht gemeldet habe. Ich hoffe, es geht dir gut – oder zumindest so gut, wie es einem unter solch schrecklichen Umständen gehen kann.

Das Angebot, mich in New York besuchen zu kommen, gilt natürlich wie immer, das weißt du hoffentlich. Und auch wenn ich gut nachvollziehen kann, dass es derzeit wichtige Dinge gibt, die du zu Hause erledigen möchtest, so bin ich doch weiterhin der Meinung, ein Moment des Abstands würde dir guttun. Mir ist nur allzu bewusst, welche Qualen du noch immer durchleiden musst. Da wären ein paar Tage im Kreise von Freunden zum Erholen und Krafttanken gewiss eine gewinnbringende Unterbrechung.

Uns geht es so weit allen gut. Mein Vater arbeitet nach wie vor viel zu viel, und mein Sohn zeigt weiter ein vorlautes Mundwerk, auf das ich gern verzichten könnte. Aber genug von meinen Sorgen, denn ich weiß, wie banal sie im Vergleich zu deinen sind.

Timothy, ich habe dir ja schon früher geschrieben, wie sehr ich mir wünsche, dir und deiner Familie in irgendeiner Weise behilflich sein zu können. Wie gern würde ich dazu beitragen, euch alle wieder zusammenzubringen, und dich bei der Überwindung dieser furchtbaren Tragödie unterstützen. Und jetzt habe ich womöglich einen Weg dafür gefunden.

Wie du weißt, ist mein Vater hier in New York seit vielen Jahren ein höchst angesehener Geschäftsmann. Seit geraumer Zeit hat er zudem eine Reihe von neuen Projekten in Angriff genommen, darunter auch einige in London. Zu meinem tiefsten Bedauern muss ich allerdings gestehen, dass mein Vater in England nicht unbedingt freundlich empfangen worden ist. Dein und mein Land haben zwar noch vor wenigen Jahren auf einer Seite im Krieg gekämpft, aber die Geschäftswelt ist offenbar ein Schlachtfeld ganz eigener Art, und viele unserer britischen Konkurrenten haben es gar nicht gern gesehen, dass ein Amerikaner sich in ihrer Stadt engagiert. Es kam zu Arbeitsniederlegungen, grauenhaften Lügengeschichten in den Zeitungen und sogar zu Anschuldigungen über kriminelle Machenschaften. Nichts davon ist gerechtfertigt, wie sich von selbst versteht.

Und genau darin besteht mein Problem, Timothy. So absurd es auch klingen mag, aber ein paar dieser Leute ist es gelungen, diese hanebüchenen Unterstellungen so weit zu treiben, dass die Aufmerksamkeit von Scotland Yard geweckt wurde. Während ich dir diese Zeilen schreibe, steht allem Anschein nach ein Angehöriger dieser Behörde kurz davor, nach New York zu reisen, um hier vor Gericht gegen meinen Vater auszusagen, und das alles nur auf Basis von völlig an den Haaren herbeigezogenen Behauptungen und fabrizierten Beweisen. Nach Auffassung meines Vaters handelt es sich bei diesem Mann womöglich nicht einmal um einen echten Polizisten, sondern vielmehr um jemanden, der im Dienst genau dieser korrupten Betrüger steht.

Wie du dir sicher ausmalen kannst, fürchten wir nun um den Schaden, den unsere Familie erleiden würde, wenn so jemand die Möglichkeit erhält, vor einem Richter diese falschen Anschuldigungen zu wiederholen. Und genau an diesem Punkt, mein alter Freund, könnten wir einander vorzüglich helfen.

Beigelegt findest du ein Foto des Mannes, der gegen meinen Vater aussagen soll. Wie der Zufall so spielt, wird er an Bord deines Schiffes, der Endeavour, *reisen. Im Namen unserer Freundschaft und der engen Verbundenheit, die auf den Schlachtfeldern Frankreichs zwischen uns geschmiedet wurde, bitte ich dich, Timothy, mir zu helfen, meine Familie zu beschützen, indem du verhinderst, dass dieser Mensch New York lebend erreicht.*

Ich weiß, dass du kein gewalttätiger Mensch bist und dass ich dir mit dieser Bitte etwas Schreckliches abverlange. Aber wenn du mir mit einer solchen Tat hilfst, meine Familie zu schützen, dann schwöre ich dir, dass ich alle uns zur Verfügung stehenden Mittel dafür einsetzen werde, dich mit deiner wieder zusammenzubringen.

Wie ich gehört habe, weigert sich deine Frau noch immer, dich zu sehen, und die Polizei hat die Suche nach deiner Tochter inzwischen so ziemlich eingestellt. Auf die Behörden kannst du in dieser Sache nicht zählen. Mein Vater dagegen verfügt sowohl über die nötigen Kontakte als auch über das nötige Geld, und er ist bereit, dir mit beidem zur Seite zu stehen.

Als Zeichen dafür, wie ernst es mir damit ist, und um zu zeigen, dass ich diese Versprechungen auch halten kann, habe ich mir die Freiheit genommen, einen unserer Männer schon mit ersten Nachforschungen zu betrauen. Er gehört zu den besten Leuten, die mein Vater hat, und hält sich inzwischen bereits einige Wochen in England auf. Nun hat er bislang zwar nur sehr wenige erste Anhaltspunkte gefunden, denen er nachgehen kann, doch wie er mir vor wenigen Tagen erst berichtete, ist er bei seiner Suche schon auf etwas gestoßen, das anscheinend deiner geliebten Amelia gehört hat. Ich habe den betreffenden Gegenstand diesem Brief beigefügt, damit du ihn dir selbst ansehen kannst und begreifst, was ich bereit bin, dir im Gegenzug für deine Hilfe anzubieten.

Ich biete dir Hoffnung, Timothy. Und das ist etwas, das dir bei der Polizei niemand mehr versprechen wird. Wenn du dich dazu überwinden kannst, mir beim Schutz meiner Familie zu helfen, dann verspreche ich dir, dass dieser kleine Erfolg nur der Anfang sein wird. Mein

Vater und ich werden alles in unserer Macht Stehende tun. Wir werden nichts unversucht lassen und jeden Stein umkehren auf der Suche nach Amelia. Gemeinsam wird es uns gelingen, deine Familie wieder zusammenzubringen.

Wie immer du dich auch entscheidest, ich habe vollstes Vertrauen in dein Urteilsvermögen und werde dich bei der Ankunft in New York am Hafen erwarten.

In Freundschaft
Raymond Parker

Kaum hatte ich den Brief gelesen, schnappte ich mir gierig den Umschlag, um darin nach dem Gegenstand zu suchen, von dem Raymond behauptete, dass er von Amelia stammte. Im Innern des Briefs ertasteten meine Finger etwas Weiches. Ein Stück Stoff, wie ich zuerst dachte. Am ganzen Körper zitternd zog ich es heraus und traute meinen Augen nicht. Zum Glück saß ich auf dem Stuhl, sonst hätten mir unweigerlich die Beine versagt.

In meinen Händen hielt ich einen gelben Streifen Samt. Amelias Haarband. Das Band, das sie nahezu jeden Tag getragen hatte. Auch, wie es hieß, am Tag ihres Verschwindens.

Hunderte von Fragen stürmten auf mich ein, während mir der Puls in den Ohren hämmerte. Wo hatte Raymond das nur entdeckt? Warum trug Amelia das Band nicht mehr? Sprach der Fund dafür, dass sie noch am Leben war?

Ich drehte es um und strich mit den Fingern über die weiche Oberfläche. Würde ich es nie wieder in Amelias Haar flattern sehen oder beobachten, wie Kate daraus eine perfekte Schleife band? Ich hatte schon fast nicht mehr zu hoffen gewagt, es noch einmal zu Gesicht zu bekommen. Als der Schock, es tatsächlich in Händen zu halten, langsam nachließ, lenkte ich meine Aufmerksamkeit zurück auf den Brief.

Beiläufig erwähnt hatte Raymond seinen Vater auch schon in

früheren Briefen, aber selbst in England war der amerikanische Geschäftsmann Winston Parker kein Unbekannter. Von dem, was ich in Zeitungsmeldungen über ihn aufschnappen konnte, war er zweifellos äußerst vermögend. Gut möglich, dass er über die Mittel verfügte, Raymonds Versprechungen einzulösen.

Was für eine verführerische Aussicht das war. Amelia zurückgekehrt und Kate, die mir verziehen hätte. Unser altes Leben wiederhergestellt. Doch selbst wenn Raymond die Hoffnungen erfüllen konnte und es tatsächlich fertigbrachte, Amelia zu mir zurückzubringen – wäre ich im Gegenzug in der Lage zu tun, worum er mich bat?

Ein Foto war aus dem Umschlag gefallen und lag mit der Rückseite nach oben auf dem Tisch. Ohne das Haarband aus der Hand zu legen, hob ich es auf und betrachtete den, der meinem Freund offenbar so sehr zu schaden suchte. Ich sah Kopf und Schultern eines Mannes Ende zwanzig, der eine Polizeiuniform trug. Das Gesicht schmal und kantig, der Blick durchdringend, dazu dunkles, volles Haar, das unter seiner Mütze hervorlugte. Auf der Rückseite war der Name »James Temple« notiert.

Ich schleuderte das Foto entsetzt fort. Glaubte Raymond allen Ernstes, ich würde einen Polizisten umbringen? Wie er selbst geschrieben hatte, war ich kein gewalttätiger Mensch. Bestand die Bedingung für die Hilfe, die er mir anbot, wirklich darin? Trat hier nach all den Jahren erstmals sein wahres Gesicht zum Vorschein?

Ich konnte es kaum fassen. Raymond würde mich doch nicht um so etwas bitten. Der Mann, den ich bisher unter diesem Namen gekannt hatte, wäre niemals mit solchen Sachen auch nur in Berührung gekommen. Die Handschrift ließ allerdings keine Zweifel zu. Ebenso wenig wie die Details aus unserer früheren Korrespondenz. Keine Frage, mein Freund forderte mich auf, einen Mord zu begehen, als Gegenleistung für seine Hilfe.

Womit wir beim heikelsten Punkt angekommen waren – der Punkt, vor dem ich mich am meisten fürchtete. Sollte Raymond recht behalten, und dieser James Temple reiste wirklich an Bord der *Endeavour*, wäre ich dazu in der Lage, wenn wir uns begegneten?

Ich machte kaum ein Auge zu in dieser Nacht, und als ich am nächsten Morgen den Zug nach Southampton bestieg, um die Vorbereitungen für den Auslauf der *Endeavour* nach New York zu überwachen, arbeitete mein Hirn noch immer fieberhaft.

Nach einem ereignislosen Beginn der Überfahrt konnte ich am Dienstag meine Neugier nicht länger zügeln und schaute im Hauptbuch nach, welche Kabinennummer »J. Temple« hatte. Am Mittwochmorgen ging dann die Nachricht ein, dass man Denis Dupont tot aufgefunden hatte, und wenig später trat Temple auch schon auf.

Wäre ich nicht imstande gewesen, Raymonds Forderung zu erfüllen, so hatte ich mir bereits überlegt, einfach zu behaupten, wir seien uns nie begegnet. Schließlich gab es über zweitausend Menschen an Bord. Vielleicht hätte ich sogar vorgegeben, er sei dritter Klasse oder unter falschem Namen gereist, sodass ich ihn im Hauptbuch nicht finden konnte. Über diese möglichen Ausreden zu verfügen war ein beruhigendes Gefühl gewesen.

Aber dann stand er da. Direkt vor mir. In voller Lebensgröße. Und verlangte, dass der Captain ihn Duponts Leiche untersuchen ließ.

An die Macht des Schicksals hatte ich eigentlich nie groß geglaubt. Dafür passte die Vorstellung, dass die Wege aller Menschen irgendwie vorgezeichnet sind, zu meinem Lebenslauf einfach zu schlecht. Doch ich war zugegebenermaßen baff, als ausgerechnet er an der Tür klopfte und verlangte, den Captain zu sprechen. Zum Glück schenkte er mir von Anfang an wenig Beachtung, denn mein Gesichtsausdruck musste irgendwo zwischen maßloser Verblüffung und schierem Entsetzen gelegen haben.

Als die anderen Offiziere wenig später darüber sprachen, ihn lieber wegzuschicken, wusste ich, dass ich mir die Gelegenheit nicht entgehen lassen durfte. Auf diesem Weg würde ich mir zumindest ein besseres Bild von ihm machen können, würde hören, was er so erzählte, um dann anschließend ganz unabhängig zu entscheiden, ob ich glaubte, was Raymond mir geschrieben hatte. Also erklärte ich rasch meine Bereitschaft, ihn zum Captain zu bringen, und stimmte wenig später ebenso bereitwillig dessen Anweisung zu, Temple auch zur Untersuchung von Duponts Leiche zu begleiten.

Nachdem ich mich dazu durchgerungen hatte, Raymonds Bitte so wenigstens einer genaueren Prüfung zu unterziehen, brachte es mich völlig aus dem Konzept, dass Temple meine Mitwirkung vehement ablehnte und wütend aus der Kabine des Captains stürmte. Sollte ich ihm nachgehen oder das Treffen lieber einfach vergessen und Raymond gegenüber behaupten, wir seien uns nie begegnet? Die Notlüge bereitete mir allerdings ein mulmiges Gefühl. Schließlich hatte Raymond aus irgendeiner Quelle auch bereits gewusst, dass Temple an Bord der *Endeavour* sein würde. Was, wenn er erfuhr, dass ich Temple begegnet war, ohne ihm auf den Fersen zu bleiben?

Die Entscheidung wurde mir kurz darauf abgenommen, als Temple mich aufsuchte und darin einwilligte, dass ich ihn bei seinen Ermittlungen begleitete. Selbst nach diesem Gespräch in der Offiziersmesse war ich jedoch unschlüssig gewesen, was ich am Ende tun würde. Wenn die Kriegsjahre mich eines gelehrt hatten, dann die Erkenntnis, dass mir Gewalt im Grunde weiter wesensfremd blieb.

Dennoch wollten mir Raymonds Versprechungen nicht aus dem Kopf, und die Aussicht, dass Amelia zurückkehren könnte, wirkte verlockender denn je. Also beschloss ich, gemeinsam mit Temple diesen Fall zu untersuchen. Bevor ich irgendetwas unternahm, musste ich diesen Mann besser kennenlernen und herausfinden, was genau hinter Raymonds Geschichte steckte.

Womit ich allerdings nicht gerechnet hatte, waren die Dimensionen, die das Rätsel um Duponts Tod annehmen würde. Und so begannen vier der merkwürdigsten Tage, die ich je auf der *Endeavour* erlebt hatte. Tage, in denen ich unablässig versuchte, mir ein möglichst exaktes Bild von James Temple zu machen, während ich zugleich auf seine kriminalistischen Fähigkeiten angewiesen war, um die Todesumstände von Dupont und Vivian Hall aufzuklären.

Dabei war mein Abstecher in seine Kabine am Donnerstagmorgen durchaus erhellend, denn die Zeitungsartikel bestätigten, dass eine Verbindung zwischen ihm und den Parkers bestand. Dass Raymond in dieser Hinsicht die Wahrheit gesagt hatte, konnte meine Bedenken natürlich nicht zerstreuen. Auch wenn sein Hilfsangebot ernst gemeint war, erschütterte mich noch immer, was er im Gegenzug dafür einforderte. Temple war ein unausstehlicher Kerl, aber ich wollte ihn doch nicht umbringen. Genauso wenig wie ich wollte, dass mein Freund derartiger Taten beschuldigt wurde, auch wenn ich immer stärker überzeugt war, dass sie wirklich auf das Konto der Parkers gingen.

Der Zwischenfall mit Elsie und Doyle am Freitagabend verkomplizierte die Dinge dann noch weiter. Nie wäre ich auf den Gedanken gekommen, Raymond und sein Vater könnten gleich mehrere Leute unabhängig voneinander auf Temple angesetzt haben. Und jetzt hatte ich nicht nur einen von ihnen erschossen, sondern war dabei auch noch von dessen Komplizin beobachtet worden, womit ich unweigerlich in der Sache mit drinhing.

Elsie würde reden, daran hatte sie keine Zweifel gelassen, und mein Freund wäre sicherlich kaum weiter geneigt, nach Amelia zu suchen, wenn er erführe, dass ich, statt Temple umzubringen, ihm auch noch das Leben gerettet hatte.

Sobald ich an die junge Elsie mit ihren dürren Armen und den wilden, ruhelosen Augen denken musste, stand für mich fest, dass ihre Ermordung als Lösung nicht infrage kam.

Dabei war das Verrückteste an dieser Zwickmühle, aus der ich eine ganze Woche keinen Ausweg gefunden hatte, dass mich am Ende ausgerechnet Elsie dazu bewog, Raymonds Bitte doch nachzukommen. Die Warnung, die sie bei meinem Besuch am Samstagmorgen ausgestoßen hatte, festigte nämlich bei mir die Überzeugung, dass Raymond seine Versprechungen würde einlösen können. Winston Parker habe seine Leute überall, hatte sie gesagt. Er konnte jeden aufspüren. Ich hatte bei diesen Worten die Angst in ihren Augen gesehen, die Gewissheit in ihrer Stimme gehört. Wenn Raymond tatsächlich sämtliche Möglichkeiten nutzen konnte, über die sein Vater verfügte, wie blutdurchtränkt sie auch immer sein mochten, dann glaubte ich jetzt doch daran, dass er Amelia finden würde.

Als dann der Moment gekommen war und ich auf einmal mit leerem Blick auf den Fleck starrte, an dem Temple wenige Sekunden zuvor noch gestanden hatte, gaben meine Knie nach, und ich fürchtete schon, mich übergeben zu müssen. Meine Schulter tat höllisch weh nach dem Stoß, der ihn über die Reling fliegen ließ, und die Atemwolken aus meinem Mund kamen in schneller, abgehackter Folge.

Bei der Wucht des Zusammenpralls hatte er sein Whiskyglas zu Boden fallen lassen, und nun überfiel mich plötzlich eine panische Angst, jemand könnte den Aufprall gehört haben und würde mich hier entdecken.

Doch ich begriff recht schnell, dass niemand kam. Ich war weit und breit der einzige Mensch. Ich zwang mich, ruhiger zu atmen, hob das Glas mit zitternden Fingern auf und schleuderte es zusammen mit meinem eigenen und der Whiskyflasche über Bord.

Rasch wandte ich mich ab und kehrte vom Bug ins Innere des Schiffes zurück, wo inzwischen nächtliche Stille herrschte. An der Großen Treppe und in der zweiten Klasse begegnete ich den Putztrupps beim letzten Saubermachen vor unserer Ankunft. Sie tippten an ihre Kappen und riefen mir ein freundliches »Sir« zu, aber ich bemerkte sie kaum und eilte weiter. Ich hatte einen Plan, und nun, da ich den Anfang gemacht hatte, musste ich ihn auch zu Ende führen.

An meiner nächsten Station öffnete sich auf mein Klopfen hin die Kabinentür, und eine erschöpfte Cassandra Webber sah mich an. Ihre Augen waren gerötet, ihre Züge aschfahl.

»Was wollen Sie?«, fragte sie und verschränkte die Arme vor der Brust.

»Ich habe Neuigkeiten, die Sie interessieren dürften«, antwortete ich und versuchte, das Zittern in meiner Stimme unter Kontrolle zu bekommen.

Einige Sekunden lang starrte sie mich nur an, dann machte sie einen Schritt zur Seite. Harry Webber hockte mit gesenktem Kopf auf der Kante der Koje und hielt die gefalteten Hände vor sich. Bei meinem Eintreten hob er den Blick und ballte unwillkürlich die Fäuste.

»Na, dann los«, brummte Mrs. Webber unwirsch.

Ich räusperte mich. »Zu meinem größten Bedauern muss ich Ihnen mitteilen, dass alles bloß ein furchtbares Missverständnis gewesen ist«, erklärte ich und bemerkte, dass die Scherben des Aschenbechers noch immer über den Boden verstreut lagen.

Ihre Miene hellte sich eine winzige Spur auf.

»Es wird inzwischen nicht mehr davon ausgegangen, dass Miss Hall oder Denis Dupont Opfer eines Gewaltverbrechens geworden sind«, fuhr ich fort und vermied es dabei, ihr in die

Augen zu sehen. »Wie sich herausgestellt hat, sind beide vielmehr bei tragischen Unfällen ums Leben gekommen.«

»Aber ...«

»Bei tragischen Unfällen«, wiederholte ich mit Nachdruck und warf Cassandra Webber einen eindringlichen Blick zu. »Ich schlage vor, dass Sie beide morgen früh, sobald wir in New York anlegen, Ihrer Wege gehen und versuchen, nicht länger an das Geschehene zu denken.«

»Was ist mit Mr. Temple?«

Ich zuckte zusammen und vertrieb rasch das vor meinen Augen aufblitzende Bild des verzweifelt im eisigen Wasser um sich schlagenden Polizisten, der mit blankem Entsetzen die Lichter der *Endeavour* langsam in der Ferne entschwinden sah.

»Mr. Temple ist aufgrund neuer Erkenntnisse zu der Überzeugung gelangt, dass der Verdacht, den er heute Nachmittag formuliert hat, nicht aufrechterhalten werden kann«, erwiderte ich.

»Ich verstehe nicht ganz. Soll das heißen, Harry ist frei und kann gehen, wohin er will?«

»Ja. Allerdings muss ich darauf bestehen, dass Sie beide absolutes Stillschweigen über die Gemälde von Miss Hall und Mr. Blake bewahren.«

Während Harry Webber mich ungläubig anschaute, kehrte in ihre Miene der misstrauische Ausdruck zurück. Beide konnten die abrupte Wende ganz offensichtlich nicht begreifen, aber es war unübersehbar, dass sie den Rettungsring, der ihnen so unverhofft zugeworfen wurde, auch nicht verschmähen würden.

»Sie können jetzt gehen, Mr. Birch«, sagte sie leise.

Ohne einen Moment zu zögern, wandte ich mich zur Tür. Die Sache war mir so peinlich, dass ich mich nicht einmal umzuschauen wagte.

»Alles in Ordnung?«, erkundigte sich Seymour, der draußen noch immer pflichtbewusst Wache stand.

»Alles wunderbar«, heuchelte ich mit Ekel im Mund. »Gehen Sie zurück in Ihre Kabine, Seymour. Ihre Dienste werden hier nicht länger benötigt.«

»Aber, Sir ...«, stammelte er verwirrt.

»Abmarsch, Seymour! Nun gehen Sie schon!«

Erschrocken über meinen unvermittelten Wutausbruch wich der junge Mann ein Stück zurück, nickte kurz und entfernte sich.

In diesem Augenblick kochten die Schuldgefühle mit solcher Wucht in mir hoch, dass es mich alle Kraft kostete, sie zurückzudrängen. Aber jetzt war weder der Zeitpunkt für Irritationen noch für ein Innehalten und Nachdenken darüber, was ich gerade getan hatte. Es gab noch eine Aufgabe, die ich erledigen musste. Also ging ich weiter den Flur hinunter, zog den Generalschlüssel aus der Tasche und schloss eine Kabinentür auf.

Bei meinem Eintreten schnellte Elsies Kopf blitzartig in meine Richtung, und ich hob sofort beschwichtigend die Hände. Leise schloss ich die Tür hinter mir, was ihre Anspannung nur noch erhöhte. Wahrscheinlich dachte sie, ich würde ihrem Rat nun doch folgen, und wartete darauf, dass ich einen Revolver zückte.

»Wir müssen reden«, sagte ich leise und kam ihr vorsichtshalber nicht näher. »Das ist alles. Nur reden.«

»Was wollen Sie?«

»Ich weiß, dass es nicht deine Schuld war«, begann ich. »Ich verstehe die Zusammenhänge. Die Parkers haben dich auf Temple angesetzt. Dir blieb gar keine andere Wahl.«

Ihre Miene verfinsterte sich.

»Aber von der Sache mit Doyle können sie unmöglich etwas wissen«, fuhr ich fort. »Dass ich ihn erschossen habe, ist ihnen unbekannt.«

»Sie werden fragen, was mit ihm passiert ist«, fauchte sie zurück.

»Schon klar. Und wenn du wieder in Kontakt mit ihnen gerätst, wird dir auch nichts anderes übrig bleiben, als es zu erzählen. Aber was, wenn du ihnen überhaupt nicht mehr begegnest? Was, wenn ich dir nun helfen könnte, von der Bildfläche zu verschwinden? Wenn du so gut versorgt wärst, dass du sie überhaupt nicht mehr brauchst?«

Sie stockte. Nur für einen winzigen Moment, doch das genügte mir schon. Ihre Neugier war geweckt.

Ganz langsam schob ich die Hand in die Jackentasche. Elsie machte sich sprungbereit.

»Alles in Ordnung«, beruhigte ich sie.

Misstrauisch verfolgte sie, wie ich eine Visitenkarte hervorholte und ihr hinhielt.

»Was ist das?«, blaffte sie und riss mir die Karte aus der Hand.

»Lass mich das bitte in Ruhe erklären.«

Das aggressive Funkeln in ihren Augen ließ ein wenig nach, und zum vermutlich ersten Mal lag in ihrem Blick nicht nur pure Verachtung. Auf dieses Zeichen hatte ich sehnlichst gehofft, denn mir war klar, dass die Chance auf eine gemeinsame Übereinkunft sonst gleich null gewesen wäre. Die Veränderung war marginal. Aber wo eben noch allein Angst und Abscheu gewesen waren, schimmerte jetzt eine vage Hoffnung.

SONNTAG, 16. NOVEMBER 1924

43

Nachdem wir in New York angelegt hatten und die Maschinen nach vielen Tagen endgültig verstummt waren, stellten sich die Offiziere in der Messe in einer Reihe auf, und Captain McCrory schüttelte jedem die Hand. Während es vielen von uns leidtat, Abschied von ihm zu nehmen, hatte ich den Captain selbst noch nie besserer Laune erlebt. Die Zigarrenschachtel unter den Arm geklemmt, schritt er mit strahlenden Augen die Reihe ab.

»Mr. Birch«, sagte er und drückte mir fest die Hand.

»Alles Gute für Ihren Ruhestand, Sir.«

Er nickte nur kurz und wollte schon zu meinem Nebenmann weitergehen, da wandte er sich noch einmal um. »Birch«, sagte er. »Haben Sie eigentlich noch mal etwas von diesem Detective gehört?«

»Keinen Ton, Sir.«

Er schlug mir auf die Schulter und ging weiter. Mehr gab es nicht zu sagen.

Als Temple sich nicht von mir begleiten lassen wollte und wutschnaubend aus dem Büro des Captains gestürmt war, hatte mich die Frage, ob ich ihm folgen sollte, derart beschäftigt, dass ich die Situation gar nicht weiter durchdacht hatte. Erst später lernte ich diesen Moment eher als glückliche Fügung zu begreifen. Denn auch wenn ich noch keine Entscheidung hinsichtlich Raymonds Angebot getroffen hatte, erleichterte es mein weiteres Vorgehen in jedem Fall, dass ich den Captain im Glauben lassen konnte, Temple hätte seine dreisten Einmischungsversuche endgültig aufgegeben. Da er mich danach in der Offiziersmesse aufgesucht hatte, um doch in gemeinsame Ermittlungen einzuwilligen, war es mir daher möglich gewesen, die Zusammenarbeit vor dem Captain geheim zu halten.

Damit dies im Wesentlichen auch so blieb, hatte ich dem Captain in der Folgezeit nur ein einziges Mal über irgendwelche Entwicklungen Bericht erstattet – und zwar am Donnerstagabend, nachdem wir die Leiche von Vivian Hall entdeckt hatten.

Ich war mir nicht einmal sicher gewesen, ob ich ihm davon erzählen sollte. Temple selbst hatte nie das geringste Interesse an einem weiteren Treffen mit McCrory gezeigt. Einen Moment lang erschien es mir daher am einfachsten, gar nichts zu sagen und Temple im Glauben zu lassen, ich hätte Meldung gemacht.

Aber die Variante war mir dann doch zu heikel. Wenn der Captain bei der Ankunft in New York zufällig dem Coroner über den Weg lief und erfuhr, dass der neben Dupont noch einen zweiten toten Passagier in Empfang nahm, wären unweigerlich Fragen aufgetaucht. Da Wilson mich mit Vivian Hall in der Offiziersmesse gesehen hatte, konnten dem Captain zudem womöglich längst ein paar beiläufig gefallene Bemerkungen zu Ohren gekommen sein, die seinen Verdacht erregt hatten. Aus all den Gründen hatte ich ihm am Donnerstagabend lieber diesen einen Bericht erstattet.

Natürlich hatte ich ihm nicht die ganze Wahrheit erzählt, sondern nur, dass Vivian Hall am Mittwochabend reichlich verstört in der Offiziersmesse erschienen war. Dass der Grund dafür hauptsächlich ihre Sorge um das eigene Gemälde gewesen war, brauchte der Captain nicht zu wissen. Stattdessen hatte ich ihm gegenüber kurzerhand behauptet, sie habe an Herzproblemen gelitten, die seit unserer Abfahrt in Southampton immer schlimmer geworden seien. Da sie allein reiste, habe sie die Offiziersmesse aufgesucht in der Hoffnung, dort einen Bordarzt zu finden, und sei dann am Donnerstag plötzlich ihrem Leiden erlegen.

Letzten Endes hätte ich mir gar nicht so viele Gedanken machen müssen. Der Captain war dermaßen erpicht auf eine reibungslose Überfahrt, dass er meine Geschichte ohne jeden Widerspruch schluckte, ja, er ging sogar so weit, mich darum zu bitten, Vivian Halls Tod den anderen Crewmitgliedern gegenüber nicht zu erwähnen – was natürlich ganz in meinem Sinne war. Nachdem ich ihm dann auch noch versichert hatte, er bräuchte sich bei der Ankunft um nichts zu kümmern, weil ich mit dem Coroner alles abklären würde, standen die Aussichten gut, dass die Details ihres Todes nie ans Licht kämen.

Meine Zuversicht war inzwischen so groß, dass ich Doyles Tod nicht einmal erwähnte. Im Nachhinein würde ich darin eine Art kalkuliertes Risiko sehen. Den zweiten Todesfall hatte ich dem Captain noch verkaufen können, ohne ihn misstrauisch zu machen. Ein dritter hätte wahrscheinlich das Fass zum Überlaufen gebracht. Mir war zwar nicht wohl bei der Sache, aber da er den Tod von Vivian Hall so eilfertig abgehakt hatte, entschied ich, bei Doyle besser gleich auf jede Meldung zu verzichten.

Kurz nachdem der Captain von Bord gegangen war, traf der Coroner ein, und ich führte ihn unter Deck, wo seine Helfer die Leichen von Doyle, Dupont und Miss Hall auf ihre Tragen packten. Sobald die Toten abtransportiert waren, holte ich meine Sachen und verließ ebenfalls das Schiff. Auf halbem Weg über die Gangway blieb ich stehen, atmete tief durch und tastete nach dem Samtband in meiner Tasche. Es war ein merkwürdiges Gefühl, das Band zu berühren. Ich mochte mir die Hände schmutzig gemacht haben, vielleicht klebte sogar Blut daran, dennoch kam es mir vor, als wäre eine Last von mir genommen worden. Ich war keineswegs stolz auf das, was ich getan hatte. Und wahrscheinlich würde ich das auch in Zukunft niemals sein. Aber jetzt war es geschehen.

Eine fahle Novembersonne schien vom Himmel. Ich schlang den Mantel mit einer Hand fester, ohne meinen abgewetzten Lederkoffer abzusetzen. Überall um mich herum drängten die Menschen, riefen einander Grüße zu, Träger schleppten Gepäckberge, Mütter steuerten ihre Kinder in Richtung Einreisestelle, und ein Junge schrie unentwegt die Schlagzeilen der *New York Times*. Fässer und Kisten wurden auf Lastkarren und Fuhrwerke verladen, und an der Spitze eines riesigen Fahnenmasts knatterte die amerikanische Flagge im Wind. Trotz all des Lärms und Durcheinanders entdeckte ich meinen Freund auf Anhieb.

Bei unserer letzten Begegnung vor sechs Jahren hatte Raymond noch eine Militäruniform getragen. Jetzt war er in feinstes italienisches Tuch gehüllt, seine frisch rasierten Wangen waren fülliger und seine Haare mit Brillantine zurückgekämmt.

Er grinste breit, als ich mich näherte, schlug die Hand, die ich ihm entgegenstreckte, zur Seite und schloss mich stattdessen fest in die Arme.

»Timothy!«, rief er mit leuchtenden Augen. »So lange her, mein Freund. Viel zu lange her!«

Bevor ich etwas erwidern konnte, wich er einen Schritt zurück, ergriff meine Schultern und hielt mich auf Armlänge vor sich. Er lächelte weiter unverändert, aber in seinen Augen lag plötzlich eine Kälte, wie ich sie in all den gemeinsamen Monaten in Frankreich nie an ihm wahrgenommen hatte.

»Wie war die Überfahrt?«

»Sie war …« Ich bemerkte zwei breitschultrige Männer in schwarzen Anzügen, die ein paar Schritte entfernt mit ausdruckslosen Mienen zu uns herüberschauten, und nahm einen neuen Anlauf. »Alles erledigt«, erklärte ich leise und blickte Raymond dabei offen in die Augen.

»Hervorragend«, sagte er nur, und sofort entspannten sich seine Züge wieder. Er trat an meine Seite, legte mir den Arm um die Schulter und führte mich fort. »Ich weiß, wie viel ich da von dir verlangt habe, Timothy. Aber meiner Familie hast du damit einen unvorstellbar großen Dienst erwiesen. Komm, hier lang … da hinten steht mein Wagen. Wir haben so viel zu bereden.«

Die Ungeheuerlichkeit dessen, was ich getan hatte, trat mir erneut vor Augen, und schon begannen Gewissensbisse mich zu quälen. Doch im Weitergehen erzählte Raymond von Londoner Richtern, die seinem Vater einen Gefallen schuldeten, und von New Yorker Privatdetektiven, die er nach England schicken und mit der Suche nach Amelia beauftragen würde, und prompt war ich in meinem tiefsten Innern davon überzeugt, das Richtige getan zu haben.

Das Samtband zwischen den Fingern spürend, ließ ich mich von meinem Freund durch die Menge lotsen. Für einen Augenblick musste ich an Elsie denken, die schon bald zu ihrer eigenen lebensverändernden Reise aufbrechen würde. Große Sorgen brauchte ich mir in ihrem Fall allerdings nicht zu machen. Nicht nach der Übereinkunft, die wir letzte Nacht geschlossen hatten.

Sie würde in Manhattan untertauchen, sich in der gewaltigen Menschenmenge verlieren und einen weiten Bogen um alles machen, was mit den Parkers zu tun hatte. Drei Dinge führte sie dabei mit sich, die auf jeden Passanten, dem sie bei ihrem Gang über den Broadway begegnete, einen vollkommen banalen Eindruck machen würden. Doch für Elsie standen diese drei Gegenstände für ihr Schweigen und ein neues, sorgenfreieres Leben.

In ihrer Jackentasche steckte die Visitenkarte von Michael Green, und unter ihrem Arm klemmten zwei schmale, mit Schnur zusammengewickelte Päckchen.

DANKSAGUNG

Als ich mich an den Küchentisch setzte und mit *Der Tod reist mit* begann, hätte ich mir kaum vorstellen können, es jemals zu beenden, geschweige denn, dass es eines Tages veröffentlicht würde.

Im Grunde war die Sache mehr ein Spaß. Mich beschäftigte diese Idee einer Geschichte, und die wollte ich einfach aus dem Kopf haben und zu Papier bringen. Wenn man dann vier Jahre weiterspult, war das Ganze doch ein ziemliches Abenteuer. Eines, für das ich einigen Menschen aus tiefstem Herzen danken muss.

Zuerst meinem Agenten Harry Illingworth, der bereit war, das Wagnis einzugehen mit diesem Sechsundzwanzigjährigen, der bloß einen ersten Entwurf hatte und die verrückte Absicht, Schriftsteller zu werden. Ich hätte keinen Besseren finden können, um mir bei der Verwirklichung dieses Traums zu helfen, und das liegt nicht einmal allein daran, dass wir beide aus Yorkshire stammen.

Dann ein großes Dankeschön an meine Lektorin Emily Griffin für ihren Scharfblick, die vortrefflichen Ratschläge und die vielen (sehr vielen) Fragen, die sie in den vergangenen neun Monaten so geduldig ertragen hat. Sie und das Team von Century haben *Der Tod reist mit* erst zum Leben erweckt, und es war ein Glücksfall für mich, mit ihnen zusammenarbeiten zu dürfen.

Danke an alle, die im November 2019 die Erstfassung des Buchs gelesen haben und mir das Gefühl gaben, dies könnte wirklich etwas sein, das auch andere Menschen gerne lesen würden. Ich bin euch allen – meiner Mutter und meinem Vater, Neil, Gillian, Sarah und Soph – unendlich dankbar dafür, mir diesen Motivationsschub gegeben zu haben. Und natürlich auch dafür, dass ihr euch vom Ausgang der Geschichte habt überraschen lassen.

Und zu guter Letzt das größte Dankeschön von allen an meine Freundin Hayley, die stets fest daran geglaubt hat, dass ich es schaffen kann, sogar an den vielen Tagen, an denen ich selbst diese Meinung nicht teilte. Jetzt ist das Ganze tatsächlich fertig, und ich hoffe sehr, dich stolz gemacht zu haben.

Stuart Turton

Tag für Tag wird sich Evelyn Hardcastles mysteriöser Tod wiederholen – so lange, bis der Mörder endlich gefasst ist

978-3-453-44115-6

Leseprobe unter **www.heyne.de**